Sete narrativas góticas

K. Blixen

Sete narrativas góticas

tradução Claudio Marcondes

Karen Blixen

COSACNAIFY

O dilúvio em Norderney

Foi na quadra inicial do século passado que teve início a voga dos balneários litorâneos, mesmo naqueles países setentrionais da Europa cujos habitantes até então haviam considerado o mar uma espécie de demônio, um frio, voraz e tradicional inimigo da humanidade. Naquela época, o espírito romântico – que se rejubilava diante de ruínas, espectros e lunáticos, e fazia de uma noite tempestuosa na charneca e de um profundo conflito passional regalos mais requintados para o conhecedor do que as amenidades de salão e a harmonia dos sistemas filosóficos – reconciliou até mesmo os indivíduos mais refinados com a eterna rusticidade da paisagem costeira e do mar aberto. Com isso, damas e cavalheiros elegantes trocaram a sombra de seus parques por caminhadas em litorais desolados e a contemplação das ondas indomáveis. A proximidade de algum naufrágio, com os restos da embarcação ainda visíveis na maré baixa, como um escuro esqueleto petrificado e salgado, tornou-se um dos locais prediletos para piqueniques, nos quais artistas armavam seus cavaletes.

A costa ocidental de Holstein viu assim surgir e prosperar por duas décadas o balneário de Norderney. Os caminhos arenosos dessa região costeira passaram a ser percorridos por belas carruagens e coches, que depositavam baús e malas, e damas de pés delicados, com véus e mantas de chenile esvoaçando na brisa fresca, diante dos pequenos e graciosos hotéis e chalés. O duque de Augustenburg, em companhia de sua bela esposa e de sua espirituosa irmã, assim como o príncipe de Noer, costumavam honrar o lugar com sua presença. Tanto a nobreza fundiária de Schleswig-Holstein, agitada pelas recentes turbulências políticas, como os representantes das tradicionais casas mercantis de Hamburgo e Lübeck, que valiam seu peso em ouro, empreendiam juntos essa peregrinação ao âmago da natureza. Os próprios camponeses e pescadores de Norderney aprenderam a ver o terrível e infiel monstro cinzento a oeste como uma espécie de *maître de plaisir*.

Ali havia uma esplanada, um clube e um pavilhão, o ponto de encontro, nos prolongados crepúsculos de verão, de muitos sons e cores amáveis. Damas com filhas casadoiras, após terem passado muitas temporadas infrutíferas nas cortes e capitais, agora acompanhavam o amadurecimento de promissores namoros na praia ensolarada. Jovens dândis conduziam suas montarias pelas extensas praias sob olhares atentos. Cavalheiros idosos enfronhavam-se em questões políticas e dinásticas, embalados por doses de excelente rum, enquanto suas jovens esposas caminhavam, com as caxemiras nos braços, até clareiras solitárias nos baixios, ainda acaloradas pelo longo dia estival, a fim de comungar com a natureza, com os arbustos mirrados e os amores-perfeitos sacudidos pelo vento, e contemplar a lua cheia, no alto do pálido céu de verão. O próprio ar da costa, em seu desdenhoso vigor, estimulava e reanimava o coração. Para Heinrich Heine, que conheceu o balneário, o persistente cheiro de peixe que emanava das filhas dos pescadores de Norderney era mais do que suficiente para lhes resguardar a virtude. Todavia, outros narizes e corações consideravam intoxicante o odor repulsivo e salobro, tal como o cheiro de pólvora no campo de batalha. E havia também ali um pequeno cassino, onde era possível desafiar de outro modo as perigosas potências da existência. Às vezes promoviam-se até mesmo grandes bailes e, nos amenos crepúsculos de verão, a orquestra tocava no terraço.

– O senhor não tem idéia – disse a princesa de Augustenburg a Herr Gottingen – do quanto nos faz bem esse lugar. A brisa marinha sopra diretamente através de minha touca e de minhas roupas, e mesmo através de minha carne e meus ossos, limpando meu coração e meu espírito, deixando-os secos e salgados.

– Com sal ático, imagino – replicou Herr Gottingen fitando-a, enquanto pensava consigo mesmo: "Meu Deus, exatamente como um bacalhau aberto ao meio".

No final do verão de 1835, porém, um terrível desastre abateu-se sobre o balneário de Norderney. Após uma tempestade de três dias vinda do sudoeste, a ventania deslocou-se para o norte. Isto ocorre apenas uma vez a cada cem anos. A tremenda massa de água impelida pela tormenta foi desviada e empurrada para a região de Westerland. Em dois pontos, os diques não resistiram, e o mar irrompeu por ali. Centenas de bois e carneiros morreram afogados. Casas de fazendas e celeiros ruíram como castelos de cartas sob a força das águas, e muitas vidas humanas se perderam até mesmo em locais distantes como Wilsum e Wredon.

Tudo começou em um entardecer extraordinariamente tranqüilo e celestial, mas com o ar sufocante e uma estranha e luminosa opacidade sulfurosa. Não havia como distinguir a linha entre o céu e o mar. O sol se pôs em uma confusão de luz, ele próprio exibindo um rubor opaco, como um alvo que havia na esplanada. As ondas pareciam formadas de uma substância curiosa, como se fossem águas-vivas lançadas à praia. Era um anoitecer extremamente inspirador e muita coisa aconteceu em Norderney. Naquela noite, as pessoas que não permaneceram despertas devido às batidas de seus próprios corações acordaram aterrorizadas por um rugido novo que se aproximava rapidamente. Seria possível que aquele mar tão conhecido estivesse agora cantando com tal voz?

Pela manhã, o mundo era outro, ainda que ninguém pudesse explicar a diferença. Ninguém conseguia conversar, ou mesmo pensar, em meio ao ruído. As roupas começavam a ser arrancadas pela ventania antes mesmo que se avistasse a areia, e a espuma salgada rodopiava em direção ao céu. Imensas e violentas ondas quebravam em sucessão, cada qual mais forte que a anterior. O ar era frio e cortante.

O rumor de que um barco havia encalhado quatro milhas ao norte alcançou o balneário, mas ninguém se aventurou a ir até lá. O velho general Von Brackel, que vira a ocupação da Prússia Oriental pelas tropas napoleônicas em 1806, e o idoso professor Schmiegelow, o médico da casa principesca de Coburg, que estava em Nápoles na época da cólera, percorreram juntos uma pequena distância e, calados, contemplaram a paisagem do alto de uma pequena colina. Foi somente na quinta-feira, quando a tempestade havia terminado, que começou a inundação.

Nessa altura, não restava muita gente em Norderney. A temporada já estava chegando ao fim, e vários dos visitantes mais ilustres haviam partido antes da chegada da tempestade. Agora a maioria dos retardatários partiu apressada. As jovens encostavam o rosto nas janelas das carruagens, excitadas para vislumbrar pela última vez a paisagem convulsionada. Parecia que estavam deixando para trás o único local e verdadeiro momento de suas vidas. Todavia, quando a imponente carruagem do barão Goldstein, de Hamburgo, foi arremessada pelo vento para fora da estrada sobre o dique, tornou-se óbvio que não havia mais o que esperar. E todo o mundo partiu o mais rápido possível.

Foi durante essas horas, as últimas da tempestade e as primeiras da noite seguinte, que o mar rompeu os diques. Construídos para resistir a uma forte pressão no sentido do mar, não resistiram quando forçados a partir do leste. Ruíram ao longo de um trecho de quase um quilômetro e por essa abertura assomaram às águas do mar.

Os camponeses foram despertados pelos mugidos queixosos de seus animais. Saltando da cama em plena escuridão, mergulhavam os pés em quase meio metro de água fria e barrenta. E era água salgada, a mesma que se agitava a oeste, com uma profundidade de cem braças, e banhava os sopés esbranquiçados dos penhascos de Dover. O mar do Norte chegara para fazer-lhes uma visita. E estava subindo com rapidez. Uma hora depois, os móveis já estavam boiando e chocando-se contra as paredes baixas das casas. Quando raiou o dia, aos lavradores, encarapitados nos telhados das casas, só restava contemplar a paisagem transformada.

Árvores e arbustos agora balançavam em um solo cinzento e movediço, e uma espessa espuma amarelada cobria trechos das plantações de cereais prontas para a colheita, sobre a qual haviam conversado poucos dias antes da tempestade.

Inundações assim já haviam ocorrido no passado. Alguns dos mais velhos ainda podiam relatar aos jovens como, certa vez, foram arrancados das camas e jogados em botes por suas mães desesperadas, e como viram, desde as casas periclitantes, o gado lutando em vão antes de desaparecer nas águas escuras. Também contavam como haviam perecido os arrimos de família, provocando a ruína e a perdição de muitos lares. O mar se comportava assim de tempos em tempos. A despeito disso, essa última inundação permaneceria por muito tempo gravada nas lembranças do litoral. Por ter ocorrido na época do verão, o dilúvio assumiu o caráter de uma pilhéria terrível e soturna. Nos anais da província, onde ocupa um lugar próprio e possui um nome, ficou conhecido como "dilúvio do cardeal".

Isto se deve ao fato de que, em meio à sua desgraça, as pessoas aterrorizadas contaram com a ajuda de um personagem já então meio mítico, e sentiram que estavam na proximidade de um anjo da guarda. Muitos anos depois, na lembrança dos camponeses, parecia que tal presença em meio ao profundo desespero lançara um foco de luz clara sobre as negras ondas.

O cardeal Hamilcar von Sehestedt passara o verão em uma pequena cabana de pescador situada fora do balneário, onde coligia suas anotações de muitos anos para um livro sobre o Espírito Santo. Tal como Joaquim de Flora, que nascera em 1202, o cardeal sustentava que, embora o livro do Pai tivesse adquirido sua forma no Antigo Testamento, e o do Filho no Novo Testamento, ainda restava escrever o testamento da Terceira Pessoa da Trindade. E era isto o que entendia ser a tarefa de sua vida. Ele crescera na região de Westerland, e preservara, durante uma longa vida de viagens e obras espirituais, o amor pela paisagem costeira e pelo mar. Nos momentos de descanso, costumava, seguindo o exemplo do próprio são Pedro, passar longas horas no mar em barcos de pescadores, observando-os em sua labuta diária. Na cabana, vivia apenas com uma espécie de valete ou secretário, um homem chamado Kasparson. Este havia sido ator e aventureiro, e à sua maneira era um indivíduo brilhante, que falava várias línguas e dedicara-se a todo o tipo de estudos. Era muito devotado ao cardeal, mas parecia um curioso Sancho Pança para o nobre cavaleiro da Igreja.

Na época, o nome de Hamilcar von Sehestedt era famoso em toda a Europa. Fora ordenado cardeal três anos antes, ao completar setenta anos. Era uma estranha flor nascida no venerável e sólido tronco da árvore genealógica dos Sehestedt. Essa antiga e nobre estirpe da província havia passado várias centenas de anos dedicando-se apenas às guerras e às suas terras antes de afinal produzir aquele indivíduo. Uma das coisas notáveis a respeito deles é que se haviam apegado, apesar de todas as tribulações, à antiga fé romana e católica da região. Simplesmente não tinham agilidade de espírito para modificar o que lançara raízes em suas cabeças. O cardeal tinha nove irmãos e irmãs, nenhum dos quais jamais demonstrou a menor inclinação para a vida espiritual. Era como se algum lento e pouco usado acúmulo de intelectualidade na tribo tivesse aflorado somente naquele rebento. Talvez uma mulher, trazida do exterior, tenha instilado um pensamento no sangue da tribo antes de se tornar uma perfeita Sehestedt, ou talvez alguma idéia em um livro tenha se gravado em um menino antes que lhe inculcassem a inutilidade dos livros e das idéias, e tudo isto fora se acumulando ao longo das gerações.

O extraordinário talento do jovem Hamilcar havia sido reconhecido, não por sua própria gente, mas por seu tutor, que fora tutor também do príncipe herdeiro da Dinamarca. E ele conseguiu levar o menino a Paris e Roma. Ali essa nova luz do gênio subitamente refulgiu em todo o seu esplendor, impossível de ser ignorado. Corria até mesmo uma história de que o próprio papa, após conhecer o jovem sacerdote, vislumbrara em sonho que este fora destinado pela Providência a conquistar de volta à Santa Sé as grandes nações protestantes. Ainda assim, a Igreja impusera duras provas ao jovem, desconfiando de muitas de suas idéias e capacidades, de seu dom visionário e do aspecto mais saliente de sua natureza: uma extraordinária compaixão que abarcava não só os pecadores e os miseráveis, mas até mesmo os potentados e santos do mundo. A severidade com que foi tratado não o prejudicou, pois a obediência estava arraigada em sua natureza. À enorme força de sua imaginação, ele acrescentou um profundo amor da lei e da ordem. Talvez no final esses dois aspectos apontassem na mesma direção: para ele tudo parecia possível, e igualmente capaz de participar do belo e harmonioso esquema do universo.

Mais tarde, o papa diria a respeito dele: "Se, antes da destruição do mundo atual, eu tivesse de encarregar um ser humano da construção de um novo mundo, o único a quem confiaria tal tarefa seria o jovem Hamilcar". Em seguida, contudo, rapidamente fez o sinal-da-cruz duas ou três vezes.

Após ter sido formado pela Igreja, Hamilcar revelou-se um homem do mundo na antiga acepção do termo, mas em um grau novo e mais grandioso. Circulava com a mesma facilidade entre reis e párias. Enviado aos mosteiros missionários no México, conseguira exercer enorme influência sobre as tribos indígenas e mestiças. Havia nele algo que impressionava a todos, em toda a parte: acreditava-se que era capaz de realizar milagres. Na época de sua estada em Norderney, os rijos e rudes moradores da costa vieram a pensar estranhas coisas a respeito dele. Após a inundação, muitos chegaram até mesmo a dizer que Hamilcar fora visto caminhando sobre as ondas.

É possível que tenha enfrentado alguma dificuldade nessa façanha, pois quase morreu bem no início dos acontecimentos. Quando acorreram para ajudá-lo assim que começou a inundação, os pescadores do vilarejo encontraram sua cabana bastante destruída. No desmoronamento, o tal Kasparson havia morrido. O próprio cardeal ficara gravemente ferido, e, durante todo o seu esforço para resgatar outras pessoas, foi obrigado a usar uma longa e ensangüentada atadura na cabeça.

A despeito disso, o velho dedicou-se o dia todo, com impávida coragem, a ajudar as pessoas arruinadas. À disposição delas colocou todo o dinheiro de que dispunha. Esta foi a primeira contribuição para os fundos que mais tarde seriam reunidos em benefício dos sofredores de toda a Europa. Porém, ainda maior foi o efeito de sua presença entre os necessitados. Quando demonstrou que podia conduzir um bote, ninguém acreditava na possibilidade de que o barco em que estivesse fosse a pique. Sob o comando do cardeal, remavam por todas as partes entre os edifícios desmoronados, e as mulheres saltavam dos telhados para os barcos, com os filhos nos braços. De tempos em tempos, ele os animava com voz forte e límpida, citando versículos do livro de Jó. Uma ou duas vezes, quando seu barco, atingido por pesados troncos flutuantes, quase emborcou, ele se levantou e estendeu o braço, e, como se recorresse a uma força de equilíbrio sobrenatural, a embarcação voltava a se firmar. Junto à casa de uma propriedade rural, um cão acorrentado, no topo de um canil prestes a ser engolido pela água do mar, tentava livrar-se da corrente em meio a uivos, e parecia ter enlouquecido de terror. Um dos homens tentou agarrá-lo, mas foi mordido pelo animal. O velho cardeal, aproximando o barco, começou a falar com o cão enquanto afrouxava a corrente. Por fim, o animal saltou para bordo. Ganindo, aconchegou-se junto às pernas do velho e recusou-se a deixá-lo.

Muitos lares camponeses foram salvos antes que alguém se lembrasse do balneário. Isto era curioso, uma vez que a vida abastada e alegre dali desempenhara importante papel no espírito da população local. Na hora do perigo, porém, os antigos laços de sangue e convivência revelaram-se mais fortes do que o fascínio mais recente. No balneário havia embarcações leves para excursões, mas poucos sabiam manejá-las. Somente ao meio-dia os barcos mais pesados foram enviados para lá, navegando quase dois metros acima da esplanada.

Ao retornarem à terra firme, um moinho de vento, erguido sobre um talude baixo e um bastião semicircular de grandes pedras, proporcionava um local para se atracar os barcos. Do outro lado do moinho era possível mover-se precariamente por um caminho seco. Por ali, a certa distância, haviam sido trazidos cavalos e carretas. O moinho constituía um bom ponto de referência, suas grandes pás alçadas, duras e sombrias, uma grande cruz negra em ruínas destacando-se no céu ocre. Uma multidão acabou se reunindo ali, à espera dos barcos de resgate. Quando voltaram do balneário pela primeira vez, não houve lágrimas de boas-vindas ou reencontro, pois as pessoas que traziam, luxuosamente vestidas – até mesmo naquela hora de pânico – com pesados porta-jóias sobre os joelhos, não passavam de estranhos. Por fim, o último barco trouxe notícias de que ainda havia, em Norderney, quatro ou cinco pessoas que tiveram de ser deixadas para trás pois não havia mais lugares na embarcação.

Exaustos, os barqueiros se entreolharam. Tendo enfrentado a maré forte e o mar alto, pensaram que de modo nenhum gostariam de lá retornar. O cardeal Hamilcar estava no meio de um grupo de mulheres e crianças, de costas para os homens, mas, como se pudesse ver seus rostos e corações se endurecendo, ele se calou. Voltando-se, fitou as pessoas que haviam acabado de desembarcar. Até mesmo ele parecia hesitar. Por baixo da atadura esbranquiçada, contemplou-os com uma expressão peculiar e misteriosa. Como não havia comido nada até então, pediu algo para beber e trouxeram-lhe uma jarra com a aguardente local. Virando-se outra vez em direção à água, disse por fim em voz baixa: "*Eh bien. Allons, allons*".[1] As palavras não foram entendidas pelos camponeses, pois eram termos que os cocheiros da nobreza, treinados no exterior, usavam para espicaçar os quatro cavalos de suas carruagens. Enquanto caminhava até o barco, e a gente do balneário se dispersava à sua frente, algumas das senhoras de repente começaram a bater palmas fervorosamente. Não foi por mal que agiram assim. Habituadas ao heroísmo no palco, só lhes ocorreu louvá-lo com palmas teatrais. Mas o homem idoso imobilizou-se por um instantes sob os aplausos.

1. Muito bem. Vamos lá, vamos lá. [N.T.]

E inclinou ligeiramente a cabeça, com refinada ironia, à maneira de um herói no teatro. Suas pernas estavam tão rígidas que teve de ser erguido e carregado para bordo.

Já chegava ao fim da tarde de quinta-feira quando o barco pôde tomar o caminho de volta. Durante todo o dia uma escuridão opaca descera sobre a larga paisagem. Até onde a vista alcançava, o que antes fora uma extensão ondulante de terra não passava agora de uma ampla planície cinzenta, dotada de alarmante vivacidade. Não parecia haver firmeza em nada. Para os corações aflitos dos homens que remavam por entre prados e campos de trigo, essa instabilidade daquilo que fora seu chão e ponto de apoio era algo insuportável, e nada podiam fazer além de desviar os olhos. As nuvens acumulavam-se perto das águas. Movendo-se lentamente, o pequeno barco parecia seguir um estreito curso horizontal, espremido entre a densa massa inferior e o que parecia ser uma densa massa acima. Na popa da embarcação iam quatro pessoas, lívidas como cadáveres, recém-resgatadas das ruínas de Norderney.

A primeira delas era a idosa senhorita Nat-og-Dag, uma solteirona riquíssima, a última de uma antiga e ilustre estirpe que possuía um brasão bipartido em preto e branco, e cujo nome significava "noite e dia". Com quase sessenta anos, mergulhara poucos anos antes em um estado de confusão mental. Embora fosse uma dama de virtude impoluta, convenceu-se de ter sido uma das maiores pecadoras de sua época. Estava acompanhada de uma jovem de dezesseis anos, a condessa Calypso von Platen Hallermund, sobrinha do erudito e poeta do mesmo nome. Essas duas damas, embora se comportassem em meio ao perigo com evidente sangue-frio, davam apesar disso aquela impressão de ferocidade que, em uma época e uma sociedade pacíficas, é encontrada apenas em uma evanescente e decadente aristocracia. Para o grupo de resgate, era como se tivesse recolhido a bordo duas tigresas, uma idosa e a outra jovem, esta claramente selvagem e a mais velha ainda mais ameaçadora devido à sua aparência de domesticidade. Nenhuma delas demonstrava o menor temor. Quando somos jovens, a idéia da morte e do fracasso nos parece intolerável; não podemos suportar nem mesmo a possibilidade do ridículo. Mas também possuímos uma inquebrantável fé em nossa estrela, e na impossibilidade de algo se voltar contra nós. À medida que envelhecemos, pouco a pouco passamos a crer que tudo irá se resolver em nosso detrimento, e que o fracasso faz parte da natureza das coisas; mas aí pouco nos importa que nos aconteça uma ou outra coisa. Com isso alcançamos um equilíbrio. A senhorita Malin Nat-og-Dag, embora perfeitamente indiferente ao que o destino lhe reservara, também reivindicava para si, devido ao seu desregramento mental, além dessa vantagem de sua idade, o privilégio da juventude, aquele otimismo simplista e arrogante que dá por certo que nada de errado possa lhe ocorrer. É até mesmo de se duvidar que acreditasse que poderia morrer. A jovem de dezesseis anos, espremida ao seu lado, com as escuras tranças a esvoaçar, absorvia com êxtase tudo ao seu redor: os rostos dos companheiros, os balanços do barco, o terrível e pardacento tom da água, enquanto se imaginava como uma poderosa divindade do mar.

O terceiro membro do grupo resgatado era um jovem dinamarquês, Jonathan Maersk, que fora enviado a Norderney por seu médico, a fim de se recuperar de um grave surto de melancolia. O quarto era a criada da senhorita Malin, que estava prostrada no fundo do barco, aterrorizada demais para erguer o rosto acima dos joelhos da patroa.

Essas quatro pessoas, resgatadas no último instante, ainda não haviam escapado completamente das garras da morte. Quando o barco, a caminho de um porto seguro, passou ao lado das construções dispersas de uma fazenda, das quais se viam acima das águas apenas os telhados e a parte superior das paredes, elas avistaram seres humanos que lhes faziam sinais do alto de um dos edifícios. Os barqueiros ficaram surpresos, pois tinham certeza de que uma barcaça passara por ali horas antes. Sob os imperiosos olhares da jovem Calypso, que vislumbrara crianças entre os desgarrados, mudaram de rumo e rumaram com dificuldade para o local. Ao se aproximarem, um pequeno celeiro, do qual se via apenas o telhado, subitamente desmoronou, e desapareceu em silêncio diante de seus olhos.

Assim que viu isto, Jonathan Maersk ergueu-se no barco. Por um instante tentou seguir com o olhar os destroços que se dispersavam na água. Em seguida, muito pálido, voltou a sentar. O barco raspou pela parede da casa principal e, por fim, pôde ser amarrado a uma viga que se projetava, permitindo-lhes conversar com os refugiados no celeiro. Ali estavam duas mulheres, uma velha e a outra jovem, um rapaz de dezesseis anos e duas crianças pequenas, que contaram ter sido visitados pela barcaça de resgate cerca de três horas antes. No entanto, haviam aproveitado a ocasião para salvar uma vaca e seu bezerro, assim como alguns poucos e pobres bens, permanecendo heroicamente ali, em meio às águas que subiam. À mulher mais velha até mesmo fora oferecido um lugar no barco, ao lado dos animais, mas ela se recusara a abandonar a filha e os netos.

Como o barco não poderia receber uma carga adicional de cinco pessoas, era preciso decidir rapidamente quais passageiros trocariam de lugar com os camponeses. Aqueles que fossem deixados no celeiro teriam de ficar ali até que outro barco pudesse retornar. Como estava escurecendo, isto significaria uma espera de seis ou sete horas. A questão era saber se o edifício resistiria por tanto tempo.

Erguendo-se com seu manto escuro esvoaçando, o cardeal declarou que ficaria no celeiro. Ao ouvirem tais palavras, os ocupantes do barco foram lançados em negro desespero, pois temiam retornar sem a presença dele. Os barqueiros largaram os remos e imploraram que não os abandonasse. Mas o cardeal mostrou-se irredutível, e explicou-lhes que ali estaria na mão de Deus tanto quanto em qualquer outra parte, ainda que talvez sob um dedo diferente, e que aquele bem poderia ter sido o motivo de ele ter participado desse último resgate. Eles então se convenceram de que nada obteriam dele, e se conformaram com seu destino. Em seguida, a senhorita Malin resolveu fazer-lhe companhia, e a condessa também decidiu ficar, para não abandonar a velha amiga. Como se despertasse de um sonho, o jovem Jonathan Maersk disse que ali ficaria com os outros. No último momento, a criada exclamou que não abandonaria a patroa, e os homens já começavam a erguê-la do fundo do barco quando a senhorita Malin cravou-lhe um olhar semelhante àquele que, em um jogo de cartas, lançamos a alguém que se oferece para completar uma segunda dupla de jogadores.

– Minha querida – disse ela –, não há necessidade disso. Além do que, provavelmente você está a caminho de formar uma família e, por isso, o melhor é garantir o futuro, minha cara. Boa noite, Mariechen.

Não foi muito fácil para as mulheres passarem do barco ao celeiro. A senhorita Malin, contudo, era magra e forte, e os homens a ergueram e a depositaram na entrada como se fosse um espantalho em um campo. A pequena e ágil garota a seguiu como um gato. O cão negro, ao ver o cardeal deixar o barco, ganiu alto e pulou de repente para o celeiro, onde foi agarrado pela jovem. Chegou então o momento de a família camponesa embarcar, mas só o fizeram depois de ter, chorando copiosamente, beijado as mãos e cumulado de bençãos os seus salvadores. A mulher mais velha insistiu em lhes deixar uma pequena lamparina de estábulo com algumas velas de reserva, um cântaro com água e um barrilete de gin, juntamente com um pedaço do pão preto duro apreciado pelos camponeses da região de Westerland.

No barco, os homens começaram a remar e, pouco depois, um cinturão de água pardacenta estendeu-se entre a casa e a embarcação.

Da porta do celeiro, os abandonados observaram o barco se afastar pouco a pouco, pois estava bem carregado, através da planície ondulante. Perto da casa, os galhos dos altos choupos boiavam na superfície da água e eram arrastados com violência. O céu escuro, que durante todo o dia oprimira o mundo como uma tampa de chumbo, de repente coloriu-se no oeste, como se uma pequena fresta tivesse sido aberta, permitindo que raios vermelhos flamejantes refletissem no mar. Todos os rostos no barco estavam voltados para o celeiro e, quando estavam prestes a desaparecer, acenaram em despedida. De pé na porta do celeiro, o cardeal também ergueu solenemente os braços em uma bênção. A senhorita Malin agitou um lencinho. Logo depois o barco, esfumando-se na distância, fundiu-se ao mar e ao céu.

Como se fossem marionetes, movidas pelos mesmos fios, as quatro pessoas se entreolharam.

"Como será que é dançar com ele?", indaga-se uma jovem quando, no baile, o *chapeau* lhe é apresentado. E talvez até acrescente: "Como seria ele como namorado, como *épouseur*, como aquele que me foi destinado?".

"Como seria morrer com essas pessoas?", perguntaram a si mesmos os que restaram no celeiro, perscrutando os semblantes alheios. Sempre inclinada a ver o lado luminoso das coisas, a senhorita Malin deu-se por satisfeita com seus parceiros.

Coube ao cardeal dar expressão a esses pensamentos. Permaneceu por instantes em profundo silêncio, como se necessitasse de um tempo para se habituar de novo com a firmeza de uma casa, após passar o dia todo navegando em águas inquietas, e com uma atmosfera de relativa tranqüilidade após tantas horas de perigo constante – afinal, provavelmente nada iria acontecer ali por enquanto – e, também, para se acostumar com a companhia de seus pares, depois de tantos esforços ao lado de camponeses e pescadores abatidos. Pouco a pouco, seu comportamento deixou de ser o de um comandante e tornou-se o de um *convive*. Sorrindo para os companheiros, disse:

– Minhas irmãs e meu irmão, é para mim uma honra estar entre pessoas tão corajosas. Antevejo com prazer as horas que, pela graça de Deus, vou passar na companhia de vocês. Madame – acrescentou, dirigindo-se à senhorita Malin –, não me surpreende em nada a sua bravura, pois já ouvi falar de sua família. Foi um Nat-og-Dag que, em Warberg, quando o cavalo do rei foi abatido, saltou de sua própria montaria e a ofereceu ao soberano, dizendo "Para o rei, o meu cavalo; para o inimigo, a minha vida; para o Senhor, a minha alma". E, se não me engano, foi um Svinhoved[2] – o seu trisavô – que, na batalha naval de Koege, em vez de expor o resto da esquadra dinamarquesa às labaredas que lhe consumiam o navio, preferiu continuar lutando até o último suspiro, até que

2. Cabeça de porco. [N.T.]

o fogo alcançasse a pólvora no paiol e provocasse uma explosão que acabou com ele e a tripulação. Aqui – prosseguiu, abrangendo em um olhar todo o sótão do celeiro – que me seja permitido dizer o seguinte: Abençoados os de sangue puro, pois eles encontrarão... – fez uma pausa, como se refletisse sobre o tema – ...a morte. Eles contemplarão, verdadeiramente, a face da morte. Para este momento que vivemos, para nós, nossos pais foram adestrados, ao longo de séculos, no uso das armas e na lealdade ao soberano; e nossas mães, na virtude.

Não poderia ter dito nada mais apropriado para fortalecer e inspirar os corações das mulheres, pois ambas eram ferozes demônios em se tratando de orgulho familiar. O jovem Jonathan Maersk, o único burguês do grupo, chegou a ensaiar um gesto de protesto, mas não o completou.

Em seguida tentaram fechar a porta do sótão mas, como estava frouxa e continuava a bater, o cardeal pediu às mulheres que encontrassem algo com que prendê-la. A jovem tateou sua cabeça, em busca da fita que usava para prender o cabelo, mas esta se perdera. A senhorita Malin então ergueu a saia e dali retirou uma jarreteira, bordada com botões de rosa.

– O zênite na carreira de uma jarreteira – disse – em geral ocorre ao ser afrouxada, meu senhor, e não quando é apertada. Por esse motivo, a irmã dessa liga, que agora está sendo santificada pelo contato com sua bendita mão, encontra-se na câmara do Real Museu de Stuttgart.

– A senhora – replicou o cardeal – permite-se certa frivolidade. Rogo-lhe que deixe de falar ou pensar assim. Nada santifica, ou melhor, nada é santificado, exceto por um ato do Senhor, pois somente Ele é divino. A senhora fala como alguém que consideraria sagradas apenas algumas notas musicais – por exemplo, o dó, o ré e o mi –, relegando o fá, o sol e o si ao âmbito profano, quando na verdade, madame, nenhuma das notas é sagrada por si mesma, sendo divina apenas a música que elas tornam possível. Se a sua jarreteira é santificada por minha mão velha e frágil, o mesmo se poderia dizer de minha mão por essa bela liga de seda. No vau do rio, o leão fica à espreita do antílope, e tanto o antílope é santificado pelo leão, como este pelo antílope, pois a vontade do Senhor é divina. Nem o bispo, ou o cavalo, ou a poderosa torre são sagrados em si mesmos, mas o xadrez é um jogo nobre e, nele, o cavalo é santificado pelo bispo, assim como este pela rainha. Tampouco seria conveniente que o bispo almejasse as virtudes superiores da rainha, ou a torre, as do bispo. Por isso, somos consagrados toda vez que a mão de Deus nos coloca em uma posição definida por Sua vontade. E mesmo aqui, talvez Ele esteja jogando conosco um jogo sutil, no qual serei santificado pela senhora, assim como a senhora por qualquer um de nós.

Cerrada afinal a porta do sótão, o local foi invadido pela escuridão, só aliviada pela luz suave da pequena lamparina no chão. O sótão parecia um lar para o coração dos abandonados, que sentiam como se tivessem vivido ali por um longo tempo. Os camponeses haviam acabado de colher o feno, que ocupava metade do sótão e exalava um cheiro adocicado; estava limpo e macio para quem quisesse se acomodar. Exausto, o cardeal logo se deitou sobre ele, com o longo manto espalhando-se à sua volta. A senhorita Malin ficou diante dele, no lado oposto à lamparina. Ao lado dela, sentou-se de pernas cruzadas a jovem condessa, como um pequeno ídolo oriental. O rapaz, quando afinal se juntou aos outros, acomodou-se em um degrau da escada que havia no piso, o que o colocou em uma posição ligeiramente superior. O cão permaneceu junto do cardeal. Sentado, com as orelhas voltadas para trás, de quando em quando ele parecia tragar, com um movimento perceptível, o seu medo e a sua solidão. O grupo manteve-se nessa disposição quase toda a noite. Na verdade, o cardeal e a senhorita Malin ficaram no mesmo lugar, como se verá, até romperem os primeiros raios da aurora. Todas as sombras, formando um círculo cujo centro estava na lamparina, estendiam-se até as vigas que sustentavam o telhado. Ao longo da noite, muitas vezes as compridas sombras deram a impressão de estarem de fato vivas, mantendo a animação e a conversa do grupo, atrás das pessoas exaustas.

– Madame – disse o cardeal à senhorita Malin –, muito ouvi falar de seu salão, no qual a senhora consegue fazer com que todos se sintam à vontade e, ao mesmo tempo, dispostos a dar o melhor de si. Como gostaríamos de experimentar o mesmo esta noite, rogo que seja a nossa anfitriã e exerça seu talento neste sótão.

A senhorita Malin aceitou sem hesitar a sugestão e assumiu o comando do grupo. Durante toda essa noite, ela cumpriu tal papel, regalando os convivas com os raros requintes da solidão, das trevas e do perigo, ao mesmo tempo que guardava na manga um trunfo, como uma celebridade em voga ou um extraordinário tenor italiano, inacessíveís às anfitriãs rivais: era a própria morte, que aguardava no outro lado da porta para fazer uma entrada triunfal e garantir o sucesso da noite. Há quem consiga se refestelar em um trono; a senhorita Malin, pelo contrário, sentou-se sobre o feno como se estivesse sobre um daqueles tamboretes reservados apenas às duquesas. Ela encarregou Jonathan de partir o pão e servi-lo. Para seus companheiros, que nada haviam comido durante o dia, as crostas duras e negras exalavam a fragrância dos campos de trigo. E, durante a noite, o cardeal e ela, que eram os mais idosos e mais debilitados, consumiram juntos a maior parte do gin que havia no barrilete, enquanto os mais jovens nem sequer o tocaram.

De início, ela conseguiu mais do que se imaginaria possível em sua tarefa de tornar confortáveis os companheiros, pois, assim que terminou de falar, o cardeal perdeu completamente os sentidos. As mulheres, que não se arriscavam a afrouxar o curativo em torno de sua cabeça, decidiram borrifá-lo com água do cântaro. Assim que voltou a si, ele os fitou atordoado e pôs as mãos na cabeça, mas, ao recuperar a presença de espírito, desculpou-se gentilmente pelo incômodo que havia causado, acrescentando que tivera um dia exaustivo. Era visível, contudo, que algo mudara nele após o desfalecimento, como se estivesse mais fraco do que antes e, transferindo parte de sua liderança e responsabilidade para a senhorita Malin, acomodou-se mais perto dela.

Talvez seja conveniente nessa altura fazer um breve relato a respeito da senhorita Malin Nat-og-Dag:

Já se disse que ela manifestava um ligeiro desequilíbrio mental. Mesmo assim, para quem a conhecia melhor, às vezes era duvidoso se tal loucura era deliberada ou apenas um de seus caprichos, pois certamente era uma mulher caprichosa. Tampouco ela sempre fora louca. Antes, até mesmo se mostrara uma mulher dotada de muito bom senso, que estudava filosofia e zombava das paixões humanas. Se agora lhe tivessem oferecido a possibilidade de recuperar sua sensatez anterior, e caso fosse sido capaz de entender o sentido dessa oferta, é provável que a recusasse, argumentando que, na verdade, a vida torna-se bem mais divertida quando se é um pouco amalucado.

A senhorita Malin era uma mulher rica, mas, também nesse caso, nem sempre fora assim. Órfã, fora criada na casa de parentes abastados. O altaneiro e antigo nome sempre fora dela, assim como seu alentado e altaneiro nariz.

Fora criada por uma governanta beata, da seita dos Hernhuten, que valorizava ao máximo a virtude feminina. Naquela época, o ser de uma mulher tinha um único centro de gravidade, e por isso sua vida era bem mais simples do que se tornaria mais adiante. Mesmo após envenenar os parentes e roubar no jogo de cartas, ela continuaria sendo uma *honnête femme* desde que não tolerasse a menor heresia na esfera de sua especialidade. Em sua época, as próprias damas definiam o preço de seus corações, de suas espíritos e de suas almas, caso decidissem tratar com o demônio; porém, no que se referia aos corpos, estes eram seus instrumentos indispensáveis, e qualquer aviltamento de seu preço sagrado e padronizado era considerado competição desleal, e um pecado mortal, pela guilda das *honnêtes femmes*. Na verdade, quanto mais alto uma jovem conseguia fixar tal preço, mais intenso seu odor de santidade. E era preferível que comentassem que havia tornado infelizes muitos homens, do que tivesse feito a felicidade de muitos deles.

Impelida por sua índole e formação, a senhorita Malin abraçou vigorosamente tal doutrina, adotando uma atitude não só de defesa, mas da mais audaciosa ofensiva. Imaginativa por natureza, não via motivo para ser moderada e elevou às nuvens seu preço. Na verdade, no que se refere à valorização exagerada do próprio corpo, ela foi vítima de uma espécie de megalomania. A antiga rainha norueguesa Sigrid, a Soberba, convocou todos os seus pretendentes entre os potentados da região e depois ateou fogo ao palácio e os queimou a todos, afirmando que assim ensinaria à pequena nobreza da Noruega como se devia fazer-lhe a corte. A senhorita Malin também poderia ter agido assim, e o faria com a mesma consciência tranqüila. Em seu coração estava gravado um versículo da Bíblia que lhe fora lido pela governanta, segundo o qual "todo aquele que olha para uma mulher com desejo já cometeu adultério em seu coração", e passara a se considerar a contrapartida feminina do consciencioso rapaz do Evangelho. Para a senhorita Malin, tal como provavelmente para a rainha Sigrid, o desejo de um homem não passava de terrível impertinência, uma ofensa tão grave quanto uma tentativa de violação. Não demonstrava nenhum *esprit de corps* feminino, pois não parecia dar nenhuma importância ao fato de que, em geral, seria terrível para as jovens decentes adotar rigidamente tal princípio, uma vez que todo o campo de ação delas estende-se entre as duas idéias, e, caso sejam amalgamadas, coloca-se um ponto final à sua atividade com tanta rapidez quanto o faria um tocador de concertina ao fechar o instrumento e juntar os dois teclados. Ela desempenhava um papel, portanto, ligeiramente patético, como todos aqueles que, neste mundo, tomam *au pied de la lettre* as palavras da Escritura. Mas o fato era que pouco se importava com a opinião alheia.

Em sua juventude, contudo, essa virgem fanática era uma figura nada desprezível na sociedade, devido ao seu extraordinário talento e vivacidade. Embora a beleza não fosse um de seus atributos, possuía o dom maior de assim parecer e, em sociedade, comportava-se como uma beldade entre mulheres que, embora muito mais formosas, não conseguiam se mostrar tão atraentes. A atenção de que era alvo era acolhida por ela como o tributo natural a uma Nat-og-Dag, e não se mostrava insensível quando recebia elogios por seu espírito ou coragem, ou por seu refinado talento para a música e a dança. E até preferia escolher suas amizades entre os homens, pois considerava as mulheres um tanto estúpidas. Ao mesmo tempo, contudo, sempre estava à espreita, como um touro à espera de uma capa vermelha ou como um cruzado atento ao pavilhão estampado com o crescente, por qualquer mirada de desejo, pronta para aniquilar sem piedade o dono daqueles olhos.

Apesar disso, a senhorita Malin não escapou ao destino comum a todos os seres humanos. Também a ela coube viver um romance. Aos vinte e sete anos, já uma solteirona, decidiu afinal casar. Nessa posição, sentiu-se como uma cadela avantajada rodeada de minúsculos e ofegantes cãezinhos de colo. Ainda estava preparada para atear fogo aos pequenos reis que se aventurassem a cortejá-la, mas preferiu fazer a sua escolha. E nisso mostrou-se igual à rainha Sigrid, que conquistou o herói cristão, Olav Trygveson, cuja saga relata o trágico resultado do encontro desses dois corações altaneiros.

A escolha da senhorita Malin recaiu sobre o príncipe Ernest Theodore, de Anhalt, um jovem idolatrado na época. Da mais alta estirpe e fabulosamente rico, pois era filho de uma grande duquesa russa, ele era formoso como um anjo, um *bel-esprit*, e um leão de Judá nos campos de batalha. Possuía até mesmo um coração nobre, e ninguém adivinhava a menor frivolidade em sua natureza. Por isso, ele próprio sofria quando despertava paixões fatais nas belas mulheres que o rodeavam. Além disso, era um observador atento e arguto. Um dia viu a senhorita Malin e por um tempo não conseguiu ver mais nada.

Tudo em sua vida – sobretudo as mulheres –, ele o conseguira sem qualquer esforço. Beleza, talento, charme, virtude não lhe custaram mais que um movimento do menor dos seus dedos. Quanto à senhorita Malin, a única coisa extraordinária era o valor que atribuía a si mesma. Que essa jovem magra, nariguda e sem um tostão, dois anos mais velha do que ele, tivesse a ousadia de pedir em troca não só o seu nome principesco e a plena participação em seu futuro brilhante, mas também a adoração incondicional, a fidelidade eterna, e a sujeição a ela tanto na vida como na morte, não se entregando a ele por nada menos – foi isto o que impressionou o jovem príncipe.

Algumas pessoas são acometidas de uma irresistível paixão pelos enigmas. Mesmo quando têm a oportunidade de ouvir a voz da razão, ou daquela sabedoria que entende a vida, nada disto importa, elas não conseguem se conter nem deixar de estafar o cérebro em torno de um enigma, exatamente por não conseguirem penetrar seu sentido. O fato de que, muito provavelmente, a solução seja algo tolo não faz a menor diferença para quem é arrebatado por essa paixão peculiar. E assim acontecia com o príncipe Ernest, que, ainda criança, passava dias imerso em enigmas e quebra-cabeças – um passatempo que, no seu caso, era visto como um sinal de extraordinária inteligência. Portanto, quando ele topou com aquele osso duro de ser roído, todas as beldades mais facilmente decifráveis esmaeceram diante de seus olhos.

Tão aflito ficou o príncipe Ernest diante dessa primeira possibilidade de recusa que a vida lhe apresentava – e só Deus sabia se isto era o que o jovem mais temia ou mais desejava –, que só reuniu coragem para pedir a mão de Malin Nat-og-Dag na derradeira noite em que a veria antes de partir para a guerra. Uma quinzena depois foi morto no campo de batalha de Iena, com sua mão agarrada a um pequeno medalhão de ouro no qual havia um cacho de cabelos loiros. Muitas loiras adoráveis encontraram conforto ao pensarem nesse medalhão. Nenhuma delas imaginava que, de todas as ricas e sedosas tranças que lhe haviam passado pelas mãos, apenas esse cachinho da cabeça de uma solteirona fora equivalente para ele à pena da asa de uma valquíria, a única capaz de erguê-lo do chão.

Se fosse católica, Malin teria se recolhido a um convento após a batalha de Iena, a fim de salvar, se não a alma, pelo menos o respeito próprio, pois, digam o que quiserem, nenhuma donzela contrai núpcias tão brilhantes quanto aquela que se torna noiva do Senhor. No entanto, como boa protestante, com inclinação para os ensinamentos dos Hernhuten, ela simplesmente aceitou sua cruz e a carregou com toda a galanteria de que era capaz. O fato de ninguém no mundo saber de sua tragédia só confirmou a opinião que fazia dos outros, ou seja, que ninguém tinha a menor idéia do que era verdadeiramente importante. E foi assim que abandonou qualquer perspectiva de casamento.

Aos cinqüenta anos de idade, o destino lhe colocara, inesperamente, uma imensa fortuna nas mãos. Havia pessoas que a entendiam tão pouco que viram nisto o motivo de ter começado a confundir a realidade e a fantasia. Não foi bem assim. Ela não teria ficado nem um pouco transtornada ao se ver de posse dos tesouros do Grande Sultão. O que a mudou foi o que muda todas as mulheres aos cinqüenta anos: a passagem do serviço ativo – com aposentadoria ou honras militares, dependendo do caso – ao estado passivo de mera espectadora da vida. Um fardo fora retirado de seus ombros; e ela voou para um galho mais alto e deu um pequeno trinado. A fortuna a ajudou apenas na medida em que foi o golpe de vento sob as suas asas, permitindo que voasse e trinasse um pouco mais alto, embora o dinheiro também tenha contribuído para calar as críticas por parte dos que a rodeavam. Mas não há dúvida de que, em sua gargalhada de libertação, havia um grão de loucura.

Tal loucura adquiriu, como foi dito, a curiosa forma de uma crença inabalável em sua colossal licenciosidade no passado. Ela acreditava ter sido a grande cortesã de sua época, quando não a grande rameira do Apocalipse. Via sua fortuna, sua casa e suas jóias como a recompensa do pecado, acumulada em uma longa carreira de desregramento. Por isso era muito generosa com seu dinheiro; aquilo que fora obtido de maneira frívola devia ser gasto do mesmo modo. Ela não conseguia abrir a boca sem fazer referência à época de sua devassidão imaginária. Até mesmo o jovem príncipe Ernest, o casto amante a quem ela recusara até mesmo um beijo de despedida, figurava em sua coleção de bonecos de cera como outra vítima da astúcia e ferocidade que demonstrara como sereia.

É duvidoso que um espetáculo possa ser desfrutado do mesmo modo por quem é capaz de, no final das contas, correr o risco de se tornar parte daquilo e, de outro lado, por aqueles que, devido às circunstâncias, não têm a menor possibilidade de participar. Até o imperador de Roma poderia, após um espetáculo especialmente excitante, reencontrar em um de seus pesadelos o tridente e a rede. Já as vestais, estas se recolheriam a seus leitos de mármore e, com conhecimento apurado, repassariam todos os detalhes das lutas, imaginando-se elas próprias no lugar de seus gladiadores favoritos. Do mesmo modo, é improvável que uma beata acompanhasse o julgamento e a morte de uma feiticeira com a mesma impassibilidade dos homens reunidos em torno da fogueira.

Seria impossível para uma jovem, mesmo confinada à cela de um convento, lançar-se sem temor e tremor nos excessos imaginativos da senhorita Malin. Mas a mulher idosa, cuja segurança estava garantida, podia atirar-se em um abismo de corrupção com a graça de um mergulhao. Fiel por natureza, ela se agarrava ao ponto de vista de sua juventude no que concernia as palavras do Evangelho sobre o adultério. A própria Bíblia atestava que uma multidão de rapazes cometera tal pecado em relação a ela. Mas a senhorita Malin virava os versículos pelo avesso, como o faria uma mulher cujo vestido estivesse começando a desbotar. Era a imagem invertida da grande pecadora arrependida, cujas faltas se tornam tão brancas como a lã, e obtinha um prazer genuíno ao tingir de cores vivas a alva lã de carneiro de sua vida. Ciúme, engano, sedução, estupro, infanticídio e crueldade, assim como todas as perversidades das paixões humanas, até mesmo as *maladies galantes*, sobre as quais revelava surpreendente conhecimento – tudo isso assemelhava-se, para a senhorita Malin, a pequenos bombons que podia escolher, um após o outro, em sua *bonbonnière* mental e consumi-los com genuína *gourmandise*. Em todas as suas fantasias, cabia a ela o papel de heroína, percorrendo as esferas dos sete pecados capitais com o entusiasmo de um garotinho que participa dos grandes páreos do mundo em seu cavalinho de madeira. Nenhum perigo infundia-lhe temor, nenhuma angústia de consciência perturbava sua paz. Ninguém despertava tanto o seu desprezo quanto a Maria Madalena do Evangelho, que só conseguiu suportar o fardo de seus suaves pecados refugiando-se no deserto da Líbia em companhia de um crânio. Já a senhorita Malin carregava o fardo de seus pecados com a agilidade de um atleta, e dispunha-se até mesmo a brincar com ele como se fosse um bilboquê.

Seu rosto passou a refletir essa grande revolução espiritual e, naquela altura em que outras mulheres recorrem ao ruge e à beladona, sua leniência diante da fraqueza humana conferia-lhe um rubor mais intenso e um suave fulgor no olhar. Nunca antes esteve ela tão perto de ser uma bela mulher. Sempre lembrara uma feiticeira, mas agora, na segunda infância, a aparência dela evocava antes a fada má dos contos infantis do que a Medusa, o anjo vingador com sua espada de fogo que resistira às investidas do príncipe Ernest. Guardara a silhueta esguia e a leveza de um elfo e, graças ao seu talento para a dança, ainda podia ser considerada uma beldade em qualquer grande baile. Por baixo disso, seu casco fendido agora estava delicadamente dourado, como o da cabra de Esmeralda. Era essa aura de gentil loucura e segunda juventude que a envolvia naquele momento, em meio ao feno de um celeiro de camponeses, conversando animadamente com o cardeal Hamilcar.

– Ainda menino, passei algum tempo em Coblença, na corte em exílio do duque de Chartres – contou o cardeal, pensativamente, após breve pausa. – Ali conheci o grande pintor Abildgaard, em cujo ateliê costumava passar as manhãs. Quando as damas da corte o procuravam para que lhes pintasse os retratos – pois era muito requisitado por aquelas lindas mulheres interessadas em imortalizar a própria beleza –, quantas vezes não o ouvi dizer "Lavem o rosto, *mesdames*. Tirem o pó-de-arroz, o ruge e o *kohl*. Pois como poderei pintá-las se vocês mesmas pintam seus rostos?". Ao longo da vida, muitas vezes refleti sobre isto. E cheguei à conclusão de que o Senhor está sempre repetindo para nós, frágeis e vaidosos mortais: "Limpem o rosto. Pois se vocês mesmos o pintam, sobrepondo camadas de humildade e renúncia, caridade e castidade, o que me resta fazer?". Na verdade, nesta noite – prosseguiu o velho, sorrindo, enquanto uma onda mais forte sacudia o celeiro –, o Senhor está nos lavando com suas próprias mãos, sem economizar água. No entanto, cabe a nós buscar conforto no pensamento de que não há honra ou felicidade maiores do que isto: termos os nossos retratos pintados pela mão do Senhor. Isto, e só isto, é o que sempre desejamos, e chamamos de imortalidade.

Notando que o rosto do cardeal ainda estava envolto em ataduras manchadas de sangue, a senhorita Malin quase fez um comentário, mas logo se conteve, pois não sabia o quanto aquele nobre semblante fora desfigurado. O cardeal captou o pensamento dela e o expressou com um sorriso.

– É verdade, madame – disse ele –, o Senhor achou por bem lavar com mais vigor o meu rosto. Mas não fomos criados no respeito à força purificadora do sangue? Madame, agora sei que Ele é muito mais forte do que imaginávamos. E talvez as minhas feições necessitem tal tratamento. Quem mais, além do Senhor, sabe de todos os pós e ruges que nele coloquei durante setenta anos? Na verdade, com essas ataduras sinto que se aproxima o momento em que Ele irá afinal pintar o meu retrato.

A senhorita Malin corou um pouco ao se ver surpreendida em evidente falta de tato e, lepidamente, voltou ao momento anterior da conversa, como alguém que acerta um relógio.

– Sou muito grata – disse ela – de jamais ter, em minha vida, usado ruge ou pó no rosto. Portanto, *monsieur* Abildgaard poderia ter me pintado a qualquer momento. Todavia, quanto a esse meu retrato divino, para ser exibido nas galerias celestiais quando eu estiver morta e desaparecida – permita-me dizer, meu senhor, que neste ponto as minhas idéias divergem um pouco das suas.

– As idéias dos críticos de arte – replicou o cardeal – costumam divergir. Foi uma das coisas que aprendi naquele ateliê. Vi o próprio mestre lançar ao rosto de um grande pintor francês um pincel de pêlo de castor encharcado de cádmio, quando ambos se desentenderam a respeito das leis da perspectiva. Esclareça-me então suas concepções, para que eu aprenda com a senhora.

– Bem, então – disse a senhorita Malin –, de onde o senhor tirou a idéia de que o Senhor quer a verdade a nosso respeito? Esta é uma idéia muito curiosa e original, meu senhor. Ora, Ele está cansado de saber tal verdade, e talvez mesmo a encontre um tanto insípida. A verdade só interessa aos alfaiates e aos sapateiros, meu senhor. Eu, ao contrário, sempre sustentei que o Senhor tem uma inclinação pelas mascaradas. Não são os senhores, os diretores espirituais, que consideram nossas tribulações como nada mais do que bênçãos disfarçadas? E de fato é assim. Também comprovei isso, à meia-noite, nessa hora em que caem as máscaras. Por outro lado, ninguém pode negar que elas foram embelezadas por um especialista incomparável. Com sua permissão, diria que o próprio Senhor deve ter usado livremente uma máscara na época em que tomou corpo e passou a conviver em nosso meio. Na verdade, se fosse eu a anfitriã das bodas de Caná, talvez tivesse me ressentido um pouco da façanha – talvez, eu insisto, meu senhor – caso tivesse convidado aquele jovem brilhante, o filho do carpinteiro, para lhe regalar com o meu excelente vinho Berncastler Doktor, e ele, quando mais lhe conviesse, tivesse transformado a água da fonte em um vinho muito melhor! E ainda assim a dama não tinha a menor idéia, claro, de tudo o que Ele era capaz, sendo o Todo-Poderoso.

– Na realidade, meu senhor – prosseguiu ela –, de todos os monarcas de quem já ouvi falar, aquele que, ao meu ver, mais se aproximou do verdadeiro espírito de Deus foi o califa Haroum, de Bagdá, que, como o senhor sabe, adorava se disfarçar. Ah, ah! Se tivesse vivido naquela época, eu mesma não ficaria atrás dele nesse jogo, mesmo que tivesse de recolher nas ruas quinhentos mendigos antes de bater à porta do Comandante dos Fiéis sob os trapos de um deles. E quando, em minha própria existência, pouco faltou para que desempenhasse o papel de uma divindade, a última coisa que gostaria ouvir de meus adoradores era a verdade. "Façam versos", disse a eles, "usem a imaginação, disfarcem a verdade. Vocês a costumam revelar cedo demais" – com sua permissão, meu senhor – "e cedo demais o jogo chega ao fim".

– E, agora – perguntou a velha dama –, o que pensa o senhor do recato feminino? Sem dúvida, é uma qualidade divina, mas não se trata também de um engano por princípio? Como aqui estamos acompanhados de um jovem e uma donzela, nós dois, que já contemplamos a vida dos melhores observatórios – o senhor, do confessionário; e eu, da alcova –, vamos nos esforçar para não levar em conta a verdade; é melhor falarmos apenas de pernas. Vou lhe dizer, então, que é possível classificar todas as mulheres de acordo com a beleza de suas pernas. Aquelas que possuem belas pernas, e sabem que a verdade oculta é mais doce que todas as ilusões, essas são as mulheres verdadeiramente galantes, que nos encaram de frente, com a coragem genuína de uma boa consciência. Mas se começarem a usar calças compridas, o que seria de sua galanteria? Os rapazes de hoje, ao preferirem as calças apertadas que os obrigam a ter dois criados para que possam vesti-las, um para cada perna...

– E mesmo assim não é nada fácil – interrompeu o cardeal, pensativo.

– A fim de se pavonearem como missionários da verdade – retomou a senhorita Malin –, talvez sejam mais humanos, mas com certeza nada têm de divinos. Talvez estejam mais afinados com a dura realidade, ao passo que as pernas das mulheres, sob as anáguas, não passam de idéias. Mas só quem é movido por idéias conhece o verdadeiro heroísmo. Pois a consciência de uma força oculta dá coragem. Mas peço-lhe perdão, meu senhor, por ser tão tagarela.

– Madame – retorquiu afavelmente o cardeal –, não há de que se desculpar. Foram muito proveitosas suas colocações. Mas não me convenceram de que a senhora e eu tenhamos no fundo opiniões incompatíveis. Este mundo é como aquele jogo infantil do pão e do queijo; sempre existe algo por baixo – verdade, engano; engano, verdade! Quando o califa se vestiu como um de seus súditos miseráveis, todo o seu esplendor oculto não conseguiria ofuscar o péssimo gosto da brincadeira caso não houvesse por trás uma preocupação para com os pobres. Do mesmo modo, quando o Senhor, durante cerca de trinta anos, disfarçou-se de filho do homem, pouco sentido haveria nisto se ele não tivesse, afinal, um coração compassivo, e até mesmo, madame, simpatia pelos apreciadores de um bom vinho. A mulher espirituosa, minha senhora, escolhe como fantasia de carnaval aquilo que engenhosamente revela algo de seu espírito ou coração, ocultos sob as convenções do dia-a-dia. Quando usa a medonha máscara veneziana com um imenso nariz, está nos dizendo não apenas que possui de fato um nariz clássico, como também algo mais, que pode ser apreciada por outros motivos além de sua mera beleza. Pois assim determinou o árbitro da mascarada: "É pela máscara que se conhece a pessoa".

– Mas estamos de acordo, madame – prosseguiu ele –, em que o Dia do Juízo não trará, como nos tentam impingir os pregadores insossos, o desvendamento de nossas pobres tentativas de engano, mas, pelo contrário, será a hora em que o próprio Todo-Poderoso irá retirar a Sua máscara. Que acontecimento momentoso! Ó, minha senhora, mesmo que tivéssemos de esperar por isso durante um milhão de anos valeria a pena. O céu irá soar e ressoar com o riso, puro e inocente como o de uma criança, límpido como o de uma noiva, triunfante como o de um fiel guerreiro que deposita os estandartes inimigos aos pés de seu soberano, ou como alguém afinal libertado da masmorra e dos grilhões, inocentado das calúnias de um difamador!

– Por outro lado, madame, não arranjou para nós o Senhor, aqui e agora, um dia do juízo em miniatura? Logo será meia-noite. Que esta seja a hora da retirada da máscara. Se não for a sua máscara, ou a minha, que seja a do destino e da vida. Quanto à morte, é provável que logo tenhamos de enfrentá-la, sem nenhuma máscara. Enquanto isto, nada nos resta além de recordar a vida tal como ela é. Vamos, minha senhora, e meus jovens irmão e irmã! Uma vez que não conseguiremos dormir, e estamos confortavelmente instalados, digam-me quem são vocês, e contem francamente suas histórias.

– Ao ver desmoronar o celeiro – prosseguiu o velho, dirigindo-se a Jonathan Maersk –, o senhor ficou de pé no barco, mesmo com o risco de virá-lo. Isto me leva a crer que algo imponente em sua vida também ruiu, despedaçando-se diante dos seus olhos. Conte-nos o que aconteceu.

– E não pude deixar de notar, quando há pouco mencionei a pureza do nosso sangue, que o senhor se retraiu diante das minhas palavras, tal como antes perto do celeiro. Talvez o jovem seja partidário das idéias revolucionárias de sua geração. Não creia, porém, que tais teorias sejam estranhas para mim. Na verdade, tenho com elas um contato mais íntimo do que se imaginaria. Todavia, neste momento, vale a pena deixarmos uma discrepância política afastar nossos corações? Vamos, vou me dirigir ao senhor com suas próprias palavras: que vigorem entre nós a liberdade, a igualdade e a fraternidade, todas as três, ainda que a maior de todas seja a fraternidade.

– Ou então – prosseguiu – talvez o senhor esteja, meu caro, padecendo sob o triste fardo da condição de bastardo. Mas, quem, mais do que o bastardo, precisa gritar para encontrar a própria identidade? Por isso, confie em nós. Conte-nos agora, antes do amanhecer, a história de sua vida.

Ao ouvir tais palavras, o jovem, cujo semblante exibia o tempo todo a marca da solidão que assinala a genuína melancolia, ergueu os olhos para o cardeal. A grande dignidade das maneiras do velho impressionara a todos desde o primeiro instante. Agora era a vez do rapaz cair sob o fascínio da estranha lucidez daqueles olhos. Por alguns momentos os dois se encararam. Então as bochechas pálidas do jovem se ruborizaram, e ele exalou um profundo suspiro.

– Está bem – disse, como se tivesse uma inspiração –, vou contar a vocês a minha história. Talvez possa entendê-la melhor se conseguir colocá-la em palavras.

– Lave o rosto, meu jovem amigo – disse a senhorita Malin –, e o seu retrato, gravado em nossos corações, irá lhe conferir a imortalidade.

– Vou chamar a minha história – começou o jovem – de "O relato de Timon de Assens".

"Se vocês tivessem morado em Copenhague, certamente teriam ouvido falar de mim, pois ali, em certa época, muito se comentou a meu respeito. Até me deram um apelido, justamente 'Timon de Assens'. E tinham razão, uma vez que de fato sou de Assens, que é, como devem saber, um vilarejo à beira-mar na ilha de Funen. Ali eu nasci, como filho de um casal muito respeitável, o capitão naval Clement Maersk e sua mulher Magdalena, que vivia em uma bela casa com jardim.

"Não sei se isto vai lhes parecer curioso, mas, durante todo o tempo que vivi em Assens, nunca me ocorreu que algo ou alguém pudesse me fazer mal. Na verdade, nem sequer imaginava que alguém pudesse se ocupar de mim. Pelo contrário, estava convencido de que cabia a mim cuidar do mundo. Meu pai estava sempre navegando e passei muitos verões ao lado dele, conhecendo até Portugal e a Grécia. Quando estávamos no mar, o barco e sua carga exigiam toda a nossa atenção e, para nós dois, eles eram a coisa mais importante no mundo.

"Minha mãe era uma pessoa adorável. Embora eu tenha, desde algum tempo, circulado pela sociedade mais refinada, jamais encontrei quem se comparasse a ela, tanto em beleza como nas maneiras. No entanto, ela não se dava com as mulheres dos outros capitães, nem gostava de fazer visitas. O pai dela fora assistente do grande botânico sueco Lineu e, para ela, as flores, e tudo o que as circundava, como as abelhas e suas colméias, eram mais importantes do que qualquer coisa referente aos seres humanos. Enquanto vivi ao lado dela, também eu estava convicto de que as plantas, as flores e os insetos eram o que havia de mais importante no mundo, e que os seres humanos só existiam para cuidar deles.

"No jardim da casa em Assens, minha mãe e eu vivíamos numa espécie de idílio. Nossos dias eram todos repletos de inocência e deleite."

A senhorita Malin, que o ouvia atenta, sempre ávida por qualquer tipo de relato, interrompeu o narrador com um breve suspiro.

– Ah! – exclamou. – Sei tudo sobre os idílios. *Mais moi je n'aime pas les plaisirs innocents.*[3]

"Em Assens, tinha um amigo, ou pelo menos assim o considerava", prosseguiu Jonathan. "Rasmus Petersen era um jovem despachado, alguns anos mais velho do que eu, e mais alto por uma cabeça.

3. Mas eu mesma pouco aprecio os prazeres inocentes. [N.T.]

Estava destinado a ser pastor, mas meteu-se em uma confusão e jamais foi ordenado, ainda que, enquanto fazia seus estudos em Copenhague, tenha servido como tutor em casas de escol. Ele sempre demonstrou grande interesse por mim. No entanto, embora eu o admirasse, nunca me senti bem em sua companhia. Ele sempre era aguçado demais, como uma navalha; ninguém que o conhecesse deixava de cortar um pouco os dedos, ainda que imediatamente não se dessem conta. Eu estava com dezesseis anos quando ele insistiu com meu pai que eu deveria me juntar a ele em Copenhague, a fim de estudar com os sábios que ali conhecia, pois me considerava muito inteligente."

– E o senhor era mesmo brilhante? – indagou surpresa a senhorita Malin.

– Infelizmente não, minha senhora – replicou Jonathan.

"Quando me instalei em Copenhague", continuou, "senti-me muito solitário, pois não tinha nada para fazer. Parecia-me que ali não havia nada além de gente. E as pessoas, por sua vez, demonstravam escasso interesse por mim. Após trocar com elas algumas palavras, em geral preferiam se afastar. No entanto, após um tempo, comecei a me interessar pelos imensos viveiros e estufas dos palácios, tanto da realeza como da nobreza. Dentre estes, os mais renomados eram os do barão Joachim von Gersdorff, o primeiro-ministro do reino, e ele próprio um exímio botânico, que viajara por toda a Europa, a Índia, a África e a América, a fim de coletar plantas raras.

"Vocês já ouviram falar desse homem, ou talvez até mesmo o conheçam Ele era de família russa e sua riqueza era tal como nunca se vira na Dinamarca. Além disso, era poeta e músico, e um diplomata, um sedutor de mulheres, até mesmo em sua velhice. Porém, não era isso o que mais chamava a atenção nele, e sim o fato de ser um homem da moda. Ou, seria melhor dizer que a moda era, pelo menos em Copenhague, uma simples criada do barão Gersdorff. Tudo o que ele fazia logo era imitado por todo o mundo. Bem, não pretendo descrevê-lo. Creio que todos vocês têm uma idéia do que significa ser um homem da moda. Eu mesmo não demorei a perceber. E era bem isto o que ele era.

"Eu já visitara suas estufas várias vezes, graças aos préstimos de Rasmus, antes de ali conhecer o barão em uma tarde. Rasmus fez as apresentações, e ele me cumprimentou com afabilidade, oferecendo-se para me mostrar o lugar, o que fez com muita paciência e bondade. Depois daquele dia, quase sempre eu o encontrava por lá. E ele me contratou para compilar um catálogo de seus cactos. Passamos bastante tempo juntos naquela estufa. Eu apreciava a companhia do barão, pois ele vira muita coisa do mundo e podia me falar das flores e insetos que conhecera em suas viagens. Às vezes notava que minha presença o deixava curiosamente emocionado. Certa tarde, quando lia para ele um tratado sobre a boca do tubo do Epiphyllum, notei que fechara os olhos. Em seguida, tomou minha mão e a segurou; quanto terminei, ele ergueu os olhos e disse: 'O que lhe darei, Jonathan, como uma espécie de comissão?'.

Ri e disse que ainda não achava que havia descoberto algo de excepcional.

'Ó, Deus, este verão de 1814 bem vale uma recompensa!'

"Foi depois desse dia que começou a falar de minha voz. Dizia que eu tinha uma voz extraordinariamente doce, e perguntou-me se não me incomodaria de que combinasse com *monsieur* Dupuy para que este me desse aulas de canto."

– E o senhor tinha mesmo uma voz adorável? – indagou a senhorita Malin com ar de incredulidade, pois agora a voz do jovem era grave e rouca.

– Tinha, minha senhora, naquela época minha voz era muito boa. Aprendi a cantar com minha mãe.

– Ah! – disse a senhorita Malin – não existe nada mais adorável no mundo do que uma bela voz de menino. Quando estive em Roma, havia um rapaz chamado Mario, no coro da igreja de Jesus, que cantava com a voz de um anjo. Foi o próprio papa quem me recomendou ouvi-lo, e eu bem sabia o motivo, pois ele tinha a esperança de me converter ao catolicismo, e achava que o canto daquele anjo dourado seria capaz de vencer a minha resistência. Do banco em que estava acomodada, vi o próprio papa romper em lágrimas quando, como um cisne alçando vôo, Mario ergueu a voz no imortal recitativo do Carissimi: "Afasta-te de mim, Satanás!". Oh, aquele bom Pio VIII. Dois dias depois, ele seria perversamente envenenado por três pílulas de cantárida. Não tenho nenhuma simpatia pelo catolicismo, mas devo admitir que ele era um belo papa, e morreu como um homem. Mas então o senhor teve suas aulas e tornou-se um virtuoso, *monsieur* Jonathan?

– Foi assim, senhora – replicou Jonathan com um sorriso –, de fato tive aulas.

"E como sempre apreciara a música, não medi esforços e fiz grandes progressos. No início do terceiro inverno, o barão, que por essa época nunca parecia gostar de ficar longe de mim, apresentou-me às grandes casas de seus amigos, fazendo com que eu cantasse para eles. Assim que chegara em Copenhague, eu costumava, nas noites de inverno, passear diante das grandes casas, contemplando as flores e os candelabros dos bailes, e as jovens que desciam das carruagens. Agora eu mesmo freqüentava aquelas casas, e as damas, jovens e idosas, me acolhiam tão bem como se eu fosse um filho ou um irmão mais novo. Cheguei até a cantar na Corte, para o rei Frederico e a rainha Maria, que me agraciou com um sorriso bondoso. Eu era muito feliz naquela época. E pensava comigo: como são tolos aqueles que nos dizem que a gente poderosa das cidades não se interessa por nada além de riquezas e honrarias mundanas. Todas essas damas e grandes cavalheiros apreciam a música tanto quanto eu – na verdade até mais – e, ao ouvi-la, esquecem de todo o resto, pois não supera o amor pelo belo."

– O senhor se apaixonou? – perguntou a senhorita Malin.

– De certo modo, me apaixonei por todos eles – disse Jonathan.

"Ficavam com os olhos marejados quando eu cantava; me acompanhavam com a harpa ou se juntavam a mim em duetos; tiravam flores de seus cabelos e as ofereciam a mim. Mas é bem provável que estivesse apaixonado pela condessa Atalanta Danneskjold, a mais jovem das irmãs Danneskjold, conhecidas como os nove cisnes de Samso. A mãe dela nos fez posar juntos em uma charada, como Orfeu e Eurídice. Todo aquele inverno foi um sonho perfeito, pois às vezes não sonhamos que podemos cantar a nota que quisermos, e percorrer de cima abaixo toda a escala tonal, como os anjos na escada de Jacó? Até mesmo hoje tenho sonhos assim.

"No entanto, com a aproximação da primavera, ocorreu algo que me pareceu um enorme infortúnio, pois então não sabia o que de fato significa um infortúnio. Fiquei doente e, quando estava me restabelecendo, o médico da Corte, que cuidava de mim, contou-me que eu perdera a voz e não havia a menor esperança de recuperá-la. Ainda preso ao leito, isto me deixou muito preocupado, não apenas pela perda de minha voz, mas ao me dar conta de que, com isso, decepcionaria e perderia meus amigos, o que tornaria muito triste a minha vida. Estava derramando lágrimas por esse motivo quando recebi a visita de Rasmus Petersen. Abri para ele o meu coração, carente de simpatia em meio a tanto sofrimento. Notei, porém, que ele teve de levantar da cadeira e fingir que olhava pela janela a fim de disfarçar seu riso. Aquilo me pareceu cruel de sua parte e não lhe disse mais nada.

"'Ora, Jonathan', disse ele, 'tenho um bom motivo para rir, pois acabei de ganhar uma aposta. Disse que você era de fato o simplório que aparentava, ao contrário do que pensavam todos os outros. Eles o consideram muito perspicaz. Para você, não fará a menor diferença o fato de ter perdido a voz.'

"Não entendi o que queria dizer. Creio que fiquei pálido, ainda que suas palavras me reconfortassem de algum modo.

"'Saiba então', continuou ele, 'que o barão Gersdorff é o seu pai. Eu intuí algo nesse sentido, antes mesmo de levá-lo às estufas, ao ver um retrato dele quando criança, no qual também ele exibe uma cabeça de anjo. Quando ele próprio se deu conta, ficou mais contente do que eu jamais o vira e comentou: 'Nunca tive um filho em minha vida. Parece-me muito curioso que agora tenha um descendente. Ainda assim, creio que este rapaz é de fato o sangue do meu sangue e vou recompensá-lo por isso. Mas se me convencer de que minha alma irá sobreviver graças a ele, Deus bem sabe que irei reconhecê-lo como um filho legítimo e herdeiro de tudo o que tenho. Caso não seja possível fazer dele um barão Gersdorff, pelo menos me empenharei para que se torne um cavaleiro de Malta, com o nome de De Réssurection.'

"'É por esse motivo', disse Ramus, 'que os círculos refinados de Copenhague se mostraram tão acolhedores para com você, Jonathan. Eles o vêm observando desde o início para ver se a alma do barão Gersdorff se manifestava em você, o que o tornaria o homem mais rico, e o melhor partido, meu caro Jonathan, de toda a Europa do Norte.'

"Em seguida, ele me relatou uma conversa que tivera com o barão Gersdorff a meu respeito:

"'Você bem sabe, meu caro Rasmus, que sou um poeta', dissera-lhe o barão. 'Bem, agora vou lhe dizer que espécie de poeta eu sou. Em toda a minha vida, nunca escrevi um verso sem me colocar no lugar de algum outro poeta que eu conheça. Já compus poemas à maneira de Horácio ou de Lamartine. Do mesmo modo, não sou capaz de escrever uma carta de amor a uma mulher sem que me imagine ser o corsário Lovelace ou então Oneguin. As damas foram incensadas, adoradas e seduzidas por todos os heróis de Chateaubriand e lorde Byron. Nada em minha vida foi feito de maneira inadvertida, sem que eu tivesse plena consciência de meus atos. A única exceção foi esse rapaz, esse Jonathan, a quem gerei sem que tivesse a menor idéia disso. Ele está fadado a ser, não um personagem criado por Firdusi, ou mesmo Oehlenschlaeger, e sim uma verdadeira e genuína obra de Joachim Gersdorff. Isso é algo curioso, muito curioso, para acontecer a Joachim Gersdorff. Esse é um fenômeno da maior relevância para Joachim Gersdorff. Se o rapaz revelar ter a verdadeira fibra de um Joachim Gersdorff, não haverá limites para minha recompensa. Riquezas, casas, mulheres, vinhos e todas as honrarias mundanas estarão ao alcance dele.'

"Fiquei sabendo de tudo isso enquanto estava prostrado no leito.

"Não sei se acharão estranho, meu senhor ou minha senhorita Nat-og-Dag, que a emoção mais forte despertada em mim por tais palavras foi um sentimento de profunda vergonha. Nunca, em toda a minha vida, eu experimentara algo assim tão forte.

"Se o barão tivesse me seduzido, como creio que seduziu outros belos jovens, só me restaria enrubescer diante das pessoas honestas. Mas teria me refugiado dessa vergonha em meu próprio coração, pois de certo modo eu o amava. Porém, da vergonha que agora sentia não me parecia haver refúgio em parte alguma. Pela primeira vez na vida, sentia o âmago de minha alma trespassado pelos olhares de todo o mundo.

"Deus criou o mundo, meu senhor, e o contemplou e viu que era bom. Muito bem. Mas, e se o mundo O tivesse contemplado, a fim de ver se Ele era ou não bom? Creio que foi isto o que Lúcifer na verdade fez a Deus: ele O contemplou e fez o Senhor sentir que estava sendo julgado por um crítico. E era Ele bom? Antes eu... eu era tão inocente quanto Deus. Agora me tornara um verdadeiro Joachim Gersdorff. Em todas as minhas veias corria o sangue desse homem, um homem elegante, o tipo de homem que atrai todos os olhares do mundo. Deus não podia suportar aquilo. Por isso, como sabemos, lançou Lúcifer em um abismo. Deus estava certo; aquilo era intolerável. Também para mim aquilo era insuportável, mas não havia como fugir.

"Para comprovar se Rasmus dissera a verdade, realizei, creio eu, algo corajoso, até mesmo heróico, o que na minha opinião atesta que eu fora bem criado pelo capitão e sua mulher. Compareci a uma grande festa na casa da condessa Danneskjold e voltei a cantar para eles. Repassei todo o meu velho repertório, ouvindo minha própria voz, ou o que dela restava. Vocês, que agora me escutam, devem imaginar o quão lamentável deve ter sido tal ocasião. Antes já me apresentara para eles e, esforçando-me ao máximo, proporcionara-lhes o melhor de mim. Agora, enquanto cantava, em nenhum daqueles rostos que me rodeavam notei o menor sinal de pena ou desapontamento. Todos foram, como sempre, antes, bondosos e lisonjeiros. Percebi então que nunca lhes proporcionara nada, que nunca lhes afetara em nada. O mundo à minha volta é que estava me observando e pretendia fazer algo em relação a mim. Todos me fitavam, pois eu era um legítimo Joachim Gersdorff, um jovem elegante. Saí daquela casa à meia-noite, e foi aquela hora, meu senhor, que me voltou à lembrança quando vi desmoronar o celeiro.

"Na mesma noite escrevi ao barão uma carta de despedida. Estava de tal modo tomado de aversão por ele e todo o seu mundo que, ao reler o que havia escrito, notei que usara o termo 'elegante' nada menos que nove vezes. Encarreguei Rasmus de entregar-lhe a carta. Quando ele estava saindo, lembrei-me que nada havia dito a respeito da fortuna que o barão pretendia me deixar. Então pedi ao meu amigo que lhe comunicasse minha recusa de qualquer centavo vindo dele.

"Não podia suportar o espetáculo das ruas. Após deixar meus elegantes aposentos nas proximidades do Palácio Gersdorff, tomei no porto um barco para a pequena ilha fortificada de Trekroner e ali aluguei um quarto com o oficial-intendente. De minha janela não se via nada além do mar. Rasmus me acompanhou e levou minha bagagem. Durante todo o tempo, tentou me dissuadir. Tínhamos de passar diante do portão do Palácio Gersdorff, e era tal a repulsa que sentia por aquele local que ali cuspi, tal como meu pai – tal como o capitão Clement Maersk de Assens – me ensinara a cuspir quando eu era menino.

"Passei alguns dias em Trekroner, tentando reencontrar o mundo tal como antes me pertencia – não buscava a mim mesmo, pois nada me interessava menos do que eu mesmo. Pensei no jardim de Assens, mas jamais poderia voltar para lá. Uma vez que provamos da árvore do conhecimento, e abrimos os olhos para nós mesmos, todos os jardins se fecham para nós. Viramos uma pessoa elegante, tal como ocorreu com Adão e Eva quando passaram a se preocupar com sua aparência.

"Todavia, alguns dias mais tarde, Rasmus veio me visitar. Embora morresse de medo do mar, ele tomou um escaler para me encontrar.

"'Ah, meu amigo', disse ele, esfregando as mãos, 'você nasceu sob uma estrela da sorte. Entreguei sua carta ao barão e, à medida que a lia, ele foi ficando cada vez mais excitado e encantado. Por fim ele se levantou e, andando de um lado para o outro, exclamou: 'Meu Deus, tanta misantropia, tanta melancolia! Conheço tão bem tudo isso! São exatamente como as minhas! Uma semana após me tornar amante da imperatriz Catarina, senti tudo isso que ele está sentindo agora. Queria apenas entrar para um mosteiro. É o jovem Joachim Gersdorff sem tirar nem pôr, mas pintado em cores negras, uma gravura baseada no original colorido. Mas Deus do Céu, que força tem esse rapaz, que negrume profundo e requintado! Com sua voz aguda, nunca o imaginaria capaz disso. Essa é a noite de inverno na Rússia, os lobos vagando pelas estepes'. Após reler a carta, ele prosseguiu: 'Ele não quer ser um homem elegante? Mas nós, os Gersdorff, somos assim; assim foi o meu pai na corte da jovem imperatriz. Por que este não seria o destino do meu filho? Não há dúvida de que será nosso herdeiro, o espelho da moda, o molde da forma'.

"'Ouça o que digo, Jonathan', disse-me Rasmus, 'sua melancolia agora está em grande voga. Os jovens elegantes de Copenhague se vestem de preto e se referem ao mundo com amargura, enquanto as damas só falam da sepultura'.

"Foi nessa época que começaram a me chamar de Timon de Assens.

"'Você disse a ele', perguntei a Rasmus, 'que em hipótese alguma aceitaria um centavo de seu dinheiro?' Ao que Rasmus respondeu: 'Claro que sim. Ele ficou tão contente que cheguei a pensar que teria um ataque, fazendo de você seu herdeiro naquele exato momento. 'Muito bom', disse ele, 'muito bom, esse meu filho Timon. Vamos ver ele dissipar esse dinheiro. Distribuí-lo a torto e a direito. Mostrar seu desprezo pelo dinheiro à maneira de um verdadeiro Gersdorff. Que as heteras tomem conta dele; não há nada melhor para anunciar um homem elegante e melancólico. Elas o acompanharão por toda a parte, proporcionando um encantador contraste para o seu negrume retinto. Como eu amo esse rapaz', exclamou ele, acrescentando: 'Minha coleção de esmeraldas não tem igual na Europa. Para começo de conversa vou enviar-lhe isto. Aqui está o que ele mandou para você'", disse Rasmus, entregando-me, com todo o cuidado, um pequeno cofre de jóias.

"'Todavia, quando o barão soube', continuou Rasmus, 'que você cuspiu na porta de sua casa, ele ficou muito sério.' 'Foi exatamente isto', disse ele, 'o que fiz diante da casa de meu pai, no portão do Palácio Gersdorff em São Petersburgo.' Em seguida, mandou chamar seu advogado e redigiu um documento reconhecendo-o como filho e herdeiro de toda a sua fortuna. Do mesmo modo, já iniciou as gestões para que lhe seja concedido o título de cavaleiro de Malta, com o nome de De Résurrection.' "

"Nessa altura eu estava de tal modo deprimido que pensava na morte com ânsia e nostalgia. Voltei à cidade com Rasmus, a fim de saldar minhas dívidas, de modo que o alfaiate e o chapeleiro não fizessem comentários ao meu respeito depois que estivesse morto, e caminhei pela ponte de Langebro, contemplando a água e os barcos ali ancorados, alguns dos quais originários de Assens. Esperei até que não houvesse muita gente por ali. Era um daqueles entardeceres azulados de abril em Copenhague. Uma barcarola composta por Salvadore e que eu costumava cantar passou-me pela cabeça. Isto me acalmou bastante, assim como a idéia de que logo deixaria este mundo. Enquanto ali estava de pé, uma carruagem que passava diminuiu sua velocidade e, pouco depois, uma dama vestida de renda preta veio em minha direção, olhou em torno e me dirigiu a palavra, resfolegante, em voz baixa.

"'O senhor não é Jonathan Maersk?', perguntou. Ao dizer que sim, ela se aproximou mais.

"'Ó, Jonathan, eu o conheço. Estou seguindo-o e sei muito bem o que está prestes a fazer. Permita-me que o acompanhe. Há muito quero morrer, mas não tenho coragem de fazer isso sozinha. Permita que eu morra ao seu lado. Sou tão pecadora quanto o próprio Judas, e como ele também eu traí, traí. Vamos, vamos juntos embora deste mundo.'

"No crepúsculo de primavera, ela tomou minha mão e a apertou. Tive de me soltar e sair correndo.

"Ocorreu-me que, provavelmente, sempre havia em Copenhague quatro ou cinco mulheres à beira do suicídio, talvez até mais. Se eu me tornara o homem da moda para elas, como seria capaz de escapar delas e morrer em paz? Seria agora obrigado a morrer em companhia elegante, e dar o tom adequado de elegância à ponte de Langebro? Terei de afundar até o fundo do mar ao lado de mulheres incapazes de distinguir um tom menor de um maior e, no meu último suspiro, ser..."

"*Le dernier cri*", completou a senhorita Malin, com um risinho verdadeiramente diabólico.

"Voltei a Trekroner", disse Jonathan após breve pausa, "e fiquei sentado em meu quarto. Não conseguia comer nem beber nada.

"Foi então que recebi a visita inesperada do capitão Clement Maersk, de Assens. Ele navegara até Trankebar e, assim que chegou, decidira me procurar.

"'O que é isso que as pessoas comentam de você, Jonathannerl? Então pretendem fazer de você um cavaleiro de Malta? Conheço bem Malta. Quando entramos no porto, o castelo de Sant'Angelo fica à direita, e é preciso muito cuidado para não batermos nas rochas a caminho do cais.'

"'Meu pai', disse eu, lembrando-me de como havíamos velejado juntos, 'é verdade que sou filho do barão Gersdorff? O senhor conhece esse homem?'

"'Deixe de lado esse assunto de mulheres', respondeu ele. 'O importante é que você se tornou um barco de alto-mar, seja quem for que o construiu.'

"Contei-lhe então tudo o que me havia ocorrido.

"'Meu pequeno Jonathan', comentou ele, 'você caiu entre mulheres.'

"Disse-lhe que na verdade não conhecera muitas mulheres.

"'Isto não quer dizer nada', replicou ele. 'Conheço bem os homens de Copenhague. Todos aqueles ansiosos por fazer com que as coisas aconteçam são mulheres, ainda que disfarçadas por um novo modelo de nariz de cera. De uma coisa tenho certeza: em se tratando de navios, se não fossem as mulheres que ficam nos portos esperando por sedas, chá, cochinilha e pimenta – tudo o que necessitam para fazer com que as coisas aconteçam –, os barcos continuariam a navegar tranqüilamente, contentes de estarem ao largo e nunca pensariam em aportar.

"'A sua mãe', prosseguiu pouco depois, 'foi a única mulher que conheci que não tinha interesse em fazer com que algo ocorresse.'

"'No entanto, até mesmo ela não foi bem-sucedida', disse eu, 'e agora que Deus me ajude.'

"Contei-lhe em seguida que o barão Gersdorff manifestara a intenção de me legar sua fortuna. Meu pai, porém, estava ficando surdo. Só depois de um instante, ele disse:

"'Você falou de dinheiro? Você precisa de dinheiro, Jonathan? Seria curioso se fosse assim, pois sei onde tem muito dinheiro. Oito anos atrás fiquei preso em uma calmaria ao largo de uma ilhota perto do Haiti. Quando desembarquei em uma de suas praias para conhecer o lugar, e recolher plantas raras que pretendia trazer para sua mãe, topei com o tesouro enterrado pelo capitão L'Olonois. Eu o desenterrei e, como queria me exercitar, voltei a enterrá-lo, mas com mais cuidado do que fizera o flibusteiro. Sei o lugar exato em que ele está. Se quiser, posso trazê-lo para você daqui a algum tempo. Se não consegue evitar que o barão lhe dê o seu dinheiro, você poderia presenteá-lo com esse tesouro, mais valioso do que a fortuna dele.'

"'Meu pai!', exclamei, 'o senhor não tem idéia do que está dizendo. O senhor nunca viveu nesta cidade. Que gesto maravilhoso seria esse! Isto me transformaria em um homem da moda para sempre – aí então eu seria mesmo Timon de Assens. Traga-me um papagaio do Haiti, mas não dinheiro.'

"'Acho que você é infeliz, Jonathan.'

"'Sim, meu pai, sou infeliz. Amei esta cidade e seus moradores. Eu os engoli com prazer. Mas eles carregam um veneno que não consigo tolerar. Agora, só de pensar neles, minha alma é invadida pela náusea. O senhor conhece algum remédio para isso?'

"'Sei de um remédio bom para tudo: água salgada.'

"'Água salgada?'

"'Água salgada, seja como for: no suor, nas lágrimas ou na água do mar.'

"'Lágrimas e suor eu já tentei. Pretendia experimentar a água do mar, mas uma mulher vestida de renda negra me impediu.'

"'Você fala de maneira insensata, Jonathan', disse ele, e pouco depois sugeriu:

"'Por que não vem comigo? Estou a caminho de São Petersburgo.'

"'Não, para São Petersburgo não vou.'

"'Bem, é para lá que estou indo. Mas trate de se recuperar enquanto eu estiver longe, pois está com péssima aparência. Quando voltar, eu o levarei comigo, vamos para o alto-mar.'

"'Não posso ficar em Copenhague', disse eu.

"'Então vá para algum lugar recomendado pelos médicos e depois me encontre em Hamburgo.'

"E foi assim, meu senhor e minha senhorita Nat-og-Dag", concluiu o rapaz, "que acabei vindo para cá, por sugestão do capitão Maersk, seja ou não ele o meu verdadeiro pai, a fim de fazer uma cura de água salgada."

– Ah, ah, ah – exclamou a senhorita Malin quando o jovem terminou sua história, que a essa altura capturara sua atenção. Esfregou as mãozinhas uma na outra, tão satisfeita quanto uma criança diante de um brinquedo novo.

– Que história maravilhosa, *monsieur* Timon. E que lugar maravilhoso é este! Como nós somos interessantes! Somente agora me dou conta de minha identidade: sou a própria *mademoiselle* Diógenes, e esta lamparina, deixada por aquela gorda e velha camponesa, é a mesma e famosa lamparina à luz da qual saí em busca de um homem, e que me ajudou a encontrá-lo. O senhor é esse homem, Timon! Se tivesse procurado por toda a Europa com uma lamparina não teria sido mais bem-sucedida.

– E para que a senhora me quer? – perguntou-lhe Jonathan.

– Ó, não para mim mesma. Hoje à noite, não estou com humor para namoros. Na verdade, poderia ter tido, como ceia, uma infusão da árvore-da-castidade, da qual se encontra um espécime em Guinenne. O senhor me interessa mais como Calipso.

– Está vendo essa jovem? – perguntou então, contemplando com orgulho e ternura a bela criatura ao seu lado. – Ela não é minha filha, mas, pelo Espírito Santo, estou empenhada em criá-la, tanto quanto o meu velho amigo, o barão Gersdorff, empenhou-se em moldá-la. Eu a acolhi no meu coração e no meu espírito, e suspirei sob esse fardo. Agora esses dias estão contados e logo ficarei livre, e aqui temos o estábulo e a mangedoura. Mas quando eu a trouxer à luz, vou precisar de uma babá, e também uma governanta, um tutor e um *maestro* para ela – e o senhor pode ser tudo isso.

– Ai, ai, e o que poderia ensinar a ela? – perguntou Jonathan.

– É preciso ensiná-la a ser vista – disse a senhorita Malin. – O senhor queixa-se de que as pessoas o fitavam. Mas como seria se estivesse vergado sob o infortúnio oposto? Imagine que ninguém pudesse ou quisesse vê-lo, ainda que o senhor mesmo estivesse firmemente convencido de sua própria existência? Existem outros martírios além do que o aflige, meu caro misantropo de Assens. Talvez o senhor já tenha lido o conto sobre as roupas novas do imperador, por esse brilhante e jovem autor em ascensão, Hans Andersen. Mas aqui se trata da situação inversa: o imperador está caminhando em todo o seu esplendor, empunhando o cetro e o globo, e ninguém em toda a cidade ousa dirigir-lhe o olhar, pois temem ser considerados inadequados para seus cargos, ou intoleravelmente tacanhos. Eis portanto o meu pequeno imperador; quanto às conseqüências dos atos de um homem terrível, já vou lhe contar a história; e o senhor, *monsieur* Timon, o senhor é a criança inocente que grita: "Mas aquele *é* o imperador!"

– A divisa da família Nat-og-Dag – prosseguiu a senhorita Malin – diz 'Tanto o amargo como o doce'. Por respeito a meus antepassados, provei muitos dos pratos variados da vida: a sopa de miúdos de ave do sr. Swedenborg, a salada do amor platônico, e até o *sauerkraut* do divino marquês. Adquiri o refinado paladar de uma genuína Nat-og-Dag; e passei a apreciar tais iguarias. Exceto o amargor da vida, que é um alimento pífio, sobretudo para um coração jovem. Nos prados de Westerland, encontra-se uma espécie de carneiro que se alimenta de relva salgada, e que produz uma carne de excelente gosto conhecida no mundo da culinária como *pré-salé*. Essa jovem foi criada nesses prados salgados, com salmoura e ervas amargas. Seu pequeno coração não teve nenhum outro alimento. Ela é, na verdade, em termos espirituais, um *agneau pré-salé*, o meu cordeirinho pré-salgado.

A jovem, que permanecia sentada e acabrunhada ao lado de sua idosa amiga, recompôs-se quando a senhorita Malin começou a contar sua história. Então se empertigou. Seus olhos cor-de-âmbar, sob as longas e delicadas sobrancelhas que mais pareciam marcas nas asas de uma borboleta, ou um par de asas baixas estendidas, continuaram a fitar o ar, altivos demais para pousarem sobre a audiência. A despeito do semblante suave, ela era um animal perigoso, pronto para dar um bote. Mas sobre o quê? Para dar um bote na vida, simplesmente.

– Vocês já ouviram falar – perguntou a senhorita Malin – do conde August Platen-Hallermund?

Ao ouvir esse nome, a jovem começou a tremer e empalideceu. Uma sombra escura toldou-lhe os olhos translúcidos.

– Silêncio – disse a senhorita Malin –, não vamos pronunciar de novo esse nome. Como não se trata propriamente de um homem, e sim de um anjo, seria melhor chamá-lo de conde Serafina. E esta noite vamos trazer o conde à barra de um tribunal. Que pelo menos esta ocasião sirva para dizermos a verdade a respeito dele. Quando era menina e aprendia francês – a velha dama dirigiu-se ao cardeal, ignorando os mais jovens em um pequeno e súbito acesso de familiaridade –, a primeira frase de meu livro era *"Le lit est une bonne chose; si l'on n'y dort, l'on s'y repose"*.[4] Como muita coisa que nos ensinaram na infância, a vida comprovou o quanto havia de tolice nisso. Seja como for, ainda se aplica ao leito da justiça.

4. O leito é de muita serventia; serve tanto para dormir como para repousar. [N.T.]

– Para dizer a verdade, já li a poesia e a filosofia do conde August – comentou o cardeal.

– Não é o meu caso – retorquiu a senhorita Malin. – No Dia do Juízo, quando tiver de explicar as incontáveis horas que desperdicei, ainda poderei me justificar, dizendo "mas afinal não perdi tempo lendo os poemas do conde August von Platen". E quantos poemas ele compôs, meu senhor?

– Ah, quanto a isto, não tenho a menor idéia – respondeu o cardeal à senhorita Malin, que retrucou: *"Cinq ou six mille? C'est beaucoup. Combien y-a-t-ils de bons? Quinze ou seize. C'est beaucoup, dit Martin"*.[5]

– Sem dúvida o senhor já ouviu falar – prosseguiu ela – daquele infeliz jovem que foi transformado por uma bruxa em um cãozinho, e não podia recuperar sua antiga forma a não ser que uma virgem imaculada, que nunca tivesse conhecido um homem, conseguisse, na noite de são Silvestre, ler os poemas de Gustav Pfizer sem cair no sono? E sua amiga, solidária ao lhe contarem isso, responde: "Lamento muito, então, mas não posso ajudá-lo. Antes de tudo, não sou virgem. Depois, nunca poderia, ao ler os poemas de Gustav Pfizer, me impedir de ser arrebatada pelo sono". Se o conde August for transformado em um cãozinho, pelos mesmos motivos não poderei ajudá-lo.

– Esse homem, então, esse conde Serafina – disse ela, retomando o fio da meada após a breve digressão – era o tio dessa jovem, aquele que a criou em sua casa após ela ter perdido os pais. Por isso, agora, meus caros amigos, vou amenizar a escuridão desta noite para vocês, nela inscrevendo o negrume mais profundo da história de Calipso:

"O conde Serafina meditou exaustivamente sobre as questões celestiais. E, como o senhor deve saber, por ter lido seus poemas, ele estava convencido de que a nenhuma mulher seria permitido entrar no céu. Pois tinha ojeriza e desconfiança a tudo o que era feminino; isto lhe provocava arrepios.

5. "Cinco ou seis mil? É demais. Quantos deles são bons? Quinze ou dezesseis. É demais, disse Martin." Voltaire, *Candide*, cap. 22. [N.T.]

"A idéia que fazia do paraíso era, portanto, a de uma longa fila de belos rapazes, vestidos com túnicas brancas e transparentes, caminhando aos pares e declamando seus poemas ao som de sua música, em agudos tão maviosos quanto os que o senhor mesmo já foi capaz de produzir, ou então, discutindo sua filosofia ou estudando absortos seus livros sobre aritmética. Quanto à propriedade que possuía em Angelshorn, em Mechlenburg, tinha a intenção de transformá-la em um céu desse tipo, um campo elísio de figuras de cera Von Platen, cujo centro absoluto era ocupado, da maneira mais constrangedora para si mesmo e para ela própria, por essa pequena jovem, a respeito da qual o conde entretinha muitas dúvidas sobre se seria ou não capaz de passar por um anjo.

"Enquanto ela era criança, ele encontrou prazer em sua companhia, pois era sensível à beleza e à graça. Insistiu para que vestisse roupas de menino, todas de veludo e rendadas, e permitiu-lhe que deixasse crescer o cabelo, com cachos tão violeta como os do jovem Ganimedes na corte de Júpiter. Ele se preocupava sobretudo com a idéia de se mostrar ao mundo como um feiticeiro, um nobre adepto da magia branca, capaz de transmutar aquela garota, uma gota de sangue do próprio demônio, em uma adorável criatura mais próxima dos anjos, ou seja, em um menino. Ou talvez até mesmo sonhasse em criar um ser de sua própria espécie, um objeto de arte nem masculino nem feminino, um genuíno Von Platen. Essa idéia, portanto, deve ter, em certos momentos, agitado um pouco seu sensível sangue de artista. Fez questão de ensinar grego e latim à menina. E tentou incutir-lhe a idéia da beleza da matemática superior. Porém, quando a instruiu sobre a infinita beleza do círculo, ela lhe perguntou: 'se ele é de fato tão belo, qual é a sua cor – não seria talvez o azul?'. 'Ah, não', replicou o conde, 'o círculo não tinha absolutamente nenhuma cor'. Foi então que começou a temer que ela nunca se transformaria em um rapaz.

"Ele ficava a contemplá-la, roído por terríveis dúvidas, cada vez mais virtuosamente indignado diante dos sinais de seu equívoco. E quando se convenceu de que não mais restava a menor dúvida, e seu fracasso era inevitável, com um tremor afastou-a para sempre de seus olhos, aniquilando-a. A sentença de morte da jovem foi sua formosura. Isto se dera dois ou três anos atrás. Desde então, ela deixou de existir. Senhor Timon, não se acanhe de invejá-la.

"O conde Serafina tinha enorme fascínio pela Idade Média. O imenso castelo de Angelshorn remontava àquela época, e seu proprietário empenhara-se ao máximo para que tanto a parte interna como a externa não destoassem da era das Cruzadas. Tanto quanto o próprio conde, ele não fora construído de modo a se espalhar pelo terreno; antes, suas altas torres aspiravam ao céu, uma revoada de corvos circundando-as como uma fina fumaça, e as profundos arcos parecendo se enterrar nas profundezas. A luz do dia coava-se, através de muros com quase dois metros de espessura, por antigos vitrais em tons de canela e sangue-de-boi, ao longo das paredes dos aposentos, nos quais, em tapeçarias esmaecidas, unicórnios eram abatidos e os magos, acompanhados de seu séquito, levavam ouro e mirra a Belém. Ali o conde ouvia, quando não tocava, a *viol de gamba* e a *viol d'amore*, e aperfeiçoava sua habilidade como arqueiro. Jamais lia livros impressos, preferindo fazer com que os autores da época fossem copiados à mão em letras violáceas e ultramarinas.

"Ele gostava de se imaginar como o abade de um mosteiro muito exclusivo, onde eram admitidos apenas monges jovens e belos, de talento excepcional e maneiras refinadas. Ele e seus jovens amigos sentavam-se para cear em velhos bancos de carvalho entalhados, e vestiam capuzes de seda púrpura. A casa era uma abadia em terras setentrionais, um monte Atos no qual não se permitia a entrada de nenhuma vaca ou galinha, e nem mesmo das abelhas selvagens, por causa da abelha-rainha. Sim, o conde era mais zeloso do que os monges de Atos, pois quando ele e o serralho de jovens tomavam vinho em um crânio, para manter presente a idéia de morte e eternidade, ele tinha como ponto de honra nunca usar o crânio de uma dama. Oh, que o nome desse homem tenha de desonrar os meus lábios! Para um homem de verdade, melhor seria que matasse uma mulher, a fim de ter um crânio com o qual tomar seu vinho, do que se comprazer ao bebê-lo, por assim dizer, de seu próprio crânio.

"Era nesse castelo sombrio que vagava a jovem aniquilada. A criatura mais adorável do lugar, ela teria adornado a corte da soberana Vênus, que, é bem provável, a teria encarregado de cuidar de suas pombas, sendo ela própria uma pomba. Mas ali ela sabia que não existia, pois ninguém jamais lhe dirigia um olhar. Onde, meu senhor, nasce a música – no instrumento ou dentro do ouvido? A beleza da mulher está no olho do homem. O senhor mencionou Lúcifer ofendendo a Deus ao procurar vê-lo tal como era. Isto revela que o senhor venera uma divindade masculina. Aos seus adoradores, uma deusa perguntaria primeiro: 'Como estou?'.

"Talvez o senhor me pergunte agora: 'E nenhum dos untuosos sequazes do castelão arriscou-se a olhar por conta própria, dando-se conta do quanto ela era formosa?'. Pois bem, não foi assim. Esta é a história da roupa nova do imperador, e tem como objetivo demonstrar o poder da vaidade humana. Esses lindos jovens temiam sobretudo ser considerados terrivelmente prosaicos e inadequados para sua função. Estavam ocupados demais discutindo Aristóteles e dissertando sobre as doutrinas e os mistérios escolásticos da Antigüidade e da Idade Média.

"O próprio imperador, como vocês certamente se lembram, acreditava estar primorosamente ataviado. Do mesmo modo, a donzela achava que não merecia ser vista por ninguém. Mesmo assim, em seu íntimo, mal podia crer nisso, sendo devorada por esse conflito perpétuo entre o instinto e a razão, tal como o próprio Hércules, ou qualquer outro herói convencional da tragédia. Às vezes, ficava de pé contemplando as imponentes armaduras nos corredores de Angelshorn. Aqueles sim haviam sido homens de verdade. Ela sentia que teriam sido seus defensores, não fossem tão ocos. Ela se tornou reticente diante de todos, e selvagem, em meio à solidão da brilhante sociedade da casa. Mas ela também se tornou feroz e poderia muito bem, em uma noite escura, ter incendiado o castelo.

"No final, tal como o senhor Timon, que não mais conseguia suportar a existência e pensou em saltar de Langebro para a água, também ela não mais conseguia suportar essa não-existência em Angelshorn. Mas a tarefa do senhor era mais fácil, uma vez que queria apenas desaparecer, ao passo que ela precisava criar a si mesma. Por tanto tempo vivera sob a influência das perversas heresias daqueles falsificadores da verdade, e fora tão insistentemente torturada e ameaçada pela fogueira, que estava pronta para negar qualquer divindade. Abu Mirrah tinha um anel que o tornava invisível, mas, quando quis se casar com a princesa Ebadu e não conseguia tirá-lo, teve de cortar o dedo. Assim foi que Calipso decidiu cortar seu longo cabelo, e também seu seio juvenil, de modo a ficar mais parecida com seus companheiros. E foi numa noite de verão que ela cometeu esse ato tenebroso."

Nessa altura do relato da senhorita Malin, a jovem, que até então mantivera o olhar fixo à sua frente, fitou a narradora com olhos esgazeados, e prestando-lhe atenção com renovado interesse, como se ouvisse a história pela primeira vez. A senhorita Malin era dotada de uma opulenta força imaginativa. Ainda assim, verdadeira ou não, para sua protagonista, a história era um símbolo, uma imagem mais elaborada do que se havia passado na realidade, e isto ela reconhecia pela maneira clara e profunda com que contemplava a mulher mais velha.

"À meia-noite, meu senhor", prosseguiu a narradora, "a donzela levantou-se para realizar seu tenebroso intento. Numa das mãos levava uma vela e, na outra, uma machadinha afiada, tal como Judite ao sair para matar Holofernes. Mas que escuridão, meus amigos, que escuridão no castelo de Angelshorn, em comparação com a tenda de Dotain. Os anjos devem ter virado as costas e chorado.

"Ela atravessou toda a casa e dirigiu-se a um aposento em cuja parede havia um grande espelho. Esse quarto nunca era usado; ninguém a perturbaria ali. A jovem desconsolada despiu-se até a cintura e contemplou o espelho, sem se permitir qualquer pensamento, a fim de não ser desviada de seu propósito.

"Naquela mesma hora noturna, jovens recém-casados, no interior de câmaras nupciais, estavam tremendo, desvendando, acariciando e beijando os corpos de suas noivas igualmente jovens. À luz de quinhentas velas de cera, grandes damas mudavam os destinos das nações ao exibirem os ombros em vestidos decotados. Até mesmo nas casas de má fama de Nápoles, as velhas *madamas* morenas, arrastando as meninas para perto das pequenas velas nos criados-mudos, e desatando seus corpetes, naquele mesmo instante barganhavam tarifas mais altas com os fregueses. Enquanto baixava os olhos para a alvura de seu peito no espelho obscuro, pois nunca se vira nua, Calipso experimentava com o dedo o gume do machado.

"Foi então que entreviu no espelho um grande vulto atrás de seu reflexo. Como ele parecia se mover, ela se virou. Não havia ninguém, mas na parede estava dependurado um enorme quadro antigo, escurecido pelo tempo, mas no qual, graças à vela, sobressaíam trechos mais claros. Era a representação de uma cena baseada na vida de ninfas, faunos e sátiros, com centauros brincando em grutas e prados floridos. Muitos anos antes, o quadro fora trazido da Itália pelos antigos proprietários do castelo, mas, tendo sido considerado indecente antes mesmo da época do atual conde, fora retirado da sala de estar. Embora não fosse uma boa pintura, havia nela uma profusão de figuras. No primeiro plano, três ninfas jovens, argênteas como alvas rosas, seguravam galhos de árvores.

"Calipso andou de uma ponta à outra do imenso quadro, empunhando a vela e examinando-o circunspecta. Que era uma pintura escandalosa, ela não poderia saber; tampouco desconfiar que não se tratava de uma representação fidedigna de criaturas reais. Em sua existência solitária, ela havia adquirido uma ardente ternura pelos animais. Na opinião do conde August, a existência de criaturas bestiais era um enigma e uma tragédia, e por isso nenhum animal era tolerado em Angelshorn. Todavia, para a jovem, os animais pareciam mais agradáveis que os seres humanos, e ficou encantada ao descobrir que havia gente dotada de tantas características animais. Mas o que a deixou mais admirada e assombrada era o fato de que tais seres fortes e adoráveis estavam obviamente empenhados em perseguir, adorar e abraçar jovens da mesma idade que ela própria, com corpos e rostos semelhantes aos seus, enfim, que tudo aquilo era uma homenagem a essas jovens e inspirado por seus encantos.

"Ela permaneceu diante do quadro por muito, muito tempo. No

final, voltou para diante do espelho e ali ficou a contemplar seu reflexo. Ela possuía a mesma sensibilidade para a arte que distinguia o tio e sabia, como que por instinto, reconhecer aquelas coisas que se harmonizavam. E um sentimento até então desconhecido, de uma grande harmonia, tomou conta dela.

"Agora sabia que tinha amigos no mundo. Graças à sua aparência, ela poderia penetrar na branda luz dourada, no céu azul, nas nuvens cinzentas, e nas profundas sombras pardas dessas planícies e bosques de oliveiras. Seu coração transbordava de gratidão e orgulho, pois ali todos olhavam para ela e a reconheciam como um deles. O próprio deus Dioniso, que estava presente, ria e a encarava diretamente.

"Então ela examinou o quarto e seus olhos distinguiram, em mostruários, algo que jamais vira em Angelshorn: roupas femininas, leques, jóias e sapatos delicados. Tudo aquilo havia pertencido à sua bisavó. Pois, por mais estranho que pareça, também o conde tivera uma avó. Tivera até mesmo uma mãe e existira uma época em que, *bon gré mal gré*, mantivera estreito relacionamento com o corpo de uma bela e jovem mulher. Ele até guardara ternura pela avó, que costumava castigá-lo com vara de vidoeiro quando menino. No âmago mesmo de sua abadia, deixara intacto o *boudoir* da velha senhora, no qual pairava um débil perfume de altar de rosas.

"A jovem passou a noite naquele quarto. Experimentou um após o outro os vestidos de gala, os colares de pérolas e os diamantes. E virava-se do espelho para o quadro em busca dos aplausos dos centauros – qual daqueles vestidos eles achavam que lhe caía melhor? Ela não tinha a menor dúvida a esse respeito. Por fim, a jovem saiu e dirigiu-se aos aposentos do castelão. Porém, antes de fechar a porta, delicadamente beijou as ninfas, tão alto quanto alcançava, como se fossem amigas queridas.

"Galgou em silêncio os degraus e aproximou-se do imenso leito do tio. Ali estava ele, entre os cortinados de seda amarela, os olhos cerrados, o nariz erguido, pálido em um alvo e fino camisolão. A jovem ainda vestia um majestoso vestido de brocado amarelo, e postou-se ao lado da cama como Psiquê junto ao leito de Eros. Psiquê tivera medo de ver um monstro e deparara com o deus do amor. Mas Calipso tomara o tio por um ministro da verdade, um árbitro do gosto, um Apolo, e o que encontrou? Um pobre boneco recheado de serragem, uma caricatura de crânio. Ela corou profundamente. Então tivera medo dessa criatura – ela, que era irmã das ninfas e brincava com os centauros? Ela era cem vezes mais forte que o tio.

"Se ele tivesse despertado naquele instante, e visto a jovem ao lado da cama, ainda com a machadinha na mão, talvez desfalecesse de terror, ou talvez isto lhe tivesse feito bem de algum modo. Mas ele continuou ressonando – só Deus sabe com o que sonhava – e ela não teve de lhe decepar a cabeça. Em vez disso, declamou-lhe um rápido e breve epigrama de seu livro de francês, composto no passado para um rei que se imaginava muito amado:

Ci-gît Louis, ce pauvre roi.
L'on dit qu'il fut bon – mais à quoi?[6]

"Ela não sentia o menor rancor em relação ao tio; pois não era uma escrava liberta, mas uma conquistadora, à frente de um poderoso séquito, que podia se dar ao luxo de esquecer.

"Deixou então o quarto tão sorrateiramente quanto entrara, e apagou a vela, pois na noite estival não precisaria dela para encontrar seu caminho. À volta, todo o serralho estava silencioso; só ao passar diante de uma porta entreouviu dois jovens discutindo sobre o amor divino. Poderiam estar todos mortos que isto não faria a menor diferença para ela. Enquanto levantava a pesada trave medieval da porta da frente sentiu que tirava um peso do coração.

"Ao sair do castelo estava chovendo. A própria noite queria tocá-la. Ela caminhou pela charneca, séria como a própria Ceres empunhando um raio emprestado de Júpiter; Ceres que, mesmo quando cerra as

6. Aqui jaz Luís, esse pobre rei. / Dizem que foi bom – mas para quê? [N.T.]

sobrancelhas, exala um aroma de morango e mel. Sobre o horizonte, relâmpagos de calor faiscavam em sua homenagem. Ela deixou que seu vestido se arrastasse pelas urzes. E por que não o faria? Se cruzasse com um jovem salteador, teria feito dele seu marido ali mesmo, até que a morte os separasse; ou poderia decepar-lhe a cabeça, e só Deus sabe qual destes destinos teria sido mais invejável.

"Nenhuma cantiga alegre pendia dos lábios da jovem. Ela fora criada severamente, como boa protestante, e a vida não lhe ensinara nenhuma frivolidade. Em seu coração ressoava o hino do bom Paul Gerhardt, alterando-lhe apenas o pronome pessoal:

> Contra mim quem há de se erguer?
> Trago o relâmpago na mão.
> Quem ousa infortúnio trazer
> Ali onde decido abençoar?

"No início da manhã ela bateu à porta de uma casa onde eu me hospedava. Estava tão molhada quanto uma árvore do jardim. Ela me conhecia, pois sou sua madrinha, e imaginava que eu tivesse algum conhecimento ou pudesse lhe dizer algo a respeito de ninfas e centauros. E quando me encontrou eu estava prestes a tomar a carruagem para vir ao balneário de Norderney. Foi assim que o destino nos reuniu, a fim de que, no final, tal qual o senhor, Timon, pudéssemos nos curar com a água salgada."

– E para que brilhassem sobre essa água – disse o cardeal, com a mesma afabilidade que mantivera ao ouvir a história da velha mulher –, como uma Stella Maris na escuridão de nosso paiol.

– Não sei se a senhora vai achar isto estranho – disse Jonathan –, mas em toda a minha vida, jamais me ocorrera, até ouvir sua história, que as mulheres belas também podiam sofrer. Sempre as considerei como flores preciosas, que precisavam ser tratadas com o máximo de cuidado.

– E agora que lhe contei tudo isso, qual é a sua opinião? – perguntou-lhe a senhorita Malin.

– Madame – respondeu o jovem após refletir um pouco –, acho extremamente edificante a idéia de que, em relação às mulheres, sempre estamos equivocados.

– Sua franqueza é louvável – replicou a senhorita Malin. – E agora sente dores no corpo, bem ali onde no passado uma costela lhe foi retirada.

– Se eu estivesse presente no castelo de Angelshorn – continuou ele, muito agitado –, não teria me importado de morrer a serviço dessa dama.

– Venham para cá, Jonathan e Calipso – disse a senhorita Malin –, seria algo pecaminoso e blasfemo se os dois morressem solteiros. Vocês foram trazidos de Angelshorn e Assens para que caíssem nos braços um do outro. O senhor pertence a ela, assim como ela pertence ao senhor, e o cardeal e eu, que aqui ocupamos o lugar de seus pais, daremos nossa bênção a essa união.

Os jovens se entreolharam.

– Se uma pessoa mencionar – continuou a senhorita Malin – que o senhor não está à altura dela por nascimento, direi que o senhor pertence à ordem de cavalaria do paiol de Norderney, fora da qual nenhum de seus membros pode se casar.

Tomada de grande excitação, a jovem ergueu-se um pouco e apoiou-se nos joelhos.

– Não é evidente, Calipso – falou ternamente a senhorita Malin –, a maneira pela qual ele a seguiu até aqui e que, ao ouvir você dizer que ficaria ao meu lado, nada no mundo poderia induzi-lo a partir com o barco? Muita água não basta para saciar o amor, mas tampouco pode afogá-lo uma enchente.

– Isto é verdade? – indagou a jovem, fixando em Jonathan um olhar intenso e desvairado, como se a resposta dele fosse uma questão de vida ou morte.

– É verdade, sim – respondeu Jonathan.

Isto, contudo, estava muito longe da verdade. Até então ele mal se dera conta da presença da jovem. Mas o poder da imaginação da velha dama era forte o bastante para arrebatar qualquer pessoa. Ao ouvir tais palavras, o rosto da moça empalideceu, adquirindo o tom de um raro branco perolado. Os olhos ficaram arregalados e mais escuros. Velados por uma umidade mais espessa do que as lágrimas, cintilaram como estrelas na direção do rapaz. À vista dessa mudança, Jonathan caiu de joelhos no feno diante dela.

– Oh, Jonathan – exclamou a senhorita Malin –, promete que também se ajoelhará diante do barão em agradecimento por tudo o que ele lhe fez?

– Prometo, minha senhora – respondeu o jovem.

– E você, Calypso – perguntou à jovem –, gostaria de ser contemplada por este homem para todo o sempre?

– Nada me agradaria mais – respondeu a jovem.

A senhorita Malin fitou-os com uma expressão de triunfo.

– Então, meu senhor – dirigiu-se ao cardeal –, consente em unir essas duas pessoas, que disso têm grande necessidade?

O cardeal examinou gravemente os semblantes dos jovens, tão ruborizados quanto se tivessem ficado diante de uma grande lareira.

– Consinto – disse ele. – Ajudem-me a ficar de pé.

Jonathan o ajudou a se erguer.

– O senhor será casado – disse a senhorita Malin – por um cardeal e terá uma Nat-og-Dag como dama de honra, algo que não se repetirá depois desta noite. O casamento de vocês deve ser, sob todos os aspectos, mais ardoroso que as mornas uniões que se costumam celebrar à nossa volta, pois cabe ao senhor contemplar, escutar, sentir e conhecer sua esposa com a mesma energia com que iria se lançar ao mar em Langebro. Um singelo beijo será equivalente ao nascimento de gêmeos e, ao amanhecer, celebraremos suas núpcias douradas.

– Meu senhor – disse ela ao cardeal –, uma vez que as circunstâncias são incomuns, e na impossibilidade de procriação, pois o barco não poderá levar ninguém mais e não creio que estejamos correndo um risco de fornicação; e, no que se refere à nossa presença, dela não poderíamos escapar ainda que quiséssemos – por tudo isso, acho que o senhor terá de conceber aqui algum novo rito nupcial.

– Estou bem consciente disso – replicou o cardeal.

De modo a abrir um espaço no centro do círculo, a senhorita Malin ergueu a pequena lamparina com sua mão parecida com uma garra, enquanto Calypso afastava dali o pão e o barrilete de gin. Com o rearranjo do grupo, o cão levantou-se inquieto e passou a circular entre as pessoas. No final, acomodou-se ao lado da jovem noiva.

– Ajoelhem-se, meus filhos – conclamou o velho padre, que permaneceu de pé, sua grande e pesada figura avultando sobre o grupo naquela ampla semi-obscuridade. Nesse instante, o vento começou a soprar mais forte, e ouviu-se o sussurro das águas em volta e abaixo.

– Nesta noite, não me será possível – começou lentamente o cardeal – evocar a imponência da catedral ou a presença da congregação para que testemunhem este pacto. Tampouco terei tempo para ensiná-los ou prepará-los para as obrigações matrimoniais. Portanto, devem me aceitar somente com base em minha autoridade.

– Vocês dois, como hoje ficamos sabendo – prosseguiu após uma pausa –, tiveram abalada sua fé na coesão e na justiça da vida. Por isso peço que agora tenham fé em mim; vou ajudá-los. Vocês têm um anel?

Os jovens não traziam consigo nenhum anel, e ficaram muito desapontados com isso, mas a senhorita Malin retirou de seu dedo um magnífico anel de diamante e o entregou ao velho cardeal.

– Jonathan, tome este anel e coloque-o no dedo dessa jovem.

Assim que o rapaz o atendeu, o cardeal colocou as mãos sobre as cabeças dos jovens ajoelhados.

– Jonathan – repetiu o cardeal –, você acredita agora que está casado?

– Acredito – respondeu o jovem.

– E você, Calipso?

– Sim, acredito – sussurrou ela.

– E também que vocês irão, a partir de agora, se amar e se respeitar até o final de suas vidas, e mesmo na morte e na eternidade?

– Sim, acreditamos – disseram ambos.

– Então – concluiu o cardeal –, considerem-se casados.

De pé, ao lado, a senhorita Malin segurava a lamparina como uma sibila.

As horas de descanso no paiol de feno não haviam revigorado o cardeal, cuja força provavelmente já se esvaíra toda. Ele não tinha mais a mesma firmeza nos movimentos que manifestara ao deixar o barco. Sua figura parecia cambalear, curiosamente no mesmo ritmo do ruído da água.

– Quanto à instituição do casamento – disse ele – e à questão do amor, suponho que nenhum dos dois saiba algo a respeito.

Os jovens assentiram com a cabeça.

– Nesta noite, não me será possível – retomou o cardeal – recorrer à Escritura e aos padres da Igreja para que atestem estas minhas palavras. Tampouco tenho condições, pois estou cansado demais, de mencionar os textos e exemplos que lhes serviriam de esclarecimento e instrução. Por isso, peço-lhes que, de novo, acatem o que lhes digo com base em minha autoridade enquanto um homem muito idoso que foi, durante toda sua longa e variada vida, um estudioso das questões divinas. E essas questões, insisto, não são nada menos que divinas. Você, Jonathan, espera e considera que elas sejam assim?

– Assim é – respondeu o jovem.

– E quanto a você, Calipso?

– Também creio nisso – respondeu a noiva.

– Então isto é tudo – concluiu o cardeal.

E como parecia que ele não iria dizer mais nada, o jovem casal ergueu-se após um instante, mas estavam tomados de uma emoção forte demais para que pudessem se afastar. Ali de pé, olharam-se pela primeira vez desde que haviam sido convocados a se casar, e esse olhar dissipou todo o constrangimento que os tolhia. Em seguida, retomaram seus lugares no feno.

– Quanto a nós, minha senhora – disse o cardeal, deixando de lado os jovens e dirigindo-se à senhorita Malin, aparentemente esquecido de que não mais estava no púlpito, pois continuou a falar com a mesma solenidade que adotara na cerimônia nupcial –, que não passamos de espectadores nesta ocasião, e sabemos mais a respeito do casamento e do amor, vamos considerar o quanto tais questões, acima e antes de todas as coisas, nos revelam da tremenda coragem do Criador deste mundo. Todo ser humano, creio eu, já entreteve a idéia de também ser o criador de um mundo. Com intuito lisonjeiro, o papa instilou em mim tais pensamentos quando eu era jovem. Na época, refleti que seria capaz, caso tivessem me concedido onipotência e carta branca, de criar um mundo maravilhoso. Sem dúvida teria criado árvores e rios, diferentes notas musicais, outras formas de amizade e inocência. Todavia, dou minha palavra que jamais teria ousado dispor essas questões de amor e casamento tais como são, e com isso meu mundo teria sofrido de modo lamentável. Que lição tremenda para todos os artistas! Não temam o absurdo; não evitem o fantástico. Diante de um dilema, escolham a solução mais inusitada, a mais perigosa. Sejam corajosos e bravos! Ah, minha senhora, ainda temos muito a aprender.

Em seguida, mergulhou em profunda meditação.

Quando voltaram a se acomodar, não se alteraram muito as posições anteriores, exceto que agora os recém-casados ficaram juntos e de mãos dadas. Às vezes também viravam os rostos e se entreolhavam, diante da lamparina no chão. A senhorita Malin e o cardeal, após o esforço para unir os jovens, permaneceram meia hora calados, enquanto tomavam goles do barrilete de gin.

Sentada e ereta, a senhorita Malin agora exibia uma palidez cadavérica. Estava profundamente emocionada e feliz, como se de fato tivesse dado uma filha em casamento. Longos arrepios percorriam-lhe o corpo dos pés à cabeça. Quando por fim retomou a conversa, com voz débil, trazia um sorriso nos lábios. Provavelmente estivera meditando sobre o casamento e o jardim do Éden.

– O senhor acredita na Queda do homem? – perguntou ao cardeal.

Este refletiu um instante e então inclinou-se adiante, com os cotovelos apoiados nos joelhos, afastando um pouco da testa as ataduras.

– Esta é uma questão – disse com a voz um pouco alterada, mais carregada do que antes, mas também mais vigorosa, como se ao mesmo tempo tivesse remoçado dez anos – sobre a qual já meditei muito. É agradável que esta noite tenha uma oportunidade de falar sobre isso. Estou convencido de que houve de fato uma Queda, mas não creio que tenha sido o homem a cair. Parece-me, antes, que a Queda se refere à própria divindade. E que hoje somos servidores de uma dinastia inferior dos céus.

A senhorita Malin havia se preparado para ouvir uma argumentação engenhosa, mas essa colocação a deixou chocada e, por um momento, chegou a cobrir os ouvidos com suas mãos delicadas.

– Para os ouvidos de uma legitimista, tais são palavras terríveis – exclamou.

– E o quão mais terríveis seriam – perguntou com solenidade o cardeal – nos lábios de um legitimista? Eu as guardei por setenta anos. Mas a senhora me fez uma pergunta e, se é o caso de ser franco, este é um bom lugar e uma boa noite para tanto. Em algum momento ocorreu no céu uma tremenda reviravolta, equivalente à Revolução Francesa e suas conseqüências na terra. O mundo de hoje está, assim como a França atual, nas mãos de um Luís Filipe. Ainda restam tradições do *Grand Monarque* e do *Grand Siècle*. Mas não é possível que um ser humano sensível à grandeza acredite que o mesmo Deus que criou as estrelas, o mar e o deserto, o poeta Homero e a girafa, é Aquele que agora está criando e sustentando o rei da Bélgica, a escola poética da Suábia e as concepções morais correntes. Nós dois podemos afinal falar sobre isso. Estamos servindo a Luís Filipe, uma divindade humana, por mais que o soberano francês seja um rei burguês.

A senhorita Malin o fitou, pálida, com a boca entreaberta.

– Madame – continuou o cardeal –, nós, que somos por nascimento os grandes do reino, e os titulares hereditários de sua corte, que trazemos o cerimonial do *Grand Monarque* nas veias, nós temos um dever em relação ao rei legítimo, seja qual for nossa opinião a seu respeito. Cabe a nós manter a sua glória. Pois o povo não pode colocar em dúvida a grandeza do rei, ou vislumbrar nele a menor debilidade, e a responsabilidade pela manutenção dessa crença cabe a nós, à senhora e a mim. O barbeiro de Midas não foi capaz de se manter calado, e teve de sussurrar aos caniços sobre as orelhas de burro do soberano. Mas nós – somos nós barbeiros? Não, minha senhora, não somos barbeiros.

– E não demos, nesse sentido, o melhor de nós? – perguntou com orgulho a senhorita Malin.

– Isto não se pode negar – respondeu o cardeal –, fizemos tudo o que estava ao nosso alcance. Quando olhamos em torno, madame, vemos por toda a parte as realizações dos súditos anônimos, que se esforçaram por resguardar a honra do rei. Poderia citar muitos exemplos extraídos da história, mas vou me restringir a alguns poucos. Deus criou a concha, que é um belo objeto, mas não mais impressionante do que algo que até Luís Filipe poderia ter concebido ao brincar com um compasso. A partir da concha criamos toda a arte do rococó, essa pilhéria encantadora no genuíno espírito do *Grand Monarque*. E se lermos a história dos grandes povos, veremos que os cavalheiros e as damas da câmara régia sempre estiveram atarefados, servindo o nosso mestre de abençoada memória. Segundo as mais recentes pesquisas históricas, o papa Alexandre e seus filhos eram um grupo de pessoas agradáveis, interessadas em jardinagem e decoração interior, e repletas de afeto familiar... *et voilà tout* – obviamente uma obra de Luís Filipe. Mas foi desse material indiferente que criamos as nossas figuras dos Bórgia. Quase sempre encontramos coisas assim ao examinarmos os fatos relativos às grandes reputações da história. Ou mesmo, se a senhora não se incomodar com tal menção, veja o caso da morte: o que ela se tornou, atualmente, nas mãos de Luís Filipe? Uma negação, uma degenerescência de gosto duvidoso. Mas nós, os súditos fiéis do grande Monarca, conseguimos realizar muito em um espírito adequado: o mausoléu imperial do Escorial, minha senhora, a *Marcha fúnebre* de Herr Ludwig von Beethoven. De que outro modo poderíamos ter concebido tais coisas – pobres criaturas que somos, e, além disso, condenadas a viver nesta época diminuída – se não abrigássemos no coração um amor insaciável pelo nosso senhor desaparecido, o grande aventureiro, ao qual nossas famílias primeiro prestaram juramento de felicidade?

Após uma pausa, prosseguiu muito sério.

– Todavia, a despeito disso, o fim se aproxima. Já ouço os galos cantarem. O rei Luís Filipe está com os dias contados. Em seu favor, até mesmo o sangue de Rolando seria derramado em vão. Ele possui todas as qualidades de um bom burguês, e nenhum dos vícios de um *Grand Seigneur*. Não reivindica para si nenhuma honra além da condição de primeiro cidadão do reino, e nenhum privilégio exceto os baseados em seu respeito pelo código moral dos burgueses. Quando se chega a esse ponto, os dias da realeza estão contados. Arrisco-me a fazer uma profecia, minha senhora: a de que o bom rei da França não irá durar mais do que treze anos. E o bom Deus, hoje venerado por Luís Filipe e sua burguesia, Ele reúne todas as virtudes de um honrado ser humano; Ele próprio não reivindica outro privilégio além daqueles advindos de suas virtudes. Nós, por outro lado, nunca esperamos de nosso Deus uma atitude moral, assim como nunca responsabilizamos nosso grande soberano pelo código penal. O Deus humanitário terá de partilhar o destino do rei burguês. Eu mesmo fui criado por pessoas humanitárias que tinham fé em um Deus humanitário. Para mim, não havia nada mais intolerável do que isso. Ah, madame, que revelação, que contentamento para o coração, quando, nas noites do México, senti reerguerem-se as tradições de um Deus que não dava a mínima para os nossos mandamentos. Por isso, madame, estamos dando nossas vidas por uma causa perdida.

– Para obtermos nossa recompensa no paraíso – replicou a senhorita Malin.

– De jeito nenhum, madame – disse o velho. – Nenhum de nós, nem a senhora nem eu, vamos para o paraíso. Veja essa gente a quem o rei Luís Filipe condecora, a quem confere títulos de nobreza e eleva aos grandes cargos. São todos rematados burgueses, todos eles; nenhum nome da velha aristocracia consta da lista. Nem a senhora nem eu conseguiríamos agradar ao Senhor nos dias de hoje; até mesmo iríamos irritá-Lo um pouco, e Ele não se furtaria em nos deixar isto evidente. A antiga nobreza, cujas maneiras e cujos nomes remetem às tradições do Grande Monarca, certamente são intoleráveis para o rei Luís Filipe.

– Então não resta, para o senhor e para mim, nenhuma esperança de alcançar o céu? – perguntou altivamente a senhorita Malin.

– Eu me pergunto se a senhora teria mesmo interesse em lá acabar – disse o velho cardeal –, caso lhe fosse permitido antes dar uma espiada no lugar. O céu deve ser o ponto de encontro da burguesia. Madame, estou convencido de que nunca existiu um grande artista que não fosse um pouco charlatão; tampouco um grande soberano, ou uma divindade. A charlatanice é uma qualidade indispensável na corte, no teatro ou no paraíso. Trovão e relâmpago, a lua nova, um rouxinol, uma rapariga – tudo isso supõe uma charlatanice, uma divina fanfarronice. O mesmo se dá com a *Galerie des Glaces*, em Versalhes. Mas o rei Luís Filipe não possui no corpo nem sequer uma gota de sangue do charlatão; ele é absolutamente confiável dos pés à cabeça. E hoje o paraíso provavelmente também é assim. A senhora e eu não fomos criados para sermos razoáveis. Nós nos daremos bem melhor no inferno. Fomos criados para ele... É uma satisfação, madame, fazer algo que se aprendeu bem. Deve ser uma satisfação para a senhora, não tenho a menor dúvida, dançar o minueto. Digamos, por exemplo, que eu tenha sido treinado desde a infância para fazer algo, como me equilibrar sobre a corda bamba. Desde o começo me adestraram para isso, até mesmo com pancadas. Quando caía e quebrava os ossos, era forçado a voltar para a corda. Minha mãe derramou lágrimas por mim e, ainda assim, sempre me incentivou. E teve de passar fome para pagar as aulas que me dava o equilibrista. Depois de tudo, acabo por me tornar um excelente equilibrista, o melhor do mundo. E sou amplamente recompensado quando, em uma ocasião de gala, na recepção a um grande monarca estrangeiro, o meu soberano assim se dirige ao régio convidado: "Isto é algo absolutamente imperdível, meu senhor e meu irmão, o melhor espetáculo do meu reino, o meu criado Hamilcar, o equilibrista!". Porém, madame, o que aconteceria se o rei dissesse:

"Que sentido há em alguém se equilibrar sobre uma corda? Tais espetáculos grosseiros são intoleráveis". Como eu reagiria a essa atitude do meu soberano? A senhora conhece a Espanha, madame?

– Oh, sim, conheço muito bem – respondeu a senhorita Malin. – É um país marvilhoso, meu senhor. Fiz com que serenatas fossem cantadas sob a minha janela, e com que meu retrato fosse pintado pelo próprio *monsieur* Goya.

– E lá a senhora teve a oportunidade de ver uma tourada?

– Certamente – disse a senhorita Malin. – É um espetáculo muito pitoresco, ainda que não seja do meu gosto.

– Sim, é bem pitoresco – disse o cardeal. – E o que lhe parece, madame, que os touros pensam de tal coisa? Um touro plebeu talvez pensasse: "Que Deus tenha misercórdia de mim nesse transe terrível. Que desastre, que maré de azar para mim. No entanto, só me resta suportar isso". E ficaria profundamente grato, emocionado a ponto de derramar humildes lágrimas, se o rei, movido pela compaixão durante a tourada, desse ordens para que esta fosse interrompida. Mas o touro puro-sangue entende de imediato do que se trata e exclama: "Afinal, uma tourada!", e de imediato o sangue dele irá ferver, pronto para a luta e a morte, pois de outro modo não haveria ali nenhuma tourada. E ficará famoso por muitos anos como aquele touro negro que lutou com bravura e deu cabo do matador. Todavia, se, no meio da contenda, quando o sangue do touro já começava a ser derramado, o rei decidisse interromper o combate, o que acharia disso o genuíno touro bravo? É possível que se virasse para o público, ou até mesmo para o mestre de cerimônias. E iria bradar: "Vocês deveriam ter pensado nisso antes!". Madame, o rei deve ter o seu espetáculo. Ele me gerou e me criou para isso, e estou pronto para lutar e morrer pelo Grande Monarca, quando ele me receber vestido de gala. Mas nem morto – exclamou com veemência, após uma pausa – eu me prestaria a uma exibição diante de Luís Filipe.

– Ah, espere um pouco – disse a senhorita Malin. – Agora me ocorreu outra coisa. Talvez o senhor esteja equivocado em suas idéias a respeito do senso de humor do rei Luís Filipe. É possível que ele tenha um gosto muito diverso do nosso, e prefira o mundo de ponta-cabeça, como aquela imperatriz da Rússia que, para se divertir, fazia com que seus idosos conselheiros, com os rostos molhados de lágrimas, dançassem para ela em um balé, enquanto os dançarinos reuniam-se no conselho. Talvez seja esta idéia que ele faz de uma piada, meu senhor. Vou lhe contar uma pequena história para me fazer mais clara, e ela se encaixa muito bem aqui, uma vez que estamos falando de equilibristas.

"Vinte anos atrás, quando eu morava em Viena", começou ela, "um belo rapaz com grandes olhos azuis lá provocou grande agitação ao se equilibrar na corda bamba com venda no rosto. Ele dançava com uma graça e uma habilidade extraordinárias e a venda não era nenhum truque, pois a tira de pano sempre era amarrada sobre seus olhos por algum espectador. Seu espetáculo foi a grande sensação da temporada, e acabou sendo convocado para dançar diante do imperador e da imperatriz, dos arquiduques e das arquiduquesas, diante de toda a corte. Nessa ocasião estava presente o professor Helmholz, que havia sido convidado pelo imperador, pois todos então discutiam o problema da clarividência. Todavia, ao término da exibição, o sábio levantou-se e exclamou, muito agitado: 'Vossa Majestade, e Vossas Altezas Imperiais, tudo isso não passa de um embuste e de uma farsa'.

"'Não pode ser um embuste', retorquiu o médico da corte, 'eu mesmo coloquei, com todo o cuidado, a venda sobre os olhos do rapaz.'

"'Tudo isso não passa de um embuste e de uma farsa', insistiu indignado o grande professor. 'Esse rapaz nasceu cego.' "

Nessa altura, a senhorita Malin fez uma pausa e dirigiu-se ao cardeal com um sorriso.

– Bom, e se o seu Luís Filipe disser, ao nos ver tão bem adaptados ao inferno, que "tudo isto não passa de um embuste, pois essa gente já nasceu no inferno"?

– Madame – respondeu o cardeal após um instante –, é inegável que a senhora tem um extraordinário poder de imaginação, e uma coragem a toda prova.

– É que sou uma Nat-og-Dag – respondeu modestamente a senhorita Malin.

– Mas a senhora não é – prosseguiu o cardeal – um pouco...

– Louca? – completou a velha dama. – Estava certa que o senhor já notara algo.

– Não, não era bem isso o que eu queria dizer – disse o cardeal. – E sim que madame talvez tenha sido um pouco dura demais para com o rei da França. Talvez eu esteja em melhor situação para entendê-lo. Sem dúvida ele é burguês, mas não *canaille*. Permita-me narrar uma história, uma vez que ainda não contribuí para o entretenimento desta noite. E a contarei apenas para ilustrar o fato de que existem – com sua permissão, madame – coisas ainda piores do que a perdição, e vou chamá-la... vou chamá-la de "O Vinho do Tetrarca".

"Deu-se que, na primeira quarta-feira após a Páscoa", começou o cardeal, "o apóstolo Simão, conhecido como Pedro, vagava pelas ruas de Jerusalém, tão absorto na idéia da ressurreição que nem mais sabia se caminhava sobre o pavimento ou pairava no ar, quando notou, ao passar diante do Templo, que um homem parado junto a uma coluna parecia estar à sua espera. Quando seus olhares se cruzaram, o estranho aproximou-se e dirigiu-lhe a palavra.

"'Você não era um dos que estavam com Jesus de Nazaré?'

"'Assim é', respondeu Pedro desatento.

"'Pois eu gostaria de conversar um pouco com você', disse o homem. 'Não sei mais o que fazer. Você se importaria de ir a uma estalagem aqui perto, onde há algo para beber?'

"Incapaz de se desembaraçar de suas ruminações e de balbuciar uma desculpa, Pedro acabou por aceitar o convite e logo os dois estavam sentados na estalagem.

"O forasteiro parecia ser conhecido ali. Obteve sem demora uma mesa no fundo do salão e longe dos ouvidos dos outros freqüentadores que, de tempos em tempos, entravam e saíam do local. O homem pediu o melhor vinho da casa para si e para o apóstolo. Pedro pôde então examinar com atenção o homem e o achou uma figura esplêndida. Era um jovem moreno, forte e altivo. Estava mal vestido, com um casaco de pele de cabra muito remendado, mas por outro lado exibia um elegante lenço de seda carmesim e uma corrente de ouro ao pescoço, e em suas mãos viam-se pesados anéis de ouro, um dos quais engastado com uma imensa esmeralda. Então ocorreu a Pedro que já o vira antes, em meio ao pavor e à terrível turbulência; mas não conseguia lembrar-se exatamente em que lugar.

"'Se você é de fato um dos discípulos do Nazareno", começou ele, "gostaria de lhe fazer duas perguntas. À medida que conversarmos, eu lhe direi por que elas são importantes para mim.'

"'Ficarei feliz se puder ser de alguma ajuda', respondeu Pedro, ainda distraído.

"'Bem', disse o homem, 'primeiro queria saber se é verdade o que dizem desse rabino a quem você seguia, que ele se ergueu dentre os mortos?'

"'É verdade, sim', disse Pedro, que sentiu inchar o coração ao pronunciar essas palavras.

"'Ouvi os rumores a respeito disso', disse o outro, 'mas queria ter certeza. E é verdade que ele próprio afirmou, antes de ser crucificado, que retornaria de entre os mortos?'

"'É assim', respondeu Pedro, 'foi o que nos disse. Nós já sabíamos que isto iria acontecer.'

"'Você acredita então', continuou o estranho, 'que tudo o que ele disse irá acontecer?'

"'Nada no mundo é tão certo quanto isso', respondeu Pedro.

"O outro ficou calado por um tempo.

"'Já lhe digo por que me interessam tais coisas', disse de repente. 'É por causa de um amigo meu que, na sexta-feira, foi crucificado ao lado dele no lugar conhecido como o Calvário. Você certamente o viu lá. Pois esse seu rabino prometeu a ele que o reencontraria no paraíso naquele mesmo dia. Então você acredita que ele subiu ao paraíso naquela sexta-feira?'

"'Acredito, ele certamente foi para lá, onde deve estar neste exato momento', confirmou Pedro.

"O homem voltou a ficar calado.

"'Bem, isso é bom. Ele era meu amigo.'

"Nesse momento, um menino da estalagem trouxe o vinho que fora pedido. O homem serviu um pouco nos copos, observou-o com atenção e colocou seu copo de volta sobre a mesa.

"'E este', disse, 'é o outro assunto que gostaria de falar com você. Provei muitos vinhos nos últimos dias, e todos me deixaram com um gosto ruim na boca. Não sei o que houve com o vinho de Jerusalém. Eles já não têm mais aroma ou corpo. Talvez isto se deva ao tremor de terra que ocorreu na tarde de sexta-feira; ele fez com que tudo ficasse ruim.'

"'Não me parece ruim este vinho', comentou Pedro, tentando animar o estranho, que parecia mortalmente triste.

"'Você não acha?', disse esperançosamente o estranho, e tomou um gole de seu copo. 'Não, também este está ruim', e voltou a colocar a taça na mesa. 'Se você considera isto bom, talvez seja porque não saiba muito a respeito de vinhos. Eu sou um conhecedor, e um bom vinho é o meu maior prazer. Agora não sei mais o que fazer.'

"'A respeito daquele amigo meu, Fares', retomou ele o fio da conversa, 'vou lhe contar o que o levou a ser preso e condenado à morte. Ele era um bandoleiro no caminho entre Jericó e Jerusalém. Nessa estrada passou um carregamento de vinho que o imperador romano enviara como presente ao tetrarca Herodes e, no meio dele, havia um tonel com vinho tinto de Capri, de valor incalculável. Certa noite, neste mesmo lugar em que estamos, eu estava conversando com Fares e lhe disse: 'Eu daria tudo para experimentar esse vinho tinto do tetrarca'. Ele então me falou: 'Pelo amor que lhe devoto, e para lhe mostrar que não fico a lhe dever em nada, vou matar o responsável por esse carregamento e enterrar o tonel de vinho tinto sob um cedro na montanha, e mais tarde beberemos juntos o vinho do tetrarca'. E de fato ele fez como prometeu, mas, ao retornar a Jerusalém para me encontrar, acabou sendo reconhecido por um dos membros da caravana que conseguira escapar com vida, e em seguida foi jogado na prisão e condenado à morte por crucificação.

"'Quando soube do que lhe acontecera, vaguei pelas ruas de Jerusalém à noite, buscando um meio de ajudá-lo a fugir. Pela manhã, ao passar pelos degraus do Templo, ali encontrei um velho mendigo, a quem já vira inúmeras vezes, que perdera o juízo e exibia uma perna enferma, toda coberta de ataduras. Em sua loucura, ele gritava e profetizava, queixando-se de seu destino e amaldiçoando as autoridades da cidade, berrando insultos vários contra o tetrarca e sua mulher. Como era louco, ninguém mais prestava atenção no que dizia. Naquela manhã, porém, aconteceu de um centurião passar por ali com suas tropas e, ao ouvir o que o mendigo dizia da mulher do tetrarca, ficou furioso. Disse ao mendigo que, se o ouvisse dizer aquilo de novo, ele o mandaria para a prisão de Jerusalém, e faria com que fosse açoitado com uma vara vinte e cinco vezes à noite e vinte e cinco vezes pela manhã, para que aprendesse a falar com reverência das pessoas graúdas.

"'Eu ouvi aquilo e pensei: aí está minha oportunidade. Por isso, durante o dia, mandei cortar minha barba e meu cabelo, tingi o rosto com óleo de amêndoa e me vesti com farrapos. Também coloquei ataduras em minha perna direita, mas nessas ataduras ocultei uma lima forte e aguçada e um comprido pedaço de corda. À noite, quando me dirigi para os degraus do Templo, vi que o velho mendigo ficara tão assustado a ponto de não ter voltado a seu lugar; por isso, me acomodei ali. E exatamente quando a patrulha estava passando, gritei bem alto, imitando a voz do mendigo enlouquecido, as piores maldições que consegui imaginar contra o César na própria Roma e, tal como previ, o centurião me agarrou e levou para a prisão, sem que ninguém me reconhecesse sob aqueles andrajos. Na prisão recebi vinte e cinco chibatadas e, pensando no futuro, não deixei de gravar na memória o rosto do homem que me açoitou. Com uma moeda de prata, subornei o carcereiro para que naquela noite me colocasse na mesma cela com Fares, uma cela que ficava na parte de cima da prisão que, como você sabe, foi construída sobre um rochedo.

"'Ao me reconhecer, Fares prostrou-se, beijou-me os pés e ofereceu-me um pouco de água; mais tarde, nos pusemos a trabalhar com a lima a fim de serrar as barras de ferro da janela. Como esta era bem alta, ele teve de se apoiar sobre os meus ombros, e eu sobre os dele, mas no início da manhã conseguimos serrar a barra e, em sua extremidade, prender a corda. Fares foi o primeiro a descer e, quando a corda chegou ao fim, pois não era comprida o suficiente, ele se deixou cair. Em seguida foi a minha vez, mas, como estava debilitado e incapaz de me mover com rapidez, quis o azar que, bem naquele momento, um grupo de soldados passasse pelo local com um prisioneiro. Eles carregavam tochas e um deles me avistou, pendurado junto ao muro. Nesse instante, Fares poderia ter escapado, se tivesse corrido, mas não quis se afastar antes de saber o que aconteceria comigo. Por isso, nós dois fomos capturados de novo e aí eles me reconheceram.

"'Foi assim que tudo aconteceu', disse o estranho. 'Mas agora você me diz que Fares está no paraíso.'

"'Tudo isso', comentou Pedro que, no entanto, prestara pouca atenção ao relato, 'me parece corajoso de sua parte, e foi uma boa coisa arriscar sua vida pela de seu amigo.'

Então suspirou profundamente.

"'Passei tempo demais nos bosques e até uma coruja me assusta', disse o estranho. 'Já não lhe disseram que sou do tipo que foge do perigo?'

"'Não, não me disseram', respondeu Pedro. 'Mas agora você estava me dizendo que também foi feito prisioneiro. No entanto, uma vez que aqui está, imagino que tenha escapado de algum modo.'

"'É isso, consegui escapar', respondeu, e lançou a Pedro um olhar curioso e intenso, 'e então queria vingar a morte de Fares. Mas como ele está no paraíso, não preciso mais me preocupar. Só que agora não sei o que fazer. E me pergunto se não deveria desencavar esse tonel com o vinho do tetrarca a fim de prová-lo.'

"'Será muito triste para você fazer isso sem o seu amigo', disse Pedro, e seus olhos se encheram com as lágrimas que ainda lhe restavam depois daquela última semana. Ocorreu-lhe que talvez devesse censurar aquele homem pelo roubo do vinho do tetrarca, mas seu coração transbordava de recordações.

"'Não, não era nisso em que pensava', disse o forasteiro. 'O que me incomoda é o seguinte: se o vinho estiver estragado e não me proporcionar nenhum prazer, o que me restará então?'

"Pedro permaneceu imóvel, absorto em seus pensamentos.

"'Meu amigo', disse afinal, 'há muitas outras coisas na vida que dão prazer além do vinho do tetrarca.'

"'Claro, sei disso', respondeu o outro, 'mas e se a mesma coisa acontecer a elas? Tenho duas esposas adoráveis que me esperam em casa e, pouco antes disso tudo acontecer, adquiri uma virgem de doze anos. Desde então, não a vi mais. Se quisesse, poderia experimentar com elas. Mas é possível que tenham sido afetadas pelo tremor de terra, talvez tenham perdido também o aroma e o corpo, e então o que seria de mim?'

"Nessa altura, Pedro começou a desejar que o homem parasse com suas queixas e o deixasse em paz.

"'Por que motivo', perguntou, 'você me conta tudo isso?'

"'Agora que tocou nesse assunto', disse o forasteiro, 'vou lhe dizer. Me disseram que o seu rabino, na noite da véspera de sua crucificação, deu uma festa para seus seguidores, e que nessa ocasião foi servido um vinho especial, muito raro e dotado de um corpo excepcional. Você não teria, por acaso, um pouco desse vinho? Não estaria disposto a vendê-lo para mim? Pago o que você quiser.'

"Pedro fitou o estranho.

"'Ó Deus, ó Deus', exclamou, tão perturbado que derrubou seu copo, fazendo o vinho escorrer pelo chão, 'você não tem idéia do que está dizendo. Esse vinho que bebemos na noite de quinta, nem mesmo o imperador de Roma poderia pagar por uma gota dele.'

"Seu coração estava tão terrivelmente transtornado que começou a balançar o corpo para a frente e para trás. Mesmo assim, em meio a tanto pesar, voltaram-lhe à lembrança as palavras do Senhor, dizendo-lhe que seria um pescador de homens. Refletiu então que talvez fosse seu dever ajudar esse homem, mas, ao contemplá-lo, sentiu que, de todas as pessoas do mundo, esse jovem era a única que não poderia ajudar. Para se fortalecer, recorreu às palavras do próprio Senhor.

"'Meu filho', disse, afável e sério, 'carregue a sua cruz e vá atrás Dele.'

"No mesmo instante, o forasteiro começava a dizer algo. Mas então se calou e encarou Pedro com olhos sombrios.

"'Minha cruz!', exclamou. 'Onde está a minha cruz? Quem irá carregar a minha cruz?'

"'Ninguém mais além de você pode carregar a sua cruz', disse Pedro, 'mas Ele o ajudará a suportar esse fardo. É preciso paciência e força. Vou lhe contar muito mais a respeito disso.'

"'Mas o que poderia me dizer?', indagou o forasteiro. 'Tenho a impressão de que nada sabe a respeito. Ajuda? Quem se interessa por carregar o tipo de cruz que os carpinteiros de Jerusalém costumavam fazer? Não eu, pode ter certeza. Aquele cirenaico de pernas arqueadas nunca teria tido a oportunidade de exibir sua força em meu benefício.'

"'Você fala de força e paciência', prosseguiu pouco depois, ainda agitado, 'mas nunca conheci ninguém cuja força se comparasse à minha. Veja isto', disse e, despindo a túnica, mostrou a Pedro o peito e os ombros, cobertos de cicatrizes terríveis, profundas e esbranquiçadas.

"'Minha cruz! A cruz de Fares ficava à direita, e a cruz daquele fulano Achaz, que não valia nada, estava à esquerda. Eu teria suportado a minha cruz melhor do que qualquer um deles. Você não acha que eu teria durado mais de seis horas? Para mim, isso pouco importa. Por toda a parte, sempre fui um líder, e os homens sempre me respeitaram. Não creia, só pelo fato de que agora não sei o que fazer, que eu não esteja acostumado a fazer com que me obedeçam.'

"Diante do tom desdenhoso dessas palavras, Pedro estava prestes a perder a paciência com o estranho, mas havia se comprometido, desde que decepara a orelha de Malco, a manter seu humor sob controle, e por isso manteve-se calado.

"Depois de um tempo, o homem o encarou, como se estivesse impressionado por seu silêncio.

"'E vocês, seguidores desse profeta, agora o que acham que provavelmente vai lhes acontecer?'

"O semblante de Pedro, desfigurado pela dor, recompôs-se e ficou mais brando. A esperança irradiava de toda a sua figura.

" 'Confio e creio que minha fé, ainda que seja provada pelo fogo, será merecedora de elogio e respeito. Espero que me seja concedido sofrer e morrer por meu Senhor. Muitas vezes, até mesmo nessas últimas noites', prosseguiu com um sussurro, 'ocorreu-me que, no final do caminho, uma cruz estava à minha espera.'

"Após falar, não ousou erguer a cabeça para encontrar o olhar do outro.

"'Embora você possa achar que estou me vangloriando e que sou indigno de tal coisa', acrescentou apressadamente.

"'Não', respondeu o outro, 'na verdade acho bem provável que tudo isso que mencionou vá de fato lhe acontecer.'

"Tal confiança em suas próprias esperanças pareceu a Pedro como um gesto de amizade inesperado e generoso por parte do outro. Seu coração se abrandou gratificado, e ele corou como uma jovem noiva. Pela primeira vez, o companheiro despertou-lhe um vivo interesse, e sentiu que devia fazer algo em troca das palavras gentis que o forasteiro lhe dirigira.

"'Lamento', disse gentilmente, 'não ter sido capaz de ajudá-lo naquilo que lhe perturba a alma. Mas a verdade é que eu mesmo mal consigo me controlar, após tudo o que me aconteceu nesses últimos dias.'

"'Não importa', disse o estranho, 'eu não esperava outra coisa.'

"'Durante a nossa conversa', disse Pedro, 'você disse várias vezes que não sabia o que fazer. Conte-me mais sobre essa questão que lhe traz tantas dúvidas. Mesmo no que se refere a esse vinho, que tanto o preocupa, tentarei ajudá-lo de alguma forma.'

"O homem o fitou.

"'Não estava me referindo a nenhuma questão em particular. Simplesmente não sei o que devo fazer. Não tenho a menor idéia de onde encontrar um vinho que seja capaz de alegrar de novo meu coração. Mas suponho', prosseguiu após uma pausa, 'que seria melhor se fosse desenterrar aquele vinho do tetrarca, e me deitar com essa menina da qual lhe falei. Não custa nada tentar.'

"Com essas palavras levantou-se da mesa e ajeitou a túnica.

"'Não vá ainda', disse Pedro. 'Creio que há muitas coisas sobre as quais precisamos conversar.'

"'Seja como for, preciso ir', respondeu o homem. 'Um carregamento de azeite está a caminho de Hebron e preciso alcançá-lo.'

"'Você também negocia com azeite, então?'

"'De certo modo', respondeu o homem.

"'Antes de partir, porém, diga-me uma coisa', disse Pedro. 'Qual é o seu nome? Pois não poderíamos voltar a conversar, mais tarde, se eu souber como encontrá-lo?'

"O forasteiro já se dirigia para a porta. Ele se voltou e olhou para Pedro com altivez e ligeiro desdém. Sua aparência era magnífica.

"'Mas você não sabe mesmo quem eu sou?', perguntou. 'Meu nome foi gritado por toda a cidade. Não houve nenhum dos pacatos moradores de Jerusalém que não tenha berrado com toda a força. Barrabás!, gritavam eles, Barrabás! Barrabás! Que nos entreguem Barrabás. Barrabás é o meu nome. Fui um grande chefe e, como você mesmo disse, um homem corajoso. Meu nome será lembrado.'

"E com essas palavras partiu."

Como o cardeal havia concluído seu relato, Jonathan levantou-se e substituiu o que restava da vela na lanterna, pois ela já estava quase se apagando, bruxuleando descontroladamente em seus derradeiros estertores.

Assim que acabou de fazer isso, a jovem ao seu lado ficou lívida. Com os olhos cerrados, toda a sua figura parecia se desvanecer. Gentilmente, a senhorita Malin perguntou-lhe se estava sonolenta, mas a jovem negou com veemência, e com razão. Nessa noite, ela vivera como nunca. Havia afrontado a morte e se lançado nobremente nas garras do perigo em prol de seus semelhantes. Ocupado o centro de um círculo brilhante, e também se casara. Não queria perder um único instante dessas horas seminais. No entanto, nos dez minutos seguintes, de tempos em tempos era vencida pelo sono, a despeito de todos os esforços, com sua jovem cabeça cambaleando para diante e para trás.

Por fim, consentiu em deitar e descansar um pouco, e seu esposo preparou-lhe um leito de feno e depois a cobriu com o casaco. Ainda segurando a mão dele, a jovem mergulhou no sono, e dava a impressão, no chão escuro, de uma adorável estátua em mármore do anjo da morte. O cão, que permanecera ao seu lado nessa última hora, seguiu-a de imediato e, enroscando-se, aninhou-se junto à jovem, apoiando a cabeça em seus joelhos.

O jovem ficou por instantes a contemplá-la, mas não demorou para que também começasse a cambalear de sono e se deitasse ao lado, próximo o suficiente para continuar agarrando-lhe a mão. Até dormir, lançou olhares que iam da jovem às figuras eretas da senhorita Malin e do cardeal. Quando por fim o sono o venceu, seu corpo fez um movimento súbito, retesando-se para a frente, de modo que sua cabeça quase encostou na da jovem, e os cabelos de ambos, sobre o travesseiro de feno, se mesclaram. Logo em seguida, mergulhou no mesmo sono profundo em que jazia sua mulher.

Os dois velhos permaneceram em silêncio diante da luz da nova vela, que, no início, lançava uma luz muito débil. A senhorita Malin, que dava a impressão de que não iria mais fechar os olhos por toda a eternidade, fitou o casal adormecido com a benevolência de um criador satisfeito de sua obra. O cardeal a encarou e logo desviou o olhar. Em seguida, passou a desfazer os curativos que lhe rodeavam a cabeça, mantinha agora os olhos, nos quais reluzia um brilho estranho, fixos no rosto da velha dama.

– Acho melhor me livrar disso – disse –, agora que o dia está prestes a romper.

– Mas isto não vai prejudicá-lo? – indagou ansiosa a senhorita Malin.

– De maneira nenhuma – replicou, enquanto continuava a se desfazer das ataduras. – Esse sangue nem sequer é meu. A senhorita, uma Nat-og-Dag, que possui uma percepção tão aguçada para o verdadeiro sangue nobre, sem dúvida reconhece nele o sangue azul do cardeal Hamilcar.

A senhorita Malin permaneceu imóvel, mas empalideceu um pouco.

– O sangue do cardeal Hamilcar? – perguntou com ligeiro tremor na voz.

– É isso mesmo, o sangue daquele homem nobre e venerável. Na minha cabeça. E também em minhas mãos. Pois eu o golpeei na cabeça com uma viga que havia caído, antes de o barco nos resgatar no início da manhã.

Durante dois ou três minutos, um silêncio profundo tomou conta do celeiro. Apenas o cão se mexeu, ganindo um pouco em seu sono enquanto enfiava mais a cabeça nas roupas da jovem. O homem com os curativos e a velha dama ficaram o tempo todo com os olhares travados um no outro. Lentamente ele acabou de tirar as longas faixas de linho manchadas de vermelho, e as colocou ao seu lado. Sem estas, dava para ver seu rosto amplo, inchado e corado, e que tinha cabelos escuros.

– Que Deus abençoe a alma daquele nobre homem – disse por fim a senhorita Malin. – E quem é o senhor?

Ao ouvir tais palavras, uma sombra passou pelo semblante do homem.

– É isto o que a senhorita quer saber de mim? – exclamou ele. – A senhorita está preocupada comigo, e não com o cardeal?

– Oh, não precisamos nos preocupar com ele, nem o senhor nem eu – respondeu ela. – Mas quem é o senhor?

– Meu nome – disse ele – é Kasparson. Sou o criado do cardeal.

– Conte-me mais a seu respeito – pediu a senhorita Malin com firmeza. – Gostaria muito de saber com quem passei a noite.

– Posso lhe contar muito, se isto a agrada – disse Kasparson –, pois já estive em muitos continentes, e devo confessar que me agrada reviver o passado.

– Sou um ator, madame, tal como a senhorita é uma Nat-og-Dag. Isto significa que continuamos a ser assim independentemente do que fizermos e, quando tudo o mais nos falha, sempre podemos depender disso.

"Mas quando pequeno era bailarino e, aos treze anos, fui adotado – devido ao fato de ter uma extraordinária graciosidade, e sobretudo por possuir, em grau incomum, aquilo que, na técnica do balé, é conhecido como *ballon*, ou seja, a capacidade de saltar, de me elevar acima do chão e das leis da gravitação – pelos grandes e veneráveis nobres de Berlim. Meu padrasto, o famoso tenor Herr Eunicke, responsável por me introduzir naqueles círculos, acreditava que eu seria uma mina de ouro para ele. Durante cinco anos eu soube o que significa ser uma mulher adorável, alimentada com iguarias, vestida de seda e um turbante dourado, cujos caprichos são leis para o mundo. Mas Herr Eunicke, como costumam fazer os tenores, preferiu não levar em conta as leis da passagem do tempo. A idade sempre nos surpreende quando menos esperamos, abreviando minha carreira de cortesã.

"Em seguida fui para a Espanha e tornei-me barbeiro. Durante sete anos fui barbeiro em Sevilha, e gostava demais disso, pois sempre senti uma atração por sabões e lavandas, e sempre apreciei todo o tipo de coisas limpas e bem arrumadas. Por esse motivo, quantas vezes não causou espécie o fato de o cardeal pouco se importar em sujar as mãos com suas tintas pretas e vermelhas. E posso lhe assegurar, madame, que me tornei um excelente barbeiro.

"Mas também fui impressor de panfletos revolucionários em Paris, negociante de cães em Londres, traficante de escravos em Alger e amante de uma *principessa* viúva em Pisa. Graças a ela, tive a oportunidade de acompanhar o professor Rosselini e o grande orientalista francês Champollion em sua expedição ao Egito. Pois é, já estive até mesmo no Egito, madame. Fiquei sob a imensa sombra triangular da grande pirâmide e, do topo dela, quatro mil anos me contemplaram."

A senhorita Malin, eclipsada como viajante pelo criado, preferiu se refugiar no amplo domínio de sua imaginação.

– Ah – disse ela –, no Egito, sob a imensa sombra triangular da grande pirâmide, enquanto o burro pastava, são José disse à Virgem Maria: "Minha doce e jovem querida, que tal apenas por um instante fechar os olhos e fazer de conta que sou o Espírito Santo?".

Kasparson prosseguiu em seu relato.

"Morei até mesmo em Copenhague", contou, "mas no final as coisas não me saíram tão bem. Tornei-me cavalariço na estalagem do gordo e velho Bolle Bandsat – o que significa, com perdão da palavra, o maldito ou o amaldiçoado – onde, por um níquel, era possível dormir no chão e, por meio níquel, dormir em pé mesmo, sustentado por uma corda sob os braços. Quando afinal tive de fugir dos braços da lei, adotei o nome de Kasparson, em homenagem àquele altivo e desafortunado jovem de Nürnberg que se matou com uma punhalada a fim de convencer lorde Stanhope de que ele era de fato o filho ilegítimo da grã-duquesa Stephanie de Baden.

"Todavia, caso a senhorita esteja interessada na realidade em saber algo de minha família, tenho a honra de informá-la de que sou um bastardo do mais puro sangue bastardo que existe. Minha mãe era uma autêntica mulher do povo, filha de um honesto artesão: a adorável atriz Johanna Handel-Schutz que, no palco, deu vida a todos os ideais clássicos. Mesmo assim, era de índole melancólica. Dos meus dezesseis irmãos e irmãs, nada menos do que cinco cometeram suicídio. Mas se lhe disser quem era o meu pai, sem dúvida despertarei seu interesse. Quando mudou-se para Paris, com dezesseis anos, a fim de seguir a carreira artística, Johanna caiu nas graças de um grande senhor.

– Sou filho daquele duque de Orleans – que mais tarde tomaria o partido do povo de outro modo, insistia em ser chamado de *citoyen*, votou pela morte do rei da França e adotou o nome de Égalité. O bastardo de Égalité! Pode alguém ser mais bastardo do que isso, madame?

– Não – replicou a velha senhora, com os lábios pálidos e rígidos, incapaz de pronunciar uma palavra de conforto para o homem à sua frente.

– O pobre rei Luís Filipe – continuou Kasparson –, por quem sinto pena, e a respeito do qual lamento ter dito palavras tão duras nesta noite; bem, ele é meu irmão mais novo.

A senhorita Malin, mesmo diante dos maiores infortúnios, jamais conseguia permanecer calada por muito tempo. Após um instante de silêncio, ela disse:

– Diga-me então, pois talvez não nos reste muito tempo, primeiro por que o senhor matou o cardeal?. E, depois, por que se deu ao trabalho de me enganar, quando viemos para cá, e de zombar de mim naquela que talvez seja a derradeira noite de minha vida? O senhor não corre nenhum perigo aqui. Não lhe ocorreu que eu tivesse bastante espírito, ou familiaridade com os recessos obscuros do coração, para entender o que o senhor fez?

– Ah – disse Kasparson –, por que não lhe contei antes? Aquele momento em que tirei a vida ao cardeal assinalou as núpcias de minha alma com o destino, com a eternidade, com a alma de Deus. Pois não guardamos silêncio no limiar da câmara nupcial? Ou mesmo, ainda que o imperador exija publicidade, não pode Pitágoras preferir o decoro? E por que motivo matei meu senhor? Madame, havia pouca esperança que nós dois pudéssemos ser resgatados, e ele certamente teria se sacrificado para que eu fosse salvo. Deveria eu ter sobrevivido como o criado pelo qual se sacrificara seu senhor, ou deveria simplesmente ter me afogado e desaparecido, como um triste aventureiro? Já lhe disse: sou um ator. Não deve um ator desempenhar um papel? Se, o tempo todo, o administrador do teatro insiste em nos negar bons papéis, não é aceitável que nos preparemos em silêncio para substituir as estrelas? A prova de nosso empenho é o êxito ou o fiasco. Creio ter desempenhado bem o papel. O próprio cardeal teria me aplaudido, pois era um requintado conhecedor da arte. Sir Walter Scott, madame, divertiu-se muito com o romance *Walladmor*, que Willibald Alexis publicou sob o nome do grande autor, e até mesmo o considerou o mais deleitável mistério do século. O cardeal também teria se reconhecido em mim.

Citando a grande tragédia *Axel e Walburg*, ele declamou lentamente:

Meu honrado senhor, santo Olaf aqui está em pessoa,
Ele toma conta de mim, reveste-se das minhas cores.
Sou o fantasma dele, a larva de seu espírito;
A transitória casca de uma mente imortal...

– O único reparo – continuou depois de uma pausa – que ele poderia ter feito é o seguinte: talvez dissesse que me excedi no papel. Decidi ficar neste celeiro para resgatar as vidas de camponeses embrutecidos, que antes haviam preferido salvar seus animais em vez de si mesmos. Duvido que o cardeal tivesse agido assim, pois era um homem de impecável sensatez. Já não poderemos saber. Mas sempre há um tanto de charlatanice em toda grande arte, e o próprio cardeal não estava imune a isso.

– Seja como for – concluiu ele, erguendo a voz e levantando-se –, no dia do juízo final Deus não mais irá me dizer: "Kasparson, seu ator medíocre! Como explica não ter sido capaz, nem mesmo quando a morte rondava seu coração, de representar o gladiador agonizante?".

Mais uma vez, a senhorita Malin ficou imóvel, imersa no longo e profundo silêncio que tomou conta do imenso e escuro aposento.

– E por que – disse afinal –, por que o senhor queria tanto esse papel?

– Vou lhe fazer uma confidência – respondeu Kasparson, pronunciando lentamente as palavras. – Não é pela expressão que se deve conhecer o homem, e sim pela máscara. Foi isso o que disse no início desta noite.

"Sou um bastardo, e carrego em mim a maldição do bastardo, da qual a senhorita nada sabe. O sangue de Égalité é um sangue arrogante, repleto de vaidade – algo difícil, muito difícil de suportar, sobretudo quando circula por nossas veias. Ele reivindica o esplendor, madame; não tolera qualquer rivalidade; e nos faz sofrer terrivelmente à menor desfeita.

"Mas esses camponeses e esses pescadores são a gente da minha mãe. A senhorita não vai acreditar, mas já derramei lágrimas de sangue diante da dureza da existência deles e de seus filhos depauperados.

Ao pensar em suas migalhas endurecidas de pão e em suas facas gastas, em suas roupas remendadas e rostos pacientes, meu coração é oprimido pela angústia. Além deles, nada mais no mundo consegui amar. Se tivessem feito de mim o seu senhor, eu os teria servido por toda a vida. Se tivessem se prostrado e me venerado, eu teria dado minha vida por eles. Mas não o fizeram. Reservaram isto para o cardeal. Somente esta noite eles se convenceram. Pois viram o semblante de Deus em meu rosto. E vão dizer a todos, daqui para a frente, que havia uma luz branca sobre o barco em que nos arriscamos juntos. Bem, que seja assim, madame.

"A senhora faz idéia", prosseguiu, "a senhora sabe por que sempre me volto para Deus, por que anseio por Ele? Por que não consigo passar sem Ele? O motivo é que não há outro ser pelo qual não preciso, não posso, não devo sentir misericórdia. Ao contemplar todas as outras criaturas desse mundo, sou torturado, sou devorado pela misericórdia, e acabo curvado e esmagado sob o peso de seus infortúnios. Senti pena do cardeal, muita pena daquele velho que tinha de ser grande e bom, e que, como uma pequena aranha pendurada no imenso espaço, escreveu um livro sobre o Espírito Santo. Todavia, no que se refere a Deus e a mim, se há alguma misericórdia a ser sentida, cabe a ele fazer isso. Ele é que deve sentir pena de mim.

"Ora, madame, o mesmo deveria se dar com nossos soberanos. No entanto, Deus me perdoe, sou eu que sinto pena de meu irmão, o rei da França. Meu coração sofre um pouco pelo homenzinho.

"Só me resta Deus, pois d'Ele não terei nenhuma pena. Permita-me, pelo menos, ficar com Deus, humanos de brando coração"

– Nesse caso – disse subitamente a senhorita Malin –, não há a menor possibilidade de que lhe importe muito o fato de sermos ou não salvos. Perdoe-me por lhe dizer isto, Kasparson, mas não fará a menor diferença para o seu destino se este celeiro irá resistir até a volta do barco de resgate.

– É verdade, senhorita Nat-og-Dag – retrucou ele –, seu espírito arguto foi direto ao ponto. Isto é o que vale a minha bela coragem. Mas tenha um pouco mais de paciência e irei lhe esclarecer o caso. Raros são aqueles, eu disse antes, que poderiam dizer de si mesmos que estão livres da crença de que poderiam ter criado o mundo. Não, vamos mais além, madame: raros são os que podem dizer de si mesmos que estão livres da crença de que o mundo que os rodeia é, na realidade, obra de sua própria imaginação. Então, estamos contentes e orgulhosos dele? Às vezes é assim. Ao cair da noite, no começo da primavera, em companhia de crianças e de belas mulheres espirituosas, surpreendi-me satisfeito e orgulhoso de minha criação. Outras vezes, porém, em meio à gente comum, fui assaltado pelo terrível remorso por ter produzido coisas tão vulgares, insípidas e tediosas. Talvez até tivesse procurado eliminá-las, como o monge que, em sua cela, tenta se livrar das imagens degradantes que lhe perturbam a paz de espírito e o orgulho de servir a Deus. Ora, madame, estou contente de ter criado esta noite aqui. Estou genuinamente orgulhoso de ter criado a senhora, não tenha a menor dúvida quanto a isto. Mas o que dizer dessa figura isolada que também se vê no quadro, esse tal Kasparson? É ele um sucesso? Valeria a pena preservá-lo? Não seria melhor talvez considerá-lo uma mácula no quadro? O monge pode até mesmo se flagelar a fim de afastar a imagem que o ofende. Meus cinco irmãos, dentre os dezesseis filhos de minha mãe que cometeram suicídio, talvez se sentissem assim, pois, como já lhe disse, minha mãe tinha um profundo sentimento e instinto pelos clássicos, pela harmonia cósmica. Talvez eles tenham dito para si mesmos: "Essa obra é em si mesma refulgente. Minha única falha é essa figura isolada em seu interior, que agora irei eliminar, mesmo que a um custo".

– Bem – disse a senhorita Malin em seguida –, afinal o senhor gostou de desempenhar o papel do cardeal quando teve sua oportunidade? Foi algo agradável?

– Enquanto Deus existir, madame, guardarei isto comigo, uma noite e um dia inteiros. Pois, a esta altura, já vivi o suficiente para ter aprendido que, quando o demônio me sorri, não deixo de sorrir para ele. E se isto – sorrir de volta quando o demônio nos sorri – for na realidade a mais exaltada, a única alegria genuína em todo o mundo? E se tudo o mais, tudo aquilo que as pessoas chamam de alegria, não passar de um pressentimento, de um prenúncio desta verdadeira alegria? Neste caso, valeria a pena aprender essa arte.

– É verdade, é bem verdade – replicou a senhorita Malin, com uma voz que, embora contida, era intensa e estridente, e parecia se alçar no ar como uma cotovia. Como se quisesse acompanhar em pessoa aquela ascensão, ela se ergueu e ficou ereta, com a leveza e a dignidade de uma dama que já se divertiu o bastante com um entretenimento agradável e decide partir.

– Eu também sorri de volta para o demônio. E, sem dúvida, é uma arte que vale a pena aprender.

O ator havia se levantado junto, seu *cavaliere servante*, e agora estava de pé. Ela o fitou com olhos radiantes.

– Kasparson, magnífico ator – disse ela –, bastardo de Égalité, dê-me um beijo.

– Ah, isso não, madame – respondeu Kasparson –, estou doente, há veneno em minha boca.

– Nesta noite, isto pouco importa – disse a senhorita Malin com um sorriso.

E de fato ela parecia estar imune a qualquer tipo de veneno. Trazia aos ombros aquela imagem da caveira com ossos cruzados que os farmacêuticos usam nos rótulos dos frascos de veneno, algo pouco atraente para qualquer homem beijar. No entanto, encarando o homem à sua frente, pronunciou lenta e graciosamente:

"Fils de St. Louis, montez au ciel!"[7]

O ator a tomou nos braços e, apertando-a contra seu corpo, deu-lhe um beijo. Com isso a altiva solteirona virgem não iria para o túmulo sem ter beijado um homem.

Em um gesto majestoso e cheio de graça, ela tomou a bainha de sua saia e a colocou na mão de Kasparson. A seda, que se arrastara pelo

7. "Filho de são Luís, suba aos céus!" [N.T.]

chão, gotejava de tão molhada. Ele compreendeu que aquele fora o motivo de ela ter se levantado.

Ao mesmo tempo, os olhos de ambos voltaram-se para o piso do celeiro. Sobre as tábuas, via-se uma figura escura, como uma comprida e grossa serpente, e um pouco mais além, onde havia uma leve inclinação no chão, ela se alargava em uma mancha preta que quase chegava aos pés da menina adormecida. A água chegara ao nível do celeiro. Na verdade, quando se moviam, sentiam as pesadas tábuas balançando e flutuando suavemente.

De repente, o cão sentou-se com um espasmo. Inclinou para trás a cabeça, com as orelhas achatadas e o focinho no ar, e emitiu um ganido grave.

– Silêncio, Passup – disse a senhorita Malin, que ouvira os pescadores chamando-o por esse nome.

Em seguida, ela tomou uma das mãos do ator.

– Espere um pouco – sussurrou, de modo a não acordar os jovens. – Quero lhe dizer algo ainda. Eu, também, já fui uma menina. Passeava pelos bosques e, enquanto espiava as aves, pensava: é terrível que as pessoas prendam as aves em gaiolas. E também que, se eu pudesse viver e servir o mundo de tal modo que, depois de mim, jamais fossem presos em gaiolas, então todos eles seriam livres...

Ela se calou e fitou a parede. Entre as tábuas via-se uma estria nova de azul-escuro, ao lado da qual a pequena lâmpada mais parecia uma mancha avermelhada. Rompia a aurora.

Lentamente, a velha senhora soltou seus dedos da mão do homem e colocou um deles sobre o lábio.

"À ce moment de sa narration", disse então, *"Scheherazade vit paraître le matin, et, discrète, se tut."*[8]

8. Nessa altura da história, Xerazade notou que amanhecia, e, discreta, calou-se. [N.T.]

O velho cavalheiro

Meu pai tinha um amigo, o velho barão Von Brackel, que em sua juventude viajara muito e conhecera incontáveis cidades e pessoas. Fora isso, não se parecia em nada com Ulisses, e jamais poderia ser considerado engenhoso, pois revelara escassa competência para administrar seus negócios. Talvez devido a uma sensação de fracasso nesse sentido, tentava evitar toda discussão sobre questões práticas com uma geração mais jovem e eficiente, empenhada em avançar na carreira e alcançar o êxito na vida. Todavia, quando a conversa recaía sobre a teologia, a ópera, o bem e o mal na esfera moral, e outros temas inócuos, ele até que se mostrava um interlocutor agradável.

O barão havia sido extraordinariamente bem apessoado em sua juventude, com uma espécie de beleza ideal e, ainda que não se vislumbrasse em seu rosto resquício desse esplendor passado, este era perceptível em certa dignidade afável e nessa confiança em si mesmo que resultam de uma carreira baseada na boa aparência, e podem ser reconhecidas, de modo injustificável, na postura daquelas criaturas arruinadas e trêmulas que costumavam se contemplar com deleite nos espelhos do século passado. Assim é que se distinguem, em uma *danse macabre*, os esqueletos daqueles que, em seu auge, desfrutaram de uma beleza fora do comum.

Certa noite, ele e eu acabamos por discutir um antigo tema que teve seu papel na literatura do passado: a saber, se seria possível para uma pessoa obter, recorrendo a algum princípio, qualquer benefício efetivo, qualquer satisfação moral perdurável, com a renúncia a uma inclinação natural. Foi nessa ocasião que ele me contou a seguinte história:

Durante uma chuvosa noite do inverno de 1874, em uma avenida de Paris, uma moça embriagada aproximou-se de mim e me dirigiu a palavra. Naquela época, eu era, como você irá notar, muito jovem. Transtornado e infeliz, eu estava sentado sob a chuva, de cabeça descoberta, em um banco na calçada da avenida, pois acabara de deixar uma dama que, como então se dizia, eu adorava e, nem uma hora antes, havia tentado me envenenar.

Embora isto nada tenha a ver com o que vou lhe contar, trata-se também de uma história bem intrigante. Eu não havia pensado nela por muitos anos até que, na última vez em que estive em Paris, revi a mesma dama em seu camarote na ópera, agora uma mulher muito idosa, acompanhada de duas encantadoras meninas vestidas de rosa, que, soube depois, eram suas bisnetas. Ela já não me parecia tão adorável, mas nunca, durante todo o tempo em que privei de sua intimidade, eu a vira com semblante tão contente. Mais tarde, lamentei não ter ido visitá-la em seu camarote, pois ainda que nenhum de nós tenha sido muito feliz durante nosso relacionamento amoroso, creio que teria ficado tão satisfeita de ser lembrada como a bela jovem que tornava infelizes os homens, tal como eu ao me recordar, ainda que vagamente, do jovem que tanto sofrera por causa dela.

A formosura excepcional daquela mulher, a menos que algum artista incomparável a tenha fixado em cores ou argila, agora provavelmente só sobrevive em alguns poucos cérebros tão decrépitos quanto o meu. Em sua época, ela era absolutamente maravilhosa. Embora fosse loira, e do tom mais claro que jamais vi, não era uma dessas beldades rosadas e brancas. Era pálida, toda ela sem cor, como um pastel antigo, ou a imagem de uma mulher em um espelho opaco. E naquela forma frágil e fresca havia um vigor incomparável, e tal distinção que não mais se vê nas mulheres, ou de um tipo pelo qual estas já não mais se interessam.

Era outono quando a conheci e me apaixonei por ela, no *château* de um amigo em que ambos estávamos hospedados, juntamente com um enorme grupo de outros jovens animados que hoje, se é que continuam vivos, estão murchos, alquebrados e surdos. Estávamos ali para caçar, e creio que, até o fim de meus dias, serei capaz de lembrar o modo como ela costumava fitar seu grande cavalo baio, assim como aquela atmosfera de outono, com apenas um toque de geada, quando retornávamos ao cair da noite, bem aquecidos nas roupas frias, exaustos, cavalgando lado a lado sobre uma velha ponte de pedra. Meu amor era ao mesmo tempo humilde e ousado, como o de um pajem por sua dama, pois ela era tão admirada, e sua beleza tinha em si algo de tão desdenhoso que era inevitável que provocasse sonhos melancólicos em um rapaz de vinte anos, pobre e estranho ao círculo dela. Por isso, cada momento de nossas cavalgadas, danças e *tableaux vivants* era uma exuberância de êxtase e dor, algo que você também um dia irá conhecer: toda uma orquestra no coração. Quando ela me deixava feliz, como se costuma dizer, eu me sentia verdadeiramente feliz. Lembro-me de uma manhã em que fumava um charuto na varanda, contemplando o largo horizonte de colinas baixas e azuladas recobertas de árvores, e passando uma espécie de recibo ao Senhor por toda a felicidade a que teria direito na vida. Fosse o que fosse que me acontecesse em seguida, eu já recebera a minha parte, e me considerava plenamente satisfeito.

Entre pessoas muito jovens, o amor pouco tem a ver com o coração. Nessa idade, bebemos para saciar a sede, ou para nos embriagar; só mais adiante nos preocupamos com a qualidade de nossos vinhos. No fundo, um rapaz apaixonado está fascinado pelas forças que guarda em si. E não é incomum uma recaída nesse sentimento, em uma espécie de segunda adolescência. Em Paris, conheci um russo, já bastante idoso e imensamente rico, que costumava sustentar as mais encantadoras dançarinas jovens, e que certa vez, ao ser indagado se tinha, ou precisava ter, ilusões a respeito dos sentimentos delas em relação a ele, refletiu um pouco e disse: "Se o meu chefe de cozinha é capaz de me preparar uma boa omelete, não acho que faça muita diferença para mim saber se ele me ama de verdade". Tal resposta jamais sairia da boca de um jovem, embora este talvez dizesse que pouco se importava com o fato de seu fornecedor de vinhos ser ou não da mesma religião que ele, convencido de ter tocado o âmago da questão. A meia-idade, contudo, nos traz uma humildade mais profunda, e torna-se mais importante que nossas crenças religiosas sejam partilhadas por quem fornece ou cultiva o vinho que tomamos. Neste caso em que estive envolvido, e que estou relatando, minha vaidade juvenil, como se eu tivesse um excesso dela, logo iria me ensinar uma lição. Pois, naqueles meses de inverno, enquanto estávamos ambos vivendo em Paris, e a casa dela era o ponto de encontro de muitos *beaux-esprits*, e ela própria a admirada diletante da música e das artes, comecei a achar que estava se aproveitando de mim, ou de seu amor por mim, se é possível conceber tal coisa, a fim de despertar ciúmes em seu marido. Isto já ocorreu, imagino, com muitos rapazes em todas as épocas, sem que a soma final da experiência deles tenha sido de muita utilidade para o jovem que hoje se vê na mesma posição. Comecei a me perguntar que tipo de relacionamento havia entre ela e seu marido, e que estranhas forças poderiam existir nela ou nele para que eu fosse lançado entre ambos dessa maneira. Creio que foi então que passei a sentir medo. Também ela tinha ciúme de mim, e costumava me censurar com uma espécie de indignação moral, como se eu fosse um criado relapso. Eu imaginava que não conseguiria viver longe dela, e que ela não estava disposta a viver sem mim, mas no final não sabia para o quê exatamente ela me queria. O contato dela me feria tanto quanto ao tocarmos algo metálico em um dia de inverno, e não sabemos se a dor é provocada pelo frio ou pelo calor.

Mesmo antes de conhecê-la, eu sabia algo a respeito de sua família, cujas raízes mergulhavam através dos séculos na história da França, e lera que houvera casos de lobisomens entre eles; às vezes me ocorria que ficaria bem mais feliz se de fato a visse de quatro rosnando para mim, pois então saberia com o que exatamente estava lidando. E mesmo perto do final desfrutávamos de horas de um encantamento incomparável, pelas quais sempre lhe serei grato. Durante meu primeiro ano em Paris, antes de travar outras relações, mergulhei no estudo da história dos velhos edifícios da cidade, e esta minha atividade despertou o seu interesse. Percorríamos juntos os antigos bairros e épocas de Paris, e nos instalávamos na época de Abelardo ou de Molière, e enquanto assim brincávamos, ela era séria e gentil comigo, como uma menina. Em outros momentos, porém, parecia-me impossível suportar por mais tempo tal situação, e tentava me afastar; imagino que a menor suspeita disto bastava para deixá-la desperta à noite, engendrando novas maneiras de me punir. Entre nós, enfim, o que havia era o velho jogo de gato e rato – provavelmente o modelo original de todos os jogos do mundo. No entanto, como nesse jogo o gato é o mais apaixonado, com o rato reagindo pelo mero interesse em sua sobrevivência, é inevitável que este se canse primeiro. No final, acho que ela queria que fôssemos descobertos, tão descuidada tornou-se em relação à nossa ligação – e é preciso lembrar que naquela época um relacionamento amoroso tinha de ser conduzido com o máximo de prudência.

Desse período, lembro-me que, certa noite, na qual ela pretendia ir a um baile, introduzi-me em sua casa sem ter sido convidado, fazendo-me passar por um cabeleireiro. Nos anos 70, as mulheres prendiam o cabelo em enormes coques, o que exigia muito trabalho de um *coiffeur*. E durante todo esse tempo não conseguia deixar de pensar no marido dela, que me aparecia na imaginação como uma gigantesca sombra, projetada no pano de fundo branco, de um absurdo e minúsculo polichinelo. Comecei a me sentir tão exausto – não exatamente dela, mas exaurido interiormente – que já reunia coragem para fazer uma cena e exigir uma explicação, mesmo se com isso corresse o risco de perdê-la, quando de repente, nessa mesma noite a que me referia, ela própria encarregou-se de fazer a cena e dar a explicação, em um furacão tal como nunca mais vi igual. E lançou mão das mesmíssimas armas que eu havia preparado para mim: acusando-me de me preocupar mais com seu marido do que com ela. E quando disse-me tal coisa, naquele seu *boudoir* azul-claro que eu tão bem conhecia – a câmara acetinada, acolchoada e perfumada na qual as damas da época apreciavam se encerrar, decorada, bem me lembro, com quadros de flores e macias almofadas de seda por todos os lados, e muitos lilases no canto atrás de mim, a luz da lamparina atenuada por um grande anteparo vermelho – não consegui lhe responder nada, pois sabia que ela tinha razão.

Você com certeza reconheceria o nome dele se eu o dissesse, pois ainda está na boca de muita gente, mesmo tendo falecido há tantos anos. Ou então toparia com ele em uma das memórias do período, pois foi um ídolo da nossa geração. Mais tarde uma grande infelicidade iria abater-se sobre esse homem, mas naquela época – creio que contava então trinta e três anos – ele seguia impávido no pleno esplendor de sua estranha força. Em certa ocasião, no mesmo período, entreouvi dois indivíduos mais velhos comentarem algo a respeito da mãe dele, que fora uma das beldades da Restauração, e um deles comentou que ela usava as suas famosas jóias com tanta leveza e graça quanto as outras jovens envergavam guirlandas de flores silvestres. "É bem verdade", respondeu o outro após um instante de reflexão, "e no final ela as dispersou como se fossem flores, *à la* Ofélia." Portanto, creio que a rara leveza que o caracterizava deve ter sido, tal como sua fraqueza, um traço de família. Mesmo em seus caprichos mais selvagens, e em uma espécie de maneirismo que então chamávamos de *fin de siècle* e do qual tanto nos orgulhávamos, ele tinha em si algo do *grand siècle*: uma nobreza reta que não destoaria na antiga França.

Desde então, voltei a contemplar aqueles grandes edifícios do século XVII que parecem completamente inapropriados como moradias para seres humanos, e me ocorreu que deviam ter sido construídos para que ele – e sua mãe, suponho – ali vivesse. A despeito dos êxitos que tanto invejávamos, ele exalava tamanha confiança na vida que era como se soubesse capaz, caso quisesse, de recorrer a forças ainda maiores, desconhecidas para nós. Isto me levou a refletir muito sobre o destino humano, quando, vários anos depois, me contaram de que modo esse jovem, perto do trágico desenlace de sua existência, ao responder aos amigos que lhe imploravam em nome de Deus, recorreu às palavras do Ajax de Sófocles: "Você me aborrece demais, mulher. Por acaso não se dá conta de que já saldei minha dívida com os deuses?".

Sei bem que não deveria ter começado a falar dele, mesmo após tantos anos, mas um ideal da juventude sempre é um marco entre acontecimentos e sentimentos há muito passados. Todavia, ele próprio nada tem a ver com esta história.

Como já lhe disse, eu mesmo me convencera de que os sentimentos que tinha pela encantadora mulher, a quem eu adorava, eram na realidade menos acentuados que aqueles que me ligavam a seu jovem marido. Se ele estivesse junto dela quando nos conhecemos, ou se eu o tivesse encontrado antes de conhecê-la, creio que jamais teria sonhado em me apaixonar por sua esposa.

Mas o amor, e o ciúme, que essa mulher sentia por ele eram na verdade de uma feição intrigante. Pois que ela o amava, tornou-se óbvio para mim no exato momento em que o mencionou. É provável até que eu soubesse disto bem antes. E ela era ciumenta. Sofria, chorava – estava, como lhe disse, disposta a matar, caso nada mais viesse em seu socorro – e, durante todo o tempo, aquela luta, provavelmente a única coisa real em sua vida, não era uma luta pela posse, e sim uma competição. Ela tinha ciúmes dele, como se ele próprio fosse alguma outra jovem, sua rival, ou como se ela própria fosse um rapaz que lhe invejasse os triunfos. Creio que ela própria estava sempre sozinha com ele em um mundo que desprezava. Ao cavalgar furiosamente, ao se circundar de admiradores, ela sempre o mantinha à vista, como um competidor em uma corrida de bigas, com olhos apenas para o concorrente ao seu lado. Quanto ao resto de nós, só existíamos para ela na medida em que poderíamos pertencer a um ou ao outro, e ela tinha seus amantes tal como saltava a cavalo os obstáculos, a fim de acumular mais conquistas do que o homem pelo qual se apaixonara.

Evidentemente, não tenho como saber de que modo isto havia começado entre eles. Mais tarde, tentei me convencer de que se tratava de um desejo de vingança da parte dela, por algo que ele lhe fizera no passado. Mas fiquei com a impressão que aquela era uma paixão estéril que lhe havia consumido toda a cor.

Ora, talvez seja bom ressaltar aqui que tudo isso ocorreu nos primeiros tempos do que então chamávamos de "emancipação da mulher". Muita coisa estranha teve então lugar. Não creio que, naquela época, o movimento tenha se arraigado profundamente na sociedade, mas ali se viam as jovens de maior inteligência, as mais ousadas e engenhosas de todas, deixando para trás o claro-escuro de todo um milênio, piscando ao sol e morrendo de vontade de experimentar suas asas. Na minha opinião, algumas delas até vestiram a armadura e a auréola da santa Joana d'Arc, ela própria uma virgem emancipada, e viraram um dos anjos flamejantes. Todavia, a maioria das mulheres, quando se sente livre para experimentar a vida, acaba seguindo direto para o sabá das feiticeiras. Eu mesmo as admiro por isso, e creio que jamais poderia amar uma mulher que não tivesse, em um momento ou outro, cavalgado um cabo de vassoura.

Sempre considerei uma tremenda injustiça o fato de que a mulher nunca pôde estar só no mundo. Adão desfrutou de um tempo, pouco importa se breve ou longo, em que pôde vagar por uma terra imaculada e tranqüila, entre os animais, em plena posse de sua alma, e a maioria dos homens nasce com uma lembrança desse período. Porém, no instante em que chegou ao mundo, a pobre Eva já encontrou ali seu esposo, aferrado a suas pretensões. Esta é uma queixa que a mulher sempre teve contra o Criador: ela se sente no direito de recuperar para si aquela época do paraíso. Só que, em um destino ainda pior, ao perseguirmos um tempo passado, estamos condenados a agarrá-lo pela cauda, pelo lado errado. Assim, essas jovens feiticeiras conseguiram tudo o que queriam, mas em uma imagem invertida.

Para as velhas damas daquela época, guardiãs da igreja e do lar, a emancipação estava virando a cabeça das moças. Provavelmente outras jovens, além da minha amada, também estavam galopando muito acima do chão, com os belos rostos virados para trás, à maneira do intrépido caçador no conto. E havia no ar uma teoria, que as arrebatou, de que o ciúme dos amantes era algo ignóbil, e que mulher nenhuma deveria se entregar a um homem, com exceção do demônio. A caminho de encontrá-lo, elas se orgulhavam de estar, segundo o doutor Fausto, sempre uma centena de passos à frente do homem. Quanto à inveja da competição, tal como no caso de Adão e Lilith, essa era uma nobre empresa. Assim, ali se encontravam não só as velhas feiticeiras de Macbeth, o que seria de se esperar, mas até mesmo jovens com rostos macios como flores, impetuosas e transtornadas por tanta inveja dos bigodes de seus amantes. E tudo isto elas ficaram sabendo ao ler – como costumam fazer as feiticeiras – o livro do Gênesis do fim para o começo. Por si mesmas, elas poderiam ter ganho muito com isso. Foram os pobres e cordatos pregadores masculinos da emancipação, desempenhando, como sempre é o caso dos feiticeiros, um papel lamentável no sabá, que estragaram o estilo e o arrebatamento de todo o empreendimento, ao trazê-lo para baixo e submetê-lo às leis da razão terrena. Parece-me, no entanto, agora que as coisas mudaram e os homens também se emanciparam, que é bem possível encontrar no bosque o jovem amante, seguindo no chão o rastro da sombra de uma feiticeira e, com imaginação infinitamente menor, preparando a poção fatal para sua amada, movido pela inveja de seus seios.

O papel que me coube, na história de minha emancipada e jovem feiticeira, não era em si mesmo lisonjeiro. Ainda assim, estou convencido de que ela me queria desesperadamente, talvez com a paixão que uma garotinha devota à sua boneca predileta. E, na medida do possível, sem dúvida eu era a figura central em nosso drama. Se ela fosse Otelo, caberia a mim, e não ao seu marido, desempenhar o papel de Desdêmona, e bem posso imaginá-la a suspirar – "Oh, que lástima, que lástima, Iago" – diante dessa desafortunada circunstância, e até mesmo a vê-la disposta a me conceder um beijo, e ainda outro, antes de terminar para sempre. O que não pretendia era me matar por um sentimento de justiça ou vingança. Ela queria me destruir a fim de não me perder ou ver algo que prezava muito cair nas mãos de seu rival, à maneira de um general decidido, disposto a explodir uma fortaleza indefensável, em vez de entregá-la ao inimigo.

Foi perto do final de nosso encontro que ela tentou me envenenar. Creio que ela não tinha a intenção de esperar tanto, e que pretendia dizer o que pensava de mim com o veneno já circulando por meu corpo, mas não conseguira se controlar até o momento certo. Havia, como você irá concordar, algo de estranho em tomarmos café naquela altura da conversa. Sua insistência para que eu o bebesse, e o silêncio súbito e mortal em que caiu enquanto eu levava a xícara à boca, acabaram por denunciá-la. Ainda consigo, embora mal o tenha tocado, recordar-me do gosto insípido e letal do ópio, e, caso tivesse esvaziado a xícara, isto não teria revirado meu estômago e liquefeito o tutano de meus ossos com tanta força quanto a convicção abrupta e fatal de que ela me queria morto. Baixei a xícara, prestes a desmaiar como alguém que se afoga, me ergui e a fitei, enquanto ela fazia um único movimento desajeitado, como se ainda quisesse se jogar sobre mim. Então ficamos paralisados por um instante, plenamente conscientes de que tudo estava perdido. Pouco depois, começou a se balançar e a gemer, com as mãos sobre a boca, e de repente transformou-se em uma mulher muito velha. Quanto a mim, senti-me incapaz de dizer fosse o que fosse, e acho que corri para fora assim que recobrei a presença de espírito. O ar, a chuva e a própria rua me pareceram velhos e olvidados amigos, fiéis até na hora de necessidade.

E foi assim que me sentei em um banco na *avenue* Montaigne, em meio aos escombros de meu orgulho e felicidade, enojado de tanto horror e humilhação, quando esta moça, de quem eu lhe falava, se aproximou de mim.

É possível que estivesse sentado ali por algum tempo, e que ela ficara a me observar antes de reunir coragem para se aproximar. Provavelmente, simpatizou comigo, achando que também eu estava embriagado, uma vez que pessoas razoáveis não ficam sentadas à chuva com a cabeça desprotegida, e talvez também devido ao fato de termos quase a mesma idade.

Não foi da primeira nem da segunda vez que entendi o que me dizia. Eu não tinha a menor disposição para conversar com uma jovem das ruas. Creio que deve ter sido por mero instinto de autopreservação que afinal me voltei para ela e a ouvi. Precisava escapar de meus pensamentos e, para isso, era bem-vinda a ajuda de qualquer ser humano. Ao mesmo tempo, porém, havia um quê de excepcionalmente gracioso e expressivo na jovem, e isto pode ter capturado minha atenção. Ali estava ela na chuva, com uma maquiagem fantástica, olhos que luziam como estrelas, toda empertigada, mas só a custo mantendo-se equilibrada sobre as pernas. Quando continuei a encará-la, ela riu, um riso grave e nítido. Era bem jovem. Segurava a ponta do vestido com uma das mãos – naquela época as mulheres arrastavam longas caudas pelas ruas. Na cabeça, trazia um chapéu preto com penas de avestruz, tristemente derreadas pela chuva, encobrindo-lhe a testa e os olhos. A curva suave e firme do queixo e seu roliço e jovem pescoço destacavam-se sob a luz do lampião de gás. É assim que a vejo até hoje, embora também tenha guardado outra imagem dela.

O que me impressionou acima de tudo foi que parecia estar, de modo inequívoco, curiosamente emocionada e intoxicada pela situação. Sua abordagem não teve nada de convencional. Mais parecia uma pessoa disposta a uma grande aventura, ou alguém que guardasse um segredo. Ao fitá-la, acho que comecei a sorrir, com uma espécie de sorriso amargo e desesperado, reconhecível apenas pelos jovens, e isto deve ter-lhe servido de encorajamento. Ela se aproximou mais. Revirei o bolso à procura de dinheiro para lhe oferecer, mas não trazia comigo nenhum centavo. Levantei-me e comecei a me afastar, mas ela me seguiu, caminhando ao meu lado. Senti, lembro-me bem, certo conforto em tê-la ao lado, pois não queria ficar sozinho. E foi assim que permiti que me acompanhasse.

Perguntei-lhe como se chamava, e ela me disse que seu nome era Nathalie.

Nessa época eu ocupava um posto na Legação e morava em um apartamento na praça François I, por isso não tivemos de caminhar muito. Eu contava em voltar tarde para casa e, naquela época, em que me recolhia nas horas mais diversas, costumava manter a lareira acesa e uma ceia fria à minha espera. Quando entramos em meus aposentos, eles estavam iluminados e aquecidos, a mesa posta me esperando diante da lareira. Havia uma garrafa de champanhe no balde de gelo, pois me acostumara a bebê-la ao retornar de minhas noitadas de amor.

A rapariga examinou o quarto com uma expressão de contentamento. Ali, sob a luz de meu lampião, era possível apreciar melhor sua verdadeira aparência. O cabelo castanho era macio e encaracolado, e azuis os olhos. O rosto arredondado exibia uma testa ampla. Ela era extraordinariamente bonita e graciosa. Provavelmente fiquei a contemplá-la perplexo, tal como ficaríamos ao encontrar um maço de rosas frescas na sarjeta. Se eu fosse mais normal ou equilibrado, suponho que teria procurado obter dela uma explicação do tipo de mistério que a envolvia, mas naquele momento creio que isto nem sequer me passou pela cabeça.

A verdade é que devíamos estar em uma atmosfera muito peculiar, que dificilmente voltaríamos a encontrar. Eu sabia tão pouco de seus motivos quanto ela poderia vislumbrar de meu estado mental, mas, extremamente excitados e exasperados, nos encontramos afetados por uma singular simpatia mútua. Em parte atordoado e em parte anormalmente desperto e sensível, eu a aceitei de modo bem egoísta, sem por um instante indagar de onde surgira ou para onde retornaria, como se ela fosse uma dádiva para mim, e sua presença um benevolente e amistoso ato do destino naquele momento em que eu não suportaria ficar sozinho. Para mim, era como se um pequeno espírito impetuoso tivesse sido enviado pela grande cidade lá fora – Paris –, uma cidade capaz de, a qualquer instante, conferir favores inesperados a uma pessoa, e que no momento apropriado colocara aquela jovem em meu caminho.

O que ela pensava ou sentia a meu respeito, disto não tenho a menor idéia. No momento não refleti sobre isso, mas agora, em retrospecto, teria de dizer que também devo ter simbolizado algo para ela, e que dificilmente eu lhe aparecia como um indivíduo.

Para mim, foi uma grande felicidade, um calor que me invadia, o fato de ela ser jovem e adorável. Aquilo me fez voltar a rir após tantas horas fatídicas e soturnas. Tirei-lhe o chapéu, ergui seu rosto e a beijei. Então notei o quão molhada ela estava. Devia ter caminhado sob a chuva por muito tempo, pois suas roupas mais pareciam as penas de uma galinha molhada. Fui até a mesa e abri a garrafa, enchi uma taça e ofereci a ela. Ela a tomou nas mãos, de pé em frente à lareira, seus cachos úmidos caindo sobre a testa. Com o rosto afogueado e os olhos brilhantes, lembrava uma menina que acabara de ser despertada do sono, ou então uma boneca. Lentamente, tomou metade da taça de vinho, com o olhar fixo em meu rosto, e, como se essa meia taça de champanhe a tivesse levado a um ponto em que não mais podia se manter calada, começou a entoar, com uma voz grave e suave, quase sem mover os lábios, as primeiras notas de uma canção, uma valsa de grande sucesso nos teatros de variedades. De repente ela se calou, esvaziou sua taça e a entregou para mim.

– *À votre santé* – disse.

Sua voz era alegre e pura como o canto de um pássaro no bosque e, dentre todas as coisas, a música era o que então mais me tocava o coração. O canto dela acentuou o sentimento que me invadia, de ser beneficiado por algo incomum e sobrenatural. Enchi-lhe de novo a taça, coloquei a mão em seu pescoço alvo, e afastei-lhe do rosto os cachos molhados.

– Como conseguiu ficar tão molhada, Nathalie? – perguntei, como se fosse sua avó. – Agora você vai ter de tirar toda a roupa e se aquecer.

Enquanto pronunciava essas palavras, o tom de minha voz se alterou. Comecei a rir de novo. Ela me fitou com os olhos estrelados. Um ligeiro tremor passou por seu rosto. Em seguida, começou a desabotoar o manto, e o deixou cair ao chão. Sob esse manto de renda preta, pouco adequado para a estação e desbotado nas pontas de um castanho ferruginoso, ela trazia um vestido de seda preta, extremamente apertado no busto, na cintura e nos quadris, pregueado e drapeado mais embaixo, com babados e dobras, tal como as mulheres costumavam vestir na época, nos primeiros tempos das anquinhas. As pregas do vestido reluziram à luz da lareira. Comecei a desnudá-la, como poderia ter despido uma boneca, lenta e desajeitadamente, enquanto ela permanecia de pé e me permitia seguir adiante. O frescor de seu rosto conferia-lhe uma expressão grave e infantil. Embora tenha ruborizado uma ou duas vezes ao toque das minhas mãos, quando desatei seu apertado corpete e minhas mãos tocaram seus ombros e seus seios frescos, um dócil e amplo sorriso aflorou em seu rosto, e ela ergueu a mão e tocou os meus dedos.

O velho barão Von Brackel fez uma longa pausa.

Creio que lhe devo uma explicação, a fim de que você entenda direito essa história, pois desnudar uma mulher naquela época era algo bem diverso do que provavelmente é atualmente. Que tipo de roupa usam as mulheres de hoje? Em si mesmas, tão escassas quanto possível – umas poucas linhas perpendiculares, recortadas antes que possam desenvolver qualquer sentido. Não se nota nelas nenhum plano. Elas existem apenas em função do corpo, e não possuem vida própria, por assim dizer, ou melhor, se têm algum propósito, é o de revelar o corpo.

Naquela época, porém, o corpo de uma mulher era um segredo que suas roupas esforçavam-se ao máximo para preservar. Mesmo sob tempo ruim, costumávamos vagar pelas ruas na esperança de vislumbrar um calcanhar, cuja visão provavelmente é tão banal para vocês, jovens de hoje, quanto as hastes daquelas nossas taças de champanhe. Naqueles tempos as roupas tinham um ser, uma concepção própria. Com uma serenidade quase sempre imperturbável, elas tinham como objetivo transformar o corpo que envolviam, criando uma silhueta tão distante de sua forma real a ponto de fazer desta um mistério cujo desvendamento era um privilégio divino. Os espartilhos compridos e apertados, as barbatanas, os saiotes e as anáguas, as anquinhas e os drapeados, toda aquela massa de material sob a qual as mulheres da minha época desapareceriam caso não estivessem enfaixadas de maneira tão justa quanto conseguissem suportar – tudo isso servia a um único propósito: disfarçar.

De um tremendo espumar de caudas, pregueados, rendas e babados que se agitavam e ondulavam, *secundum artem*, a cada movimento da portadora, a cintura erguia-se ereta como o cálice de uma flor, carregando o busto, alto e arredondado como uma rosa, mas aprisionado em barbatanas até os ombros. Imagine quão diversa a vida devia aparecer e ser sentida para as criaturas que viviam naqueles corpetes apertados, no interior dos quais mal conseguiam respirar, e no meio de tantos metros de panos que arrastavam consigo sempre que caminhavam ou se sentavam – criaturas que jamais sonhavam que a vida poderia ser diversa, sobretudo quando comparada às jovens atuais, vestidas com roupas que mal as tocam e não ocupam nenhum espaço. Naquela época, a mulher era uma obra de arte, produto de séculos de civilização, e comentava-se sua figura tal como se falava de seu salão, com o tom de admiração que se reserva para um artista hábil e incansável.

E, embaixo de tudo aquilo, a própria Eva respirava e se movia, a ponto de nos ser uma revelação sempre que abandonava seu disfarce, com a cintura ainda delicadamente marcada pelo espartilho, tal um cinto de pétalas de rosa.

Diante de vocês, jovens que zombam das idéias assim como das anquinhas da década de 70, e que irão retrucar que, a despeito de todo o nosso artificialismo, certamente não havia afinal quase nenhum mistério para nós, eu me permitiria lembrar que talvez vocês não tenham idéia do significado desse termo. Nada é misterioso a menos que simbolize algo. Afinal, mesmo o pão e o vinho da Igreja precisam ser assados e engarrafados. Então, as mulheres eram mais do que uma coleção de indivíduos. Elas simbolizavam, ou representavam, a Mulher. Tenho consciência de que a própria palavra, nesse sentido, deixou de fazer parte da língua. Enquanto falávamos da mulher – com boa dose de cinismo, achávamos nós –, vocês falam das mulheres, e toda a diferença está aí.

Sem dúvida você se recorda dos eruditos da Idade Média que discutiam a questão de quem fora criado primeiro: a idéia de um cão, ou os cães individuais? Para vocês, que aprendem estatística no jardim de infância, não resta a menor dúvida, suponho. E não passa de mera justiça afirmar que, de fato, o mundo de vocês parece ter sido criado experimentalmente. Todavia, para nós, até mesmo as idéias do velho senhor Darwin eram novas e estranhas. Nossas concepções estavam baseadas em sinfonias e cerimoniais de corte e coisas assim, e fomos educados com vivos sentimentos a respeito das diferenças entre um nascimento legítimo e outro ilegítimo. Por isso, tínhamos fé. Para nós, no início havia a idéia de Mulher – de *das ewig weibliche* [o eterno feminino], em torno da qual até mesmo você não poderá negar a presença de um mistério –, e as nossas mulheres tinham como missão representá-la a contento, como suponho deva ter sido a missão de cada cão representar dignamente a idéia de Cão proposta pelo Criador.

Seria possível, portanto, acompanhar o desenvolvimento dessa idéia em uma menina, à medida que crescesse e fosse pouco a pouco, sem dúvida de acordo com regras muito antigas, sendo introduzida nos rituais do culto até ser nele aceita por fim. Lentamente, o centro de gravidade de seu ser se deslocaria da individualidade para o símbolo, e encontraríamos aquele orgulho e modéstia peculiares que caracterizam os representantes das grandes potências – tal como também encontramos nos artistas realmente grandes. Na verdade, a altivez de uma bela jovem, ou a majestade de uma dama idosa, devem-se tanto à vaidade pessoal, ou a qualquer outro traço pessoal, quanto à altivez do próprio Michelangelo, ou do embaixador espanhol na França. Por mais que tenha sido recebido às margens do Estige com indignação por suas vítimas de melenas ondulantes e seios desnudos, Don Giovanni teria sido absolvido caso fosse julgado por uma comissão de mulheres da minha época, as quais levariam em conta a enorme fé que ele depositava na idéia da Mulher. Essas mesmas mulheres, porém, teriam se aliado aos mestres de Oxford na condenação de Shelley por ateísmo; e só conseguiram dominar o próprio Cristo quando conseguiram representá-lo para todo o sempre como uma criança de colo, dependente da Virgem Maria.

A multidão aglomerada em frente do templo do mistério não apresenta o menor interesse, ao contrário do sacerdote no interior. A massa de gente que espera, diante do pórtico, pelo milagre do sangue fervilhante de são Pantaleone – como vi inúmeras vezes e em muitos lugares. Raramente, contudo, tive acesso às frescas câmaras no interior do templo, ou oportunidade de avistar os sacerdotes, velhos e novos, e até mesmo os meninos do coro, que se consideram as figuras mais importantes da cerimônia, e são ao mesmo tempo temerosos e impudentes, ocupando-se, cada qual em sua medida, com os preparativos, preservando um mistério do qual tudo conhecem. O que é o cinismo de lorde Byron, ou o de Baudelaire, quando comparado ao dessas pequenas sacerdotisas, áugures todas, desempenhando com o máximo de zelo os ritos de uma religião da qual tudo sabem e na qual não acreditam, defendendo, tenho certeza, a doutrina de seu mistério até mesmo entre elas? Os poetas daquela época nos revelam de que modo um grupo de jovens beldades, por atrás das cortinas da cabine de banho, ficariam enrubescidas e gritariam enquanto colocavam os pés, esses "alvos lírios", na água.

Não sei se você se lembra da história da jovem que salva um barco tomado por marinheiros amotinados ao sentar-se sobre um barril de pólvora com uma tocha acesa, ameaçando explodi-lo, mesmo que soubesse o tempo todo que estava vazio. Esta sempre me pareceu uma encantadora imagem da mulher da minha época. Ali estavam elas, mantendo o mundo em ordem, preservando seu equilíbrio e seu ritmo, sentadas sobre o mistério da vida, e sabendo muito bem que não havia nenhum mistério. Já ouvi vocês jovens afirmarem que as mulheres de antigamente não tinham senso de humor. Pensando no rosto da jovem sentada sobre o barril, com os olhos sérios abaixados, já me perguntei se nosso famoso humor masculino não é afinal um tanto insípido em comparação com o das mulheres. Se fôssemos mais gratos a elas por existirem do que vocês o são com as atuais mulheres, creio que teríamos um bom motivo para tanto.

Suponho que você não vá se incomodar com este velho que se demora nessas imagens de uma época passada. Isto é parecido, de certo modo, com aqueles instantes em que nos detemos, em um museu, diante de uma *montre*[9] mostrando as modas passadas. Enfim, não vou me importar se você rir de tudo isso.

O velho cavalheiro então retomou o seu relato:

Enquanto eu despia a jovem, e as camadas de roupas que tão severamente a dominavam e ocultavam caíam uma após a outra ali diante da lareira, à luz da grande lamparina, ela própria envolta em camadas de seda – tudo então, meu caro, era assim recoberto, e recordo que minhas grandes poltronas exibiam a toda volta babados de seda e pequenos pompons de veludo nos revestimentos; não fosse assim, nada seria considerado verdadeiramente belo –, até a jovem ficar nua. Vi-me então diante da maior obra-prima da natureza que meus olhos haviam tido o privilégio de contemplar, uma visão de arrebatar o fôlego. Tenho plena consciência de que talvez haja algo adorável nas pequenas imperfeições da forma feminina, e eu mesmo já me prostrara aos pés de uma Vênus de pernas tortas, mas o corpo daquela jovem era algo emocionante, de transpassar o coração, tal a sua absoluta perfeição. Ela era tão jovem que se pressentia, em meio à mais profunda admiração, uma perfeição ainda maior, e mais do que isso é impossível dizer.

Todo o seu corpo refulgia sob a luz, delicadamente torneado e liso como o mármore. Uma linha reta o atravessava do calcanhar ao pescoço, como se fosse a coluna ascendente aos céus de uma árvore jovem. O mesmo traço expressava-se na curva interna do pé, enquanto afastava de si os sapatos surrados, assim como no traço do queixo, ou na luz suave dos olhos, ou ainda no contorno delicado e forte do ombro e do pulso.

O conforto do calor do fogo em sua pele, após se desfazer das roupas molhadas e amarrotadas, fez com que suspirasse de contentamento e

9. Vitrina. [N.T.]

se estirasse como um gato. Ela riu meigamente, como uma criança que passa sob o portão da escola e inicia suas férias. Ficou em pé diante da lareira; os cachos molhados caíam-lhe sobre a testa, mas ela não fez nenhum gesto para afastá-los; o rosto luminoso e maquiado, sobre o belo corpo desnudo, parecia ainda mais com o de uma boneca.

Creio que toda a minha alma concentrava-se em meus olhos. A realidade me mostrara, pouco antes, uma cara tão medonha que não sentia a menor disposição para reencontrá-la. Em alguma parte de mim um medo obscuro continuava à espreita, e preferi me abrigar no fantástico como uma criança aflita que se refugia em um livro de contos de fadas. Não queria olhar para a frente, e menos ainda para trás. Senti o momento presente cobrindo-me como uma onda. Enquanto contemplava a jovem, tomei uma grande taça de vinho para acompanhá-la.

Eu era tão jovem na época que, tanto quanto qualquer outro jovem, me seria impossível abandonar a fé profunda em minha estrela, em uma potência que me amava e amparava em detrimento de todas as outras criaturas humanas. Nenhum milagre me parecia incrível demais desde que acontecesse comigo. Somente quando a fé começa a se dissipar, e começamos a entrever a possibilidade de ocupar a mesma posição dos outros, é que de fato nossa juventude ficou para trás. Não fiquei surpreso ou desconfiado desse ato de favorecimento por parte dos deuses, mas creio que meu coração encheu-se de uma doce gratidão em relação a eles. Considerei afinal como perfeitamente razoável, e até previsível, que as grandes potências benévolas do universo se manifestassem de novo, me enviando, do fundo da noite, como ajuda e consolo, essa jovem nua e embriagada, esse milagre da graça.

Nós nos sentamos à mesa para cear, Nathalie e eu, lá no alto, em meus aposentos aquecidos e tranqüilos, com a imensa cidade aos nossos pés e as espessas cortinas nos protegendo da noite úmida, como duas corujas em uma torre em ruínas no fundo da floresta, sem que ninguém no mundo soubesse a nosso respeito. Ela encostou um dos braços na mesa e apoiou nele a cabeça. Devia estar faminta. Sob o efeito da comida

– havia caviar, se bem me recordo, e uma ave fria –, começou a irradiar seu encanto, a rir, a falar comigo e a ouvir o que eu lhe dizia.

Não me lembro do que conversamos. Acho que fomos muito sinceros, e que lhe contei, algo que não teria mencionado a mais ninguém, sobre como, pouco antes de conhecê-la, escapara por um triz de ser envenenado. Também devo ter mencionado algo a respeito de meu país, pois lembro de que, em seguida, ocorreu-me que poderia me escrever para lá, ou mesmo ir me visitar. Recordo ainda de que contou, no início de maneira muito triste, a história de um macaco muito velho e capaz de vários truques, que pertencera a um armênio que possuía um realejo. Após a morte deste, o macaco sentia falta de praticar seus truques e sempre ficava à espera de sua deixa, mas ninguém mais a conhecia. Em seu relato, ela imitava o macaco da forma mais engraçada e inspirada que se possa imaginar. Mas do que me lembro acima de tudo são os movimentos dela. Às vezes penso que só consegui entender algumas peças musicais para violino e piano graças ao fato de ter observado o contraste, ou a harmonia, entre sua longa e esguia mão e a curva de seu pequeno queixo enquanto levava a taça aos lábios.

Em nenhum outro relacionamento amoroso – se é que aquilo podia ser assim chamado – eu tivera a mesma sensação de liberdade e segurança. Em minha aventura anterior, ficara o tempo todo preocupado em descobrir o que na verdade a minha amante pensava de mim, e que papel eu desempenhava aos olhos do mundo. Todavia, ali, em nosso pequeno salão, não havia a menor possibilidade de que alguma dúvida ou temor dessa espécie se intrometessem. Para mim, essa sensação de segurança e perfeita liberdade deve ser isso ao que as pessoas bem casadas se referem quando falam sobre a fusão de dois seres em um. Eu me pergunto se esse entendimento no casamento pode, de algum modo, ser tão harmonioso como no caso em que encontramos um estranho; isto, porém, suponho que seja uma questão de gosto.

Havia algo que ressoava igualmente para nós dois, embora disto não tivéssemos consciência. O mundo lá fora era cruel e terrível. A vida me aparecera com uma cara horrível, e talvez tivesse se mostrado ainda mais medonha para a jovem. Mas aquele quarto e aquela noite eram nossos e não nos decepcionaram. Ainda que não tivesse passado por nossas cabeças, aquela nossa ceia era na verdade uma derradeira ceia dos girondinos.

O vinho foi de grande ajuda. Não que o tivesse tomado muito, mas minha cabeça já estava bastante leve antes mesmo de começar. O champanhe é uma bebida muito benévola e amistosa em uma noite chuvosa. Certa vez, um idoso bispo dinamarquês me disse que são várias as maneiras de se reconhecer a verdade, e uma delas é através do borgonha. Isto, na minha opinião, vale sobretudo para um homem idoso em seu gabinete almofadado. Mas os jovens, que já se viram cara a cara com o demônio, necessitam de uma ajuda mais vigorosa. Sobre as taças que murmuravam suavemente, fomos levados a nos ver, e àquele encontro, com os olhos de um grande artista, como algo digno de um gênio divino.

Sobre o sofá havia um violão, pois eu pretendia fazer serenata, sob a forma de um *tableau vivant*, a uma beldade romântica – na vida real, uma americana da Embaixada que seria incapaz de devolver um eco, por mais que lhe gritássemos. Perto do fim de nossa ceia, Nathalie alcançou o instrumento. Este tremeu ligeiramente ao primeiro acorde, pois eu não tivera tempo nem disposição para tocá-lo e, cruzando as pernas, ela se acomodou em uma ampla poltrona baixa e passou a afiná-lo. Depois, cantou para mim duas músicas curtas. Nos aposentos silenciosos, sua voz grave, um pouco rouca, soou tão límpida quanto um sino, com um toque de felicidade embriagada, como a de uma abelha em uma flor. Primeiro foi uma cançoneta de café-concerto, uma melodia alegre de ritmo marcado. Em seguida, após refletir um instante, iniciou uma canção estranha e melancólica em uma língua que não reconheci. Seu senso musical era rematado. Aquela personalidade forte e delicada que transparecia em todo o seu corpo também se manifestava em sua voz. Seu leve timbre metálico, sua franqueza e facilidade correspondiam a seus olhos, joelhos e dedos. Mas a voz era um tanto mais rica e plena, como se tivesse crescido com mais rapidez, ou como se, de algum modo, tivesse se adiantado em relação ao próprio corpo. Sua voz era mais sábia do que ela, tal como o arco do violino de Mischa Elman quando este se apresentava como uma criança-prodígio.

Todo o meu equilíbrio, que mal conseguira preservar enquanto a contemplava, me abandonou subitamente ao ouvir aquela voz. Aquelas palavras cujo sentido me escapava pareciam mais apropriadas e significativas do que todas as outras que eu era capaz de entender. Sentei-me diante dela, em outra poltrona baixa. Lembro-me do silêncio que caiu quando terminou de cantar, e que afastei do caminho a mesinha e lentamente me coloquei à sua frente com um joelho no chão. Ela me fitou com um olhar tão diáfano, grave e selvagem como imagino devem ser os olhos de um falcão assim que lhe retiram o capuz. Apoiei no chão o outro joelho e abracei suas pernas. Não sei o que havia em minha expressão para convencê-la, mas o rosto dela mudou, iluminando-se com uma espécie de delicadeza heróica. Desde o início, eu notara algo de heróico nela. Era isto, acredito, o que a levara a suportar o jovem tolo que eu era. Pois, *du ridicule jusqu'au sublime*, sem dúvida, *il n'y a qu'un pas.*[10]

Meu caro amigo, ela era tão inocente quanto parecia. E foi a primeira jovem a quem tive nos braços. Há quem diga que um homem muito jovem não deve fazer amor com uma virgem, e sim com uma parceira mais experiente. Isso não é verdade, pois não há nada mais natural.

Deve ter sido uma ou duas horas depois naquela noite que fui tomado pelo sentimento de que poderia haver ali algo errado ou perigoso. Costuma-se dizer que quando sentimos frio de repente é porque alguém caminha sobre nosso túmulo – o futuro se instala na memória. E, como *l'on meurt en plein bonheur de ses malheurs passés,*[11] do mesmo modo perdemos a felicidade presente por causa do infortúnio que se avi-

10. Do rídiculo ao sublime, basta um passo. [N.T.]

11. A gente morre em plena felicidade por causa das infelicidades passadas. [N.T.]

zinha. Não se tratava apenas da questão do *omne animal*,[12] era antes uma desconfiança do futuro, como se eu me ouvisse a perguntar: "Terei de pagar por isso; e qual será o preço?". Naquele momento, porém, talvez dissesse que o que sentia era apenas o temor de que ela fosse embora.

Antes ela já se erguera, indicando que iria me deixar, mas eu a puxara de volta. Agora ela disse: "Preciso ir", e se levantou. A lamparina ainda luzia, assim como as brasas na lareira. Pareceu-me natural que ela fosse levada embora pelas mesmas forças misteriosas que a haviam trazido, como Cinderela, ou como um pequeno gênio saído das *Mil e uma noites*. Esperei que se aproximasse e me dissesse quando voltaria para mim, e o que eu deveria fazer. E naquele momento me refugiei num silêncio ainda maior.

Ela se vestiu, envergando de novo seu andrajoso disfarce negro. Ajeitou o chapéu e ficou parada, exatamente como eu a vira pela primeira vez, sob a chuva, na avenida. Então acercou-se enquanto eu permanecia sentado no braço da poltrona, e disse: "Você vai me dar vinte francos, não é?". Como não respondi, ela repetiu a pergunta e disse: "Foi o que me disse a Marie – que eu deveria pedir vinte francos".

Fiquei mudo. Continuei a fitá-la. Seus olhos claros e luminosos encontraram-se com os meus.

Fui invadido por uma enorme lucidez, como se todas as ilusões e a arte com as quais procuramos transfigurar o mundo, todas as cores e a música e o sonho, tivessem sido aniquiladas, e tudo o que via agora era a realidade, desolada como uma casa consumida pelo fogo. O jogo chegara ao fim. Não havia mais espaço para qualquer palavra supérflua.

Creio que este foi o primeiro momento, desde que a conhecera horas antes, em que a vi como ser humano, com uma existência própria, e não oferecida por mim. Acho que todos os pensamentos sobre mim mesmo me abandonaram enquanto a fitava, mas agora já era tarde demais.

Nós dois havíamos jogado. Uma rara brincadeira me fora oferecida e eu a aceitara; agora cabia a mim respeitar até o final as regras do jogo.

12. Todo animal é triste após o coito. [N.T.]

E seu pedido era bem adequado ao espírito da noite. Como recompensa pelo palácio que ergue, pelos quatrocentos escravos brancos e quatrocentos escravos negros todos carregados de jóias, o gênio pede apenas uma velha lamparina de latão; e a bruxa da floresta, que move três vilarejos e cria para o filho do lenhador um exército de cavaleiros, solicita em troca apenas o coração de uma lebre. A jovem pediu-me sua remuneração com a voz e o jeito do gênio e da bruxa da floresta, e se lhe desse os vinte francos ela poderia continuar protegida no círculo mágico de seu espírito livre, amável e rebelde. Eu é que estava deslocado ali, ao permanecer sentado em silêncio, com todo o fardo do mundo real e frio sobre os ombros, sabendo que deveria lhe dizer algo; caso contrário, mesmo naqueles breves segundos, poderia contagiá-la com aquilo.

Mais tarde, lamentei não ter tido a presença de espírito para inventar algo que a tivesse mantido protegida, e ainda assim me possibilitasse preservá-la. Ocorreu-me então que deveria apenas ter-lhe dado os vinte francos e dito: "Se quiser mais vinte, volte amanhã à noite". Se ela tivesse sido menos adorável, se não fosse tão jovem e tão inocente, talvez pudesse ter agido assim. Mas a jovem havia invocado, nas poucas horas que passamos juntos, todo o cavalheirismo existente em mim. E o cavalheirismo, na minha opinião, significa isto: amar, ou alçar, o orgulho de nosso parceiro, ou de nosso adversário, como se preferir, ao mesmo plano, ou a um plano mais exaltado, do que o nosso. Ora, se meu coração fosse tão inocente quanto o dela, talvez pudesse ter levado isto em conta, mas eu estava irmanado ao letal mundo da realidade. Estava acostumado com suas leis e no meu sangue corria o bacilo mortal de suas praxes. Então isto nem de longe me ocorreu, como jamais me ocorreria modificar o que dizia no culto religioso. Quando o sacerdote diz: "Ó Senhor, torne puros os corações em nossos peitos", jamais pensei em lhe dizer que isto não era necessário, ou em responder com outra frase que não fosse: "E nunca afaste de nós o Espírito Santo".

Assim, como se aquela fosse a única coisa natural e razoável a fazer, peguei vinte francos e os entreguei a ela.

Antes de partir ela fez algo que ficou gravado em minha memória. Com a nota de dinheiro na mão esquerda, ela permaneceu junto de mim. Não me beijou nem me tomou a mão em despedida, mas, com três dedos da mão direita, ergueu ligeiramente meu queixo e me fitou, com um olhar de encorajamento e consolo, tal como uma irmã o faria ao se despedir de seu irmão. Em seguida, foi embora.

Nos dias que se seguiram – não nos primeiros, mas pouco adiante –, tentei elaborar para mim mesmo uma teoria ou uma explicação daquela aventura.

Tudo isso aconteceu logo após a queda do Segundo Império, aquele estranho e factício milênio, e após a Comuna de Paris. A atmosfera estivera carregada de catástrofe. Um mundo chegara ao fim. A própria imperatriz – a quem, em uma visita a Paris quando criança, eu vislumbrara como uma divindade feminina reclinada sobre nuvens, conduzindo a humanidade com um sorriso –, escapara em meio à escuridão da noite, em uma carruagem, ao lado de seu dentista americano, desconsolada com a falta de um lenço de mão. Os membros de sua corte amontavam-se nas pensões de Bruxelas e Londres, enquanto suas casas de campo serviam de estábulos para os cavalos dos prussianos. Em seguida, vieram a Comuna e os massacres em Paris por parte das tropas de Versalhes. Todo um mundo desmoronou naqueles meses terríveis.

Aquela também foi a época do niilismo na Rússia, quando os revolucionários haviam perdido tudo e já se encaminhavam ao exílio. Lembrei-me deles por causa da canção que Nathalie cantara para mim, e cujas palavras não pude entender.

Fosse o que fosse que tivesse lhe ocorrido, deve ter sido uma catástrofe de extrema violência. Ela devia ter sofrido uma queda extraordinariamente rápida, ou já teria aprendido um tanto de resignação, a terrível reconciliação com o destino que a vida nos impõe sempre que há tempo suficiente para nos instilar isto gota a gota.

Além disso, imagino, talvez se sentisse presa a alguém, alguém que a arrastava para baixo, pois, se estivesse sozinha, nada daquilo poderia ter acontecido. Devia ser alguém, refleti, que a tolhia, e no entanto era incapaz de ajudá-la, alguém muito idoso, inutilizado pelo choque e pela ruína, ou muito jovem, uma ou várias crianças, uma irmã ou um irmão pequenos. Sozinha, ela teria conseguido se manter à tona, ou acabaria resgatada junto à superfície por alguém capaz de valorizar sua beleza, graça e encanto raros, e se congratulado ao assegurá-los para si; ou, num plano mais inferior, por alguém que, embora sem se dar conta dessas qualidades, fosse por elas afetado. Ou ainda, já perto do fundo, por pessoas que entreveriam a possibilidade de usá-las em benefício próprio. No entanto, ela deve ter despencado diretamente do mundo da beleza e harmonia no qual aprendera aquela sua confiança e radiância, onde lhe haviam ensinado a cantar, para um mundo no qual a beleza e a graça de pouco valiam, e onde os fatos da vida nos encaram frente a frente, caindo diretamente na ruína, na desolação e na fome. E ali, no degrau mais baixo da escada, estava Marie, fosse ela quem fosse, uma amiga que, do fundo de seu estreito e profundo conhecimento do mundo, dera-lhe um conselho, emprestara-lhe as roupas desenxabidas e insuflara-lhe algum tipo de espírito para encorajá-la.

Por um longo tempo, refleti muito sobre tudo isso, mas evidentemente não podia ter certeza de nada.

Assim que ela partiu e que me vi sozinho – tão estranhos são os movimentos automáticos que realizamos quando caímos nas mãos do destino –, tudo o que me ocorreu foi sair em seu encalço a fim de trazê-la de volta. Naqueles minutos, acho que passei pela mesmíssima experiência, até pela sensação de sufocamento, de uma pessoa que tivesse sido enterrada viva. Quando afinal me vesti e desci à rua, não havia mais ninguém. Vaguei pelas ruas por muito tempo. Retornei, ainda de madrugada, ao banco no qual estivera sentado quando ela se dirigiu a mim, e também à casa de minha amante anterior. Que coisa mais estranha, pensei, é um jovem que corre de um lado para o outro, durante a mesma noite, movido por uma paixão descabelada e pela perda de duas mulheres. Sobre isso, vieram-me à mente as palavras de Mercúcio a Romeu e, como se me mostrassem uma brilhante caricatura de mim mesmo e de todos os jovens, fui sacudido pelo riso. Quando o dia começou a nascer, caminhei de volta aos meus aposentos, e ali reencontrei a lamparina, ainda queimando, e a mesa de jantar.

Esse meu estado de espírito ainda perdurou por algum tempo. Nos primeiros dias, não foi tão ruim, pois então vivia na expectativa de retornar, à mesma hora, ao mesmo lugar em que a conhecera. Achei que ela poderia aparecer ali de novo. Depositei toda a minha esperança nessa idéia, que só aos poucos foi se dissipando.

Tentei várias coisas para tornar tolerável minha existência. Uma noite decidi ir à ópera, pois entreouvira pessoas combinando tal programa. Talvez ali achasse um consolo. Por acaso, era uma apresentação de *Orfeu*. Você se lembra do trecho em que Orfeu implora às sombras do Hades, e consegue rever Eurídice por um breve momento? Ali me vi sentado, à luz brilhante dos *entr'actes*, um jovem de gravata branca e luvas cor-de-lavanda, cercado de gente inteligente que sorria e conversava, com algumas pessoas me cumprimentando, e, durante todo o tempo, coberto e envolto nas imensas asas negras das Eumênides.

Nessa altura, desenvolvi ainda outra teoria. Pensando na deusa Nêmese, me convenci de que, se não tivesse tido aquele momento de dúvida e medo durante a noite, na manhã seguinte poderia ter encontrado em mim a força e a justificativa para mudar tanto o destino dela como o meu. A respeito dos bandoleiros que no passado assolavam as florestas da Dinamarca, conta-se que costumavam estender um fio de um lado ao outro da estrada, no qual prendiam uma sineta. Ao passarem por ali, as carruagens encostavam no fio e a sineta soava no interior do esconderijo, alertando os ladrões. Eu havia tocado no fio e uma sineta disparara em algum lugar. Ao contrário de mim, a jovem não sentira medo. Eu perguntara: "Quanto isto vai me custar?", e a própria deusa me dera a resposta: "Vinte francos", e diante dela não há como barganhar. Na juventude, a gente pensa em muita coisa.

Agora tudo isso jaz num passado distante. As Eumênides, se você me permite colocar as coisas desse modo, são como as moscas, que tanto me incomodavam quando eu era pequeno. Elas apreciam o sangue jovem e nos abandonam quando envelhecemos. Eu, porém, tive o privilégio de receber outra visita delas, não faz muitos anos. Eu vendera parte de minhas terras a um vizinho e, quando o visitei de novo, vi que a floresta lá existente fora derrubada. Onde estavam agora as copas viridescentes, as clareiras e as sendas ocultas? E quando ouvi outra vez o sussurrar de suas asas no ar, fui invadido, juntamente com a dor, por uma estranha sensação de esperança e força – tratava-se, afinal, da música de minha juventude.

"E o senhor nunca mais a reviu?" perguntei-lhe.

"Não", respondeu, e então, após um instante, "mas tive uma fantasia a respeito dela, uma *fantaisie macabre*, se quiser.

Quinze anos depois, em 1889, passei por Paris a caminho de Roma, e ali fiquei uns dias a fim de ver a exposição e a torre Eiffel, que acabara de ser erguida. Uma tarde fui visitar um amigo, um pintor. Ele fora bastante desregrado na juventude, mas depois dera uma reviravolta em sua vida e, na época, dedicava-se zelosamente aos estudos de anatomia, à maneira de Leonardo Da Vinci. Ali permaneci noite adentro e, após termos discutido seus quadros e a arte em geral, ele decidiu me mostrar o objeto mais belo que havia no ateliê. Era um crânio que lhe servia de modelo para seus desenhos. E empenhou-se em me explicar o quão rara era a sua beleza. 'Na verdade', contou, 'é o crânio de uma mulher jovem, mas o crânio de Antínoo devia ser parecido, caso pudéssemos examiná-lo.'

Eu o tomei nas mãos e, enquanto contemplava a testa ampla e estreita, o nítido e nobre contorno do queixo, e as profundas e imaculadas órbitas dos olhos, de repente ele me pareceu familiar. Os ossos brancos e polidos brilhavam, puros, à luz da lamparina. Em segurança. Naqueles poucos segundos, fui transportado ao meu apartamento na praça François I, com suas borlas de seda e pesados reposteiros, em uma noite chuvosa de quinze anos antes."

"O senhor perguntou ao seu amigo algo sobre a mulher?", indaguei.

"Não", respondeu o velho, "de que valeria isso? Ele não teria como saber."

O macaco

I

Em alguns países luteranos da Europa setentrional, ainda é possível encontrar locais designados como conventos e dirigidos por uma prioresa, ainda que não sejam de cunho religioso. Trata-se, antes, de refúgios para damas solteironas e viúvas de famílias nobres, que ali podem passar o outono e o inverno de suas vidas em meio a uma rotina digna e confortável, de acordo com as tradições dessas casas. Muitas dessas instituições são abastadas, donas de grandes extensões de terras e enriquecidas ao longo dos séculos por heranças e legados. Um espírito altivo e benevolente da época feudal ainda parece habitar as imponentes edificações e guiar a existência dessas comunidades.

Em Closter Seven, a prioresa virgem, responsável pela prosperidade do convento entre os anos 1818 e 1845, possuía um pequeno macaco cinzento, de quem muito gostava e que lhe fora presenteado por um primo, o almirante Von Schreckenstein, quando este retornou de Zanzibar. Quando ela estava à mesa de jogos, onde passou alguns de seus momentos mais felizes, o macaco costumava empoleirar-se no encosto de sua cadeira, e acompanhar com olhos brilhantes o destino das cartas, à medida que estas eram dadas e recolhidas. Em outras épocas, no início da manhã, o macaco podia ser encontrado no último degrau da escada que ficava na biblioteca, retirando das estantes frágeis fólios centenários, e dispersando pelo piso preto-e-branco de mármore páginas amareladas que tratavam de estratégias, contratos nupciais principescos e julgamentos de feiticeiras.

Em outra companhia, talvez o macaco não fosse tão bem-visto. Mas o convento de Closter Seven contava, além da adorável população feminina, um mundo de animais domésticos de todos os tipos, e era muito evidente a hierarquia em vigor. Ali havia papagaios e cacatuas, pequenos cães, graciosos gatos de todos os cantos do mundo, uma cabra angorá branca, como a de Esmeralda, e um filhote de gamo com olhos purpúreos. E até mesmo uma tartaruga, considerada centenária. Portanto, as velhas damas demonstravam enorme condescendência para com os caprichos do favorito da prioresa, tal como os cortesãos de alguma antiga corte dominada por mulheres, conscientes da própria fragilidade, teriam demonstrado diante dos caprichos de uma *maîtresse-en-titre* [amante oficial] do soberano.

De tempos em tempos, sobretudo no outono, quando as castanhas amadureciam nas sebes às margens dos caminhos e nos extensos bosques que circundavam o convento, acontecia de o macaco da prioresa ouvir o chamado de uma vida mais livre, e sumir durante semanas ou até um mês, só voltando por vontade própria com a chegada das geadas noturnas. Então, as crianças dos vilarejos pertencentes ao Closter Seven afinal o viam correndo pelos caminhos ou encarapitado em uma árvore, de onde observava tudo com atenção. Porém, quando elas se juntavam em torno do animal e o bombardeavam com as castanhas que traziam nos bolsos, o macaco revirava os olhos e rilhava os dentes para elas, antes de trepar velozmente pelos galhos e desaparecer nas copas das árvores.

Segundo uma opinião generalizada, ou uma piada tradicional entre as moradoras do convento, nessas ocasiões a prioresa emudecia e era assediada por uma inquietação peculiar, aparentemente alheando-se dos assuntos da casa, pelos quais em tempos normais mostrava acentuado interesse. Entre elas, o macaco era conhecido como o *Geheimrat*[13] da

13. Conselheiro. [N.T.]

prioresa, e todas se rejubilavam ao vê-lo de novo na sala de jantar da velha senhora, um pouco resfriado após as aventuras nos bosques.

Em um belo dia de outubro, em uma dessas ocasiões nas quais o macaco se ausentara por semanas, o sobrinho e afilhado da prioresa, um jovem tenente da Guarda Real, chegou inesperadamente ao convento.

A prioresa era tida em alta conta por todos os seus parentes, e conduzira à pia batismal muitos bebês de sua nobre linhagem, mas aquele jovem, um gracioso rapaz de vinte e dois anos de idade, cabelo escuro e olhos azuis, era o seu predileto. Embora fosse o caçula, desfrutava de uma boa situação na vida. Era muito querido pela mãe, uma rica herdeira originária da Rússia; e ele mesmo fizera excelente carreira, contando com amigos em todos os cantos importantes do mundo que importava.

Ao se apresentar no convento, porém, em nada lembrava um jovem nascido sob uma estrela afortunada. Chegou, como já se disse, sem ser anunciado, de modo intempestivo e afobado, e as senhoras com quem trocou algumas palavras enquanto esperava ser recebido pela tia, e que o viam, todas elas, com muita simpatia, notaram que estava pálido e parecia completamente estafado, como se atormentado por uma grande agitação mental.

Não deixaram de pensar, também, que havia motivos mais do que suficientes para que ele se encontrasse assim. Embora Closter Seven fosse um pequeno mundo cerrado em si mesmo, e desfrutasse de uma peculiar atmosfera de paz e imutabilidade, as notícias do mundo mais amplo lá fora o alcançavam com surpreendente rapidez, pois cada qual daquelas senhoras contava com correspondentes zelosos e atentos. Desse modo, essas mulheres enclausuradas haviam sido informadas, tal como se estivessem no centro dos acontecimentos, de que, no mês anterior, nuvens de natureza estranha e sinistra vinham se acumulando sobre a cabeça dos membros do regimento e dos amigos entre os quais circulava o rapaz. Sob o pretexto da indignação moral, uma facção carola da capital, liderada pelo próprio capelão da Corte, erguera a voz contra aqueles jovens que eram a nata do reino, e ninguém sabia ao certo, ou podia imaginar, o que poderia resultar disto.

Embora as damas não houvessem discutido entre si tais acontecimentos, o bibliotecário do convento, um teólogo erudito, vira-se arrastado para mais de um *tête-à-tête*, e instigado a opinar sobre a questão. Graças a ele, as senhoras acabaram, de algum modo, por associar o assunto às plagas românticas e sagradas da antiga Grécia, até então objeto de grande estima no convento. Relembrando os dias de juventude, quando tudo o que dizia respeito à Grécia sobressaía como *le dernier cri*, e seus vestidos e penteados eram *à la grecque*, elas se perguntavam se tal expressão também poderia ser empregada para designar algo tão distante de seus sonhos juvenis de refinamento. Elas haviam adorado aqueles vestidos, com os quais valsaram com príncipes; e agora, ao pensarem neles, eram tomadas de inquietude.

Poucas coisas poderiam ter alvoroçado tanto suas naturezas. Não se tratava apenas da desfaçatez dos heróis do púlpito e da pena ao atacar guerreiros o que revoltava as filhas envelhecidas de uma raça lutadora, ou o pressentimento de contratempos e infortúnios o que as preocupava, mas havia algo em toda aquela questão que parecia ir bem mais fundo. Todas elas defendiam um artigo de fé fundamental: a graça e o encanto da mulher, que cada uma representava em sua própria esfera e na medida de seu talento, deveriam constituir a inspiração e o prêmio mais exaltados da vida. Em seus próprios casos, o mundo talvez tivesse espalhado armadilhas a fim de capturar esse prêmio a um custo menor do que elas lhe atribuíam, ou talvez tivesse ocorrido um estranho desentendimento, uma falta de apreciação por parte do mundo. Nada disso, porém, invalidava o dogma. Vê-lo agora sendo contestado significava para elas o mesmo que um avaro sentiria ao descobrir que o ouro deixara de ter valor, ou, para um místico, saber que o Senhor não mais estava presente na Eucaristia. Tivessem elas sabido que aquilo seria alguma vez contestado, todas as suas vidas, agora próximas do final, teriam de ser reexaminadas sob uma luz bem diversa. Para algumas daquelas altivas solteironas, cujos instintos estratégicos de sua raça haviam se desenvolvido plenamente, essas novas concepções eram um golpe muito duro. Equivalente ao que sofreria um galante e fiel general veterano que, durante uma longa campanha, em cumprimento a ordens superiores, se mantivesse estritamente na defensiva e, depois, recebesse a informação de que uma ofensiva teria sido o mais correto e apropriado.

Mesmo no meio de sua inquietude, cada uma daquelas senhoras teria apreciado estar mais bem informada a respeito dessa estranha heresia, como se, por direito, pertencesse ao domínio delas as frágeis e perigosas emoções do coração humano, ainda que no interior de sua própria e segura reclusão. Era como se os altos buquês de flores secas diante dos tremós do convento tivessem se manifestado e reafirmado sua autoridade quando se discutia uma questão relativa ao cultivo de flores.

Por tudo isso, elas proporcionaram ao pálido rapaz uma recepção indecisa, como se ele pudesse ter sido tanto um dos pequenos mártires de Herodes como um jovem adepto da magia negra, para o qual ainda havia esperança de conversão, e, enquanto ele galgava a ampla escadaria que levava aos aposentos da prioresa, pareceu-lhes mais conveniente que não trocassem olhares entre si.

A prioresa recebeu o sobrinho em sua magnífica sala de estar. Suas três janelas altas davam, por entre as pesadas cortinas bordadas com grinaldas em ponto de cruz, para as alamedas e avenidas do jardim outonal. Desde o alto das paredes revestidas de damasco, o pai e a mãe da prioresa, há muito falecidos, vigiavam o aposento, desde suas largas molduras douradas, com gravidade militar e graça juvenil, empoados e rendados para alguma grande ocasião na corte. Desde sempre os dois haviam sido amigos do jovem, mas agora este ficou chocado e surpreso ao constatar o olhar de perplexidade, e até de preocupação, em seus semblantes. Por um átimo, também notou um odor peculiar e inquietante no salão, mesclado ao cheiro de incenso, queimado em quantidade maior do que o normal. Seria aquilo, pensou, um novo aspecto das inclinações catastróficas de sua existência?

Enquanto absorvia aquela atmosfera familiar e harmoniosa, o rapaz não queria ou não ousava desperdiçar seu tempo. Após beijar a mão da tia, indagar de sua saúde e do macaco, e transmitir a ela as notícias de parentes na cidade, decidiu ir direto à questão que o levara a Closter Seven.

– Tia Cathinka – começou –, vim procurá-la porque a senhora sempre quis o meu bem. Estou pensando em me casar – e aqui teve de engolir de modo a manter quieto seu coração rebelde, sabendo muito bem o quão pouco queria aquilo –, e espero contar com seus conselhos e sua ajuda.

II

O rapaz tinha plena consciência de que, em circunstâncias normais, nada do que pudesse dizer teria alegrado tanto a velha senhora. Mas a vida, refletiu ele, conseguia satisfazer daquela maneira sua propensão à paródia, até mesmo em pessoas como a tia, a quem em seu coração identificava com a deusa chinesa Kuan-Yin, a divindade da clemência e da sutileza benevolente. E ocorreu-lhe que, nesse caso, ela sofreria com a ironia do destino mais do que ele próprio, e isto fez com que sentisse pena dela.

A caminho do convento, passando por florestas e pequenos vilarejos, atravessando campos de restolhos nos quais se alimentavam enormes bandos de gansos, pastoreados por meninos e meninas de pernas à mostra, ele bem que tentou imaginar como se daria o encontro com a tia. Sabendo da fraqueza da velha dama por breves citações em latim, perguntou-se se ouviria dos lábios dela um *"Et tu, Brute",*[14] ou um decidido *"Discite justitiam moniti, et non temnere divos"*[15] Mas talvez ela dissesse *"Ad sanitatem gradus est novisse morbum",*[16] o que seria um sinal mais auspicioso.

Após um intervalo, ele fitou o rosto da velha dama. Esta acomodara-se em uma cadeira de espaldar alto, no claro-escuro da cortina

14. "Até tu, Bruto?" [N.T.]

15. "Advertidos, aprendei a justiça e a não menosprezar os deuses." Virgílio, *Eneida*, VI, v. 620. [N.T.]

16. "Um passo para a cura é conhecer a própria doença." Erasmo. [N.T.]

rendada, ao passo que ele recebia toda a luz do sol vespertino. Do fundo da sombra, aqueles olhos luminosos encontraram os seus, e o fizeram desviar o olhar, em um jogo silencioso que se repetiu outras duas vezes.

– *Mon cher enfant* – disse ela suavemente, transmitindo-lhe uma impressão de firmeza, embora ele notasse na voz um curioso e débil tremor – há muito meu coração ansiava por essa decisão de sua parte. Seja qual for a ajuda que uma velha afastada do mundo possa lhe proporcionar, meu querido Boris, saiba que está à sua disposição.

Boris ergueu a cabeça, os olhos sorridentes no rosto pálido. Após a terrível agitação daquela semana, e as violentas cenas provocadas pelo amor e o ciúme de sua mãe, ele se sentiu como alguém que, em um vilarejo inundado, acaba de ser resgatado por um barco. Assim que se recompôs, disse: "A decisão está em suas mãos, tia", confiante em que a doçura do poder mobilizaria toda a generosidade da natureza da velha senhora.

Ela continuou a contemplá-lo com bondade. Seus olhos se apoderaram dele, como se na verdade o estivesse acolhendo em seu regaço, ou mesmo cingindo-o no fundo de seu coração. Ela mantinha a boca coberta com um lencinho, um gesto que sempre fazia ao se emocionar. Ela iria ajudá-lo, pressentiu ele, mas antes disso tinha algo a dizer.

– O que é – começou lentamente, à maneira de uma sibila – que se compra caro, é oferecido por nada e depois quase sempre recusado? A experiência, a experiência dos mais velhos. Se a descendência de Adão e Eva tivesse aproveitado a experiência de seus pais, o mundo estaria se comportando de maneira bem mais razoável há seis mil anos. Vou lhe oferecer minha experiência de vida em uma pequena pílula, adoçada com poesia para torná-la mais palatável: "Para nós, de todos os caminhos da vida, apenas um – o do dever – leva à felicidade".

Boris ficou calado por um momento.

– Tia Cathinka – disse afinal –, por que deve haver apenas um único caminho? Sei bem que esta é a opinião das pessoas boas, e eu mesmo aprendi isto em minha crisma; ainda assim o lema de nossa família é: "Encontre ou forje um caminho". Tampouco encontraremos um livro de culinária que não nos ensine pelo menos três ou quatro maneiras de preparar um ragu de galinha. E quando Colombo lançou-se ao mar e descobriu a América – prosseguiu ele, porque estes eram os pensamentos que o haviam ocupado nos últimos tempos, e a prioresa era uma amiga a quem podia ousar expressá-los –, na verdade pretendia encontrar o caminho de volta às Índias, e mesmo assim o que fez foi considerado algo heróico.

– Ah! – retorquiu com vigor a prioresa – o dr. Sass, que foi pastor de Closter Seven no século dezessete, sustentava que no paraíso, até o momento da Queda, todo o mundo era plano, o pano de fundo do Senhor, e que coube ao demônio inventar a terceira dimensão. Por isso, as palavras "reto", "quadrado" e "plano" são termos da nobreza, ao passo que a maçã era esférica, e o pecado de nossos primeiros pais, a tentativa de contornar Deus. Eu mesma prefiro a arte da pintura à da escultura.

Boris não a contradisse. Ali, seus gostos diferiam, mas era provável que ela estivesse certa. Até então ele se congratulara por sua capacidade de desfrutar todos os aspectos da vida, mas ultimamente isto lhe parecia uma bênção duvidosa. Este, ocorreu-lhe, parecia ser seu destino: obter tudo o que desejava quando já perdera o interesse. Por experiência, sabia como a ânsia desenfreada pela orgia, pela música, pelo mar ou pela confiança poderia, antes mesmo de se realizar, ter cessado de existir – como no caso de uma estrela, cuja luz só alcança a terra muito tempo depois de ela ter desaparecido –, de modo que no momento em que seu desejo estava prestes a ser atendido, apenas uma tourada, ou a vida de um camponês lavrando o campo sob a chuva, conseguiriam saciar a fome de sua alma.

A prioresa contemplou-o de cima abaixo e declamou:

Reta é a linha do dever,
E curva a linha da beleza.
Siga a linha reta para ver
A curva sempre ao lado.

Enquanto o jovem meditava sobre o poema, trouxeram-lhe uma decantadeira com vinho e uma bandeja com frutas. Intuindo que a tia preferia que ficasse calado, tomou duas taças de vinho, o que lhe fez muito bem, e silenciosamente descascou as renomadas e sedosas pêras do convento, depois arrancando do cacho, uma a uma, as pequenas uvas negras. Mesmo sem olhar para a tia, ele conseguia acompanhar-lhe todos os pensamentos. A urgência dramática de uma ação resoluta, que poderia ter assustado outra pessoa tão idosa, não a perturbava em nada. Entre seus antepassados, ela contava grandes guerreiros, hábeis no planejamento de campanhas, mas que também possuíam a capacidade de ceder, no momento apropriado, à pura inspiração.

Ele compreendeu que, naquele momento, para a tia, o salão vermelho estava repleto de jovens virgens de alta prosápia – morenas e loiras, esguias e rechonchudas, excelentes donas de casa e cavaleiras, netas de suas colegas de escola e amigas de juventude –, um rol de espécimes da feminilidade juvenil, com qualidades e defeitos transparentes para seus olhos claros. Espiritualmente, ela estava estalando os lábios, como um velho conhecedor repassando os vinhos de sua adega, e o próprio Boris a seguia em pensamento, como um mordomo empunhando a lamparina.

Exatamente neste instante a porta se abriu e o velho criado adentrou o salão, dessa vez com uma carta na travessa de prata, e a levou até a prioresa. Ela abriu a carta com mão um pouco trêmula, como se não mais pudesse suportar outra catástrofe, leu-a do início ao fim, voltou a lê-la e ruborizou ligeiramente.

– Está bem, Johann – disse afinal, colocando o papel no colo.

Permaneceu sentada, refletindo. Em seguida, virou-se para o sobrinho, os olhos negros translúcidos como o vidro.

– Ao chegar, você passou pela nova plantação de abetos – disse com a animação de alguém que começa a falar de seu passatempo predileto. – O que achou dela?

A plantação e a manutenção de florestas estavam de fato entre os grandes interesses de sua vida. Eles conversaram agradavelmente sobre árvores durante algum tempo. Não há nada melhor para a saúde, disse ela, do que o ar da floresta. Ela própria nunca fora capaz de passar uma boa noite na cidade ou entre os campos, mas deitar-se à noite sabendo que estava circundada por quilômetros de árvores, com raízes que mergulhavam tão fundo na terra, as copas balançando na escuridão, isto sim lhe parecia uma das delícias da vida. E, de fato, a floresta sempre fizera bem a Boris quando, ainda criança, passara temporadas em Closter Seven. Mesmo agora ele notava uma diferença sempre que se demorava demais na cidade. Ela, por sua vez, gostaria de convencê-lo a visitá-la com mais freqüência.

– E quem, Boris – disse ela, mudando de repente de assunto com uma benevolência animada e decidida –, quem, agora que estamos falando disso, seria melhor esposa para você do que a nossa grande amiga, a pequena Athena Hopballehus?

Nenhum outro nome poderia causar tanta surpresa a Boris, que, de tão aturdido, nem sequer conseguiu responder. A própria frase lhe soava absurda. Nunca ouvira Athena ser descrita como pequena, e lembrava-se perfeitamente que ela era apenas meia polegada mais baixa do que ele. Mas o fato de a prioresa referir-se a ela como uma grande amiga revelava uma completa reviravolta de perspectiva, pois ele estava convencido de que, desde que a filha do vizinho havia crescido, sua tia e sua mãe, que raramente se entendiam, haviam unido suas forças para manter Athena e ele afastados.

Enquanto seu espírito retraía-se diante dessa inexplicável mudança por parte da velha senhora e concentrava-se no efeito que aquilo teria em seu destino, constatou que a idéia não era de todo desagradável. Sempre apreciara o burlesco, e até poderia ser uma deliciosa extravagância retornar à cidade tendo Athena como esposa. Por isso, ao fitar a tia, exibia a expressão de uma criança.

– Tenho plena confiança no julgamento da senhora, tia Cathinka – disse.

Em seguida, a prioresa falou lentamente, sem o encarar, como se não quisesse que suas impressões fossem contaminadas por outras.

– Não vamos perder tempo, Boris. Você bem sabe que isto não é do meu feitio uma vez que me decidi.

"Ou seja, sempre", pensou Boris.

– Vá e vista seu uniforme – prosseguiu ela. – Enquanto isso vou escrever uma carta para o velho conde. Direi a ele que você me fez sua confidente nesse assunto sentimental, do qual depende a felicidade de sua vida, a despeito da relutância de sua querida mãe. Quanto a você, esteja pronto para partir em meia hora.

– Mas, tia, a senhora acha que Athena me aceitará? – perguntou Boris ao se levantar.

Nunca lhe custara muito sentir pena dos outros. Agora, contemplando o jardim pela janela, e observando duas senhoras de galochas que surgiam de uma das alamedas, por onde haviam feito sua caminhada vespertina, ele sentiu pena de Athena, pelo mero fato de existir.

– Athena jamais recebeu uma oferta de casamento em sua vida. Duvido que, no ano passado, tenha se encontrado com outro homem além do pastor Rosenquist, que costuma jogar xadrez com o conde. Ela já ouviu muitas damas discutirem as brilhantes núpcias que você poderia ter contraído caso quisesse. Se Athena não aceitar, meu pequeno Boris – disse a prioresa, com um sorriso meigo –, não se preocupe que darei um jeito.

Boris beijou-lhe a mão agradecido, refletindo que afinal aquele poderia ser um excelente arranjo e, então, de repente, sentiu uma impressão tão terrível de força e astúcia que parecia ter encostado em uma enguia elétrica. "As mulheres", pensou, "quando chegam a uma altura da vida em que deixaram para trás a tarefa de ser mulher, e não têm necessidade de refrear sua força, devem ser as criaturas mais poderosas do mundo." Ele contemplou o rosto refinado da tia.

"Não, não vai dar certo", refletiu.

III

Boris deixou Closter Seven na *britzska* da prioresa, levando a carta desta junto ao coração, como um rematado herói romântico. A notícia de sua missão havia misteriosamente se espalhado pelo convento, como o aroma de um novo incenso, atingindo diretamente o coração das velhas senhoras. Duas ou três delas estavam sentadas ao sol no comprido terraço para vê-lo partir, e uma de suas amigas mais próximas, uma robusta solteirona, desbotada após meio século longe das luzes da vida, postou-se ao lado da pequena carruagem para lhe entregar três ásteres brancos com longos caules, colhidos em seu pequeno jardim de inverno. Daquele mesmo modo, trinta anos antes, o jovem que ela amava partira ao encontro da morte em Iena. Ela sempre estava toldada por uma suave melancolia, e sua companheira costumava dizer: "A condessa Anastasia carrega uma cruz pesada. O amor pela comida é uma cruz pesada". Mas a lembrança da antiga separação é o que havia preservado o brilho em seus olhos, luminosos como esmalte azul-claro no rosto franzino. Aquele instante era para ela como a ressurreição de todo um destino, e ofertou as flores ao jovem como se fizessem parte deste destino, misteriosamente retornadas à vida: as três filhas que nunca tivera, agora crescidas e prontas para casar, que o acompanhariam na condição de damas de honra.

Boris deixara seu criado no convento, pois sabia que estava enamorado de uma das jovens que serviam a prioresa, e agora sentia-se obrigado a demonstrar simpatia por todo amor genuíno. Quanto a ele, o que gostaria mesmo era de ficar só. Para Boris, a solidão sempre fora um prazer, do qual não tivera muita oportunidade de desfrutar. Nos últimos tempos, parecia-lhe que jamais conseguia ficar sozinho. Quando não estavam ao seu lado, empenhados em influir em seus sentimentos, os outros ainda assim conseguiam ocupar seus pensamentos, a tal ponto que sentia as circunvoluções cerebrais doendo como se estivessem desgastadas. Mesmo a caminho do convento, fora impossível escapar dos pensamentos alheios. Agora, refletiu com satisfação, durante uma hora ele poderia pensar o que quisesse.

A estrada que vai de Closter Seven a Hopballehus eleva-se mais de cento e cinqüenta metros, serpenteando por uma densa floresta de abetos. De tempos em tempos, esta se abre e proporciona uma magnífica vista de grandes trechos de terras mais baixas. Iluminados pelo sol vespertino, os troncos dos abetos refulgiam avermelhados, e a paisagem ao longe parecia serena, com tons de azul e ouro pálido. Agora Boris até mesmo achava possível acreditar no que lhe contara, quando era criança, o velho jardineiro do convento: nessa mesma época do ano e horário, certa vez ele avistara um bando de unicórnios sair da mata e pastar nas encostas ensolaradas, as fêmeas brancas e malhadas, rosadas sob o sol, avançando cautelosas e atentas aos filhotes, enquanto o velho macho, ruão escuro, farejava e batia com a pata no chão. Ali o ar recendia a agulhas de pinheiro e cogumelos, e era tão fresco que chegou a bocejar. "E no entanto", pensou, "que diferença da frescura da primavera!" Agora a coragem e a alegria estavam mescladas ao desespero, como no movimento final de uma sinfonia.

Lembrou-se então de um início de noite em maio, nem seis meses antes, quando se vira transportado ao coração juvenil da primavera, como agora se aproximava do coração triste do outono. Ele e um amigo haviam se divertido perambulando durante três semanas pelo interior do país, visitando lugares dos quais ninguém ouvira falar. Viajaram em uma carroça coberta, levando um pequeno teatro de bonecos, e apresentaram nos vilarejos peças que eles próprios haviam concebido. O ar então estava tomado por fragrâncias adocicadas, com os rouxinóis cantando nos azereiros, sob a lua alta e ligeiramente menos pálida que o firmamento daquelas noites primaveris.

Certa noite, chegaram exaustos a uma casa no meio de um prado verdejante, e ali ofereceram a eles uma grande cama em um quarto no qual havia um relógio de pêndulo e um espelho baço. Assim que o relógio soou a meia-noite, três meninas apareceram à porta vestindo camisolas, cada qual com uma vela acesa, mas a noite era tão clara que as pequenas chamas mais pareciam pequenas gotas de luar. Era óbvio que não sabiam da presença dos jovens viajantes que haviam sido acolhidos e acomodados no grande quarto de dormir, e tampouco que estavam sendo observadas pelos hóspedes silenciosos e ocultos pelo cortinado do imenso leito. Sem se olharem, sem dizerem uma palavra, deixaram cair ao chão as leves camisolas e, completamente nuas, caminharam até o espelho e nele se contemplaram extasiadas, mantendo bem erguidas as candeias. Em seguida apagaram as velas e, com a mesma solenidade muda, retornaram à porta, vestiram de novo as camisolas e desapareceram. Os rouxinóis continuaram a cantar lá fora, em uma moita viridescente junto à janela. Os jovens lembraram-se então de que aquela era a noite de Walpurgis e concluíram ter testemunhado algum tipo de bruxaria pelo qual as meninas procuravam captar um vislumbre de seus futuros maridos.

Há muito que não se sentia assim tão desperto, pelo menos desde que, ainda menino, acompanhara a prioresa, no pequeno landau dela, em visita a um vizinho. Era capaz de reconhecer as curvas do caminho, mas estas haviam encolhido, e ele mergulhou em uma meditação sobre o tema da mudança.

A grande diferença entre Deus e os seres humanos, refletiu, era que Deus não tolera que algo perdure. Assim que conclui a criação de uma estação do ano, ou de uma hora do dia, Ele já se volta para outra coisa, pondo o resto de lado. Bastava alguém chegar à juventude, e deleitar-se nela, para que o curso das coisas o impelisse ao casamento, o martírio e a velhice. E os seres humanos se apegam ao estado atual das coisas. Durante toda a vida se esforçam para se instalar no presente, e sempre se vêem desalojados por uma *force majeure*. A arte deles nada mais é do que a tentativa de capturar, por todos os meios, um instante, uma atmosfera, uma luminosidade, a beleza esquiva de uma mulher ou de uma flor, a fim de eternizá-los. É um equívoco completo, ocorreu-lhe, imaginar o paraíso como um estado de imutável bem-aventurança. Pelo contrário, muito provavelmente, ele vai se mostrar, de acordo com o verdadeiro espírito de Deus, como um incessante deslocamento, um redemoinho de mudanças. Por outro lado, também seria possível ficarmos em consonância com Deus; bastava adquirir o gosto pela mudança. Em meio a uma profunda tristeza, pensou em todos aqueles jovens, ao longo das eras, dotados de perfeita beleza e vigor – faraós de rostos impecáveis caçando às margens do Nilo, sábios chineses vestidos de seda e absortos na leitura sob a sombra viva dos salgueiros –, jovens que foram transformados, contra a vontade, em pilares da sociedade, sogros, autoridades em questões de dieta e de moral. Tudo isso era lamentável.

Uma curva no caminho e uma grande abertura no bosque permitiram-lhe entrever Hopballehus ao longe. Duzentos anos antes, o antigo arquiteto conseguira erguer um edifício tão descomunal que parecia um acidente natural, uma formação de rocha cinzenta. Para alguém que agora estivesse de pé no terraço, pensou Boris, eu, a *britzka* e os cavalos negros apareceriam diminutos, quase indistintos.

Ao contemplar a casa, seus pensamentos se encaminharam na mesma direção. Ela sempre cativara sua imaginação. Mesmo agora, após anos sem vê-la, em certas noites acontecia de sonhar com aquele lugar. Era em si mesma uma propriedade fantástica, situada em um imenso platô e circundada por quilômetros de alamedas, fileiras de estátuas e fontes, construídas no barroco tardio e agora barrocamente dilapidadas e quase em ruínas. Lembrava uma espécie de Olimpo, mais olímpico ainda por sua atmosfera soturna. A presença ali do velho conde e de sua filha também evocava algo de olímpico. Embora estivessem vivos, o modo como passavam as vinte e quatro horas de seus dias e noites devia constituir um mistério para os seres humanos. O velho conde, que fora um brilhante diplomata, cientista e poeta, dedicava-se havia muitos anos a uma complexa disputa jurídica na Polônia, tentando reaver a posse de propriedades que herdara do pai e do avô. Se fosse bem-sucedido, poderia recuperar a imensa fortuna e as propriedades que haviam pertencido a sua família, mas todos achavam que jamais teria êxito, e que o processo só contribuía para acelerar sua ruína.

Tão absorto estava o conde em tais preocupações titânicas que parecia envolto em nuvens que tornavam opacos todos os seus gestos. Por vezes, Boris se perguntava de que modo a filha do conde via o mundo. Pelo menos sabia que o dinheiro, se é que ela o conhecia, não ocupava nenhum lugar em sua vida; tampouco as reuniões sociais ou o que se conhece como os prazeres da vida. Ele também se perguntava se a jovem ouvira alguma vez falar do amor. "Só Deus sabe", pensou, "se ela alguma vez contemplou-se em um espelho."

A leve carruagem sibilou através das camadas de folhas acumuladas no pátio. Em alguns pontos havia tantas folhas que quase cobriam as balaustradas de pedra e alcançavam os joelhos da corça de Diana. Mas as árvores estavam despidas; somente aqui e ali uma solitária folha tremeluzia dourada nos altos galhos escuros. Após fazer a curva do caminho, a carruagem de Boris entrou no pátio principal da casa, tão majestosa no crepúsculo quanto a própria Esfinge. As massas opacas de pedra pareciam impregnadas da luz do sol poente. Sob os raios deste, reluziam avermelhadas, conferindo a tudo uma aura de mistério e glória, na qual as altas janelas brilhavam como um rol de estrelas vespertinas.

Boris saltou da *britzka* e dirigiu-se à imponente escadaria de mármore, certificando-se de que levava a carta. Não havia nenhuma movimentação na casa. Era como se adentrasse uma catedral. "No momento em que voltar à carruagem", pensou ele, "como tudo isso irá aparecer para mim?"

IV

As pesadas portas no topo da escadaria se abriram, e o velho conde surgiu no último degrau, ereto como Sansão no momento em que, tomado pela ira, derrubou o templo dos filisteus.

Ele sempre exibira uma figura impressionante, com as pernas curtas e o tronco de um gigante, a imponente cabeça envolta em uma juba desgrenhada de cabelos grisalhos, tal um poeta ou um leão. Mas agora parecia estranhamente arrebatado, tomado por uma emoção extrema que lhe desequilibrava o corpo. Ficou um instante parado, perscrutando o visitante, como um velho gorila macho diante da toca, pronto para arremeter. Em seguida, desceu a escada ao encontro do jovem, assoberbando-o com uma presença semelhante ao que o próprio Senhor teria exibido caso descesse a escada de Jacó.

"Deus do céu", pensou Boris, enquanto galgava os degraus a fim de cumprimentá-lo, "esse velho já sabe de tudo e vai acabar comigo." Pois vislumbrara no rosto do conde um selvagem ar de triunfo, os olhos claros em chamas. No momento seguinte, sentiu os braços dele em torno de si, e o corpo do outro tremendo em contato com o seu próprio.

– Boris! – exclamou – Boris, meu filho – pois o conhecia desde pequeno, e fora, como sabia o jovem, um dos adoradores de sua belíssima mãe –, seja bem-vindo. Especialmente hoje. Então você já soube?

– O que há para saber? – indagou o jovem.

– Finalmente ganhei o processo – explicou o velho.

Boris o fitou, ainda sem entender.

– Ganhei o processo na Polônia – repetiu. – Lariki, Lipnika, Parnów Grabowo: agora todas essas propriedades são minhas, como foram de meus antepassados.

– Eu o felicito com todo o coração – disse Boris lentamente, em meio à estranha turbulência de seus pensamentos. – Esta é uma notícia muito boa, mas surpreendente.

O velho conde o agradeceu várias vezes, e mostrou-lhe a carta do advogado que acabara de receber e ainda trazia à mão. Ao se dirigir ao rapaz, começou pronunciando vagarosamente as palavras, como alguém que tivesse perdido o costume de falar, mas logo recuperou sua antiga voz e as palavras que no passado haviam encantado a tanta gente.

– Uma grande paixão, Boris, capaz de consumir o coração e a alma, isto não se pode sentir por seres individuais. E talvez não sejamos capaz de senti-la também por nenhuma criatura capaz de nos amar. Esses oficiais que amaram suas tropas, esses proprietários que amaram suas terras, eles sim podem falar de paixão. Santo Deus, à noite eu sentia todo o peso da terra de Hopballehus sobre o peito, imaginando que a estava enredando em uma batalha perdida. Mas isto – disse com um longo suspiro –, isto é a própria felicidade.

Boris compreendeu que não era a antevisão de suas riquezas que fazia transbordar a alma do velho, mas o triunfo do certo sobre o errado, a concentração da justiça de todo o universo em sua própria pessoa. O conde passou então a explicar em detalhes o julgamento, ainda com uma das mãos sobre o ombro do rapaz, e Boris sentiu-se acolhido no coração do velho como um amigo.

– Entre, vamos para dentro, Boris, vamos comemorar e tomar juntos, você e eu, uma taça do vinho que havia guardado para esta ocasião. O nosso bom pastor também está aqui. Eu o chamei assim que recebi a carta, para me fazer companhia, pois não sabia que você iria aparecer.

No imenso saguão de entrada, ricamente decorado com mármore negro, um pequeno canto fora ajeitado com algumas cadeiras e uma mesa, coberta com livros e papéis do conde. Na parede via-se um quadro descomunal, muito enegrecido pelo tempo, o retrato eqüestre de um antigo senhor da casa, impávido sobre um cavalo empinado de cabeça pequena, enquanto apontava com um papel enrolado um campo de batalha mais ao longe, sob o ventre do animal. O pastor Rosenquist, um homem franzino de bochechas rosadas, desde muitos anos o diretor espiritual da família, e a quem Boris conhecia bem, estava instalado em uma das poltronas, aparentemente imerso em reflexões. Os eventos daquele dia haviam transtornado suas teorias, e isto lhe parecia um desastre mais grave do que um eventual incêndio no presbitério. Sofrera a vida toda com a pobreza e as desgraças, e, com o passar do tempo, fundamentara sua existência em um sistema de contabilidade espiritual, no qual as provações terrenas eram um investimento que acumulava juros no outro mundo. Sua própria conta pessoal, bem o sabia, era constituída de meros trocados, mas ele demonstrara muito interesse nas tribulações do conde, e o havia considerado um favorito do Senhor, cujos tesouros estavam o tempo todo se acumulando na nova Jerusalém, como safiras, crisoprásios e ametistas que se reproduzissem por conta própria. Agora, com a conclusão daquele processo judicial, não mais sabia o que pensar e via-se em situação constrangedora. Ele buscara conforto no livro de Jó, mas mesmo ali os números não faziam sentido, com Beemot e Leviatã deliberando seus próprios ganhos e perdas. Toda a questão parecia apontar para uma dádiva, a qual, segundo o Eclesiastes, destrói o coração, e ele não conseguia livrar-se da idéia de que o velho a quem amava estivesse apropriando-se de maneira indevida e antecipada de seus rendimentos.

– Nada me agradaria mais – afirmou o conde, após abrir a garrafa dourada – do que contar com a presença aqui de meu pobre pai e meu querido avô para nos acompanhar neste vinho. Em incontáveis noites insones, eu sentia que também eles estavam ao meu lado, despertos em seus sarcófagos. Estou feliz – prosseguiu enquanto, ainda de pé, erguia sua taça – de que o filho de Abunde esteja aqui participando deste brinde.

Abunde era o nome que em outros tempos o conde dera à mãe de Boris. Emocionado, afagou com ternura o rosto de Boris, com uma expressão que irradiava uma doçura que o abandonara por anos; e o rapaz, que sabia reconhecer o que havia de bom no mundo, sentiu inveja da inocência que transbordava do coração do idoso cavalheiro.

– E agora brindemos ao nosso bom pastor. Meu amigo – disse o conde, voltando-se para Rosenquist –, as lágrimas de simpatia que o senhor derramou nesta casa agora retornam como gotas de vinho.

A exaltação do conde acentuou ainda mais o desconforto do pastor Rosenquist. Parecia-lhe que apenas um coração frívolo podia se adaptar com tanta facilidade a uma nova situação, esquecendo a antiga. Tendo sido criado de acordo com um sistema ordenado de avaliações e promoções, era difícil para ele entender uma raça acostumada às leis da sorte na guerra e dos favores na Corte, uma raça capaz de se adaptar ao imprevisto e habituada ao inesperado, para a qual a segurança, e até mesmo a salvação, vinham em último lugar entre as coisas necessárias. Então ocorreram-lhe de novo as palavras da Escritura – "Ao toque da trombeta, ele relincha!" – e pensou que, afinal, talvez o velho amigo estivesse com toda a razão.

– É verdade, é verdade – disse sorrindo –, já uma vez a água foi transformada em vinho. Esta é sem dúvida uma excelente bebida. Mas o senhor sabe o que dizem nossos bons camponeses: as crianças nascidas do vinho terminam mal. Por isso, há motivos para se temer as esperanças e os humores provocados pelo vinho. Embora nada disto, é claro, se aplique aos filhos das bodas de Caná, à qual fiz menção.

– Em Lariki – disse o conde –, no teto do portal de entrada, há uma trompa de caça presa a uma corrente de ferro. O avô do meu avô era dotado de uma força hercúlea. Ao anoitecer, quando passava cavalgando sob o portal, costumava agarrar a trompa e, erguendo do chão a si mesmo e ao cavalo, fazia com que ela soasse. Sei que poderia fazer o mesmo, mas começava a perder a esperança de passar sob aquele portão. Athena também seria capaz de fazer isso – acrescentou, pensativo, e depois voltou a encher as taças. – Como se explica que tenha vindo hoje aqui? – perguntou então a Boris.

O conde o fitou com atenção, e ao seu uniforme de gala, como se a presença do rapaz ali fosse algo admirável.

– O que o traz a Hopballehus?

Boris sentiu a franqueza do velho refletir-se em seu próprio coração, como um céu azul na superfície do mar. Ele encarou seu velho amigo.

– O motivo de minha visita é pedir-lhe a mão de Athena.

Com os olhos brilhantes, o velho senhor o contemplou longamente.

– Para pedir Athena em casamento! – exclamou. – Foi por isso que veio aqui?

Ele permaneceu imóvel por um instante, muito emocionado.

– Os caminhos de Deus são realmente insondáveis – disse afinal.

O pastor Rosenquist ergueu-se da poltrona, mas logo voltou a sentar, a fim de refazer suas contas.

Pouco depois, quando voltou a falar, o conde já não era o mesmo. A excitação o abandonara, e parecia ter recobrado o domínio de si mesmo. Era a este equilíbrio que devia o renome que granjeara no passado, quando, ainda jovem secretário na embaixada em Paris, havia, na própria noite de estréia de sua tragédia *A Ondina*, travado um duelo com pistolas durante o entreato.

– Boris, meu filho, graças a você, já não sou mais o mesmo. Tenho vivido com o rosto voltado para o passado, ou para esta vitória. Este momento é o primeiro que me permite entrever o futuro. Sinto que terei de baixar de um pináculo e palmilhar o caminho que se abre à minha frente. Suas palavras estão me descortinando um imenso panorama. No que vou me tornar? No patriarca de Hopballehus, coroando as jovens donzelas nas festas do vilarejo? No avô que cultiva macieiras? *Ave,* Hopballehus! *Nascituri te salutant.*

Boris lembrou-se da carta da prioresa, e contou ao velho senhor a visita que fizera a Closter Seven. O conde quis saber como estava a prioresa e, sempre interessado em todo tipo de documento, colocou os óculos e leu com atenção a carta. Boris sentou-se e tomou o vinho com alegria no coração. Na semana anterior chegara a duvidar que ainda restasse algo que valesse a pena na vida. Agora a maneira como fora recebido na casa do conde revelou-se para ele um espetáculo dos mais agradáveis, e ele sempre conseguia passar com facilidade de um extremo a outro.

Quando acabou de ler, o conde abaixou a carta e, mantendo as mãos dobradas sobre ela, permaneceu calado por muito tempo.

Por fim, vagaroso e solene, falou:

– Você pode contar com a minha bênção. Antes de tudo, eu a concedo para o filho de sua mãe – e de seu pai –, e depois, para o jovem que, vejo agora, foi capaz de, apesar de tudo, preservar seu amor por tanto tempo. Por último, pressinto que hoje você foi enviado, Boris, por mãos mais poderosas do que as suas. Ao lhe conceder a mão de Athena, também lhe dou a chave de todo o meu mundo. Athena – repetiu o velho, como se lhe alegrasse o próprio som do nome da filha – é, ela própria, como uma trompa de caça no bosque.

E como, sem que disso tivesse consciência, uma estranha e triste lembrança de sua juventude o invadisse, ele acrescentou, quase sussurrando:

– *Dieu, que le son du cors est triste au fond du bois.*[17]

V

Enquanto conversavam, um vento forte se levantara lá fora. O dia fora calmo, mas o crepúsculo trouxe consigo a ventania que, como um animal noturno, açoitava as imensas paredes e os cantos da casa, girando em redemoinhos as folhas mortas. Em meio à ventania, ouviram a chegada de Athena, que estivera desatrelando o cavalo da charrete do pastor Rosenquist no estábulo, e agora atravessava o pátio e subia as escadas.

O conde, cujos olhos haviam se detido no rosto de Boris, fez um gesto súbito, como se alarmado por algo que nem mesmo ele entendia.

– Não diga nada a ela nesta noite. Peço sua compreensão: o pastor nosso amigo, Athena e eu passamos juntos aqui muitas noites. Que esta seja a última delas. Eu mesmo me encarregarei de lhe contar, e quanto a você, meu dileto filho, peço que retorne a Hopballehus amanhã pela manhã.

Boris assentiu, de fato lhe parecia ser melhor assim. Enquanto o conde falava, sua filha adentrou o salão, ainda envolta em seu grande manto.

Alta, com pouco mais de um metro e oitenta, e forte, Athena tinha dezoito anos, proporções avantajadas, e ombros capazes de erguer e suportar uma saca de trigo. Aos quarenta anos ficaria enorme, mas por enquanto era jovem demais para ser corpulenta e exiba uma silhueta esguia como um lariço. Sob o cabelo flamejante, sua altiva testa era branca como o leite; e o rosto, tal como os largos punhos, era coberto de pintas. Ainda assim, possuía uma pele tão clara e translúcida que parecia iluminar o salão ao chegar, com a mesma luminosidade que toma conta

17. Deus, como é triste o som da trompa no meio do bosque. [N.T.]

de um aposento quando lá fora cai a neve. Os olhos serenos exibiam anéis mais escuros em volta da íris – olhos de uma jovem leoa ou de uma águia –, mas de outro modo o semblante da jovem criatura era pacífico, e seu rosto arredondado possuía aquela expressão de atenção e reserva que se costuma encontrar nas feições daqueles que têm dificuldade para ouvir. Na presença dela, às vezes Boris lembrava-se da velha balada sobre a filha do gigante, que encontra um homem no bosque e, agradavelmente surpresa, o leva para casa a fim de fazer dele seu brinquedo. Mas o gigante lhe ordena que o deixe partir, dizendo-lhe que ela irá apenas destruí-lo.

O próprio gigante, o velho conde, a tratava com uma desusada cortesia que, para Boris, evocava uma antiga moeda desenterrada e já fora de circulação, mas que ainda conservava seu valor em ouro. Dizia-se que, em sua juventude, o conde fora um dos amantes da princesa Paulina Borghese, considerada a maior beldade de sua época e na qual ele teria vislumbrado a própria Vênus Anadiomena. Por isso, ele tinha imenso apreço por todas as representações da deusa, mesmo aquelas entalhadas com menos habilidade em madeira ou pedra. Sem pretensoes à beleza, Athena crescera em uma atmosfera onde a graça feminina era incensada.

Seus olhos piscaram um pouco diante da luz e do visitante; na verdade, com seu uniforme branco e colarinho alto dourado, aureolado por melenas brilhantinadas, Boris brilhava como um meteoro no grande e penumbroso salão. Mesmo assim, segura de sua própria força, ela lhe pediu – apoiando-se, como sempre, em uma única perna, como uma grande cegonha – notícias de sua tia e das outras damas de Closter Seven. Athena conhecia pouca gente e, quanto àquelas velhas senhoras, que lhe haviam prodigalizado muitos conselhos bons, ainda que um tanto chocadas com o crescimento desmesurado e pouco romântico da jovem, esta demonstrava, ocorreu a Boris, a mesma espécie de admiração que tem a filha de um camponês pelo ágil trapezista de roupa dourada em uma quermesse. "Se casar comigo", pensou enquanto lhe falava com voz doce sob o olhar afetuoso do conde, "ela sem dúvida será suscetível às minhas artimanhas, mas será a minha vida conjugal uma quermesse eterna? E se alguma vez eu tropeçar na corda bamba, ela virá me reerguer, ou simplesmente vai me dar as costas e se afastar?".

Athena também pediu-lhe que avisasse à prioresa que ela avistara o macaco algumas noites antes, no pátio de Hopballehus, sentado sobre a base da estátua de Vênus, no mesmo local em que costumava ficar um pequeno Cupido, agora quebrado. Ao falar sobre o macaco, ela perguntou a Boris se este não achava curioso que o advogado de seu pai na Polônia tivesse um animal da mesma espécie, igualmente originário de Zanzibar.

O velho conde começou então a discorrer sobre os ídolos da região dos antigos *wendes*, o berço de sua família. Entre eles havia uma deusa do amor que possuía o rosto e o corpo de uma bela mulher, mas, quando vista de costas, exibia os traços de um macaco. O que o intrigava era como aquelas selvagens tribos haviam chegado a conhecer os macacos. Será que, mil anos atrás, esses animais também haviam vivido nas sombrias florestas de pinheiros da região de Wenden?

– De modo algum. Isto não seria possível – comentou o pastor Rosenquist. – O clima ali sempre foi demasiado frio. Mas certos símbolos parecem ter sido partilhados por todos os iconoclastas pagãos. Valeria a pena se aprofundar nisso, pois talvez esteja na origem da idéia do pecado original.

– Mas como – indagou Athena – eles sabiam, no caso da deusa do amor, qual era a frente e as costas?

Nessa altura, Boris mandou chamar sua carruagem e despediu-se do grupo. O conde parecia lamentar tê-lo mandado embora e estar arrependido de sua dureza para com alguém enamorado. Ele se desculpou pelo tempo ruim em Hopballehus, apertou a mão do jovem com lágrimas nos olhos e pediu a Athena que o acompanhasse. O pastor Rosenquist, por outro lado, não podia estar mais satisfeito com a partida de alguém que, sem o ser, parecia-se tanto com um anjo.

Athena foi até o pátio com Boris. À luz das lanternas da carruagem, o amplo manto, esvoaçando ao redor do seu corpo, lançava curiosas sombras sobre o cascalho, como um par de enormes asas. Sobre o imenso relvado, de um tom cinza-metálico ao luar, a própria lua aparecia e desaparecia em um céu tempestuoso.

Naquele instante, Boris lamentou verdadeiramente estar deixando Hopballehus. O caótico mundo daquele lugar trouxera-lhe recordações da infância, e parecia infinitamente preferível à existência cronometrada e regrada que o aguardava no convento. Ao lado de Athena, ficou um instante em silêncio. As nuvens se afastaram, revelando constelações no firmamento. A Grande Ursa insistia em sua lição: mantenha sua individualidade em meio à multidão.

– Você não se lembra às vezes daquela caçada ao urso? – perguntou à jovem.

Embora as crianças estivessem proibidas de participar das caçadas, em um escaldante dia de julho, os dois haviam escapulido em segredo e se juntado ao grupo do conde no alto das colinas. Dois cães malhados foram mortos, e ele lembrava-se do terrível tumulto do confronto, e da agilidade da enorme e desgrenhada besta no bosque de abetos e fetos, assim como de vislumbrar sua cara furiosa e bramante, a língua vermelha pendurada.

– Às vezes, às vezes penso nisso – respondeu Athena, com os olhos erguidos, tal como os dele, para uma caçada ao urso estelar. – Era uma ursa que os camponeses chamavam de "imperadora Catarina". Ela matou cinco homens.

– Você continua sendo republicana, Athena? Certa vez, lembro-me que queria decepar as cabeças de todos os tiranos da Europa.

A cor do rosto de Athena, à luz da lamparina, se acentuou.

– Claro que continuo sendo republicana. Afinal, li a história da Revolução Francesa. Os reis e os padres eram preguiçosos e lascivos, cruéis para com o povo, bem o contrário daqueles corajosos homens que se denominavam "a Montanha" e usavam o barrete frígio. Danton era um verdadeiro patriota, e eu gostaria muito de tê-lo conhecido, assim como ao abade Sieyès.

Empolgando-se com o tema no ar noturno, acrescentou:

– Gostaria de visitar em Paris o lugar em que ficava a guilhotina.

– E também usar o barrete frígio? – indagou Boris.

Athena assentiu com a cabeça, absorta em suas reflexões. Então, como se para convencê-lo, irrompeu a declamar alguns versos e, à medida que prosseguia, foi arrebatada pela emoção das palavras:

O Corse à cheveux plats, que la France était belle
au grand soleil du Messidor.
C'était une cavale indomptable e rebelle,
sans freins d'acier, ni rênes d'or.
Une jument sauvage, à la croupe rustique,
fumant encore du sang des rois.
Mais fière, et d'un pied libre heurtant le sol antique,
libre, pour la première fois![18]

Quando Boris se afastava de Hopballehus, a ventania soprava cada vez mais forte. A lua disparava pelo céu atrás das nuvens finas. Fazia muito frio. Devia estar próximo de zero, pensou ele. Suas lanternas afugentavam as árvores e suas sombras, dispersando-as em volta da carruagem. De repente, um enorme galho seco foi arrancado e despencou diante dos cavalos espantados. Sozinho na escuridão, vieram-lhe à mente as três pessoas agora reunidas no saguão de Hopballehus, e sorriu.

Enquanto percorria o caminho, brilhavam lá embaixo as luzes do vale. Como se estivessem brincando, cintilavam por entre as árvores, fitavam-no diretamente e voltavam a sumir. Então, um agrupamento maior de luzes tornou-se visível, como um reflexo terreno das Plêiades: eram as luzes de Closter Seven.

18. Auguste Barbier, *L'Idole*, 3ª. estrofe. "Oh, corso de cabelos lisos, como era bela a França/ sob o majestoso sol de Messidor./ Era uma égua indômita e rebelde,/ sem freios de aço, nem rédeas de ouro./ Uma égua selvagem, de lombo agreste,/ ainda esbaforida do sangue dos reis./ Mas altiva, e pisando o solo antigo com pé livre,/ livre, pela primeira vez!" [N.T.]

De repente, ocorreu-lhe que, em algum lugar, havia algo que não estava certo, algo completamente errado e despropositado. Tão intenso e nítido era esse sentimento que parecia como se uma mão gelada tivesse tocado seu crânio, arrepiando-lhe um pouco o cabelo. Por alguns minutos foi invadido por um medo genuíno, um terror desmedido. Em meio ao estranho tumulto dessa noite, e à desordem das coisas inanimadas ao redor, viu a si mesmo, a *britzska* e os cavalos negros e cinzentos como seres absurdamente pequenos, vulneráveis e inseguros.

Ao entrar na longa alameda de Closter Seven, as lanternas subitamente iluminaram um par de olhos reluzentes. Uma sombra minúscula cruzou o caminho, desaparecendo nas sombras mais escuras dos arbustos.

Quando afinal chegou ao convento, disseram-lhe que a prioresa já se recolhera ao leito. Ela está guardando toda a sua força, pensou Boris, para a manhã seguinte.

Uma ceia o esperava na sala de jantar privada da tia, um aposento recentemente reformado. Antes era branco, com ornamentos de estuque provavelmente centenários. Agora estava belamente recoberto de um papel de parede com estampas que, sobre um fundo castanho, exibiam cenas da vida no Oriente. Uma jovem dançava sob palmeiras, tocando tamborim, sob o olhar de velhos barbados com turbantes vermelhos e azuis. Sob um dossel dourado, o sultão presidia a um julgamento, e um grupo de caçadores montados, precedidos por galgos e negros que cuidavam destes, passava diante de ruínas. A prioresa também se livrara dos antiquados castiçais e agora sua mesa era iluminada por grandes e modernas lâmpadas Carcel de porcelana azul pintada com rosas encarnadas. Nesse cálido e aconchegante aposento, Boris ceou sozinho. "Como", pensou, Don Giovanni no derradeiro ato da ópera. "Até a chegada do Comandante", acrescentaram por conta própria seus pensamentos. Ele lançou um olhar furtivo à janela. O vento ainda assobiava lá fora, mas a inquietante noite ficara do outro lado das pesadas cortinas fechadas.

VI

Em um clima de perfeita harmonia, a tia e o sobrinho fizeram o desjejum juntos, de vez em quando contemplando as próprias feições curiosamente distorcidas no samovar de prata da prioresa. Um tímido sol também se refletia ali, pois o dia seguinte à tempestuosa noite revelou-se límpido e sereno. O vento seguira para outras freguesias, deixando leves e despojados os jardins de Closter Seven.

Boris relatara para a velha dama o que se passara em Hopballehus, e ela o ouvira com enorme contentamento e profundo interesse pelo destino do velho amigo e vizinho. E mal conseguia impedir que sua imaginação pairasse entre as glórias futuras do sobrinho, mas isto se deu de modo tão encantador que o velho conde e Athena poderiam até mesmo estar presentes.

– Creio, meu caro – disse ela –, que agora Athena deveria viajar e conhecer um pouco do mundo. Quando eu tinha a idade dela, papai me levou a Roma e a Paris, onde conheci muitas celebridades. Que prazer para um homem de talento acompanhar uma jovem tão talentosa a esses locais, e apresentar-lhe a vida.

– É verdade – disse Boris, servindo-se de mais café –, e ontem mesmo ela me disse que gostaria de ir a Paris.

– Naturalmente – replicou a prioresa. – A pobre criança jamais teve a oportunidade de usar um chapéu parisiense. Em Lariki – continuou ela, seus pensamentos ricocheteando agradavelmente –, a caça ao urso e ao javali é esplêndida. Já posso até vislumbrar a sua divindade, com uma lança à mão. Em Lipnika, a adega está repleta de Tokaj, presenteados a um antigo senhor pela imperatriz Maria Theresa. Athena irá servi-lo com a tradicional generosidade de sua família. E em Parnów Grabowo está o famoso conjunto de *jets d'eaux*, construído pelo grande astrônomo dinamarquês Ole Roemer, o mesmo que projetou as *grandes eaux* de Versalhes.

Enquanto estavam assim se divertindo com as felizes possibilidades da vida, o velho Johann trouxe-lhes duas cartas, que haviam chegado ao mesmo tempo, embora aquela destinada à prioresa tivesse vindo pela mala postal, ao passo que a carta para Boris fora entregue por um criado de Hopballehus. Ao erguer os olhos após ler algumas linhas, Boris notou o grave e sutil sorriso que aflorou aos lábios da velha dama, absorta na leitura. Ela não vai continuar a sorrir por muito tempo mais, pensou.

A carta do conde dizia o seguinte:

O motivo desta carta, Boris, é que Athena se recusa a lhe escrever. É com profunda aflição e remorso que tomo da pena; na verdade, sinto vontade mesmo é de lançar sobre minha cabeça as cinzas mencionadas pelos antigos autores.

Sou obrigado a lhe dizer que minha filha negou seu pedido, o qual, na noite passada, me pareceu o ápice das benesses que o destino reservara para a minha casa. A relutância dela certamente não se dirige a essa aliança em particular. Ela insiste que jamais irá contrair núpcias, e que não pretende nem sequer considerar a questão.

De certo modo, é apropriado que seja eu a lhe escrever esta carta. Pois neste infortúnio, cabe apenas a mim a culpa e a responsabilidade. Eu, que tive nas mãos essa jovem vida, fiz de seu vigor juvenil o farol de minha descida à câmara dos mortos. Passo a passo, à medida que avançava em direção às profundezas, o ombro dela foi o meu apoio, e ela nunca me faltou. E agora ela não se dispõe, nem pode, erguer os olhos.

Os camponeses de nossa província costumam dizer que nenhuma criança nascida de matrimônio é capaz de contemplar diretamente o sol; somente os bastardos podem fazer isso. Aí, eis então a comprovação de que Athena é minha filha legítima, a filha legítima de minha família e de seu destino! Tão incapaz é ela de olhar diretamente para o sol que não tem nenhum temor pela escuridão, ainda que seus olhos não suportem a luz. Acabei fazendo de minha pombinha uma ave noturna.

Para mim, ela foi tanto filho como filha, e sempre a imaginei envergando o antigo brasão de Hopballehus. Tarde demais percebo que já o está usando, porém não como um jovem são Jorge investindo contra os dragões, e sim como Azrael, o anjo da morte de nossa casa. Na verdade, ela se encerrou aqui e irá preservá-la, por todos os anos restantes de sua vida.

Nunca pequei contra o passado, mas vejo agora que acabei o fazendo contra o futuro e, com razão, este perdeu o interesse para mim. Sobre o túmulo de donzela de

Athena, eu me vejo depositando flores para aquelas gerações não nascidas em cujos rostos, meu querido filho, por um instante imaginei vislumbrar as suas feições. Ao pedir perdão a você, também estarei pedindo perdão por tanta energia, talento e beleza desperdiçados, e pelos louros e mirtos perdidos. Destes vêm as cinzas com que vou cobrir a minha cabeça!

Sem nada dizer, Boris entregou a carta à prioresa e, apoiando o queixo na mão, pôs-se a examinar o rosto dela enquanto lia. Quase foi recompensado com mais do que havia almejado. Ela ficou tão pálida que ele chegou a temer que desmaiasse ou morresse, enquanto labaredas rubras tingiam-lhe o rosto como se alguém a tivesse fustigado com um chicote. É conhecida uma história do rei Salomão, na qual ele encerrou os demônios mais proeminentes dos judeus em garrafas, e depois ordenou que fossem lacradas e lançadas ao fundo do mar. Que espetáculo, nessas profundezas, de fúria impotente! Exatamente como, pensou Boris, as lutas travadas em surdina nos estreitos e rígidos peitos das mulheres idosas, lacrados pela cera salomônica da educação que haviam recebido. É provável que a visão se toldou, escurecendo diante de seus olhos o salão de damasco carmim, pois ela pôs de lado a carta antes mesmo de concluir sua leitura.

– O quê? O quê? – exclamou com voz rouca e quase inaudível. – O que o poeta lhe escreveu?

Arfando como se sufocasse, ela ergueu a mão direita e sacudiu no ar o dedo indicador tremente.

– Então ela não quer se casar com você!

– Ela não pretende se casar com ninguém, tia disse Boris, a fim de consolá-la.

– Ah é? Ninguém? – zombou a velha dama. – Por quem ela se toma, uma Diana? Mas você não teria dado um belo Acteão, meu pobre Boris? E tudo o que colocou aos pés dela – posição, influência, futuro –, tudo isso não significa nada? Afinal, o que ela quer ser?

Seu olhar recaiu sobre a carta, mas em sua agonia ela a segurava, transtornada, de cabeça para baixo.

– Uma figura de pedra em um sarcófago – nas trevas, no silêncio, para todo o sempre? Estamos diante de uma virgem fanática, *en plein dix-neuvième siècle? Vraiment tu n'as pas de chance.* Não há nenhum *horror vacui* aqui.

– O princípio do *horror vacui* – disse Boris, agora de fato assustado, a fim de distraí-la – só vale acima de uma altura de dez metros.

– Acima do quê? – indagou a prioresa.

– Dez metros – repetiu ele.

A prioresa apenas deu de ombros. Em seguida, voltou os olhos dardejantes para o sobrinho, começou a tirar do bolso de seda a carta que recebera pelo correio, mas então achou melhor guardá-la de volta.

– Ela não quer nada – disse lentamente – e você nada tem a lhe oferecer. Parece-me, com toda a simplicidade, que foram feitos um para o outro. Eu mesma, após lhe ter dado minha bênção, nada mais tenho a dizer. Isto já estava previsto nas regras de meus antepassados: "Onde não há nada, *le Seigneur a perdu son droit*". Quanto a você, Boris, agora só lhe resta voltar para a Corte, e para a velha rainha-mãe e seu capelão, refazendo seu caminho. Pois, "ali onde entramos, por lá também sairemos" – disse ainda mais vagarosamente. Essas palavras calaram mais fundo na velha senhora do que no sobrinho, que já as ouvira antes. Em seguida, ela mergulhou no silêncio.

Boris começou a ficar muito incomodado e aflito para encerrar a conversa. Não estranhou nada que ela quisesse fazê-lo sofrer. Enquanto estava feliz, ela apreciava estar rodeada de gente feliz. Mas agora, atormentada, precisava se rodear do mesmo tipo de substância que havia em seu íntimo, a fim de não ser tragada por aquele vácuo. Nesse caso, porém, ela contava com aliados poderosos, ou seja, as próprias circunstâncias. Era bem verdade que Boris ainda não se dera conta das conseqüências, para ele, da recusa de Athena. Se a velha dama continuasse a atormentá-lo assim com toda a sua força, toda a miséria das semanas anteriores voltaria a recair sobre sua cabeça. De repente, a prioresa virou-se e caminhou até a janela, como se pretendesse se lançar por ela.

Em meio à sua aflição, Boris não conseguia desviar o pensamento das duas outras pessoas que formavam essa trindade. Talvez Athena estivesse agora perambulando pelos bosques de pinheiros de Hopballehus, seu rosto tão descomposto como o da velha dama em seu gabinete. Então ele se viu, em seu uniforme branco, como uma marionete, arrastado alternadamente pela velha e pela jovem, ambas igualmente inflexíveis. Por que tudo era tão importante para elas? Quais forças, no âmago dessas pessoas passionais, as levavam a preferir a morte à rendição? Muito provavelmente, também ele, tanto quanto os demais, tinha suas preferências em relação a esse casamento, mas mesmo assim conseguia manter seu sangue-frio.

A prioresa deu as costas à janela e aproximou-se dele. Transformara-se por completo e já não mais empunhava seus instrumentos de tortura. Pelo contrário, dava a impressão de que iria coroar-lhe a cabeça com uma grinalda. Parecia muito mais leve, como se tivesse arremessado todo o seu peso pela janela, e agora flutuasse graciosamente uma polegada acima do chão.

– Meu caro Boris – disse ela –, Athena ainda tem um coração. Certamente, não irá se recusar a ver seu antigo companheiro de brincadeiras infantis, ou a dar-lhe uma oportunidade de falar com ela e lhe responder pessoalmente. Direi tudo isso a ela, em uma carta que enviarei imediatamente. A filha de Hopballehus tem o senso do dever, e não deixará de vir.

– Onde? – perguntou Boris.

– Aqui mesmo – respondeu a prioresa.

– Quando? – perguntou Boris, olhando em torno.

– Esta noite, para o jantar – disse a tia, com um sorrisinho matreiro, enquanto sua boca parecia encolher até virar um mimoso botão de rosa.

– Athena – continuou a prioresa – não deve deixar Closter Seven amanhã pela manhã sem ter se tornado... – fazendo uma breve pausa, olhou para os lados antes de depois encará-lo – nossa! – sussurrou risonha. Boris a fitou. O rosto da tia tinha o frescor de uma menina.

– Minha criança, minha adorável criança – exclamou em uma súbita explosão apaixonada e terna –, nada, absolutamente nada, pode se intrometer no caminho de sua felicidade!

VII

Essa grande ceia de sedução, que iria se tornar um marco na existência dos participantes, foi servida na sala de jantar da prioresa, sob os olhos dos potentados e das dançarinas orientais. A mesa foi elegantemente adornada com camélias vindas da estufa e, sobre a toalha de alvura imaculada, entre os translúcidos copos de cristal, as antigas taças verdes para o vinho lançavam pequenas e delicadas sombras, evocando o espírito de um bosque de pinheiros no verão. A prioresa usava um vestido de tafetá cinzento com a mesma renda requintada que ornava o gorro branco com fitas, assim como enormes e antigos broches e brincos com diamantes. A heróica força de alma das mulheres idosas, pensou Boris, que com refinado gosto e muito esforço se fazem belas – mais belas, talvez, do que jamais foram na juventude – e que ainda assim não abrigam a menor esperança de despertar o desejo nos corações masculinos, é bem semelhante à de um homem de bem que continua a praticar ações meritórias mesmo após ter abandonado a fé em uma recompensa celestial.

A comida era excelente e eles se deliciaram com uma das famosas carpas de Closter Seven, cuja preparação era um dos segredos do convento. O velho Johann serviu o vinho com extrema liberalidade e, antes de chegarem ao marzipã e às frutas cristalizadas, os convivas desse tranqüilo e digno encontro de uma donzela velha e outra jovem e de um amante rejeitado, encontravam-se todos mais do que ligeiramente embriagados.

Athena estava um tanto embriagada no sentido corriqueiro do termo. Havia bebido muito pouco vinho em toda a sua vida, e nunca provara do champanhe; agora, com a quantidade deste que a anfitriã da ceia lhe impingira, era de se presumir que houvesse perdido a capacidade de se equilibrar sobre as próprias pernas. Todavia, a jovem tinha por trás de si toda uma fileira de antepassados que, em seus bons tempos, haviam bebido até cair sob as antigas e pesadas mesas de carvalho da província, e agora vinham em ajuda à filha da estirpe. Mesmo assim era inegável que o vinho subira à sua cabeça, deixando-lhe as bochechas rosadas, os olhos muito brilhantes, e despertando em seu âmago forças desconhecidas. Ela chegou até a inchar um pouco com a sensação de invencibilidade, como um jovem capitão arremetendo contra o fogo inimigo, tomado de uma coragem excessiva e arrogante.

Boris, cuja tolerância à bebida era excepcional e que até o final manteve-se o mais sóbrio de todos, estava contudo embriagado em um sentido espiritual. O aspecto mais profundo e genuíno de sua natureza era um amor extremado pelo palco e tudo o que lhe estava associado. Ainda solteira, a mãe dele exibira a mesma esplêndida paixão, travando uma titânica e vã luta com os pais a fim de poder subir aos palcos. Já o seu filho não precisava lutar contra ninguém. Não era tão dogmático a ponto de acreditar que é indispensável haver tablado e luzes de ribalta para se estar no teatro; ele levava o palco em seu próprio coração. Ainda menino, desempenhara muitos papéis femininos em peças amadoras, e o famoso empresário Paccazina certa vez chegara às lágrimas ao vê-lo representar Antígona, tanto ele o lembrava de *mademoiselle* Mars. Para Boris, o teatro era a própria vida. Enquanto não conseguia desempenhar um papel, restava perplexo diante do mundo, incerto quanto a tomar qualquer atitude; como ator, porém, encontrava seu verdadeiro eu, sentindo-se confortável assim que conseguia ver a situação sob as luzes da ribalta. E, caso lhe fossem destinados tais papéis, não se furtava a viver tragédias, e participava de bom grado em pastorais.

Havia nessa maneira de pensar algo que exasperava sua mãe, a despeito do antigo entusiasmo desta pela arte, pois ela desconfiava que Boris não tivesse, no fundo do coração, quase nenhuma predileção pelo papel de um promissor e popular jovem oficial. Ele estava, intuía ela, pronto para abandonar esse papel assim que surgisse outro mais atraente, fosse de proscrito ou mártir, ou ainda, possivelmente, o papel trágico de um jovem subindo ao patíbulo. Por vezes, ela sentira vontade de lhe declamar o contrário do que dizia o Vieux Cordelier: "Oh, minha criança, não há em ti bastante temor da impopularidade, do exílio, da morte!". Mesmo assim, ela não conseguia deixar de admirá-lo em seus papéis prediletos, e até, por vezes, participava ela própria em uma das peças do filho, em representações conjuntas de escala nada desprezível.

Nessa noite, Paccazina teria se encantado com Boris, que jamais atuou tão bem. Por gratidão à madrinha, decidira dar o máximo de si. Para tanto, ajustou com todo o cuidado sua máscara diante do espelho e trocou o uniforme por um traje negro que lhe pareceu mais adequado ao papel. Além disso, sempre preferira o papel do amante infeliz ao do bem-sucedido. O vinho foi de grande ajuda, assim como os rostos de seus companheiros de peça, incluindo o velho Johann, que deixava transparecer na expressão fechada um discreto relampejo de felicidade. Mas o fato é que ele mesmo, no fundo de seu coração, viu-se arrebatado pela situação, pelo desenrolar da peça e por seu próprio talento. Ele estava no tablado, a cortina se erguera, todo momento era precioso, e ele não precisava de ponto.

Ao contemplar Athena à sua esquerda, deu-se por satisfeito com sua *jeune première* daquela noite. Agora que estavam juntos no palco, ele conseguia lê-la como a um livro.

Agora, compreendia perfeitamente a funda impressão que sua proposta causara no espírito da jovem. Ela não ficara lisonjeada; antes, é bem provável que, na hora, tivesse ficado furiosa. O chocante, para ela, havia sido o fato de que uma pessoa viva pudesse irromper daquela forma no altivo isolamento de sua existência. Essa era uma opinião com a qual ele simpatizava. Tendo passado a vida com pessoas que jamais estavam sozinhas, ele se tornara sensível à atmosfera de solidão cultivada por Athena. Já lhe ocorrera, por vezes, de estar completamente sozinho à noite, sonhando, não com pessoas ou coisas familiares, mas com cenas e pessoas saídas inteiramente de sua imaginação, e era com prazer que se lembrava dessas ocasiões. E o que naquele instante deixava perplexa a jovem era o fato de o inimigo acercar-se dela com tanta gentileza, e de perceber que o infrator buscava consolo. À medida que adquiria consciência que ela tinha esses sentimentos, Boris acentuava ainda mais a ternura e a tristeza em seus gestos.

Provavelmente, a sensação de medo era uma novidade tão grande que exercia uma estranha atração sobre Athena. Ocorreu a Boris que fora exatamente o pressentimento de perigo que a levara a Closter Seven naquela noite. "Mas do que tinha medo? De vir a ser feliz graças a minha tia e a mim? Esta é a prece da donzela trágica: não queira o bom Deus que eu seja bem-sucedida na Corte, uma noiva feliz e invejada, uma promissora mãe de família." Sendo ele próprio um ator trágico de grandes ambições, não lhe restava senão aplaudi-la.

O pressentimento de um perigo desconhecido, sentiu ele, fora despertado na jovem pelo modo como fora tratada pela prioresa. Antes a velha dama havia sido uma amiga, mas uma amiga severa. Até então muito do que a jovem havia dito ou feito não tinha lugar no convento, e ela sempre soubera que a prioresa se empenhava, de maneira benévola, em trancafiá-la em uma gaiola. Mas hoje os olhos envelhecidos recaíam sobre ela com terno contentamento, e tudo o que ela dizia era recebido com sorrisos meigos como carícias. Não se via em nenhuma parte a gaiola. Esse tipo especial de incenso, colocado especialmente aos seus pés, era algo tão desconhecido para Athena quanto o champanhe, e como agora estava sendo queimado tanto à sua direita como à sua esquerda, não surpreenderia se sentisse dificuldade para respirar na confortável sala de jantar de Closter Seven, caso não tivesse a certeza de que a porta às suas costas se abriria, sempre que o quisesse, para os bosques de Hopballehus.

Um pouco mais familiarizado com aquela porta, Boris ergueu as pestanas, macias como folhas de mimosa, na direção do rosto flamejante da jovem. Não lhe dissera o pai que ela era uma ave noturna, cujos olhos são feridos pela luz? Ele próprio estava recuando de costas lentamente, à frente dela, com uma espécie de castiçal cuja luz se refletia nos olhos da jovem. Athena piscava, mas não deixava de avançar.

Já a prioresa estava tão embriagada com uma secreta alegria que permaneceu um mistério para os outros convivas daquela ceia e refulgia na escuridão. De tempos em tempos, ela afagava os olhos ou a boca com o lencinho rendado e delicadamente perfumado.

VIII

"Minha bisavó", contou a prioresa durante a ceia, "na época de seu segundo casamento, foi embaixatriz em Paris, onde morou por vinte anos. Isso aconteceu durante a Regência. Em suas memórias, ela conta que, no Natal de 1727, a Sagrada Família fez uma aparição em Paris, ali permanecendo por doze horas, segundo relatos. Todo o edifício do estábulo de Belém foi misteriosamente transportado, até mesmo com a manjedoura e as vasilhas nas quais são José estivera preparando cerveja para a Virgem, até o jardim de um pequeno convento, chamado Du Saint Esprit. O boi e o burro também foram transferidos para lá, juntamente com a palha do chão. Quando as freiras comunicaram o milagre à corte em Versalhes, este foi mantido em segredo, pois temia-se que fosse o presságio de uma condenação da licenciosidade dos soberanos da França. Mesmo assim, o regente decidiu ir ao convento com grande aparato, envergando todas as suas jóias, acompanhado da filha, a duquesa de Berri, assim como do cardeal Dubois e de seletos cavalheiros e damas, a fim de prestar homenagem à Mãe de Deus e ao seu esposo. Devido à alta estima em que era tida na Corte, minha bisavó foi a única estrangeira a receber permissão para acompanhar o grupo, e guardou até o fim da vida o vestido de brocado, com sua longa cauda, que usou na ocasião.

"O regente ficara muito emocionado e agitado com a notícia. Ao contemplar a Virgem, mergulhou em um estranho êxtase, balançando o corpo e emitindo gritinhos. Vocês bem sabem que a beleza da Mãe do Senhor, ainda que incomparável, era de um tipo que não poderia despertar nenhuma espécie de desejo mundano. Ora, o duque de Orléans jamais havia experimentado tal sentimento, e não sabia como reagir. Por fim, alternadamente corando e empalidecendo, decidiu convidar a Sagrada Família para uma ceia na casa da condessa, onde mandaria servir iguarias e vinhos como jamais se viram, e que contaria também com a presença do conde de Noircy e da madame de Parabère.

"Nessa época, a duquesa de Berri estava em *grossesse* e, segundo as más línguas, o pai da criança era o próprio regente. Após se prostrar aos pés da Virgem, ela não se conteve: 'Oh, cara e doce Virgem, perdoe-me. A senhora nunca teria feito tal coisa, bem sei. Mas se apenas pudesse lhe contar o quanto essa Corte é abominável e terrivelmente entediante!.' Fascinada pela beleza da criança, ela enxugou as lágrimas e pediu permissão para acariciá-la. 'Como morangos e creme', exclamou, 'como morangos *à la* Zelma Kuntz.' Já o cardeal Dubois cumprimentou são José com refinada polidez. Considerou que o santo não haveria de incomodar com freqüência o Todo-Poderoso com súplicas, mas quando o fizesse, certamente seria ouvido, pois não era pequeno o seu crédito junto ao Senhor. Em prantos, o regente desabou sobre os ombros de minha bisavó: 'Ela nunca, nunca virá. Ó, Madame – a senhora, que é uma mulher virtuosa, diga-me o que devo fazer'. Tudo isto está nas memórias de minha bisavó.'"

Durante a ceia, os três conversaram também sobre viagens, e a prioresa os entreteve com várias reminiscências agradáveis de sua juventude. Ela estava muito animada, o rosto idoso recobrando a cor sob a renda da touca. De tempos em tempos, fazia um pequeno gesto que lhe era peculiar, coçando-se afetadamente aqui e ali com um afilado dedinho.

– Você tem sorte, minha jovem amiga – disse a Athena. – Para você, o mundo é como uma noiva, e cada descoberta é uma surpresa e um deleite. Mas, ai!, para nós que já celebramos nossas bodas de ouro com o mundo, só nos resta sermos prudentes em nossa curiosidade.

– Eu gostaria muito – replicou Athena – de conhecer a Índia, onde o rei de Ava vem enfrentando o general inglês Amherst. Segundo o pastor Rosenquist, o exército dele também conta com tigres, os quais são adestrados para se lançar contra o inimigo.

Em meio à sua excitação, ela derrubou uma taça, cuja haste se rompeu, derramando o vinho sobre a toalha de mesa.

Boris preferia não falar do pastor Rosenquist, no qual vislumbrava um antagonista – cuidado, foram as palavras que lhe vieram à mente, com as pessoas que, no decurso de suas vidas, nunca participaram de uma orgia nem passaram pela experiência de dar à luz, pois são indivíduos perigosos.

– Quanto a mim – disse ele –, gostaria de ir para longe e viver em uma ilha abandonada, fora do alcance do mundo. Não há nada que desperte um desejo tão intenso quanto o mar. A paixão do homem pelo mar – prosseguiu ele, com os olhos negros postos no rosto de Athena – é algo desinteressado. Não é possível cultivá-lo nem beber sua água, no mar, o homem morre. Mesmo assim, quando nos afastamos do mar, sentimos que parte de nossa alma morre, desaparece, como uma água-viva lançada em terra firme.

– O mar! – exclamou a prioresa. – Ir para o mar! Ah, isto nunca, nunca.

Tanta repugnância atraiu o sangue para o seu rosto, deixando-o corado e fazendo reluzir seus olhos. Boris ficou impressionado, como já acontecera antes, com a intensidade da aversão feminina por tudo o que tem a ver com o mar. Quando menino, ele próprio tentara fugir de casa para se tornar marinheiro. Mas nada, pensou, é capaz de despertar em uma mulher uma hostilidade tão acirrada e imediata quanto a menção do mar. Desde o cheiro da água salgada até o contato com a cordoalha impregnada de sal e alcatrão, elas odeiam e se aborrecem com o mar e tudo o que se refere a ele. Talvez a Igreja tivesse mais êxito em manter na linha as mulheres se as ameaçasse com um inferno marítimo, uma frígida e cinzenta imensidão ondulante. Pois o fogo não incute nenhum temor nelas, que o vêem antes como aliado, ao qual há muito prestam serviços. Todavia, mencionar o mar diante delas é o mesmo que falar do demônio. Quando o predomínio da mulher tornar a terra inabitável para o homem, este terá de se voltar para o mar em busca de paz, pois, antes de segui-lo, a mulher irá preferir a morte.

Um pudim doce foi servido, e a prioresa, com rematada *gourmandise*, retirou alguns dos cravos e os comeu.

– Não há nada que se compare a esse gosto e a esse aroma – comentou –, e a fragrância dos craveiros é algo incrivelmente delicioso ao sol do meio-dia, ou quando a brisa vespertina dispersa o aroma em correntes de ar por toda a terra. Experimentem alguns deles. É um incenso para o estômago.

– De onde eles vêm, madame minha tia? – indagou Athena que, seguindo os costumes da província, estava acostumada a se dirigir desse modo à senhora.

– Vêm de Zanzibar – respondeu a prioresa. Por alguns minutos, ela pareceu invadida por leve melancolia, mordiscando absorta os cravos.

Boris, enquanto isso, estivera contemplando Athena e permitira que uma fantasia tomasse conta de seu espírito. Ocorreu-lhe que ela devia ter um esqueleto adorável, de refinada beleza. Deitada no chão, seria como uma peça de renda incomparável, uma obra de arte em marfim, e, dali a cem anos, ao ser exumada, enlouqueceria os velhos arqueólogos. Todos os ossos estariam no lugar, tão bem-acabados como um violino. Menos frívolo do que o tradicional libertino que despe mentalmente as mulheres com quem ceia, Boris despojou a donzela não só de sua roupa como também de sua carne musculosa e juvenil, e imaginou que poderia ser muito feliz, e até mesmo se apaixonar por ela, caso possuísse apenas o seu belo esqueleto. Ele a imaginava assim, causando sensação no dorso de uma montaria, ou arrastando longos vestidos pelos salões e galerias da corte, com a famosa tiara de sua família, agora na Polônia, cingindo o crânio reluzente. Muitos relacionamentos humanos, pensou, seriam infinitamente mais fáceis se as criaturas tivessem apenas ossos.

– O rei de Ava – retomou a prioresa, despertando de seu ligeiro devaneio – possuía na cidade de Yandabu, foi o que me contaram pessoas que lá estiveram, uma grande coleção de animais. Como em todo o seus domínios existiam apenas elefantes da Índia, o sultão de Zanzibar enviou-lhe de presente um elefante africano, maior e mais imponente do que a rotunda e domesticada variedade indiana. E de fato eles são animais maravilhosos. Dominam os altiplanos da África Oriental, e os mercadores de marfim que negociam as magníficas presas contam muitas histórias sobre a força e ferocidade desses animais. Os elefantes indianos de Yandabu e seus condutores ficaram aterrorizados com o elefante do sultão – pois a África sempre infunde medo na Ásia – e afinal conseguiram que o rei o mantivesse agrilhoado e preso em uma casa com grades especialmente construída para abrigá-lo. A partir de então, porém, nas noites enluaradas, toda a cidade de Yandabu começou a ver sombras de elefantes africanos, que vagavam pelas ruas abanando as grandes orelhas de sombra. Os moradores de Yandabu passaram a acreditar que esses elefantes-sombras eram capazes de andar no fundo do oceano, e emergir ao lado dos atracadouros dos barcos. Ninguém mais tinha coragem de sair da cidade depois que caía a noite. Mesmo assim, não conseguiam romper a jaula do elefante cativo.

– Os corações dos animais enjaulados – continuou a prioresa – ficam marcados, como se tivessem sido queimados em uma grelha, pela sombra das grades. Oh, os corações grelhados dos animais em cativeiro! – exclamou com terrível exaltação.

– Ainda assim – retomando o relato após um instante, o rosto mudado e um riso sorrateiro no fundo da voz –, aqueles elefantes fizeram por merecer. Afinal, eram grandes tiranos quando viviam em sua região natal. Nenhum outro animal era capaz de enfrentá-los.

– E o que aconteceu com o elefante do sultão? – perguntou Athena.

– Ele morreu, ele morreu – disse a velha, lambendo os lábios.

– Na jaula?

– É, na jaula – concluiu a prioresa.

Athena apoiou as mãos fechadas sobre a mesa, repetindo exatamente o gesto feito pelo velho conde após ter lido a carta da prioresa. Em seguida olhou em volta. A cor viva sumiu de seu rosto. Terminara a ceia e eles haviam quase esvaziado os cálices de vinho do Porto.

– Com sua permissão, minha tia – disse então – vou me retirar. Estou me sentindo exausta.

– O quê? – protestou a prioresa. – Francamente, minha querida, você não pode nos privar do prazer de sua companhia. Eu mesma estou prestes a me recolher, mas gostaria que vocês dois, que são amigos há tanto tempo, conversassem um pouco nesta noite. Certamente você prometeu a Boris que... o pobre rapaz.

– É verdade, mas seria melhor deixar isso para amanhã de manhã – respondeu Athena – pois tomei demais desse excelente vinho. Vejam, nem mesmo consigo firmar as mãos quando as coloco na mesa.

A prioresa fitou a jovem. Ela provavelmente se arrependia, pensou Boris, de ter falado de jaulas, naquele que fora seu único *faux pas* naquela noite.

Athena olhou para Boris, e este sentiu que conseguira um modesto êxito: ela parecia lamentar ter de deixá-lo. Afinal, provavelmente ela tinha consciência de que se retirava abruptamente do campo de batalha, o que fazia a contragosto, mas naquelas circunstâncias o recuo era o que mais lhe convinha. Boris interpretou o seu olhar direto como uma condecoração recebida no front. Muito gentilmente, a jovem desejou boa-noite à prioresa, fez uma mesura e saiu.

A prioresa voltou-se transtornada para o sobrinho.

– Não a deixe partir – disse. – Vá atrás dela e a agarre, não há tempo a perder.

– Vamos deixá-la tranqüila – respondeu Boris. – Ela foi sincera. Não vai se casar comigo.

A rebeldia de ambos os jovens, por cuja felicidade ela tanto se empenhava, parecia ter feito a prioresa perder a fala, ou a crença nas palavras. Ela e Boris permaneceram na sala por talvez mais cinco minutos, mas, ao pensar mais tarde sobre o assunto, o jovem ficou com a impressão de que se haviam comunicado apenas por gestos.

A prioresa ficou completamente imóvel, encarando o sobrinho, o qual ignorava por completo se ela pretendia matá-lo ou beijá-lo. Ela não fez nem uma coisa nem a outra, mas riu na cara dele e, após vasculhar o bolso, dali tirou a carta que recebera pela manhã e lhe entregou.

A carta o atingiu como um golpe de misericórdia. Fora enviada por uma amiga da prioresa que era a principal dama de companhia da rainha-mãe. Com profunda compaixão pela prioresa, ela lhe transmitia em tintas muito negras as últimas notícias da capital. O nome do sobrinho fora mencionado, e ele havia até mesmo sido explicitamente responsabilizado, pelo capelão da corte, como um dos corruptores de jovens naquele escândalo. Era evidente que, naquele momento, Boris estava à beira de um abismo, no qual, a menos que conseguisse levar adiante esse casamento, acabaria por despencar e desaparecer.

Ele ficou petrificado, o rosto transfigurado pela dor. Todo o seu ser se rebelava contra aquilo que o arrancava do brilhante papel que protagonizara naquela noite, e da atmosfera elegíaca de um amante, e o arrastava de volta à realidade abominável. Ao levantar os olhos e devolver a carta para a tia, percebeu que ela estava de pé, bem ao seu lado. Então ela ergueu o braço e apontou para a porta.

– Tia Cathinka – disse Boris –, talvez a senhora não saiba, mas há um limite para a força de vontade de um homem.

A velha continuou a encará-lo. Ela estendeu a mãozinha frágil e ressequida e o tocou. Seu rosto se contorceu em uma pequena careta. No instante seguinte, foi até o fundo da sala e voltou com uma garrafa e um cálice. Depois de encher o cálice com cuidado, ela o ofereceu a Boris, encorajando-o com dois ou três meneios da cabeça. Movido pelo desespero, ele o esvaziou com um único gole.

O licor, com uma coloração de âmbar muito antigo e escuro, tinha um gosto amargo e rançoso. Como eram amargos e rançosos os olhos de âmbar-escuro e antigo da mulher, que o observava por sobre a borda do cálice! Enquanto bebia, ela riu e disse algo. Curiosamente, somente mais tarde Boris lembrou-se daquelas palavras enigmáticas: "Agora cabe a você ajudá-lo, meu bom Faru", dissera ela.

Depois de ele deixar a sala, ela esperou um ou dois segundos antes de fechar a porta com toda a suavidade.

IX

Muito bem, pensou Boris, parece que chegou a hora das lágrimas, de dobrar o coração dessa beldade tão altiva. Lembrou-se então das histórias sobre aquele horrendo bando de peregrinos, os antigos carrascos, que, no século XII, vagavam por toda a Europa, circulando pelos lugares sagrados. Eles levavam consigo os instrumentos de seu ofício: torniquetes, chicotes, grilhões e tenazes – e dizia-se que eram capazes de chorar sempre que quisessem. "Mas o fato", disse o jovem para si mesmo, "é que eu ainda não retalhei, esfolei e queimei um número suficiente de pessoas para isso. Alguns poucos, é claro, como todos nós; mas ainda não passo de um jovem carrasco – um aprendiz de carrasco – e o dom de chorar sempre que quiser, isto ainda não alcancei."

Ele percorreu o longo e branco corredor que levava ao quarto de Athena. Na parede à esquerda, havia uma fileira de antigos retratos de damas e, à direita, uma fileira de altas janelas. O piso era de mármore branco-e-preto, e todo o lugar franzia-lhe o cenho sob a luz noturna. Os passos, fatais tanto para outros como para si mesmo, ressoavam em seus ouvidos. Ao passar por uma das janelas olhou para fora. A lua estava alta, brilhante e gélida, mas uma névoa prateada envolvia as árvores do parque e das alamedas. Ali fora estava todo o majestoso e azul universo, repleto de coisas, no qual a Terra singrava adiante em meio a milhares de estrelas, algumas mais próximas, outras muito distantes. Oh, mundo, pensou ele, ó pródigo mundo. Em seu cérebro inflamado ecoaram versos há muito esquecidos:

Atena, minha suprema senhora, a pedido de Apolo,
Eis-me diante de ti.
Com muita experiência, e provado em tantas coisas.
Uma casa, habitada por estranhos, estranhamente mudada.
Assim perambulei pelos confins da terra, e do mar...

Afinal chegou à porta. Girou a maçaneta e entrou.

De todas as lembranças que Boris guardaria dessa noite, a que mais perdurou foi a mudança das cores e luz quando passou do corredor ao quarto.

O principal quarto de visitas da prioresa era amplo e quadrado, com janelas, agora ocultas pelas cortinas, em duas paredes. Todo o aposento fora decorado com seda rosada e, no fundo, via-se o acolchoado carmesim sobre o leito com dossel. Duas lamparinas com globos rosados haviam sido solicitamente acesas pela criada. O piso era coberto por um tapete cor-de-vinho com estampas de rosas que, na proximidade das lamparinas, parecia impregnado de luz e, nos pontos mais distantes, sugeria lagoas de carmesim-escuro pouco convidativas. O aposento exalava um aroma de incenso e flores. Um grande buquê decorava a mesinha ao lado da cama.

Boris reconheceu de imediato com o quê aquilo se parecia. Certa época, durante uma estada em Madri, ficara muito interessado em touradas. E acabou se familiarizando com aquele instante exato no qual o touro, à espera na escuridão sob a arquibancada, era arremessado na ofuscante luminosidade da arena, bem no centro de centenas de olhares. Do mesmo modo ele fora lançado do corredor preto-e-branco, do luar sereno, para essa atmosfera avermelhada. O sangue subiu-lhe ao cérebro e ele mal sabia onde estava. Com a respiração entrecortada, ocorreu-lhe que talvez aquilo fosse um efeito da poção de amor da tia. Não sabia se agora Athena estava destinada a ser o cavalo estripado, a ser arrastado para fora da arena, despojado de qualquer vontade própria, ou então o matador que iria abatê-lo.

Ela deveria ser um ou outro – ele não se defrontaria com mais ninguém naquele lugar.

Athena estava de pé no centro do quarto. Havia tirado o vestido e, trajando apenas a camisa e a calça de baixo, mais parecia um robusto grumete prestes a lavar o convés. Assim que Boris entrou, ela se virou e o encarou.

Ao imaginar aquela cena, um dos temores de Boris era o de não ser capaz de conter o riso. Em outras situações delicadas, essa incontinência já fora a causa de sua ruína. Por enquanto, contudo, não corria esse risco. Ele estava tão sério quanto a jovem. Antes mesmo de se situar, agarrara um dos punhos da jovem e a puxara para si. Seus hálitos se encontraram e se mesclaram, enquanto, perplexos, arreganhavam os lábios em uma espécie de sorriso ou provocação.

– Athena – disse ele –, eu a amei desde o início. Sem você, minha vida vai secar e murchar, e não vai me sobrar mais nada. Não me abandone, senão despencarei de novo no abismo. Tenha piedade de mim.

Por um instante, a jovem de olhos claros o fitou atônita. Então ela se aprumou, como uma serpente prestes a dar o bote. Quando não tentou pedir socorro, Boris percebeu que a subestimara, pois ela tinha uma compreensão mais clara da situação, e sabia que não podia contar com nenhum amigo naquela casa; ou então pulsava naquele peito amplo e juvenil um amor puro pelo combate. Logo em seguida sentiu que ela o golpeava. Forte, veloz e direto, o soco o atingiu na boca, arrancando-lhe dois dentes. A dor, o cheiro e o gosto de sangue na boca o deixaram desatinado. Ele a soltou para se firmar e imediatamente ambos se engalfinharam, em um abraço de vida e morte.

Neste exato instante, o coração de Boris disparou em seu peito e começou a cantar, como um pássaro que voa até o alto de uma árvore e ali rompe a chilrear. Nada mais no mundo seria capaz de fazê-lo tão feliz. Não lhe passara pela cabeça que o embate entre os dois se resolveria assim, mas ela já previra tudo; e como um litoral que desaparece em torno de um navio que avança mar adentro, do mesmo modo as tribulações de sua vida desapareceram quando sentiu todo o seu ser se libertar. Até então a vida lhe proporcionara raras oportunidades para uma explosão de fúria. Agora podia se consagrar de coração a esse arrebatamento. Sua alma ressoou de alegria como as almas dos antigos teutões, para os quais a luxúria da ira era em si mesma a mais exaltada volúpia, e que não desejavam do paraíso nada mais do que morrer em combate uma vez ao dia.

Se fosse um dos *einherjar* do Valhala, Boris não teria encontrado em outro jovem um lutador tão aguerrido quanto Athena. Todos os caçadores de grandes animais sabem que há uma diferença entre a caça ao javali ou ao búfalo, por mais perigosos que sejam, e a caça aos carnívoros, os quais, quando vencedores, terminam por nos devorar. Em visita a parentes russos, certa vez Boris vira seu cavalo ser destroçado e comido por uma matilha de lobos. Depois disso, nem mesmo a fúria dos elefantes selvagens da prioresa poderia evocar nele o mesmo sentimento. O antigo e desenfreado amor, que nada tem a ver com a compaixão, que se inspira no contraste e na adversidade, tomou-o por inteiro.

Se as sombras das jovens que se haviam enamorado dele, e de cujos braços macios escapara como amante inconstante, tivessem se reunido ali no quarto de visitas rosado da prioresa, elas teriam saciado o orgulho de seu sexo na contemplação da perseguição mortal que Boris empreendia à donzela que não se esforçava tanto por lhe escapar mas para matá-lo. Durante alguns segundos, tombaram para um lado e para o outro, atingindo uma das lamparinas, que caiu e apagou. Em seguida, a luta se estabilizou. Pararam de se mover e ficaram atracados, balançando ligeiramente até os pés se firmarem, o equilíbrio de cada um tão dependente e amalgamado ao outro que nenhum dos dois sabia claramente onde acabava o próprio corpo e começava o do adversário. Ambos resfolegavam, e o hálito dela em seu rosto era tão fragrante quanto o de uma maçã no rosto de Boris, cuja boca continuava empapada de sangue.

Nenhuma manobra feminina, como arranhar ou morder, ocorreu à jovem. Filhote de ursa, contava com sua grande força, e no peso tinha uma ligeira vantagem. Contrapondo-se às tentativas dele para fazer com que se ajoelhasse, ela se manteve tão ereta quanto uma árvore e, com um movimento repentino, agarrou com ambas as mãos a garganta de Boris. Este, por sua vez, a apertava, prendendo seus cotovelos junto ao corpo. A postura dela era a de um guerreiro, com a espada erguida, fazendo um juramento de vida ou morte. Ele jamais teria imaginado a força daquelas mãos e punhos. Arfando, com a boca cheia de sangue, ele viu todo o quarto girando à sua volta; manchas vermelhas e negras flutuavam diante de seus olhos. Foi então que fez um derradeiro esforço para se impor. Empurrou a cabeça dela para diante com a mão que a agarrava pelo pescoço, e apertou sua boca à da jovem, os dentes rilhando uns nos outros.

No mesmo instante, ele sentiu em todo o corpo, firmemente unido ao dela desde os joelhos aos lábios, o terrível efeito de seu beijo na jovem. Certamente ela nunca fora beijada, nem sequer ouvira falar ou lera a respeito. Submetida à força, todo o ser dela revoltou-se em avassaladora repugnância. Como se tivesse recebido uma estocada direta, o sangue fugiu-lhe do rosto e seu corpo enrijeceu nos braços dele, como o de uma cobra-de-vidro ao ser atingida. Em seguida, desapareceu toda a força e a flexibilidade que ele vinha enfrentando, como uma onda que se afasta de um banhista. Ele viu os olhos da jovem ficarem opacos, e o rosto dela, tão próximo do seu, foi se tornando cada vez mais pálido. Ela desmoronou de modo tão abrupto que o arrastou consigo, como um homem que se afoga atado a um peso, e suas cabeças se chocaram.

Ele se ajoelhou ao lado de Athena. Ao ver que estava viva, ergueu-a com dificuldade e colocou-a na cama. Agora sim era a efígie em pedra de um cavaleiro em cota de malha, caído na batalha. O rosto dela ainda guardava a expressão de supremo asco. Completamente imóvel, ele a observou por um tempo, inconsciente de que seu próprio rosto estampava a mesma expressão. Caso tivesse pensado no capelão da corte, ou caso o capelão ali estivesse em pessoa, nada disso faria a menor diferença para Boris. Seu espírito o abandonara, quase tão definitivamente quanto o da jovem. Tampouco restava nele qualquer efeito do vinho, ou do filtro de amor da prioresa, cuja dose provavelmente bastava apenas para um único e grande esforço. Após limpar a boca que ainda sangrava, deixou o quarto.

Recolhido ao seu aposento e leito, ainda lhe ocorreu se, ao despertar, a donzela lamentaria a inocência perdida. Ao sorrir na escuridão, pareceu-lhe ouvir um riso agudo e estridente, como o apito acionado pelo vapor de uma chaleira, ecoando em algum canto da imensa casa.

IX

Na manhã seguinte, a prioresa mandou chamar Boris, que se assustou um pouco ao vê-la. Ela parecia ter encolhido, mal preenchendo suas roupas ou a poltrona. Ele se perguntou que espécie de noite a tia passara no leito de solteira, para que sua força tivesse se esvaído assim. Se isso continuar por mais tempo, pensou, logo não restará nada dela. Mas provavelmente devo estar com aparência bem pior. Ainda assim, era evidente que a prioresa estava de bom humor, e contente de vê-lo, como se, de algum modo, temesse que ele pudesse fugir. Ela lhe pediu que sentasse.

– Mandei chamar Athena também – disse.

Boris ficou aliviado quando ela não lhe perguntou nada. Sua boca estava muito inchada, e doía toda vez que falava. Enquanto esperavam, ele pensou no visconde de Valmont, que adorava *de passion, les mines de lendemain.*[19] As circunstâncias inusitadas teriam conferido a essa manhã específica um encanto adicional para o pragmático e velho libertino de um século atrás? Ou teria ele considerado absurdos os valores românticos da situação? A chegada de Athena interrompeu suas reflexões.

Vestindo o mesmo manto amplo e cinzento no qual a vira em Hopballehus, ela parecia prestes a partir. De fato, era tão forte a impressão de que já dera as costas a Closter Seven e se afastara dali que, de

19. Com fervor, o semblante do dia seguinte. [N.T.]

algum modo, ele se sentiu abandonado. Enquanto ela olhava lentamente em torno de si, ele ficou profundamente chocado com a aparência da jovem, que parecia ter avançado a passos largos para aquele estado purificado de esqueleto no qual a imaginara na noite anterior. Na verdade, exibia uma máscara mortuária sobre os fortes ombros. Seus olhos, tornados ainda mais claros, espiavam do fundo de cavidades negras. Abandonara o hábito de se apoiar em uma única perna, como se agora necessitasse de ambas para se manter ereta e equilibrada. Diante da prioresa, que ainda guardava muita animação no semblante, ela poderia muito bem ter sido uma acusada no banco dos réus, trazida diretamente da masmorra e da câmara de torturas.

Nesse instante, ocorreu a Boris que talvez fosse melhor lhe contar tudo, assegurando-a que não lhe fizera nenhum mal, e que provavelmente jamais seria capaz disso; na verdade, que, naquela prova de força, ela se saíra muito bem. Mas logo mudou de idéia. "Quando nos preparamos", considerou, "para levantar um peso de chumbo, e somos enganados por uma caixa de papelão pintado, nossos ombros acabam deslocados." Tomado de admiração pelo esqueleto da jovem, ele seria a última pessoa a lhe desejar tal coisa. Melhor seria que carregasse aquele fardo. Essa donzela, pensou ele, que não queria, não podia aceitar que a fizessem feliz, bem que merecia isso. Tal como um artista que coloca sua estátua no cadinho e descobre que lhe faltam metais, e por isso ali lança o ouro e a prata de seu tesouro, de sua mesa, dos cofres de suas mulheres, assim ele lançara todo o seu ser, corpo e alma, no abismo fatal da natureza de Athena. Agora cabia a ela fazer disso o melhor que pudesse.

A prioresa, fitando um e outro, dirigiu a palavra primeiro à jovem.

– Boris me contou – começou com voz dura e opaca – o que aconteceu aqui durante a noite. Considero isto imperdoável da parte dele. A sedução de uma donzela é algo horrível. Mas também sei que foi instigado, e que um arrependimento sincero atenua a falta. Mas você, Athena, com seu sangue e sua formação – como explica o que fez? Conhecendo sua própria natureza, não deveria ter aceito o convite para vir aqui.

– Não, não, senhora minha tia – reagiu Athena, olhando diretamente para a velha –, vim aqui porque a senhora me convidou, e insistiu que este era o meu dever. Agora vou embora e, se a senhora quiser me esquecer, que assim seja.

– Ah, não – retrucou a prioresa –, isto você não pode fazer. Para mim, é terrível que isto tenha ocorrido entre as paredes de Closter Seven. Você me conhece muito pouco se imagina que não faço questão de resolver essa situação. Você acha que eu seria capaz de demonstrar tão pouco apreço por seu pai, que é um nobre? Até que essa falta tenha sido expiada, você não irá embora.

Athena deu a impressão de que não se dignaria a responder, permanecendo em silêncio. Então perguntou:

– E como isto será reparado?

– Devemos ser gratas – respondeu a prioresa – ao fato de que Boris, por mais culpado que seja, ainda possui um resto de senso de dever. Mesmo depois de tudo ele se casará com você.

Com essas palavras, a prioresa lançou um olhar duro e brilhante para o sobrinho, que o sobressaltou, como se ela o tivesse tocado de novo.

– Mas não pretendo me casar com ele – respondeu Athena.

Agora a cor reluziu no rosto da prioresa.

– Como é possível – perguntou com voz aguda – que você recuse uma oferta honrada, que conta com a aprovação de seu pai, e ao mesmo tempo aceite, na calada da noite, o mesmo amor que você rejeitou?

– Não creio – disse a jovem – que faça muita diferença o fato de algo ocorrer durante o dia ou à noite.

– E se você estiver grávida? – gritou a prioresa.

– O quê?! – exclamou Athena.

A prioresa controlou-se com maravilhosa presença de espírito.

– Tenho pena de você, tanto quanto a reprovo – disse. – E se você estiver grávida, criança desafortunada?

Era evidente que o mundo de Athena estava desmoronando, como uma posição sob intenso bombardeio, mas ainda assim ela não se rendeu.

– O quê?! – exclamou. – Vou ter um filho disso?

A velha a fitou implacável.

– Athena – disse, após um instante, com o primeiro laivo de gentileza que demonstrava naquela conversa –, a última coisa que quero é destruir o pouco de inocência que talvez ainda reste em você. Mas é mais do que provável que você esteja grávida.

– Se eu tiver uma criança – disse Athena, clamando aos céus do meio de suas ruínas –, meu pai irá ensinar astronomia para ela.

Boris apoiou o cotovelo sobre a mesa e escondeu o rosto entre as mãos. Ainda que lhe custasse a vida, não conseguia conter o riso. A donzela, de uma palidez e imobilidade cadavéricas, estava longe de ser derrotada. Muito daquela palidez e imobilidade devia-se ao vinho e aos esforços daquela noite, e só Deus sabia se eles seriam afinal capazes de submetê-la. Ela tinha em si algo de um ímã, ou de um *maelstrom*, que absorvia e incorporava a seu ser tudo o que penetrava no círculo de sua consciência. Provavelmente, esta mesma capacidade, pensou ele, fora uma característica dos mártires, e levara o Grande Inquisidor, ou até o imperador Nero, à beira da loucura. As torturas, a fogueira, os leões, de tudo eles se apropriavam, conferindo a tais coisas uma imensa e harmoniosa beleza – e, ao mesmo tempo, dela excluíam o torturador. Por mais esforços que este fizesse para subjugá-los, recusavam-se a estabelecer qualquer relação com o torturador e, na verdade, o despojavam de sua própria existência. Eles eram como a toca do leão, para a qual parecem levar todas as pegadas, mas de onde não sai nenhuma; ou, então, como o rio, que absorve o sangue e a sujeira em sua correnteza, e segue adiante. No momento mesmo em que a velha e o jovem conquistador achavam ter encurralado a jovem, esta estava prestes a cavalgar para longe de Closter Seven, como Sansão, que ergueu sobre os ombros as portas de Gaza, as duas colunas, com os grilhões e tudo o mais, e as carregou para o topo da colina diante de Hebron. E se alguma vez ela se tornasse consciente dele, pensou ele, iria a filha do gigante carregá-lo na palma da mão até Hopballehus, e colocá-lo para cuidar de seus unicórnios? De novo veio-lhe à lembrança um verso de Eurípedes, e sentiu que talvez o vinho da noite anterior e toda a agitação em que se envolvera explicassem o fato de estar misturando os clássicos, as Escrituras e as lendas de sua província, pois normalmente lhe aborreciam tal mixórdia:

> Oh, Atena, salvadora de meu lar!
> Despojado até da terra de meus pais,
> graças a ti ela me será devolvida!
> Por fim se ouvirá na Grécia:
> ele voltou a ser um dos argivos
> e a morar no palácio que foi de seu pai...[20]

– E o que vai ser da honra de sua família? – perguntou a prioresa com extraordinária calma. – Quem mais, Athena, entre as filhas de Hopballehus, terá colocado bastardos no mundo?

Ao ouvir essa palavra, todo o sangue de Athena afluiu ao seu rosto, tornando-o mais incandescente do que seus cabelos flamejantes. Ela deu um passo em direção à velha.

– Minha criança – exclamou a meia-voz, mas com o rugido da leoa ecoando, dos pés à cabeça a filha ofendida de uma estirpe poderosa –, é isso o que vai ser a minha criança?

– Você não sabe de nada – replicou a prioresa. – A menos que Boris se case com você, o que o seu filho poderá ser além de um bastardo?

Por mais corajosa que fosse a prioresa, ela provavelmente percebeu que a jovem, se quisesse, poderia esmagá-la com as mãos. Ela manteve o olhar alerta fixo em Boris, que não se mostrou disposto a interferir naquela discussão feminina a respeito de seu filho.

Athena não mexeu um músculo, e assim ficou por alguns instantes.

– Agora – anunciou por fim – vou voltar para Hopballehus, conversar com meu pai e ver o que ele me aconselha a respeito de tudo isso.

20. Na verdade, trata-se de um verso de Ésquilo, *Eumênides*, 750-55. [N.T.]

– Não – voltou a dizer a prioresa –, isto não está certo. Se contar o que fez, seu pai ficará arrasado. Não posso permitir isso. E, se você for embora, quem sabe se Boris ainda estará disposto a se casar quando vocês se reencontrarem? Não, Athena, você tem de casar com Boris, e não deve nunca contar ao seu pai o que houve aqui. Quero que me prometa essas duas coisas. Só então você pode ir.

– Está bem – disse Athena –, jamais contarei seja o que for a papai. Quanto a Boris, prometo à senhora que me caso com ele. No entanto, senhora minha tia, quando estivermos casados, esteja certa de que vou matá-lo na primeira oportunidade. Quase acabei com ele na noite passada; ele pode confirmar isto. Essas três coisas prometo à senhora. Agora vou embora.

Após essas palavras de Athena houve uma longa pausa. Sem falar, as três pessoas na sala mergulharam em seus pensamentos.

Em meio a esse silêncio ouviram uma batida forte e nítida no vidro de uma das janelas. Boris deu-se conta então que já a ouvira antes, durante a conversa, mas não lhe dera atenção. A batida se repetiu por três ou quatro vezes.

Ele se tornou plenamente consciente do ruído ao ver o extraordinário efeito que provocou na tia. Também ela estivera absorta demais na conversa para notar algo. Agora comandava sua atenção e a prioresa foi imediatamente tomada de um pavor mortal. Deu uma olhadela para a janela e ficou lívida. Seus braços e pernas passaram a fazer pequenos movimentos bruscos, os olhos saltavam de cima abaixo pelas paredes, como um rato encurralado. Boris virou-se para a janela para ver o que a assustava tanto. Nunca imaginara que ela pudesse ter medo de algo. Fora, o macaco estava encarapitado no peitoril, com o rosto colado ao vidro.

Ele se levantou para abrir a janela e deixá-lo entrar.

– Não, não! – berrou a velha, em um paroxismo de terror.

As batidas continuaram. Obviamente o macaco tinha algum objeto na mão, com o qual feria o vidro. A prioresa saltou da poltrona. Ela se balançou para se erguer, mas assim que ficou de pé parecia alerta e pronta para fugir. Logo em seguida, porém, o vidro da janela despedaçou-se no chão, e o animal pulou para dentro.

De imediato, sem olhar em torno, como se fugisse das labaredas de um incêndio que avançava, a prioresa, agarrando a parte da frente do vestido de seda com ambas as mãos, rompeu em desabalada correria em direção à porta. Com uma agilidade e rapidez surpreendentes e assombrosas, escalou o batente da porta e, no momento seguinte, estava sentada toda encolhida sobre a cornija entalhada, tremendo sem parar e rilhando os dentes para o grupo que permanecera ao nível do chão. O macaco, no entanto, a seguiu. Com a mesma rapidez, subiu pelo batente e tentou agarrá-la com a mão, mas ela escorregou com agilidade pelo lado oposto da porta. Ainda segurando o vestido com ambas as mãos e muito curvada, como se estivesse prestes a ficar de quatro, enlouquecida pelo medo, ela disparou ao longo da parede. O macaco foi em seu encalço, e desta vez a alcançou. Saltando sobre ela, agarrou-lhe a touca rendada e arrancou-a de sua cabeça. O rosto marrom-escuro que ela exibiu para os jovens já estava transformado, encolhido e enrugado. Seguiu-se, por instantes, uma luta rodopiante e selvagem. Boris fez um gesto de se intrometer, a fim de salvar a tia. Mas, logo em seguida, no centro do aposento de damasco-carmim, sob o olhar do velho general empoado e de sua esposa, em plena luz do dia e diante de seus olhos, começou a ocorrer uma mudança, uma metamorfose, que logo se consumou.

Contorcendo-se e desgrenhada, a velha senhora com a qual estiveram conversando foi lançada ao chão, sovada e transformada. No lugar em que estivera, gania um macaco ajoelhado, completamente derrotado e procurando um canto no qual se refugiar. E onde o macaco estivera saltando, erguia-se, com o fôlego entrecortado por causa do esforço, o rosto ainda afogueado, a verdadeira prioresa de Closter Seven.

O macaco arrastou-se até uma sombra no fundo da sala e, ainda por algum tempo, continuou a choramingar e tremer. Em seguida, esquecendo seus infortúnios, pulou, com um salto leve e gracioso, até o pedestal que suportava um busto de mármore do filósofo Immanuel

Kant, e dali passou a observar, com olhos reluzentes, o comportamento das três pessoas na sala.

A prioresa pegou o lencinho e o levou aos olhos. Por alguns minutos não conseguiu recobrar a fala, mas sua postura era tão digna e bondosa como a que os jovens sempre haviam conhecido.

Enquanto testemunhavam aqueles acontecimentos, ficaram tão paralisados pela surpresa que mal podiam falar, se mover ou mesmo olhar um para o outro. Agora, como se tivessem saído do terrível tornado que transtornara o aposento, notaram que estavam um ao lado do outro. Foi então que se voltaram e se fitaram nos olhos.

Dessa vez, os olhos luciferinos de Athena, em suas fundas e sombrias cavidades, não se apoderaram de Boris. Agora o via como alguém separado dela, e até mesmo a lembrança da luta que haviam travado estava presente em seu olhar claro e límpido. Mas com esse olhar ela também impunha uma nova lei, uma ordem que não deveria ser violada: a partir de então seria traçada uma linha intransponível entre, de um lado, ele e ela, as testemunhas dos acontecimentos daqueles derradeiros minutos, e, de outro, o restante do mundo, que não estivera ali presente.

A prioresa afastou o lenço do rosto e, em um gesto suave e abrangente, acomodou-se na ampla poltrona. Então olhou para os dois jovens e disse:

"Discite justitiam, et non temnere divos."[21]

21. "Aprendei a justiça, e a não menosprezar os deuses." Referência ao verso original de Virgílio, *Eneida*, op. cit., p. 128 *supra*. [N.T.]

Os caminhos em torno de Pisa

I. *O vidrinho de sais*

Em um agradável crepúsculo de maio de 1823, o conde Augustus von Schimelmmann, um jovem aristocrata dinamarquês de disposição melancólica e cuja beleza só era prejudicada por uma corpulência excessiva, escrevia uma carta sobre a pedra de moinho que servia de mesa no jardim de uma *osteria* nas cercanias de Pisa. Como não conseguia terminá-la, levantou-se e saiu a passear pela estrada principal enquanto no interior da estalagem preparavam a ceia. Os raios dourados do pôr-do-sol caíam entre os altos choupos que ladeavam a estrada. O ar cálido e puro estava impregnado do aroma adocicado da relva e das árvores, e incontáveis andorinhas cruzavam o céu de um lado para o outro, como se quisessem aproveitar a derradeira meia hora de luz do dia.

Os pensamentos do conde Augustus continuavam presos à carta, dirigida a um amigo na Alemanha, companheiro dos seus felizes dias de estudante em Ingolstadt, e a única pessoa com quem poderia abrir o coração. "Mas terei sido", pensou ele, "verdadeiramente sincero na carta? Daria um ano de minha vida se pudesse conversar com ele nesta noite e, ao mesmo tempo, perscrutar seu rosto. Como é difícil saber a verdade. É possível haver uma sinceridade absoluta quando estamos sozinhos? A verdade, assim como o tempo, é algo que se manifesta no relacionamento com os outros, que depende dos outros. Qual é a verdade sobre uma montanha na África que não possui nome e nem sequer é atravessada por uma trilha? A verdade a respeito desta estrada é que conduz a Pisa, e a verdade a respeito de Pisa pode ser encontrada nos livros escritos e lidos por seres humanos. Qual é a verdade a respeito de alguém em uma ilha deserta? Eu, eu não passo de um homem em uma ilha deserta. Quando estudante, os amigos costumavam zombar de mim porque estava sempre a me observar nos espelhos, e por ter decorado com espelhos meus aposentos. Embora atribuíssem isso à vaidade pessoal, eles estavam equivocados. Eu mirava os espelhos para ver com o que me parecia. Os espelhos dizem a verdade a nosso respeito. Com um arrepio de desgosto, ele lembrou-se da ocasião em que, ainda criança, o haviam levado à sala de espelhos do Panoptikon, em Copenhague, onde uma pessoa pode ver seu reflexo, à direita e à esquerda, no teto e até mesmo no piso, em uma centena de espelhos, cada qual distorcendo e pervertendo à sua maneira o rosto e o corpo – reduzindo, aumentando, alargando e comprimindo as formas, que ainda assim preservam alguma semelhança – e ocorreu-lhe que tudo aquilo era muito parecido com a vida real. Pois é assim que nosso próprio ser, nossa personalidade e nossa existência se refletem no espírito de toda pessoa com quem nos encontramos e convivemos, e são convertidos em uma cópia, uma caricatura de nós mesmos, que continua a viver e se impõe, de um modo ou de outro, como a verdade a nosso respeito. Um espírito amistoso e solidário, como o de Karl, pensou ele, é como um espelho fiel para a alma, e é isto o que tornava a amizade dele tão preciosa para mim. O amor deveria ser a intensificação disto, deveria significar, ao longo dos caminhos da vida, o companheirismo de outro espírito, refletindo nossas próprias venturas e desventuras, e comprovando que nada disso é um sonho. Para mim, o que a idéia de casamento sempre evocou era a presença de uma pessoa com quem, no futuro, poderia conversar de coisas passadas".

Com um suspiro, voltou a pensar na carta. Nela tentava explicar ao amigo os motivos que o haviam levado a afastar-se de casa. Seu infortúnio fora casar-se com uma mulher ciumenta demais. Não que ela tivesse ciúme de outras mulheres, pensou. Na verdade, nesse sentido não era nada ciumenta – e a razão disto é que, primeiro, ela sabe que nada tem a temer da maioria das mulheres; e, segundo, porque intui o quão pouco estas significaram para mim. O próprio Karl irá lembrar-se de que as breves aventuras que tive em Ingoldstadt foram para mim menos importantes do que a ópera, quando alguma companhia lírica visitante apresentava *Alceste* ou *Don Giovanni* – e ainda menos importantes do que os meus estudos. Mas ela tem ciúmes dos meus amigos, dos meus cães, dos meus bosques em Lindenburg, das minhas pistolas e dos meus livros. Seu ciúme é despertado pelas coisas mais absurdas.

Ele recordou-se então de um episódio ocorrido cerca de seis meses após o casamento. Fora aos aposentos da mulher para dar-lhe um par de brincos que comprara, por intermédio de um amigo em Paris, dos herdeiros do duque de Berri. Ele mesmo sempre fora um grande apreciador das pedras preciosas, e sabia distinguir sua excelência e os detalhes de sua lapidação. Às vezes chegava a se aborrecer com o fato de os homens não terem a liberdade de usá-las; assim, após o casamento, tinha prazer em fazer com que as jóias ressaltassem a beleza de sua jovem esposa, que tão bem sabia usá-las. Os brincos eram esplêndidos, e ele estava tão satisfeito por tê-los conseguido que fez questão de prendê-los nas orelhas da mulher, erguendo em seguida o espelho para que ela se contemplasse. Sua esposa, porém, logo notou que o olhar dele demorava-se mais nos diamantes do que em seu rosto. Imediatamente tirou os brincos e os devolveu. "Lamento muito", disse ela, cujos olhos enxutos eram mais trágicos do que se estivessem marejados de lágrimas, "mas não partilho o seu gosto pelas coisas belas." E a partir de então deixara de usar jóias e passara a se vestir com uma severidade mais adequada à uma freira – mesmo assim, era tão elegante e graciosa que acabou provocando sensação e atraindo uma legião de imitadoras.

Seria possível, refletiu Augustus, fazer Karl entender que ela na verdade tinha ciúme de suas próprias jóias? Sem dúvida, ninguém iria entender tal loucura. Sei que eu mesmo não a entendo, e muitas vezes me ocorre que tanto ela como eu fomos responsáveis por nossa infelicidade. Minha esperança fora encontrar, em uma esposa, alguém com quem pudesse ser inteiramente franco, com quem pudesse partilhar todos os movimentos do meu espírito. Todavia, com Malvina, nada é mais impossível do que isto. Ela me obrigou a mentir vinte vezes ao dia, e enganá-la até mesmo com meu semblante e voz. Não, estou convencido de que a situação era insustentável, e que fiz bem em abandoná-la, pois enquanto estivéssemos juntos sempre seria a mesma coisa.

Mas o que será de mim agora? Não sei o que fazer de mim ou de minha vida. Posso contar que o destino irá, pelo menos uma vez, estender a mão em meu auxílio?

Ele tirou um pequeno objeto do bolso do colete e o contemplou. Era um frasquinho de sais em formato de coração, igual ao que as damas de uma geração anterior costumavam usar. Nele havia sido pintada uma paisagem com grandes árvores e uma ponte sobre um rio. No fundo, em uma colina ou rochedo, havia um castelo rosado com torre, sob o qual se lia em uma fita a frase "*Amitié sincère*".

O conde Augustus sorriu ao pensar em como o vidrinho o influenciara em sua decisão de viajar à Itália. O frasco de sais pertencera a uma tia solteirona de seu pai, que fora uma grande beldade em sua época, e a quem este fora devotado. Quando jovem, viajando pela Itália, ela se hospedara naquele mesmo palácio cor-de-rosa, que lhe ficou associado a todos os sonhos de romance e aventura. Ela tinha fé no pequeno vidro de sais, convencida de que era capaz de curar todas as dores, tanto de dente como do coração. Ainda menino, ele partilhara de tais fantasias, inventando histórias a respeito das coisas maravilhosas que havia no castelo e da felicidade que este encerrava. Agora, tantos anos após a morte da tia, ninguém mais sabia onde ficava o palácio. Talvez um dia, vou atravessar a ponte sob as árvores e me ver diante do rochedo e do castelo.

Como é misteriosa e difícil a vida, pensou, e qual é o sentido de tudo isso? Por que minha existência parece tão terrivelmente importante, mais do que qualquer outra coisa já ocorrida? Talvez daqui a cem anos as pessoas leiam a meu respeito, e fiquem sabendo da tristeza que me invade esta noite, e achem tudo isso apenas divertido, se muito.

II. *O acidente*

Naquele instante, suas cogitações foram interrompidas por um terrível ruído às suas costas. Ele se voltou e os raios do sol poente atingiram diretamente seus olhos e os ofuscaram, fazendo com que por alguns segundos visse o mundo todo em prata, ouro e chamas. Em meio a uma nuvem de poeira, uma grande carruagem avançava em sua direção a uma velocidade aterrorizante, os cavalos disparados em um galope desenfreado e sacudindo a carruagem de um lado para o outro da estrada. Enquanto olhava para aquilo, pareceu-lhe ver duas formas humanas sendo lançadas para fora. Eram, na verdade, o cocheiro e o lacaio, os quais foram atirados de seus assentos para a estrada. Por um átimo, Augustus considerou a possibilidade de se lançar diante dos cavalos a fim de pará-los, mas antes que a carruagem o alcançasse, algo se rompeu; os dois cavalos, um após o outro, soltaram-se da carruagem e passaram galopando por ele. A carruagem foi arremessada para a margem da estrada, onde afinal parou, sem uma das rodas traseiras. Ele correu para lá.

Encostado no assento do veículo destroçado e envolto em poeira havia um velho careca de feições requintadas e nariz grande. Ele o encarou fixamente, mas sua palidez cadavérica e sua imobilidade fizeram com que passasse pela cabeça de Augustus a idéia de que talvez o homem já estivesse morto.

– Permita-me que o ajude, senhor – disse Augustus. – Foi um horrível acidente, mas espero que não tenha se machucado gravemente.

Desconcertado, o velho voltou a fitá-lo.

Uma jovem corpulenta, que vinha no assento oposto e fora jogada no piso, onde ficou de quatro entre almofadas e caixas, começou a se recompor enquanto se queixava em voz alta. O velho voltou os olhos para a mulher.

– Dê-me o chapéu – disse.

Após algum esforço, a criada agarrou um grande chapéu com penas de avestruz e o colocou na careca do velho. Na parte interna do chapéu estavam presos muitos cachos prateados e, de um momento para o outro, o homem transformou-se em refinada e imponente dama. Com o chapéu no lugar, ela pareceu ficar mais à vontade, e até exibiu a sombra de um sorriso de gratidão para Augustus.

Logo o cocheiro aproximou-se correndo, todo coberto de pó, enquanto o lacaio ainda jazia desmaiado no meio da estrada. Todas as pessoas da *osteria* haviam saído com os braços erguidos e ruidosas exclamações de solidariedade. Uma delas conseguiu trazer de volta um dos cavalos e, ao longe, dois camponeses tentavam agarrar o outro. Em seguida, a velha senhora foi retirada dos destroços da carruagem e instalada em uma imensa cama de cortinado vermelho no melhor quarto da estalagem. A mulher ainda estava branca como um cadáver e respirava com dificuldade. Seu braço direito parecia ter sofrido uma fratura perto do pulso, mas ninguém sabia dizer se tivera outros ferimentos. A criada, cujos olhos arregalados lembravam enormes botões negros, virou-se para Augustus e perguntou:

– O senhor é médico?

– Não – replicou da cama a velha senhora, com voz muito débil, rouca de dor. – Não é médico nem padre, nenhum dos quais quero ver pela frente. Ele é um nobre, e a única pessoa que necessito agora. Saiam do quarto, todos vocês, e deixem-me conversar com o cavalheiro.

Quando ficaram a sós, o rosto dela mudou enquanto cerrava os olhos. Em seguida, pediu que se aproximasse e perguntou-lhe o nome.

– Conde – disse ela, após breve silêncio –, o senhor acredita em Deus?

Essa pergunta tão direta o deixou perplexo, mas, ao se ver observado por aqueles olhos pálidos e idosos, Augustus tratou de responder:

– Para ser sincero, esta era justamente a questão com que me debatia quando seus cavalos saíram em desabalada carreira. Mas não sei o que lhe dizer.

– Estou convencida de que existe um Deus, e um dia até os mais jovens vão perceber isto. Eu, porém, estou prestes a morrer, mas não posso e nem pretendo morrer antes de rever a minha neta. O senhor, que é um homem de berço nobre e espírito elevado, faria o obséquio de encontrá-la e trazê-la para cá?

Ela fez uma pausa, e uma curiosa seqüência de expressões passou-lhe pelo semblante.

– Diga a ela – prosseguiu – que eu não posso erguer minha mão direita, e que irei abençoá-la.

Augustus, após refletir um instante, indagou onde a jovem dama poderia ser encontrada.

– Ela está em Pisa – respondeu a avó – e seu nome é Donna Rosina di Gampocorta. Se estivesse aqui na região nove meses atrás, o senhor teria ouvido falar dela, pois então ninguém comentava outra coisa.

Ela sussurrava tão baixo que ele foi obrigado a manter a cabeça próxima ao travesseiro e, por um instante, chegou a achar que ela havia exalado seu último suspiro. Mas logo a velha pareceu recuperar as forças. Sua voz mudou e às vezes tornava-se muito aguda e nítida, mas não dava para ter certeza de que ela o via ou sabia onde estava. Uma débil cor aflorou-lhe na face; as pálpebras, como um crepe espesso, tremeram ligeiramente. Estranhas e profundas emoções pareciam estar sacudindo todo o seu ser.

– Vou contar ao senhor a minha história – disse afinal –, de modo que entenda a importância do que lhe pedi.

III. *A história da velha dama*

"Já vivi muito", começou ela, "e conheço bem o mundo. Não sou apegada a ele, pois o conheço o suficiente para saber que tudo aquilo a que nos agarramos irá nos tratar com condescendência ou então se cansar de nós. Não me apego nem sequer a Deus, pelo mesmo motivo. O senhor não precisa fingir que lamenta o fato de eu estar próxima do fim, pois sinto que, na verdade, é bem mais *comme il faut* estar morto do que vivo.

"Tive amantes, um marido, centenas de amigos e admiradores. Quanto a mim, foram três as pessoas que amei na vida, e destas agora me resta apenas uma, a jovem Rosina.

"A mãe dela não era minha filha – eu fui sua madrasta. Mas éramos mais dedicadas uma à outra do que qualquer mãe e filha que já existiram. Tudo isto estava escrito, pois desde menina a idéia de um parto sempre foi o meu maior terror. Por isso, quando fui pedida em casamento por um viúvo, cuja primeira mulher morrera durante o parto, aceitei com a condição de que eu mesma nunca lhe desse filhos e, como eu era bela e rica, ele concordou. Anna era tão adorável que eu, com meus próprios olhos, vi a estátua de são José, na Basílica, girar a cabeça para contemplá-la, pois a menina lhe recordava as feições da Virgem na época em que se casaram. Os pés dela lembravam bicos de cisnes, e o sapateiro fazia os nossos sapatos usando a mesma forma. E a criei de tal modo que ela soubesse que a beleza de uma mulher é a obra-prima suprema de Deus e, portanto, não deve ser desperdiçada; porém, quando estava com dezessete anos, ela se apaixonou por um homem, pior ainda, um soldado – pois era na época das guerras dos franceses e de seu pavoroso imperador. Ela se casou e foi viver com ele; um ano depois, morreu em meio a grande agonia, tal como sua mãe.

"Ainda que nunca tivesse sentido vontade de cuidar de alguém do sexo masculino, eu tinha esperança de que a criança fosse um menino. Mas era uma menina, que foi entregue aos meus cuidados, pois o pai não podia suportar vê-la, e na verdade morreu de coração partido poucos meses depois, fazendo dela a herdeira de sua enorme riqueza, grande parte da qual fora amealhada com despojos de guerra.

"Ora, quando minha neta cresceu, não é de admirar que eu ficasse o tempo todo pensando na melhor maneira de lhe garantir o futuro.

Cheguei a dizer que a beleza de sua mãe era a obra suprema do Todo-Poderoso? Na verdade, isto não é verdade, ela se revelou apenas um rascunho Dele, pois a própria Rosina foi a obra-prima de Sua engenhosidade. Ela era tão clara que, em Pisa, diziam que, toda vez que tomava uma taça de tinto, era possível seguir o curso do vinho por seu pescoço e peito. Como não queria que ela se casasse, durante muito tempo fiquei contente ao constatar a dureza e o desprezo que a menina devotava a todos os homens, e sobretudo aos brilhantes e jovens pretendentes que formavam seu séquito de admiradores. Por outro lado, eu estava envelhecendo e não queria morrer e deixá-la sozinha no mundo. Na manhã de seu décimo sétimo aniversário, ofereci à igreja de Santa Maria della Spina um grande tesouro que durante séculos pertencera à família de minha mãe, um cinto de castidade que um de seus antepassados mandara fazer na Espanha quando ali fora combater os infiéis. E como sua mulher era sobrinha de são Fernando de Castela, o cinto era todo decorado com cruzes de rubis. E foi isto o que entreguei à igreja para que os santos me ajudassem a pensar no que fazer.

"Naquela mesma noite dei um grande baile, durante o qual o príncipe Potenziani conheceu Rosina e pediu-lhe a mão. Não concorda o senhor, conde, que era uma resposta às minhas preces? Pois o príncipe era um magnífico partido. Hoje ele é o homem mais abastado da província, pois todos sabem que sua família jamais conseguiu evitar que seus membros acumulassem riqueza, de um modo ou de outro. Embora um tanto avançado em anos, o príncipe é encantador, um Mecenas, um homem de gosto requintado e muitos talentos, além de ser meu amigo desde sempre. E eu também não ignorava que, ainda que fosse um admirador de nosso sexo, um capricho da natureza o tornara incapaz de cumprir com suas obrigações de amante ou esposo. A vaidade ou a fraqueza o levara a encobrir tal fato, fazendo-se acompanhar das cortesãs mais dispendiosas, e como as pessoas o temiam, o segredo nunca foi divulgado. Mas eu o conhecia, pois, muitos anos atrás, ele fora um de meus maiores admiradores, e eu gostara muito dele. Fiquei tão feliz e grata que me vi sorrindo diante do espelho, como se visse o rosto de um espírito abençoado.

"A própria Rosina ficou contente com a proposta do príncipe e, por um tempo, desfrutou com muito prazer de sua convivência, de sua presença de espírito, de suas maneiras encantadoras e dos ricos presentes que ele lhe dava. O casamento já fora anunciado quando, certa noite, quando eu já havia me recolhido, Rosina entrou em meu quarto, vestida com sua camisola de cetim rubro. À luz das velas, parecia tão adorável quanto o jovem são Miguel à frente das hostes celestiais, e anunciou, como se aquilo pudesse me agradar de algum modo, que se apaixonara por seu primo Mario e não poderia se casar com ninguém mais. Naquele instante senti o coração desfalecer em meu peito. Evitando que minha expressão me traísse, limitei-me a lembrá-la que o príncipe era um exímio atirador e que, qualquer que fosse seu relacionamento com o primo, seria melhor mantê-lo longe do príncipe se de fato o amasse. Ao responder, deu-me a impressão de que seu amor era tal que pouco lhe importava a morte.

"Eu não seria capaz de fazer nenhum reparo a Mario, pois sempre tive uma estranha simpatia pela família de meu marido, ainda que todos eles exibam algum tipo de excentricidade que, no caso desse rapaz, era a paixão pela astronomia. Todavia, como marido nem de longe ele se comparava ao príncipe e, além disso, bastou que eu os visse juntos para perceber que qualquer hesitação minha levaria Rosina, dali a nove meses, diretamente para o túmulo de sua mãe. Os agrados do príncipe, porém, haviam virado a cabeça de Rosina. Imaginava que, caso quisesse a lua, teria de recebê-la, e isto valia ainda mais quanto ao seu jovem primo. Quando notei que insistia nessa fantasia, chamei-a para uma conversa e expliquei-lhe os fatos da vida. Porém, só Deus sabe o que deu na geração de mulheres que nasceram após a Revolução Francesa e os romances daquela Madame de Staël – para elas não basta a riqueza, a posição social e um marido tolerante, elas querem fazer amor como tomamos a hóstia sagrada."

Nessa altura, a velha dama interrompeu a narrativa.

– O senhor é casado? – perguntou.

– Sim, sou casado – respondeu o jovem conde.

"Seria ocioso, então", prosseguiu ela, como se estivesse satisfeita com a resposta, "explicar-lhe a insensatez dessas idéias. Rosina era tão obstinada que mal ouvia meus argumentos. E, se no final tivesse dito que queria ter nove filhos, não teria me surpreendido em nada.

"Cheguei a uma idade em que não tolero ser contrariada. Fiquei furiosa com ela, tão furiosa como se um bandido a cavalo a tivesse raptado e levado para as montanhas agrestes. Disse então ao príncipe que seria preciso apressar o casamento, e mantive Rosina trancada em casa. Durante esses meses, vivi em tal estado de preocupação que mal conseguia dormir, e cada noite mais parecia uma viagem em torno do mundo.

"Rosina tinha uma amiga, Agnese della Gherardesca, a quem amava tanto quanto a mim. Certa ocasião, quando bordavam juntas, as duas meninas feriram os dedos, misturaram as gotas de sangue e juraram que permaneceriam fiéis uma à outra para sempre. Agnese cresceu sem qualquer regra, como legítima filha da época. Depois de pôr na cabeça que se parecia com milorde Byron, do qual tanto se fala, passou a se vestir e cavalgar como um homem, além de compor poemas. Para amenizar a tristeza de Rosina, chamei Agnese para lhe fazer companhia na semana anterior ao casamento. Mas as jovens ficam endemoniadas quando imaginam que um relacionamento amoroso corre perigo, e creio que Rosina conseguiu de algum modo fazer com que Mario recebesse suas cartas.

"Na manhã antes do casamento, quando o príncipe e eu achávamos que tudo estava assegurado, Agnese conseguiu uma carruagem de aluguel, Rosina esgueirou-se para fora e nela embarcou, em seguida ambas partiram pela estrada que leva a Pisa. Alertada por uma criada fiel, logo depois tomei minha carruagem e fui atrás delas. Ao meio-dia, alcancei na estrada a pequena e precária carruagem conduzida por Agnese, que vestia uma capa de cocheiro, e seus cavalos estavam prestes a desmaiar, enquanto os meus continuavam tão dispostos como nunca.

"Rosina saltou da carruagem assim que me viu chegando a toda velocidade. Fiz o mesmo ao chegar lá e quando a confrontei, no meio da estrada, não trocamos uma única palavra. Eu a trouxe de volta para a minha carruagem, sem dar atenção à sua amiga, e ordenei ao cocheiro que retornasse. Naquele trecho da estrada há uma pequena capela em meio a algumas árvores. Ao avistar a capela, Rosina pediu-me que parasse e lhe permitisse ali entrar por um instante. Disse a mim mesma: 'Ela vai fazer algum tipo de voto', enquanto descia e a acompanhava até a igrejinha. Porém, naquela penumbra tomada pelo cheiro de incenso frio, senti com desespero que o coração de uma donzela é um templo escuro, um local de mistério, inacessível a uma mulher idosa. Rosina seguiu direto para o altar e caiu de joelhos. Fitou o rosto da Virgem e logo saiu, passando por mim como se eu fosse uma velha camponesa balbuciando minhas preces. Mas, por mais que me esforçasse, não me ocorria nenhuma prece, e isto me afligia muito. Era como se eu tivesse sido informada que a Virgem Maria e os santos haviam ficado surdos. Quando saí da capela e a vi de pé junto à carruagem, olhando na direção de Pisa, por fim decidi falar:

"'Eu bem sei, caso você não saiba, que é insensatez permitir que a fascinação por um homem nos separe. Agora, tanto quanto você, sou capaz de fazer um voto. Como espero, um dia, reencontrá-la no Paraíso, juro que, enquanto tiver força em minha mão direita, não pretendo dar minha benção a nenhum casamento seu que não seja com o príncipe.'

"Rosina me encarou e fez uma mesura, tal como fazia quando criança, mas nada disse. E no dia seguinte as núpcias foram celebradas com muito esplendor.

"Um mês depois, Rosina enviou uma petição ao papa, solicitando a anulação do casamento, com a justificativa de que não fora consumado.

"O escândalo foi tremendo. O príncipe tinha amigos poderosos, ao passo que ela, além de ser jovem e inexperiente, desde o início estava sozinha. No entanto, resistiu com força assombrosa até que, no final, aquilo tornou-se o único assunto das conversas, e ela conseguiu que todos ficassem do seu lado. O príncipe não era benquisto, sobretudo por causa de seu lamentável apego ao dinheiro; e as histórias românticas, como o senhor não ignora, são um prato cheio para as classes inferiores. Estas acabaram por considerar Rosina uma espécie de santa, e quando ela afinal recebeu ajuda para ir a Roma, a população de lá a festejou nas ruas, aplaudindo-a como se fosse uma prima-dona da ópera. Já o príncipe comportou-se como um tolo, usando de sua influência para que Mario fosse expulso de Pisa, o que, nas circunstâncias, era a coisa mais estúpida que ele poderia ter feito, zombando da Igreja e chocando o povo.

"Rosina lançou-se aos pés do Santo Padre com certificados de todos os médicos e parteiras de Roma. Ao saber disso, o príncipe desabou como se tivesse mortalmente ferido, e durante três dias não conseguiu pronunciar uma palavra. E foi obrigado a fechar as janelas para não ouvir a cantoria nas ruas a respeito da Virgem de Pisa, enquanto roía as unhas imaginando a felicidade do jovem casal – e não duvido de que nisto se saísse muito bem –, pois, assim que Rosina recebeu a carta de anulação do papa, eles contraíram matrimônio.

"Nessa época, quando ouvia o próprio ar à minha volta zumbindo com o nome de Rosina, eu me recusei a vê-la e procurei afastá-la completamente de meus pensamentos. Porém, o que, no mundo, poderia desviar a atenção de uma mulher velha de tudo aquilo que a vinha ocupando por dezessete anos, quando já não quer mais saber disso?

"Aí, dois meses atrás, soube que minha neta estava grávida. Claro que esperava por isto, mas, ainda assim, senti-me atingida por um golpe decisivo e quase fatal. Pensei na mãe dela e em meus votos. Até mesmo deixei de acreditar nos santos. Dia e noite, contemplava diante de mim a imagem de Rosina, tal como a vira na capela, e meu coração era tomado de tal amargura que nenhuma mulher da minha idade deveria sentir. No fim, deixei até de pensar no Paraíso, considerando que uma centena de anos ali não valeria uma semana ao lado de Rosina em sua casa na Itália. Por muito tempo, fiquei prostrada demais para viajar, mas ontem decidi ir a Pisa."

– Agora, meu amigo, o senhor já conhece toda a minha história, e poderá tirar suas próprias conclusões a respeito dos caminhos da Providência.

Em seguida, ela fez uma longa pausa. Quando, assustado com o silêncio, ergueu os olhos, ele constatou que o rosto da mulher havia tombado. Ela parecia ter encolhido, mas sob as pálpebras pálidas, seus olhos translúcidos ainda o fitavam.

– Estou pronta para deixar este mundo – disse ela. – O qual provavelmente me conhece tão bem quanto eu o conheço. Nada mais temos a dizer um ao outro. A mim, parece-me curioso que ainda sinta tanta afeição, e tenha tanto interesse, por esta velha Carlotta de Gampocorta, que logo terá desaparecido para sempre, que não possa deixá-la partir sem antes dar-lhe a oportunidade de reunir, ou perdoar, aqueles que a ofenderam. Mas, o que se pode fazer – na minha idade, não é fácil mudar de hábitos. O senhor irá tentar encontrá-la para mim?

O braço direito dela moveu-se no lençol como se tentasse alcançar a mão de Augustus. Este tocou os dedos frios.

– Estou à sua disposição, madame – disse.

Ela deu um longo suspiro e cerrou os olhos. Ele se apressou em avisar o médico, a quem foram buscar no vilarejo.

Depois, ordenou a seus criados que se preparassem para partir no início da manhã e, como queria enviar a carta antes de sair, esforçou-se por terminá-la. Ao reler suas reflexões sobre a vida, achou que a tristeza que se depreendia delas poderia transtornar o bom Karl, por isso tomou da pena e acrescentou dois versos do *Fausto* de Goethe, uma das citações prediletas do amigo, com a qual muitas vezes, em Ingolstadt, havia encerrado suas discussões:

> O homem de bem, por mais que sua aspiração seja incerta,
> Ainda guarda o instinto do único caminho certo...

Com um meio sorriso, selou a carta.

IV. *Os sofrimentos da jovem*

Na estalagem seguinte a que chegou – a última antes de Pisa e, como reunia mais casas, carroças e pessoas, o viajante já sentia no ar a proximidade de uma grande cidade –, uma carruagem leve e descoberta parou bem à frente de Augustus, e dela desceu um jovem magro envolto em um amplo manto preto, assim como um velho mordomo muito parecido com Pantalone. Já começava a escurecer. Algumas estrelas despontavam no profundo céu azul, e soprava uma brisa ligeira. Augustus sentia que enfim estava naquele caminho que encerra muito da felicidade para os verdadeiros viajantes. Durante o dia, cruzara com tantos deles – montados em cavalos e burros, carruagens, carros de boi e carroças puxadas por mulas – que parecia haver uma direção na vida, e seria estranho se tal sentido não lhe dissesse respeito. Ficou encantado com as lanternas, os ruídos, o cheiro de lenha queimada, a gordura e os queijos da casa. O ar da Itália parecia ter descido das montanhas e cruzado os rios para lhe acariciar suavemente o rosto.

No passado, essa *osteria* fora a casa do caseiro de uma grande mansão campestre, e possuía um amplo e belo salão com afrescos. Ao entrar, o conde Augustus viu o velho proprietário do estabelecimento, que arrumava a mesa junto à janela aberta e, ao mesmo tempo, mantinha uma acalorada discussão, da qual se afastou para dar as boas-vindas ao hóspede e assegurar que faria de tudo para deixá-lo satisfeito. No entanto, era óbvio que estava assoberbado pela chegada inesperada e simultânea de tantos hóspedes de qualidade à sua casa, cuja *renommée* fazia questão de preservar. Pois, dali a meia hora, também chegaria o príncipe Potenziani, acompanhado de um jovem amigo, o príncipe Giovanni Gastone. Eram pessoas de paladar refinado, e haviam encomendado codornas, cujo preparo fora prejudicado por um erro do cozinheiro. Augustus indagou se o rapaz que acabara de ver chegar não seria o príncipe Giovanni. Ah, não, replicou o proprietário, sem dúvida tratava-se de outro hóspede rico e exigente. Mas como era possível que milorde nunca tivesse ouvido falar do príncipe Nino? Este era um jovem como não se via em outras partes além da Toscana. Ao nascer, era um bebê tão bonito que serviu de modelo para o Menino Jesus pintado na catedral. Era adorado por toda a parte, pois era um patriota, um verdadeiro filho da Toscana. Embora tivesse sido enviado por sua ambiciosa mãe às cortes de Viena e São Petersburgo, retornou sem ter aprendido a falar qualquer outra língua além daquela eleita pelos maiores poetas. E preferia administrar seus *palazzi* à antiga maneira toscana: mantinha uma orquestra que tocava apenas música italiana; montava seus cavalos nas corridas tradicionais; e quando terminava a vindima, os festejos – nos quais todos se divertiam com danças antigas, as donzelas das aldeias ficavam nuas para pisotear as uvas, e os *improvvisatori* recitavam à maneira tradicional – traziam de volta às suas terras os dias felizes do passado.

Com uma toalha encardida no braço e os pequenos olhos escuros atentos à movimentação dos criados, o velho proprietário ainda tinha suficiente vivacidade de espírito para entreter o hóspede estrangeiro com anedotas encantadoras. Pois não havia o príncipe Nino, quando um alemão teve a ousadia de se apresentar em uma ópera de Cimarosa, a *Ballerina Amante*, expulso o homem do palco e cantado ele mesmo todo o trecho para um público extasiado? Quanto ao belo sexo – e aqui o rosto largo do proprietário pareceu contrair-se ao máximo, tão concentrado ficou no que pretendia contar –, milorde deve saber por experiência própria, se elas escolhem se lançar no caminho de um homem, o que este pode fazer? E mesmo ali o príncipe se revelara um verdadeiro filho de sua terra. Pois poderia ter casado com uma arquiduquesa, e a própria irmã do czar da Rússia enlouquecera de paixão ao conhecê-lo na corte de São Petersburgo, mas o príncipe preferia dizer, citando o requintado Redi, em *Baco na Toscana*, que apenas os tonéis de vinho da Toscana mereciam gemer sob suas carícias. E era sabido que nem sempre os maridos toscanos se incomodavam com sua fama de conquistador, como se poderia imaginar, pois uma mulher que se tivesse entregue ao príncipe Nino nunca mais se rebaixaria a ponto de ter outro amante, e mais de uma dama coquete havia, após ter sido abandonada por ele, se conformado com o marido e as lembranças. Lamentável, porém, era o modo como o príncipe dispersara a fortuna da família, e até mesmo a de sua mãe, o que o colocara à mercê dos empréstimos do príncipe Potenziani. Parecia, nos últimos tempos, ter se emendado. Comentava-se que ele dissera que um milagre havia cruzado seu caminho e o fizera acreditar em milagres. Chegou-se a cogitar que uma de suas antepassadas, a santa rainha Mathilda, teria aparecido para ele em sonho e afastado seu coração deste mundo. Nesse momento, contudo, um dos copeiros cometeu um erro tão grave na arrumação da mesa que o velho, dando por assim dizer um assombroso salto espiritual, interrompeu seus comentários. Voltou pouco depois, sorrindo mas calado, com o vinho pedido por Augustus, e o deixou sozinho após uma grande mesura.

Dois sacerdotes idosos debruçavam-se sobre taças de vinho diante das brasas refulgentes da lareira, que faziam reluzir as sebentas batinas negras, enquanto o nobre da outra carruagem tomava absorto uma xícara de café trazida por seu velho criado, sentado em um banco baixo sob uma imagem de Abraão sendo visitado pelos anjos. Fervoroso admirador da beleza, e vislumbrando naquele semblante puro e pensativo algo de seu amigo Karl quando este era jovem, Augustus não conseguia despregar os olhos daquela silhueta juvenil tão graciosa. Acabava sempre por retornar ao rapaz. Quando o velho criado aproximou-se do conde para lhe contar de uma discussão entre o cavalariço do rapaz e o seu próprio a respeito dos melhores locais no estábulo, Augustus aproveitou a ocasião para indagar ao jovem a respeito da estrada que levava a Pisa, e convidá-lo a uma taça de vinho. O rapaz declinou de modo cortês, afirmando que jamais tomava vinho, mas ao notar que Augustus era estrangeiro e nada sabia da estrada, sentou-se por um instante ao seu lado a fim de lhe proporcionar as devidas explicações. Enquanto falava, apoiou na mesa o braço esquerdo, e Augustus, ao contemplá-lo, pensou como é patente, para qualquer um que conheça a gente dessa terra, que ela vivia em palácios de mármore e escrevia sobre filosofia enquanto nossos antepassados ainda habitavam as imensas florestas, fazendo armas de pedra e vestindo-se com as peles dos ursos cujo sangue bebiam ainda quente. Sem dúvida, refletiu ele, para se formar a mão e o pulso como aqueles era preciso um milhar de anos. Na Dinamarca, todo o mundo tem pulsos e calcanhares grossos e, quanto mais elevada a posição social, mais grossos eles são.

O rapaz enrubesceu ao saber que Augustus vinha da Dinamarca, e contou-lhe que ele era a primeira pessoa originária do país do príncipe Hamlet que tinha o prazer de conhecer. Ele parecia conhecer bem a tragédia inglesa, e falava como se Augustus tivesse vindo diretamente da corte do rei Claudio. Sua cortesia italiana o impediu de se demorar nos trágicos acontecimentos, como se Ofélia pudesse ser a prima recém-perdida do outro, mas citou o solilóquio de modo muito encantador, e contou que muitas vezes se imaginara em Elsinore, na beira do terrível desfiladeiro junto ao mar. Como Augustus não achou conveniente lhe informar que a região de Elsinore era completamente plana, perguntou-lhe se ele próprio não escrevia poesia.

– Ah, não – disse o jovem, sacudindo os macios cachos castanhos –, eu costumava fazer isso, mas há um ano deixei de escrever.

– Não fez bem, na minha opinião – replicou Augustus, com um sorriso. – A poesia é, sem dúvida, uma das delícias da vida, e nos ajuda a suportar a monotonia do mundo.

Aparentemente sentindo ter encontrado um irmão ou um amigo do infeliz príncipe dinamarquês, o jovem decidiu abrir o coração para o estranho.

– Aconteceu algo comigo – disse após um instante – que não consegui transformar em poesia. Embora já tivesse escrito tanto comédias como tragédias, não consegui adaptá-lo a nenhum desses gêneros.

Mais uma breve pausa e acrescentou:

– Agora vou a Pisa a fim de estudar astronomia.

Seus modos sérios e amistosos atraíram Augustus, que havia, ele próprio, em Ingolstadt, dedicado bastante tempo ao estudo das estrelas. Conversaram algum tempo sobre isto, e ele contou como o grande astrônomo dinamarquês Tycho Brahe encomendara, em Augsburgo, a construção de um quadrante medindo quase seis metros e um globo dos céus com um metro e meio de diâmetro.

– Quero me dedicar à astronomia – disse o jovem – porque não suporto a idéia do tempo. Para mim, este é uma prisão, e creio que só seria feliz se pusesse me libertar dele.

– Isto também já me ocorreu – disse Augustus, pensativo. – Porém, pensei em seguida que, se em qualquer momento isolado de nossas vidas, mesmo naqueles que nos parecem os mais felizes, nos dissessem que ele iria se prolongar indefinidamente, acabaríamos talvez por concluir que estávamos condenados, não à bem-aventurança eterna, e sim a um interminável suplício.

Ele se lembrou com tristeza de que essa antiga reflexão lhe ocorrera até mesmo em sua noite de núpcias. O jovem parecia seguir com simpatia a direção de seus pensamentos.

– Meu infortúnio, *signore* – disse após um instante, o semblante juvenil tornando-se ainda mais pálido e seus olhos ainda mais escuros –, é trazer gravada no espírito a lembrança de uma única hora de minha vida. Até a chegada desta hora, eu costumava pensar com prazer no passado e no futuro, assim como no presente, e o tempo era uma estrada por uma paisagem agradável que eu podia percorrer de um lado para o outro como quisesse. Mas agora não consigo afastar meus pensamentos daquela hora. Cada segundo dela parece maior do que anos inteiros do resto de minha vida. Preciso escapar dela para um lugar onde não haja o tempo. Sei bem que algumas pessoas recomendariam a idéia de infinitude moral, que a religião nos proporciona, como um refúgio apropriado, mas em vão experimentei isto – pelo contrário, a idéia da onipotência divina, do livre-arbítrio humano, do céu e do inferno, tudo isso me reconduz aos pensamentos dos quais quero distância. Gostaria de me dedicar à infinitude do espaço e, pelo que ouvi dizer, parece-me que os caminhos dos planetas e das estrelas, de suas elipses e círculos no interior do espaço infinito, talvez sejam capazes de transformar nosso espírito. Não pensa assim o *signore*?

Poucos anos antes, Augustus refletira sobre o tempo, sentindo também que as esferas eram o seu lar apropriado.

– Creio – respondeu, com tristeza – que a vida tem a sua própria lei da gravidade, tanto em termos espirituais como físicos. Terras, mulheres...

Seu olhar desviou-se para a janela. No céu azul da noite primaveril, Vênus brilhava, radiosa como um diamante.

O rapaz voltou-se para ele.

– O senhor não acredita que eu seja um homem, não é? E de fato não sou e, se me permite dizê-lo, prefiro que seja assim. Sei, evidentemente, que grandes obras foram realizadas pelos homens, mas ainda acho que o mundo seria bem mais tranqüilo se os homens não tivessem, com tanta freqüência, destroçado tudo aquilo que apreciamos.

Foi enorme o constrangimento de Augustus ao descobrir que vinha tratando uma mulher como se fosse um rapaz, mas ele não podia se desculpar por isso, uma vez que não fora responsável pela confusão. Sem demora, apresentou-se e indagou à jovem se podia ser de qualquer ajuda em sua viagem. Esta, contudo, em nada alterou o modo como o tratava, e parecia completamente indiferente a qualquer mudança na atitude do conde ocasionada por sua revelação. Permaneceu sentada na mesma posição, com as pernas esguias cruzadas sob a capa, e as mãos enlaçadas sobre o joelho. A Augustus ocorreu que jamais conversara com uma mulher cujo principal interesse na conversa não era a impressão que ela própria provocava nele, e refletiu que este deveria ser o motivo de as conversas com mulheres lhe parecerem tão incômodas e tediosas. O modo amistoso e confiante pelo qual essa jovem se interessava por ele, sem aparentemente se preocupar com o que ele pensava dela, parecia-lhe algo novo e agradável, como se subitamente percebesse que passara toda a vida atrás de uma atitude exatamente assim nas mulheres. O que mais queria agora era conseguir ele próprio evitar o tom convencional nas conversas entre homens e mulheres.

– É muito triste – afirmou, pensativo – que a senhorita tenha uma opinião tão depreciativa de nós, pois estou certo de que todos os homens que conheceu tentaram agradá-la. Por acaso, a senhorita não seria capaz de me explicar isso? Pois já me ocorreu muitas vezes de uma dama dizer que eu a tornava infeliz, e que preferiria que nós dois estivéssemos mortos, e isto em uma época em que eu me empenhava ao máximo para torná-la feliz. Hoje já se passaram tantos anos desde que Adão e Eva – e aqui ele olhou através do salão até um quadro com os dois – se encontraram no jardim, que parece lamentável que ainda não saibamos como satisfazer um ao outro.

– E o senhor não lhe perguntou nada? – retrucou a jovem.

– Claro que o fiz – respondeu ele –, mas parecia que estávamos fadados a nunca examinar tais questões a sangue-frio. Quanto a mim, creio que as mulheres, por algum motivo, não querem que saibamos. Elas não buscam um entendimento. Estão mais interessadas nos preparativos para a guerra. Mas eu gostaria que, pelo menos uma vez, na longa história da convivência de homens e mulheres, dois embaixadores pudessem se encontrar em um clima amistoso e chegar a um entendimento mútuo. É bem verdade – acrescentou em seguida – que, certa vez, em Paris, conheci uma mulher, uma grande cortesã, que poderia ser um desses embaixadores. Mas dificilmente vocês lhe teriam concedido suas credenciais ou teriam se submetido às decisões dela. Nem mesmo estou certo de que não a considerariam uma traidora de seu sexo.

– Suponho – disse a jovem, após refletir um pouco – que até mesmo no seu país vocês têm festas, bailes e *conversazioni*?

– Claro que temos – disse ele.

– Então o senhor sabe – prosseguiu ela lentamente – que o papel de um convidado é bem diverso do papel de um anfitrião ou anfitriã, e que as pessoas não querem nem esperam o mesmo de um e de outro?

– Creio que a senhorita tem razão – assentiu Augustus.

– Ora, Deus – continuou ela –, ao criar Adão e Eva – e aqui também ela os fitou através do salão –, dispôs as coisas de tal modo que o homem tenha, nessas questões, o papel de um convidado, enquanto à mulher cabe o de anfitriã. Por isso, o homem encara com ligeireza o amor, pois neste não estão envolvidas a honra e a dignidade de sua casa. E também é possível, evidentemente, que sejamos convidados de muita gente para a qual jamais gostaríamos de ser anfitriões. Agora, diga-me uma coisa, conde: o que quer um convidado?

– Creio – disse afinal Augustus, após examinar a questão com cuidado – que, como convém neste caso, se deixarmos de lado o convidado grosseiro, que espera ser regalado, se empanturra e vai embora, o que um convidado quer antes de tudo é ser entretido, de modo que possa escapar à monotonia e às preocupações corriqueiras. Além disso, um convidado decente quer brilhar, se expandir e imprimir sua própria personalidade ao ambiente. Por último, talvez ele queira encontrar uma justificativa para sua existência. Mas como a senhorita colocou a questão de modo tão encantador, responda-me agora, por favor: e a anfitriã, o que ela quer?

– A anfitriã – disse a jovem – quer, acima de tudo, o agradecimento de seus convidados.

Foi aí que vozes altas lá fora interromperam a conversa.

V. *A história do bravo*

O proprietário da *osteria* foi o primeiro a entrar, avançando de costas, um candelabro de três braços em cada mão, com uma graça e uma agilidade surpreendentes em alguém tão idoso. Logo a seguir veio um grupo de três cavalheiros para os quais a mesa fora posta, os dois primeiros de braços dados. A chegada deles alterou de imediato a atmosfera do salão, pois trouxeram tanta luz, tantos brados e tanta cor – e até mesmo muita matéria, pois dois deles eram muito encorpados.

O que mais atraiu a atenção de Augustus, como sempre acontecia onde quer que fosse, era um indivíduo com cerca de cinqüenta anos, muito alto e largo, imensamente gordo. Muito elegante de preto, trajava uma reluzente camisa branca, usava anéis maciços e, no castão de sua grande bengala, faiscava um diamante. Seu cabelo fora tingido de um preto retinto, e o rosto estava maquiado e empoado. A despeito da corpulência e do espartilho, movia-se com uma graça peculiar, como se impulsionado por um ritmo todo próprio. No fim das contas, pensou Augustus, se pudéssemos nos livrar da idéia de qual deveria ser a aparência de um ser humano, aquele homem seria muito belo e um requintado ornamento em qualquer lugar, e teria se prestado, por exemplo, a ser um ídolo dos mais poderosos e impressionantes. E era ele que falava agora, com uma voz aguda, penetrante, e, ao mesmo tempo, bastante agradável.

– Oh, que maravilha, que maravilha, meu caro Nino, estarmos juntos de novo. Na semana passada mesmo ouvi falar de você, de como havia adquirido uma Dânae de Correggio, e dezesseis cavalos malhados de Cascine, para a sua carruagem.

O jovem a quem se dirigia, e cujo braço segurava, parecia prestar-lhe muito pouca atenção. Ao olhar para ele, Augustus entendeu por que o povo da região tinha sua beleza em tão alta conta. Recentemente, ele visitara muitas galerias de quadros e refletiu que um são Sebastião ou um João Batista, sobrevivendo de mel silvestre e gafanhotos, ou mesmo um jovem anjo do sepulcro aberto, poderiam ter saído de seus quadros e, vestindo-se com roupas modernas de uma elegância descuidada, teriam exatamente a aparência daquele jovem. E este até possuía, na acentuada tonalidade castanha do cabelo, do rosto e dos olhos, algo da pátina dos quadros antigos e, com isso, dava a impressão de não pensar em absolutamente nada que não fosse natural ao paraíso, onde não há necessidade de pensar.

O terceiro membro do grupo era um jovem alto, também ricamente vestido, com cabelos loiros cacheados e um semblante rosado e ovino, que avançava pelo pescoço gordo sem revelar o menor sinal de um queixo. Ele ouvia absorto, sem jamais despregar os olhos do homem mais velho. Todos os três se acomodaram à mesa para a ceia, iluminados pelo brilho das velas.

A jovem examinou o grupo recém-chegado por instantes, depois levantou-se e, recolhendo a capa em torno do corpo, deixou o salão. Augustus a acompanhou até lá fora, onde o velho criado a esperava com uma candeia.

Ao retornar, sua própria ceia estava sendo servida, e ele sentou-se para comer um frango capão e um bolo decorado com creme rosado batido. O grupo de convivas à mesa grande era tão ruidoso que o desviava de seus pensamentos e, de tempos em tempos, seus olhos eram atraídos na direção deles. Notou que o homem mais velho, enquanto cuidava o tempo todo de que seus convidados tivessem algo para beber, ele próprio tomava apenas limonada, mas ainda assim parecia acompanhar a excitação geral, como se impelido por uma espécie de intoxicação natural à qual podia recorrer sem ajuda externa. A certa altura, ao tomar a palavra para contar uma longa história a seus companheiros, Augustus não conseguiu deixar de prestar atenção em sua voz.

"Em Pisa", disse ele, "há muitos anos, eu estava presente quando o nosso glorioso poeta Monti sacou sua pistola e disparou contra o *monsignor* Talbot. Isto aconteceu em uma ceia com apenas três convivas, exatamente como esta. E tudo começou com uma discussão sobre a danação eterna.

"Na época, Monti acabara de compor seu *Don Giovanni* e, como desde algum tempo vivia imerso em profunda melancolia, não queria beber nem conversar. *Monsignor* Talbot perguntou-lhe o que havia acontecido, curioso para saber o motivo daquela infelicidade após um sucesso tão estrondoso. Monti indagou ao monsenhor se não lhe parecia justificável que um homem sentisse o espírito acabrunhado pelo fato de ter criado um ser humano que acabaria ardendo no inferno por toda a eternidade. Talbot sorriu e declarou que isto só poderia ocorrer com pessoas de verdade. Então o poeta se exaltou e perguntou-lhe se o seu Don Giovanni não era de verdade, e o *monsignore*, recostando-se na cadeira e ainda sorrindo para o outro por este levar aquilo tão a sério, explicou que queria dizer seres que de fato haviam sido de carne e osso. 'Carne e osso!', exaltou-se o poeta. – 'Como o senhor pode duvidar de que ele era de carne quando só na Espanha encontram-se mil e três damas capazes de atestar tal coisa?' O *monsignor* Talbot perguntou-lhe então se ele de fato considerava a si mesmo um criador tal como Deus.

"'Deus!', berrou Monti, 'Deus! E o senhor não sabe que, na verdade, tudo o que Deus quer é justamente criar o meu Don Giovanni, e o Ulisses de Homero, e o cavaleiro de Cervantes? É muito provável que estas sejam as únicas criaturas para as quais foram feitos o céu e o inferno, pois o senhor não imagina que um Deus Todo-Poderoso estaria disposto a conviver para todo o sempre, nesse mundo sem fim, com a minha sogra e o imperador da Áustria? A humanidade, os homens e as mulheres deste planeta não passam da argila de Deus, e nós, os artistas, somos os seus instrumentos; quando a estátua recebe sua forma em mármore ou bronze, Ele as despedaça todas. Quando morrer, provavelmente o senhor irá se apagar como uma vela, não restando nada, ao passo que nas mansões da eternidade continuarão a ecoar os passos de Orlando, do Misantropo e da minha Donna Elvira. Este é o plano da obra de Deus, e se o achamos um tanto vagaroso, quem somos nós para criticá-lo, nós que nada sabemos do tempo ou da eternidade?'

"O *monsignor* Talbot, embora grande apreciador das artes, começou a ficar incomodado com essas concepções heréticas, e não hesitou em repreender o poeta. 'Ora, então, faça-me um favor: vá até o Senhor e veja por si mesmo!', gritou Monti e, apoiando o cabo da pistola, com a qual estava brincando, na beirada da mesa, disparou contra o *monsignore*, sentado à frente, que tombou ao chão em meio ao seu próprio sangue. O ferimento foi grave, pois o *monsignor* Talbot teve de se submeter a uma operação de vulto, pairando por muito tempo entre a vida e a morte."

Nessa altura, já um tanto embriagados, os jovens começaram a fazer piadas sobre essa idéia, apresentando ao narrador as várias formas de imortalidade que ele poderia esperar das mãos de diversos poetas. Como mencionaram vários nomes e expressões de que nunca ouvira falar, e suas vozes eram menos nítidas que a do homem mais velho, Augustus só voltou a prestar atenção na conversa quando este retomou a palavra.

– Não, não, minhas crianças – disse ele –, minhas esperanças são de outra ordem. Mas, como é bom que vocês se preocupem um pouco com a idéia do outro mundo, talvez até para dissipar a recente melancolia que tomou conta do nosso doce Nino, um motivo de tristeza em toda a província, vou lhes contar uma outra história.

Ele recostou-se na cadeira e, durante toda a narração, não voltou a tocar no prato ou no copo. Era perceptível para Augustus que, à medida que avançava com a história, seu jovem e moreno vizinho, aquele que fora chamado de Nino, fez o mesmo, de modo que apenas o jovem loiro de rosto ovino continuou a desfrutar dos prazeres da mesa.

"No tempo do meu avô, meus caros amigos", começou o velho, "vivia em Pisa um nobre, de alta prosápia e muito cabedal, que passara pela triste experiência de ver um jovem amigo, a quem concedera todo tipo de ajuda, voltar-se contra ele com a costumeira falta de gratidão da juventude e infligir-lhe um insulto mortal, o qual, além do mais, o transformou em alvo da zombaria de todos. O nobre era um filósofo, e o que mais apreciava na vida era a tranqüilidade de espírito. Quando percebeu que o assunto estava prestes a estragar-lhe o sono, e que não teria nenhum prazer nem recobraria o equilíbrio até que tivesse feito correr o sangue de seu jovem inimigo, decidiu ir até o fim. Ora, devido à sua posição social e a outras circunstâncias, era impossível que ele mesmo levasse a cabo tal intento e por isso teve de recorrer a um matador de aluguel, então chamado de *bravo*, que havia na cidade. Naquela época ainda era possível encontrar esse tipo de gente. Dada a sua disposição extravagante, esse jovem acumulara muitas dívidas e estava em situação tão calamitosa que mal conseguia vislumbrar outra solução que não um casamento. O amigo do meu avô então disse a ele: 'Meu desejo é que esse assunto seja resolvido a contento para todos. Se me fizer este serviço, providenciarei para que suas dívidas sejam pagas, recuperando até mesmo o pequeno rosário de contas de coral que pertencia à sua avó e foi penhorado'. Ao ouvir isto, o *bravo* aquiesceu, e tudo ficou acertado entre os dois."

Nesse momento, um grande gato que perambulava pelo salão saltou para o joelho do velho. Sem olhar para o animal, ele passou a acariciá-lo enquanto prosseguia com o relato.

"Soara a meia-noite quando o *bravo* o deixou e, como sabia que não seria capaz de dormir enquanto não tivesse certeza de que o negócio fora concluído, ele permaneceu desperto em seu quarto, aguardando o retorno do jovem, e mandou preparar uma requintada ceia para ser servida ali mesmo. Assim que ouviu o relógio bater a primeira hora, o jovem entrou, pálido como um cadáver. 'Já está morto o meu inimigo?', perguntou o nobre. 'Está', respondeu o outro. 'Tem certeza?', insistiu o mandante, cujo coração começou a dançar em seu peito. 'Tenho', disse o *bravo*, 'se um homem está morto após ter o coração trespassado três vezes por meu punhal, enterrado até o cabo, então ele está morto. Como o senhor bem disse, todos devem sair desse caso perfeitamente satisfeitos. Agora vamos tomar esse champanhe. Assim, os dois fizeram juntos uma ceia muito agradável. 'Sabe o que me parece', disse o *bravo*, 'lamentável? É que todos nos tornamos tão céticos que mal acreditamos naquilo que nossas avós nos diziam. Pois me daria um imenso prazer pensar que tanto você como eu estamos condenados à danação eterna.'

"O nobre ficou surpreso e sentiu pena do rapaz, pois mais parecia que ele fora abandonado pela razão. Mas como sentia certa simpatia pelo jovem, procurou confortá-lo. 'Tudo isto foi demais para você', disse. 'Eu o imaginava um homem mais forte. Quanto a essa história de danação, entendo o que está dizendo, e acho bem provável que você tenha razão. O assassinato que você cometeu nesta noite, eu mesmo já o cometi incontáveis vezes no coração e, de acordo com as Escrituras, a intenção vale tanto quanto o ato. Por meio de sofismas, pensadores podem até provar que sua participação nisto é inteiramente ilusória, permitindo-lhe ainda lavar suas vestes no sangue do Cordeiro e torná-las alvas. Ainda assim, devo dizer que, se o paguei, foi por seu esforço e pelo risco que corre diante da lei de Pisa e dos parentes de meu falecido inimigo. Sua alma nunca me preocupou. E, para compensá-lo deste risco, por mais ínfimo que me pareça, eu lhe darei, além do que já recebeu, este anel. Enquanto pronunciava tais palavras, tirou da mão um anel no qual estava engastado um enorme e valioso rubi, e o entregou ao jovem, que riu na cara dele, como se não estivessem conversando de assuntos sagrados, e partiu em seguida. Recolhendo-se, o nobre dormiu bem pela primeira vez em meses, satisfeito de ter alcançado seu intento, e de sua enorme generosidade para com o assassino."

Nesse momento, o gato atravessou a mesa e saltou no colo do jovem príncipe. Como se fosse o reflexo especular de seu vizinho, ele começou a acariciar levemente o animal, enquanto se acomodava melhor para ouvir o resto da história.

"No entanto, ele estava fadado", prosseguiu o velho, "a ver abalada sua fé nos seres humanos. Apenas algumas semanas depois, quando ainda desfrutava, como em uma segunda juventude, a companhia dos amigos, a música e as belas paisagens em torno de Pisa, chegou-lhe de Roma a carta de um amigo, na qual este contava que o inimigo do nobre, por cuja morte ele pagara um preço tão elevado, circulava por lá, mais vivo do que nunca, e muito benquisto na sociedade romana e na corte papal.

"Essa última comprovação da perfídia humana, e da tolice de se acreditar em amigos ou empregados, atingiu com força o homem desavisado. Ele caiu doente e, por um longo tempo, viu-se acometido de dores nos olhos e no braço direito, o que o obrigou a ir ao balneário de Pyrmont para se restabelecer. Mas não vou me deter nesse período triste. Somente direi que, como era um homem dado a refletir, ele começou a especular sobre o seu futuro e o do *bravo*, nos termos então discutidos na ceia daquela noite. É mesmo um fato, pensou, que somente a intenção pesa na balança, e nos redime ou nos condena, enquanto a ação nada tem a ver com tudo isso? Quanto mais refletia sobre isto, mais se convencia de que deveria ser assim. É até mesmo provável, considerou, que a intenção somente tenha tal peso na medida em que permanece uma intenção e nada mais. Pois a ação elimina o desejo. A maneira mais segura de se deixar de cobiçar a mulher do próximo é, sem a menor dúvida, possuí-la, e podemos muito bem amar nossos inimigos e orar por aqueles que rancorosamente se aproveitam de nós, sempre que estejam mortos. E lembrou-se de como havia pensado com carinho em seu jovem inimigo durante o breve período em que o acreditava morto.

"Portanto, concluiu, é bem provável que o inferno esteja repleto de gente que não realizou o que pretendia fazer. E lá são roídos pelos vermes que jamais morrem. E assim", prosseguiu o velho, com uma voz de repente muito lenta e suave como uma carícia, "tendo perdido a fé nos *bravos*, ele decidiu que, no futuro, ele próprio se encarregaria de pôr em prática suas intenções. Mas havia algo", prosseguiu com a mesma voz melíflua, "que precisava saber, antes de relegar ao esquecimento toda aquela tragédia: afinal, quanto o seu *bravo*, que fora tão bem remunerado por ele, recebera de seu inimigo para deixá-lo em paz?

"Esta, meu doce Nino, é a minha história, e espero que ela não o tenha enfadado. Você me faria um enorme favor se me dissesse o que acha dela."

O silêncio caiu sobre a mesa. O jovem príncipe moreno inclinou-se para a frente, apoiou o braço sobre a mesa e o queixo na mão, fitando o homem mais velho. Esse movimento lembrava tanto o do gato em seu colo que Augustus o registrou com um choque.

– É bem verdade que, sob os seus auspícios – disse ele –, fiquei de fato um pouco entediado, pois achei sua história longa demais e, mesmo assim, desprovida de um final. Vamos cuidar disto agora mesmo.

Ele encheu de novo a taça com a mão esquerda e tomou metade de uma vez só. Depois, com um movimento gracioso, como se tivesse bebido demais para empreender um esforço mais violento, lançou a taça através da mesa na direção do rosto do velho. O vinho escorreu pela boca escarlate e pelo queixo empoado. A taça ainda rolou para o colo do príncipe e de lá caiu ao chão, onde se quebrou.

Um grito escapou da boca do loiro de cabelos cacheados. Erguendo-se de um salto, levava na mão um lencinho rendado, com o qual tentou limpar o vinho que, como se fosse sangue, escorria pelo rosto do outro. Mas o velho corpulento o afastou. Por um instante, seu rosto permaneceu impassível, como uma máscara. Em seguida, ele começou a resplandecer, como se irradiasse um estranho brilho de triunfo. Teria sido impossível dizer se seu rosto havia de fato ruborizado sob a maquiagem, mas de repente ele revelou o mesmo efeito de acentuada vitalidade primitiva. Ele dera a impressão de ser velho ao contar a história. Agora dava a impressão de juventude ou criancice. Augustus então reconheceu quem de fato ali estava presente: sob aquela plenitude de formas vagas, havia um imenso poder, o das antigas estátuas de Baco. A atmosfera do salão tornou-se esplendorosa com seus raios, como se a antiga divindade, com sua coroa de vinha, tivesse subitamente se revelado aos mortais. Ele tomou um guardanapo e secou meticulosamente a boca; depois, examinando o guardanapo, falou com voz grave e suave, tal como um deus o faria ao se dirigir aos seres humanos, consciente de que talvez não pudessem suportar sua força natural.

– Bem sei, Nino – disse ele –, que esse requintado *savoir-mourir* é uma tradição de sua família.

Após bebericar um pouco da limonada para apagar o gosto do vinho que lhe tocara os lábios, prosseguiu:

– Que excelente crítico é você, não só de suas próprias canções toscanas, mas também da prosa moderna. Esta é exatamente a falha da minha história: ela carece de um final. Uma coisa encantadora, o final. Amanhã, ao nascer do sol, conto com você no pátio dos fundos dessa casa? Conheço o lugar, não poderia haver outro mais adequado.

– Certamente – respondeu Nino, ainda mantendo a mesma posição, com o queixo apoiado na mão.

– Sou-lhe muito grato – disse o velho –, muito grato. E agora – prosseguiu com tranquila dignidade –, peço licença para me retirar. Não convém – e aqui seus olhos baixaram até a camisa manchada – permanecer na companhia de vocês com esta roupa. Arturo, dê-me sua mão. Ele retornará para acertar os detalhes com você, Nino. Boa-noite, durmam bem!

Quando partiu, apoiado no braço do rapaz loiro, que agora estava muito pálido e parecia em pânico, o outro jovem permaneceu sentado sem se mover por um longo tempo, como se tivesse adormecido sobre a mesa. Em seguida, voltando-se, olhou para Augustus, de cuja presença antes não parecera ter consciência, levantou-se e, aproximando-se, saudou-o com extraordinária polidez. Embora não parecesse muito firme em seus pés, dava a impressão de que se sentia capaz de participar de qualquer balé.

– O senhor – começou ele – foi testemunha de uma discussão entre mim e meu amigo, o príncipe Potenziani, a quem terei de dar satisfações. Será que o senhor, na condição de nobre, faria a gentileza de ser o meu segundo no duelo que terá lugar amanhã de manhã? Sou Giovanni Gastone, da Toscana, seu criado.

Augustus explicou ao príncipe que nunca tivera nada a ver com um duelo e que, para ser sincero, a idéia o incomodava.

– Terei prazer em ajudá-lo – disse –, mas não posso deixar de lembrá-lo o quanto seria melhor resolver essa discussão entre amigos e durante uma ceia, de maneira amistosa, e também que o senhor não deveria duelar com alguém tão mais idoso por motivo assim fútil.

Giovanni sorriu com gentileza.

– Conde, pode tranquilizar sua consciência – disse então. – O príncipe é a parte afrontada e cabe a ele a escolha das armas. Se vivesse na Toscana, o senhor teria ouvido falar de sua excelente pontaria. E quanto a ele ser mais velho, é bem verdade que já viveu o dobro dos anos que tanto o senhor como eu completamos, mas, a despeito disso, ao nosso lado não passa de uma criança. Para ele, será perfeitamente natural viver até os duzentos anos, como para nós seria chegar aos sessenta. As coisas que nos desgastam não o afetam. Há em seu vigor algo de assombroso.

– O que o senhor acaba de me dizer – replicou Augustus – não me parece tornar esse duelo mais razoável. O senhor não correria então o risco de ser morto?

– Não, não – disse o jovem –, mas ele foi meu melhor amigo durante muitos anos. Na verdade, queremos comprovar qual de nós está em melhores termos com Deus.

O grave e nítido pio de uma ave soou no jardim, como se fosse a própria voz da noite.

– O senhor ouviu cantar a aziola? – perguntou Giovanni. – Isto costumava significar que algo afortunado estava para me acontecer. Não tenho idéia – acrescentou após uma pausa – do que seria isso agora, a não ser que Deus tenha uma imaginação muito mais poderosa do que a minha – isto é, a menos que Ele seja muito mais parecido com meu amigo, o príncipe, do que comigo. Mas isto, evidentemente, é algo de que não duvido.

Ainda ficou sentado por um momento.

– Aqueles cavalos que adquiri... – prosseguiu – ainda não lhes dei nomes. O príncipe, agora, poderia facilmente se encarregar disso. Mas se acaso lhe ocorrer alguma idéia...

VI. *As marionetes*

Como o jovem príncipe havia, após profusos agradecimentos, se despedido de seu segundo e se retirado, o velho criado que ele vira no faeton aproximou-se por trás de Augustus, sorrateiro como um gato, e tocou-lhe a manga. Sua senhora, disse-lhe, havia sido perturbada pelos ruídos na casa e apreciaria que o conde lhe contasse o que estava se passando. Na verdade, ela o aguardava junto à extremidade da casa, onde a luz de uma janela recaía sobre um banco de pedra. O velho criado ficou à espera, sob uma grande árvore próxima.

Augustus hesitou em informar a jovem a respeito do duelo, mas viu que ela já sabia de tudo, pois seu idoso mordomo estivera, juntamente com o dono da estalagem, ouvindo atrás da porta. O que ela queria saber, com óbvia ansiedade, era o modo como se iniciara a contenda. Considerando que não havia mal em atender ao desejo dela, no caso de haver um inquérito mais adiante, Augustus confessou que não tinha a menor idéia do que o levara àquela luta de vida e morte, e repetiu tudo o que conseguia se lembrar da conversa à mesa do grupo. Ela o ouviu em silêncio, imóvel e rígida como uma estátua, mas, no meio da narrativa, agarrou-lhe o braço e conduziu-o até o círculo de luz. Quando acabou o relato, ela implorou que retomasse, desde o início, a história do *bravo* contada pelo velho príncipe, interrompendo-o para que repetisse certas palavras e expressões.

Ao chegar ao final pela segunda vez, ela de repente virou-se na direção da luz, sobressaltando-o ao exibir em suas feições, como se fosse o reflexo no fundo de um espelho, a mesma expressão estampada no rosto do velho príncipe quando este fora tão profundamente insultado. Como ela não estava maquiada ou empoada, ele pôde seguir o curso de seu sangue à medida que lentamente subia às têmporas até que todo o rosto dela reluzia, como se tivesse feito um exercício violento ou ingerido um vinho forte. De maneira mais atenuada – pois estava longe de se equiparar ao peso, tanto físico como moral, do velho –, ela partilhou, nesse instante, da divina metamorfose que o acometera, e poderia muito bem ter passado, na comitiva daquele velho Dioniso, por uma jovem bacante, ou, possivelmente, com a luminosidade de seus grandes olhos, por uma de suas panteras.

– Desde o instante em que o vi, *signore* – disse afinal, após recobrar o fôlego –, percebi que algo afortunado estava para me ocorrer. Esclareça-me, por favor, outra coisa: é possível, caso ambos disparem no mesmo momento, e façam boa pontaria, que as duas balas atinjam seus corações no mesmo instante e que os dois acabem mortos?

Para uma estudiosa das estrelas e da filosofia, pensou Augustus, essa jovem era de um espírito bem sangüinário.

– Nunca soube de tal coisa – respondeu –, embora não possa dizer que seja algo impossível. Eu mesmo me preocupo quanto ao resultado desse duelo e, por uma estranha coincidência, ontem mesmo soube que esse velho príncipe é um excepcional atirador.

– Todo o mundo sabe que – disse ela –, quando não consegue assustar as pessoas de outra maneira, ele as atemoriza com suas pistolas. Mas faça-me um favor, *signore*, e diga-me quem é o rapaz cuja vida será tirada pelo velho príncipe? O senhor ainda não me disse o nome dele.

Quando Augustus lhe disse quem era, ela voltou a ficar silenciosa e muito imóvel.

– Giovanni Gastone – repetiu ela lentamente. – Então eu mesma o conheço. No dia de minha primeira comunhão, há cinco anos, ele acompanhou sua avó à basílica, e a protegeu com sua sombrinha no trajeto da carruagem ao pórtico, pois chovia bastante.

– Deixemos que se recolham a seus aposentos – disse ela pouco depois. – Se esta é a última noite em que ele irá para a cama, que tenha um bom sono. Mas quanto a nós, *signore*, uma vez que possivelmente não conseguiremos dormir, o que nos resta fazer? Meu criado diz que chegou à estalagem uma trupe de titeriteiros e, como os cocheiros vindos de Pisa chegam tarde, eles estão prestes a começar um espetáculo. Vamos até lá dar uma olhada.

Augustus também achava que não conseguiria dormir. Na verdade, não era sempre que se via tão desperto ou de modo tão agradável. Ele sentia o corpo mais leve, tal como na época em que era menino. Com o assombro e a felicidade de um minerador de ouro que descobre um veio do metal na rocha, ocorreu-lhe que havia topado com uma mina de acontecimentos em sua vida. A companhia da jovem também o agradava sobremaneira, e ele se perguntava se isto não se devia, em parte, ao fato de ela estar vestida tal como ele, naquelas calças compridas escuras que pareciam a vestimenta normal de um ser humano. "Os babados e caudas com os quais as mulheres em geral acentuam sua feminilidade", refletiu ele, "tendiam a fazer da conversação com elas algo semelhante a uma conversa, quase sempre insatisfatória para nós, com oficiais uniformizados ou clérigos paramentados". Assim, ele a acompanhou até um amplo celeiro caiado, onde a trupe se instalara e a peça já estava em andamento.

Lá dentro, a atmosfera era quente e sufocante, embora no teto alto uma janela estivesse aberta para o azul do céu noturno. As pessoas ocupavam metade do galpão, no qual brilhava uma luz tênue, proporcionada por velhos lampiões pendurados no teto. Em torno do palco, as velas da ribalta criavam um oásis mágico de luz, fazendo o carmesim, o alaranjado e o verde-vivo das minúsculas roupas dos bonecos, provavelmente desbotadas e opacas à luz do dia, brilharem e refulgirem como jóias. As sombras, bem maiores do que eles próprios, refletiam todos os seus movimentos na tela branca de fundo.

Com a chegada dos distintos espectadores, o artista interrompeu sua declamação de abertura e foi buscar duas cadeiras para que se sentassem junto ao palco, à frente da platéia. Depois retomou o fio da meada, reproduzindo nitidamente as vozes dos personagens.

A peça que estava sendo apresentada era a imortal *Vingança da verdade*, uma das mais encantadoras comédias para marionetes. Todos se recordam do enredo, no qual uma bruxa lança uma maldição sobre a casa onde estão reunidos os personagens: todas as mentiras ali contadas irão se tornar verdade. Assim, a jovem mercenária que tenta arrumar um marido rico fingindo que o ama acaba de fato por se apaixonar; o fanfarrão torna-se um herói de verdade; os hipócritas revelam-se efetivamente virtuosos; o velho avarento que diz a todos que é pobre acaba perdendo sua fortuna. Quando sozinhas, as mulheres falam em versos, mas em alguns trechos a linguagem dos homens é bem grosseira; apenas um menino, o único personagem inocente, canta algumas músicas muito belas com o acompanhamento de uma mandolina fora do palco.

A moral da peça agradou o público, e os rostos exaustos e empoeirados se iluminaram enquanto riam de Mopsus, o palhaço. A jovem acompanhou o desenrolar da trama como se ela própria tivesse sido a autora. Já o conde Augustus sentia que, curiosamente, algumas das falas pareciam ir direto ao seu coração. Quando o amante diz à sua amada que um pedaço de pão seco é melhor para saciar a fome do que todos os pratos de um livro de receitas, ele reconheceu que isto era, de algum modo, um conselho para si mesmo. Sem de nada desconfiar, a vítima discursa a seu futuro assassino sobre a beleza do luar, e o vilão responde pontificando sobre como é absurdo o poder de Deus para fazer com que nos deleitemos com coisas que não nos trazem nenhuma vantagem, e que às vezes nos são extremamente prejudiciais; e continua dizendo que, por isso, Deus nos ama como amamos nossos animais de estimação: pois quando está de bom humor, também nós ficamos de bom humor; e quando fica deprimido, também ficamos deprimidos; e quando, em um surto de romantismo, ele cria uma noite enluarada, pulamos em torno dos seus calcanhares com toda a empolgação de que somos capazes. Isto provocou um sorriso em Augustus. E pensou que gostaria de se sentir de novo, tal como em sua infância, como um dos cães de Deus.

No final da peça, a feiticeira volta a aparecer e, ao lhe perguntarem o que é de fato a verdade, responde: "A verdade, crianças, é que estamos, todos nós, atuando em uma comédia de marionetes. O mais importante de tudo em uma comédia de marionetes é apresentar com toda a clareza as idéias do autor. Esta é a verdadeira felicidade da vida, e agora que por fim tornei-me personagem de uma dessas comédias, nunca mais vou deixá-la. Mas vocês, meus companheiros de palco, são vocês que mantêm claras as idéias do autor. Ai! Tudo o que precisam fazer é levá-las às últimas conseqüências". Essa fala pareceu-lhe de repente encerrar uma verdade profunda. É isso mesmo, pensou, se a minha vida fosse uma comédia de marionetes na qual tivesse meu papel e o soubesse de cor, então ela poderia ser muito fácil e tranqüila. Os moradores desta região pareciam, de algum modo, estar colocando em prática esse ideal. Eram tão imunes aos terrores, aos crimes e aos mistérios da vida quanto aqueles pequenos atores no palco do velho artista. A gente do Norte sempre é surpreendida, como se fosse por uma coisa estranha, pelas fortes agitações da alma, e só consegue falar tartamudeando quando se vê em um estado de excitação. Mas as pessoas daqui falavam fluentemente mesmo sob o efeito das paixões mais violentas, como se a vida fosse, em qualquer de seus caprichos, uma comédia já ensaiada. Se agora, pensou ele, por fim estou participando de uma comédia de marionetes, não pretendo deixá-la de forma nenhuma.

Após a última cena, quando todos os bonecos estavam no palco para receber os aplausos, Augustus ouviu uma porta sendo aberta no fundo da sala e, ao se virar, viu o príncipe Giovanni e seu criado entrarem e olharem para o público como se estivessem buscando por alguém. Como lhe ocorreu que poderiam estar procurando por ele, dirigiu-se até os dois, que se mantinham afastados do ruído da platéia. Ele sentiu certo constrangimento por ter ido se divertir naquela que talvez fosse a derradeira noite do jovem, mas Giovanni não lhe pareceu nem um pouco surpreso ao indagar se a peça tinha sido boa.

– Algo lamentável ocorreu – disse ele. – O jovem amigo do príncipe, que iria lhe servir de segundo, sofreu uma crise nervosa. Ele está muito abalado e não pára de chorar. Lembrei-me então de ter visto o senhor, no início da noite, em companhia de um rapaz, a quem tomei, pelo modo como o tratava, por um jovem cavalheiro nobre, talvez seu conterrâneo. Vim aqui para lhe implorar que peça a ele que desempenhe o papel de segundo, amanhã no início do dia, pois nem o príncipe nem eu gostaríamos de adiar nossa questão.

O pedido do príncipe colocou Augustus perante um dilema. Não queria revelar o segredo da jovem, e refletiu que talvez fosse melhor deixar que Giovanni continuasse acreditando que ela era um rapaz de seu país, do qual ele estava de algum modo encarregado.

– O jovem cavalheiro – disse afinal – me parece ter muito pouca idade para tomar parte em uma questão tão sinistra. Mas como está aqui comigo, se o senhor aguardar um instante, posso lhe perguntar o que acha.

Quando retornou para perto da jovem, ela continuava a fitar o palco, mas naquele momento a cortina baixou pela última vez. Então contou-lhe o que conversara com o príncipe e sugeriu-lhe que encontrassem uma desculpa que permitisse a ela partir na manhã seguinte, para que não se envolvesse naquela questão. Após considerar a sugestão por um instante, ela se ergueu e fitou Giovanni, que, no outro lado do salão, olhava para ela e para Augustus.

– *Signore* – disse ela de modo lento e sério –, gostaria de conhecer o seu amigo, o príncipe Nino, e nada me daria maior prazer do que ser o segundo dele nesse duelo. Nossas famílias jamais mantiveram relações amistosas, mas em questão de honra é um dever desconsiderarmos o passado. Tenha a bondade de lhe dizer que meu nome é Daniele della Gherardesca, e que estou a serviço dele.

O príncipe Giovanni, notando que o miravam, aproximou-se e, quando Augustus fez as apresentações, os jovens saudaram-se com extrema polidez. Ela estava de pé, de costas para o palco, e as luzes da ribalta produziam uma auréola ao redor da cabeça, em uma atitude desembaraçada e arrogante que lhe conferia a aparência de uma jovem santa disfarçada de dândi. Os espectadores, que haviam começado a se levantar, paravam um instante ao reconhecer o príncipe, mas não se aproximavam do grupo.

O príncipe expressou sua gratidão pela maneira cortês com que ela o tratou.

"Senhor", disse a jovem, "no Egito, quando a mulher de Putifar era uma senhora, e José o primeiro-ministro, certa vez ela obteve uma audiência para lhe solicitar a mais alta comenda, a estrela do paraíso, para seu genro. 'Por mais que me desagrade importuná-lo', disse, 'mesmo assim creio que agora já se passou tanto tempo desde que solicitei algo a Sua Excelência que tenho a esperança de que irá se dispor a me ouvir.'

"'Senhora', respondeu o primeiro-ministro, 'certa vez no passado fui lançado em uma prisão. Dali eu não podia avistar as estrelas, mas costumava sonhar com elas. Sonhava que, pelo fato de não poder observá-las, elas corriam desordenadas por todo o firmamento, fazendo com que à noite os pastores e os cameleiros se perdessem com seus rebanhos. Cheguei até mesmo a sonhar com a senhora e, no sonho, ao encontrar a estrela Aldebarã caída no chão, lembro-me de erguê-la e oferecê-la à senhora, que a fixou em seu fichu e disse: 'Sempre lhe serei grata por isso, José'. Estou muito contente de que meu sonho tornou-se mais ou menos verdade. A comenda que deseja para seu genro já é dele.'"

Em seguida, eles se despediram.

VII. *O duelo*

O sol ainda não se levantara, mas havia uma maravilhosa promessa de luz no ar e não se via nenhuma nuvem no céu. O piso de pedra do pátio estava úmido de orvalho; um pássaro, e logo depois outro começaram a cantar nas copas das árvores do jardim, e da estrada ouviam-se os gritos dos carroceiros, que se punham a caminho bem cedo, ao lado de seus bois com longos chifres.

Augustus foi o primeiro a sair da estalagem. O frescor matinal, límpido como um copo d'água, fez com que inspirasse profundamente, distinguindo pouco a pouco o cheiro da fumaça, das árvores floridas e da poeira da estrada. Parecia-lhe estranho que a morte também pairasse no ar, mas não tinha por que duvidar das intenções dos adversários; além disso, pelas regras do duelo, acertadas na noite anterior, era bem provável que um deles não viveria o bastante para ver o sol erguer-se naquele céu despejado.

A idéia da morte tornou-se ainda mais presente para ele ao caminhar lentamente até a extremidade do longo pátio. Dali descortinava-se uma ampla vista da estrada com suas fileiras de árvores, serpenteando através da paisagem. No horizonte, avistou uma linha azul baixa e interrompida, sob uma pequena nuvem. Imaginou que, quando o sol estivesse mais alto, aquilo se mostraria como sendo Pisa. Então ali estava a primeira etapa de sua viagem, pois carregava cartas de apresentação para gente de lá. Mas os dois adversários estavam iniciando o derradeiro trecho de suas jornadas, e refletiu que, de certo modo, deviam ter viajado muito mais longe do que ele próprio, e visto mais da estrada, para estarem preparados para dar-lhe tal fim.

Quando se virou, viu que o príncipe Giovanni saía da estalagem, acompanhado do criado, e parava para contemplar o céu, tal como ele fizera. Ao avistar o jovem dinamarquês, ele se aproximou e o cumprimentou, e ambos caminharam juntos de um lado para o outro do pátio, conversando sobre assuntos inócuos. Se havia no duelista alguma inquietação, esta era muito profunda e mal transparecia em sua nova disposição, mais dócil e brincalhona. Ao mesmo tempo, Augustus sentia que o outro agarrava-se à fatalidade do que estava prestes a ocorrer com ternura tão fervorosa que não suportaria, por nada no mundo, perder aquela oportunidade.

Surgiram então dois criados do velho príncipe, trazendo uma grande poltrona. O príncipe era corpulento demais para ficar de pé durante o duelo, e habituara-se a permanecer sentado durante os exercícios de tiro. Ao perguntarem a Augustus o melhor lugar para colocar a poltrona, todos começaram a procurar por um trecho perfeitamente nivelado do pátio. Como os adversários deveriam ficar a uma distância de dez passos, estes foram cuidadosamente medidos e demarcou-se o lugar que cabia a Giovanni. Os criados do velho príncipe também trouxeram em seguida um elegante estojo com duas pistolas, e o colocaram, juntamente com um copo de limonada e um lenço de seda, em uma pequena mesa instalada ao lado da poltrona. Em seguida, retornaram para o interior da casa. Enquanto estavam preparando tudo isso, apareceram no amplo pátio a jovem e seu velho criado. Envolta em seu manto, parecia pálida e manteve-se um pouco afastada dos outros. O médico, que fora convocado no vilarejo – um homem idoso que exalava um cheiro de hortelã-pimenta e ainda usava o rabo-de-cavalo e a bolsa comuns na geração anterior –, chegou ao mesmo tempo, e colocou-se ao lado dela, divertindo-a com histórias de duelos sobre os quais havia ouvido ou lido, e que haviam todos terminados com mortes. À distância, o jovem príncipe lançava-lhes olhares de tempos em tempos. Pouco a pouco, o ar parecia se encher de luz; o canto dos pássaros tornou-se de repente muito nítido. A impressão que havia era que algo estava prestes a ocorrer. Na estrada, um grande rebanho de ovelhas passou levantando uma nuvem de poeira que se tingiu de dourado.

Todos estavam com os olhos voltados para a porta da *osteria* quando dela saiu o velho príncipe, apoiando-se no braço de um criado. Muito elegante em seu casaco verde-escuro, e meticulosamente maquiado, ele se portava com suprema graça e dignidade. Era evidente que estava muito emocionado. Nesse instante, o sol despontou no horizonte, mas sem dominar ou alterar a cena mais do que a chegada do príncipe. Enquanto todos os outros, de um modo ou de outro, reprimiam ou dissimulavam seus verdadeiros sentimentos, ele revelava sua aflição com a inocência de uma criança, convicta da simpatia circundante. Seus olhos escuros estavam úmidos, mas eram francos e dóceis, como se tudo na vida lhe fosse natural e ameno, transmitindo a mesma impressão e mestria de um grande virtuose que, com seu violino, percorre todas as escalas, até o próprio trinado do diabo, como se fosse uma brincadeira infantil. Esse equilíbrio mental era tão notável e surpreendente quanto o equilíbrio de seu imenso corpo sobre aqueles pés tão pequenos e elegantes. No instante em que seus olhares se cruzaram, naquele início de manhã no pátio, Augustus convenceu-se de que o tiro desse homem idoso seria letal. O próprio Júpiter, guardando o raio no bolso do casaco, não teria causado tal impressão de invencibilidade.

Ele cumprimentou a todos com extraordinária cortesia e afabilidade, e, desde o primeiro instante, parecia ter cativado por completo o médico, cujos olhos de peixe seguiam os menores movimentos do grande homem. Este não demonstrava pressa, mas obviamente não queria que as coisas se estendessem em demasia. Era evidente, desde o momento em que fez sua entrada, que tudo se faria com a mesura e o encanto de um minueto perfeitamente ensaiado.

Após breves comentários sobre o tempo e os arredores, e agradecimentos aos dois padrinhos, antes de se sentar ele sugeriu ao amigo que escolhesse uma das pistolas. Enquanto Giovanni, com uma das armas na mão, recuava até o lugar designado, o velho príncipe soltou-se do braço do criado, fez uma profunda mesura ao adversário e uma espécie de largo gesto de alívio, como se agora tivesse felizmente chegado ao término de sua existência corriqueira e ao início da verdadeira vida, e acomodou-se na grande poltrona, descansando por um instante a arma no joelho. Augustus assumiu sua posição, eqüidistante dos duelistas, de modo que pudessem ambos pudessem ouvir o sinal. Uma débil aragem atravessou as folhas das árvores no jardim, fazendo despencar flores e espalhando sua fragrância.

Quando Augustus limpava a garganta, preparando-se para a contagem que culminaria no instante crucial, a esguia figura da jovem, cujo rosto estava voltado para ele, aproximou-se do velho príncipe e, erguendo uma das mãos à cintura, dirigiu-se a ele com voz nítida e grave, como se um dos pássaros do jardim tivesse pousado no ombro do velho a fim de cantar para ele.

– Com sua licença, príncipe – começou ela. – Gostaria de dizer algo antes de o senhor disparar. Há algo que preciso lhe contar. Se estivesse convicta do resultado deste duelo, esperaria o senhor dar cabo de seu amigo, mas como ninguém conhece os desígnios da Providência, não gostaria de vê-lo morrer na ignorância do que tenho a dizer.

Todos se voltaram para ela, que olhava o rosto imóvel e contrito do velho. Ela mesma parecia muito jovem e pequena, mas a profunda seriedade e o perfeito autocontrole conferiam à sua figura uma terrível importância, como se um jovem anjo destruidor tivesse se precipitado do céu azul até o pátio de pedra, para ali realizar um julgamento.

"Um ano atrás", disse ela, "sua mulher Rosina saiu no meio da noite para visitar o primo dela, Mario, que deixaria Pisa pela manhã e a aguardava na casa da velha ama de Rosina, junto ao porto. Os dois precisavam se encontrar a fim de decidir o que iriam fazer, e Rosina também se sentia cada vez mais debilitada, e precisava rever seu amante, caso contrário lhe parecia que iria morrer.

"Como o senhor bem sabe, à noite Rosina sempre mantinha acesa uma lamparina em seu quarto. Naquela noite, não teve coragem de apagá-la, temendo que o senhor entrasse em seus aposentos, ou que um de seus espiões, as criadas dela, pudessem dar uma olhada e, achando vazio o quarto, despertassem toda a casa. Por isso, ela pediu à sua melhor amiga, igualmente virgem e, graças a um voto sagrado, alguém que sempre estava pronta a servi-la, que tomasse seu lugar na cama durante o período em que ficaria ausente. As duas subornaram sua criada negra, Baba, com doze metros de veludo carmesim e um cãozinho bolonhês que pertencia à amiga de Rosina – pois isto era tudo que ambas possuíam neste mundo e poderiam dispor –, para que lhes permitisse entrar e sair da casa. Elas chegaram e partiram vestidas como se fossem a ajudante do farmacêutico, que costumava ser chamada à noite para aplicar um clister em sua velha governanta. Rosina seguiu para a casa de sua ama e conversou com Mario na presença daquela senhora, como tinha de ser. Os dois juraram fidelidade eterna, e ela entregou-lhe uma carta para o seu tio-avô em Roma, retornando ao *palazzo* pouco depois da primeira hora. Isto, príncipe, era o que eu tinha a contar, e o que gostaria que o senhor soubesse."

Todos permaneceram imóveis, como um grupo de pequenos bonecos de madeira colocados no pátio da estalagem, no centro da imensa paisagem – Augustus e o médico idoso, que não atinavam com o sentido daquele relato; o velho príncipe e Giovanni, que haviam ficado por demais impressionados para fazer qualquer movimento. Por fim o velho falou.

– Quem – disse ele – o enviou aqui para me contar isto agora, meu jovem e belo *signore*?

A jovem o fitou diretamente nos olhos.

– Mas o senhor não me reconhece, príncipe? Sou a mesma jovem, Agnese della Gherardesca, que prestou aquele serviço à sua mulher. O senhor me viu em seu casamento, no qual fui uma das damas de honra, vestida de amarelo. E também certa vez em que o senhor entrou nos aposentos de Rosina, e eu jogava xadrez com o professor Pacchiani, a quem o senhor pedira que conversasse com Rosina a respeito de seus deveres conjugais. Ela permaneceu virada para a janela, a fim de não revelar que estava chorando.

Após ouvir isto, o príncipe Giovanni não conseguiu despregar mais os olhos do rosto da jovem; e durante tudo o que se passou em seguida, manteve-se completamente imóvel, como se fosse uma das árvores do jardim.

Sentado na poltrona, o velho príncipe adquiria cada vez mais as feições de um belo e severo ídolo antigo, feito de um mosaico de ouro, marfim e ébano. Ele contemplou a jovem com interesse.

– Lamento profundamente, *signora* – disse com extraordinária cortesia e se calou, antes de perguntar com voz lenta. – Então, se Baba me tivesse sido fiel, eu teria surpreendido os dois juntos na casa junto ao porto naquela noite, e ambos estariam em minhas mãos?

– É o que teria acontecido – disse a jovem. – Mas eles não teriam se importado de ser mortos pelo senhor, pois teriam morrido juntos.

– Não, não, não – replicou o velho príncipe –, de maneira alguma. Como a senhora pode imaginar que eu seria capaz de matar qualquer um deles? Mas faria com que tirassem as roupas e lhes diria que providenciaria para que fossem mortos de uma maneira terrível, pela manhã, e asseguraria que ficassem trancados juntos sozinhos pelo resto da noite. Quando ela ficava assustada ou furiosa, todo o seu corpo exalava um aroma de flor de oleandro.

Isto lhe deu motivos para longas reflexões. Ele parecia se enrijecer mais e mais, tornando-se algo inanimado, até que, de repente, uma intensa onda de cor perpassou seu rosto alquebrado.

– Além disso – exclamou emocionado –, ainda teria tido a possibilidade de brincar mais com aquela adorável criança!

Houve um prolongado silêncio; ninguém ousava dizer nada diante de uma dor tão grande.

Subitamente, ele sorriu para todos, um sorriso muito suave e meigo.

– Como sempre – entoou com voz aguda e nítida –, colocamos tudo a perder porque somos pequenos demais. Eu não queria conceder ao jovem Mario... que mesquinharia! Em minha vaidade, convenci-me que, se fosse o caso, seria preferível que meu herdeiro fosse descendente de uma casa ducal. Pequeno demais eu me revelei, pequeno demais para os desígnios do Senhor.

– Nino – prosseguiu após um instante –, Nino, meu amigo, perdoe-me. Dê-me a sua mão.

Profundamente emocionado, Giovanni desfez-se da pistola e segurou a mão do amigo. Mas o velho príncipe, após ter apertado os dedos do jovem, voltou a agarrar a pistola, como se estivesse de guarda contra um adversário maior.

Seus profundos olhos negros imobilizaram-se, fixando-se diretamente à sua frente. Sua boca estava entreaberta, como se fosse cantar.

– Carlotta – disse, afinal.

Então, com um movimento estranho, como se estivesse exausto, virou-se para a direita e tombou, juntamente com a poltrona, de lado sobre o piso, sua massa pesada produzindo no chão de pedra um baque surdo. A poltrona ficou de pernas para o alto enquanto ele rolava para o piso, onde se imobilizou. Nesse instante, a pistola, ainda em sua mão, disparou; a bala, percorrendo uma trajetória descontrolada, passou tão perto da cabeça de Augustus que este chegou a ouvir seu assobio, como o canto de um pássaro. Isto o atordoou por um átimo e trouxe-lhe de volta a imagem de sua mulher. Quando recuperou o equilíbrio, viu o médico ajoelhado ao lado do príncipe, erguendo ambos os braços para o céu. O rosto do velho foi adquirindo lentamente um tom acinzentado. A cor das bochechas e dos lábios mais parecia um esmalte rosado e carmim sobre prata.

O doutor deixou tombar os braços e colocou uma das mãos sobre o tronco da figura imóvel. Após um minuto, girou a cabeça e contemplou os que estavam atrás de si, o terror apagando de seu rosto toda expressão. Assim que encontrou os olhos dos outros, ele se recompôs. Ergueu-se e declarou solenemente: "Está tudo acabado".

Todos permaneceram paralisados ao seu redor. A figura do velho príncipe, que jazia no chão, ainda ocupava o centro do quadro, tal como se estivesse lentamente subindo aos céus, e eles fossem os seus discípulos, deixados para trás, com os olhares fixos em sua ascensão. Somente Nino, como uma daquelas figuras que são incluídas em pinturas sagradas retratando as feições do homem que encomendou o quadro, mantinha de algum modo sua própria direção.

Erguendo-se no céu matinal azulado, o sol conferia um brilho enevoado ao pano verde que cobria as amplas curvas do corpo estendido no pátio de pedra.

VII. O cativo liberto

Após os criados do velho príncipe terem erguido o seu corpo e o levado para o interior da estalagem, Giovanni e Agnese viram-se um diante do outro no pátio deserto. Seus olhos escuros se encontraram e, como se essa fosse a mais fatal de suas missões nessa manhã de primavera, ela o encarou por todo o tempo em que o galo da proprietária – um descendente do galo que vivia na casa do sumo sacerdote Caiafas, e cujos ancestrais haviam sido levados para Pisa pelos cruzados – levou para se empertigar e entoar seu longo canto. Em seguida, deu-lhe as costas a fim de se reunir aos outros na estalagem. Foi então que ele falou, mantendo-se perfeitamente imóvel.

– Não vá ainda – disse. Ela parou um momento, à espera, mas sem lhe dirigir a palavra. – Não vá embora – repetiu ele – sem permitir que eu lhe fale.

– Não creio – disse ela – que você tenha algo a me dizer.

Ele permaneceu calado por longo tempo, como se fizesse um grande esforço para recuperar a voz; em seguida declamou em tom grave e alterado:

Lo spirito mio, che già cotanto
tempo era stato ch'alla sua presenza
non era di stupor tremando affranto
sanza degli occhi aver più conoscenza,
per occulta virtù che da lei mosse
d'antico amor senti la gran potenza.[22]

Fez-se um longo e profundo silêncio. Ela poderia muito bem ser uma pequena estátua no jardim, não fosse a leve brisa matinal que desalinhava e brincava com seus cachos macios.

– Eu a deixei – continuou ele, falando afinal como alguém em um sonho –, e estava indo embora quando voltei até a porta. Você estava sentada na cama. Seu rosto estava na sombra, mas a luz recaía sobre os seus ombros e suas costas. Você estava nua, depois de eu ter rasgado suas roupas. O leito tinha um cortinado verde e dourado, como os meus bosques nas montanhas, e você parecia saída de meu quadro de Dafne, quando esta se afasta e é transformada em loureiro. Fiquei ali no escuro. Então soou a primeira hora no relógio. Durante um ano, não consegui pensar em nada mais além daquele único momento.

De novo os dois jovens permaneceram imóveis. Como as marionetes da noite anterior, estavam à mercê de outras mãos mais fortes, e não faziam idéia do que iria lhes ocorrer. Ele voltou a declamar:

22. Dante, *Purgatorio*, XXX, vv. 34-39. "Minha alma, há tanto tempo já do encanto/ da presença dulcíssima privada,/ que a fizera imergir em glória e pranto,/ antes de a face contemplar velada/ foi, por força de incógnita virtude,/ pelo fervor antigo dominada." *A divina comédia*, trad. Cristiano Martins. 2ª ed., 2 v. Belo Horizonte/São Paulo: Itatiaia/ Edusp, 1979. [N.T.]

Di penter sí mi punse ivi l'ortica
che di tutt'altre cose, qual mi torse
più nel suo amor, più si fe' nemica.
Tanta riconoscenza il cuor mi morse
ch'io caddi vinto...[23]

Ele se interrompeu porque, embora tivesse repetido esses versos para si mesmo tantas vezes, naquele instante não conseguia lembrar da seqüência. Era como se estivesse prestes a cair morto a qualquer momento, como seu velho adversário.

Ela se voltou de novo e o fitou, gravemente, ainda que seu rosto expressasse a clareza e a calma que o som da poesia produz nas pessoas que a adoram. Então falou bem devagar para ele, com voz nítida e doce, como a de um pássaro:

...da tema e da vergogna
voglio que tu omai ti disviluppe
e che non parli più com'um uom che sogna.[24]

Desviou o olhar por um instante, inspirou profundamente, e sua voz adquiriu mais força.

Sappi che il vaso che il serpente ruppe
fu e non è, ma chi n'ha colpa creda
che vendetta di Dio non teme suppe.[25]

23. "O espinho do remorso, a dor pungente/ por ter perdido um dia o seu amor/ laceravam-me o peito, fundamente./ Tombei de sofrimento e de temor..." *Purgatório*, XXXI, vv. 85-88, ed. cit. [N.T.]
24. "...Deixa o vão temor agora,/ e não te percas, vacilando, ao léu,/ como num sonho imerso, que apavora." *Purgatório*, XXXIII, vv. 31-33, ed. cit. [N.T.]
25. "A arca da luz, que a serpe corrompeu,/ já foi, não é; e creia o mor culpado/ que não se abranda à sopa a ira do céu." *Purgatório*, XXXIII, vv. 34-36, ed. cit. [N.T.]

Após estas palavras ela partiu, e, embora tenha passado tão perto que poderia tê-la segurado apenas estendendo a mão, ele não fez nenhum gesto nem procurou tocá-la, permanecendo no local como se pretendesse ali ficar para sempre, seguindo-a com o olhar enquanto ela caminhava para a casa.

Naquele instante, Augustus surgiu na porta e foi ao encontro dela. Embora profundamente emocionado pelos acontecimentos matutinos, e depois pela visão do velho príncipe, que agora jazia em paz e digno em um grande leito no interior da estalagem, sua consciência lhe dizia que devia fazer um esforço para levar a mensagem da velha senhora a Pisa, e queria que a jovem o ajudasse e o orientasse. Ao mesmo tempo, agora que conhecia os detalhes do assunto que ocasionara a tragédia daquela manhã, sentia certa relutância em se aproximar dela, uma das principais personagens envolvidas, e de mencionar coisas tão triviais como caminhos e carruagens. Foi ela, contudo, que se dirigiu a ele, como se fosse um velho amigo a quem estivesse feliz de rever. Tomou a mão dele e o fitou nos olhos. Ela havia mudado, como uma estátua que recuperara a vida, pensou ele.

Ela ouviu com interesse o que ele tinha a dizer, e mostrou-se naturalmente disposta a fazer com que a mensagem chegasse o mais rápido possível à sua amiga. Até sugeriu que seguissem juntos em seu faeton, mais rápido do que a carruagem dele. E disse que ela própria o conduziria.

– Meu amigo, vamos partir agora. Vamos para Pisa o mais rápido possível. Agora estou livre. Posso decidir aonde ir, posso pensar no futuro. Creio que o amanhã será adorável. Agora me dou conta de que tenho dezessete anos e que, pela graça de Deus, ainda me restam outros sessenta para viver. Já não estou mais presa a uma única hora. Meu Deus! – exclamou ao sentir um profundo arrepio percorrendo-lhe o corpo. – Nem se quisesse conseguiria me lembrar disto.

Ela parecia um jovem auriga, confiante de vencer a competição. Era evidente que, naquele instante, nenhuma outra idéia lhe atraía mais do que a da velocidade. Enquanto seguiam para a casa, ela voltou a olhar para o pátio.

– Todos nós estávamos equivocados – comentou ela. – Havia grandeza nesse velho e ele poderia ter sido amado. Enquanto estava vivo, ansiávamos por sua morte, mas agora creio que todos gostaríamos que ainda estivesse entre nós.

– Tudo isso – disse Augustus, que estivera refletindo sobre a própria vida – talvez nos faça perceber que todo ser humano que encontramos e conhecemos faz parte de nossa paisagem mental, como uma árvore plantada em nosso jardim ou um móvel em nossa casa. Talvez o melhor seja mantê-los e tentar vislumbrar neles alguma utilidade, em vez de jogá-los fora e no final ficarmos sem nada.

Após refletir um pouco, ela disse:

– Então o velho príncipe certamente será, em meu jardim mental, uma majestosa fonte de mármore negro, junto da qual sempre há frescor, e da qual jorram grandes e brincalhonas cascatas. Assim, quando estiver assoberbada por pensamentos, poderei às vezes sentar-me junto dela. Se estivesse na pele de Rosina, não teria procurado me afastar dele. Teria tentado proporcionar-lhe alguma felicidade. Teria sido bom que ele conhecesse alguma felicidade; não é fácil tornar alguém infeliz.

Augustus, que imaginou ouvir uma nota de remorso tardio na voz da jovem, procurou oferecer-lhe algum consolo: "Lembre-se agora que a senhorita salvou a vida do outro". Sua tez mudou de cor e ela ficou em silêncio por um instante. Em seguida, virou-se com um olhar no qual se refletia uma profunda serenidade. "Quem", perguntou afinal, "teria permanecido isento ao ouvir um homem sendo tão injustamente acusado?"

Assim que a carruagem dela ficou pronta, partiram na direção de Pisa a toda velocidade. O dia começava a esquentar, a estrada estava empoeirada, e as sombras pouco se afastavam das árvores. Augustus deixara seu endereço com o velho médico no caso de haver um inquérito, mas isto era improvável, pois, afinal, o príncipe falecera de morte natural.

IX. *O presente de despedida*

O conde Augustus von Schimmelmann já estava em Pisa por mais de três semanas e tomara muito gosto pelo lugar. Mantivera um relacionamento amoroso com uma dama sueca, alguns anos mais velha do que ele, que se mudara para a cidade a fim de ficar longe do marido, e possuía um pequeno teatro de ópera no qual se exibia com amigos. Era uma discípula de Swedenborg, e contou a Augustus que tivera uma visão de si mesma e dele juntos no mundo vindouro. Mas o que mais o interessou foram as tentativas, por parte de dois padres, um idoso e outro jovem, no sentido de convertê-lo à Igreja de Roma. Embora não tivesse o menor intuito de fazer tal coisa, ele ficou surpreso e satisfeito com o fato de se preocuparem tanto com sua alma, e empenhou-se ao máximo para explicar aos sacerdotes suas idéias e estados de espírito. Era evidente, contudo, que esse caso de sedução espiritual não poderia continuar para sempre, mas chegaria (como aliás, lamentavelmente, todos os casos de sedução) ao fim de um modo ou de outro. Por isso, passara a dedicar grande parte de seu tempo a uma sociedade política secreta à qual fora introduzido em virtude de ser originário de um país mais livre. Nas reuniões do grupo, travara conhecimento com um genuíno jacobino, um velho exilado e antigo membro da Montanha, que fora amigo de Robespierre. Augustus costumava visitá-lo em seu pequeno quarto escuro e sujo no alto de uma velha casa, e ali discutiam a tirania e a liberdade. E também estava tomando aulas de pintura, tendo começado a copiar um quadro antigo na galeria.

Um dia recebeu uma carta da velha condessa de Gampocorta, que na época estava em sua propriedade nas cercanias de Pisa, pedindo-lhe que fosse visitá-la. Além de expressar sua amizade e gratidão, ela também dava notícias de si. Ao ficar sabendo, no mesma ocasião, do acidente de sua avó e da morte de seu antigo marido, a jovem Rosina havia dado à luz um menino, batizado com o nome de Carlo, em homenagem à bisavó, que o descreveu como sendo um bebê absolutamente adorável. Tanto a avó quanto a neta estavam bem de novo, embora a velha condessa contasse que abandonara toda esperança de recuperar o uso da mão direita, e ambas ansiavam para agradecer pelo serviço que ele lhes prestara em uma hora de necessidade.

Augustus dirigiu-se à propriedade da velha dama na tarde de um dia muito quente. Quando se aproximava do local, caiu uma tempestade que ameaçava Pisa havia três dias. Cores e odores estranhamente sulfurosos encheram o ar, e as grandes árvores escuras à beira da estrada eram vergastadas por violentos golpes de vento. Raios assustadores pareciam atingir pontos próximos à carruagem, e eram seguidos por longas e assustadoras trovoadas. Em seguida veio a chuva com pingos quentes e pesados e, de um instante para o outro, já não vislumbrava nada na paisagem, protegido em sua carruagem coberta, atrás dos lençóis de água cinzenta e luminosa. Ao passarem por uma ponte de pedra com um parapeito baixo, pôde ver a chuva fustigando o rio escuro, como se lançasse centenas de pontas de flecha. Subiram por uma estrada que passava por uma colina rochosa e íngreme, agora escorregadia com a chuva, e quando afinal chegaram aos pés de uma grande escadaria de pedra diante da casa, um criado veio correndo pelos degraus com um imenso guarda-chuva, de modo a proteger o visitante em sua subida até a porta de entrada.

Na enorme sala que dava para um comprido pátio de pedra do qual se avistava o rio, o incessante tamborilar dos grossos pingos de chuva sobre as pedras era tão ruidoso quanto se estivessem caindo dentro do próprio aposento. Com ele também vinha, através das altas janelas abertas, o cheiro do súbito frescor e da umidade do ar, e das pedras escaldantes resfriadas pela água. O salão estava tomado pelo perfume de rosas. Em sua outra extremidade, um velho abade estivera ensinando piano a uma menina, mas a aula fora interrompida pois o ruído do trovão e da chuva interferiam na contagem dos compassos, e agora, à janela, ambos contemplavam o vale e o rio.

Em um sofá, a velha condessa e a jovem mãe entretinham-se com o bebê. Este estava com a ama, uma jovem robusta e imponente com sua pele de tons rosados e vermelhos, como uma flor de oleandro, e em seus braços o bebê parecia fantasticamente pequeno, como uma pequena maçã assada envolta em uma profusão de rendas e fitas. A atenção delas dividia-se entre a criança e a tempestade, e ambas haviam despertado nelas um estado de exultação, como se suas vidas tivessem naquela hora alcançado seu zênite.

A velha dama, que ensaiara se levantar a fim de recebê-lo, encontrava-se tão transtornada por seus sentimentos ao rever Augustus que não conseguiu se mover. Seus olhos, sob as pestanas envelhecidas e enrugadas, encheram-se de lágrimas, que de tempos em tempos escorriam-lhe pelo rosto durante a conversa. Ela o beijou em ambas as faces e o apresentou, muito emocionada, à neta, que era de fato tão adorável quanto qualquer Madona que ele vira na Itália, com um ar de arrogância mundana contrabalançando sua perfeição; e também ao bebê. Augustus nunca fora capaz de sentir nada além de terror na presença de crianças muito pequenas – ainda que pudessem, imaginava, ter algum interesse como uma espécie de promessa – e ficou surpreso ao notar que as mulheres costumavam achar que, naquela idade, o bebê já alcançara o próprio auge da perfeição, e que havia algo trágico no fato de que ele teria de crescer. Essa concepção, de que a humanidade tem seu ponto culminante no nascimento, que é o início de um longo declínio – o impressionou como algo mais aceitável do que as suas próprias idéias a respeito.

A velha senhora já não era a mesma mulher que conhecera na estrada. O amor por uma criatura do sexo masculino, que até então ela fora incapaz de sentir, havia introduzido em sua vida uma grande e apaziguante harmonia. Ela mesma lhe disse tal coisa durante a conversa.

– Quando era menina – disse –, me diziam que nunca mostrasse a um tolo uma coisa incompleta. Mas o que mais o próprio Senhor nos concede durante toda a nossa existência? Se não me tivessem mostrado essa criança desde o início, eu teria sido mais dócil e permitido que o Senhor me conduzisse para o lado que quisesse. A vida é um mosaico do Senhor, que Ele vai preenchendo aos poucos. Se tivesse visto esse pequeno fragmento de cor reluzente como a peça central, eu teria entendido a figura toda, e não a teria despedaçado tantas vezes, e dado ao bom Deus tanto trabalho para remontá-la outra vez.

Quanto ao mais, ela conversou sobretudo sobre o acidente e aquela tarde que haviam passado juntos na estalagem. Falou com aquele grande entusiasmo de rememoração que valoriza qualquer ocorrência do passado, por mais insignificante que possa ter sido na época.

Um criado serviu vinho e esplêndidos pêssegos. O jovem pai chegou e foi apresentado ao hóspede, mas não desempenhou na cena papel mais importante do que o mais jovem dos três reis magos, com a velha condessa tendo reservado para si o papel de José. Quando a chuva amainou, a velha senhora levou Augustus à janela para que apreciasse a vista.

– Meu amigo – disse ela, enquanto ali estavam, um pouco afastados dos outros –, nunca serei capaz de exprimir plenamente minha gratidão, mas gostaria de lhe oferecer um pequeno presente para que se lembre de mim quando estiver longe, e espero que o senhor me dê o prazer de aceitá-lo.

Augustus contemplava a paisagem lá fora, sentindo que havia algo vagamente familiar, o que lhe causava uma ligeira vertigem.

– Quando nos conhecemos – prosseguiu ela –, contei-lhe que havia amado três pessoas em minha vida. Duas delas o senhor já conheceu. A outra, e a primeira, era uma jovem da minha idade, uma amiga nascida em um país distante, com quem convivi apenas por um breve período antes de nos separarmos. Mas prometemos que jamais esqueceríamos uma da outra, e várias vezes a lembrança dela amparou-me nas vicissitudes da vida. Ao nos despedirmos, derramando muitas lágrimas, trocamos mimos de lembrança. E como isto é muito precioso para mim, e um sinal de amizade verdadeira, gostaria de dá-lo ao senhor.

Em seguida, tirou do bolso um pequeno objeto e o colocou na mão do jovem.

Augustus olhou para o presente e, inconscientemente, levou a mão ao peito. Era um minúsculo frasco de sais em forma de coração. Nele fora pintada uma paisagem com árvores e no fundo via-se uma casa branca.

Ao examiná-la, deu-se conta que era a sua própria casa na Dinamarca. Reconheceu o telhado alto de Lindenburg, e até mesmo os dois antigos carvalhos diante do portão, assim como a longa fieira de tílias que formavam uma esplanada atrás da casa. O banco de pedra sob os carvalhos fora meticulosamente pintado. Debaixo dele, em uma flâmula colorida, estavam as palavras *"Amitié sincère"*.

Ele podia sentir seu próprio frasquinho no bolso do colete, e quase chegou a mostrá-lo para a velha dama. Sentiu que esta seria uma história que ela guardaria e repetiria para sempre; que poderia, até mesmo, vir a ser o seu derradeiro pensamento no leito de morte. Mas conteve-se ao intuir que havia, nessa decisão do destino, algo que cabia apenas a ele – um valor, uma profundidade, até um refúgio na vida que só lhe pertencia, e não poderia partilhar com mais ninguém, tal como não poderia partilhar seus sonhos.

Agradeceu emocionado à velha senhora e esta, ao notar o quanto seu presente fora apreciado, respondeu-lhe com altivez e dignidade.

Despediu-se então da velha amiga e do jovem casal com todas as expressoes de amizade sincera e tomou o caminho de Pisa.

Já não chovia mais. O ar vespertino começava a esfriar. A luz dourada do sol e as profundas e calmas sombras azuladas partilhavam a paisagem. Um arco-íris brilhava junto ao horizonte.

Augustus tirou um pequeno espelho do bolso. Segurou-o na palma da mão e o fitou pensativo.

A ceia em Elsinore

Em uma esquina junto ao porto de Elsinore, uma antiga casa cinzenta e imponente, erguida no início do século XVIII, vê com sobranceria e reticência a chegada ao seu redor dos novos tempos. Ao longo do tempo, a casa foi sendo transformada em uma coisa só: agora, quando a porta da frente é aberta pelo vento nor-noroeste, a do corredor no primeiro andar também abre em solidariedade. E sempre que pisamos em certo degrau da escada, ouvimos, como uma canção, seu débil eco em uma tábua do piso da sala de estar.

A casa esteve na posse da família De Coninck por muitos anos, mas após a bancarrota estatal em 1813, na mesma época em que trágicos acontecimentos abalaram a família, esta foi obrigada a fechá-la e mudar-se para Copenhague. Com a ajuda de um rapaz, uma senhora de touca branca ficou encarregada de cuidar da antiga casa, e, como passou a ocupar aqueles aposentos familiares, nada mais natural que seus pensamentos retornassem sempre aos velhos tempos, sobre os quais não se cansava de falar. As duas filhas da família haviam permanecido solteiras e já não tinham mais idade para casar. O filho morrera. Todavia, nos verões do passado – assim contava a senhora Baek –, nas tardes dominicais em que fazia tempo bom, o papai e a mamãe De Coninck costumavam levar os três filhos, em um pequeno landau, até a casa de campo da velha dama, a avó, onde jantavam, como então se fazia, às três da tarde, em uma mesa colocada no gramado sob um grande olmo, o qual, em junho, dispersava pela relva pequenas sementes marrons, redondas e achatadas. Ali compartilhavam o pato com ervilhas e os morangos com creme, e o menino, vestindo um calção branco de nanquim, corria de um lado para o outro, alimentando os cães bolonheses da avó.

As duas adolescentes costumavam manter em gaiolas os inúmeros pássaros que admiradores lhes traziam após suas andanças pelo mundo. Quando alguém perguntava se as jovens tocavam harpa, a velha senhora Baek encolhia os ombros diante da impossibilidade de fazer justiça a todas as qualidades das irmãs. Quanto aos pretendentes e suas propostas, este era um assunto que nunca era levado a bom termo, de tal modo era inesgotável.

À velha senhora Baek – que fora brevemente casada com um marinheiro, e, após este morrer no mar, retomou como viúva seus serviços à família De Coninck – fazia muita pena que nenhuma das adoráveis irmãs tivesse contraído matrimônio. Era algo com que não se conformava. Para o mundo, argumentava que não haviam encontrado, com exceção do irmão, nenhum homem à altura. Em seu íntimo, porém, a senhora Baek não punha muita fé na validade dessa doutrina. Tivesse sido este o problema, as irmãs poderiam ter se conformado com uma aproximação do ideal. Ela mesma, no lugar delas, teria agido assim, por mais que tivesse sido penoso. Além disso, ela sabia muito bem que o problema era outro. A senhora Baek era dezessete anos mais velha que a irmã mais velha, Fernande, a quem chamavam de Fanny, e dezoito anos mais velha que a mais nova, Eliza, que nascera no mesmo dia da queda da Bastilha – e convivera com as duas a maior parte de sua vida. Mesmo sendo incapaz de expressar isso em palavras, ela sentia de modo agudo, em seu próprio corpo e alma, o lúgubre destino que pendia sobre a família e atava as irmãs e o irmão uns aos outros, impossibilitando que mantivessem qualquer relacionamento genuíno com outros seres humanos.

Na época em que eram jovens, nenhum evento no mundo social de Elsinore podia ser considerado bem-sucedido se não contasse com a presença das adoráveis irmãs De Coninck. Elas eram o coração e a alma de qualquer festa na cidade. Quando adentravam os salões de baile, os tetos das pachorrentas e antigas casas de mercadores pareciam se elevar um pouco, ao mesmo tempo que as paredes se adornavam de reluzentes colunas jônicas, entrelaçadas de vinhas. Sempre que uma delas abria um baile, leve como um pássaro, ousada como um pensamento, era como se consagrasse o evento às divindades da verdadeira alegria de viver, que aborrece as preocupações e a inveja. As irmãs eram capazes de cantar duetos como um par de rouxinóis, e imitar sem esforço ou malícia as vozes de todo o *beau monde* de Elsinore, fazendo com que, em torno das mesas de carteado, as panças dos amigos de seu pai, os conquistadores da cidade, sacudissem de tanto riso. A qualquer instante podiam propor uma charada ou um jogo de prendas, e, quando saíam para as aulas de música ou para passear na esplanada, voltavam transbordando de relatos sobre o que haviam visto, ou então de histórias nascidas de sua imaginação, em um atropelo de idéias caprichosas.

Em outros momentos, porém, no recesso de seus quartos, andavam de um lado para o outro aos prantos, ou sentavam-se à janela e torciam as mãos no regaço, ou, ainda, reclinavam-se à noite em seus leitos e choravam copiosamente, sem qualquer motivo. Nessas ocasiões, referiam-se à vida com a sombria amargura de um Timon de Atenas, despertando na senhora Baek um curioso sentimento que lembrava uma atmosfera corrosiva de ferrugem. A mãe delas, poupada dessa maldição em seu sangue, teria ficado muito assustada caso soubesse de tais momentos, e logo desconfiaria de amores infelizes. Já o pai teria compreendido muito bem o que as incomodava e se compadeceria, mas o fato é que sempre estava ocupado demais com os negócios e mal costumava freqüentar os aposentos das filhas. Apenas a criada, cujo temperamento não podia ser mais oposto ao das irmãs, era capaz de entendê-las, ainda que à sua maneira, e de guardar tudo no coração, como elas próprias o faziam, com uma mescla de desespero e altivez. Por vezes, até mesmo tentava proporcionar-lhes algum consolo. Quando exclamavam "Hanne, não é terrível que exista tanta mentira e tanta falsidade no mundo?", ela dizia: "Ora, ora, e daí? Seria pior se isso fosse verdade, tudo o que dizem".

Em seguida, as jovens voltavam a se levantar, enxugavam as lágrimas, experimentavam novos chapéus diante do espelho, planejavam espetáculos dramáticos e excursões de trenó, chocavam e alegravam o coração dos amigos e, por fim, voltavam a recair naquele mesmo estado sombrio. Elas pareciam tão incapazes de evitar um extremo quanto o outro. Em suma, eram melancólicas de nascença, capazes de fazer felizes os outros, mas elas próprias irremediavelmente infelizes, criaturas tanto da jovialidade e do encanto como das lágrimas amargas, tanto da diversão requintada como da eterna solidão.

Quanto a terem alguma vez se apaixonado, isto era algo que a senhora Baek não podia dizer. As duas costumavam levá-la ao desespero devido ao irredutível ceticismo que demonstravam diante da possibilidade de um homem se apaixonar por elas, ao passo que, na verdade, a velha criada sabia que as coisas se passavam de outro modo, pois via em Elsinore como os pretendentes das irmãs ficavam cada vez mais pálidos e acabados, buscando o exílio ou continuando solteiros após verem frustradas suas intenções. Também pressentia que, na eventualidade de se convencerem do amor de um homem, isto teria sido a salvação daquelas jovens holandesas voadoras. Porém, o relacionamento que mantinham com o mundo era curiosamente distorcido, como se exibissem aos outros apenas seu reflexos em um espelho, enquanto no fundo e na sombra a verdadeira mulher permanecia como espectadora. Esta acompanhava com toda a atenção os gestos dos amantes cortejando sua imagem, rindo para si mesma diante da impossibilidade de consumação daquele amor, caso chegasse tal momento, ao mesmo tempo que seu coração se endurecia cada vez mais. Desejariam elas que o homem rompesse tanto o espelho como a adorável criatura ali refletida, e por fim a contemplasse? Ah, bem sabia a senhora Baek que não havia como isso ocorrer. Talvez as adoráveis irmãs extraíssem um prazer perverso da adoração prestada a suas imagens no espelho. Seja como for, no final já não mais sabiam viver de outro modo.

Por causa dessa característica espiritual, ambas estavam predestinadas a morrer solteiras. Agora que eram de fato velhas solteironas, uma com cinqüenta e dois e a outra com cinquenta e três anos, pareciam ter se reconciliado com a vida, assim como toleramos algo prestes a terminar. Saber que iriam desaparecer da face da terra sem deixar rastro não as incomodava nem um pouco, pois sempre intuíram que isto é o que lhes reservara o destino. Extraíam até mesmo alguma satisfação do fato de estarem deixando graciosamente o palco. Era inconcebível que fossem atingidas pela putrefação, como se daria com a maioria de seus amigos, uma vez que, na condição de elegantes e espiritualizadas múmias, já se haviam impregnado de mirra e ervas aromáticas. Quando estavam de bom humor, sobretudo em contato com membros da geração mais jovem, como os filhos dos amigos, chegavam até mesmo a exalar um penetrante olor de santidade, o qual se estampava para sempre na memória dos jovens.

A irremediável melancolia da família manifestara-se de outro modo no irmão, Morten, cujo caso fascinara obsessivamente a senhora Baek. Esta jamais perdia a paciência com ele, ao contrário do que ocorria às vezes com as meninas, tanto por serem de sexos opostos, como pela atmosfera de romance que o envolvia, ao contrário das irmãs. Como aquele outro jovem dândi de alta linhagem, também de Elsinore, ele era o centro de todas as atenções, o espelho da moda e o molde do estilo. Por sua causa, muitas jovens locais não se casaram ou se casaram tarde com algum outro que lembrava, talvez não exatamente *en face* nem de perfil, àquela jovem e divina cabeça que, naquela altura, sumira para sempre no horizonte. E havia até mesmo aquela jovem que fora, aos olhos de todos, prometida em casamento a Morten, agora ela própria casada e com filhos – *aber frage nur nicht wie!*.[26] Já despojada daquela

26. Mas sabe-se lá de que maneira! [N.T.]

radiante beleza que, em sua época, fizera com que fosse chamada de "cordeiro de ouro" em Elsinore, a tal ponto que a criatura que antes saltitara pelas ruas como uma fada agora não passava de uma dama pálida e calada a se arrastar pelas calçadas. Mesmo assim, foi essa mesma jovem que ele, em um luminoso dia de março, após saltar de seu barco ao ancoradouro, diante de toda a população do vilarejo que acenava e gritava, erguera do chão e apertara nos braços, enquanto todos a rodeavam, rodopiando leques e compridas fitas com os tons do arco-íris.

Morten De Coninck sempre fora mais reservado que as irmãs. Nunca precisou lutar por nada. Bastava adentrar uma sala, à sua maneira tranqüila, para se impôr e dominar o ambiente. Tinha as mesmas belas pernas, e as mãos e pés elegantes das mulheres da família, mas seus traços eram mais refinados. Já o nariz e a boca pareciam talhados por mão menos hábil. Surpreendente mesmo era a testa, de extraordinária serenidade e nobreza. Ao conversar com ele, as pessoas erguiam os olhos para aquela fronte ampla e pura, como se ali refulgisse a tiara de diamantes de um jovem imperador, ou a auréola de um santo. Morten De Coninck dava a impressão de que jamais conheceria a culpa ou o medo. E provavelmente era assim. Durante três anos desempenhou o papel de herói em Elsinore.

Tudo isso ocorreu na época das guerras napoleônicas, quando o mundo foi sacudido em seus alicerces. Em meio ao embate dos titãs, a Dinamarca tentara permanecer neutra e seguir seu caminho, e por isso pagou um alto preço. Copenhague foi bombardeada e incendiada. Naquela noite de setembro, quando o céu avermelhado sobre a cidade podia ser visto de toda a ilha de Sjaelland, os grandes e harmoniosos sinos da Frue Kirke, impelidos pelas labaredas, tocaram sozinhos o hino de Lutero, *Ein feste Burg ist unser Gott,*[27] pouco antes do desmoronamento da alta torre da igreja. Para salvar a capital, o governo fora obrigado a abrir mão de sua esquadra. As altivas fragatas britânicas haviam levado

27. Uma fortaleza inexpugnável é o nosso Senhor. [N.T.]

embora os navios de guerra da Dinamarca – as meninas dos olhos do reino, uma fieira de pérolas, uma debandada de cisnes cativos – pelo Estreito. Os portos vazios clamaram aos céus, e a vergonha e o ódio tomaram conta de todos os corações.

Durante essas lutas e os momentosos eventos dos anos seguintes de 1807 e 1808 surgiu a flotilha de corsários, como fagulhas incandescentes projetadas por uma ruína fumegante. Movidos por patriotismo, sede de vingança e esperança de lucro, barcos corsários afluíram de toda a costa e das pequenas ilhas da Dinamarca, tripulados por cavalheiros, ferroviários e pescadores, idealistas e aventureiros – todos galantes marinheiros. De posse da carta de corso, abraçavam a causa de um país agonizante; tinham o direito de realizar ataques contra o inimigo sempre que surgisse uma oportunidade; e poderiam sair ricos dessas refregas. O corsário mantinha um relacionamento peculiar com o Estado: era a versão naval de um caso amoroso reconhecido, um casamento informal consumado graças à apaixonada devoção dos parceiros. Embora não envergasse as dragonas e a santificadora e reluzente aliança da união legítima, pelo menos sentira nos lábios o cálido beijo vermelho da coroa da Dinamarca, e desfrutava da liberdade que só a concubina tem para encantar seu senhor com loucos caprichos jamais sonhados por rainhas. A própria Marinha Real – o que restou dela, ou seja, os navios ausentes de Copenhague naquela fatídica semana de setembro – tolerava a flotilha corsária, com a qual convivia em termos afáveis; nos mesmos termos, provavelmente, que marcavam o relacionamento de Raquel com sua criada Bala, pois esta era capaz de fazer o que não estava ao alcance daquela. Assim os canhões voltaram a troar nas rotas navais da Dinamarca, aqui e ali e onde menos se esperava, pois muito raramente os corsários atuavam em conjunto; cada qual agia como achava melhor. Registraram-se feitos incríveis e heróicos, grandes prêmios foram conquistados sob o fogo das fragatas inglesas, que eram capturadas e conduzidas até portos seguros pelos indômitos barquinhos com velas esfarrapadas, em meio a gritos de exultação. Tais façanhas viraram canções. Raras vezes deve ter surgido uma classe de heróis que conquistasse tanto e tão profundamente o coração e a imaginação da gente comum, sobretudo os meninos, de uma nação.

Logo se descobriu que os barcos maiores não eram os mais adequados para essa atividade. Ideais para aquele negócio eram as balsas e as barcaças, com uma tripulação de doze a vinte homens, e seis a dez bocas de fogo móveis, de manejo fácil e rápido em emergências. A habilidade e os conhecimentos náuticos do capitão eram fundamentais, assim como a bravura da tripulação, sua perícia com a artilharia e as armas leves, cruciais na hora da abordagem. Ali era possível conquistar honrarias militares; e não só honrarias, mas também ouro; e não só ouro, mas o contentamento que vem da vingança contra o violador. E quando retornavam, esses velhos e jovens lobos do mar, cobertos de neve, com o mastreamento enregelado como se o barco tivesse sido desenhado a carvão sobre um mar escuro, já haviam deixado para trás seu momento de glória, mas ainda assim eram tomados de enorme excitação ao serem recebidos com entusiasmo nos vilarejos da costa. Em seguida vinha a avaliação do butim, e a venda das mercadorias apresadas, que podiam ser muito valiosas. O governo ficava com uma parte, dividindo-se o restante entre a tripulação, desde o capitão, o artilheiro e o imediato até os grumetes mais jovens, os quais recebiam um terço da parte de um homem. Muitos destes rapazes faziam-se ao mar apenas com a camisa, a calça e o cinto, e retornavam com a roupa ensangüentada e em frangalhos, carregados de histórias de perigos e alto-mar para contar aos amigos, e, duas semanas após o término das vendas, acabavam com quinhentos táleres tilintando nos bolsos. Os judeus de Copenhague e Hamburgo, envergando três chapéus altos superpostos, logo apareciam e desempenhavam importante papel na hora em que a mercadoria era arrematada, ou mesmo antes, quando tentavam extrair dos bolsos dos impacientes combatentes os despojos do corso.

Não demorou para que começassem a brilhar, como novos cometas, os nomes dos heróis populares e de seus barcos, cuja fama e lenda aumentavam a cada dia. Um deles era Jens Lind, do *Cort Adeler*, apelidado de

"Veludo" por sua elegância, que viveu como um grande nababo durante anos, e depois, após gastar toda a fortuna, terminou como tratador de urso no circo. Também ficaram famosos o capitão Raaber, do *Vingador*, que tinha alma de poeta; os irmãos Wulffsen, do *Cavala* e do *Madame Clark*, fidalgos de Copenhague; e Christen Kock, do *Aeolus*, cuja tripulação inteira – todos eles, sem exceção – foi morta ou ferida no confronto com uma fragata inglesa ao largo de Laesso; e, por fim, o jovem Morten De Coninck, do *Fortuna II*.

Quando Morten procurou o pai a fim de lhe pedir que equipasse um barco de corso, o coração do velho De Coninck confrangeu-se com a idéia. Na época, muitos armadores ricos e respeitáveis de Copenhague, alguns deles mais poderosos do que ele, haviam lançado barcos de corso, e o senhor De Coninck, que não ficava atrás de ninguém em se tratando do sentimento patriótico, sofrera ele próprio grandes prejuízos por causa dos britânicos. Ainda assim, o negócio do corso o incomodava. Em seu íntimo, revoltava-se com a idéia de atacar navios mercantes, mesmo que estes carregassem contrabando. Aquilo lhe parecia semelhante a atacar uma dama ou abater a tiro um albatroz. Por isso, Morten viu-se obrigado a bater à porta do primo de seu pai, Fernand De Coninck, um idoso e rico solteirão de Elsinore, filho de uma francesa e entusiástico partidário do imperador Napoleão. Com o apoio magistral de suas irmãs, Morten conseguiu convencer o tio e, em novembro de 1807, fez-se ao mar no comando de seu próprio barco. O tio Fernand nunca se arrependeu de sua generosidade. Aquele episódio todo o rejuvenesceu vinte anos e, no final, ainda viu-se dono de uma coleção de objetos, capturados dos navios inimigos, que lhe proporcionava imenso prazer.

O *Fortuna II* de Elsinore, com tripulação de doze homens e quatro canhões móveis, recebeu a carta de corso no segundo dia de novembro – e não ficou essa data, assim como as dos feitos que se seguiram, gravadas no coração da senhora Baek, assim como o nome de Calais no coração da rainha Maria, até hoje, trinta e três anos depois? Apenas dois dias depois, o *Fortuna II* surpreendeu um brigue ao largo de Hveen.

O barco de guerra inglês, aproximando-se do local, disparou contra o *Fortuna II*, mas a tripulação deste conseguiu cortar as amarras do barco apresado pelos ingleses e conduzi-lo em segurança até uma área ao alcance dos canhões de Kronborg.

No dia 20 de novembro, o *Fortuna II* teve outra excelente jornada. De um comboio britânico, conseguiu isolar uma fragata, a *William*, e o brigue mercante *Jupiter*, que transportava um carregamento de panos para velas, vasilhas de cerâmica, vinho, destilados, café, açúcar e seda. Essa carga ficou em Elsinore, mas os dois barcos apresados foram levados a Copenhague, onde foram condenados. Duas centenas de judeus acorreram a Elsinore com o intuito de participar do leilão da carga do *Jupiter*, realizado no dia 13 de dezembro. O próprio Morten adquiriu uma peça de brocado branco que se dizia originária da China e teria sido enviada da Inglaterra para o vestido de casamento da irmã do czar. Nessa época, Morten acabara de se engajar, e toda Elsinore riu e sorriu para ele enquanto se afastava com o tecido sob o braço.

Em várias ocasiões ele foi perseguido pelos barcos inimigos. Certa vez, no dia 27 de maio, ao tentar escapar de uma fragata britânica, encalhou nas cercanias de Aarhus, mas conseguiu livrar-se a tempo do lastro e colocar-se sob a proteção das baterias dinamarquesas. Os cidadãos de Aarhus forneceram gratuitamente ao jovem e ilustre corsário novas peças de ferro para lastrear seu barco. Contava-se que uma costureirinha ofereceu-lhe até mesmo seus ferros de passar e, ao entregá-los, beijou-os para que lhe trouxessem sorte.

No dia 15 de janeiro, o *Fortuna II* conseguiu, juntamente com outro barco de corso, o *Três amigos*, capturar seis barcos inimigos e, enquanto estes eram conduzidos a Drogden, para que fossem leiloados em Copenhague, um dos barcos apresados encalhou em Middelgrund. Era um grande brigue, carregado de panos de vela e avaliado em cem mil táleres, que os corsários haviam, naquela mesma manhã, isolado de um comboio britânico. Os navios de guerra ingleses ainda os perseguiam. Ao ver o acidente, os perseguidores imediatamente enviaram um poderoso destacamento de seis botes a remo para retomar o brigue. Os corsários, por sua vez, não tinham a menor intenção de entregá-lo e entraram em choque com os britânicos, os quais foram obrigados a recuar sob o fogo de artilharia, desistindo do intento. Mesmo assim, porém, o barco estava perdido. A bordo, o responsável pelo apresamento, diante do poderio avassalador do inimigo, decidiu atear fogo ao brigue, impedindo assim que os britânicos o recuperassem. O fogo espalhou-se com tal violência que a embarcação não mais podia ser salva e, durante toda a noite, os moradores de Copenhague puderam contemplar aquele alto e terrível farol mais ao norte. Os outros cinco barcos apresados foram levados ao porto da capital dinamarquesa.

Foi no verão do mesmo ano que o *Fortuna II* atracou-se em uma luta de vida e morte ao largo de Elsinore. Naquela altura, tornara-se uma pedra no sapato dos britânicos que, estacionados na costa da Suécia, decidiram em uma noite escura de agosto pôr fim à carreira do barco de corso. Para isso, enviaram duas compridas chalupas, com os toletes recobertos de lã. A tripulação do barco de corso já se recolhera, e apenas o jovem Morten e seu imediato estavam no convés quando as chalupas, carregando trinta e cinco marinheiros, rasparam nas laterais do *Fortuna II* e fixaram os ganchos de abordagem em seu madeirame. Tiros começaram a ser disparados das lanchas, mas os corsários não tiveram tempo nem espaço para recorrer às armas de fogo. O combate foi travado com machadinhas, espadas e facas. O inimigo tomou o convés por ambos os lados; enquanto alguns tentavam cortar o cabo da âncora, outros escalavam a carranca na proa. A luta não foi demorada. Os marinheiros do *Fortuna II* opuseram encarniçada resistência e, vinte minutos depois, o convés estava desimpedido. Os ingleses retornaram a seus botes e se afastaram. Só então as armas de fogo puderam ser usadas, e foram feitos três disparos com a caixa de metralha contra os britânicos, que recuavam após deixarem treze homens mortos e feridos no convés do *Fortuna II*.

Em Elsinore, ouviram-se os disparos de mosquetões vindos das chalupas, mas nenhuma reação do *Fortuna II*. O povo reuniu-se no porto e nas muralhas de Kronborg, mas a noite estava escura, e embora o céu estivesse começando a avermelhar no leste, ninguém conseguia distinguir o que estava acontecendo. Assim que rompeu o dia e a atmosfera opaca começou a clarear, três disparos foram ouvidos, um após o outro, e os meninos de Elsinore comentaram que podiam avistar uma fumaça branca erguendo-se das ondas escuras. Meia hora depois, o *Fortuna II* entrou em Elsinore, sua silhueta escura recortando-se a leste contra o céu. Era evidente que o mastreamento do barco fora duramente atingido e, aos poucos, as pessoas em terra puderam vislumbrar as figurinhas escuras a bordo e a cor vermelha no convés. Conta-se que não havia uma única espada ou faca a bordo que não estivesse ensangüentada, e toda cordoalha, da popa à proa, estava empapada de sangue. Tampouco havia alguém ileso a bordo, mas apenas um homem fora atingido com gravidade. Era um negro, originário de uma das colônias dinamarquesas no Caribe – "negro de pele, mas dinamarquês de coração", disseram no dia seguinte os jornais de Elsinore. O próprio Morten, coberto de pólvora e com atadura sobre um dos olhos, lívido à luz matinal mas ainda excitado com a luta, ergueu bem ambos os braços para a multidão que o saudava em terra.

No outono daquele ano, de repente a atividade dos corsários foi proibida. Concluiu-se que atraía as fragatas inimigas para a costa da Dinamarca, constituindo assim uma ameaça para o país. Além disso, muitos a viam como uma forma desumana e selvagem de luta. Isto frustrou muitos marinheiros galantes, que abandonaram os conveses e passaram a vagar mundo afora, incapazes de retomar suas vidas pacatas nos pequenos vilarejos. E a nação lamentou a perda de suas aves de rapina.

Para Morten De Coninck, ninguém tinha dúvida, a nova ordem era bastante conveniente. Ele havia acumulado seus louros e agora podia se casar e se estabelecer em Elsinore.

Foi nessa época que ficou noivo de Adrienne Rosenstand, a união do falcão com a pomba branca. Ela era a grande amiga das irmãs dele, que a tratavam como se elas próprias a tivessem criado, e tinham imenso prazer em ataviá-la de modo a ressaltar ainda mais a beleza da jovem. As irmãs possuíam gostos requintados e marcados, e dedicavam tanto tempo à escolha do enxoval de Adrienne como o fariam se fosse para elas. Quando sós, nem sempre se mostravam tão complacentes com a cunhada, lamentando veementemente as núpcias do irmão com uma pequena *burgeoise*, uma ave ornamental do galinheiro de Elsinore. Se tivessem examinado um pouco melhor a questão, deveriam ter se congratulado. A timidez e o convencionalismo de Adrienne permitiriam que elas brilhassem incontestes em sua esfera de ousadia e fantasia. Afinal, de que modo as irmãs do falcão iriam se sobressair caso este, como poderia muito bem ter ocorrido, tivesse trazido para casa uma jovem águia como noiva?

O casamento foi marcado para maio, a época de maior esplendor na região em torno de Elsinore, e todo o vilarejo aguardava com ansiedade o grande dia. No fim, porém, a cerimônia acabou não ocorrendo. Na manhã do casamento, soube-se que o noivo desaparecera, e ele nunca mais foi visto em Elsinore. As irmãs, debulhando-se em lágrimas de tristeza e vergonha, tiveram de comunicar a notícia à noiva, que desmaiou e depois caiu enferma por longo tempo, nunca mais se restabelecendo por completo. Todo o vilarejo parecia ter emudecido com aquele golpe e coberto a cabeça de pesar. Ninguém aproveitou-se dessa oportunidade única para dar curso às conversas fiadas. A perda e a catástrofe foram duramente sentidas por toda Elsinore.

Nenhuma mensagem direta de Morten De Coninck jamais chegou ao vilarejo. Com o passar do tempo, porém, estranhos rumores sobre ele começaram a vir do Ocidente. Primeiro se dizia que virara um pirata – um destino nada incomum para um corsário sem pátria. Depois circulou o rumor de que participara de guerras na América, e ali se distinguira. Mais tarde, contava-se que se tornara um grande fazendeiro e dono de escravos nas Antilhas. Mas até mesmo essas histórias eram tratadas com leveza pelos habitantes do vilarejo. Raramente o nome dele era mencionado, até que, muitos anos depois, ele pudesse ser mencionado como uma figura saída de um conto de fadas, como o Barba

Azul ou Simbad, o Marujo. Mas nas salas de estar da casa De Coninck ele deixara de existir desde o dia do casamento. Seu retrato foi retirado da parede. E a senhora De Coninck começou a agonizar após o desaparecimento do filho. Foi tremendo o impacto em sua vida. Ela era um instrumento de cordas, do qual os filhos extraíam muitas de suas notas mais agudas e nítidas. Se nunca mais viesse a ser usado, se nenhuma valsa, serenata ou marcha militar voltasse a ser tocada nele, não teria mais razões para continuar existindo. Para ela, a morte não era menos natural que o silêncio.

Quanto às irmãs de Morten, as ocasionais notícias do irmão eram o maná que, no deserto, mantinha vivos seus corações. Não o ofereciam aos amigos, nem aos parentes, mas na destilaria de seus aposentos elas o preparavam de acordo com muitas receitas. O irmão iria retornar como almirante de uma esquadra estrangeira, o peito repleto de medalhas desconhecidas, a saúde debilitada mas coberto de honrarias, a fim de exalar o último suspiro em Elsinore. Ele desembarcaria no cais. Pois, isto já não acontecera antes, e elas não o haviam testemunhado com seus próprios olhos? Porém, mesmo esse alimento frugal passou, com o tempo, a ser temperado com amargura mais pungente. No final, mesmo elas prefeririam morrer de fome a ingeri-lo, caso pudessem escolher. O que se dizia era que Morten, longe de ser um distinto oficial naval ou um rico fazendeiro, fora na verdade um pirata nas águas próximas de Cuba e Trinidad – um dos últimos piratas em atividade. No entanto, perseguido pelos navios *Albion* e *Triumph*, perdera seu barco ao largo de Port of Spain, e por um triz não fora ele próprio capturado. Tentara sobreviver com muita dificuldade e fora visto por alguém em Nova Orleans, miserável e enfermo. A última coisa que as irmãs souberam dele é que havia sido enforcado.

Por três décadas, desde o dia de núpcias de Morten, a senhora Baek carregou em silêncio sua dor. Nunca se aproveitou dos sofismas das duas irmãs, os quais entravam por um ouvido e saíam pelo outro. Foi muito humilde e atenciosa para com a noiva abandonada quando esta voltou a visitar a família, mas nunca lhe demonstrou muita simpatia. Além disso, ela sempre soubera, como sempre naquela casa, mais do que qualquer outro de seus moradores. Não se pode dizer que vislumbrara a catástrofe, mas estranhos pressentimentos povoaram seus sonhos. Desde pequeno, o noivo se acostumara a procurá-la de tempos em tempos, sentando-se a seu lado no pequeno quarto que ocupava. E isto aconteceu enquanto todos estavam ocupados com os grandes preparativos para a felicidade conjugal de Morten. Por cima do bordado e dos óculos, ela tivera a oportunidade de examinar o rosto dele. E como muitas vezes trabalhava até tarde da noite, e costumava estar desperta na rouparia, antes mesmo que os primeiros raios do sol estival brilhassem sobre o Estreito, ela estava a par de muitas idas e vindas desconhecidas pelos outros moradores da casa. Algo ocorrera entre os noivos. Havia ele implorado que ela o aceitasse e o retivesse, de modo que não mais pudesse abandoná-la? Para a senhora Baek era inconcebível que alguma jovem recusasse algo a Morten. Ou teria a jovem cedido, frustrando-se depois, ao ver que magia era ineficaz? Ou estivera a observá-lo, enquanto ele se afastava cada vez mais, e mesmo assim não encontrara a força para lhe oferecer o sacrifício capaz de retê-lo?

Ninguém jamais saberia, pois Adrienne nunca mais tocou no assunto; na verdade, mesmo que quisesse, não seria capaz. Desde que se restabeleceu após a longa enfermidade, parecia ter ficado um pouco surda. Somente conseguia ouvir aquilo que se dizia em altos brados, e sua vida terminou em meio aos berros de inócuos lugares-comuns.

Durante quinze anos a adorável Adrienne esperou pela volta do noivo. Depois, casou-se com outro.

Magnificamente vestidas, as irmãs De Coninck compareceram à cerimônia. Esta foi, na verdade, a última ocasião em que desempenharam o papel de beldades de Elsinore, e embora na época estivessem na casa dos trinta, sobrepujaram com facilidade as jovens do vilarejo. E o presente que deram à noiva não foi menos majestoso: os brincos e o broche de diamantes que haviam pertencido à senhora De Coninck – uma *parure* incomparável em Elsinore. Do mesmo modo, tiraram todas as flores das janelas de sua sala de estar para enfeitar o altar, uma vez que a cerimônia teve lugar no mês de dezembro. Para todos, aquela generosidade excessiva por parte das altivas irmãs pareceu uma forma de compensar Adrienne pelo que sofrera nas mãos de Morten. A senhora Baek, porém, sabia que não se tratava disso, e que de fato agiam movidas por uma profunda gratidão, evidenciada pela oferenda da *parure* de diamantes. Pois agora a bela Adrienne deixara de ser a viúva virgem e, perante o mundo, nada mais tinha a ver com o irmão. Quando a dócil intrusa saiu da casa delas, o mínimo que podiam fazer era acompanhá-la com profundas mesuras até a porta. Mais tarde, também demonstrariam, e pelo mesmo motivo, a mais excessiva bondade em relação aos filhos de Adrienne, para os quais legariam, no final, a maior parte de seus bens terrenos. A tudo isso foram impelidas por serem gratas àquela bela ninhada de aves ornamentais do galinheiro de Elsinore, pois, afinal, não eram as crianças de Morten.

A senhora Baek também foi convidada para o casamento e ali passou uma noite agradável. Quando serviram o gelo, ela de repente lembrou-se dos *icebergs* no imenso e escuro oceano sobre o qual havia lido, e também de um solitário jovem contemplando-os desde o convés de um navio. Nesse instante, seus olhos encontraram os da senhorita Fanny, sentada na outra ponta da mesa. Aqueles olhos escuros estavam em fogo e reluziam marejados. Com todo o vigor dos De Coninck, a distinta e idosa donzela tentava reprimir algo: um grande desejo, uma vergonha ou um triunfo.

Mas havia outra jovem de Elsinore cuja história, muito breve, também encontra aqui seu devido lugar. Tratava-se da filha do dono da estalagem de Sletten. Katrine descendia dos carvoeiros que viviam nas cercanias de Elsinore e eram muito parecidos com os ciganos. Era uma morena corpulenta com bochechas rosadas, da qual se comentava ter sido, no passado, namorada de Morten De Coninck. Pois essa jovem teve um triste destino. Falava-se que ela tinha ficado um pouco biruta. Ela começou a beber e a fazer coisas piores, e acabou morrendo jovem. Eliza, a mais jovem das irmãs De Coninck, tratava essa jovem com imensa bondade. Por duas vezes, ela a encaminhou para uma pequena fábrica de chapéus, pois a jovem era talentosa e sensível à elegância. A própria Eliza cuidava de divulgar isso, usando apenas os chapéus feitos por Katrine, a quem ajudou com dinheiro até o fim da vida. Quando, após muitos escândalos em Elsinore, Katrine mudou-se para Copenhague e foi morar na rua de Dybensgade, onde, em geral, as damas da cidade jamais punham os pés, Eliza De Coninck mesmo assim continuou a vê-la e, ao retornar dessas visitas, parecia recobrar forças e exalar uma secreta alegria. Pois essa era a maneira pela qual devia se comportar uma jovem amada e abandonada por Morten De Coninck. Essa ruína evidente, essa miséria e essa degradação eram apenas a conseqüência harmoniosa dos acontecimentos, que faziam ressoar e deleitar o coração da irmã, ao mesmo tempo que fechavam seus ouvidos às palavras de conforto do mundo. As duas passavam juntas longos dias. A mulher arruinada permanecia muda, exceto pelas três ou quatro vezes por dia em que perguntava de onde soprava o vento, uma pergunta que a ereta e elegante dama ao lado de sua cama sempre respondia sem hesitação ou erro. Eliza permaneceu junto ao leito de morte de Katrine como uma bruxa que acompanha atenta o efeito de uma poção letal, prendendo a própria respiração para captar o último suspiro da moribunda jovem de Sletten.

O inverno de 1841 foi extraordinariamente severo. O frio chegou antes do Natal, mas em janeiro transformou-se em uma geada contínua e silenciosa. Um pouco de neve, em flocos espessos e dispersos, caía de tempos em tempos, mas não havia vento nem sol e tampouco qualquer movimento no ar ou na água. No Estreito a camada de gelo era espessa, e as pessoas poderiam caminhar de Elsinore até a Suécia para tomar café com amigos, cujos pais haviam se enfrentado em meio ao troar dos canhões nas mesmas águas, em meio a ondas que se erguiam altas. Agora elas pareciam minúsculas fileiras de escuros soldadinhos de chumbo sobre a infinita planície cinzenta. Todavia, à noite, quando as luzes das casas e os baços lampiões das ruas lançavam um pouco de sua luz sobre gelo, essa imensidão plana e branca do mar era muito estranha, como o alento da morte sobre o mundo. A fumaça das chaminés elevava-se em colunas retas para o céu. Nem mesmo os mais velhos recordavam-se de outro inverno parecido.

A velha senhora Baek, tal como os outros, estava muito orgulhosa desse clima extraordinariamente frio, e ficou muito excitada com aquilo, mas o fato é que esses meses invernais provocaram nela uma mudança. Provavelmente estava próxima de seu fim, e avançava rapidamente em sua direção. Tudo começou certa manhã ao desmaiar na sala de jantar, após ter saído para comprar peixe. Depois, por algum tempo, mal conseguia se mexer e tornou-se muito calada. Parecia ter encolhido e seus olhos ficaram baços. Continuou como antes a cuidar dos afazeres domésticos, mas tinha a sensação de escalar uma interminável e íngreme colina toda vez que, no final da tarde, com sua vela e sua sombra, subia a escada; e parecia estar ouvindo sons muito distantes quando, com seu bordado, sentava-se ao lado do alto e crepitante fogão de porcelana. Os amigos começaram a achar que teriam de abrir-lhe um buraco quadrado naquele solo impenetrável, antes mesmo do início do degelo da primavera. Mas ela resistiu e, pouco depois, aparentava ter recobrado as forças, embora estivesse mais rígida, como se, durante o rigoroso inverno, tivesse ficado irremediavelmente congelada. Nunca mais recuperou aquela alegre e precisa fluência ao falar que, durante setenta anos, animara tanta gente, mantivera a criadagem na linha, e tanto estimulara como refreara a boataria em Elsinore.

Uma tarde, ela confidenciou ao rapaz que a ajudava na casa que decidira ir a Copenhague para ver as patroas. No dia seguinte, saiu para combinar a viagem com o cocheiro. Logo correu a notícia de seu plano, pois a viagem de Elsinore a Copenhague não era nada fácil. Na madrugada de uma quinta-feira, ela se levantou quando ainda estava escuro e desceu os degraus de pedra até a rua, carregando sua mala de pano enquanto surgiam os primeiros raios da luz matinal.

A viagem não foi mesmo agradável. São mais de quarenta quilômetros de Elsinore a Copenhague pela estrada à beira-mar. Em muitos trechos, mal se distinguia o caminho, apenas uma trilha que acompanhava a costa. Ali o vento, soprando do mar, removera a neve, impossibilitando a passagem de trenós. A velha senhora viajava em uma carruagem com palha no piso. Embora estivesse bem agasalhada, à medida que avançava a carruagem e começava o dia invernal, revelando aquela paisagem tão silenciosa e gelada, era como se absolutamente nada pudesse sobreviver ali, muito menos uma velha solitária dentro de uma carruagem. Ela se mantinha perfeitamente imóvel, atenta a tudo à sua volta. A superfície congelada do Estreito destacava-se cinzenta sob uma luminosidade igualmente cinzenta. Aqui e ali algas lançadas à praia conferiam-lhe tons pardacentos e negros. Junto ao caminho, sobre a areia, corvos marchavam de um lado para o outro, ou então disputavam peixes mortos. Nas casinhas dos pescadores, à beira da estrada, portas e janelas estavam cuidadosamente fechadas. Às vezes dava para ver os próprios pescadores, com botas altas que chegavam aos joelhos, ao longe sobre o gelo, abrindo buracos na expectativa de capturar um bacalhau com iscas de latão. O céu exibia um tom plúmbeo, mas logo acima do horizonte abria-se uma larga faixa com a cor de uma velha casca de limão ou de marfim muito antigo.

Fazia anos que passara por aquele caminho. Enquanto seguia em frente, figuras há muito esquecidas surgiam para lhe fazer companhia na carruagem. Para ela, o mais estranho era pensar que o indiferente cocheiro, com seu casaco de pele, e os pequenos cavalos baios fossem capazes de conduzi-la por um mundo do qual não tinham a menor idéia.

Passaram por Rungsted, onde, ainda menina, ela havia trabalhado em uma antiga hospedaria de tijolos vermelhos, à beira da estrada. A partir dali, e até a cidade, o caminho era melhor. Ali vivera, nos últimos anos de sua vida, doente e pobre, o grande e genial poeta Ewald, o cisne do Norte. Com a saúde arruinada, frustrado em seu amor pela infiel Arendse, incapaz de resistir à bebida, ainda assim ele irradiava uma vitalidade incomum, uma luz intensa que deixara fascinada a menina. Aos dez anos, a pequena Hanne fora sensível ao magnetismo das grandes potências misteriosas da vida, das quais nada compreendia. Só o fato de estar ao lado do poeta era uma felicidade. Eram três as coisas, ficara sabendo pela conversa da patroa, que ele estava sempre suplicando: queria casar, pois a vida sem mulheres parecia-lhe intoleravelmente fria e estéril; qualquer tipo de bebida alcoólica – embora fosse um requintado apreciador de vinhos, também bebia o grosseiro gim produzido na região; e, por último, queria receber a hóstia na sagrada comunhão. Todos esses três desejos despertavam a firme oposição de sua mãe e de seu padrasto, ambos abastados e vivendo em Copenhague, e até mesmo de seu amigo, o pastor Schoenheyder, pois não queriam vê-lo feliz em nenhum dos dois primeiros casos, e achavam que precisava emendar sua vida antes de satisfazer o terceiro desejo. Já a dona da hospedaria e Hanne sentiam pena do poeta. Caso dependesse delas, teriam casado com ele, teriam lhe oferecido vinho e o levado a comungar. Muitas vezes, enquanto as outras crianças estavam brincando, Hanne se afastava a fim de colher para ele as primeiras violetas da primavera na relva ainda gelada, ansiosa por ver a expressão em seu rosto quando ele cheirasse os pequenos maços de flores. Havia algo ali que, embora ela não conseguisse entender, arrebatava todo o seu ser – o fato de que as violetas pudessem ser tão importantes. Em geral, quando estavam juntos, ele era alegre e a colocava em seus joelhos, aquecendo nela suas mãos frias. Seu hálito às vezes cheirava a gim, mas isto ela nunca contou para ninguém. Mesmo três anos depois, ao ser crismada, ela imaginava o Senhor Jesus com o longo cabelo preso em uma trança, e com o sorriso incomum, selvagem, ferido e arrogante do poeta agonizante.

A senhora Baek entrou pelo portão leste de Copenhague na hora em que as pessoas começavam a acender seus lampiões. Embora tenha sido interrogada pelos coletores de tributos, foi liberada assim que viram tratar-se de uma mulher honesta que não fazia nenhum contrabando. Do mesmo modo ela iria se apresentar no portão do céu, ignorando o que lhe seria exigido, mas assim mesmo confiante de que, uma vez que se comportasse corretamente, de acordo com seus próprios critérios, também os outros se portariam corretamente, de acordo com os critérios deles.

Ela percorreu as ruas de Copenhague, olhando para todos os lados – pois fazia anos que não visitava a cidade – como o faria se tivesse de formar uma opinião a respeito da nova Jerusalém. Não viu ruas pavimentadas de ouro ou de crisoprásio, e em alguns pontos a neve se acumulara, mas ela as aceitou tal como eram. Do mesmo modo, também aceitou o estábulo, onde desceu da carruagem, e a caminhada no gélido começo de noite de Copenhague até Gammeltorv, onde moravam suas patroas.

Apesar disso, ela se sentiu, ao seguir vagarosamente pelas ruas, como uma intrusa, como alguém que não pertencia àquele lugar. Não chamou a atenção de ninguém, com exceção de dois rapazes, absortos em uma discussão política, que tiveram de se separar para lhe dar passagem, e por alguns meninos, intrigados com o chapéu que usava. Ela não apreciou nada esse tipo de atenção, algo que jamais ocorria em Elsinore.

As janelas do primeiro andar da casa das senhoritas De Coninck estavam muito iluminadas. Lembrando-se de que aquele era o dia do aniversário de Fernande, a senhora Baek, no outro lado da praça, concluiu que se tratava de uma festa.

E de fato era assim. Enquanto a senhora Baek galgava lentamente a escadaria, arrastando seus pesados pés e sua mensagem de um degrau para o outro, as irmãs estavam alegremente entretendo convidados em seu cálido e confortável salão cinzento, forrado com um tapete verde e decorado com reluzentes móveis de mogno.

A festa era típica das duas solteironas por ser composta sobretudo de cavalheiros. Elas viviam, em sua bela residência de Gammeltorv, como uma dupla de proeminentes cortesãs de Copenhague, incitando seus admiradores a excessos e seduzindo-os para que dispusessem de suas riquezas e saúde espiritual em troca dos encantos delas. E, enquanto uma dupla de jovens cortesãs da carne estaria interessada nos grandes e nos príncipes desse mundo, do mesmo modo elas constantemente preparavam suas armadilhas para os *honoratiori* do mundo espiritual. Nessa noite, haviam trazido à mesa aquisições de monta: nada menos que o bispo de Sjaelland, o diretor do Real Teatro de Copenhague, ele próprio renomado dramaturgo e escriba filosófico, e um conhecido e idoso pintor de animais que acabara de chegar de Roma, onde fora recebido com grandes honrarias. Um velho comodoro de rosto jovial, que carregava um ferimento desde 1807, e uma das damas de companhia da rainha-mãe, uma mulher elegante e boa ouvinte cuja saia volumosa parecia uma massa sólida da cintura para baixo, completavam o grupo, todos velhos amigos, ainda que estes dois últimos ali estivessem sobretudo para completar a mesa.

Se as irmãs não conseguiam viver longe da companhia masculina, isto se devia ao fato de estarem firmemente convencidas, como que por instinto ou por algo presente no sangue das famílias de navegantes, de que a palavra final quanto ao nosso verdadeiro valor cabe apenas ao sexo oposto. Aos membros do nosso sexo, podemos indagar suas opiniões e conselhos sempre que se tratar de algo relacionado à bússola ou à tripulação, à cozinha ou ao jardim. No entanto, quando se trata de nosso verdadeiro valor, até mesmo as palavras de nossos melhores amigos são vazias e irrelevantes – para tanto precisamos consultar alguém do sexo oposto. Velhos lobos do mar, que enfrentaram o cabo Horn e sobreviveram a uma centena de furacões, conhecem a lei. Por mais que sejam respeitados no convés ou na sala dos oficiais, no fim das contas cabe às mulheres decidir se a vida deles vale a pena. As mulheres dos velhos marujos estão conscientes disso, e empenham-se ao máximo em inculcar até mesmo nos jovens um juízo favorável. Essa doutrina e esse rápido olhar discriminador são aperfeiçoados nas famílias de marinheiros, pois ali os dois sexos têm a oportunidade de se examinarem a distância. Um marinheiro, ou a filha de um marinheiro, julgam alguém do outro sexo com a mesma rapidez e convicção com que um caçador avalia uma montaria; um fazendeiro, uma cabeça de gado; e um soldado, um fuzil. Nas famílias dos clérigos e dos escribas, nas quais os homens permanecem em casa o dia todo, é possível que as pessoas sejam avaliadas muito bem em termos individuais, mas ali nenhum homem sabe o que é uma mulher, ou esta, um homem; tanto um como a outra não conseguem ver a floresta, apenas as árvores.

Vestindo capuzes com fitas rendadas, as duas irmãs faziam as honras da casa com muita graça. Naquela época, em que os cavalheiros não fumavam na presença das damas, a atmosfera de uma reunião noturna permanecia serena até o final, embalada pelas exóticas e ligeiramente aromáticas correntes de vapor que exalavam os copos, nos quais o rum raro e antigo fora misturado com água quente, limão e açúcar, que se encontravam na mesa sob a luz cálida da lamparina. Nenhum dos convivas deixara de ser afetado por esse néctar. Pouco antes, haviam evocado seus dias de juventude relembrando velhas canções que ouviram os amigos de seus pais cantar sob o efeito do vinho naqueles que haviam de fato sido os bons e velhos tempos. O bispo, dono de uma voz agradável, erguera seu copo ao fazer o antigo brinde à geração anterior:

> Que sejam lembrados os mais velhos,
> sempre tão alegres e livres.
> Eles sim, meus caros, sabiam amar,
> e a maior prova disso somos nós!

O eco da canção – pois agora, segundo ela, o som levava cinco minutos desde o ouvido até o seu cérebro – deixara a senhorita Fanny De Coninck pensativa e um tanto distraída. "Que curioso", pensava ela, "esses velhos corpos alquebrados serem a prova de que rapazes e moças, meio século atrás, suspiraram e tremeram e se perderam em êxtases. E essa mão grisalha, que prova mais intrigante das loucuras de mãos jovens em uma noite de maio tão, mas tão distante.

Como estava de pé, absorta nesse intenso devaneio, o queixo apertando um pouco a fita de veludo negro que lhe cingia o pescoço, teria sido difícil para alguém que não a conhecera na juventude vislumbrar um sinal de beleza no rosto de Fanny. O tempo fora um tanto cruel com ela. Um ligeiro enviesamento nos traços, que antes lhe conferia uma adorável mordacidade, agora tornava incomum sua expressão. A leveza de pássaro, com seus pequenos movimentos abruptos e intermitentes, virara uma caricatura. Ainda lhe restavam, porém, os olhos escuros e reluzentes e, apesar de tudo, ela compunha uma figura elegante e ligeiramente tocante.

Após um instante, com a mesma animação de antes, ela retomou a conversa com o bispo. Mesmo o lencinho em seus dedos e os pequenos botões de cristal que desciam por sua estreita blusa de seda pareciam participar da discussão. Uma pitonisa em seu tripé, com o corpo impregnado de fumos inspiradores, não conseguiria parecer mais profética. O que se debatia era a seguinte questão: diante da possibilidade de se ganhar asas de anjo, as quais não poderiam mais ser retiradas, seria o caso de aceitar ou recusar tal dádiva?

– Ah, Vossa Reverendíssima – disse a senhorita Fanny –, ao caminhar pela nave lateral da igreja o senhor converteria todos aqueles que lhe vissem as costas. Não restaria um único pecador em Copenhague. Mas lembre-se de que, todos os domingos, até mesmo o senhor desce do púlpito ao meio-dia. Agora isto já deve ser difícil o bastante para o senhor, imagine se tivesse asas brancas de anjo, toda vez que quisesse...

O que de fato pretendia dizer era "quisesse usar um penico". Quarenta anos antes ela não teria hesitado em completar a frase. Não é por nada, mas as irmãs De Coninck tinham convivido com marinheiros toda a vida. Expressões mais fortes, e até mesmo imprecações, que jamais seriam ouvidas nas bocas das outras jovens de Elsinore, vinham naturalmente aos lábios rosados das irmãs, o que era motivo de encantamento para seus admiradores. Elas conheciam muitos nomes do demônio e, em momentos de maior excitação, diziam "Inferno – para o inferno!". Todavia, a longa prática como dama e anfitriã refreou Fanny, que preferiu dizer, com toda a suavidade, "... que quisesse comer um peru assado?". Pois era exatamente isto o que fizera o bispo durante o jantar com evidente deleite. Mesmo assim, a imaginação dela agitava-se com tal vivacidade que era de admirar que o prelado, ao fitar-lhe os olhos límpidos de tão perto com um sorriso paternal, não vislumbrasse neles a imagem de si mesmo, com seus paramentos, sentado em um penico com um par de asas angelicais nas costas.

Tão interessado na discussão estava o velho que chegou a derramar algumas gotas de seu copo no tapete.

– Minha cara e adorável senhorita Fanny – disse ele –, sou um bom protestante e posso me jactar de não ter fracassado por completo em conciliar os assuntos celestiais e terrenos. Nessa situação, eu baixaria os olhos e contemplaria, na verdade, minha individualidade celeste refletida em miniatura, tal como a senhora o faz todo dia ao se ver no pequeno espelho em sua bela mão.

– Na Itália, tive a oportunidade de ver um ossinho de forma incomum, encontrado apenas na omoplata do leão, e que é resquício de um osso de asa, da época em que havia leões alados, tal como aquele da praça de São Marcos. Era muito interessante – comentou o idoso professor de pintura.

– Ah, sem dúvida, trata-se de uma bela escultura monumental naquela coluna – disse o bispo, que, além de conhecer a Itália, sabia que possuía uma cabeça leonina.

– Oh, se pudesse ter asas – exclamou a senhorita Fanny –, pouco me importaria com a elegância ou monumentalidade de minha figura. Mas, por sant'Ana, eu as aproveitaria para voar.

– Permita-me, senhorita Fanny – disse o bispo –, expressar meus votos de que isto não ocorra. Talvez tenhamos motivos para desconfiar de uma dama voadora. Imagino que a senhorita tenha ouvido falar de Lilith, a primeira mulher de Adão? Ao contrário de Eva, ela foi inteiramente feita de argila, tal como ele. E qual foi a primeira coisa que fez? Seduziu dois anjos e fez com que lhe revelassem a palavra secreta que descortina os céus, e em seguida voou para longe de Adão. Há uma lição aí: sempre que há um excesso do elemento terreno em uma mulher, esta não pode ser dominada nem pelo marido nem pelos anjos.

– E, de fato – prosseguiu, entusiasmado com o assunto e ainda com o copo na mão –, os atributos particularmente celestiais e angelicais na mulher, aqueles que mais admiramos e veneramos, servem de lastro e a mantêm próxima do chão. As tranças compridas, os véus do recato, as vestes que se arrastam, e até a adorável forma feminina em si mesma, o regaço e o quadril tumescentes, apresentam a menor adequação possível à idéia do vôo. Nós, todos nós, lhe concedemos de bom grado a condição de anjo e asas brancas, e a colocamos em nosso pedestal mais elevado, com a única e inevitável condição de que não sonhe, e até de que seja criada na absoluta ignorância disso, com a possibilidade de voar.

– Oh, la, la – replicou Fanny –, sabemos muito bem disso, Vossa Reverendíssima, e é por isso que toda mulher a quem vocês cavalheiros não amam nem veneram, que não possuem longas melenas nem regaço tumescente, que precisam recolher as saias para limpar o chão, que se deleitam à vista do emblema de sua própria servidão, pois é essa mulher que consagra seu cabo de vassoura na véspera da noite de Walpurgis.

O diretor do Real Teatro friccionou as mãos delicadas uma contra a outra e disse:

– Quando ouço as damas se queixarem da dureza de suas tarefas e das restrições a que estão submetidas, às vezes me lembro de um sonho que tive. Na época estava compondo uma tragédia em versos. No sonho, pareceu-me que as palavras e versos do meu poema se rebelavam e protestavam: "Por que devemos tomar tanto cuidado para nos portar, nos mover e nos comportar segundo leis difíceis e dolorosas que as palavras de sua prosa nem sequer sonham em obedecer?" Diante disso, respondi: "*Mesdames*, porque as senhoras devem ser poesia. Damos pouco valor e pouco exigimos da prosa. Não podemos viver sem ela, mesmo que seja apenas para os regulamentos policiais e os almanaques. Mas um poema deve ser adorável para ter *raison d'être*". Deus me perdoe se cometi alguma vez poemas desprovidos de beleza, ou se tratei alguma dama de tal modo que as impedisse de ser perfeitamente adoráveis – quanto aos meus outros pecados, eu não teria a menor dificuldade em suportá-los.

– Como – retomou o velho comodoro – poderia eu entreter alguma dúvida quanto à realidade das asas, tendo crescido entre barcos a vela e entre as damas do início do século? Os bestiais vapores que hoje navegam talvez sejam bruxas do mar – talvez sejam como as mulheres independentes. Mas se vocês, minhas damas, estão pensando em abdicar dos barcos de velas brancas e dos poemas, bem, não nos resta alternativa além de nos tornarmos poemas perfeitamente adoráveis, e deixarmos que vocês se encarreguem dos regulamentos policiais. Sem poesia não há barco que possa navegar. Quando era um cadete a caminho da Groenlândia, ou cruzando o oceano Índico, eu costumava me consolar, na vigília intermediária, pensando, em ordem consecutiva, em todas as mulheres que conhecera, e declamando poemas que aprendera de cor.

– Mas você sempre foi um poema, Julian, um rondel – disse Eliza, sentindo a tentação de abraçar o primo, por quem sempre tivera uma grande amizade.

– Ah, basta falar em Eva e no Paraíso – disse Fanny – que se nota em todos vocês um resto de ciúme da serpente.

– Na Itália – disse o professor –, muitas vezes me ocorreu o quanto era curioso que a serpente – que, se bem compreendo as Escrituras, abriu aberto os olhos do homem para as artes – seja, em si mesma, um objeto impossível de ser reproduzido em um quadro. A serpente é uma criatura adorável. Em Nápoles, há um grande serpentário e ali pude observar esses répteis durante horas. Suas peles são como jóias, seus movimentos, um maravilhoso espetáculo artístico. Todavia, jamais vi uma serpente ser bem retratada em uma pintura. Eu mesmo não conseguiria tal façanha.

– Você ainda se lembra – disse o comodoro, que estivera seguindo seus próprios pensamentos – do balanço que construí em Oregaard quando você fez dezessete anos, Eliza? Até fiz um poema sobre ele.

– Claro que me lembro, Julian – respondeu Eliza, com um brilho no rosto –, ele tinha a forma de um barco.

Curiosamente, as duas irmãs, que haviam sido tão infelizes quando jovens, extraíam imenso prazer do retorno ao passado. Podiam falar durante horas sobre os detalhes mais ínfimos dos dias de sua juventude, e estes as faziam rir e chorar com mais emoção do que qualquer acontecimento atual. Talvez, para elas, a primeira condição para que algo tivesse um encanto genuíno era que não tivesse ocorrido.

Havia ainda outro fenômeno intrigante a respeito das irmãs: o fato de que elas, a quem tão pouco havia acontecido, se referissem a seus amigos casados, e com esposos, filhos e netos, em um tom de piedade e desprezo, como pobres e tímidas criaturas cujas vidas haviam sido anódinas e desprovidas de eventos. O fato de elas não terem tido maridos, filhos ou amantes não impedia que sentissem ter escolhido o papel mais romântico e aventureiro. Para elas, somente as possibilidades tinham interesse; pouco lhes importava a realidade. Elas tiveram à mão todas as possibilidades e jamais haviam abdicado delas a fim de fazer uma escolha definitiva, restringindo-se a uma realidade limitada. Ainda poderiam participar de fugas com amantes por escadas de corda, ou de núpcias secretas, se fosse o caso. Ninguém poderia impedi-las. Desse modo, suas únicas amigas íntimas eram também solteironas, ou mulheres infelizes em seus casamentos, todas damas da Távola Redonda das possibilidades. Para os seus amigos bem-casados, impregnados das realidades mundanas, elas tinham, com muita gentileza, outra linguagem, como se pertencessem a uma casta ligeiramente inferior, com a qual só é possível fazer contato com a ajuda de intérpretes.

O rosto de Eliza se iluminara, como um fino e imaculado jarro de alabastro atrás do qual se acende uma lamparina, à menção do balanço parecido com um barco, que ganhara de presente ao completar dezessete anos. Ela sempre fora, de longe, a mais atraente das crianças De Coninck. Quando jovens, a velha tia francesa as apelidara de *la Bonté, la Beauté* e *l'Esprit*,[28] sendo que Morten era *la Bonté*.

Ela era tão loira quanto era morena a irmã e, em Elsinore, onde em certa época houve uma voga de apelidos, ela ficara conhecida como

28. A Bondade, a Beleza e o Espírito. [N.T.]

"Ariel" e "O cisne de Elsinore". Havia algo em sua beleza que parecia conter uma promessa, o degrau inicial na escada de uma carreira extraordinária. Ali estava aquela criatura excepcional e jovem que tivera a inspiração de ser, dos pés à cabeça, espantosamente graciosa. Mas isto era apenas o começo. O passo seguinte talvez fossem suas roupas, pois Eliza sempre prezara demais a elegância e acumulara dívidas consideráveis – pelas quais às vezes o irmão se responsabilizara junto ao pai – ao encomendar brocados, caximiras e plumas de Copenhague e Hamburgo, e até de Paris. Também isso, porém, não passava do início de algo mais. Em seguida vinha a maneira como se movia e dançava. Ela evocava uma atmosfera de mistério que tirava o fôlego daqueles que a viam. Qual seria o passo seguinte dessa jovem extraordinária? Se na época ela tivesse de fato exibido um par de grandes asas brancas, e alçado vôo desde o atracadouro de Elsinore, elevando-se no céu de verão, ninguém teria ficado muito surpreso. Era evidente, com tal abundância de talento, que ela iria realizar algo de excepcional. "Há mais vigor nessa jovem", comentou o velho mestre do *La Fortuna*, quando a viu em um dia de primavera descer correndo até o porto com a cabeça descoberta, "do que em toda a tripulação do *Fortuna*". No final, porém, ela não havia realizado nada.

Em Gammeltorv, com deliberação e discreção, dia após dia, ela estava extinguindo-se em um encanto ainda mais marmóreo. Ainda conseguia cingir a cintura com as duas mãos longas e esguias, e movia-se com altivez e leveza, como uma velha égua árabe um pouco enrijecida, mas inegavelmente nobre, à vontade nos domínios da guerra e da fantasia. E ainda havia nela algo que mantinha aberta uma perspectiva, o sentimento de que em alguma parte podia contar com reservas e ainda não fora descartada a possibilidade de que coisas incomuns poderiam ocorrer.

– Meu Deus, aquele balanço, Eliza! – exclamou o comodoro. – Você havia sido tão dura comigo na noite anterior que, na verdade, saí para o jardim de Oregaard, no começo daquela manhã de julho, com a intenção de me enforcar. E enquanto olhava para a copa do grande olmo, ouvi você às minhas costas: "Aquele daria um bom galho". Aquilo, na minha opinião, foi cruel demais de sua parte. Ao me virar, porém, eu a vi, o cabelo ainda enrolado em papelotes, lembrei-me que lhe prometera fazer um balanço. Seja como for, não poderia morrer antes de cumprir a promessa. Quando afinal o terminei e vi você balançando-se, pensei: "Ainda que meu destino na vida seja servir eternamente de lastro para as velas brancas de jovens loiras, posso me considerar abençoado".

– É exatamente por isso que nós sempre o amamos – disse Eliza.

Uma jovem criada de beleza excepcional, com fitas de tom azul- claro em sua touca – contratada pelo par de velhas cortesãs espirituais como forma de estabelecer um equilíbrio na casa, tal como o fariam duas jovens cortesãs mundanas, com a mesma finalidade, ao manterem uma criada feia e deformada, uma anã espirituosa e imaginativa –, trouxe uma bandeja repleta de guloseimas: gengibre chinês, tangerinas e frutas cristalizadas. Ao passar pela poltrona da senhorita Fanny, ela sussurrou:

– A senhora Baek acabou de chegar de Elsinore e aguarda na cozinha.

Fanny mudou de cor; ela nunca conseguia receber com tranqüilidade a notícia de que alguém chegara ou partira. Sua alma a abandonou e voou até a cozinha, de onde teve de arrastá-la de volta.

– Naquele verão de 1806 – retomou ela – saiu a tradução da *Odisséia* para o dinamarquês, a primeira, se não me engano. À noite, papai costumava ler em voz alta para nós. Ah, como nos divertimos personificando o herói e seus galantes companheiros, enfrentando os ciclopes, navegando entre a ilha dos lestrigões e a costa dos feácios! Ninguém jamais irá me convencer de que não passamos aquele verão em nossos barcos, sob as velas pardas.

Pouco depois, os convidados se retiraram, e as irmãs ergueram as persianas a fim de acenar para os quatro cavalheiros, os quais ajudaram a senhorita Bardenfleth a montar na carruagem da corte e então se afastaram, conversando animadamente através do pequeno deserto cinzento de Gammeltorv, fazendo comentários, em meio às discussões filosóficas e poéticas, sobre o frio excepcional que fazia.

Esse momento logo após suas reuniões sempre ressoava de modo estranho no coração das irmãs. Ficavam contentes com a partida dos convidados, mas era um prazer maculado por breve e silencioso laivo de amargura. Pois ainda conseguiam fazer com que os outros se apaixonassem por elas. Ainda possuíam aquela radiância capaz de refletir pequenos efeitos de arco-íris na atmosfera da vida de Copenhague. Mas quem poderia fazê-las se apaixonar? Essa dose de álcool espiritual e sentimental que instilava calor e movimento nas cansadas veias flebíticas de seus convidados – onde é que elas próprias o obteriam? De si mesmas, bem o sabiam, e normalmente isto era o que lhes contentava. Porém, cada vez mais nesses momentos, a *tristesse* da eterna anfitriã as deixava um pouco mais rígidas.

Não foi assim nessa noite, pois logo que fecharam de novo as persianas, seguiram para a cozinha, não sem antes dispensarem apressadamente a bela criada, como se convencidas de que a verdadeira alegria da vida só se encontrasse entre mulheres mais idosas. Prepararam um café novo para elas e a senhora Baek, usando o velho bule de cobre que ficava na parede. O café, para as dinamarquesas, é para o corpo o mesmo que a palavra do Senhor para a alma.

Se esse reencontro após uma longa separação entre as irmãs e a criada tivesse ocorrido no passado, as jovens teriam imediatamente entretido a viúva com as histórias de seus admiradores. Esse assunto sempre foi fascinante para a criada e era caro às irmãs por lhes dar uma oportunidade de chocar a senhora Baek. Mas esses tempos haviam passado. Elas então lhe deram as notícias da cidade – uma velha viúva se casara de novo, outra enlouquecera –, assim como um pouco dos rumores da Corte, resumidos de tal modo que a criada entendesse, e que haviam ouvido da boca da senhorita Bardenfleth. Mas algo na expressão da senhora Baek lhes chamou a atenção. Algo fatídico a preocupava; ela própria trazia notícias. Assim, logo fizeram uma pausa para que a criada falasse.

A senhora Baek permitiu que a pausa se estendesse.

– O senhor Morten – disse afinal, empalidecendo ao som de seus próprios pensamentos sobre os longos dias e noites anteriores – voltou a Elsinore. Ele vagueia pela casa.

Um silêncio sepulcral tomou conta da cozinha. As duas irmãs sentiram os cabelos eriçados. Para elas, o terror maior era o fato de a senhora Baek ter sido a portadora de tal notícia. Se elas tivessem dado a nova à criada, por perversidade ou capricho, isto não teria significado muito. Mas o fato de que Hanne, que viam como o princípio da solidez e do equilíbrio no mundo, abrisse a boca para anunciar a elas o fim de tudo – era isto o que, para ela, tornava aqueles segundos na cozinha os primeiros instantes de um tremendo terremoto.

A própria senhora Baek notou o que havia de pouco natural na situação, e tudo o que passava pela cabeça das patroas. Também ela ficaria apavorada, caso ainda fosse capaz disso. Mas agora sentia apenas um enorme triunfo.

– Eu mesma o vi – disse ela. – Sete vezes.

Nessa altura, as irmãs começaram a tremer com tanta força que tiveram de colocar na mesa as xícaras de café.

– Na primeira vez – continuou a senhora Baek –, estava de pé na sala de jantar vermelha, olhando para o relógio grande. Mas o relógio estava parado. Eu havia esquecido de lhe dar corda.

De repente um rio de lágrimas brotou dos olhos de Fanny e banhou seu rosto empalidecido.

– Oh, Hanne, Hanne – disse ela.

– Depois eu o encontrei uma vez na escada. Em três outras vezes, ele apareceu e sentou-se ao meu lado. Numa delas, até apanhou um novelo de lã que caíra no chão e o colocou de volta em meu colo.

– Como ele lhe pareceu? – perguntou Fanny, com voz alquebrada e rachada, enquanto evitava o olhar da irmã, que permanecia imóvel.

– Parece mais velho do que na época em que partiu – respondeu a senhora Baek. – Está com o cabelo mais comprido do que é comum por aqui – deve ser como se usa na América. E suas roupas estão muito gastas. Mas sorriu para mim, tal como costumava fazer. Na terceira vez em que o vi, antes de sumir – pois ele desaparece quando quer, e bem quando a gente acha que está ali, ele já foi embora –, ele me jogou um beijo, exatamente como fazia quando era pequeno e eu o repreendia.

Eliza ergueu a cabeça, muito lentamente, cruzando o olhar com o da irmã. Em nenhum momento de suas vidas a senhora Baek lhes contara qualquer coisa que elas, sequer por um instante, tivessem colocado em dúvida.

– No entanto – continuou a senhora Baek –, da última vez eu o vi parado por muito tempo diante dos retratos de vocês duas. Achei que ele gostaria de revê-las, e foi por isso decidi chamá-las para ir a Elsinore.

Ao ouvir essas palavras, as irmãs ergueram-se como dois granadeiros em uma parada. Embora muito agitada, a senhora Baek continuou sentada onde estava, sempre o personagem central de suas reuniões.

– Quando foi que você o viu? – perguntou Fanny.

– A primeira vez, há três semanas. A última, neste sábado. Então pensei: "Agora preciso ir chamar as senhoras".

De repente o rosto de Fanny ficou todo abrasado. Contemplou a senhora Baek com imensa ternura, a mesma ternura da época em que eram jovens. Percebeu então que aquilo era um grande sacrifício, oferecido pela velha criada tanto por devoção pessoal como pelo senso de dever. Pois essas três semanas, nas quais, completamente só, ela convivera com o fantasma do filho proscrito da casa De Coninck, devem ter marcado o ponto mais alto da existência da senhora Baek, algo a ser lembrado para sempre. E agora tudo isso chegara ao fim.

Seria difícil saber se, ao falar, ela estava prestes a chorar ou a rir.

– Oh, nós vamos sim, Hanne, nós vamos a Elsinore.

– Fanny, Fanny – disse então Eliza –, ele não está lá, não é ele.

Fanny deu um passo em direção ao fogão, com tanta violência que as fitas de sua touca balançaram.

– Por que não, Lizzie? Afinal, Deus tem algum desígnio para nós duas. E você não se lembra aquela vez em que Morten não queria voltar para a escola após as férias, e nos fez contar ao papai que ele havia morrido? Nós abrimos uma cova sob a macieira e o colocamos lá dentro. Você não se lembra?

Nesse instante, as duas irmãs viram, em suas mentes, exatamente a mesma imagem do pequeno menino corado, com os cachos cobertos de terra, sendo retirado da sepultura pelo pai ainda jovem e furioso, e também a imagem delas, com as pequenas pás e vestidos de musselina sujos, acompanhando a procissão de volta para casa como carpideiras desapontadas. O irmão bem que era capaz de lhes pregar outra peça desse tipo.

Ao se entreolharem, seus rostos traziam a mesma expressão de gaiatice juvenil. Diante dessa visão, a senhora Baek, ainda em sua cadeira, sentiu-se como se tivesse acabado de dar à luz com sucesso. Um fardo e uma plenitude foram retirados de seus ombros, e com eles foi-se também a sua importância. Era sempre assim com os aristocratas. Eles se apoderam de tudo o que se tem, até mesmo dos fantasmas.

A senhora Baek não permitiu que as irmãs a acompanhassem de volta a Elsinore. Insistiu para que viajassem um dia depois, pois queria se certificar de que os quartos estariam aquecidos quando elas chegassem e que houvesse garrafas de água quente nos leitos de donzela em que não haviam dormido por tanto tempo. Ela mesma partiu na manhã seguinte, deixando as irmãs em Copenhague até o outro dia.

Foi bom que elas dispusessem daquelas horas para compor o espírito e se prepararem para encontrar o espectro do irmão. Uma tempestade se abatera sobre elas, e seus barcos, por tanto tempo fundeados em águas calmas, foram lançados no meio da tormenta, entre ondas altas como casas. Mesmo assim, de forma alguma elas eram, com seus babados de renda, estranhas às tempestades da vida. Ainda eram capazes de manobras e de içar as velas. Tampouco se debulharam em lágrimas. Estas jamais foram uma solução para as irmãs. As lágrimas vieram apenas no início e não passaram de uma fraqueza; agora haviam sido superadas. Em meio à grande tempestade, as irmãs estavam bem familiarizadas com a antiga regra dos marinheiros:

Vento antes da chuva – baixar a mezena e de novo içá-la.
Chuva antes do vento – baixar a mezena e recolher as velas.

Fanny e Eliza não conversaram muito enquanto aguardavam ser admitidas em sua casa de Elsinore. Se fosse domingo, elas teriam ido à igreja, pois eram devotas convictas, e muito críticas em relação aos pregadores proeminentes da cidade, a tal ponto que voltavam para casa argumentando que elas próprias teriam feito melhor. Na igreja poderiam ter feito companhia uma à outra; dentre todas as casas, só a do Senhor era ampla o bastante para abrigar as duas. Agora, porém, viram-se obrigadas a perambular em áreas opostas da cidade, por ruas e parques nevados, suas mãos pequenas protegidas por luvas, fitando as estátuas frias e nuas e os pássaros enregelados nas árvores.

Como fariam aquelas duas damas tidas em alta consideração, abastadas, conhecidas e festejadas para acolher de novo o jovem de seu próprio sangue que acabara enforcado? Fanny ia e voltava pela avenida de tílias do Real Jardim de Rosas em Rosenborg. Nunca mais poderia visitá-lo de novo, nem mesmo na época do estio, quando os caramanchões ficavam verdes e dourados, ressoando com vozes infantis como um aviário. Levava consigo, de um lado para o outro, a imagem do irmão contemplando o relógio, o relógio parado e morto. E essa imagem só fazia crescer em seu âmago. O que Morten fitava era a morte da mãe, aflita por seu desaparecimento, e também o coração partido de sua noiva. A imagem ampliou-se ainda mais. Ele contemplava todos os corações partidos e traídos no mundo, todos os sofrimentos das criaturas frágeis e mudas, toda a injustiça e o desespero sobre a terra. E ela sentia que tudo isso recaía sobre os seus ombros. Os De Coninck eram culpados de todo o sofrimento e a morte do mundo. A angústia a impelia de uma ponta a outra da avenida como uma folha seca levada pelo vento – uma distinta senhora com botas forradas de pele, em seu íntimo uma grande e desvairada ave de asas cortadas, adejando no crepúsculo invernal. Olhando de soslaio, vislumbrava seu nariz grande, rosado sob o véu, como um cruel e terrível bico de pássaro. E, de tempos em tempos, uma questão voltava a persegui-la: o que estaria pensando Eliza? Era curioso que, nessa hora de necessidade, a mais velha se sentisse, com amargura e temor, abandonada pela mais nova. Embora tivesse sido ela a fugir da presença da irmã, não conseguia deixar de repetir para si mesma: "Então ela não podia ficar comigo nem um instante?". Sempre fora assim, mesmo no antigo lar dos De Coninck. Quando a situação começava a ficar realmente difícil, todos – Morten, Papa e Mamma – voltavam-se para a calada irmã mais nova, tão menos brilhante do que ela: "O que estará pensando Eliza?".

No crepúsculo, enquanto escurecia e lhe ocorria que a senhora Baek devia ter chegado à casa de Elsinore, Fanny de repente parou e pensou: "Será que devo rezar para Deus?". Vários de seus amigos, ela sabia, haviam encontrado conforto nas orações. Ela mesma, porém, deixara de rezar quando ainda era pequena. Por ocasião de suas idas à igreja nos domingos, que eram antes uma espécie de visita de cortesia ao Senhor, seus breves silêncios com a cabeça inclinada não haviam passado de gestos de polidez. Agora suas preces, assim que começou a formulá-las, tampouco a deixaram satisfeita. Na sua infância, ela costumava ler em voz alta para o pai a correspondência deste, e por isso estava familiarizada com o linguajar das cartas de solicitações – "...tocado pela funda impressão causada pela magnificência de sua nobre e notória generosidade...". Em sua vida, ela própria recebera muitas cartas dessa espécie; do mesmo modo, muitos jovens haviam lhe implorado, de joelhos, por algo. Sempre fora extremamente generosa para com os pobres, e dura com seus admiradores. Ela mesma nunca implorara nada, e não seria agora que o faria em nome de seu altivo irmão. À medida que sua prece começava a se assemelhar a uma carta de solicitação ou a uma proposta, ela a interrompia. Ele não ficará envergonhado, pensou ela, pois afinal foi ele que me procurou. Não será atemorizado pelas dezenas de milhares de pessoas que se voltaram contra ele. Em seguida, Fanny tomou o caminho de casa.

Quando, na tarde de sábado, chegaram afinal a Elsinore, as irmãs foram arrebatadas por emoções profundas e variadas. Ficaram impregnadas até mesmo do ar – os cheiros no vestíbulo, a atmosfera de sal e algas que sempre revigora as velhas casas à beira-mar. Espirrando, Fanny pensou no dito de que o corpo muda completamente a cada sete anos. O quanto mudei, e o quanto já me esqueci! O meu nariz, porém, deve ser o mesmo. Ainda me resta este nariz e ele se lembra de tudo. A casa estava quente como uma estufa, e isto as impressionou como uma gentil consideração, como se um antigo admirador tivesse vestido, em honra delas, seu uniforme de gala. Muita gente, ao revisitar lugares de seu passado, suspira ao ver o quanto estão mudados e decrépitos. As irmãs De Coninck sentiram, pelo contrário, que a velha casa é que poderia muito bem lamentar as marcas do tempo e da decrepitude nesse reencontro com as irmãs e exclamar: "Oh, céus, Oh, céus! São essas aquelas meninas coradas e de vozes argênteas com sandálias dançarinas e que costumavam escorregar pelo corrimão da escada?" – suspirando por suas longas chaminés, ó meu Deus! Tudo passa, tudo passa! Quando, porém, a casa preferiu ignorar tais sentimentos e fingir que as irmãs continuavam iguais, estas o tomaram como um delicado gesto de cortesia.

O imenso e cerimonioso prazer da velha senhora Baek com a visita não poderia deixar de emocionar as irmãs. Ela as recebeu nos degraus diante da casa; trocou-lhes os sapatos e as meias; e serviu-lhes bebidas quentes. Se é tão fácil fazê-la feliz, por que até hoje nunca viemos? Será pelo fato de a casa de sua juventude e adolescência ter parecido tão vazia e fria, tal como uma sepultura, antes que nela habitasse um fantasma?

A senhora Baek fez questão de lhes mostrar os lugares em que Morten havia aparecido, repetindo várias vezes os gestos que ele fizera. As irmãs pouco se importavam com os gestos que fizesse para qualquer outra pessoa além delas, mas não podiam deixar de estimar o amor da velha pelo irmão, e a ouviram com toda a paciência. No final, a senhora Baek sentiu-se muito orgulhosa, como se tivesse recebido uma relíquia sagrada do esqueleto do jovem amado, um ossinho que poderia guardar para si.

O aposento no qual serviu a ceia ficava no canto da casa. Duas de suas janelas davam para o Leste, onde se via o antigo e cinzento castelo de Kronborg e suas torres acobreadas, como um punho fechado erguendo-se sobre o Estreito. Sobre os bastiões, antigos comandantes da fortaleza haviam cultivado um jardim, no qual, em sua nudez invernal, as tílias agora exibiam-se ao mundo como árvores dispersas quando não são obrigadas a marchar, em formação militar, uma ao lado da outra. Duas outras janelas estavam voltadas para o Sul, por onde se via o porto de Elsinore imobilizado, com os marinheiros indo e voltando de seus barcos sobre o gelo.

Em algum momento, as paredes da sala haviam sido pintadas de carmim, mas com o tempo a cor desbotara, adquirindo incontáveis tonalidades, como um vaso repleto de rosas vermelhas agonizantes. À luz das velas, essas paredes lisas coravam e reluziam profundamente, em alguns pontos brilhando como pequenas poças de laca ressequida, crestada e avermelhada. Numa delas estavam os retratos das duas jovens irmãs De Coninck, as beldades de Elsinore. O terceiro retrato, do irmão, fora retirado há tanto tempo que apenas um débil sombreado denunciava o local que ocupara. Uma mistura de ervas aromáticas estava sendo queimada no imponente aquecedor, em cuja lateral Netuno, com um tridente, conduzia seus cavalos por ondas altas. Mas as pétalas secas de rosas eram de verões há muito passados. Somente uma fragrância muito débil emanava daquela pira funerária, um pouco rançosa, como o buquê de um excelente clarete guardado por demasiado tempo. Diante do aquecedor estava posta a mesa, com uma toalha branca e delicados pratos e xícaras chineses.

Naquela mesma sala, nos velhos tempos, os irmãos De Coninck haviam compartilhado muitas ceias secretas, nas quais concebiam peças dramáticas ou espetáculos de fantasias, ou quando, tarde da noite, Morten voltava de uma expedição em seu veleiro. Em tais ocasiões, que não chegavam aos ouvidos dos pais, o consumo de alimentos ou bebidas tinha de ser realizado na surdina, de modo a não despertar a casa adormecida. Trinta e cinco anos antes a sala vermelha testemunhara muitos risos contidos por tais precauções.

Fiéis à tradição, as senhoritas De Coninck adentraram a sala e, em silêncio, tomaram seus lugares à mesa, uma diante da outra, uma de cada lado do aquecedor. Mesmo para essas infatigáveis beldades de uma centena de bailes, a idade e a agitação começavam a se fazer sentir. Suas pálpebras estavam pesadas, e não conseguiriam agüentar por muito mais tempo se não tivesse ocorrido algo.

Não foi longa a espera. Assim que acabaram de se servir do chá e erguiam as frágeis xícaras aos lábios, houve um ligeiro farfalhar em meio à quietude da sala. E bastou voltarem um pouco as cabeças para ver o irmão de pé junto à ponta da mesa.

Ele ali ficou por um instante e, sorrindo, cumprimentou-as com uma leve inclinação da cabeça. Em seguida, puxando a terceira cadeira, sentou-se entre as irmãs. Pôs as mãos sobre a beirada da mesa e moveu-as lentamente de um lado para o outro, exatamente como costumava fazer.

Morten estava vestido precariamente com um casaco cinza-escuro que parecia desbotado e muito gasto. Mesmo assim, era evidente que se preocupara em melhorar sua aparência para o encontro, pois usava uma gravata preta alta e um colarinho branco meticulosamente ajeitados, e o cabelo penteado para trás. É bem possível, ocorreu a Fanny, que, após ter vivido por tanto tempo em meio a gente abrutalhada, ele temesse que as irmãs o considerassem menos refinado e polido. Não precisava ter se preocupado: mesmo nas galés teria a aparência de um cavalheiro. Ele estava mais velho do que na época em que o viram pela última vez, mas não tão envelhecido quanto elas. Parecia um homem de quarenta anos.

Seu rosto estava um tanto mais áspero do que antes, marcado pelas intempéries, e lívido. Com os olhos escuros, e sempre um pouco afundados, ainda se notava nele aquele mesmo divino jogo de luz e sombra que, tanto tempo atrás, enlouquecia as donzelas. A boca grande também preservara a antiga franqueza e doçura. Mas a testa já não era tão imaculada. Não que estivesse agora recortada por uma profusão de pequenas linhas horizontais, pois era feita de um mármore fino demais para ser marcado por tal desgaste superficial. A passagem do tempo revelara seu verdadeiro caráter. Não era mais a tiara imperial, que atraíra todos os olhares, acima das sobrancelhas escuras. Agora era evidente a grave e nobre semelhança com um crânio. A radiância dela pertencia ao detentor, não do mundo, mas da sepultura e da eternidade. Sem os cabelos, exibia a verdade com o máximo de franqueza e simplicidade. Tal como é possível, a partir do rosto do irmão, obter a chave da compreensão desse tipo característico de beleza familiar, também a reconheceríamos de imediato na aparência das irmãs, até mesmo nos dois retratos juvenis pendurados na parede. E o traço mais saliente das três cabeças era a semelhança genérica com a caveira.

Toda a expressão de Morten era, como sempre fora, tranqüila, atenciosa e digna.

– Boa-noite, minhas irmãzinhas, bem-vindas, bem-vindas – disse ele. – Foi muito gentil e fraternal terem vindo até aqui para me encontrar. Vocês devem ter feito uma... – ele se interrompeu, como se buscasse uma palavra, como se tivesse perdido o costume de conversar com outras pessoas – ...como diria, uma viagem agradável e fresca até Elsinore.

Sentadas, tão lívidas quanto ele, as irmãs o fitavam com os rostos virados. Ao contrário delas, Morten sempre falara muito baixo. Por isso, quando discutiam entre si, as irmãs podiam gritar ao mesmo tempo, na esperança de que uma voz aguda sufocasse a outra. Mas para se entender o que dizia Morten era preciso ouvir com atenção. Agora ele falava exatamente desse modo e, embora estivessem mais ou menos preparadas para a aparência do irmão, não se dava o mesmo em relação à sua voz.

Elas o ouviram tal como no passado, mas isto não era suficiente. Quando haviam fixado os olhares nele, também tiveram de girar seus esguios torsos nas cadeiras. Não poderiam então tocá-lo? Não, sabiam que isto era impossível. Para alguma coisa servia o fato de terem passado a vida toda lendo histórias de fantasmas. E esse mesmo obstáculo trouxe-lhes à lembrança os velhos tempos, quando, por ocasião daquelas festivas ceias secretas, Morten por vezes chegava com sua ampla capa encharcada de água da chuva e do mar, reluzente, negra e áspera como a pele de uma tubarão, ou então lustrosa de neve, ou ainda recém-coberta de alcatrão, a tal ponto que, em meio aos risos, tinham de mantê-lo a uma distância segura de seus vestidos. Oh, com que perfeição as canções de trinta anos atrás haviam sido transpostas da clave maior para a menor! Que tempestades tivera ele de enfrentar esta noite? Com que espécie de alcatrão ele fora embreado?

– E como vai a vida, minhas caras? – perguntou ele. – Continua tão festiva em Copenhague quanto nos velhos tempos em Elsinore?

– E você, Morten, como está? – perguntou Fanny, sua voz uma oitava inteira mais aguda que a dele. – Agora está com a aparência de um verdadeiro capitão corsário. Você traz consigo os ventos alícios, o cheiro das especiarias, para dentro desse nosso convento em Elsinore.

– De fato, são excelentes esses ventos – disse Morten.

– Até onde você se aventurou, Morten? – indagou Eliza, com leve tremor na voz. – Quantos lugares adoráveis você deve ter visto e que nunca vamos conhecer! Que vontade, ah, que vontade senti de estar no seu lugar...

Fanny fulminou a irmã com um olhar rápido e incisivo. Será que os pensamentos delas haviam seguido em direções paralelas desde as ruas e os parques nevados de Copenhague? Ou essa irmã calada e mais jovem, muito menos brilhante, estava expressando a verdade simples de seu coração?

– Sim, Lizzie, minha patinha – disse Morten. – Eu me lembro disso. Pensei nisto... como você costumava chorar, batendo os pequenos pés e torcendo as mãos, enquanto gritava: "Ah, como queria que você morresse!".

– De onde você vem, Morten? – perguntou Fanny.

– Do Inferno, é claro – respondeu o irmão. – Peço-lhe perdão – acrescentou ao ver a irmã estremecer. – Só pude vir agora, como você vê, porque o Estreito está congelado. É o único momento em que posso vir. É uma regra.

Oh, como o coração de Fanny se exaltou ao ouvir tais palavras! Ela sentiu em seu âmago, como se tivesse gritado, um grito de libertação, como uma mulher no momento final do parto. Quando, ao chegar de Elba, o Imperador pôs os pés no solo francês, trazia consigo os velhos tempos. Para trás haviam ficado a Moscou em chamas e as marchas em preto-e-branco no inverno fatal. No ar tremulava a bandeira tricolor, desdobrada, e os velhos granadeiros jogaram para o alto as armas e exclamaram outra vez: *Vive l'Empereur!* A alma dela, assim como a deles, envergou de novo o antigo uniforme. Apenas para os espectadores, e pela graça da coisa, é que agora estava ataviada com o corpo de uma velha.

– Não estamos parecidas com um par de velhos espantalhos, Morten? – perguntou ela com um brilho no olhar. – E não é que estavam certas nossas velhas tias quando nos alertavam para nossa futilidade e a futilidade de todas as coisas? Na verdade, essa gente que insiste com os jovens para que sejam previdentes e comprem muletas e um corno de ouvido acabam tendo razão no final.

– Não, de maneira alguma, vocês continuam encantadoras, Fanny – respondeu ele, devolvendo-lhe o olhar com um brilho atenuado. – Como uma mariposa-beija-flor – pois costumavam caçar borboletas juntos quando crianças. – E se estivessem de fato com a aparência de velhinhas, isto me daria muito prazer. Não conheci muitas delas, ao longo dos anos, nos lugares por onde passei. Quando vovó comemorava seu aniversário em Oregaard, ali sim é que se via uma casa repleta de velhinhas adoráveis. Parecia um majestoso aviário e, bem no centro, a vovó como uma altiva cacatua.

– No entanto – replicou Fanny –, certa vez você disse que daria um ano de sua vida para não ter de passar uma tarde com aquelas bruxas velhas.

– É verdade, bem que disse isso, mas desde então mudaram muito minhas idéias sobre um ano de vida. Mas digam-me, com toda a seriedade, ainda colocam pesos nos bilhetes amorosos, para lançá-los na carruagem em que vocês voltam para casa depois dos bailes?

– Oh! – exclamou Eliza, prendendo o fôlego, e declamou:

Was klaget aus dem dunkeln Thal
Die Nachtigall?
Was seuszt darein der Erlenbach
Mit manchen Ach?[29]

Era um poema há muito esquecido de um admirador igualmente esquecido

– Vocês não se casaram, não é, minhas caras? – indagou Morten, subitamente atemorizado com a absurda possibilidade de algum estranho ligado a suas irmãs.

– E por que não poderíamos estar casadas? – respondeu Fanny. – Nós duas tivemos maridos e amantes para cada ponta de nossos dedos. Eu, eu mesma me casei com o bispo de Sjaelland... ele até mesmo perdeu o equilíbrio em nosso leito nupcial por causa de suas asas.

Ela não conseguiu evitar que um risinho fino e delicado dela escapasse em pequenas lufadas, como o vapor escapando do bico de uma chaleira. Apenas quarenta e oito horas depois, o bispo já parecia ridiculamente pequeno, como uma bonequinha vista do alto de uma torre.

– Lizzie se casou... – prosseguiu ela, e então se calou.

Quando pequenos, os irmãos De Coninck haviam adotado uma superstição que ficaram conhecendo em uma comédia de marionetes: a de que as mentiras que se contam tendem a se tornar realidade. Por esse motivo, sempre tomavam o maior cuidado ao escolher as mentiras que iriam contar. Assim, jamais diziam que não podiam visitar aos domingos as tias idosas porque estavam com dor de dentes, pois temiam que a Nêmese podia estar em seu encalço e que acabariam mesmo sofrendo com os dentes. Porém, não viam nenhum problema em dizer que o professor de música lhes recomendara que deixassem de praticar suas gavotas, uma vez que já conseguiam tocá-las com magistral destreza. E esse hábito ainda corria em seu sangue.

29. O que lamenta no vale escuro/ o rouxinol?/ O que suspira no ribeiro dos alnos/ com tantos ais? [N.T.]

– Não, para dizer a verdade, Morten – disse Fanny –, somos velhas solteironas, e tudo por sua causa. Ninguém se interessou por nós. Os De Coninck ficaram com péssima fama como noivos desde que você sumiu e levou embora o coração, a alma e a inocência de Adrienne.

Ela o fitou, curiosa para ver como reagiria. Conseguira acompanhar os pensamentos dele. Enquanto elas haviam sido fiéis, ele – o que fizera? Ele as sobrecarregara com uma adorável e gentil cunhada.

O tio deles, Fernand De Coninck, aquele que ajudara Morten a armar seu barco, havia vivido na França durante a Revolução. Isto sim é que era um lugar e uma época para um De Coninck viver. Por outro lado, o tio nunca conseguira deixá-los para trás, nem mesmo ao se estabelecer como um velho solteirão em Elsinore, cuja vida pacata nunca lhe agradara. Sempre trazia na ponta da língua anedotas e canções daquele período glorioso de sua vida, e os irmãos, quando eram crianças, aprenderam todas elas de cor. Após uma pausa, lentamente e com voz grave, Morten começou a declamar uma dessas cantigas tão apreciadas pelo tio Fernand. Esta fora composta em uma ocasião especial, quando as tias velhas do rei da França estavam deixando o país, e a polícia revolucionária ordenara que toda a bagagem delas fosse aberta e vasculhada na fronteira, por temor de uma traição.

Morten entoou:

Avez-vous ses chemises,
à Marat?
Avez vous ses chemises?
C'est pour vous très vilain cas
si vous les avez prises.[30]

De imediato, Fanny adquiriu a mesma expressão que havia no rosto do

30. Carregam vocês as camisas dele,/ as de Marat?/ Carregam vocês as camisas dele?/ Seria muita vilania/ se as tivessem consigo. [N.T.]

irmão. Sem precisar rebuscar muito na memória, ela o acompanhou no verso seguinte. Dessa vez, eram as velhas tias do rei que falavam:

Avait-il des chemises,
à Marat?
Avait-il des chemises?
Moi je crois qu'il n'en avait pas.
Où les avait-il prises?[31]

Eliza então retomou o fio da meada, com um pequeno riso:

Il en avait trois grises,
à Marat.
Il en avait trois grises.
Avec l'argent de son mandat
sur le Pont Neuf acquises.[32]

Com essas palavras o irmão e as irmãs aliviaram seus corações e para sempre lavaram as mãos quanto ao destino da bela e infeliz Adrienne Rosenstand.

– Mas, e você, Morten, você se casou? – perguntou afetuosamente Eliza, o riso ainda ressoando em sua voz.

– Eu me casei, sim – respondeu Morten –, tive cinco esposas. As espanholas, como vocês sabem, são mulheres adoráveis, como um mosaico de pedras preciosas. Uma delas era também dançarina. Na verdade, quando bailava era como um enxame de borboletas revoluteando irresistivelmente em volta de uma pequena chama; então não dava

31. Trazia ele as camisas,/as de Marat?/Trazia ele as camisas?/Por mim, creio que não./Mas onde as conseguiu? [N.T.]

32. Ele trazia três camisas cinzentas,/as de Marat./Trazia três camisas cinzentas./Compradas na Pont-Neuf/com sua ordem de pagamento. [N.T.]

para saber o que estava em cima e o que estava embaixo, e isto, quando eu era jovem, me parecia uma qualidade encantadora em uma esposa. Outra era filha de um lobo-do-mar inglês, uma jovem correta que jamais irá me perdoar. A terceira foi a jovem viúva de um rico fazendeiro. Esta era uma dama de verdade. Todos os seus pensamentos arrastavam atrás de si uma espécie de cauda comprida. Com ela tive dois filhos. E houve também uma negra, e de todas foi a que mais me agradou.

– E elas iam a bordo de seu navio? – perguntou Eliza.

– Não, nenhuma delas jamais subiu em meu barco – disse Morten.

– Diga-nos – disse Fanny –, de todas as vidas que teve, qual foi a mais querida?

Morten refletiu por um instante.

– Acho que de todas as vidas, a melhor é a de um pirata.

– Melhor que a de um capitão corsário no Estreito? – perguntou Fanny.

– Melhor – disse Morten –, pois navegamos em alto-mar.

– Mas o que o levou a querer ser um pirata? – perguntou Fanny, muito curiosa, pois aquilo era na verdade como um livro de romance e aventura.

– O coração, o coração – disse Morten –, aquilo que nos leva a todos os nossos desastres. Eu fiquei apaixonado. Foi aquele *coup de foudre*[33] do qual tanto falava o tio Fernand. Também ele, por experiência própria, sabia que se tratava de algo muito sério. E, como ela pertencia a outro, eu não poderia tê-la sem transgredir um pouco a lei e a ordem. Construída em Gênova, foi usada pelos franceses como correio e era conhecida como a escuna mais veloz que já cruzou o Atlântico. Acabou por encalhar na costa da ilha de St. Martin, que é meio francesa e meio holandesa, e então foi colocada à venda pelos holandeses em Philippsburg. O velho armador Van Zandten, que era meu patrão e me amava como a um filho, enviou-me a Philippsburg a fim de adquirir o barco. Sem nenhuma dúvida, aquela escuna era a coisa mais linda, a mais linda de todas as coisas que já vi. Era como um cisne. Quando

33. Amor à primeira vista. [N.T.]

singrava as águas com as velas enfunadas, era ligeira, galante, nobre, uma grande dama – como um dos cisnes da vovó em Oregaard quando nós os provocávamos –, pura e leal como uma lâmina de aço de Damasco. E ainda por cima, minhas queridas, lembrava o *Fortuna II*. Tal como este, a vela do traquete era diminuta, ao passo que a vela mestra e a da mezena eram bem maiores do que o normal. Peguei todo o dinheiro do velho Van Zandten e comprei o barco para mim. Depois disso, tivemos, tanto a escuna como eu, de nos manter longe da gente respeitável do país. O que podemos fazer quando o amor nos leva de roldão? Fiz da escuna minha fiel amante, e ela viveu grandes aventuras com sua leal tripulação, adorada e mimada como uma dama caprichosa que insiste em ter as unhas pintadas com hena. Comigo, ela tornou-se o terror do Caribe, a pequena águia do mar que levava desassossego às aves dóceis. Por tudo isso, não sei se agi de modo certo ou errado. Não cabe a bela mulher àquele que a ama com mais fervor?

– E o seu amor era correspondido? – perguntou Eliza, rindo.

– Mas que homem ousa perguntar a uma mulher se está apaixonada por ele? – replicou Morten. – Sobre a mulher, a pergunta a se fazer é "qual é o seu preço?" e "estamos dispostos a pagá-lo?". Não devemos enganá-las, e sim pedir-lhes com cortesia e pagar com bonomia, seja com dinheiro, amor, casamento, ou com nossa vida e nossa honra; ou então, se somos pobres e não temos como pagar, só nos resta tirar o chapéu para elas e deixá-las para os mais ricos. Desde que o mundo é mundo, esta tem sido uma sólida moral latina para homens e mulheres. Quanto a elas nos amarem – será que *podem* nos amar?

– E no caso das mulheres que não têm preço? – retrucou Eliza, ainda rindo.

– É verdade, e nesse caso, minha querida? – disse Morten. – Seja o que for que tenham sido, não devem ter sido mulheres. Deus pode tê-las criado e só Ele sabe o que fazer de tais criaturas. Elas impelem os homens para lugares ruins e depois não conseguem nos tirar de lá mesmo que queiram.

– E qual foi o nome que você deu a seu navio? – perguntou Eliza, com os olhos baixos.

Morten olhou para ela e sorriu.

– O nome do barco era *La Belle Eliza* – respondeu. – Você não sabia?

– Sim, eu sabia – disse Eliza, com a voz retinindo de alegria outra vez. – Um capitão mercante do papai me contou, muitos anos atrás em Copenhague, como sua tripulação ficara apavorada e o obrigara a retornar ao porto depois de, ao largo de St. Thomas, ter avistado a gávea de um navio pirata. Segundo ele, ficaram com tanto medo da escuna, como se tivessem visto o próprio Satã. E, quando me disse que o nome do navio era *La Belle Eliza*, achei que poderia ser o seu barco.

Então este era o segredo que a velha solteirona havia ocultado do mundo. Afinal, não era feita toda de mármore. Em algum ponto dela continuara acesa uma pequena chama. Para este objetivo – pois não existira outro – ela crescera de maneira tão adorável em Elsinore. Um barco singrava as águas azuladas, como em um leito de jacintos, em meio aos ventos e ao calor, as brancas velas enfunadas e semelhantes a um altivo penhasco de calcário, tostado pelo sol, repleto de afiadas lâminas de aço, sem nenhum punhal ou espada larga poupado do sangue – ostentando o nome, belo e verdadeiro, de *La Belle Eliza*. Oh, todos vocês, burgueses de Elsinore, já me viram alguma vez dançar o minueto? Pois seguindo os mesmos compassos, também singrei por muitas ondas.

Enquanto ele falava, o rubor tomou conta do rosto da irmã. Ressurgiu-lhe a mesma expressão de menina, e as fitas brancas de sua touca deixaram de ser o adorno de uma velha e se tornaram o atavio de uma casta e flamejante donzela.

– Sim, a escuna era como um cisne – disse Morten –, tão doce quanto uma canção.

– Se eu estivesse a bordo de um barco mercante – disse Eliza – e você o tivesse abordado, o seu barco teria sido meu por direito, Morten.

– Claro que sim – respondeu ele, sorrindo – e toda a minha *matelotage*.[34] Este era o nosso costume quando capturávamos jovens mulheres. Você teria tido um serralho de admiradores.

– Perdi a escuna – prosseguiu ele – por culpa minha, na foz de um rio na Venezuela. Um dos tripulantes me traiu, revelando o local em que estávamos fundeados ao governador britânico de Port of Spain, em Trinidad. Eu mesmo não estava a bordo. Estava percorrendo as sessenta milhas até Port of Spain em um pesqueiro, com o intuito de obter informações sobre um barco mercante holandês. Ao voltar, encontrei todos os meus homens enforcados e vi a escuna pela última vez.

– Depois disso – continuou após uma pausa –, nunca mais consegui dormir bem. Era impossível pegar no sono. Toda vez que tentava adormecer era empurrado de volta à superfície, como um destroço de naufrágio. Foi nessa época que comecei a perder peso, como se tivesse jogado meu lastro pela amurada. Na verdade, ele ficara na escuna. E eu, eu me tornei leve demais para qualquer coisa. A partir de então, foi como se tivesse perdido meu corpo. Vocês se lembram de como papai e tio Fernand costumavam discutir, no jantar, os vinhos que haviam comprado juntos, dizendo de alguns deles que, embora tivessem excelente buquê, não tinham corpo? Foi bem isto o que me aconteceu, minhas queridas: poderia dizer que me restava um pouco de buquê, mas nenhum corpo. Assim, não podia mais mergulhar na amizade, no temor ou em qualquer outro deleite verdadeiro. E continuava sem conseguir dormir.

As irmãs não sentiram necessidade de fingir simpatia diante de tal infortúnio. Pois elas o conheciam muito bem. Todos os De Coninck sofriam de insônia. Quando crianças, riam do pai e das irmãs dele quando, ao se cumprimentarem pela manhã, a primeira coisa que faziam eram perguntas e relatos sobre como haviam passado a noite. Agora não riam mais, pois aquilo agora também os incomodava.

– Mas quando não consegue dormir à noite – disse Fanny, com um

34. Equipagem. [N.T.]

suspiro –, isto quer dizer que você acorda muito cedo ou que não consegue pegar no sono?

– Não, não consigo adormecer – disse Morten.

– Será que isto não se deve – perguntou Fanny – ao fato de que você está...

Ela ia dizer "frio", mas então, ao se lembrar de onde viera, interrompeu a frase.

– Todo o tempo eu sabia – disse Morten, que não parecia ter ouvido as palavras da irmã – que jamais voltaria a descansar até que pudesse me deitar sobre ela, nela, na *Belle Eliza*.

– Mas você também viveu em terra firme, não? – perguntou Fanny, sua mente apressando-se em seu encalço, pois o sentia prestes a escapar.

– É verdade, vivi também em terra – disse Morten. – Por algum tempo, tive uma plantação de fumo em Cuba. Era um lugar delicioso. Uma casa branca com colunas que vocês teriam adorado. O ar daquelas ilhas é excelente, delicado, como um copo do verdadeiro rum. Foi ali que convivi com a adorável esposa, a viúva do fazendeiro, e suas duas crianças. Lá havia mulheres com quem dançar em nossos bailes, ligeiras como os alísios – como vocês duas. Eu tinha um cavalo belíssimo, o Pegasus; parecia um pouco com o Zampa de papai – vocês se lembram dele?

– E lá você foi feliz? – perguntou Fanny.

– Fui, mas não durou muito – disse Morten. – Desperdicei muito dinheiro. Vivia acima de minhas posses, algo contra o qual papai sempre me alertara. Fui obrigado a me desfazer de tudo.

Ele calou-se por um instante.

– Tive de vender meus escravos – disse então.

Ao pronunciar tais palavras, adquiriu uma lividez tão cadavérica, acinzentada, que, se não soubessem que há muito o irmão estava morto, elas ficariam alarmadas com a possibilidade de ele morrer. Os olhos, e todo o seu semblante, pareciam ter afundado. Ficou com a aparência de um homem condenado à fogueira, no exato momento em que eram ateadas as chamas.

Sentadas ao lado dele, pálidas e rígidas, as duas guardaram profundo silêncio. Era como se o hálito de uma geada tivesse embaçado três janelas. E não lhes ocorria nenhuma palavra de conforto para o irmão. Pois nenhuma De Coninck jamais dispensara um criado. Jamais sonhariam em transgredir a regra de que todos os que se colocassem a serviço delas deveriam assim permanecer e ser cuidados para sempre. Talvez as irmãs abrissem uma exceção em caso de casamento ou morte, mas não o faziam de bom grado. Na verdade, era opinião corrente no círculo de amizade delas que, na velhice, as duas haviam passado a ter apenas um único objetivo na vida, o de entreter os seus criados.

E as irmãs também sentiam um secreto desprezo por todos os homens, como criaturas que se revelavam incapazes de obter dinheiro nos momentos de necessidade, algo que sempre cabia às belas mulheres, as quais tinham acesso a recursos inesgotáveis. Em Cuba, as irmãs De Coninck jamais teriam permitido que as coisas chegassem a tal ponto trágico. Não teriam elas sem hesitar vendido a si mesmas trezentas vezes, e feito felizes trezentos cubanos, a fim de garantir o bem-estar de seus trezentos escravos? Por tudo isso, houve então um longo silêncio.

– Mas e no final? – perguntou Fanny, prendendo a fôlego. – Não foi aí que tudo acabou, não?

– Não, não – disse Morten –, ainda se passou muito tempo depois disso. Quando me vi sem dinheiro, lancei-me com um velho brigue no negócio de cargas, primeiro na rota de Havana a Nova Orleans e, depois, na de Havana a Nova York. Esses são mares difíceis.

Graças à irmã, Morten conseguiu desviar o pensamento de seu infortúnio e, ao lhe contar das várias rotas em que navegou, acabou por se entusiasmar com o assunto. De maneira geral, ao longo da conversa, ele foi se mostrando cada vez mais sociável e recuperara seus antigos modos de um homem à vontade em companhia alheia e capaz de um bom entendimento com seus *convives*.

– Mas nada deu certo para mim – continuou. – Foi uma maré de azar atrás de outra. No final, nas proximidades dos bancos de areia de

Cay Sal, meu barco encheu-se de água e afundou em meio a uma calmaria completa. Então, após uma e outra coisa, no fim, se me permitem colocar assim, acabei sendo enforcado em Havana. Vocês sabiam disso?

– Sim, nós ficamos sabendo – disse Fanny.

– Há algo que sempre me intrigou. Isto as incomodou muito? – perguntou ele.

– De maneira nenhuma! – exclamaram ambas com veemência.

Elas poderiam ter respondido sem olhar para ele, mas preferiram encará-lo diretamente. E ocorreu-lhes que este talvez fosse o motivo de ele estar usando o colarinho e a gravata tão altos. Talvez houvesse uma marca naquele pescoço forte e delicado onde, toda vez que iam juntos a um baile, elas haviam atado com tanto cuidado o lenço de cambraia.

O silêncio que tomou conta da sala vermelha foi interrompido ao mesmo tempo por Fanny e Morten.

– Desculpem-me – disse Morten.

– Não – disse Fanny –, não. O que ia dizer?

– Queria saber do tio Fernand – respondeu Morten. – Ainda está vivo?

– Claro que não, Morten, meu querido – disse Fanny –, ele faleceu na década de trinta. E já estava bem velho na época. Ele foi ao casamento de Adrienne, onde fez um discurso, mas estava muito abatido. Naquela noite ele me puxou para o lado e disse: "Minha cara, esta é uma *gênante fête*".[35] Três semanas depois ele morreu. Deixou para Eliza seu dinheiro e sua mobília. Em uma de suas gavetas, encontramos um medalhão de prata, incrustrado com rosas de diamantes, com um cachinho loiro, e nele estava escrito "Cabelo de Charlotte Corday".

– Sei – disse Morten. – Era uma bela figura, o tio Fernand. E a tia Adelaide, também já morreu?

– Ela se foi antes dele – disse Fanny. Ela pretendia dizer-lhe algo a respeito da morte de madame Adelaide De Coninck, mas não se animou. Sentia-se deprimida. Toda essa gente estava morta; ele devia ter

35. Festa constrangedora. [N.T.]

sabido disso. A solidão de seu falecido irmão passou como uma sombra por seu coração.

Lembro-me bem da tia Adelaide nos aconselhando. Tantas vezes ela me disse: "Essa sua melancolia, Morten, essa insatisfação com a vida que você e as meninas se permitem, isto me deixa furiosa. O que é suficientemente bom para mim também é bom para você. Todos vocês deviam se casar e constituir famílias grandes que tivessem de cuidar; esta seria a melhor cura para vocês". E você, Fanny, disse para ela: "Sim, minha tiazinha, foi este mesmo conselho que uma tia de papai lhe deu – e que ele seguiu".

– Quando se aproximava do fim – interrompeu Eliza –, ela não mais queria ouvir ou pensar em nada que tivesse acontecido depois da época em que estava com trinta anos, época em que morreu seu marido. De seus netos ela costumava dizer: "Esses são a última invenção de meus jovens filhos. E logo, logo eles vão cansar de tudo isso". Mas ela conseguia lembrar-se de todos os escrúpulos religiosos do marido, o tio Theodore, e das ocasiões em que ele a impedira de dormir à noite com suas meditações sobre a queda do homem e o pecado original. Disso ela ainda se orgulhava.

– Vocês devem estar me achando muito ignorante – disse Morten. – Vocês sabem tantas coisas das quais não tenho a menor idéia.

– Oh, meu querido – disse Fanny –, certamente você também conhece muitas coisas das quais não temos a menor idéia.

– Não muitas, Fanny – disse o irmão. – Uma ou duas, talvez.

– Então nos fale de uma ou duas dessas coisas – disse Eliza.

Morten refletiu por um momento sobre o pedido.

– Descobri uma coisa – começou ele –, na qual eu mesmo nunca pensara. *C'est une invention très fine, très spirituelle, de la part de Dieu,*[36] como dizia o tio Fernand ao se referir ao amor. É o seguinte: ninguém consegue comer o bolo e ao mesmo tempo guardá-lo. Se dependesse apenas de mim, nunca teria descoberto isto. Trata-se efetivamente de uma idéia original. Mas aí, vejam vocês, o Senhor é, de fato *très fin, très spirituel.*

36. É uma invenção de Deus muito fina, muito espiritual. [N.T.]

As duas irmãs se empertigaram ligeiramente, como se tivessem recebido um elogio. Elas eram, como já se disse, devotas ardorosas, e sempre levaram em conta as palavras do irmão.

– No entanto, sabem de uma coisa? – disse Morten subitamente. – Lembram-se daquele animado cãozinho da tia Adelaide, o Fingal? Eu o vi.

– Como foi isso? – perguntou Fanny. – Conte tudo.

– Isso aconteceu quando me vi completamente só – disse Morten –, após meu barco ter naufragado em Cay Sal. Três de nós conseguimos escapar em um bote, mas não tínhamos água. Meus companheiros acabaram morrendo e no final fiquei sozinho.

– No que pensou então? – perguntou Fanny.

– Sabem de uma coisa? Pensei em vocês... – disse Morten.

– O que você pensou de nós? – indagou Fanny em voz baixa.

– Pensei, minhas irmãzinhas, que tínhamos sido ingênuos ao dizer não. Mas Deus, Ele sim é capaz de dizer não. Santo Deus, é incrível a capacidade que Ele tem de negar. Achamos que Ele não podia ir mais além, nem mesmo Ele. Mas Ele insiste em negar, vezes sem conta. Antes eu já havia refletido, e intensamente – prosseguiu Morten –, aqui mesmo em Elsinore, pouco antes de meu casamento. Até agora continuo refletindo sobre isso. E penso em todas as coisas majestosas, puras e belas capazes de dizerem não para a gente. Afinal, por que nos diriam sim e aceitariam nossas carícias insípidas? Aqueles que dizem sim, nós montamos sobre eles, nós os arruinamos e abandonamos, e descobrimos, ao deixá-los para trás, que nos deixaram doentes. A terra diz sim a nossos projetos e nosso trabalho, mas o mar diz não, e nós, nós amamos o mar para sempre. E ao ouvir Deus nos dizer não, em meio àquela calmaria absoluta, com Sua própria voz, isto é muito bom para nós. E então o próprio céu estrelado se ergueu, ali, e também disse não para mim. Como uma nobre e altiva mulher.

– Foi então que você viu Fingal? – perguntou Eliza.

– Foi – disse Morten. – Nesse exato momento. Ao virar um pouco a cabeça, Fingal estava ao meu lado no bote. Vocês sabem que ele sempre foi muito mal-humorado, e nunca gostou de mim, porque eu o provocava. Sempre avançava contra mim ao me ver. Por isso, não ousei tocá-lo ali no bote. Tinha medo de que voltasse a me atacar. Mesmo assim, ali estava ele, e passou comigo a noite toda.

– E depois foi embora? – perguntou Fanny.

– Não sei, minha querida – disse Morten. – Uma escuna americana, a caminho da Jamaica, resgatou-me no início da manhã. E a bordo dela havia um homem que também participara do leilão em Philippsburg. Foi assim que acabei na forca – no final, como vocês dizem – em Havana.

– E foi muito ruim? – sussurrou Fanny.

– Não foi, não, minha pobre Fanny – disse Morten.

– Alguém mais estava com você? – perguntou Fanny, ainda sussurrando.

– Tinha um padre jovem e gordo – respondeu Morten. – Estava morrendo de medo de mim. Provavelmente lhe contaram coisas terríveis a meu respeito. Ainda assim, ele se empenhou ao máximo. Quando lhe perguntei: "O senhor poderia me conseguir, agora, mais um minuto de vida?", ele me respondeu: "E para quê você quer esse derradeiro minuto, meu pobre filho?". "Quando a corda estiver em torno do meu pescoço, gostaria de pensar, por um minuto, na *Belle Eliza*."

Enquanto permaneciam em silêncio por um instante, os irmãos ouviram, sob a janela, o ruído de conversa e gente andando na rua. Através das persianas, podiam notar o bruxuleio passageiro de seus lampiões.

Ao encostar-se na cadeira, Morten pareceu a suas irmãs mais velho e acabado. Lembrou então o pai deles, na época em que o senhor De Coninck chegava exausto de seu escritório e sentia prazer em passar alguns momentos tranqüilos na companhia das filhas.

– Está muito agradável aqui, nesta sala – comentou ele –, é como nos velhos tempos, não acham? Quando papai e mamãe ficavam lá embaixo. Nós três ainda não somos muito velhos. Ainda somos pessoas bem-apanhadas.

– O círculo está completo de novo – disse Eliza com suavidade, usando uma de suas velhas expressões.

– Sim, está completo, Lizzie – disse Morten com um sorriso.

– O círculo vicioso – acrescentou Fanny automaticamente, citando outra de suas velhas expressões .

– Você sempre foi – disse Morten – tão esperta...

Ao ouvir essas palavras amáveis e sinceras, Fanny impetuosamente prendeu a respiração.

– Ah, ó, minhas meninas – exclamou Morten –, que vontade sentíamos na época, que vontade visceral de estarmos longe de Elsinore!

De repente, sua irmã mais velha girou todo o corpo alquebrado na cadeira e o fitou. O rosto dela estava alterado e contraído de dor. Afetada pela longa vigília e pela tensão, dirigiu-se ao irmão com voz rouca e entrecortada, como se a estivesse içando do âmago de seu peito.

– Agora – exclamou ela – você diz isso! Mas vai partir de novo e me abandonar. Você! Você conheceu esses grandes e quentes oceanos dos quais fala, e esteve em uma centena de países. Foi casado com cinco mulheres – oh, não conheço nada disso! Para você é fácil falar com essa tranqüilidade, permanecer imóvel. Você nunca teve de agitar os braços para se manter aquecido. E agora nem com isso você tem de se preocupar!

Então a voz lhe faltou. Ela começou a gaguejar e agarrou a borda da mesa.

– E, aqui – gemeu –, sinto... tanto frio. Faz um frio terrível no mundo à minha volta. Sinto tanto frio à noite, na cama debaixo das cobertas, que nem sequer minhas garrafas quentes resolvem!

Nesse instante, o alto relógio do avô começou a bater as horas, pois à tarde a própria Fanny fizera questão de lhe dar corda. Enquanto era anunciada a meia-noite em ritmo grave e lento, Morten lançou-lhe um rápido olhar.

Fanny pretendia continuar falando, e livrar-se afinal daquele opressivo peso morto de toda a sua existência, mas sentiu a angústia comprimir-lhe o peito. Não conseguia erguer a voz acima do soar do relógio, e sua boca abriu e fechou por duas vezes sem emitir nenhum som.

– Ó inferno – gritou. – Que se dane tudo!

Como não podia falar, estendeu os braços para o irmão, tremendo. A cada batida do relógio, o rosto dele tornava-se cada vez mais cinzento e nublado diante de seus olhos, e um pânico terrível tomou conta dela. Era para isso que ela dera corda ao relógio? Ela se lançou na direção do irmão, na outra ponta da mesa.

– Morten! – exclamou em um longo lamento. – Meu irmão! Fique mais! Ouça! Leve-me com você!

Quando o relógio soou pela última vez e retomou seu tique-taque, como se pretendesse continuar assim, seja como for, por toda a eternidade, a cadeira entre as irmãs ficou vazia e, ao ver isto, a cabeça de Fanny caiu sobre a mesa.

Ela ficou nessa posição por muito tempo, sem se mexer. Desde a noite de inverno lá fora, desde o norte mais remoto, veio retumbando um som longínquo, como o eco de um disparo de canhão. As crianças de Elsinore sabiam muito bem o que significava aquilo: era o gelo que começava a se romper, abrindo uma longa fissura.

Depois de muito, Fanny, ainda aturdida, viu-se invadida pela curiosidade: o que Eliza estaria pensando? Ergueu lentamente a cabeça, olhou para cima e passou o lencinho pelos lábios. Eliza estava sentada diante dela, onde sempre estivera. Ela puxou para baixo e atou as fitas de sua touca, como se puxasse um cordão, e Fanny lembrou-se de que a irmã, há muito, muito tempo, quando furiosa ou tomada por grande sofrimento ou alegria, puxava do mesmo modo suas compridas tranças douradas. Eliza ergueu os olhos pálidos e fitou o rosto da irmã.

"E durante um minuto pensar", repetiu, "pensar, com a corda em meu pescoço, na *Belle Eliza*."

Os sonhadores

Em uma noite de lua cheia de 1863, um *dhow* percorria pela rota de Lamu a Zanzibar, a cerca de uma milha da costa. Com as velas enfunadas pela monção, o barco levava um carregamento de marfim e chifres de rinoceronte. Estes últimos são muito valorizados como afrodisíaco, e os mercadores vão buscá-los em Zanzibar desde locais tão remotos como a China. No entanto, além dessa carga, o *dhow* também levava uma carga secreta, que logo agitaria e libertaria forças poderosas, com as quais nem sonhavam os países sonolentos que estavam em seu caminho.

Era desconcertante o silêncio e a calma dessa noite imóvel, como se algo tivesse se passado no mundo, e a alma deste se encontrasse, por efeito de uma mágica, de ponta-cabeça. Desatada, a monção soprava de locais remotos, balançando o mar em sua longa jornada, sob o débil luar. Mas tão nítido era o brilho da lua na água que, na verdade, parecia que toda a claridade do mundo irradiava do mar e refletia-se no firmamento. As ondas davam uma impressão de solidez, e de que ali seria possível caminhar em segurança, ao passo que no céu havia o risco de se cair, e mergulhar nas turbulentas e insondáveis profundezas dos mundos argênteos, de prata reluzente ou opaca ou embaçada, a prata refletida no interior da prata para todo o sempre, móvel e inconstante, erguendo-se de maneira lenta e impalpável.

Na proa, os dois escravos mantinham-se imóveis como estátuas, os corpos despidos até a cintura na noite quente, de um cinzento metálico como nos trechos do mar onde não brilhava a lua, de tal modo que somente as sombras nítidas e escuras que se estendiam por suas costas e membros ressaltavam-lhes a silhueta em meio à imensidão plana. Sob o luar, a touca vermelha de um deles reluzia opaca, como uma ameixa. Uma das pontas da vela, na qual incidia o luar, refulgia como o ventre branco de um peixe morto. Abafado como numa estufa, o ar estava tão úmido que de todo o madeirame e a cordoalha do barco gotejava um orvalho salgado. As águas espessas cantavam e murmuravam ao longo da popa e da proa.

No convés da popa, três pessoas estavam reunidas em torno de um pequeno lampião pendurado no mastro.

A primeira era o jovem Said Ben Ahamed, filho da irmã de Tippo Tip, e ele próprio muito querido pelo grande homem. A traição de seus rivais o levara a passar dois anos em cativeiro no Norte, mas conseguira fugir e chegar a Lamu atravessando incontáveis e estranhos caminhos. Agora ali estava incógnito para o mundo, a caminho de casa para se vingar dos inimigos. A sede de vingança no fundo do coração de Said, mais forte do que a monção, era o que na verdade impelia o barco. Tal expectativa era tanto sua vela como seu lastro. Tivessem eles sabido que Said navegava a caminho de Zanzibar naquela noite, muita gente de importância estaria ansiosamente reunindo seus tesouros e haréns, preparando-se para escapar antes que fosse tarde demais. Mas sobre a vingança de Said, outras histórias já foram contadas.

Ele estava sentado de pernas cruzadas, inclinado para a frente, as mãos entrelaçadas e apoiadas nas tábuas, imerso em seus pensamentos.

O segundo e o mais velho membro do grupo era alguém muito famoso: o renomado contador de histórias Mira Jama, cuja mente inventiva tecera ficções adoradas por uma centena de tribos. Tal como Said, estava sentado com as pernas cruzadas, de costas para a lua, mas a noite era clara o bastante para revelar que, por ocasião de algum recontro com o destino, o nariz e as orelhas haviam sido decepados de sua cabeça negra.

Embora mal vestido, ainda demonstrava cuidado com a aparência. Seu corpo magro estava coberto por um grosso e desbotado manto de seda escarlate que, às vezes, quando se mexia, enfunava-se e flamejava como labaredas e rubis puros à luz do pequeno lampião.

O terceiro homem era um inglês ruivo chamado Lincoln Forsner, mais conhecido entre os nativos da costa como Tembu, palavra que designa tanto o marfim como o álcool, como se preferir. Lincoln vinha de uma família abastada em seu país, e inumeráveis ventos o haviam trazido até essa noite em que estava deitado de bruços naquele convés, vestido com túnica árabe e folgadas calças indianas, mas ainda com o rosto barbeado e as suíças de um cavalheiro. Ele mastigava as folhas secas que os suaíles chamam de *murungu* e servem para manter a pessoa desperta e com um humor agradável, cuspindo-as longe de tempos em tempos. Isso o tornava loquaz. Por amor ao jovem Said, ele se juntara à expedição, mas também por curiosidade, a mesma que antes o levara a testemunhar tantas coisas em vários outros países. O inglês estava com o coração leve. Sentia imenso prazer por estar em um barco, deleitando-se com a velocidade, a noite quente e a lua cheia.

– O que acontece, Mira – disse ele – que você ainda não nos contou uma história enquanto singramos por esta noite? Você costumava ter na ponta da língua tantos relatos, daqueles que gelam o sangue e nos levam a desconfiar até mesmo dos amigos mais antigos, relatos perfeitos para uma noite quente e para pessoas prestes a acometer grandes empresas. Não lhe resta nenhuma dessas histórias?

– Nada mais tenho a contar, Tembu – respondeu Mira –, e o motivo disto é em si mesmo uma história triste, perfeita para gente prestes a acometer grandes empresas. Não posso negar que fui um excelente contador de histórias, muitas das quais capazes de gelar o sangue. Demônios, poções venenosas, traições, torturas, trevas e loucura: nada disso podia faltar em meu ofício.

– Agora estou me lembrando de uma de suas histórias – disse Lincoln. – Ao contá-la, você me deixou muito assustado, tal como aquelas duas jovens dançarinas de Lamu, que na verdade nada tinham a temer, mas o fato é que nenhum de nós conseguiu pregar os olhos naquela noite. O sultão queria uma virgem imaculada e, após muita procura, arrumaram para ele uma jovem das montanhas. Mas o sultão achou que ela...

– Sim, sim – disse Mira ao se lembrar da história, todo o seu semblante transfigurado de repente, com os olhos escuros faiscantes, as mãos recobrando vida como no passado, duas idosas serpentes dançarinas atraídas pela flauta para fora do cesto –, é isso mesmo, o sultão queria uma virgem imaculada, que jamais tivesse ouvido falar dos homens. Após muitos esforços, uma jovem lhe foi trazida do reino das amazonas nas montanhas, onde todas as crianças de sexo masculino eram mortas uma após a outra pelas mulheres, que se empenhavam elas mesmas em violentas guerras. Porém, ao procurar a virgem, o sultão notou, por entre as cortinas da porta, que ela espiava com interesse um jovem aguadeiro que circulava pelo palácio, e a ouviu murmurar para si mesma: "Oh, em que lugar maravilhoso vim parar... e aquela criatura ali deve ser um deus, ou um poderoso anjo, o mesmo que lança os raios. Não me importaria de morrer agora, pois teria visto o que ninguém jamais viu". Nesse instante, o jovem aguadeiro ergueu os olhos para a janela, e ficou parado, fitando a donzela. Isto provocou uma imensa tristeza no sultão, que ordenou que a virgem e o rapaz fossem enterrados vivos juntos, em um caixão de mármore grande o bastante para ser um leito nupcial, junto a uma palmeira do jardim e, toda vez que se sentava sob aquela árvore, ficava a cismar sobre muitas coisas, sobretudo sobre o fato de nunca ter conseguido satisfazer o desejo de seu coração, e então fazia com que um menino tocasse flauta. Foi essa a história que você ouviu naquela ocasião.

– Essa mesma, mas então você a contou com muito mais graça – disse Lincoln.

– Sem dúvida – respondeu Mira –, naquela época o mundo não podia passar sem Mira. As pessoas adoram quando ficam assustadas. Os grandes príncipes, cansados das doçuras da vida, queriam sentir de novo o sangue correndo em suas veias. Em seus leitos, as damas honestas, a quem nada jamais acontecia, ansiavam por um frêmito ao menos uma vez. Os dançarinos encontravam inspiração para um ritmo mais ligeiro nos contos de perseguição e fuga. Ah, como o mundo me amava naquela época! Então eu era belo, de bochechas rosadas. Tomava os melhores vinhos, usava âmbar e roupas com brocados dourados, e mandava queimar incenso em meus aposentos.

– Mas por que as coisas mudaram tanto para você? – perguntou Lincoln.

– Ai! Ai! – lamentou-se Mira, recaindo em sua reticência anterior. – Com a passagem dos anos, acabei perdendo a capacidade de ter medo. Quando sabemos como são de fato as coisas, já não mais conseguimos fazer poemas a respeito delas. Após entrarmos em contato com fantasmas e mantermos relações com os demônios, acabamos no final com menos temor destes que de nossos credores; e quando somos traídos, deixamos de ficar nervosos com a traição. A excessiva familiaridade com a vida foi o que me ocorreu; não me engano mais a ponto de acreditar que uma coisa é pior que outra. O dia e a escuridão, um inimigo e um amigo – sei agora que não se distinguem muito. E como podemos instilar nos outros o temor quando nós mesmos esquecemos o que é ter medo? Eu antes sabia uma história verdadeiramente trágica, uma grande história, repleta de agonia, imensamente popular, a respeito de um jovem que no final teve o nariz e as orelhas decepadas. Agora, mesmo que quisesse, não conseguiria assustar ninguém com isso, pois sei que não ter nariz nem orelhas não é muito pior que tê-los. É por isso que você me vê assim, só pele e osso, andrajoso, um seguidor de Said no cativeiro e na pobreza, em vez de estar junto ao trono dos poderosos, prosperando e sendo elogiado, como acontecia com o jovem Mira Jama.

– Mas você não seria capaz, Mira – insistiu Lincoln –, de inventar uma história terrível sobre a pobreza e a impopularidade?

– Não, não seria – respondeu altivamente o contador de histórias –, esse não é o tipo de história contada por Mira Jama.

– Bem, sem dúvida – disse Lincoln, estendendo-se de lado no convés –, o que é a vida, Mira, quando paramos para pensar, a não ser uma excelente, extraordinariamente precisa, infinitamente complexa máquina para transformar cãezinhos gordos e brincalhões em cães velhos, cegos e sarnentos, e altivos cavalos de guerra em azêmolas, e viçosos rapagões a quem o mundo promete grandes delícias e terrores, em velhos alquebrados, com olhos remelentos, que bebem chifre de rinoceronte moído?

– Oh, Lincoln Forsner! – exclamou o contador de histórias sem nariz. – O que é o homem, quando se pensa nisso, além de uma precisa e engenhosa máquina para transformar, com infinita habilidade, o vinho tinto de Shiraz em urina? Podemos até mesmo indagar qual é o desejo e o prazer mais intenso: o de beber ou o de urinar. Mas, entre um e outro, o que se realizou? Compôs-se uma canção, deu-se um beijo, matou-se um difamador, manifestou-se um profeta, pronunciou-se uma sentença justa, fez-se uma piada. O mundo consumiu o jovem contador de histórias, Mira. Este subiu à cabeça do mundo, correu-lhe pelas veias, e fez com que corasse, proporcionando-lhe cor e calor. Agora estou um pouco decadente; o efeito já se dissipou. Logo o mundo terá o mesmo prazer em se desfazer de mim em sua urina e sei apenas que eu mesmo estou um tanto ansioso para que chegue tal momento. Mas as histórias que contei – estas vão permanecer.

– E como você conseguiu manter-se tão animado diante dessa urgência da vida para vê-lo pelas costas? – perguntou Lincoln.

– Eu sonho – disse Mira.

– Sonha?

– Isso mesmo, com a graça de Deus explicou Mira , todas as noites, assim que pego no sono, começo a sonhar. E nos meus sonhos ainda sinto medo. Ali todas as coisas são terríveis para mim. Nos sonhos, por vezes trago em mim algo infinitamente querido e precioso, tal como bem sei não ser o caso de nenhuma coisa real, e sinto que devo proteger essa coisa de algum perigo medonho, tão medonho que nada se compara a isto no mundo real. E também me parece que serei derrubado e aniquilado se perder essa coisa, embora tenha plena consciência de que, no mundo da vigília, nenhuma perda, seja qual for, é capaz de nos abater e aniquilar. Em meus sonhos, a escuridão está repleta de horrores indescritíveis, mas também, às vezes, de fugas e perseguições de uma delícia celestial.

– No entanto, o que mais me agrada nos sonhos – prosseguiu ele, após calar-se por um instante – é que, neles, o mundo se manifesta à minha volta sem que eu tenha de fazer qualquer esforço. Se eu quisesse agora ir a Gazi, teria de conseguir um barco, comprar e guardar suprimentos, enfrentar o vento e até esfolar as mãos nos remos. Então, quando chegasse a Gazi, o que faria ali? Sobre isso também preciso pensar. Em meus sonhos, porém, me vejo subindo pelos degraus de uma comprida escadaria que sai do mar. Nunca vira esses degraus, mas sinto ao subir por eles uma enorme felicidade, e sei que me levarão a algo extremamente delicioso. Ou então estou caçando em meio a uma longa seqüência de colinas, acompanhado de pessoas que levam arcos e flechas e de cães presos a correias. Mas o que estou caçando, e por que acabei ali, disto não tenho a menor idéia. Certa vez, ao sonhar, entrei em um quarto pela varanda e, no piso de pedra, notei duas delicadas sandálias de mulher; de imediato me ocorreu que eram dela. Com esse pensamento meu coração transbordou de alegria, embalado na felicidade. E isto não me exigiu nenhum esforço. Não me custou nada ter conquistado aquela mulher. E, outras vezes, tinha consciência de que, no lado de fora da porta, um negro corpulento, de um preto retinto, queria me matar. No entanto, também neste caso eu nada fizera para torná-lo meu inimigo, e só restava esperar que o próprio sonho me indicasse como escapar daquele homem, pois eu mesmo, por conta própria, não saberia como fazer isso. Em meus sonhos, sobretudo desde que estive na prisão com Said, o ar é sempre rarefeito, e em geral me vejo como uma figurinha em uma imensa paisagem ou em uma casa enorme. Nada disso daria prazer a um jovem, mas agora, para mim, isso me dá tanto prazer quanto urinar após beber o vinho.

– Não sei nada a respeito disso, Mira, pois raramente sonho – disse Lincoln.

– Oh, Lincoln, que você seja abençoado – disse o velho contador de histórias. – Na verdade, você sonha ainda mais do que eu. Pois não sou capaz de reconhecer um sonhador? Você sonha acordado e indo de um lado para o outro. Você não faz absolutamente nada para forjar seu próprio caminho: você permite que o mundo se organize à sua volta, e só então abre os olhos para ver onde está. Esta mesma jornada que está fazendo agora não passa de um sonho. Você aceita ser levado pelas ondas do destino, e só amanhã vai abrir os olhos e ver onde foi parar.

– E vou contemplar o seu rosto adorável – respondeu Lincoln.

– Sabe de uma coisa, Tembu? – disse Mira de repente, após um instante de silêncio. – Quando a gente planta um pé de cafeeiro e deixa torta a raiz principal, pouco depois surge, junto à superfície, uma multidão de pequenas raízes. E esse pé jamais irá prosperar ou produzir frutos, mas dará flores mais abundantes do que qualquer outro. Essas raízes delicadas são os sonhos do cafeeiro. Assim que aparecem, ele deixa de pensar em sua grande raiz torta. Ele se mantém vivo graças aos sonhos, mas por pouco, bem pouco tempo. Ou, se preferirmos, podemos dizer que morre por eles. Pois, na verdade, sonhar é a maneira que as pessoas bem-criadas encontram para cometer suicídio. Se quiser adormecer à noite, Lincoln, o melhor não é, como se costuma dizer, pensar em uma longa fileira de carneiros ou de camelos passando por um portão, pois todos seguem em uma única direção, e seus pensamentos irão atrás deles. Em vez disso, tente imaginar um poço profundo. No fundo desse poço, bem no centro, há uma nascente de água, da qual jorram pequenas ondas para todos os lados, como as pontas de uma estrela. Se conseguir fazer com que seus pensamentos jorrem com essa água, não em uma única direção, mas para todos os lados, aí sim irá pegar no sono. E se conseguir que seu coração se empenhe o suficiente nisso, como faz o cafeeiro com suas pequenas raízes superficiais, você irá morrer.

– Então, você acha que esse é o meu problema? Que eu quero esquecer minha raiz principal? – perguntou Lincoln.

– É, talvez seja isso – respondeu Mira. – A não ser que, como muitos de seus compatriotas, você nunca a teve.

– A menos que seja assim – disse Lincoln.

Então ficaram calados por um tempo. Um escravo pegou uma flauta e, para ver como soava, tocou algumas notas.

– Por que Said não diz nada? – Lincoln perguntou a Mira.

Said ergueu os olhos e sorriu, mas permaneceu calado.

– Ele está pensando – disse Mira. – Essa nossa conversa lhe parece insípida demais.

– E no que está pensando?

Mira refletiu por um momento.

– Bem – disse afinal –, só existem dois tipos de pensamento apropriados para uma pessoa dotada de alguma inteligência. O primeiro é: o que irei fazer daqui a pouco? Ou nesta noite, ou amanhã? Ou então: o que Deus pretendia ao criar o mundo, o mar, o deserto, o cavalo, os ventos, a mulher, o âmbar, os peixes, o vinho? Said deve estar meditando numa dessas duas coisas.

– Talvez esteja sonhando – disse Lincoln.

– Não creio – disse Mira após refletir –, não o Said. Ele ainda não aprendeu a sonhar. O mundo o está consumindo. Ele está subindo à cabeça e circulando pelas veias do mundo. Tudo o que quer é marcar o ritmo do coração do mundo. Não está sonhando; talvez esteja orando a Deus. No momento em que encerramos nossas preces a Deus, é aí que lançamos nossas raízes de superfície, e só então começamos a sonhar. Nesta noite, Said talvez esteja orando, lançando suas preces ao Senhor com a mesma força com que o Anjo irá, no último dia, lançar sobre o mundo o som de sua trombeta, com tanta força quanto a do elefante ao copular. Said diz a Deus: "Permita-me ser o mundo todo".

– Ele diz: – continuou Mira após uma pausa – "Não terei misericórdia e não espero misericórdia." Mas aí é que Said se engana. Ele irá demonstrar misericórdia antes de ter acabado com todos nós.

– Você já sonhou duas vezes com o mesmo lugar? – perguntou Lincoln.

– Claro que sim – respondeu Mira. – Esta é uma grande dádiva de Deus, um grande deleite para a alma do sonhador. Em meus sonhos, quando volto, depois de muito tempo, a um lugar já sonhado, meu coração se derrete de alegria.

O barco continuou a avançar e ninguém disse mais nada. Então, de repente, Lincoln mudou de posição, sentou e se acomodou. Cuspiu no convés o resto do *murungu*, enfiou a mão no bolso e enrolou um cigarro.

– Hoje, Mira, eu é que vou contar uma história – disse então –, já que você não nada mais tem a dizer. Você me fez lembrar de coisas muito antigas. Muitas histórias excelentes vieram de sua região do mundo para a nossa, e quando eu era criança gostava muito delas. Agora vou lhe contar algo, Mira, para o prazer de seus ouvidos, e para o coração de Said, a quem a história talvez seja útil. E ela vai mostrar a vocês de que modo, há vinte anos, me ensinaram a sonhar, como você diz, Mira, e falar da mulher com a qual aprendi tal coisa. Tudo isso ocorreu exatamente tal como vou contar. Porém, creio que não será preciso entrar em detalhes quanto a nomes e lugares, e as condições dos países nos quais tudo isso aconteceu, as quais talvez lhes pareçam muito estranhas. Vocês terão de se contentar com o que puderem captar, pondo de lado o resto. Em uma história, não é ruim quando a entendemos apenas pela metade.

Duas décadas atrás, quando tinha vinte e três anos, numa noite de inverno, eu estava sentado no salão de um hotel nas montanhas, protegido da neve, da tempestade, das grandes nuvens e de uma lua desvairada.

Ora, o continente da Europa, do qual vocês já ouviram falar, consiste de duas regiões, das quais uma é mais agradável que a outra, separadas por uma alta e íngreme cordilheira. Só é possível atravessá-la em alguns pontos onde a feição das montanhas é um pouco menos hostil, e onde foram abertos, com muita dificuldade, caminhos que permitem tal passagem. O hotel em que estava hospedado ficava nas proximidades de um desses locais. Uma estrada permitindo o tráfego de caminhantes, cavalos e mulas, e até mesmo de carruagens, fora escavada nas rochas e, no alto do passo, onde, após ter se esfalfado na subida, maldizendo o destino, o viajante iniciava sua descida, durante a qual logo sentiria o ar mais doce acariciando-lhe o rosto e os pulmões, uma irmandade de homens santos construíra uma imensa casa para refrigério dos viajantes. Eu estava deixando o Norte, onde tudo estava gelado e morto, em direção ao azul e voluptuoso Sul. O hotel era a minha última parada antes da íngreme jornada até o alto do passo, a qual pretendia realizar no dia seguinte. Ainda era um pouco cedo na temporada para viajar por esse caminho. Apenas algumas pessoas já se aventuravam pelo caminho e no alto das montanhas ainda havia muita neve.

Para o mundo, eu era um belo, rico e alegre rapaz, avançando de um prazer ao outro, empenhado em proporcionar a si mesmo o melhor de todas as coisas. Na realidade, porém, eu estava apenas sendo jogado de um lado para o outro por meu coração ansioso, um pobre tolo na desatinada perseguição de uma mulher.

Atrás de uma mulher, Mira, por mais estranho que isto lhe pareça. Eu já a buscara por vários outros lugares. Na verdade, tão desesperançada era a minha procura que, sem a menor dúvida, deveria ter desistido caso isto estivesse ao meu alcance. Mas era a minha própria alma, Mira, meu caro, que estava presa ao coração dessa mulher.

E ela não era uma jovem da minha idade. Na verdade, era bem mais velha que eu. De sua vida eu nada sabia além de coisas dolorosas demais para serem absorvidas e, o que era ainda pior, eu não tinha nenhum motivo para acreditar que ela teria alguma satisfação se por acaso conseguisse por fim encontrá-la.

Tudo isso começara do seguinte modo: meu pai era um homem muito rico na Inglaterra, dono de grandes fábricas e de uma bela propriedade no campo, um homem com uma família numerosa e enorme disposição para o trabalho. Estava sempre lendo a Bíblia – as nossas Santas Escrituras – e passara a se sentir como o substituto de Deus sobre a Terra. Na verdade, nem sei se era capaz de distinguir entre o seu temor a Deus e o seu amor-próprio. Seja como for, considerava que tinha o dever de transformar o mundo caótico em um universo ordenado, e assegurar que todas as coisas fossem dotadas de utilidade – o que, para ele, significava torná-las proveitosas para si mesmo. Em sua natureza, creio que só duas coisas lhe escapavam ao controle: contra seus próprios princípios, sentia um intenso amor pela música, sobretudo as óperas italianas; e por vezes não conseguia dormir à noite. Mais tarde, soube por minha tia, uma irmã que não o apreciava, que, em sua juventude nas Antilhas, ele levara um homem ao suicídio, e talvez até o tivesse assassinado. É possível que este fosse o motivo de sua insônia. Eu e minha irmã gêmea éramos bem mais novos que os nossos outros irmãos e irmãs. Que mosca havia picado meu pai para que tivesse mais duas crianças quando já deixara de se preocupar com sua abundante prole, quanto a isso não faço a menor idéia. Agora só poderei pedir-lhe uma explicação no dia do Juízo Final. Algumas vezes, ocorreu-me que, na verdade, era o espírito do cavalheiro das Índias Ocidentais que o perseguia.

Meu pai nunca demonstrava satisfação com o que eu fazia. No final, creio que me tornei um fardo incômodo para ele, pois, não fosse eu um produto de sua lavra, bem que ficaria contente de me ver dando com os burros n'água. O fato é que, noite alta, entre uma e três da madrugada, passei a sentir que ele consumia suas horas insones me espicaçando, golpeando e moldando de todas as maneiras, a fim de que, na condição de "Meu Filho Lincoln", eu me tornasse útil. E bem nessas horas eu costumava estar me divertindo ruidosamente, pois me tornara oficial em um regimento militar de elite e ali, para manter meu prestígio junto aos filhos das famílias mais antigas da terra, gastava muito do dinheiro, do tempo e da espirituosidade que, na verdade e por direito, o meu pai considerava dele.

Por essa época, um vizinho nosso morreu e deixou viúva sua jovem esposa. Bela e rica, ela fora infeliz no casamento e, em suas tribulações, consolara-se sentimentalmente com minha irmã gêmea, tão parecida comigo que, se eu me vestisse com suas roupas, ninguém conseguiria nos distinguir. Por isso, ocorreu a meu pai que a dama talvez consentisse em casar comigo, tirando assim de seus ombros o fardo em que eu me tornara. Essa perspectiva era tão conveniente para mim quanto qualquer outra coisa que então esperava da vida. Fiz apenas um pedido ao meu pai: que me permitisse viajar pelo continente europeu durante o ano em que a dama guardasse luto. Naquele tempo, eu tinha várias propensões irresistíveis: pelo vinho, pelo jogo, pelas brigas de galo, pela companhia dos ciganos, além de uma paixão pela discussão teológica que me fora legada por meu próprio pai – e, na opinião deste, seria conveniente que eu me livrasse de todas essas inclinações antes de casar com a viúva, ou, pelo menos, que ela não pudesse observar de perto tais coisas enquanto ainda tinha a possibilidade de mudar de idéia. Como meu pai sabia o quanto eu era volúvel e ardente em meus relacionamentos amorosos, creio que temia igualmente que eu pudesse seduzir minha noiva para um relacionamento íntimo demais antes da hora apropriada, aproveitando-me de nossa vizinhança, e, talvez, do fato de ser tão parecido com minha irmã. Por todos esses motivos, o velho concordou que seria bom que eu partisse em viagem por nove meses, em companhia de um antigo colega de escola dele, que vivia da caridade de meu pai e a quem este queria aproveitar de alguma maneira.

Não tive dificuldade para me livrar desse indivíduo, pois assim que chegamos a Roma ele se embrenhou no estudo dos mistérios do antigo culto priápico de Lâmpsaco, o que permitiu que eu continuasse me divertindo à larga.

Todavia, no quarto mês desse meu ano de graça, fiquei apaixonado por uma mulher em um bordel de Roma, que visitei certa noite com um grupo de teólogos. Não era um lugar luxuoso freqüentado por gente abastada em busca de diversão, mas tampouco uma dessas casas soturnas onde se encontram artistas e ladrões. Era apenas um estabelecimento mediano e respeitável. Lembro-me da estreita rua em que se encontrava, e dos odores variados que ali se mesclavam. Se alguma vez voltasse a senti-los de novo, sentiria como se tivesse voltado para casa. A essa mulher devo o fato de alguma vez ter entendido, e disso nunca vou me esquecer, o sentido dessas palavras – como pranto, coração, desejo, estrela – que vocês, poetas, tanto apreciam. Sim, quanto às estrelas em especial, Mira, muito nessa mulher lembrava uma estrela. Antes de tudo, aquilo que a destacava das outras, a mesma diferença entre um céu nublado e outro estrelado. Certamente também vocês já cruzaram em suas vidas com mulheres assim, que irradiam uma luz própria e brilham no escuro, que são cintilantes, como perderneiras.

Quando, no dia seguinte, despertei em meu quarto, lembro-me de ter sentido um pavor imenso. Pensei comigo mesmo: "Estava embriagado na noite passada, e minha cabeça me pregara uma peça. Não existem mulheres assim". Então meu corpo foi invadido por ondas de frio e calor. Mas voltei a refletir, deitado na cama: "Seria impossível que eu sozinho tivesse inventado alguém como aquela mulher". Estava além da minha capacidade imaginar uma mulher dotada de tanta vida e tanta força. Levantei-me e segui diretamente para a casa dela, e ali a reencontrei – era exatamente como me aparecera na lembrança.

Mais tarde, descobri que essa extraordinária impressão de uma força imensa que lhe atribuía era, no fim das contas, um tanto enganosa. Talvez isto fique mais claro após uma explicação.

Se, durante toda a vida, lutamos contra os ventos e as correntes marítimas e, de repente, uma única vez, embarcamos em um navio que, tal como nesta noite, é impulsionado por fortes correntezas e ventos favoráveis, sem dúvida ficaríamos extremamente impressionados com a força dessa embarcação. Mas estaríamos equivocados; ao mesmo tempo, porém, também estaríamos certos, pois não seria uma inverdade dizer que a potência das águas e dos ventos estava afinada com o barco, pois somente ele, entre todos, conseguira aliar-se a essas forças. Assim havia eu, por toda a vida, sob a égide de meu pai, aprendido a me colocar contra os ventos e as correntezas da vida. Nos braços dessa mulher, por outro lado, eu me sentia em harmonia com todas essas forças, exaltado e impelido pela própria vida. E isto me pareceu então que se devia à ela, pois naquela época não fazia idéia do quanto ela estava aliada a todas as correntezas e sopros da vida.

Depois daquela noite inicial passamos a nos ver com freqüência. Nunca fui capaz de desfrutar dos casos amorosos comuns em meu país, que se iniciam na sala de estar com trivialidades, elogios e risinhos nervosos, passando em seguida aos toques de mãos e pés, e terminam na cama, naquilo que em geral se considera um clímax. Este meu relacionamento amoroso em Roma, que começou na cama, estimulado pelo vinho copioso e a música alta, e que se transformou em uma espécie de namoro e amizade de um tipo até então desconhecido para mim, foi o único que me satisfez na vida. Depois de um tempo, começamos a ficar juntos por um dia inteiro, ou mesmo por um dia e uma noite. Comprei uma pequena carruagem e um cavalo, e saíamos a passear por Roma e pela *campagna*, indo até mesmo a Frascati e Nemi. Ceávamos em pequenas estalagens e, no início da manhã, muitas vezes parávamos à beira da estrada e, enquanto o animal pastava, sentávamos na grama para beber uma garrafa de tinto novo e amargo, e mordiscar passas e amêndoas, acompanhando o vôo das inúmeras aves de rapina que sobrevoavam em círculos a imensa planície, e cujas sombras, sobre a relva baixa, passavam ao longo de nossa carruagem. Certa vez, topamos em um vilarejo com uma festa, para a qual haviam sido colocadas lamparinas chinesas em torno de uma fonte no crepúsculo límpido. Acompanhamos os festejos de uma varanda. Várias vezes, também, fomos até a costa. Tudo isso foi em setembro, um mês muito agradável em Roma. O mundo começa a adquirir uma tonalidade pardacenta, mas o ar continua fresco como água de nascente, e é curioso como fica repleto de cotovias, que lá ainda cantam nessa época do ano.

Olalla estava muito feliz com tudo isso. Ela gostava demais da Itália, e sabia apreciar a boa comida e os bons vinhos. Às vezes, vestia-se com apurada elegância, resplandecente como um arco-íris em suas caxemiras e plumas, como a amante de um príncipe, e então não havia nenhuma dama inglesa capaz de superá-la. Em outras ocasiões, contudo, preferia usar o lenço de linho das mulheres italianas e divertir-se nas danças das aldeias. Aí não se via nenhuma outra dançarina tão intensa ou graciosa, embora o que ela apreciasse acima de tudo era sentar-se ao meu lado enquanto víamos os outros dançarem. Era extraordinariamente receptiva a todas as impressões. Ao mesmo tempo, porém, não parecia haver para ela diferença entre a alegria e a dor, ou entre as coisas tristes e as agradáveis. Todas eram igualmente bem-vindas, como se em seu âmago ela soubesse que eram idênticas.

Uma tarde, quase no crepúsculo, estávamos voltando para Roma, e Olalla, com a cabeça descoberta, conduzia o cavalo, chicoteando-o para que galopasse. Nesse momento a brisa afastou-lhe do rosto os longos e escuros cabelos encaracolados, revelando-me de novo a longa cicatriz de uma queimadura que, como uma pequena serpente branca, ia desde a orelha esquerda até a clavícula. Perguntei-lhe então, mais uma vez, como havia se queimado tanto. Ela não quis me responder e, em vez disso, começou a falar de todos os grandes prelados e mercadores de Roma que estavam apaixonados por ela, até que eu, rindo, disse-lhe que ela não tinha coração. Ao ouvir isto, calou-se um instante, enquanto corríamos a toda velocidade, com a luz do sol ainda batendo forte em nossos rostos.

"Oh, claro", respondeu por fim, "que tenho um coração. Mas ele está enterrado no jardim de uma pequena *villa* branca perto de Milão."

"Para sempre?"

"Para sempre", disse ela, "pois é o lugar mais adorável que existe."

"E o que há em uma pequena *villa* branca de Milão capaz de prender para sempre o seu coração?", perguntei, acossado pelo ciúme.

"Não sei dizer", respondeu. "Agora não deve haver muita coisa, pois ninguém está cuidando do jardim ou afinando o piano. E talvez a casa esteja ocupada por estranhos. Mas tem o luar, quando a lua eleva-se no céu, e as almas dos mortos."

Não era raro que falasse desse modo vago e caprichoso, mas, como o fazia com tanta graça, suavemente e com certa humildade, eu ficava encantado. Ela sempre se mostrava muito disposta a agradar, sem medir esforços, mas não como uma criada paralisada pelo temor de desagradar, e sim como alguém muito rico que nos cumulasse de benesses saídas de uma cornucópia. Como uma leoa domesticada, confiante em suas presas e garras, insinuando-se em nosso favor. Às vezes, ela mais parecia uma criança e, em outras, muito velha, como aqueles aquedutos, construídos há mil anos, que se erguem na *campagna* e nela lançam imensas sombras, com muros majestosos, antigos e quebrados, reluzindo como âmbar ao sol. Ao lado dela, eu me sentia como um objeto novo e insípido no mundo, um menininho tolo. E, de algum modo, sempre havia nela algo que me dava a impressão de ela ser muito mais forte que eu. Se tivesse então sabido com certeza que ela era capaz de voar, e poderia ter-se afastado de mim e do mundo a qualquer momento, isto teria, creio, provocado em mim o mesmo sentimento.

Foi só no final de setembro que comecei a cuidar do futuro. Constatei que de modo algum conseguiria viver sem Olalla. Se tentasse me afastar, meu coração, imaginava eu, correria de volta para ela como a água escorre montanha abaixo. Por isso, ocorreu-me que seria melhor nos casarmos e voltarmos juntos para a Inglaterra.

Se, quando lhe pedi a mão, ela tivesse feito a menor objeção, eu não teria mais tarde ficado tão transtornado com o seu comportamento. Mas ela respondeu sem hesitar que viria comigo. A partir de então, ficou mais carinhosa, mais doce do que jamais havia sido, e costumávamos falar da vida que levaríamos na Inglaterra, e de tudo o que lá faríamos, e como nos divertiríamos juntos. Eu lhe contei de meu pai, e de como este amava a ópera italiana, o que era a melhor coisa que podia dizer a respeito dele. Eu sabia, ao lhe falar de tudo isso, que nunca mais voltaria a ficar entediado na Inglaterra.

Foi nessa época que, pela primeira vez, toda vez que eu me aproximava de Olalla, notei a presença de um indivíduo que jamais vira antes. Nas primeiras vezes, não pensei mais naquilo, mas, após o nosso sexto ou sétimo encontro, ele começou a tomar conta de meus pensamentos e a me deixar curiosamente incomodado. Devia ter sessenta ou setenta anos e era um judeu franzino, vestido com muito apuro e com anéis de diamantes, e exibia as maneiras de um requintado homem do mundo. Tinha uma compleição pálida e olhos muito escuros. Nunca o encontrei com ela, ou em sua casa, mas sempre topava com ele quando ia para lá, ou de lá saía, o que me deu a impressão de que ele estava circulando em torno dela, como a Lua em torno da Terra. Desde o início, devia haver algo extraordinário nesse homem, pois de outro modo não me teria ocorrido a idéia, que em seguida não me abandonou mais, de que ele exercia algum tipo de poder sobre Olalla, e era um espírito maléfico em sua vida. No final, tanto ele despertou meu interesse que pedi a meu criado italiano que descobrisse algo a seu respeito no hotel em que vivia, e foi assim que soube tratar-se de um judeu holandês fabulosamente rico, chamado Marcus Cocoza.

Fiquei tão curioso para saber o que um tal homem estaria fazendo na rua em que morava Olalla, e o motivo de ele aparecer e desaparecer daquele modo, que no final, com certa relutância – pois tinha medo do que poderia me dizer –, perguntei a ela se o conhecia. Ela colocou dois dedos sob o meu queixo e o levantou. "Por acaso você ainda não percebeu, *carissime*", indagou então, "que eu não tenho sombra? Uma vez vendi minha sombra ao demônio, em troca de um pequeno alívio no coração, de uma pequena alegria. Esse homem que você viu lá fora – com sua habitual perspicácia, você facilmente adivinhará que não passa da minha sombra, com a qual já não tenho nada a ver. O demônio por vezes permite que ela ande por aí. E, naturalmente, ela tenta retornar e lançar-se aos meus pés, como costumava fazer. Mas jamais permitirei tal coisa. Ora, o diabo poderia considerar nulo o negócio, caso eu a aceitasse de volta! Não se preocupe com ele, minha estrelinha."

Concluí que, à sua maneira, pelo menos naquela vez estava dizendo a verdade. Enquanto falava, tornou-se evidente que ela não tinha mesmo sombra. Nada havia de negro ou triste em seu âmago, e os tons soturnos da preocupação, do remorso, da ambição ou do temor, que parecem inseparáveis de todas as criaturas humanas – até mesmo de mim mesmo, embora naquela época eu fosse bastante intrépido –, haviam sido exilados de sua presença. Por isso, limitei-me a beijá-la, dizendo que deixaríamos a sombra dela na rua e baixaríamos a persiana.

Na mesma época, também fui tomado de um curioso sentimento, que depois vim a conhecer bem, e o qual então confundi inocentemente com a felicidade. Onde quer que fosse, parecia que o mundo à minha volta estava perdendo seu peso e começava lentamente a pairar no alto, um mundo feito só de luz, sem nenhuma solidez. Tudo parecia ter perdido a densidade. O castelo Sant'Angelo pairava no ar, e eu sentia que poderia erguer a própria basílica de São Pedro com apenas dois dedos. Tampouco tinha medo de ser atropelado por carruagens nas ruas, convencido de que o cocheiro e os cavalos eram tão sólidos como se tivessem sido feitos de papelão. Essa crença me proporcionou extraordinária felicidade, ainda que um tanto eufórica, e eu a vi como prelúdio de uma felicidade ainda maior no futuro, uma espécie de apoteose. Em minha opinião, o universo, e eu mesmo nele, havia adquirido asas e estava a caminho do sétimo céu. Hoje sei bem o significado disso tudo: é o começo de uma despedida definitiva, o canto do galo. Desde então, em minhas viagens, conheci países ou grupo de pessoas que manifestavam esse mesmo aspecto impalpável. Ao meu redor, o mundo tornara-se alado e cada vez mais exaltado. Apenas eu mesmo, sendo pesado demais para o vôo, acabaria ficando para trás, em meio a uma completa desolação.

Estava ocupado pensando em uma carta que deveria escrever ao meu pai, dizendo-lhe que não poderia me casar com a viúva, quando recebi a notícia de que um de meus irmãos, um oficial da marinha, estava de passagem por Nápoles a bordo de seu navio. Refleti que seria melhor pedir-lhe que levasse a carta e disse a Olalla que teria de ir a Nápoles por alguns dias. Perguntei-lhe se havia possibilidade de ela se encontrar com o velho judeu em minha ausência, mas ela me garantiu que não iria ver nem falar com o sujeito.

Não correu muito bem o encontro com o meu irmão. Ao conversarmos, dei-me conta de como os meus planos para o futuro iriam parecer aos olhos dos outros, e isto me deixou terrivelmente incomodado. Pois ainda que considerasse suas concepções como estúpidas e desumanas, ali recordei, pela primeira vez desde que conhecera Olalla, a atmosfera pegajosa e morta do meu antigo lar e mundo. Mesmo assim, entreguei a carta ao meu irmão e supliquei-lhe que defendesse, tanto quanto possível, minha causa junto ao nosso pai. Em seguida, corri para voltar a Roma.

Quando ali cheguei, soube que Olalla havia partido. Primeiro me contaram, em sua casa, que ela morrera subitamente de febre. A notícia me deixou completamente prostrado e quase me enlouqueceu durante três dias. Porém, logo descobri que não havia como aquilo ser verdade; em seguida, procurei todos os moradores da casa, suplicando e ameaçando-os para que me contassem tudo. Percebi, então, que deveria tê-la tirado daquele lugar antes de ir a Nápoles – embora, de que teria adiantado isto se ela própria pensava em me abandonar? Uma estranha premonição me fez associar o sumiço dela ao judeu e, em uma das últimas conversas com a *madama* da casa, agarrei-a pelo colarinho, gritei-lhe que sabia de tudo e disse que a estrangularia caso não me dissesse a verdade. Aterrorizada, a velha acabou por confessar: sim, tinha sido ele. Certo dia, Olalla deixara a casa e não voltara mais. No dia seguinte, um idoso e pálido cavalheiro judeu de olhos muito escuros bateu à porta da casa, saldou as dívidas de Olalla e ainda pagou uma soma para que a *madama* não criasse nenhum problema. Ela nunca vira os dois juntos. "E para onde foram?", gritei transtornado, pois não podia extravasar meu desespero matando ali mesmo aquela velha mulher amarelada. Ela não sabia o destino deles, mas, ao pensar melhor, disse que acreditava ter ouvido o judeu mencionar ao criado o nome de uma cidade chamada Basiléia.

Segui então para Basiléia, mas só quem passou por isso poderá fazer idéia das dificuldades de tentar encontrar, em uma cidade estranha, uma pessoa da qual nem se conhece o nome.

Minha busca tornou-se ainda mais penosa pelo fato de que eu não fazia a menor idéia dos círculos sociais em que deveria procurar por Olalla. Se tivesse mesmo partido com o judeu, ela poderia muito bem ter se transformado em uma grande dama, a quem eu encontraria em sua própria carruagem. Mas então por que o judeu a deixara naquela casa romana onde a conheci? Talvez ele agisse do mesmo modo agora, por algum motivo que me era desconhecido. Por isso, vasculhei todas as casas de má fama em Basiléia, mais numerosas do que se imaginaria, pois Basiléia é a cidade européia onde se defende com mais vigor a santidade do casamento. No entanto, não encontrei ali nenhum sinal dela. Em seguida, decidi ir a Amsterdã, onde teria pelo menos o nome Cocoza como ponto de partida. E de fato encontrei a bela e antiga mansão do judeu, e soube que ele era o homem mais rico da cidade, e que sua família negociava com diamantes havia três séculos. Mas ele próprio, também fiquei sabendo, estava sempre viajando. Acreditavam que agora estivesse em Jerusalém. Após deixar Amsterdã, segui várias pistas falsas que me levaram a vários países. Essa minha peregrinação enlouquecedora durou cinco meses. No final, resolvi ir a Jerusalém. Para isso, tinha de voltar para a Itália, a fim de tomar um barco em Gênova, e todas essas coisas estavam passando por minha mente quando me vi sentado, como lhes contei, no hotel de Andermatt, aguardando a oportunidade de cruzar o desfiladeiro no dia seguinte.

Um dia antes, recebera afinal uma carta de meu pai, a qual me seguira por alguns meses, sendo enviada sucessivamente de um endereço para outro. Eis a carta:

Agora sou capaz de considerar sua conduta com mais calma e compreensão. Devo isto ao fato de ter compulsado uma coleção de papéis familiares, aos quais nos últimos três meses dediquei muito tempo e atenção. Graças ao exame desses papéis, tornou-se óbvio para mim que um destino verdadeiramente extraordinário marcou a nossa família nos últimos duzentos anos.

Enquanto família, apenas somos melhores que as outras porque sempre tivemos entre nós um indivíduo que se tornou o portador de todos os vícios e debilidades de sua geração. As faltas que normalmente seriam distribuídas por todo o grupo acabaram concentradas apenas em um de seus membros e, graças a este, os outros puderam se tornar o que deveriam ser, e o que somos.

Após vasculhar esses papéis, já não tenho mais nenhuma dúvida quanto a isso. E consegui identificar esse membro delinqüente ao longo de sete gerações, desde a nossa tia-avó Elizabeth, sobre cujo comportamento não gostaria de me estender agora. Vou apenas citar os exemplos de meus tios Henry e Ambrose, que na sua época sem dúvida...

Em seguida vinham vários nomes e histórias que confirmavam a teoria de meu pai. Depois, ele prosseguia:

Não posso avaliar se seria um golpe fatal ou uma bênção para nossa família e o nosso nome que essa estranha condição deixasse de existir. Certamente evitaríamos muitos problemas e ansiedades, mas também poderíamos tornar a família tão medíocre quanto as outras.

Quanto a você, sua obstinada recusa em seguir minhas ordens e orientações me faz sentir que estou certo ao pensar que você é a vítima eleita de sua geração. Pois, por meio de seu próprio exemplo, negou-se a tornar atraente a virtude e explícita a recompensa da boa conduta. Agora, em meu relacionamento com você, cheguei a uma postura suficientemente filosófica para lhe dar minha benção no sentido de que leve adiante uma carreira capaz de fazer da desobediência filial, da fraqueza e do vício um exemplo que, por ser repugnante e dissuasório, talvez seja proveitoso para a geração de sua família da qual você faz parte.

Jamais reencontrei o meu pai. No entanto, tive notícias dele por intermédio de meu antigo tutor, a quem, muitos anos depois, revi por acaso em Esmirna, em circunstâncias melancólicas. Meu pai reconciliara-se de tal modo com a situação que chegou a se casar ele próprio com a jovem viúva. Tiveram um filho, a quem batizaram de Lincoln. Não sei dizer, porém, se agiu assim porque gostava de mim mais do que eu imaginava, ou com o intuito de eliminar todas as sensações desagradáveis que poderiam acuá-lo entre uma e três horas da madrugada, quando se recordava do seu outro filho Lincoln.

Eu já lera a carta duas vezes e estava prestes a tirá-la do bolso para relê-la enquanto passava o tempo quando, ao erguer os olhos, avistei dois jovens que acabavam de entrar no salão de jantar do hotel, saídos da gélida noite lá fora. Eu conhecia um deles, e imaginei que, ao me ver, ele sentaria comigo, o que de fato ocorreu, de modo que nós três passamos juntos o resto da noite.

Um desses dois jovens cavalheiros bem vestidos e de maneiras impecáveis era filho de uma família nobre de Coburg, a quem, um ano antes, eu conhecera na Inglaterra, onde fora enviado para estudar os procedimentos parlamentares, pois pretendia seguir a carreira diplomática, e também aperfeiçoar-se na criação de cavalos, o meio de vida de seus parentes. Seu nome era Friederich Hohenemser, mas, tanto pela aparência como pelas maneiras, lembrava de tal modo um cão que certa vez eu tivera, o Piloto, que eu costumava chamar por este nome ao rapaz alto, belo e loiro.

Todavia, Mira, como você irá apreciar que alguém aproveite sua engenhosa parábola, vou lhe dizer algo a respeito dele: Piloto era uma pessoa a quem a vida, em hipótese alguma, consentiria em devorar. Ele próprio sentia um ardente desejo de ser engolido pela vida e, em todas as ocasiões, tentava se intrometer à força pela garganta dela, mas com a mesma obstinação esta o rejeitava. Vez por outra era capaz de lhe instilar uma ilusão, engolindo um pouco dele, mas nunca um naco grande e satisfatório; e mesmo nessas ocasiões ela sempre o regurgitava. Não sei dizer o que havia nele capaz de irritar o estômago da vida; a única coisa que me ocorre é que todas as pessoas que se aproximavam tinham, de algum modo, o mesmo sentimento em relação a ele, ou seja, que, embora nada tivessem contra o rapaz, ali estava um sujeito com o qual preferiam não ter nada a ver. Por isso, ele se encontrava, mentalmente, no mesmo estado de um embrião muito novo.

Provavelmente, é preciso certa astúcia, ou sorte, por parte de um homem para permanecer um embrião. O meu amigo Piloto nunca conseguira ultrapassar essa etapa. Com freqüência, imagino, ele sentia tal condição como algo alarmante; e de fato era assim. Por vezes, seus olhos azuis exibiam o mais doloroso reflexo do desesperado esforço para existir que invadia seu âmago. Toda vez que encontrava em si algum gosto original, ele o aproveitava ao máximo. Assim era capaz de falar incessantemente de sua preferência por determinado vinho e não outro, como se quisesse gravar no outro tal descoberta preciosa. Como disse um filósofo, sobre quem aprendi algo na escola e do qual você, Mira, teria gostado: "Penso, logo existo". Do mesmo modo, o meu amigo Piloto repetia para si mesmo e para o mundo: "Prefiro o vinho mosela ao renano, logo existo". Ou então, quando se divertia com um espetáculo ou um jogo, passava o resto da noite falando naquilo: "Isso é o tipo de coisa que me agrada". Mas o fato é que sofria de falta de imaginação e, além disso, era honesto demais. Era incapaz de inventar algo, limitando-se a descrever aquelas preferências que havia de fato constatado em seu espírito, e estas eram sempre muito poucas. Pois, como você bem sabe, Mira, para criar precisamos primeiro imaginar e, como não conseguia imaginar como seria Friederich Hohenemser, não lhe era possível evocar nenhum Friederich Hohenemser.

Eu o chamava, como lhes disse, pelo nome de meu cão, que tinha uma disposição tão parecida – nunca tendo a idéia mais vaga do que queria ser, ou do que deveria ser – que terminei por abatê-lo com um tiro. Já o Deus de Friederich Hohenemser acabou por se revelar bem mais tolerante em relação a ele.

A despeito de tudo isso, Piloto não se dava mal em sociedade, que, suponho, no continente europeu, requer apenas um mínimo de existência de seus membros. Além do mais, ele era um jovem rico e rosado, com um par de vigorosas coxas – das quais obviamente se orgulhava – e era até mesmo considerado pelas damas mais idosas como um jovem modelar. Piloto gostava de mim, e ficou contente de ter me despertado uma impressão tão forte a ponto de eu lhe dar um apelido. "Alguém", pensou ele, "me considerou merecedor de um apelido, portanto eu existo."

Enquanto ele se aproximava, notei que estava mudado. Havia retornado à vida e estava resplandecente. Tal como o meu cão Piloto, que brilhava e sacudia o rabo naquelas raras ocasiões em que imaginava ter provado que existia de fato. No caso de Hohenemser, isto poderia muito bem ser o efeito de sua recente amizade com o jovem cavalheiro que o acompanhava. Fosse o que fosse, senti que não perderia a oportunidade de usar seu ás no decorrer da noite. Suspirei. Nada me agradaria mais, naquela noite, do que a companhia de um cão de verdade. Recordei então com pesar de meus cães que haviam ficado na Inglaterra.

Ele me apresentou o amigo como sendo o barão Guildenstern, da Suécia. Eu não havia desfrutado do prazer da companhia deles por dez minutos quando me informaram que o barão tinha, em seu país, a reputação de ser um grande conquistador de mulheres. Isto me levou a meditar – enquanto apenas a superfície da minha mente cuidava da conversa – sobre o tipo de mulher que se encontra na Suécia. As damas que me haviam proporcionado a honra de se deixar seduzir tinham, sem exceção, insistido que cabia a elas decidir qual seria o ponto central no quadro. Eu as apreciei ainda mais por essa iniciativa, pois ali estava o que constituía para mim a variedade de um desempenho de outra maneira monótono. Todavia, no que se refere ao barão, era evidente que o ponto de gravidade jamais corria o risco de abandonar sua pessoa. Dava a impressão de ter uma natureza pouco entusiástica, mesmo ao mencionar as beldades que conquistara, mas ninguém o acharia deficiente em entusiasmo a partir do instante em que conduzia nosso olhar para o que de fato queria que admirássemos. De suas palavras depreendia-se que todas as suas damas haviam sido exatamente do mesmo tipo, e mulheres assim eu nunca conhecera. Como ele era, inegavelmente, o herói de todas as suas aventuras, cheguei a me perguntar por que se dera a tanto trabalho – e era óbvio que, em seus casos amorosos, não media esforços para alcançar seu objetivo – a fim de obter, vez após outra, a exata repetição do mesmo efeito. Para começar, mesmo sendo eu igualmente jovem, fiquei bastante impressionado por um apetite de tal modo inesgotável.

Mesmo assim, consegui vislumbrar, em sua conversa, que era muito animada e ficou ainda mais após termos esvaziado juntos algumas garrafas, a chave da existência do jovem sueco, a qual se resumia em uma única palavra: "competição". Para ele, a vida era uma competição, na qual lhe cabia brilhar muito mais que qualquer outro. Quando menino, eu mesmo fora um ardoroso adepto das competições. Todavia, mesmo antes de deixar a escola, perdera todo o interesse por isso, e naquela altura, a menos que topasse com algo de minha preferência, parecia-me uma tolice rematada tentar obter algo somente por ter caído no gosto alheio. Não era assim com o barão sueco. Nada no mundo era em si mesmo bom ou ruim para ele. Ele estava à espreita de uma pista, de um rastro a seguir, proporcionada pelas outras pessoas, as quais lhe indicariam o que consideravam precioso, e então ele as superaria na conquista dessas coisas, ou se empenharia em impedir que as desfrutassem. Quando ficava sozinho não sabia o que fazer de si mesmo. Por isso, era muito mais dependente dos outros que o próprio Piloto, e provavelmente fugia da solidão como do próprio diabo. Sua vida passada, como vim a saber de sua boca, ele a considerava um rol de triunfos sobre um rol de rivais e nada além disso, embora fosse pouco mais velho do que eu. Nem os seus rivais nem as suas vítimas lhe despertavam o menor interesse. Não era capaz de admiração nem de piedade, conhecendo somente a inveja ou o desprezo.

Por outro lado, ele não era nada bobo. Pelo contrário, deveria dizer que era muito esperto. Em sua vida, adotara as maneiras de um sujeito cordial, comum e sincero, até mesmo um pouco tosco, mas facilmente perdoável por causa de seu espírito aberto e simplório. Essa máscara disfarçava um olhar atento de ave de rapina, à espreita para extrair de nós uma avaliação de coisas, de modo a se apoderar delas em nosso detrimento. E como era desprovido daqueles nervos que tornam sensíveis as pessoas, ele possuía sem dúvida uma extraordinária energia e vigor, e era, por si mesmo e pelos outros, considerado um gigante em comparação com aqueles dotados de imaginação e compaixão.

Os dois se davam muito bem, pois Piloto era confirmado em sua existência pelos elogios do jovem e astuto sueco – "tenho", pensava ele, "como amigo um terrível conquistador de mulheres, logo existo" – enquanto o barão ficava muito satisfeito de ter conseguido superar em brilho os antigos amigos do rico alemão, e de ser admirado pelo jovem.

Na verdade, poderiam muito bem passar sem mim. Mas eu os atraía como um ímã: Piloto queria exibir o amigo para mim, e o barão, no encalço de algo que eu poderia apreciar ou carecer, e que ele poderia conquistar ou afastar de mim.

Após um tempo, fiquei de tal modo entediado com a conversa do barão que voltei minha atenção para Piloto – algo que raramente alguém fazia – e ele, agarrando a oportunidade, passou a me contar as grandes façanhas de sua vida.

"Talvez, se soubesse de tudo, você faria questão de ser visto em minha companhia, Lincoln", começou ele. "Somente estarei fora de perigo quando cruzar a fronteira suíça. As paredes têm ouvidos em um país com tanta turbulência política." Fez uma pausa, registrando o efeito de suas palavras, e então prosseguiu: "Estou vindo de Lucerna".

Ora, eu sabia que ocorrera um tumulto nessa cidade, mas nunca imaginaria que o Piloto tivesse algo a ver com aquilo.

"A situação lá estava fervilhando", disse ele. Pobre Piloto! Em sua pequena e acanhada boca sorridente, até mesmo a verdade soava como uma invenção canhestra. Estou certo de que o barão teria anunciado com tal cara-de-pau todo um chorrilho de mentiras que nem por um instante seus ouvintes teriam desconfiado de algo.

"Matei um homem na luta de barricadas do dia 3 de março", contou Piloto.

Eu sabia que houvera um combate nas ruas entre os partidários dos governistas, e sobretudo dos religiosos, e, do outro lado, o povo comum em revolta.

"É mesmo?", indaguei, com uma funda pontada de inveja por ele ter estado em combate. "Você matou um rebelde?" Pois o Piloto sempre me parecera uma figura de muita responsabilidade e pouco intelecto. Sem pensar, assumi que lutara ao lado dos padres, e isto pelo menos não era motivo de inveja para mim.

Piloto ergueu a cabeça com altivez e revelou:

"Eu matei o capelão do bispo de St. Gallen."

Os jornais estavam repletos de notícias sobre essa morte, e o assassino vinha sendo procurado por toda a parte. Naturalmente, fiquei interessado em saber como aquela grande façanha caíra nos braços do Piloto, e insisti para que me contasse tudo desde o início. O barão, aborrecido pelo relato de feitos marciais alheios, abstraiu-se, bebendo e observando as pessoas que entravam e saíam.

"Ao sair de Coburg", retomou Piloto, "minha intenção era passar três semanas em Lucerna com meu tio, De Watteville. Quando estava prestes a viajar, todas as senhoras elegantes da cidade, uma após a outra, me imploraram que lhes trouxesse de Lucerna chapéus feitos por uma mulher que conheciam como madame Lola. Todas me garantiram que a chapeleira era famosa de um extremo a outro da Europa. As damas das grandes cortes e das capitais faziam questão de usar os chapéus de madame Lola, cuja genialidade não tinha igual em toda a história da chapelaria. Como, é claro, não me incomodava em nada prestar um serviço às damas de minha cidade natal, parti com os bolsos repletos de pequenas amostras de seda, e até mesmo, acredite ou não, de cachos de cabelo para que os chapéus de madame Lola não destoassem de suas donas. Ao chegar a Lucerna, não se falava de outra coisa além de política e acabei esquecendo por completo de madame Lola até que, certa noite, durante uma ceia com altos funcionários e políticos, subitamente tirei do bolso, juntamente com o lenço, um pedacinho de seda cor-de-rosa, e fui obrigado a me explicar. Para minha surpresa, a conversa passou a girar em torno da chapeleira. Todos os convivas casados, pelo menos, e todos os clérigos haviam ouvido falar dela. Não havia dúvida, comentou o bispo de St. Gallen, também presente, de que a mulher era genial. O menor toque de sua mão, tal como o de uma varinha mágica, dava origem a milagres em termos de arte e elegância, e as grandes damas de São Petersburgo e de Madri, assim como da própria Roma, faziam peregrinações à oficina da chapeleira. Mas ela era mais do que isso. Suspeitava-se que fosse uma das conspiradoras da primeira hora, que fazia de seu ateliê um local de reuniões para os mais perigosos revolucionários. E também nessa capacidade ela se revelou um gênio, uma Circe, movimentando e organizando as coisas com mãos delicadas, e o mais brutal de seus correligionários não hesitaria em dar a vida para salvá-la.

"Todos eles me precaveram contra ela com tanta veemência que, naturalmente, a primeira coisa que fiz no dia seguinte foi procurá-la, na rua que me haviam indicado. Nessa ocasião, ela me pareceu apenas uma mulher inteligente e agradável. Aceitou todas as minhas encomendas, e conversamos sobre a minha viagem e até sobre o meu caráter e a minha carreira. Um rapaz ruivo apareceu quando eu estava lá, e logo saiu. Ele de fato tinha a aparência de um revolucionário, mas ela não lhe deu muita atenção.

"Enquanto ela fazia todos aqueles chapéus para mim, o clima em Lucerna tornou-se cada vez mais carregado, como se uma tempestade estivesse prestes a desabar sobre a cidade. Meu tio, que ocupava um alto cargo no conselho municipal, já pressentia o desastre. Enviou a mulher e as filhas para o seu *château*, e aconselhou-me a fazer o mesmo. Mas senti que não poderia ir embora sem rever madame Lola e buscar os chapéus que encomendara.

"No dia em que por fim fui visitá-la, os distúrbios nas ruas eram tão intensos que tive de me aproximar por um labirinto de ruazinhas secundárias, e mesmo assim não foi nada fácil chegar lá. Ao entrar na casa, porém, notei que, desde a porta de entrada até o sótão, estava ocupada por uma massa de gente armada que entrava e saía, e todo o local parecia de fato o caldeirão de uma bruxa. Naquela confusão, não havia como falar de chapéus. Ela própria, que estava exortando e orientando os outros de pé sobre uma mesa, lançou-se em meus braços ao me avistar. "Ah", exclamou, "seu coração o trouxe afinal pelo caminho certo!" E nesse instante, toda a multidão, e ela também, correu para fora e lançou-se à rua. Fui arrastado pela massa, ou talvez tenha sido tão arrebatado pelo entusiasmo da mulher que a segui de bom grado. Desse modo, em um átimo, estava no meio da luta nas ruas, avançando de barricada em barricada, sempre ao lado de madame Lola.

"Ela carregava os fuzis e os passava aos combatentes, empregando, nessa tarefa terrível, toda a graça e destreza que usava na feitura dos chapéus. Agora todos aqueles à sua volta, embora fossem corajosos, estavam atemorizados, e com razão; ela, contudo, não demonstrava o menor temor. Ao entregar os fuzis aos homens na barricada, ela lhes transmitia também um pouco de sua intrepidez. Isto era evidente na expressão deles. E o mais estranho é que eu mesmo, naquele momento, estava convencido de que nada poderia feri-la, ou que nada iria me acontecer enquanto estivesse ao seu lado. Lembrei-me de nossa velha cozinheira em Coburg dizendo que os gatos têm nove vidas. Naquele instante, realmente a vi como uma criatura sobre-humana, embora ela não fosse, como creio ter dito, nenhuma dama de família nobre, mas apenas uma chapeleira de Lucerna que já não era mais jovem.

"Foi então que, empolgado pela fúria à minha volta, agarrei um fuzil e disparei contra a multidão de soldados e milicianos que avançavam lentamente em nossa direção. Meu tio De Watteville talvez estivesse à frente deles, pelo que sabia, mas nem sequer pensei nele. No mesmo instante fui atingido, não sei como, e perdi os sentidos.

"Acordei deitado na cama de um pequeno quarto, sob o olhar de madame Lola. Quando tentei me mexer, percebi que minha perna direita estava imobilizada. Ao me ver desperto, ela deu um grande brado de alegria, mas em seguida aproximou-se de mim com o dedo sobre os lábios. No quarto escuro, contou-me de que modo o confronto terminara e como eu alvejara o capelão do bispo de St. Gallen. E implorou que eu permanecesse completamente imóvel, primeiro porque minha perna fora fraturada por um bala e, depois, porque a situação ainda estava tumultuada em Lucerna. Eu corria grande perigo e ninguém podia saber que eu estava ali.

"Permaneci naquele sótão durante três semanas, sempre sob os seus cuidados. Os combates prosseguiam e de vez em quando eu ouvia disparos. No entanto, mal refleti sobre isso, sobre o meu ferimento, sobre o que havia feito e o que pensariam disto os meus familiares, ou mesmo sobre o risco que corria. Parecia-me que, de algum modo, havia me elevado muito acima do mundo a que estava acostumado, e agora me encontrava em completa solidão ao lado dela. De tempos em tempos, um médico vinha me examinar. Ninguém mais me visitava e, às vezes, Lola enrolava-se em um xale e deixava-me por algumas horas, pedindo que não fizesse nenhum barulho até que retornasse. As horas que ficava longe me pareciam infinitamente longas.

"Enquanto estávamos juntos, conversamos muito. Desde então, quando penso nisso, lembro-me que ela não dizia muito, mas que eu mesmo falava como sempre havia desejado. Na verdade, naquele sótão senti que entendia a vida e o mundo, eu mesmo e até Deus. Conversávamos sobretudo das grandes coisas que eu iria fazer na vida. Ainda que eu tivesse feito já o suficiente para me tornar conhecido, nós dois víamos isto apenas como o começo.

"Compreendi que muitos dos seus amigos haviam deixado Lucerna, e que ela se expunha ao perigo por minha causa, e cheguei a lhe implorar que partisse. Não, dizia ela, não me deixaria por nada no mundo. Primeiro, depois do que eu fizera, os revolucionários de Lucerna agora me consideravam um irmão, e estavam todos prontos para dar a vida por minha causa. No entanto, mais do que isto, explicou-me enquanto ruborizava intensamente, caso fôssemos encontrados pelos tiranos da cidade ou por seus milicianos, ela e eu deveríamos ambos insistir que não havíamos participado dos combates, mas que ali estávamos juntos por motivos amorosos. Ela fingiria ser minha amante, e eu o amante dela, e explicaríamos o meu ferimento como tendo sido provocado por um rival ciumento. Embora tudo não passasse de uma comédia, tais palavras despertaram em mim uma extraordinária alegria, e muitos sonhos sobre o que faria quando estivesse restabelecido. Não sei se um relacionamento amoroso de verdade teria me proporcionado tanta felicidade.

"Por fim, em um anoitecer, ela me disse que o médico me considerava fora de perigo, e que devíamos nos separar. Ela estava saindo de Lucerna naquela mesma noite. Eu deveria partir, em sigilo, no começo da manhã. Também me disse que um amigo colocaria sua carruagem à minha disposição, e ele próprio me acompanharia para fora da cidade. Uma espécie de terror tomou conta de mim ao ouvir tais palavras. Só percebi o que havia comigo quando era tarde demais. madame Lola continuou a me falar carinhosamente. Por tudo o que eu fizera, disse ela, eu merecia algo e, assim, ela me daria todos os chapéus que restavam em seu ateliê. 'Pois a verdade é que jamais voltarei a Lucerna', disse. Com a ajuda de sua criada, ela subiu e desceu as escadas uma dúzia de vezes, todas elas carregando caixas que colocava ao meu lado. Comecei a rir e, no final, não conseguia mais me conter, quase afogado em meio a chapéus com todas as cores do arco-íris, adornados de flores, fitas e plumas. O chão, a mesa, a cadeira e a mesa ficaram completamente cobertos de chapéus, provavelmente os mais belos em todo o mundo.

"'Com isso', disse ela, ao terminar, 'você tem os meios para conquistar o coração das mulheres.'

Então colocou em si mesma um chapéu e um xale ordinários e tomou minha mão.

"'Nunca sinta qualquer ressentimento em relação a mim. Quis o melhor para você.'

"Ela colocou os braços em torno de meu pescoço, beijou-me e partiu.

"'Lola!'", exclamei, e afundei de novo na cadeira, desfalecido. Depois de recobrar os sentidos, passei uma noite terrível. Não encontrei nem uma única coisa agradável em que pensar. A imagem do coadjutor do bispo de St. Gallen também começou a me preocupar, e senti como se não tivesse ninguém em todo o mundo a quem recorrer.

"Lola cumpriu tudo o que prometera. Na manhã seguinte, um idoso cavalheiro judeu, extremamente elegante, bateu à porta do meu quarto e, ao pé da escada, encontrei sua bela carruagem à minha espera. Ele me conduziu pela cidade, onde aqui e ali ainda se viam resquícios dos combates, conversando agradavelmente ao longo do caminho. Quando nos aproximávamos dos limites da cidade, ele me disse:

"'A carruagem do barão de Watteville nos encontrará em tal e tal parque. Mas os sentimentos de Monsieur, o seu tio, foram abalados por seu comportamento, e ele me encarregou de dizer que seria melhor que o senhor continue sua jornada sem demora, e que ele e o senhor somente se encontrem em outra ocasião.'

"'Mas então o meu tio', exclamei estupefato, 'está ao corrente do que aconteceu?'

"'Está', respondeu o velho judeu. 'Na verdade, sabia o tempo todo. O barão tem muita influência junto ao clero de Lucerna e é improvável que, sem a ajuda dele, pudéssemos dar um jeito na situação.' Não falou mais nada e continuamos em silêncio, enquanto a inquietação tomava conta de meu espírito.

"A carruagem de meu tio de fato nos aguardava nas proximidades de um parque, tal como dissera o judeu. Quando paramos ao seu lado, um homem saltou dela e lentamente se aproximou para nos cumprimentar. Reconheci então o jovem ruivo que vira em minha primeira visita à casa de Lola, e também mais tarde, agora me lembro, na barricada. Agora dava a impressão de ter passado por maus bocados. Coxeava ao andar, e seu rosto estava pálido e circunspecto ao fazer uma mesura diante de meu companheiro. Ainda assim, ao se voltar para mim, sorriu de repente. 'Então esse', eu o ouvi dizer, 'é o peixinho dourado guardado por madame Lola?'

"'Ele mesmo', replicou o velho judeu, sorrindo, 'esse é o *golem* dela.'

"Só mais tarde vim a saber que a palavra '*golem*', na língua dos judeus, designa uma figura de argila, na qual a vida é magicamente insuflada, quase sempre para a realização de algum crime que o mago não ousa empreender por si mesmo. E supõe-se que tais *golems* sejam muito grandes e fortes.

"Os dois me acompanharam até a carruagem de meu tio e ali nos despedimos. Eu segui em frente, mas agora tinha tanta coisa para refletir que não conseguia impedir que meus pensamentos se atropelassem. O cheiro de pólvora nas barricadas, nossas conversas sobre Deus e o beijo de Lola naquele quartinho, em meio a todos aqueles chapéus – tudo isso passou diante de meus olhos, como as manchas coloridas que vemos após contemplar o sol por muito tempo. Desde então, ainda não fui capaz de pensar muito naqueles grandes feitos a que estava destinado. Nem sequer consigo me lembrar o que exatamente deveria realizar. Todavia, não há dúvida de que matei o capelão do bispo de St. Gallen e, por isso, preciso tomar muito cuidado até sair deste país. E, segundo um médico a quem consultei, a minha perna foi tratada com tanta habilidade que nem sequer se nota ter sofrido uma fratura."

"E então você está", concluí eu, "tentando encontrar essa mulher, procurando-a por toda a parte, sem conseguir dormir à noite?"

"Como você adivinhou?", perguntou o Piloto. "É isso mesmo, agora estou atrás dela. Não sei mais o que pensar ou sentir em relação a nada até que a veja de novo. Além de tudo, já não era jovem, sabe? Tampouco era de família nobre, mas apenas uma chapeleira de Lucerna."

Ora, eu ouvira todo o relato de Piloto. E enquanto o escutava, mais de uma vez fui tomado de pavor. Muitas coisas ali eram alarmantes para mim. Ocorreu-me que não me embebedara nem uma vez sequer depois de perder Olalla. Até esta noite. É óbvio que agora, quando bebo, mesmo que sejam apenas duas garrafas desse vinho suíço, minha cabeça começa a me pregar peças. Isto é o que dá pensar, por muito tempo, apenas em uma única coisa. Esse relato de meu amigo assemelha-se demais a um dos meus sonhos. Há muito nessa mulher das barricadas que lembra a minha cortesã romana, e quando, no meio da história, aparece um velho judeu como um gênio da lâmpada, é mais do que evidente que estou prestes a perder a razão. O quão perto estou, me pergunto, da loucura completa?

A fim de resolver essa questão, continuei a beber.

Ao longo da narrativa de Piloto, o barão Gulldenstern havia, de tempos em tempos, me fitado com um sorriso e chegou até a me piscar algumas vezes. Mas à medida que o Piloto prosseguia, o barão perdera o interesse na história e pedira mais uma garrafa de vinho. Agora ele a abria e enchia de novo as taças.

"Meu bom Fritz", disse, rindo, "sei muito bem que as damas amam seus chapéus. Para elas, um marido não passa de uma pessoa que pode lhes comprar chapéus de todas as formas e cores possíveis, Deus o abençoe.

Mas é um reles artigo de vestuário para se tirar de uma mulher. Eu mesmo prefiro que fiquem com o chapéu após se desfazerem de todas as outras peças; e, se quiserem me arremessar algo à cabeça, prefiro que seja uma anágua."

"Mas então você nunca cortejou uma mulher sem que ela tirasse a anágua?", perguntou Piloto, um tanto nervoso, com o olhar fixo em algo muito distante.

O barão cravou-lhe os olhos, atento, como se estivesse a ponto de descobrir que um fracasso e um apetite insatisfeito também poderiam ter valor para certo tipo de gente.

"Meu caro amigo", disse afinal, "em troca de sua confissão, vou contar uma das minhas aventuras."

"Sete anos atrás, fui enviado pelo coronel de meu regimento em Estocolmo, o príncipe Oscar, à escola de equitação de Saumur. Não cheguei a cumprir todo o meu período ali, pois acabei metido em confusões na escola, mas enquanto lá estive desfrutei de horas agradáveis na companhia de dois abastados amigos, um dos quais, Waldemar Nat-og-Dag, me acompanhava desde a Suécia. O outro era um belga, o barão Clootz, nobre de origem recente mas fabulosamente rico.

"Graças às cartas de apresentação que trazíamos das nossas velhas tias, meu compatriota e eu freqüentamos por um tempo uma curiosa comunidade de legitimistas arruinados, membros da mais alta aristocracia, que haviam perdido tudo durante a Revolução Francesa e agora viviam em uma pequena cidade provinciana nas proximidades de Saumur.

"Todos eles eram extremamente idosos, pois, em sua juventude, as damas não tiveram dotes para casar, e os cavalheiros nunca voltaram a dispor de recursos para manter uma família no estilo a que suas famílias estavam acostumadas. O resultado é que não tiveram descendência. Por isso, eram capazes de vislumbrar o fim iminente de todo o seu mundo e, para eles, ser jovem era sinônimo de fazer parte de um círculo de segunda classe. As senhoras debruçaram as cabeças sobre as cartas de minhas tias, intrigadas com as condições vigentes na Suécia, onde a nobreza ainda tinha a coragem de se reproduzir.

"Aquilo tudo me provocava um tédio mortal. Eu me sentia como se tivesse sido colocado em uma prateleira ao lado de velhas garrafas de vinho e jarras de picles, seladas e fechadas com pergaminho.

"Naqueles círculos comentava-se muito sobre uma jovem riquíssima que, um ano antes, alugara uma bela casa de campo perto da cidade. Eu mesmo, em minhas cavalgadas matinais, já passara pela casa, construída no meio de jardins amuralhados. No início, a jovem não despertou em mim nenhum interesse. Achei que era apenas mais daquelas que se identificam com as beguinas. No entanto, fiquei curioso para saber como, no caso dela, as qualidades da juventude e da prosperidade não constituíam falhas, mas, pelo contrário, pareciam torná-la ainda mais atraente para todos os corações envelhecidos e secos da cidade.

"Eles próprios se apressaram em me dar a explicação, contando que essa dama consagrava sua vida à memória do general Zumala Carregui, que havia sido, se não me engano, herói e mártir em defesa do legítimo rei da Espanha, e fora morto pelos rebeldes. Em homenagem ao general, ela sempre se vestia de branco, alimentando-se apenas de lentilhas e água, e todos os anos empreendia uma viagem de peregrinação ao túmulo do militar na Espanha. Era extremamente generosa com os pobres, e mantinha uma escola para as crianças do vilarejo, assim como um hospital. De tempos em tempos, ela tinha visões e ouvia vozes, provavelmente a voz maviosa e marcial do general Zumala. Por tudo isso era tida em alta conta. O fato de, antes da morte deste, ela manter um relacionamento mais terreno com o herói e mártir de forma alguma prejudicava sua reputação. Aquele grupo de solteironas de ambos os sexos estava, pelo contrário, fascinado com a idéia de essa santa mulher ter acumulado experiência, como ficaram, muito provavelmente, as onze mil virgens martirizadas em Colônia quando, no paraíso, foram apresentadas à santa mais graduada do céu, santa Maria de Magdala.

"Todavia, bastou conhecê-la para que o coração do meu amigo Waldemar se derretesse com a mesma rapidez de um cubo de açúcar em uma xícara de café quente.

"'Arvid', ele me disse, 'nunca vi uma mulher assim, e sei que isto é que o destino exige de mim. Pois você bem sabe que o meu nome é Noite-e-Dia e no meu brasão as armas são bipartidas em preto-e-branco. Portanto, ela está destinada a mim – e eu a ela. Pois essa madame Rosalba tem em si mais vida do que em qualquer outra pessoa que conheci. É uma santa de primeira magnitude, e revela nisso tanto vigor quanto um comandante arremetendo contra uma citadela. Ela é como uma flor fresca e plena naquele círculo de caules velhos e ressecados. Ela é o cisne no lago da vida eterna. Esta é a metade branca do meu brasão. Ao mesmo tempo, está rodeada pela morte, e este é o lado negro das armas dos Nat-og-Dag. Somente posso lhe explicar isto por meio de uma metáfora, que se impôs a mim enquanto a observava.

"'Ouvimos falar muito de vinicultura desde que aqui chegamos, e aprendemos o motivo de o vinho branco típico desse distrito ser tão excelente: as uvas permanecem nas vinhas mais tempo do que no caso de outros vinhos. Desse modo, ficam um pouco secas, muito maduras e adocicadas. Além disso, sofrem um processo peculiar conhecido em francês pela expressão *pourriture noble,*[37] ou, em alemão, *Edelfaule,* e é isto o que dá ao vinho seu sabor peculiar. No ar em torno de Rosalba, Arvid, há um aroma que não se encontra em nenhuma outra mulher. Talvez seja este o verdadeiro olor de santidade, ou talvez seja a nobre putrefação, a régia ferrugem corrosiva de um vinho forte e raro. Ou então, meu caro Arvid, talvez ambas as coisas, talvez sua alma seja bipartida em branco e preto, uma alma de Nat-og-Dag.'

"No domingo seguinte – estávamos no mês de maio –, consegui ser apresentado a madame Rosalba, após a missa, ao jantar na casa de um amigo de longa data.

37. Podridão nobre. [N.T.]

"Aqueles velhos aristocratas, em meio a tanta ruína, faziam questão de uma boa mesa, e não desprezavam uma garrafa de vinho. Mas a jovem restringiu-se às lentilhas e ao pão seco, e tomou um copo de água, com um recato tão gentil e sincero que conferia a essa dieta uma extraordinária nobreza, e ninguém ali teria ousado lhe oferecer outra coisa. Após o jantar, no salão fresco e escuro, ela entreteve os convivas, com a mesma sinceridade e modéstia, descrevendo uma visão que tivera pouco antes. Contou que se encontrava em um imenso campo florido, com um bando de crianças pequenas, cada qual com uma auréola em torno da cabeça, tão nítida como a chama de uma pequena vela. E o próprio são José havia aparecido, para informá-la de que ali era o paraíso e que cabia a ela cuidar daquelas crianças. Estas, explicou ele, eram exatamente aqueles primeiros mártires, as crianças de Belém massacradas por Herodes. Ele ressaltou que aquela seria uma doce tarefa para ela, pois, assim como o Senhor havia sofrido e morrido pela humanidade, do mesmo modo aquelas crianças haviam sofrido e morrido pelo Senhor. Ao ouvir tais palavras, uma enorme felicidade a invadiu, segundo ela e, suspirando de êxtase, dissera que nada mais esperava de toda a eternidade além de cuidar e brincar com aquelas crianças martirizadas.

"Não sou um crente fervoroso em visões ou no paraíso, mas enquanto essa jovem contava sua história, não tive a menor dúvida de que de fato havia visto com seus olhos o que relatara, ou que fora aceita no paraíso. De tal modo era transbordante nela a vida que ninguém duvidava do acerto da escolha; aqueles pequenos mártires iriam se divertir muito.

"Em certo momento, enquanto falava, ela ergueu os olhos. Meu bom Deus, que par de olhos tinha essa jovem! Jamais vira algo tão intenso; e quando nos lançava um desses olhares poderosos – puff!

"Agora, enquanto a ouvia todo circunspecto e observava seu círculo feliz de idosos discípulos, cheguei à conclusão de que em algum ponto ali havia uma trapaça monumental. Rosalba talvez fosse uma santa de primeira água. Talvez distribuísse benfeitorias a ricos e pobres, como se tivesse acesso a uma cornucópia. E poderia muito bem ter amado

Zumala Carregui, o que, se fosse verdade, faria do general um homem a ser invejado. Mas a verdade é que ele não fora o único a ser amado por Rosalba, e esta não vivia agora apenas pela memória dele. A disposição monogâmica – pois ela de fato existe, e eu mesmo fui amado por mulheres de disposição monogâmica – é algo evidente em uma mulher. É possível confundir a freira e a prostituta, mas aquelas damas que, na Índia, segundo me contaram, imploram para ser lançadas às chamas das piras funerárias de seus maridos, não há como deixar de reconhecê-las. Esse cisne branco chamado Rosalba, pensei, ou pode associar os nomes de seus amantes às contas de seu rosário, ou então não passa de uma solteirona perversa – pois não era mais tão jovem, tendo passado de seu trigésimo ano – que, por desespero, fingia diante de meus aristocratas legitimistas ter sido a amante de um general.

"Embora tenha me lançado apenas um olhar, Rosalba tinha plena consciência de minha presença. Por mais longe um do outro que nos encontrássemos, ela e eu estávamos em contato tão íntimo como se dançássemos um *pas-de-deux* no centro de um palco, com o idoso *corps de ballet* reunido à nossa volta. Quando ela se aproximou da janela para ver sua carruagem, as pregas de seu vestido branco e as tranças de sua cabeleira negra moveram-se e flutuaram apenas em meu benefício.

"Ocorreu-me então que nunca antes em minha vida tivera um rival falecido. Vamos ver agora do que era capaz o general Zumala. Na Páscoa, eu tinha de ouvir um sermão sobre Maria Madalena – essa santa Maria, teria sido ela mais difícil de seduzir do que qualquer outra com o mesmo nome? Ou mais fácil? O velho cavalo de batalha, costuma-se dizer, ergue a cabeça assim que ouve a trombeta de guerra.

"Logo me tornei um assíduo visitante do *château* de madame Rosalba. Não sei se a idosa comunidade aristocrática da cidade tinha idéia do perigo que corria a santa. Ela permitiu que eu lhe fizesse companhia em suas visitas aos pobres e doentes. No início, eu a consultei bastante a respeito do estado de minha alma. Confessei-lhe muitos de meus pecados, e nenhum deles a impressionou muito. Talvez lhe parecessem por demais familiares. Creio que me deu bons conselhos e que, se de fato quissesse me regenerar, teriam sido muito úteis. Ela me tratava sempre de maneira gentil e sincera, e parecia gostar de mim, mas era óbvia sua reticência em nosso *pas-de-deux* amoroso. Quanto a mim, decidi ser paciente. E ainda tinha de levar em conta o meu jovem amigo Waldemar. Eu sabia que, no fim de nossa dança, iria proporcionar a ela uma agradável surpresa.

"Havia algo que me intrigava naquela casa. Fui criado como luterano, e era levado à igreja no dia de Natal pela minha boa avó. Já ouvi muitos sermões, e sei distinguir entre a santidade e o pecado tão bem quanto o velho pastor Methodius, mesmo se discordássemos um pouco quanto às nossas preferências nessa questão. No entanto, juro por minha honra como militar que, no caso dela, era difícil distinguir uma coisa da outra. Ela pregava a teologia com tanta voluptuosidade como se a mesa do Senhor fosse a única iguaria genuína para um gastrônomo, e quando conversávamos sobre o amor, fazia com que ele parecesse uma brincadeira de jardim de infância. Não gostei nada disso. Tive uma babá que acreditava em bruxas e, às vezes, quando estava junto de Rosalba, lembrava-me dos sombrios contos de Maja-Lisa. Mesmo assim, nunca antes cruzara com uma bruxa sagrada ou uma santa perversa.

"No final, contudo, consegui obter de Rosalba a promessa de um encontro em sua casa no final de uma tarde de sexta-feira. Naquele dia, todas as pessoas iriam ao funeral da viúva de um *maréchal* que chegara aos cem anos de idade. Estávamos então no final de junho. Nessa altura, já começava a me cansar de suas evasivas e pensei que, ou tudo se definia na sexta, ou jamais voltaria a fazer a corte a uma mulher.

"Tudo isso, posso lhe assegurar, poderia ter terminado de outro modo, se algo não tivesse acontecido em Saumur. Mas deu-se então que um velho judeu muito rico – muito parecido com o judeu da sua história, Fritz – ali parou por uma semana em seu caminho desde a Espanha. Ele tinha tudo do melhor. Sua carruagem, seus criados e seus diamantes estavam na boca de todos. Mas o que mais nos impressionou na escola de equitação foi um par de cavalos andaluzes que ele trouxera consigo. Ambos, mas um deles em especial, eram os mais belos já vistos na França. Mesmo em meu regimento na Suécia não se encontravam animais assim. Além disso, eles haviam sido adestrados no *manège* real de Madri, e era vergonhoso que estivessem nas mãos de um judeu e, ainda por cima, civil.

"Por causa desses cavalos, deixei de ver madame Rosalba por alguns dias, tal era a excitação e as conversas sobre eles. Poucos de nós seriam ricos o bastante para adquiri-los, ainda assim consideramos que era um ponto de honra para nós que não saíssem de Saumur. No final, certa noite após a ceia, o barão Clootz, que era milionário e muito espirituoso, fez uma proposta aos cinco de nós que havíamos sido seus mais próximos amigos e conhecidos. Comprometeu-se a adquirir o cavalo, e a oferecê-lo como prêmio em uma competição na qual teríamos de provar o nosso valor. Segundo as regras dessa competição, éramos obrigados a cavalgar, ao longo de um dia, três léguas francesas, beber três garrafas do vinho produzido na região e, no caminho, fazer amor com três damas. Caberia a nós decidir em que ordem se dariam tais eventos, mas o cavalo do judeu ficaria com aquele que primeiro chegasse à casa do barão Clootz após ter cumprido as tarefas.

"A proposta foi recebida com entusiasmo. Eu já me preparava mentalmente, imaginando a ordem em que cumpriria as tarefas, e rememorando as belas mulheres que conhecia no distrito, quando percebi que a data da competição coincidia com a do meu encontro com madame Rosalba. Em ambos os casos, o dia fora escolhido pelo mesmo motivo: a elite da cidade estaria ocupada, e não poderia meter o nariz na vida alheia.

"Todavia, eu estava muito confiante e, ao sair de braços dados com Waldemar, tudo aquilo me parecia uma grande piada. Ele continuava a venerar Rosalba no alto de um pedestal, com tal intensidade que pensava mudar de confissão religiosa para agradá-la e considerava até mesmo, creio, a possibilidade de se tornar monge. Não poucas vezes tive de ouvir seus panegíricos à santa. Mesmo assim, após algum esforço, havíamos conseguido convencê-lo a participar de nossa prova. Creio que se decidiu ao vislumbrar a possibilidade de se exibir para Rosalba no cavalo espanhol, pois ele era um cavaleiro de razoável destreza.

"Não é que eu queira me vangloriar, mas cheguei pontualmente ao encontro no *château* branco de Rosalba naquela tarde de sexta. Conduzido por sua própria criada – pois não havia nenhuma outra alma na casa, uma vez que todos estavam no funeral –, subi ao *boudoir* na torre, galgando os degraus de pedra de uma longa escada. Na penumbra devido às persianas fechadas, o aposento estava tão fresco quanto uma igreja para quem vinha de fora. E sua atmosfera, densa com a fragrância de imensa quantidade de lírios brancos. Sobre uma mesa viam-se taças, e uma garrafa do melhor vinho que já tomei, um Château Yquem seco. Com ele completei a minha terceira garrafa do dia.

"Rosalba estava à minha espera. Como sempre, vestira-se com extrema simplicidade, mas agora exibia uma beleza arrasadora.

"Se o que aconteceu naquela torre parecer, de algum modo, insensato e fantástico, e antes um conto de fadas ou história de fantasmas do que uma aventura amorosa, não cabe a mim a culpa. É bem verdade que o dia estava abafado e culminou à noite em uma tempestade; e também que, vindo da estrada ensolarada, calçando as pesadas botas de montaria, eu não estava em meu pleno juízo. Talvez até estivesse mais apaixonado por ela do que admitia para mim mesmo, pois tudo me parecia girar em torno dela, e o vinho que tomara assim como os galopes desenfreados daquele dia, apenas as cerimônias de iniciação razoavelmente adequadas para aquele momento supremo de enamoramento. No entanto, lembro-me perfeitamente de tudo o que se passou ali.

"Eu não dispunha de muito tempo para desperdiçar. Embriagado como estava, com o quarto balançando diante dos olhos, as palavras vieram-me facilmente à boca, e logo a tive nos braços, com as roupas amarfanhadas. Ela própria era como um lírio sob a tempestade, alva e flexível com o rosto úmido. Todavia, estendendo os braços, ela me manteve afastado.

"'Ouça-me um instante. Aqui estamos completamente sozinhos. Não há mais ninguém em casa além de nós e da criada que o trouxe aqui, aquela bela garota. Você não tem medo?

"'Arvid', prosseguiu, 'você conhece a história de Don Giovanni?'

"Ela me fitava com tal ardor que me vi obrigado a dizer que havia até mesmo assistido à ópera sobre ele.

"'Então você deve se lembrar', perguntou ela, 'da cena em que a estátua do Comandante vem buscá-lo? É uma estátua como aquela que se encontra no túmulo do general Zumala, na Espanha.'

"'Oh, que permaneça por lá então', eu disse.

"'Espere', insistiu ela. 'Rosalba pertenceu ao general Zumala Carregui. Assim que o trair, a pobre Rosalba terá de desaparecer. Mas, enfim, cedo ou tarde toda ópera precisa ter um quinto ato. E você, minha estrela do norte, será o herói desse ato. A sua honra estará em jogo, como se fosse uma mulher. Você não teria compaixão por santa Maria de Magdala. Rosalba era uma bolha de sabão tão reluzente que, quando você a romper, um pouco de umidade será tudo o que lhe restará nas mãos. Todos, e até mesmo a sua criadora, estavam se apegando demais a ela. Cabe a você dar-lhe um grande e trágico fim. Nenhum outro homem no mundo, imagino, seria capaz de cumprir tal tarefa tão bem. Você merece estar aqui.'

"'Se é assim, permita então que eu vá até o fim', respondi arfando.

"'E você não tem nenhuma compaixão pela pobre Rosalba?', retorquiu ela. 'Não lhe importa que perca seu derradeiro refúgio, que seja assombrada e condenada para sempre – isto não significa nada para você?'

"'Você mesma não tem nenhuma piedade por mim', exclamei.

"'Ah, você não tem idéia de como está enganado', disse ela. 'É por você que me preocupo, Arvid, é por você que sinto uma pena terrível. Um futuro medonho o espera – um deserto estéril –, oh, que tortura! Se pudesse ajudá-lo, eu o faria, mas isto é impossível para mim. Pensar em Rosalba jamais lhe fará bem; o exemplo dela não lhe servirá de nada. Recordar esta hora, mais tarde, talvez possa lhe trazer um benefício, mas até isso é duvidoso. Oh, meu amor, se para salvá-lo eu lhe desse de presente um belíssimo cavalo, que está todo ajaezado em meus estábulos, ardoroso o suficiente para levá-lo num galope para longe dessa terrível queda e perdição que nos arrasta, e se eu lhe enviasse também minha criada, aquela deliciosa rapariga que o acompanhou até aqui, para conduzi-lo até o cavalo, você não iria?

"'Pois logo', continuou ela, aprumando-se em toda a sua altura, com a mão ainda em meu peito, assim como a minha no dela, e falando como uma sibila, 'será tarde demais, e ouviremos as fatais passadas na escada, mármore contra mármore.'

"Em nossa agitação, sua cabeleira preta, que costumava despencar em cachos em torno de seu rosto, foi lançada para trás, e então notei que ela de fato trazia no corpo a marca da feiticeira. Desde a orelha esquerda até a clavícula via-se uma funda cicatriz, semelhante a uma pequena víbora branca..."

Ao ouvir isto, Piloto gritou:

"O quê? O que disse?"

"Eu disse", respondeu com paciência o barão, satisfeito com o efeito causado por suas palavras, "que, de sua orelha esquerda até a clavícula, havia uma cicatriz parecida com uma víbora."

"Foi bem o que ouvi", exclamou Piloto. "Mas por que você está repetindo minhas palavras? A chapeleira de Lucerna, madame Lola, também possuía no pescoço uma cicatriz idêntica, a qual eu mesmo acabei de descrever."

"Você não disse nada disso", respondeu o barão.

"Como não? Não é verdade?", Piloto voltou-se para mim, exasperado.

Fiquei calado, enquanto pensava: só pode ser um sonho. Nessa altura, não tinha mais dúvidas de que estava sonhando. Aquele hotel, o Piloto e o barão sueco – tudo fazia parte de um sonho. Santo Deus, que pesadelo! Eu havia por fim perdido a razão de modo irremediável, e faltava apenas que Olalla entrasse por aquela porta, de um momento para o outro, como sempre ocorre nos sonhos. E, ao me ocorrer aquilo, desviei os olhos para a porta.

De tempos em tempos, enquanto conversávamos, novos hóspedes haviam chegado, para ocupar outras mesas ou mesmo atravessar o salão a caminho dos quartos internos do hotel. Naquele exato instante, uma dama e sua criada ali entraram e passaram rapidamente e em silêncio por nosso grupo. A dama envergava um casaco preto, que lhe ocultava o rosto e o corpo. A criada tinha o cabelo preso em torno da cabeça à maneira suíça, e carregava os xales. Ambas pareciam tão recatadas que nem mesmo o barão dignou-se a lançar-lhes mais do que um olhar. Somente quando haviam saído foi que Piloto, interrompendo subitamente a acalorada discussão com o barão, ergueu-se e ficou ereto como uma estátua, o olhar fixo na porta por onde haviam saído. Quando lhe perguntamos, rindo – pois havíamos bebido o suficiente para nos considerarmos uns aos outros ridículos –, o motivo daquele comportamento, ele virou seu rosto largo em nossa direção.

"Era ela, aquela mulher era a madame Lola de Lucerna", exclamou emocionado e, ainda mais abalado pelo som de sua própria voz.

Não havia a menor dúvida: o raio da loucura havia caído, mas atingira Piloto, e não a mim. Mesmo assim, nenhum de nós podia dizer o que estava para acontecer; e, na verdade, ao ouvi-lo, pareceu-me que de fato havia algo familiar na dama. Piloto começou a arrancar os próprios cabelos.

"Ora, ora, meu caro", disse eu, agarrando-lhe o braço. "Não é preciso perder o juízo. Vamos todos perguntar ao porteiro, que deve conhecê-la, se essa dama é ou não a parteira de Andermatt, e logo constataremos que não tem absolutamente nada a ver com a donzela de Orléans."

Ainda rindo, arrastei-o até a *loge* do porteiro e indaguei ao velho e careca suíço sobre as recém-chegadas. No início o porteiro estava ocupado contando várias peças de uma elegante bagagem, e não nos deu muita atenção.

"Olhe", disse afinal para ele, "eis aqui uma bela recompensa por um pequeno favor. É aquela dama, vestindo um *juste-au-corps* preto, uma revolucionária, que inspirou o assassinato do capelão do bispo de St.

Gallen? Ou é uma mística que dedicou a vida à memória do general Zumala Carregui? Ou seria ela uma prostituta romana?"

O velho deixou cair o lápis e me encarou.

"Deus me ajude, meu senhor, mas do que está falando?", exclamou. "Aquela senhora que acabou de passar pelo salão de jantar, e que está ocupando o quarto de número nove, é nada menos que a esposa do senhor conselheiro Heerbrand, de Altdorf. O conselheiro é o homem mais importante da cidade, ficou viúvo e tem muitos filhos. A atual esposa do conselheiro Heerbrand é, ela própria, viúva de um vinhateiro italiano e possui uma propriedade na Toscana, o que a obriga a viajar muito de uma região à outra. Por isso, sempre passa por aqui. Em Altdorf, onde vivem e trabalham minhas três netas, ela é muito respeitada. É ela quem dá o tom a toda a cidade, onde é conhecida como excelente jogadora de cartas."

"Bem, Piloto", disse eu, enquanto o conduzia de volta, pois ele estava tão perplexo que teria ficado ali se eu o soltasse, "até que essa é uma solução prosaica do nosso enigma. Podemos dormir tranqüilamente esta noite nos quartos oito e dez, com a esposa do conselheiro ressonando em sua cama do outro lado da parede."

Sem ver para onde estava indo, acabei chocando-me com um cavalheiro que, levando um bastão na mão, atravessava lentamente o salão de jantar, vindo em nossa direção. Ao pedir desculpas, ergueu um pouco o chapéu alto, e vi então que era o velho judeu de Roma, Marcus Cocoza. No mesmo instante ele deixou o salão, saindo pela mesma porta usada pela dama.

Após um instante inicial de absoluto terror ao contemplar aquele rosto pálido e os profundos olhos negros, fui tomado de uma fúria que me sacudiu da cabeça aos pés. Como você bem sabe, Mira, não me irrito com facilidade, nem mesmo quando era jovem. Mas quando afinal sou tomado pela ira, sinto um imenso alívio. Eu ficara deprimido, decepcionado, sentindo-me ridicularizado e inativo por um tempo muito longo, e meu desespero alcançara o seu ápice quando encontrei os dois amigos no hotel. Agora, pensei, se tudo no mundo estava de fato contra mim, e se tudo parecia igualmente odioso, então não havia mais como evitar as vias de fato. Pelo menos era assim que me sentia naquele momento. Mais tarde refleti que nada em mim ocasionara tal mudança, que se devia antes à proximidade daquela mulher. Ela estivera a dois metros de mim, e libertara meu coração com a fragrância de seu vestido, e de novo eu sentia os ventos da vida enfunando minhas velas, e as correntezas sob a minha quilha.

Olhei para meus companheiros e vi que ambos haviam reconhecido o judeu. Ficaram tão pasmados que mais pareciam dois manequins. A magia que me invadira, fosse qual fosse, também se apoderara deles, ou então eles próprios não passavam de criaturas da minha imaginação. Agora isto pouco me importava. Estava decidido a colocar o destino contra a parede. Tomei um dos meus cartões, rabisquei nele o nome do velho judeu, e lancei-lhe um desafio no melhor estilo, solicitando que me recebesse sem demora. Pedi ao garçom do hotel que o levasse imediatamente ao quarto do judeu. Eu não estava nem um pouco temeroso do velho a quem Olalla havia chamado de sua sombra. Embora estivesse de fato convencido de que ele tinha parte com o demônio, era preciso que o visse. No entanto, ao voltar, o garçom me comunicou que de maneira nenhuma meu pedido seria atendido. O cavalheiro se recolhera, após pedir ao criado que lhe trouxesse uma bebida quente, e agora trancara a porta a fim de não mais ser incomodado. Ainda insisti, dizendo que era uma questão de extrema importância, mas ele se recusou a mover um dedo por mim. Ele conhecia bem aquele hóspede, que possuía uma carruagem esplêndida e seus próprios criados, e era um homem de fortuna incalculável.

"Ele já passou alguma vez por aqui", perguntei ao garçom, "na companhia de madame Heerbrand?"

"Não, nunca", respondeu o pobre sujeito, creio que um tanto assustado com minha aparência. Em sua opinião, era possível que a dama e o cavalheiro nem sequer se conhecessem.

Para mim, era intolerável pensar que teria de esperar a noite toda até que pudesse fazer algo. Mesmo assim, como não me restava alternativa, arrastei uma poltrona para junto da lareira e reavivei o fogo, pois não me arriscaria a dormir. Meu temor era que a mulher deixasse o hotel bem cedo. Por isso, chamei outra vez o garçom, dei-lhe uma gorjeta e ordenei-lhe que me avisasse assim que, na manhã seguinte, visse a dama do quarto nove preparando-se para deixar o hotel.

"Mas, senhor", respondeu o jovem, "ela já partiu."

"Partiu?", gritei, com o barão e Piloto repetindo minha exclamação como um eco duplo. Sim, ela fora embora. Assim que desapareceu por uma das portas do salão, ela voltou por outro caminho à *loge* do porteiro, bastante transtornada, e insistira que lhe arrumassem uma carruagem para levá-la ao convento naquela mesma noite. Ao porteiro, disse que encontrara uma carta à sua espera no hotel, na qual lhe informavam que sua irmã estava às portas da morte na Itália. Portanto, tratava-se de uma questão de vida ou morte que a obrigava a seguir viagem.

"Mas como é possível", perguntei, "subir por aquela estrada hoje à noite, com toda essa tempestade?"

O garçom reconheceu que seria difícil, mas ela se mantivera irredutível, oferecendo-se a pagar o dobro ou até o triplo da tarifa normal, e torcera as mãos com tal desespero que acabara convencendo o cocheiro. Além disso, não era nada fácil contrariar Frau Heerbrand. Não se tratava de uma mulher comum. E assim havia deixado o hotel. Nós mesmos devíamos ter ouvido o barulho das rodas de sua carruagem. Era bem verdade. De fato, pouco antes havíamos ouvido um ruído de carruagem.

Ficamos ali parados, como três cães de caça diante da toca de uma raposa.

Era óbvio para mim que a presença do velho judeu fora o motivo da fuga precipitada da mulher. Não havia dúvida de que era um feiticeiro e um demônio, o gênio que se havia de algum modo apoderado da bela dama. Por um momento, fui presa da mais terrível aflição. Não podia simplesmente ir encontrá-lo e tirar sua vida. Isto provocaria enorme rebuliço, e os outros me impediriam. Agora nada mais restava além de ir atrás dela e tentar protegê-la daquele indivíduo. Diante dessa idéia, meu coração alçou vôo como uma cotovia.

Embora não tenha sido fácil conseguir uma carruagem, isto afinal foi resolvido pelo barão, que recorreu a todo o vigor e a eficiência de que era capaz. Notei que meus dois companheiros, que não desconfiavam de meu interesse no assunto, ficaram surpresos com meu empenho. Porém, mesmo achando que eu estava muito embriagado, ao barão não repugnava mais um espectador para suas façanhas. Já o Piloto considerou minha impaciência uma prova da amizade que eu lhe dedicava. E tentou até mesmo, embora parecesse o tempo todo ter ficado sem palavras, exprimir sua gratidão.

"Vá para o inferno, Piloto", disse a ele, que se contentou em apertar minha mão.

Por fim, a um custo exorbitante, apareceu uma carruagem, e nós três partimos juntos em direção ao mosteiro.

O vento soprava sem parar e uma espessa camada de neve cobria a estrada. Por isso, a carruagem avançava com dificuldade, aos trancos e barrancos, e às vezes ficava, se imobilizava por completo, enquanto ficávamos sentados em seu interior, cada qual em seu canto. Desde o instante em que nos acomodamos naquela atmosfera rançosa, ao lado das janelas que foram rapidamente cobertas pela neve, não trocamos uma palavra. Não tenho a menor dúvida de que cada um ali teria visto de bom grado os outros perecerem na jornada. Eu mesmo, contudo, fiquei tão inteiramente absorto com a possibilidade de rever Olalla que o mundo externo me pareceu se afastar e desaparecer. Subimos o tempo todo. Poderíamos, por tudo o que sabia, estar ascendendo ao céu. E, se tivesse a liberdade para escolher, assim teria sido o meu céu: turbulento e sacudido por ventanias desenfreadas e galopantes.

À medida que seguíamos adiante, o caminho tornava-se mais íngreme, e a nevasca, mais furiosa. O cocheiro e o cavalariço mal conseguiam ver além de dois metros. De repente a carruagem deu uma sacudida particularmente forte e parou de todo. Após descer de sua cabine, o cocheiro abriu de golpe a portinhola de nosso compartimento, deixando entrar uma forte lufada de vento e neve, e, ele próprio todo coberto pela neve, gritou irado que seria impossível tirar a carruagem da vala em que caíra.

Discutimos brevemente a situação, mas isto nada significava para nenhum de nós, pois ninguém desistiria da viagem. Saltamos para a estrada, abotoando nossos casacos e virando nossas golas, e, inclinados como três velhos, retomamos a perseguição.

A nevasca havia amainado e o céu estava quase claro. A lua, correndo por trás das nuvens finas, iluminava o caminho. Mas o vento continuava terrível. Lembrei-me, assim que saí da carruagem, de um conto de fadas, que ouvira ainda criança, no qual uma velha bruxa guardava em um saco todos os ventos do céu. Esse desfiladeiro, imaginei, devia ser aquele saco. Os ventos aprisionados ali ficavam esbravejando, saltando no mesmo lugar, como cães de briga acorrentados. Às vezes, pareciam nos golpear a cabeça vindos de cima, em outras surgiam do chão, carregando a neve para o alto em redemoinhos. Dentro da carruagem havíamos sentido muito frio, mas ali fora, como estávamos em um ponto bem alto nas montanhas, o ar parecia gélido, como se alguém tivesse entornado um balde de água gelada sobre nossas cabeças. Mal conseguíamos respirar. Mas toda essa selvageria dos elementos me parecia apropriada: só em um mundo e uma noite assim eu poderia encontrá-la, e ela precisaria de mim.

As silhuetas dos meus companheiros, obscuras mesmo a um braço de distância e vagas como tantas sombras no caminho nevado, não me importavam em nada. Aquela era uma busca unicamente minha, e não demorou para que passasse à frente dos dois. Piloto sumiu atrás de mim. O barão ainda me acompanhava a certa distância, mas logo fiquei fora de seu alcance.

De repente, após talvez uma hora de caminhada, num ponto em que a estrada fazia uma curva em torno de um rochedo, um grande objeto quadrado, inclinado à beira do caminho, destacou-se como uma alta torre à minha frente. Era a carruagem de Olalla. Estava parada, meio tombada e impossibilitada de seguir adiante. Não se via por ali nenhum cavalo nem o cocheiro. Abri de uma vez a portinhola, e uma mulher no interior deu um berro medonho. Era a criada que eu vira no hotel. Estava agachada no piso da carruagem, enrolada nos xales. Encontrava-se sozinha e, ao perceber que não tinha a intenção de matá-la ou roubá-la, contou-me aos gritos que o cocheiro havia desatrelado os cavalos a fim de levá-los para um abrigo, depois que concluíra que não dava para prosseguir, tal como fizera nosso próprio cocheiro. Mas onde, gritei, estava a senhora? Ela havia, contou a criada, seguido a pé. A jovem estava aterrorizada demais e, ao descrever a fuga e o perigo que corria sua senhora, soluçou e chorou, mal conseguindo falar. Quando pude me libertar dela, pois a jovem não queria me deixar partir, bati com a portinhola em sua cara. Que terror, que perigo, imaginei, tomara conta daquela carruagem para que uma mulher preferisse arriscar-se sozinha na escuridão da noite por aquelas montanhas selvagens. O que poderia haver de tão ameaçador para ela no velho judeu de Amsterdã?

Como fiquei cerca de um quarto de hora ao lado da carruagem, o barão conseguiu me alcançar. Quando se aproximou e falou comigo, era curioso ver, naquela noite gélida e enluarada, surgir o seu rosto, afogueado à luz das duas lanternas do veículo que ainda queimavam. Protegidos pela carruagem, trocamos algumas palavras antes de retomarmos a busca, caminhando juntos por um tempo.

Em um trecho ainda mais íngreme da estrada, através da nuvem formada pela neve solta e revoluteante que se esparramava como a fumaça de um canhão, vislumbrei mais à frente uma sombra escura que poderia ser a silhueta de uma pessoa. No início ela aparecia e sumia. Em meio à escuridão da noite e à tempestade, era difícil manter os olhos fixos na figura. Pouco depois, embora não conseguisse me aproximar, meus olhos acostumaram-se ao esforço e consegui mantê-la constantemente em meu campo de visão. Naquela estrada íngreme e difícil, ela andava tão rápido quanto eu. Lembrei-me então de uma antiga fantasia minha a seu respeito, de que ela era capaz de voar caso quisesse. O vento rodopiava em torno de sua roupa. Às vezes esta ficava enfunada e esticada, conferindo-lhe a aparência de uma coruja enfurecida, com as asas abertas sobre um galho. Em outros momentos, porém, o vento apertava-lhe o vestido em torno do corpo, delineando as pernas compridas, como se ela fosse um grou correndo para aproveitar o vento e alçar vôo.

Após avistá-la, senti a presença do barão como algo intolerável. Se eu havia perseguido Olalla durante seis meses, e por fim a encontrara nesse desfiladeiro montanhoso, era imprescindível que ficasse sozinho com ela. Foi então que parei e, quando ele também se deteve ao meu lado, agarrei-o pela lapela do casaco e o empurrei com força. A escalada o deixara sem fôlego, e ele já parara algumas vezes. Mesmo assim, recobrou o alento ao ser agarrado e notar a expressão em meu rosto. Agora de maneira nenhuma permitiria que eu seguisse adiante sozinho. Seus olhos e dentes cintilaram na escuridão. Por alguns minutos lutamos na estrada pedregosa, e ele arrancou meu chapéu, que rolou para longe. Todavia, ainda agarrando-lhe o casaco com a mão esquerda, desferi-lhe um forte soco no rosto que o fez perder o equilíbrio. Como a estrada estava escorregadia, ele caiu e rolou para trás. Mas, como agarrara o meu cachecol, quase me estrangulou. Maldizendo o atraso, retomei a subida, acalorado e tremendo após todo aquele esforço.

De novo sozinho e certo de que iria afinal alcançar Olalla ali naquelas altas paragens, ao mesmo tempo fui invadido por uma enorme felicidade e por aquele medo que me surpreendera ao lado da carruagem. Ambos me impeliam adiante com igual força. E ocorreu-me de novo, enquanto tateava pelo caminho escuro, como a lua cruzando o céu escuro, que era bem provável que eu tivesse enlouquecido. E de fato aquela era uma situação enlouquecedora, apropriada para uma *extravaganza* encenada nos palcos de Roma. Ali estava eu, perseguindo uma mulher a quem amava, enquanto ela fugia de mim à noite com tanta rapidez quanto lhe permitiam as pernas, convencida de que eu era aquele mesmo velho inimigo dela e meu que primeiro nos separara, e a quem eu queria matar. Nem uma única vez ela olhou para trás, e seria completamente inócuo tentar gritar-lhe algo com o vento soprando em minha direção. Também nós dois estávamos empenhando toda a nossa força naquela fuga e perseguição; e, mesmo assim, avançando dobrados, como dois velhos, mal conseguíamos percorrer duas milhas por hora. O mais estranho, porém, e o que mais me preocupava, era o fato de que ela pudesse me tomar pelo judeu idoso. Nas ruas de Roma e no quarto de Andermatt, ele sempre andara muito pausadamente, com a ajuda de uma bengala. Mas eu era um jovem em boas condições físicas e, ainda assim, ela me confundia com o velho. Ele devia ser, na verdade, um demônio, ou talvez fosse capaz de se fazer servir por demônios. Eu próprio comecei a me sentir um mensageiro, um enviado dele. Estaria eu, talvez, sem que soubesse disso, já sob o poder daquele homem, e seria eu, contra a minha vontade, o demônio familiar do velho bruxo de Amsterdã?

Enquanto isso me passava pela cabeça, fui reduzindo a distância que nos separava. E então, estimulado por sua proximidade, completamente enlouquecido para agarrá-la e tomá-la nos braços, dei os derradeiros saltos que me mantinham afastado. De repente, senti sua longa capa esvoaçante cobrindo-me o rosto e, em um instante, estava ao lado dela. Dei mais um salto à frente e, ao me voltar, fiz com que parasse. Ela avançou diretamente para os meus braços e teria caído se eu não a segurasse. Em seguida estávamos nos abraçando com força sob a agreste lua de inverno. Sem fôlego, fomos empurrados um para o outro pelos próprios elementos.

Você bem sabe, Mira, que a insensatez das criaturas humanas é insondável. Eu havia corrido como um desesperado, certo de que, assim que a alcançasse, iria recuperar toda a felicidade que conhecera em Roma. Agora não me recordo mais o que pretendia fazer – erguê-la nos braços, dizer-lhe o quanto a amava, ou talvez tirar-lhe a vida, de modo que jamais voltasse a me fazer tão infeliz. E por um momento conheci aquela felicidade, ao apertá-la nos braços e sentir sua respiração em meu rosto, e seu corpo, há tanto desejado, tão próximo ao meu corpo. Mas, sem dúvida, foi um momento muito breve. O chapéu dela, assim como o meu, haviam sido carregados para longe pelo vento. Seu rosto erguido, branco como um osso, com os olhos grandes como duas lagoas, estava bem próximo de mim. Percebi então que ela estava aterrorizada comigo. Não era do judeu que fugia – era de mim.

Muitos anos depois, durante uma tempestade no Mediterrâneo, olhei por um momento o rosto de um falcão que em vão tentara várias vezes agarrar-se aos mastros de meu navio, antes de ser por fim lançado no mar pela ventania. Era igual ao rosto de Olalla naquele desfiladeiro montanhoso. Também aquela ave estava desvairada e tomada de medo, desesperada e no limite de suas forças.

É provável que tenha ficado a fitá-la, tão aterrorizado quanto ela. Em seguida, ao compreender, gritei-lhe no rosto seu nome por duas ou três vezes. Mas ela ainda não recobrara o fôlego para poder falar, e nem sei se me ouviu.

Protegidos do vento pelo meu corpo, seu longo cabelo negro e suas roupas escuras se acalmaram. Senti então que ela se transformava, virando uma coluna em meus braços. Depois de ficarmos assim por alguns momentos, perguntei:

"Por que está fugindo de mim?"

"Mas quem é o senhor?", disse ela por fim, depois de me fitar com atenção.

Apertando-a nos braços, dei-lhe dois beijos. Seu rosto estava muito frio e fresco. Ela ficou parada, sem esboçar qualquer reação. Para ela, era como se não houvesse diferença entre o meu rosto e a minha boca e os flocos de neve e o vento tumultuoso que lhe fustigavam os lábios.

"Olalla, não fiz outra coisa na vida além de te procurar mundo afora. Será que não podemos ficar juntos agora?"

"Estou completamente só aqui", disse ela pouco depois. "O senhor me assustou. Quem é o senhor?"

Nessa altura, desnorteado, achei melhor recuar. Fiquei imóvel, refletindo sobre a situação. Não podia deixá-la sozinha no meio da noite e da ventania. Afastei-me um pouco, mas continuei a ampará-la com o braço direito.

"Madame", disse então, "sou um inglês em viagem por essas montanhas amaldiçoadas. Meu nome é Lincoln Forsner. Não é apropriado que uma dama caminhe sozinha por uma estrada tão ruim nesse momento da noite. Se a senhora me permitir acompanhá-la até o mosteiro, ficarei muito honrado."

Ela refletiu sobre isso, enquanto parecia apoiar-se de bom grado em meu braço.

"Não consigo dar mais nenhum passo", disse então.

Era evidente que chegara ao fim de suas forças. Se não a estivesse segurando, ela teria caído. O que nos restava fazer? Ela própria olhou em volta, e depois contemplou a lua. Quando recuperou um pouco de seu equilíbrio, disse:

"Permita-me descansar um pouco. Vamos sentar aqui e recobrar o fôlego. Depois seguirei com o senhor até o mosteiro."

Olhei em torno em busca de um abrigo, e encontrei um lugar razoável nas proximidades, sob uma grande rocha que se projetava sobre a estrada. A neve havia chegado até ali, mas o recesso era inacessível ao vento. Eu a levei ou a carreguei para esse lugar, a cerca de dez metros. Ali tirei o casaco, e o cachecol com o qual o barão quase me estrangulara, e deixei-a tão confortável quanto possível. Ao mesmo tempo, a noite ficou mais clara. Toda a imensa paisagem estava branca e cintilante, exceto quando, de tempos em tempos, uma nuvem encobria a lua. Sentei-me ao seu lado, com a esperança de que pudéssemos ficar ali em paz por um instante.

Olalla acomodou-se perto de mim, seu ombro encostado em mim, calma e completamente amistosa. Voltei a sentir em relação a ela algo que já mencionei: que a dor e o sofrimento não a afetavam, e que tudo era de algum modo equivalente para ela. Naquele gélido e árido passo montanhoso, ela parecia uma menina sentada em um campo florido, com a saia repleta de flores que acabara de colher.

"O que a traz a essas montanhas, madame?", perguntei-lhe depois de um tempo. "Eu estou viajando em busca de algo, mas não tive sorte.

Eu queria ajudá-la e lamento muito que a deixei assustada, pois agora será muito mais difícil para mim prestar-lhe alguma ajuda."

"É verdade", disse ela, após ouvir-me calada, "a vida não é nada fácil para nenhum de vocês. Também era assim com madame Nanine. Ela se preocupava muito com a disciplina de suas meninas e, ao mesmo tempo, ficava atenta para não sufocar nossos espíritos, pois aí não seríamos de muita valia para a casa."

Madame Nanine era a responsável por aquela casa em Roma onde a conheci. Foi de maneira amistosa que Olalla me falou, como num gesto de cortesia. Evidentemente imaginava que, como eu fizera a gentileza de admitir que ela era uma completa estranha, cabia a ela admitir que havíamos nos conhecido muito tempo atrás.

"É só aqui que faz tanto frio", comentei. "Amanhã, quando descer o passo, a senhora irá sentir os ventos primaveris. Na Itália, é primavera, e creio que as andorinhas estão de volta a Roma."

"Já chegou por lá a primavera?", respondeu. "Não, creio que ainda não. Mas logo vai chegar e isto será muito agradável para o senhor, que é tão jovem."

– Sabe de uma coisa, Mira? – disse Lincoln, interrompendo a narrativa. – Esta é a primeira vez que parei para pensar nesse encontro nas montanhas. Apenas o recordo agora, passo a passo, por assim dizer, à medida que vou contando a história. Não entendo por que não pensei antes no que ocorreu. Será que a lua lembra de tudo aquilo? Afinal, ela estava lá.

"Madame", disse a ela, "se estivéssemos agora em meu país, eu lhe prepararia uma bebida, assim que chegássemos a algum lugar, para reanimá-la – algo com gengibre, que é bom também para esquentar a boca."

Então descrevi a ela nossos destilados fortes, e como as pessoas voltavam para casa em um dia de inverno, com os dedos das mãos e dos pés enregelados, e tomavam algo diante da lareira. Passamos a falar de bebidas e comidas, e do que faríamos caso tivéssemos de ficar ali para sempre. Era agradável poder conversar e ser ouvido sem que fosse preciso gritar. No fim das contas, aquele recesso sob a rocha era uma casa para mim e para ela, um lar como jamais havíamos desfrutado juntos. Pareceu-me que tudo daria certo, e que até mesmo meu pai, caso pudesse invocar sua presença, teria se juntado a nós com prazer e deleite. Ela não falou muito, mas chegou a rir para mim. Tampouco eu falei sem parar. Acho que ficamos ali sentados por três quartos de hora, mais ou menos. Eu sabia o quanto seria perigoso se caíssemos no sono.

Foi então que vislumbrei uma luz na estrada, e as duas silhuetas desconsoladas que se aproximavam, parando de tempos em tempos. Era o Piloto, à beira da exaustão e irritado com a escalada, com o barão apoiado em seu braço e claudicando sob o luar na estrada coberta de neve. Soube depois que o sueco torcera o tornozelo ao cair, e que Piloto, ao alcançá-lo, ajudara e amparara o amigo. O barão enviara o outro de volta para que buscasse a única lanterna ainda acesa na carruagem de Olalla. E era essa lanterna que traziam, com muita dificuldade, pois ambos estavam amortecidos pelo frio.

Não tive sorte, pois colocaram a lanterna no chão e pararam para recobrar as forças, antes de seguir adiante, bem em frente ao nosso refúgio. O Piloto não notou nossa presença; ele nunca percebia nada do mundo que o rodeava. Mas o barão, mesmo manco, e com o rosto lívido de dor, estava atento e não demorou para nos avistar com seus olhos de lince. Ele se virou e arrastou consigo o amigo. Eu me levantara assim que os vira. Ocorreu-me que talvez fosse melhor que ali estivessem; eles poderiam me ajudar a levar Olalla até o mosteiro.

Não creio que o barão quisesse lutar de novo comigo, mas era evidente que estava furioso. Provavelmente não se animaria a lutar com alguém tão forte quanto ele. Mas ali sentiu, acho eu, que podia contar com Piloto. Ele devia ter lhe falado de nosso encontro, e me descrito como um louco ou um bêbado descontrolado.

"Ora, ora", exclamou ele, "a perseguição terminou e foi vencida pelo inglês. E ele não perdeu tempo para melhorar a situação, mesmo com dez graus de geada. Não devíamos ter lhe contado tantas coisas interessantes. Até agora conhecia apenas as mulheres de seu próprio país, e acabamos por enlouquecê-lo. Bem, vamos afinal dar uma olhada na dama, Fritz."

Eles mais pareciam duas aves agourentas ao se aproximarem de nós. O Piloto virou a lanterna de modo que sua luz recaísse em Olalla. Ela se erguera e estava ao meu lado, mas desta vez sem se apoiar em mim.

O barão a fitou. Assim como o Piloto.

"Então é você mesma, minha beata Rosalba", disse o primeiro, "fazendo uma pausa em seu caminho para o céu. Desejo-lhe sorte nessa carreira mais agradável."

Notei que, ao ouvir essas palavras, Olalla mal pôde conter o riso. Na verdade, toda vez que seu olhar recaía no sueco, voltava-lhe a vontade de rir. Mas ela estava lívida, e a cada minuto empalidecia ainda mais.

Então o Piloto, que estivera segurando a lanterna, e parecia ofuscado pela luz, deu um passo em nossa direção e a encarou.

"madame Lola", exclamou, "é a senhora mesmo?"

"Não, não sou eu", respondeu ela. "O senhor está equivocado."

Isto lançou o Piloto em terrível confusão, e ele começou a arrancar os cabelos. Cheguei a achar que estava prestes a ter um acesso de loucura ali mesmo.

"Não me engane, eu lhe imploro", disse afinal. "Diga-me, quem é de fato a senhora?"

À luz da lanterna vi que as roupas de Olalla estavam esticadas e brilhantes por causa da neve congelada, que também lhe cobria os sapatos. Ainda assim, não a afastei dali, mas continuei parado e atento.

De repente, Piloto caiu de joelhos na neve, prostrando-se diante dela.

"madame Lola", exclamou ele, "a senhora é a única pessoa no mundo capaz de me salvar. Aquelas semanas em Lucerna foram o único momento em minha vida em que conheci a felicidade. E todas aquelas coisas que eu iria realizar! Eu mesmo já esqueci quais eram elas. Diga-me quem é a senhora!"

O barão agarrou então a lanterna, que Piloto deixara cair, e a segurou no alto. Acho que ficou transtornado ao ver o parceiro humilhar-se daquela maneira.

"Essa madame Rosalba", gritou, *"elle se moque des gens!*[38] Bem que me disseram isto no início. Mas ela não enganou por muito tempo o pequeno Arvid Guildenstern. Essa dama santa tem nas costas uma pequena pinta marrom. Em um instante podemos confirmar isto e aí saberemos quem ela é de fato."

Mais uma vez vi que Olalla se conteve para não rir na cara do barão. Mas foi com suavidade que ela se dirigiu ao Piloto.

"Se alguma vez eu tivesse conhecido o senhor", disse ela, "não lhe teria feito nenhum mal. E teria até mesmo tentado lhe proporcionar algum prazer. Mas eu não o conheço. Agora, por favor, deixem-me ir."

Ela se voltou lentamente para mim e me fitou, como se estivesse certa de que eu ficaria de seu lado. E eu de fato a apoiaria, contra a opinião de todo o mundo, dez minutos antes, mas é surpreendente como somos corrompidos em má companhia. Ao ouvir os outros referindo-se ao tempo em que a haviam conhecido no passado, eu mesmo, que estava bem mais próximo dela, voltei-me e fixei o olhar em seu rosto.

"Vamos, conte a eles", exclamei. "Diga a eles quem é você!"

Ela me devolveu um olhar profundamente sombrio e radioso, em seguida afastou os olhos e fitou a lua. Um longo tremor percorreu-lhe o corpo.

"Logo desvendaremos esse mistério", vociferou o barão, "basta colocarmos as mãos no velho judeu. Ele parece estar por trás de todos os seus disfarces."

"De quem vocês estão falando?", replicou Olalla, rindo um pouco. "Não há nenhum velho judeu por aqui."

"Mas não vai demorar muito", disse o barão, "e todos estaremos juntos no mosteiro."

38. Ela zomba de todo o mundo! [N.T.]

Ao ouvir isto, ela ficou paralisada, como uma estátua. E essa imobilidade dela, diante dos outros, era intolerável para mim.

"Vou afastar esses dois para longe de você", disse a ela, "mas só desta vez, diga-me a verdade – quem é você?"

Ela não se virou, nem me olhou. Porém, no instante seguinte, fez o que eu sempre temera: abriu as asas e alçou vôo. Sob a lua redonda e branca ela completou um largo movimento, arremessando-se para longe de todos nós, com o vento capturando-a e estendendo-lhe a roupa. Antes eu disse que, ao fugir de mim na subida da montanha, ela me parecera uma grande ave correndo para aproveitar o vento e lançar-se ao ar. Agora, de novo, ela agiu exatamente como uma negra andorinha-dos-beirais quando se joga de uma colina ou de um telhado, a fim de deixar o chão e começar a voar. Por um segundo pareceu ser carregada pelo vento, e então, após desabalar pela estrada, atirou-se com a força para além da beirada, caindo diretamente no abismo, para longe de nossos olhos.

Nem sequer tive tempo de tentar segurá-la e, por um instante, considerei a possibilidade de me arrojar atrás dela. Ao chegar à borda do precipício, vi que ela não caíra longe, mas em uma espécie de laje cerca de seis metros abaixo. Em meio à obscuridade, parecia estar deitada de bruços, encoberta por seu imenso casaco.

Notei que, ao meu lado, o Piloto chorava descontroladamente. Juntos, nós três nos esforçamos durante uma hora ou mais para tirá-la da laje. À luz da lanterna, rasgamos nossos casacos e amarramos os pedaços uns nos outros. Ao terminar, penduramos a lanterna além da borda. Nossa tarefa logo se complicou, primeiro quando a lanterna apagou de repente, pois acabou a vela que havia em seu interior, e depois por causa da neve, que recomeçou a cair.

Assim que me baixaram, não alcancei a laje e fiquei pendurado. Mas acabei encontrando um apoio para os pés e pude tocá-la. Nada indicava que ainda estivesse viva. Sua cabeça tombou quando a levantei, como a corola de uma flor morta, mas o corpo ainda guardava algum calor.

Tentei em vão prender a corda em torno dela. Enquanto a puxavam para o alto, seu corpo chocou-se contra as pedras de maneira pavorosa. Fui obrigado a gritar para que parassem e a tomá-la de volta nos braços. A estreita laje em que estávamos cobrira-se com uma espessa camada de neve e não era fácil me movimentar. Abaixo de nós estava o imenso abismo e, em uma ou duas ocasiões, cheguei a perder a esperança de salvá-la. Pensei então que fora a minha pergunta o que, no final, a impelira para a morte sob a grande e branca lua cheia.

No fim, consegui dar uma espécie de nó e ali prendi um dos meus pés, ao mesmo tempo que amarrava o corpo dela ao meu de algum modo, e então gritei para que nos puxassem. E isto eles fizeram com mais rapidez e facilidade do que imaginava que fossem capazes. Enquanto a soltavam de mim, e eu caía deitado de costas, incapaz de ficar em pé, ouvi muitas vozes ao redor, anunciando que ela não estava morta.

Quando consegui erguer a cabeça, vi, sem surpresa, que o velho judeu de Roma, Amsterdã e Andermatt juntara-se ao nosso grupo. Pareceu-me natural que ele tivesse nos acompanhado em nossa escalada. Sua carruagem estava estacionada na estrada e, graças à ajuda do cocheiro e do criado, Olalla e eu havíamos sido içados com tanta facilidade. Não tenho idéia de como a pesada carruagem conseguira chegar ali naquela noite; sei apenas que, para um judeu, tudo é possível.

Após terem colocado Olalla na carruagem, o judeu fez com que eu me acomodasse ao lado dela, pois estava sangrando nas mãos e joelhos. Sentei-me ali com ele, que segurava o pé de Olalla, e lembrei-me da primeira vez que a vi em uma rua de Roma. Sentia muita sede e frio, pois ficara empapado de suor, e o vento da noite penetrava em meus ossos. Mas afinal chegamos ao grande edifício quadrado de pedra do mosteiro, no qual, em algumas janelas, apareceram luzes. Logo vieram nos receber.

Ali me fizeram beber vinho quente e lavaram minhas mãos. Quando indaguei a respeito de Olalla, levaram-me a um enorme aposento, no qual queimavam duas velas sobre uma mesa.

Olalla estava deitada, tão imóvel quanto antes, em uma espécie de maca que fora colocada no chão. Acho que tinham pensado em levá-la para outro lugar, mas acabaram desistindo. Tinham apenas afrouxado suas roupas e a cobriram com uma grande manta de pele, trazida pelo judeu. A cabeça dela estava ligeiramente virada sobre o travesseiro, e uma sombra escura cobria um dos lados de seu rosto.

O velho judeu estava sentado ao lado em uma cadeira, ainda vestindo o casaco de pele e com o chapéu alto na cabeça, o queixo apoiado no castão da bengala. Não tirava os negros olhos do rosto de Olalla, mantendo-se perfeitamente imóvel. Fiquei surpreso ao ver, em um grande relógio no aposento, que apenas três horas haviam se passado desde a meia-noite.

Eu também me sentei, e ali permaneci por muito tempo sem nada dizer. Porém, quando o relógio soou as horas, decidi falar com o judeu. Se de fato minha pergunta provocara a morte de Olalla, esta era uma dúvida que poderia resolver agora, graças a ele. Comecei a falar, e ele me respondeu de modo muito afável. Contei-lhe então tudo o que sabia a respeito dela, e pedi-lhe, enquanto ali estávamos, que me falasse dela. No início perseverou em sua reticência. Mas depois foi se animando. O Piloto e o barão também estavam presentes. O primeiro levantou-se de sua cadeira na outra ponta do aposento para contemplá-la e depois voltou ao seu lugar. O barão havia adormecido em uma cadeira. Mais tarde, contudo, ele despertou e juntou-se a nós.

"Na realidade", começou o judeu, "conheci esta mulher em uma época em que o mundo todo a conhecia e a venerava por seu verdadeiro nome, Pellegrina Leoni. Na época, ela era cantora de ópera."

No início estas palavras nada significaram para mim e, por isso, houve um momento de silêncio. Mas então minha memória despertou, e trouxe de volta algo de minha infância.

"Ora", exclamei, "isto não é possível. Essa grande cantora era uma estrela muito apreciada por meu pai e minha mãe. Quando voltaram da Itália, não falavam de outra coisa. Lembro perfeitamente das lágrimas que derramaram quando ela ficou ferida no incêndio da ópera de Milão e depois morreu. Mas tudo isso deve ter ocorrido quando eu tinha dez anos, ou seja, treze anos atrás."

"É possível, sim", disse o judeu. "É verdade, ela morreu. A grande cantora de ópera morreu. Treze anos atrás, como o senhor bem lembrou. Mas a mulher continuou a viver, durante esses treze anos."

"O senhor poderia explicar?", pedi-lhe.

"Explicar?", repetiu. "Meu jovem senhor, isto é pedir demais. Melhor seria que disesse: 'Disfarce o sentido do que vai dizer em frases que eu esteja acostumado a ouvir, em frases desprovidas de sentido'. Pellegrina ficou gravemente ferida no incêndio da ópera de Milão. Devido aos ferimentos e ao choque ela perdeu a voz. E jamais voltou a cantar uma única nota enquanto viveu."

Era evidente para mim, ao ouvi-lo, que jamais havia colocado em palavras essa história. Fiquei impressionado com seu sofrimento e terror diante do que contava e não encontrei nada para lhe dizer, ainda que ansioso para que prosseguisse, pois eu não conseguia entender o que ouvira.

"Mas então ela não morreu?", perguntou afinal o Piloto.

"Morrer, viver. Viver, morrer", disse o judeu. "Ela viveu tanto quanto qualquer um de vocês, ou talvez mais."

"Mesmo assim", retrucou o Piloto, "todo o mundo achava que ela estava morta."

"Ela fez questão de que todos pensassem assim", disse o judeu. "Nós – ela e eu – fizemos de tudo para convencer o mundo. Fiz com que sua sepultura fosse ocupada, e sobre ela mandei erigir um monumento."

"O senhor era amante de Pellegrina?", indagou o barão.

"Jamais", respondeu o judeu, com evidente orgulho e desdém. "Não, eu via seus amantes esfalfando-se de um lado para o outro, tagarelando ao redor dela, em meio a lisonjas e brigas. Não. Eu era amigo dela. Quando, à entrada do paraíso, o porteiro me perguntar 'Quem é você?', não direi àquele grande anjo nenhum nome, nenhum título ou nenhuma realização mundana pelo qual gostaria de ser reconhecido, mas responderei apenas: 'Sou o amigo de Pellegrina Leoni'. O senhor, que acaba de lhe tirar a vida, como me contou, ao lhe perguntar quem era ela – quando chegar a sua hora e, no outro lado da sepultura, lhe perguntarem: 'Quem é você?' –, o que o senhor irá responder? Diante do rosto de Deus, os senhores serão obrigados a dar seus nomes, como na portaria do hotel de Andermatt."

Diante dessas palavras, o Piloto parecia incomodado; ele queria dizer algo, mas acabou ficando calado.

"Agora, meus jovens cavalheiros", disse o velho judeu, "permitam-me que lhes conte essa história sem ser interrompido. Ouçam com atenção pois só o farei desta vez.

"Durante toda a vida fui muito rico. Herdei grandes fortunas do meu pai e de minha mãe, assim como de seus antepassados, que foram todos grandes mercadores. Além disso, nas primeiras quatro décadas de minha vida fui um homem muito infeliz, tal como os senhores o são. Viajei muito. E sempre apreciei demais a música. Cheguei até a ser compositor, e compus e coreografei balés, pelos quais tinha uma predileção especial. Durante vinte anos, mantive um *corps de ballet* particular, que se apresentava para meus amigos e para mim, ou mesmo só para mim. Ele contava com trinta jovens, nenhuma delas com mais de dezessete anos, orientadas por um mestre de balé, e que costumavam dançar nuas para mim."

O barão de repente ficou desperto, e sorriu com afabilidade para o velho.

"O senhor não podia reclamar do tédio", comentou.

"Por que não?", perguntou o velho judeu. "Pelo contrário, estava terrivelmente entediado, acometido de um tédio mortal. E acabaria de fato morrendo de tédio caso não tivesse por acaso, em um modesto palco de Veneza, conhecido Pellegrina Leoni, na época com dezesseis anos de idade. Foi então que entendi o significado do céu e da terra, das estrelas, da vida e da morte, e da eternidade. Ao cantar, ela nos fazia passear por um jardim de rosas, repleto de rouxinóis, e então, no momento que quisesse, ela se alçava e nos levava juntos, para muito além da lua. Se alguma vez éramos invadidos pelo terror de algo, criaturas miseráveis que somos, ela nos fazia sentir seguros, pairando sobre o abismo, como se estivéssemos em nossas próprias poltronas. Como um filhote de tubarão no mar, vencendo as fortes ondas esverdeadas com um movimento de suas nadadeiras, assim ela nadava em meio às profundezas e mistérios do vasto mundo. Nossos corações derretiam-se ao som de sua voz e pensávamos: 'Isto é demais, essa doçura está acabando comigo e não posso mais suportá-la'. E aí nos víamos prostrados, banhados em lágrimas pelo incrível amor e generosidade do Senhor Deus, que nos proporcionara um mundo assim. Era um milagre tremendo."

Senti enorme compaixão por aquele velho judeu, obrigado a nos desvelar seu coração. Nunca antes falara de tais coisas; e, agora que começara, não conseguia mais parar. Seu comprido e delicado nariz lançava uma sombra triste na parede caiada.

"Eu tive a honra, como disse", prosseguiu ele, "de me tornar seu amigo e dei-lhe de presente uma *villa* nas cercanias de Milão. Quando não estava em turnê, ela vivia ali, cercada de muitos amigos, e às vezes também ficávamos sozinhos, e então costumávamos rir do mundo, passeando de braços dados pelos jardins à tarde e no crepúsculo.

"Ela se apegou a mim como uma criança à mãe. Costumava me chamar de nomes carinhosos, e tomava meus dedos para brincar, dizendo-me que eu tinha as mais belas mãos do mundo, feitas apenas para manusear diamantes. Como havíamos nos conhecido em Veneza, e meu nome era Marcus, ela costumava chamar a si mesma de minha leoa. E é bem isto o que era: uma leoa alada. Somente eu, dentre todos, a conhecia.

"Em sua vida, ela tinha duas grandes e devoradoras paixões, que se elevavam acima de tudo em seu altivo coração.

"A primeira era a paixão pela grande soprano Pellegrina Leoni. Esse era um amor fervoroso e terrivelmente zeloso, tal como o de um de seus padres pela imagem milagrosa da Virgem que tem de cuidar, ou então, o de uma mulher pelo marido que é um herói, ou ainda, o de um lapidador pelo mais puro diamante já encontrado. No relacionamento dela com esse ídolo, não havia o menor desleixo ou interrupção.

Ela não tinha nem esperava dos outros nenhuma misericórdia. Ela se consagrava ao serviço de Pellegrina Leoni, como uma escrava açoitada, chorando e até morrendo quando necessário.

"Era um demônio para as outras cantoras da ópera, pois sempre exigia todos os papéis para Pellegrina. E ficava indignada pois era impossível que interpretasse duas personagens na mesma ópera. Nesse meio era conhecida como Lucífera. Mais de uma vez chegou a estapear no palco os ouvidos de rivais. As cantoras, tanto as novas como as experientes, eram sempre levadas às lágrimas quando atuavam ao lado de Pellegrina. E não havia o menor motivo para tal comportamento, pois ela era a estrela absoluta de todos os firmamentos da música. Mas não era apenas em relação à voz que ela zelava pela honra de Pellegrina Leoni. Também queria que esta fosse a mulher mais bela, elegante e famosa, e nesse sentido chegava a ser ridícula em sua vaidade. No palco usava apenas jóias verdadeiras, e os trajes mais magníficos. No papel de Agatha, uma jovem aldeã, aparecia toda coberta de diamantes e arrastando uma cauda de três metros. E não bebia nada além de água, a fim de não prejudicar a silhueta de Pellegrina. E, se um príncipe, um cardeal, ou até mesmo o papa, a visitava antes do meio-dia, ela o recebia com o cabelo preso em rolos e o rosto coberto de creme, de modo que à noite pudesse sobrepujar em beleza todas as outras mulheres, não apenas do palco mas também das galerias e dos camarotes – e o seu público era o mais brilhante do mundo. Não havia nada mais elegante do que venerar Pellegrina Leoni. As pessoas mais importantes da Itália, Áustria, Rússia e Alemanha lotavam os *salons* dela. Isto lhe proporcionava imensa satisfação; nada lhe agradava mais do que vê-los aos pés de Pellegrina. Mas ela preferia ser rude com o próprio czar da Rússia, correndo o risco de passar uma temporada na Sibéria, a renunciar ao seu repertório ou aos seus exercícios cotidianos.

"E a outra paixão, meus jovens cavalheiros, desse grande coração era o amor que devotava ao seu público. Não exatamente à gente graúda, aos altivos príncipes e magnatas, ou às adoráveis damas cobertas de jóias;

tampouco aos compositores, músicos, críticos e literatos famosos. Para ela, seu verdadeiro público era aquele que ocupava as galerias. A gente pobre das vielas e dos mercados que trocava uma refeição ou um par de sapatos, o soldo de uma dura jornada, para se amontoar lá no alto das escaldantes galerias a fim de ouvir Pellegrina, e que pisoteava o chão, gritava e chorava por ela – e esta, por sua vez, os amava mais do que qualquer outra coisa no mundo. Essa segunda paixão era tão forte quanto a primeira, mas suave como o amor de Deus, ou da Virgem de vocês, cristãos, pelo mundo. Vocês que vêm do Norte não fazem idéia do amor de que são capazes as mulheres meridionais e orientais. Quando abraçam seus filhos, e lamentam seus mortos, elas são como chamas sagradas. Após a estréia de *Medée*, quando os moradores da cidade desatrelaram meus cavalos, a fim de puxarem, eles mesmos, a carruagem em que estava Pellegrina, esta mal se dignou a olhar para os duques que ofereceram seus nobres ombros para a homenagem. Não, ela derramou uma torrente de lágrimas calorosas pelos limpadores de ruas, carregadores, vendedores de frutas e aguadeiros de Milão. Ela teria dado a vida por essa gente. Eu também estava na carruagem, e ela me tomou a mão. Ela própria não era de uma família muito pobre. Era filha de um padeiro, e sua mãe, a filha de um lavrador espanhol. Não sei de onde vinha essa paixão pelos miseráveis do mundo. Não era apenas para eles que cantava, pois também ansiava pelo aplauso dos grandes conhecedores, mas buscava o reconhecimento destes em benefício de suas galerias. Ela se compadecia dos pobres quando os tempos eram difíceis e eles eram oprimidos. Seria capaz de lhes dar toda a sua fortuna, e não hesitaria em vender as próprias roupas para ajudá-los. O mais intrigante era que nunca a importunavam com súplicas excessivas, como se soubessem que ela já lhes dera o melhor de si ao cantar. Porém, se tivessem recorrido a ela, nada lhes seria negado. Seus jardins e sua casa estavam sempre abertos, e ela costumava sentar-se com as crianças do povo sob os loureiros-rosa de seus pátios na mesma hora em que recusava receber os grandes senhores da Inglaterra, que haviam cruzado o mar apenas para vê-la.

"Na mescla dessas duas paixões arrebatadoras estava toda a sua felicidade. No auge de seus triunfos, isto era perfeito. Sua voz e sua arte tornavam-se a cada dia mais maravilhosas. Era algo assombroso. Eu mesmo não creio que tivesse, na época do incêndio, alcançado a plenitude de suas possibilidades. O mundo todo ressoava com sua música. Em sua mão delicada ela trazia a pedra filosofal da música, com a qual transmutava em ouro tudo o que tocava.

"O senhor", disse, virando-se para mim, "contou-me de que modo, em países remotos, as pessoas choravam ao lembrar daquele profundo rio de ouro, daquelas imensas cascatas de diamantes, safiras e rubis cor de sangue. Era venerada pelas pessoas; para ela, enquanto Pellegrina estivesse no palco, a terra não fora abandonada pelos anjos.

"Portanto, era bem aí que estava a felicidade dela: no fato de Pellegrina cantar como um anjo para os pobres das galerias, derretendo seus corações e fazendo com que derramassem lágrimas de alegria celestial e, pondo de lado as tribulações da existência, recordassem o paraíso perdido; de dispersar a própria alma entre eles, como um enxame de estrelas; e no fato de eles, por sua vez, adorarem Pellegrina como sua Madona, a manifestação terrena de Deus celestial, de tudo o que é adorável, magnífico, elegante e brilhante.

"Mesmo quando, nas óperas, como já disse, ela fazia papéis de donzelas camponesas, sua insistência em brocados e plumas tampouco se devia à vaidade pessoal. Tratava-se, antes, de um senso de dever em relação ao público das galerias, tal como os sacerdotes das igrejas cristãs preferem adornar a imagem da Virgem com as roupagens mais elegantes que conseguem encontrar. Nos presépios, diante dos quais todos se emocionam ao ver sobre a palha a Mãe e o Filho de Deus no estábulo, com uma manjedoura no lugar do berço, os sacerdotes não suportam ver a Virgem mal vestida e, por isso, a envolvem em sedas e nela penduram correntes de ouro.

"Eu mesmo sorria diante dessa paixão dela pelos pobres, pois, para mim, as pessoas comuns sempre se distinguiram apenas por serem malcheirosas, e nunca me convenci de suas virtudes. 'Oh, por que haveríamos ser todos cortados segundo o mesmo molde', ela me perguntava então, 'todos pecadores que adoram divindades? Ora, deixe-me ser o que sou, Marcus, o que escolhi ser. Deixe-me ser uma divindade que adora os pecadores.'

"Quanto aos seus amantes, travei conhecimento com quase todos, e eles significaram tão pouco para ela quanto para mim. Na verdade, até ela se acostumar, eles lhes causavam mais pesar do que prazer.

"Pois, ao longo da vida, ela sempre foi, apesar de um rematado bom senso, uma Dona Quixota de la Mancha. Os fenômenos da vida não lhe pareciam majestosos o suficiente; nunca estavam à altura de seu coração. Ela era como alguém obrigado a caçar passarinhos com uma espingarda para abater elefantes. Ou como uma grande ave, um albatroz, que tivesse de saltitar e pipilar em um viveiro de pássaros pequenos. Ao se magoar nos relacionamentos amorosos, não era sua vaidade que saía ferida. Pois fora do palco não era nada vaidosa, e sabia muito bem que os rapazes não se enamoravam da grande soprano, e sim da adorável mulher em voga, com olhos estrelados e a graciosidade daquelas dóceis e sábias gazelas sobre as quais um conterrâneo meu escreveu poemas. Por isso, pouco se importava com a superficialidade e falsidade de seus amantes. Porém, ficava profundamente magoada e decepcionada pelo fato de o mundo não ser um lugar muito mais amplo, e por nele não ocorrer nada de mais colossal, nada equivalente aos dramas do palco – nem mesmo quando ela própria ali se exibia em toda a sua glória.

"Ela saía desses primeiros casos amorosos, quando ainda era muito jovem, um pouco envergonhada de si mesma. Creio que, na época, teria preferido tornar-se um homem, e não via muito sentido em ser mulher. Pois, quanto ao esplendor da beleza feminina, a magnificência de busto e membros, o fulgor de olhos, lábios e carne, ela era como uma dama que se adornou de seu vestido mais rico a fim de encontrar o príncipe em um grande baile, para somente depois descobrir que fora convidada a uma reunião doméstica para o delegado de polícia, na qual todos estivessem vestidos com roupas do dia-a-dia. Tais damas também se sentem um pouco envergonhadas, arrastando com timidez e fúria as caudas longas e as *rivières* de diamantes, imaginando que provavelmente estavam ridículas naquela situação.

"E é minha opinião", continuou o velho judeu, "que muitas mulheres sentem-se exatamente assim em seus relacionamentos amorosos.

"Nesses momentos de apuro ela recorria a mim, certa de contar com minha compreensão. O mundo teria zombado dela, caso fosse de algum modo possível para as pessoas vulgares e desprovidas de imaginação reconhecerem em alguém tão bela e rica os traços do cavaleiro da triste figura. Mas eu não conseguia conter o riso quando a via em tais situações, e lhe dizia: 'Para o mundo, e para os seus amantes que dele fazem parte, toda a doutrina do amor, e na verdade todas as relações humanas, só se manifesta sob o aspecto da toxicologia, a ciência dos venenos e seus antídotos. Todos estão habituados e preparados para os venenos. Não passam de pequenas víboras ou escorpiões, orgulhosos de suas peçonhas, e resistentes aos venenos equivalentes aos próprios. Para a maioria deles, o amor não passa de uma troca de venenos e antídotos e, no decorrer de uma longa carreira de casos amorosos, orgulham-se de sua imunidade a todos os venenos, como os indianos que supostamente treinam para resistir às mordidas de todas as serpentes. Mas você, Pellegrina, não é uma serpente peçonhenta, e sim uma píton. Com freqüência, ao vê-la andar, vêm-me à lembrança as serpentes dançarinas que certa vez me foram mostradas por um encantador de serpente hindu. Mas você não carrega nenhum veneno e, quando mata, é com a força de seu abraço. Esta característica deixa transtornados seus amantes, mais familiarizados com as pequenas víboras; eles não têm como resistir a você, tampouco a sabedoria para valorizar o tipo de morte que poderiam alcançar em seus braços. E, na verdade, quando imaginamos você avançando com seus grandes anéis, enrolando-se e apertando-se com toda a força até por fim esmagar um ratão-do-banhado, isto é mais do que suficiente para racharmos de tanto riso.' Desse modo eu costumava fazer com que voltasse a sorrir, mesmo quando estava banhada de lágrimas.

"Todavia, como era tão inteligente, e fora adestrada por minha própria inteligência, era ela quem aprendia com seus amantes e, no final, tais questões significavam tão pouco para ela quanto para eles. Por isso, sinto-me muito grato a esses jovens. Pois eles a ajudaram a alcançar uma leveza em tais assuntos que antes não lhe era natural. Depois que essas lições calaram fundo em seu coração, ela atingiu a perfeição, no palco, toda vez que desempenhava o papel da jovem inocente e apaixonada."

– E isto – disse Lincoln, interrompendo o relato – você bem sabe que é verdade, Mira. Pois certamente lembra da velha e imortal canção sobre a jovem donzela que recusa todos os presentes do sultão, de modo a permanecer fiel a seu amante – aquela que começa assim: "*Ah Rupia, kama na Majasee*". É uma canção deliciosa sobre o amor verdadeiro e puro. E, que eu saiba, só uma prostituta conseguiu cantá-la bem."

Em seguida, retomou a história que vinha sendo contada pelo velho judeu:

"Era assim que nós dois vivíamos, naquela vila branca em Milão, até o dia do desastre.

"Jovens, vocês ainda se lembram de seus pais derramando lágrimas por aquela terça-feira. Foi durante uma apresentação de *Don Giovanni*, no segundo ato, quando Donna Ana entra em cena, trazendo na mão a carta de Ottavio, e começa o recitativo: '*Crudele? Ah nò, mio bene! Troppo mi spiace allontanarti un ben que lungamente la nostr'alma desia*'.[39] Assim que Pellegrina entrou, dois ou três pedaços de madeira em chamas caíram do teto à sua frente. Corajosa, ela ficou impassível, e apenas lançou um olhar ao teto, atacando a nota aguda com tanta bravura como se estivesse respirando. Mas logo despencou uma viga em chamas, e o teatro inteiro ergueu-se em

39. "Cruel, eu? Ah, não, meu querido! Me desagrada muito adiar um bem que há muito tempo a nossa alma deseja." Ópera de W. A. Mozart, com libreto de Lorenzo da Ponte, Ato II, cena 12. [N.T.]

pânico, a orquestra interrompendo a música no meio de um compasso. Houve uma correria em direção às portas, enquanto mulheres desfaleciam. Pellegrina deu um passo para trás e olhou em volta até me encontrar, na primeira fileira da platéia. Sim, ela me fitou naquele momento de desespero. E não tenho motivo para sentir orgulho? Ela não demonstrava nenhum pavor. Ali permaneceu em perfeita calma, como se quisesse dizer: 'Agora vamos morrer juntos, você e eu, Marcus'. Mas eu, eu estava apavorado. Não encontrei coragem para abrir caminho à força até o palco tomado pelas labaredas, que consumiam as árvores e as casas, todas de papelão. No mesmo instante, enquanto uma grande nuvem de fumaça invadia o palco por ambos os lados, e o calor era como o bafo de uma imensa fornalha, ela sumiu da minha vista. Saí correndo com a multidão e de algum modo consegui sair; na rua, que mais parecia um hospício, senti o ar frio me envolvendo. Meu criado, que me aguardava no saguão, impediu-me de cair. Ficamos então sabendo que Pellegrina fora salva pelo homem que fazia o papel de Leporello, e cuja carreira ela havia incentivado. Com o cabelo e a roupa queimando, ela fora carregada em seus braços através de toda uma ala em chamas do teatro e pelas escadarias abaixo. Quando souberam que Pellegrina fora resgatada com vida, as pessoas caíram de joelhos.

"Eu a levei para sua casa e reuni à sua volta os médicos de Milão. Ela sobreviveu, mas, atingida por uma das vigas que despencaram, sofrera uma grave queimadura, entre a orelha e a clavícula. As outras queimaduras não eram muito profundas, e ela logo se recuperou. No entanto, constatou-se que, devido ao choque, perdera a voz. Nunca mais voltaria a cantar.

"Quando me lembro de seu estado naquela primeira semana após a tragédia, parece-me que havia de fato ficado toda queimada, pois ficou deitada de lado na cama, imóvel, enegrecida e chamuscada como aqueles corpos exumados das cinzas de Pompéia. Permaneci ao lado dela durante seis dias e em todo esse tempo ela não disse uma única palavra. Para mim, o mais cruel de tudo era aquele sofrimento mudo de Pellegrina Leoni.

"Também eu nada disse a ela. Ansiosas por notícias, carruagens de todo o mundo ressoavam no calçamento do pátio diante de seus aposentos.

"Eu fiquei sentado na penumbra do quarto, refletindo sobre a situação. Para ela, pensei, aquilo era o mesmo que seria, para um sacerdote, descobrir que a miraculosa imagem da Virgem a quem servira não passava de um ídolo pagão, profano e obsceno, oco e roído por ratazanas. Ou, como o seria para uma mulher descobrir que o marido não era um herói, e sim um lunático ou um palhaço.

"Não, pensei de novo, não é nada disso. Eu sabia muito bem com o que podia ser comparada aquela desgraça. À desgraça de uma princesa real que, levando um reino por dote, e adornada com os tesouros da casa de seu pai, vai ao encontro de seu jovem noivo, o príncipe que a espera em uma cidade toda enfeitada e animada pelos címbalos e canções de donzelas e rapazes, e no caminho é roubada e violentada por salteadores. Era assim que Pellegrina se sentia, pensei.

"Nenhuma das pessoas importantes que vinham dos cantos mais remotos do mundo para saber de seu estado conseguiu visitar Pellegrina. E foi por isso que começou a correr o rumor de que estava agonizante. O que teriam dito se ela os tivesse recebido? Muitas vezes me coloquei essa questão. Que ela ainda era jovem e bela, e amada por todos?

"O que todos eles diriam para confortar a princesa virgem que fora violentada? Que continuava jovem e adorável, e que seria recebida com carinho por seu noivo? Talvez lhe dissessem que ela não tivera culpa, que nada fizera de errado: 'Não há pecado nela que a faça merecedora da morte, pois ele a encontrou no campo, e a donzela prometida gritou, e não havia ninguém para salvá-la'. Mas o consolo da gente vulgar é amargo aos ouvidos régios. Que os médicos, os confeiteiros e os criados das grandes casas sejam julgados pelo que fizeram, e até pelo que tiveram a intenção de fazer; mas quanto aos grandes deste mundo, estes são julgados pelo que são. Ouvi dizer que os leões, quando presos e trancados em jaulas, sofrem mais com a vergonha do que com a fome.

"Cavalheiros, peço que me desculpem se falo de coisas maravilhosas demais para os senhores, de coisas que estão além de seu entendimento. Pois, nestes tempos modernos, onde as mulheres que os senhores conhecem preservam sua honra? Será que até mesmo reconhecem tal palavra, se a ouvirem?

"O fato de não lhe dizer uma única palavra de conforto, de que nenhuma palavra no mundo poderia ter me confortado, foi exatamente isto que tornou minha presença tolerável a Pellegrina, naquela semana em que passamos juntos.

"Ela se lastimava por seu renome, pelo aplauso das cortes e a homenagem dos príncipes, como aquela violada virgem régia teria chorado por seu perdido esplendor, sua coroa nupcial, e os bailes e cortejos da festa de casamento. Mas ao pensar no povo das galerias, ela derramou lágrimas iguais às que a noiva teria derramado por seu régio noivo. Pois como iriam suportar a perda de Pellegrina Leoni? Iriam eles, a partir de agora, levar adiante suas vidas, dia após dia, prosseguindo em sua dura labuta, mal remunerados, oprimidos e ultrajados por seus senhores e pelas autoridades, sem jamais ter a oportunidade de ver o céu outra vez se descortinar? Apagara-se a única estrela que brilhava para eles; agora haviam mergulhado nas trevas da noite – as galerias que haviam rido e chorado com Pellegrina.

"Naquela semana aprendi a diferença que pode haver, na duração das vinte e quatro horas de um dia, entre um e outro mês. Antes, em nossa casa, o tempo passava ligeiro, como uma brisa de maio, as borboletas, uma chuva de verão e um arco-íris. Mas agora cada dia era longo como um ano; cada noite, uma década.

"Depois daquela semana inicial, Pellegrina implorou que lhe desse algum veneno poderoso, com o qual pudesse abreviar seus dias. Quando jovem, eu tinha o hábito de carregar esse tipo de coisa, para o caso de minha existência se tornar intolerável. Nessa época, eu morava em Milão e costumava visitá-la todos os dias. Assim, entreguei-lhe o veneno ao meio-dia de uma quarta-feira, e ela me pediu que voltasse na tarde seguinte.

"Ao retornar, encontrei-a ainda muito debilitada. Ela me contou que tomara toda a dose de ópio, mas que este não produzira nenhum efeito. Era impossível para ela morrer. Ainda que ela própria acreditasse nisso, eu bem sabia o quanto aquilo estava longe da verdade. A dose que eu lhe dera não poderia deixar de matar qualquer ser humano. Ela devia ter ingerido o suficiente para ficar prostrada, talvez inconsciente, mas imaginando que havia tomado tudo. Mesmo assim, isto não fazia muita diferença. O importante era que, tal como ela havia dito, ela não podia morrer. De um modo ou de outro, havia nela um excesso de vida.

"Mais tarde ocorreu-me que, se na mesma época eu tivesse me matado, é possível que ela reunisse forças para me acompanhar. Pelo que me dizia de tempos em tempos, sei que sempre considerou abominável a morte, como algo estranho demais à sua natureza, e que sempre se consolara com a idéia de que eu, sendo bem mais velho, provavelmente iria morrer antes dela, preparando-lhe o caminho, ou mesmo recebendo-a no outro mundo, caso este existisse. Este era um dos motivos pelo qual gostava de mim, em detrimento de outros mais jovens e vigorosos. Todavia, na época, eu não pensava nisso.

"Mesmo assim, meus pós a afetaram de modo profundo. Ela havia ajustado suas contas com a morte. Completamente exaurida, conseguira se erguer, de certo modo, de entre os mortos. E, naquela tarde, pela primeira vez, ela me pediu que lhe falasse.

"Foi então que lhe contei como, após as longas horas da noite anterior, pouco antes do amanhecer, junto à minha janela, um rouxinol rompera a cantar, com abandono e exuberância, como se quisesse superar o tempo, e, enquanto o ouvia, eu pensara em um balé que teria como tema todas as coisas que nos haviam ocorrido. Pellegrina ouviu-me com atenção e, no dia seguinte, voltou a mencionar o balé, curiosa a respeito do cenário e da música. Disse-lhe que minha intenção era chamá-lo de Filomela, e descrevi a ela a seqüência de cenas e danças. Enquanto estávamos conversando, ela tomou a minha mão e brincou com meus dedos. Pela primeira vez desde sua queda ela tocava uma criatura humana.

"Dias depois ela me chamou no início da manhã, antes mesmo do amanhecer. Fiquei surpreso ao vê-la na pérgola fora da casa, em pé e vestida com um *néglige*.

"Era uma manhã deliciosa. As acácias e a grama do jardim exalavam um perfume delicado, fresco e adorável na penumbra límpida e azulada.

"Ela dava a impressão de ter deixado para trás seu infortúnio. Seu rosto parecia uma flor branca na luz escassa. Quando começou a falar, dirigiu-se a mim num sussurro, como se temesse despertar alguém.

"'Pedi que viesse aqui tão cedo, Marcus', disse ela, 'para que tenhamos o dia todo para conversar, caso seja preciso.' Tomando-me o braço, fez com que caminhássemos de um lado para o outro. Quando chegamos ao fim da pérgola, ela parou e, antes de se voltar, contemplou a paisagem. O ar era muito fresco. 'Tenho muita coisa a dizer', começou. Mas então calou-se. Somente quando voltamos ao ponto de partida, ela repetiu: 'Tenho muita coisa a lhe dizer, Marcus'.

"Por fim fomos para um banco na pérgola. Ela não largou meu braço e ficamos ali sentados, um ao lado do outro, como em uma carruagem.

"'Você deve achar, Marcus', começou afinal, 'que não pensei em nada durante esses dias, mas você está enganado. Não é nada fácil falar disso com você, pois esses meus pequenos pensamentos, tive de buscá-los longe, muito longe. Seja paciente, temos o dia todo.'

"'Sabe, Marcus', continuou, ainda falando muito baixo, 'cheguei à conclusão de que fui muito egoísta, sempre pensando em Pellegrina, Pellegrina. Tudo o que acontecia a ela me parecia terrivelmente importante, a coisa mais importante do mundo. As pessoas que amavam Pellegrina, somente elas em todo o mundo, na minha opinião, eram bondosas. E estava convencida de que a única coisa sensata para alguém inteligente fazer era ouvir o canto de Pellegrina.' Mais uma vez ficou calada, apertando um pouco o meu braço.

"'Mesmo esse desastre que me aconteceu', retomou de repente, 'se tivesse sido com outra pessoa – por exemplo, Marcus, com uma soprano chinesa, da Ópera Imperial da China, um século atrás – talvez tivéssemos ouvido falar disso, mas não teríamos dado tanta importância ao fato, nem derramado tantas lágrimas. Ainda assim, teria sido algo igualmente triste e terrível. No entanto, por ter ocorrido com Pellegrina, isto nos parece de uma crueldade intolerável. Mas, meu caro Marcus, não é preciso que seja assim, e não será assim para nós a partir de agora.'

"'Espere, não diga nada', disse ela. 'Vou explicar melhor.'

"'Pellegrina está morta', continuou. 'Não era ela uma grande cantora, uma estrela? Você deve se lembrar da canção:

Uma luz de glória é apagada
No alto do céu caiu uma estrela

"'Foi assim com ela; sua morte foi um grande mágoa para o mundo. Oh, que tristeza, que tristeza. Agora você tem de me ajudar a anunciar essa morte ao mundo; é preciso que Pellegrina seja sepultada e que haja um monumento em seu túmulo. Não coloque uma estátua esplêndida, caso eu tivesse morrido sem nunca ter perdido a voz. Basta uma placa de mármore, com o nome e as datas de nascimento e morte. Coloque também ali uma breve inscrição. Mande gravar o seguinte, Marcus: *Pela graça de Deus*. Sim, *Pela graça de Deus*, Marcus.'

"'Pellegrina está morta', repetiu. "Ninguém, ninguém jamais poderá ser Pellegrina de novo. Que ela volte a pisar no palco da vida, desse mundo inóspito, e que lhe aconteçam as coisas terríveis que acontecem às pessoas deste mundo – não, isto é algo inimaginável. Nenhum ser humano poderia suportar tal pensamento. Agora, antes de tudo, você promete que fará assim?', ela me pediu.

"Disse-lhe que faria exatamente como queria.

"Ela então se levantou e foi até o fim da pérgola. Estava clareando; as últimas e débeis estrelas haviam se apagado; todo o mundo à nossa volta estava úmido de orvalho, e a relva, até então escura, começava a brilhar com reflexos prateados. O ar estava muito luminoso, como se o próprio céu estivesse se alçando acima da terra. Pellegrina aproximou-se de mim. Sua roupa estava úmida de orvalho. Ela brincou com as longas tranças escuras, colocando uma delas entre os lábios, e tremeu um pouco no ar matinal. Para além daquela extremidade da pérgola o terreno descia suavemente; uma imensa paisagem se estendia diante dos nossos olhos; já dava para distinguir os caminhos, os campos e as árvores. Mais embaixo, na estrada, alguns trabalhadores e mulheres seguiam para as lavouras.

"'Veja', disse ela, 'esperei por eles a fim de lhe explicar tudo. Tudo fica fácil de entender quando podemos ver. Olhe aquela mulher saindo para trabalhar no campo. Talvez seja a mulher de um camponês; talvez seu nome seja Maria. Esta manhã ela está feliz, pois tem um marido bom, que lhe deu de presente um colar de coral. Ou talvez esteja infeliz, porque ele a atormenta com seu ciúme. Bem, o que nós, você e eu, achamos disto, Marcus? Achamos que uma mulher chamada Maria está infeliz. Sempre vão existir mulheres assim, aqui e ali, ao nosso redor, e nem por isso nos importamos muito. Veja, ali vai outra, caminhando na direção oposta. Com seu burrico, ela leva legumes e frutas para Milão, e está irritada porque o burro é tão velho que só consegue avançar lentamente, impedindo que chegue a tempo no mercado. Tampouco isto nos importa muito, Marcus. Oh, é isto o que vai ocorrer comigo agora. Para mim, chegou a hora de me tornar isto: uma mulher que pode ser chamada deste ou daquele nome. E se ela for infeliz, não fará a menor diferença para nós.'

"Ficamos em silêncio, enquanto eu tentava acompanhar seu pensamento.

"'E se por acaso', prosseguiu, 'eu começar a me importar com o que acontece àquela mulher, ora, nada me impede de ir embora sem hesitar e me tornar uma outra pessoa: uma mulher que faz rendas na cidade, ou que ensina as primeiras letras às crianças, ou uma dama em peregrinação a Jerusalém, onde pretende rezar no Santo Sepulcro. Posso ser tanta gente. Se essas mulheres forem felizes ou infelizes, ou então tolas ou sábias, não irei me preocupar muito com isso. Tampouco você, caso ouça algo a respeito. Nunca mais vou ser uma única pessoa, Marcus; a partir de agora, sempre vou ser muitas pessoas. Jamais voltarei a prender o meu coração e toda a minha vida a uma única mulher, jamais voltarei a sofrer tanto assim. Para mim, só pensar nisto já é algo terrível. Pois, como você bem sabe, venho fazendo isto por tempo demais. Ninguém pode me pedir que continue assim. Tudo isso é passado.'

"'E você, Marcus', disse ela, 'você me proporcionou muita coisa boa; e agora vou lhe dar um bom conselho. Seja muitas pessoas. Desista desse jogo de ser uma única pessoa, de ser apenas Marcus Cocoza. Você se preocupa demais com Marcus Cocoza, a tal ponto que se tornou seu escravo e prisioneiro. Você nunca fez nada sem antes se perguntar como isso afetaria a felicidade e o prestígio de Marcus Cocoza. Você sempre teve muito medo de que Marcus pudesse fazer algo estúpido, ou que ficasse entediado. No fim das contas, que diferença isto teria feito? Em todo o mundo, há gente fazendo tolices, e outras tantas morrendo de tédio, e isto não é novidade para nós. Se você abdicar de ser Marcus Cocoza, que diferença vai fazer para o mundo se mais uma pessoa, um velho judeu, fizer alguma tolice ou ficar entediado por um ou dois dias? Nada me alegraria mais do que vê-lo despreocupado, com o coração leve de novo. É essencial que você, a partir de agora, se desdobre em muitas pessoas, tantas quantas conseguir imaginar. Marcus, eu sinto – tenho certeza – que todas as pessoas do mundo deveriam ser, cada uma delas, mais do que uma pessoa, e aí então todas, sim, todas elas, deixariam de carregar um fardo no coração. Elas se divertiriam mais. Não é estranho que nenhum filósofo tenha pensado nisso, e que tenha sido eu a topar com essa idéia?'

"Refleti sobre o que ela disse, e me perguntei se havia uma probabilidade de que aquela sugestão me trouxesse algum bem. No entanto, eu sabia que não seria possível aproveitar o conselho enquanto ela própria vivesse. Caso estivesse morta talvez pudesse encontrar refúgio em tal capricho. A lua deve acompanhar a terra, mas se esta se dividisse e evaporasse, talvez aquela conseguisse libertar-se de sua dependência, tornando-se, por breve período, após uma trajetória livre pelo éter, lua de Júpiter e, em outro momento, lua de Vênus. Não conheço o bastante de astronomia para afirmar que isto seja possível. Deixo isto para os senhores, talvez mais familiarizados com a ciência.

"'Que manhã adorável!', exclamou Pellegrina. 'Parece que ainda está escuro, mas na verdade o ar está repleto de luz, como uma taça cheia de vinho. Como estão úmidas todas as coisas! Mas logo todo o mundo ficará ressecado de novo, e fará calor pelos caminhos. Mas isto pouco nos importa, pois ficaremos aqui o dia todo.'

"'E o que você quer que eu faça?', perguntei-lhe.

Ela ficou sentada por muito tempo, refletindo.

"'Infelizmente, Marcus', disse afinal, 'temos de nos separar. Hoje à noite vou embora.'

"'E nunca mais nos veremos de novo?'

"Ela colocou o dedo sobre os meus lábios.

"'Você nunca deverá me dirigir a palavra', disse ela, 'se por acaso nos encontrarmos. Você conheceu Pellegrina, não se esqueça disso.'

"'Permita-me então', disse eu, 'seguir-lhe os passos, e permanecer próximo de você, que poderá me chamar caso necessite da ajuda de um amigo.'

"'Sim, faça isso, Marcus, fique próximo de mim. Se alguém porventura me confundir com Pellegrina Leoni, poderei recorrer a você para me desvencilhar e partir. Nunca se afaste demais, e mantenha longe de mim o nome de Pellegrina. Mas nunca mais fale comigo, Marcus. Eu não poderia ouvir a sua voz sem me recordar da voz divina de Pellegrina, e de seus grandes triunfos, e desta casa onde agora estamos, e deste jardim.'

"Ela olhou em torno, como se a casa não mais existisse.

"'Oh, as correntezas da vida são frias, Pellegrina', consegui dizer.

"Seu riso ressoou brevemente no ar da manhã, e depois ela voltou a ficar muito imóvel.

"'As andorinhas começaram a voltejar', disse ela, e, após uma pausa, 'o que você acha do paraíso, sobre o qual tanto falam? Será que existe de verdade? Lá nós dois voltaremos a andar juntos por esta casa, e os ventos paradisíacos vão balançar levemente as cortinas. Lá é primavera, e as andorinhas estão de volta, e tudo é perdoado.'

"E, tal como havia dito, naquela mesma noite ela foi embora", disse o velho judeu.

"Desde então nunca mais falei com ela", prosseguiu ele, "mas de tempos em tempos ela me escrevia, recorrendo aos meus préstimos quando queria mudar-se de um lugar e de uma identidade para outra. Em Roma, se o senhor", aí voltou-se para mim, "não lhe tivesse dito que seu pai era um aficionado da ópera italiana, ela o teria acompanhado à Inglaterra. Mas apenas por um ou dois anos. Depois ela o abandonaria, pois nunca se permitiria ficar presa a qualquer de seus papéis."

Com isso, o velho concluiu seu relato. Em seguida, olhou para cada um de nós, e voltou a se aquietar, apoiando o queixo no castão dourado da bengala, e mergulhando em seus pensamentos, mas sempre atento ao rosto da mulher que agonizava na maca.

Nós três, que o havíamos escutado, continuamos calados, nos sentindo, todos nós, devo dizer, um tanto envergonhados.

Nessa altura, o próprio Lincoln mergulhou em um devaneio e ficou um tempo sem nada dizer.

– E agora é preciso que eu lhe diga, Mira, que mais tarde o meu amigo Piloto aplicou de fato o conselho de Pellegrina Leoni em sua própria vida.

"Foi assim: Não me recordo bem se, muitos anos depois, no cabo da Boa Esperança, conheci um idoso clérigo alemão, o pastor Rosenquist, que, enquanto discutíamos as peculiaridades da natureza humana, me contou uma história a respeito de meu amigo, ou então se apenas para me divertir, muitos anos depois, imaginei ter conhecido, no cabo da Boa Esperança, um clérigo alemão que me contou o que acontecera com o Piloto.

"Seja como for, seguindo o conselho de Pellegrina, Piloto passou a ser mais do que uma pessoa. De tempos em tempos, abdicava da pesada e inglória tarefa de ser Friederich Hohenemser e assumia a vida de um pequeno proprietário de terras em um distrito remoto, onde era conhecido como Fridolin Emser. Ele resguardou esta sua segunda vida com o máximo de sigilo, não a mencionando a ninguém. Toda vez que deixava a cidade, tinha a sensação de estar salvando a própria vida. Ele então se aconchegava na casinha de Fridolin, que ficava perto de um vilarejo, como um animal que se refugia em sua toca. Se alguém tivesse desconfiado de algo e seguido a trilha que ele se esforçava por encobrir, a fim de ver o que fazia em seu esconderijo, teria constatado que o Piloto, sob a máscara de Emser, não fazia absolutamente nada. Cuidava com zelo da pequena propriedade, retirava a cada dia um pouco de dinheiro para Fridolin e, no crepúsculo, sentava-se sob as árvores do jardim, sob a gaiola com um melro, e dava baforadas em seu comprido cachimbo; ou então ia tomar cerveja na estalagem e discutir política com os amistosos freqüentadores do local. Ali ele era feliz. Pois uma vez que ele próprio, desde o início, sabia da inexistência de Fridolin, nunca precisava se preocupar e se esforçar para que existisse. A única coisa que o incomodava é que não ousava permanecer por muito tempo nessa existência alternativa, por temor de que ela se tornasse também um fardo excessivo, capaz de desequilibrá-lo. Ele precisava retornar à sede dos Hohenemser. Mas até mesmo Friederich Hohenemser tornou-se mais feliz após ter começado a seguir o plano de Pellegrina, pois um segredo em sua vida era algo tão valioso para ele quanto para Fridolin.

"Não sei dizer se, em qualquer de suas existências, ele chegou a se casar. O casamento de Friederich Hohenemser estaria destinado a ser miseravelmente infeliz, e eu me compadeceria da mulher que fosse obrigada a arrastá-lo em um relacionamento matrimonial; mas Fridolin poderia muito bem ter casado e teria proporcionado à sua mulher momentos agradáveis e tranqüilos. Pois não seria obrigado a passar o tempo todo provando a ela que ele existia de fato, o que é a maldição de muitas esposas, e teria se permitido contemplar com calma a vida de sua mulher. Não sei explicar o motivo, mas sempre que penso em Piloto, eu o imagino sob uma sombrinha – ele que, no passado, sempre esteve tão exposto a todas as intempéries. Assim protegido, o sol não irá golpeá-lo durante o dia, nem a lua durante a noite."

Forçando-se a concluir essas reflexões, Lincoln retomou a história do velho judeu:

"Subitamente o rosto do velho judeu passou por uma violenta mudança. Era como se nós, a quem ele acabara de contar sua vida, tivéssemos sido aniquilados de um momento para o outro. Baixando a bengala, ele se inclinou para a frente, todo o seu ser concentrado no rosto de Pellegrina.

"Ela se agitou no leito. Seu peito arfou, e a cabeça moveu-se ligeiramente no travesseiro. Um tremor percorreu o seu semblante; após um minuto, as sobrancelhas arquearam-se um pouco, e as bordas das pálpebras escuras estremeceram, como as asas de uma borboleta pousada em uma flor. Todos nós já estávamos de pé. Voltei a olhar para o judeu. Era evidente que estava apavorado, temendo que ela o encontrasse ali, assim que abrisse os olhos. Ele se encolheu e buscou refúgio atrás de mim. No momento seguinte, ela abriu e levantou lentamente os olhos. Estes pareciam imensos e sombrios de uma maneira sobrenatural.

"A despeito do movimento do judeu para se esconder, seu olhar imediatamente recaiu nele. Paralisado e lívido, ele parecia temer uma explosão de fúria. Mas nada aconteceu. Ela o fitou com atenção, nem sorridente nem carrancuda. Foi então que o ouvi retomando o fôlego por duas vezes, profundamente, como se estivesse suspenso. Depois, timidamente, aproximou-se um pouco.

"Por duas ou três vezes ela tentou falar, sem contudo emitir nenhum som, e voltou a fechar os olhos. Logo em seguida ela os reabriu e voltou a fitar o velho. E quando afinal conseguiu falar, foi com seu costumeiro sussurro, um pouco mais lentamente, porém sem o menor esforço.

"'Boa-noite, Marcus', disse ela.

"Eu o ouvi raspar a garganta para dizer algo, mas continuou mudo.

"'Você demorou', disse ela, como se estivesse um pouco aborrecida.

"'Acabei me atrasando', respondeu ele, e fiquei surpreso com sua voz, tão calma e agradável era ela, revelando uma nobre sonoridade.

"'Como estou?', perguntou Pellegrina.

"'Está com um ótimo aspecto', respondeu ele.

"No instante em que ela lhe dirigira a palavra, o rosto do velho judeu havia passado por curiosa e notável transformação. Já mencionei sua palidez incomum. Enquanto nos contava sua história, também ficara pálido, como se lhe fugisse do rosto o sangue. Agora, enquanto conversavam, um profundo e delicado rubor, como o de um menino, ou de uma jovem surpreendida no banho, difundiu-se por todo o seu rosto.

"'Que bom que você está aqui', disse ela. 'Esta noite estou um pouco nervosa.'

"'Não há nenhum motivo para isso', ele a tranqüilizou. 'Tudo correu bem até agora.'

"'Você acha mesmo que é assim?', indagou ela, examinando-lhe o rosto. 'Não tem nenhuma crítica a fazer? Não há nada que poderia ter sido melhor? Eu me saí bem e você está satisfeito com tudo?'

"'É isso mesmo', respondeu ele. 'Não tenho nenhum reparo a fazer, e nada poderia ter sido de outro modo. Você se saiu muito bem, e estou muito contente com tudo.'

"Por talvez um ou dois minutos, ela ficou calada. Em seguida os olhos escuros afastaram-se do rosto dele e nos fitaram.

"'E quem são os cavalheiros?', perguntou ao velho.

"'São três jovens estrangeiros, que vêm de muito longe para terem a honra de serem apresentados a você.'

"'Faça então as apresentações', disse ela. 'Mas temo que terá de ser breve. Creio que o *entr'acte* está para terminar.'

"Avançando em nossa direção, o judeu nos tomou pela mão, e nos conduziu, um por um, até a cabeceira da maca.

"'Meus nobres e jovens senhores', disse, 'vindos de belos e distantes países, tenho a satisfação de lhes proporcionar um momento inesquecível em suas vidas. Com prazer, eu os apresento à Donna Pellegrina Leoni, a maior cantora em todo o mundo.'

"Em seguida, ele repetiu os nossos nomes, e sua memória era tão boa que não cometeu nenhum engano.

"Ela nos fitou amistosamente.

"'Estou contente de tê-los aqui esta noite. Agora vou cantar para vocês e espero que fiquem satisfeitos.'

"Nós três beijamos sua mão, com grandes mesuras. Lembrei-me então das carícias que havia solicitado daquela nobre mão. Mas logo em seguida ela se virou para o judeu.

"'Mesmo assim, não consigo me livrar de um certo nervosismo esta noite', disse a ele. 'Qual cena vai ser, Marcus?'

"'Minha pequena estrela', respondeu ele, 'não há por que ficar nervosa. Sem dúvida, tudo vai correr bem. É o segundo ato de *Don Giovanni*, a ária da carta. Ela começa com seu recitativo: *Crudele? Ah nò, mio bene! Troppo mi spiace allontanarti un ben che lungamente la nostr'alma desia*.'

"Ela suspirou e repetiu: *Crudele? Ah nò, mio bene! Troppo mi spiace allontanarti un ben che lungamente la nostr'alma desia*.

"Enquanto pronunciava essas palavras da antiga ópera, um rubor profundo e escuro, como o de uma noiva, como o que vira no velho judeu, passou como uma onda por seu rosto pálido e machucado. Creio que todos nós que ali estávamos como observadores ficamos pálidos; mas aqueles dois, se entreolhando, reluziam em um êxtase mudo e cada vez mais intenso.

"De repente o rosto dela se estilhaçou, tal como a camada de gelo de uma noite em uma lagoa quando, ainda menino, ali atirei uma pedra. E virou uma constelação tremeluzindo no universo. Uma torrente de lágrimas brotou de seus olhos e banhou todas as estrelas. Todo o seu corpo vibrava sob a paixão como a corda de um instrumento.

"'Oh', exclamou, 'olhe, olhe ali! É Pellegrina Leoni – é ela, é ela de novo – ela voltou. Pellegrina, a maior cantora, a pobre Pellegrina, ela voltou a pisar o palco. Para a glória de Deus, tal como antes. Oh, ali está ela, é ela mesma – Pellegrina, a própria Pellegrina!'

"Era incrível que, mesmo agonizando, ela conseguisse suportar tal tempestade de pesar e triunfo. Era, evidentemente, o seu canto do cisne.

"'Venham vê-la agora, todos, mais uma vez', disse ela. 'Voltem, minhas crianças, meus amigos. Sou eu – eu, agora para sempre.'

"Então irrompeu em pranto, arrebatada, aliviada, como se tivesse guardado dentro de si, por muito tempo, um rio de lágrimas.

"O velho judeu encontrava-se em um estado terrível de sofrimento e tensão. Também ele balançou-se por um instante no lugar em que estava. De suas pálpebras inchadas escaparam lágrimas pesadas que escorreram pelo rosto. Mas permaneceu ereto, sem ousar entregar-se à emoção, ainda que esta o tentasse com toda a força. Creio que resistia tanto por temor de que a extrema debilidade o levasse à morte antes de Pellegrina e, com isso, a frustrasse em derradeiros momentos.

"Com um gesto súbito, ele agarrou a pequena bengala e a usou para dar três breves golpes ao lado da maca.

"'Donna Pellegrina Leoni', exclamou com voz nítida. *"En scène pour le deux."*

"Como um soldado ao ouvir uma ordem, ou um cavalo de batalha ao som da trombeta, ela se recompôs ao ouvir o amigo. No minuto seguinte foi invadida por uma calma galante e absoluta. Ela lançou-lhe um rápido olhar com seus imensos e negros olhos. Em um movimento vigoroso, como o de uma enorme onda subindo e despencando, ela ergueu metade do corpo. Um estranho som, como um rugido distante de um animal de grande porte, saiu do fundo de seu peito. Lentamente, apagaram-se as labaredas em seu rosto, que foi adquirindo um tom cinzento-baço. Seu corpo tombou estendido, completamente imóvel, e estava morta.

"O judeu apertou o alto chapéu em sua cabeça.

"Iisgadal rejiiskadisch schemel robo",[40] disse.

"Ainda continuamos por alguns minutos. Em seguida, fomos para o refeitório. Mais tarde, quando estava prestes a amanhecer, nos disseram que nossas duas carruagens haviam por fim chegado ao mosteiro. Fui então lá fora conversar com os cocheiros. Pretendíamos partir assim que clareasse. Isto seria melhor, pensei, embora não tivesse a menor idéia de aonde ir.

"Quando passei pelo comprido aposento, as velas ainda queimavam, mas a luz do dia já se filtrava pelas janelas. Ambos continuavam

40. Glorificado e santificado seja o nome do Senhor por todo o mundo. [N.T.]

ali: Pellegrina deitada na maca e, ao lado, o velho judeu, com o queixo apoiado na bengala. Senti que ainda não era o momento de me despedir dele e me aproximei.

"'Então, senhor Cocoza', disse a ele, 'desta vez o senhor irá enterrar, não a grande artista, cujo túmulo o senhor mandou erguer há tantos anos, mas a mulher a quem estava ligado por amizade.'

O velho levantou os olhos para mim.

"'*Vous êtes trop bon, Monsieur*', disse ele, ou seja: 'O senhor é bondoso demais'.

– E esta é a minha história, Mira – concluiu Lincoln.

Mira inspirou profundamente, expirou aos poucos e assobiou.

– Já pensei muito – disse Lincoln – sobre o que teria acontecido a essa mulher se não tivesse morrido naquele dia. Ela poderia estar conosco aqui nesta noite. Era uma excelente companhia e teria se adaptado perfeitamente. E poderia até ter virado uma dançarina de Mombaça, como Thusmu, aquela velha louca de olhos trigueiros, amante de seu pai e de seu avô, e por cujos braços Said suspira ainda hoje. Ou talvez ela nos acompanhasse até as terras altas, em uma expedição para buscar marfim e escravos, e terminasse ficando por lá, em uma tribo nativa de guerreiros, que a respeitariam como uma poderosa feiticeira. No final, também me ocorreu que talvez ela decidisse se transformar em um pequeno e belo chacal, e fizesse para si uma toca na savana ou na encosta de uma colina. Imaginei isto com tanta nitidez que, em uma noite enluarada, cheguei a achar que ouvia sua voz entre as colinas. E eu a vi correndo pelo campo, brincando com sua própria e graciosa sombra, deleitando-se com seu coração leve, divertindo-se um pouco.

– Ah, la la – exclamou Mira, que, sendo um contador de histórias, era um ouvinte excelente e imaginativo –, eu também já ouvi esse pequeno chacal. É verdade, eu já o ouvi. E ele dizia o seguinte: "Não sou um único e pequeno chacal; sou uma matilha de pequenos chacais". E então, pat!, ele de fato se transformou em outro, latindo logo atrás da gente: "Não sou apenas um chacalzinho, agora sou outro". Espere, Lincoln, até que eu o ouça mais uma vez. Aí vou contar algo a respeito dele, para fazer par com sua história.

– Bem – disse Lincoln –, essa é a minha história. Que sirva de lição para Said.

– Conheço muito bem essa história – disse Mira. – Já a ouvi antes. Agora acho que eu até mesmo a compus.

"O sultão Sabour, do Khorassan, era um grande herói, e, além disso, era um homem temente a Deus, que tinha visões e ouvia vozes que o instruíam sobre a vontade do Senhor. Por isso, empenhou-se em transmiti-la ao mundo, mesmo que a ferro e fogo. Infelizmente, porém, foi traído por uma mulher, uma dançarina, exatamente quando se encontrava no zênite de sua trajetória. Essa é uma longa história. Seu poderoso exército foi aniquilado. A areia do deserto empapou-se do sangue de seus homens, que serviram de pasto para os abutres. Os lamentos das viúvas e dos órfãos elevaram-se até o firmamento. O harém foi disperso entre seus inimigos. Ele próprio foi ferido, e só se salvou graças a um escravo, que o arrastou para longe. Em respeito a seus soldados, portanto, ele jamais voltou a se revelar ou a abdicar de sua condição de mendigo. Ele se tornou, como a mulher da sua história, muitas pessoas, e, tal como ela, deixou de ser única. Agora, às vezes é um aguadeiro, ou um criado do Khadi, ou um pescador no mar, ou um ermitão santo. Ele é muito sábio, conhece muitas coisas e sempre deixa um rastro profundo onde quer que vá. A todos que conhece faz muito bem e algum mal; ele ainda é um rei. Mas não continua assim por muito tempo. Quando atrai amigos e mulheres que o amam, ele foge para longe, temendo voltar a ser o sultão Sabour, ou mesmo qualquer outra pessoa. O único que sabe disso é o seu escravo. E, se bem me lembro, esse escravo teve o próprio nariz decepado para o bem de Sabour."

– Ai, Mira, a vida é repleta de infortúnios – disse Lincoln.

– Ah, e quanto a mim – disse Mira –, estou seguro em toda a parte. Você mesmo sabe que está escrito em seu Livro Sagrado que todas as coisas conspiram para o bem daqueles que amam a Deus.

– Essa declaração de amor – perguntou Lincoln – vem do coração? Ou dos lábios de um velho poeta cortesão?

– Não, vem do coração – disse Mira. – Há muito venho procurando entender Deus. Agora travei amizade com Ele. Para amá-lo de verdade, precisamos amar as mudanças, e precisamos amar uma anedota, pois aí está a verdadeira inclinação de Seu coração. Logo conseguirei amar de tal modo uma anedota que eu, antes capaz de gelar o sangue de todo o mundo, vou me tornar um contador de histórias engraçadas, fazendo rir as pessoas.

– Então, segundo a lei do Profeta – disse Lincoln –, você será, juntamente com os barbeiros e aqueles que beijam suas esposas em público, impedido de depor perante um tribunal de justiça.

– É verdade, é assim – concordou Mira. – Não mais poderei testemunhar.

– E você, Said, o que acha disso? – perguntou Lincoln.

Said, que permanecera sentado em silêncio e imóvel o tempo todo, riu um pouco, e olhou na direção da costa. À luz do luar, via-se uma débil faixa esbranquiçada, e ouvia-se no ar um murmúrio, parecido com a vibração de uma corda.

– Dá para ver – disse Said – a arrebentação em Takaungu Creek. Ao amanhecer estaremos em Mombaça.

– Ao amanhecer? – disse Mira. – Então vou dormir por uma ou duas horas.

Ele se arrastou pelo convés, enrolou-se em um manto e, cobrindo a cabeça, deitou-se para esperar o sono, imóvel como um cadáver.

Lincoln ainda ficou sentado mais um pouco e fumou um ou dois cigarros. Em seguida, também se deitou, revirando-se algumas vezes antes de mergulhar no sono.

O poeta

Mesmo nos dias de hoje, o vilarejo de Hirschholm, na Dinamarca, costuma evocar uma atmosfera de aventura romântica. Isto começou em um crepúsculo de verão, no início do século XVIII, quando, após um exaustivo dia de caçada, a rainha Sofia Madalena – consorte do devoto rei Cristiano VI, aquele que freqüentava a capela da corte três vezes ao dia e ordenou o fechamento de todos os teatros de Copenhague – abateu um veado à beira de um tranqüilo lago no meio da floresta. Tão encantada ficou a rainha com o local que decidiu erguer ali um palácio, cujo nome fazia referência ao veado: Hirschholm. Ao ficar pronto, ele se revelou tão pomposo e afetado quanto a maior parte da arquitetura teutônica da época, erguendo-se bem no centro do lago, e ligado à terra por longos e estreitos aterros, atravessados em todo o seu esplendor pelas carruagens régias, refletidas de ponta-cabeça na superfície límpida da água, tal como se dera com o veado, encurralado pelos cães da rainha. Foi em torno do lago que surgiu o vilarejo com as moradias de criados, estalagens e um modesto comércio, todas construções de tijolo vermelho, à volta dos imensos estábulos e *manèges* régios. Durante quase todo o ano a localidade era muito pacata, mas não quando a corte, em toda a sua magnificência, ali se instalava para a temporada de caça.

Cinco décadas mais tarde, durante o reinado de Cristiano VII, neto de Sofia Madalena, Hirschholm foi o palco da tragédia – ou, pelo menos, ela ali se preparou – que se abateu sobre a jovem rainha, Carolina Matilda. Com apenas quinze anos, essa patética princesa inglesa de curvas generosas atravessou o mar do Norte para casar com um reizinho devasso e impiedoso, pouco mais velho do que ela, mas já então bem avançado no caminho da loucura em que mergulharia por completo anos mais tarde, tornando-se uma espécie de Calígula em miniatura, e cujo retrato nos transmite a curiosa impressão de um espírito inteiramente alheado e desiludido. Após anos de infelicidade, provavelmente repletos de tédio e perplexidade, a donzela inglesa, na altura em que o soberano começava a tratar o criado negro como mais uma de suas cavalgaduras, encontrou afinal seu destino. Apaixonou-se profunda e desesperadamente pelo médico que viera da Alemanha para curar, por meio de inovadores tratamentos com água gelada, o doentio príncipe herdeiro. O médico era um homem brilhante e muito à frente de seu tempo. A grande paixão de que foi alvo o alçou inicialmente aos círculos de escol do reino, onde surpreendentemente reluziu como astro de primeira grandeza, um tirano ousado e revolucionário, mas depois arrastou ambos à ruína. O casal de amantes desfrutou de um breve período de ventura em Hirschholm, onde Carolina Matilda impressionou seus súditos dinamarqueses ao cavalgar ao lado dos cães em trajes masculinos – roupas que, a julgar pelos retratos, não lhe caíam nada bem. A seguir, porém, o rancor da indignada e velha rainha-mãe alcançou os amantes e provocou sua derrocada. O médico teve sua cabeça decepada por surrupiar tesouros da Coroa dinamarquesa, e a jovem rainha viu-se exilada em um vilarejo em Hanover, onde acabaria seus dias. A virtude triunfou em seu aspecto mais soturno, e o palácio que servira de palco para tal blasfêmia acabou sendo abandonado e por fim demolido, tanto porque a família não mais tolerava tê-lo diante dos olhos, como também porque se dizia que estava afundando no lago. Todo o esplendor desapareceu, e uma igreja, no estilo clássico do nascente século XIX, foi erigida no local, como uma cruz fincada em sua sepultura. Muitos anos depois, estátuas e móveis dourados e entalhados com guirlandas de rosas e cupidos ainda eram vistos nas casas dos camponeses abastados que viviam na região de Hirschholm.

Depois de a tempestade ter passado, por muito tempo a pequena localidade dava a impressão de uma pessoa atordoada pelo choque e prostrada. Nunca haviam imaginado que tais coisas eram possíveis, pelo menos não em seu próprio meio. Talvez ainda guardassem no coração os resquícios de uma leal simpatia pela jovem e alegre rainha que costumava lhes sorrir. No entanto, ter a própria cabeça decepada era algo muito grave, e bastava um deles voltar os olhos para o local em que se erguia o palácio para lembrar das conseqüências do pecado. O reino também enfrentou tempos difíceis: guerras, a perda de uma esquadra, a falência do Estado e do entusiasmo, a derrocada econômica. Tudo isso contribuíra para sepultar definitivamente a frivolidade do século XVIII.

Então, cinqüenta ou sessenta anos após a tragédia da jovem rainha e de seu valido, o vilarejo conheceu por fim um agradável e modesto renascimento.

Não era possível continuar pagando indefinidamente por pecados dos quais não tivera na verdade nenhuma culpa, e também não era possível, tanto quanto o resto do país, viver para sempre na certeza das vantagens da prudência. Quando estamos presos o bastante a uma existência de cuidados, nada é mais agradável do que voltar o pensamento para épocas e pessoas mais despreocupadas. Do mesmo modo, embora ninguém aprecie ver questionada a virtude da própria mãe, já a frivolidade dos avós pode muito bem se revestir de encanto e ser merecedora de um sorriso. Na época em que os homens começaram a deixar crescer as suíças, e as mulheres adotaram os cachinhos, os pecados daquela gente empoada começaram a parecer românticos, como se fossem paixões e crimes em um palco. Era o tempo em que os poetas saíam de Copenhague em pequenas carroças e iam a Hirschholm entoar loas à desventurada rainha Carolina Matilda e vislumbrar sua sombra, estouvada em seu corcel estouvado, galopando na floresta. As alamedas de tílias, plantadas nos aterros conforme o espírito generoso do século XVIII – o qual deve ter caminhado entre mudas de dois metros de altura a fim de proporcionar sombra e folhagem às gerações vindouras, – haviam nascido e envelhecido, e em seus caramanchões verdejantes, cavalheiros e damas idosas que na infância haviam visto a rainha atravessando ruidosamente com seus cães as pontes de pedra, ou mesmo o monarca passando em sua carruagem, como um elegante boneco empoado, espartilhado e de rosto inexpressivo, discorriam minuciosamente sobre a excitação da vida na corte diante das belas donzelas, matronas e jovens da localidade, que com tanto cuidado manejavam as rédeas de seus próprios corações.

Nessa mesma época viviam em Hirschholm dois homens que se distinguiam, cada qual a seu modo, dos burgueses comuns.

Um deles era, apropriadamente, o personagem mais proeminente do vilarejo, um cidadão de grande influência, dotado não só de riqueza e prestígio, mas também de um espírito cosmopolita e encantador. Seu nome era Mathiesen e fora alçado à posição de *Kammerraad*, ou Conselheiro da Câmara. Mais tarde, a fim de manter viva sua memória, um busto dele seria instalado junto à entrada de uma dessas longas esplanadas de tílias nas quais tanto apreciara passear.

Nesse início da década de 1830, Mathiesen estava com quase sessenta anos e levava uma existência pacata e satisfeita em Hirschholm. Mas em sua juventude vivera em outros lugares. Também viajara muito, conhecendo tanto a Alemanha como a França naquelas épocas fatais e agitadas que precederam o idílio – ou seja, na época da Revolução Francesa e das Guerras Napoleônicas. Lá pudera testemunhar, e provavelmente participar, de vários episódios muito além da capacidade de imaginação dos moradores do vilarejo, e aqueles que o haviam conhecido em sua juventude contavam que ele retornara com os olhos mudados – antes haviam sido azuis, mas agora exibiam uma tonalidade cinzenta ou verde-claro. Se em algum momento perdera suas ilusões, é provável que agora não considerasse tão grave essa perda – e com certeza adquirira em troca um talento para tornar agradável a vida e assegurar o próprio conforto. Não deve haver lugar melhor para um epicurista sentado do que uma pequena cidade na província. O Conselheiro, viúvo havia quinze anos, dispunha de uma excelente governanta e de uma adega que faria inveja a um cardeal. Dele se dizia em Hirschholm que ocupava seus ocasionais serões solitários bordando em ponto de cruz; enfim, em sua posição, não via motivos para evitar qualquer passatempo prazeroso menos convencional pelo mero temor de transgredir as regras da respeitabilidade.

Entre os tesouros que o Conselheiro amealhara no vasto mundo e levara para Hirschholm, nada lhe parecia tão valioso quanto suas recordações de Weimar, onde morara por dois anos, sobretudo a lembrança de ter partilhado a mesma atmosfera do grande *Geheimrat* Goethe. A proximidade do mais elevado é algo excitante, assim como é uma lei da existência o fato de que, dentre todas as coisas que nos afetam, sempre há uma em especial que cala mais fundo em nossa alma. A imagem daquela pequena cidade pacata e de seu grande poeta ficaram para sempre estampadas em seu espírito. Ali estava o homem ideal – o super-homem, ele poderia ter pensado, caso o termo fosse corrente na época –, capaz de combinar em si mesmo todas as qualidades que a humanidade inveja e almeja: poeta, filósofo, amigo e conselheiro de príncipes, e conquistador de mulheres. Várias vezes, em suas caminhadas matinais, o Conselheiro cruzara com Goethe e o entreouvira conversando com amigos. Certa vez, chegara até mesmo a ser apresentado ao grande homem, havia sentido sobre si aquele olhar olímpico e humano ao mesmo tempo, e trocara algumas palavras com o gigante. O poeta e *Herr* Eckermann discutiam uma questão de arqueologia escandinava, e o segundo pedira ao jovem estrangeiro que confirmasse um ponto de sua argumentação. Então Goethe o inquiriu sobre o assunto e cortesmente lhe perguntou se ele teria a possibilidade de lhe fornecer determinadas informações. Após fazer uma reverência profunda, Mathiesen assegurara ao poeta: *Ich bin Eurer Excellenz ehrerbietigster Diener*.[41]

41. Sou o mais devotado de seus criados, Excelência. [N.T.]

Não sendo um indivíduo comum, o Conselheiro não possuía nenhuma das ambições de uma pessoa ordinária. Por bons motivos, tinha em alta conta sua posição em Hirschholm – e, em sua existência cotidiana, nenhuma de suas necessidades permanecia desatendida. Se pelo resto de seus dias cultivava, juntamente com um retrato do *Geheimrat*, a ambição de ser, ainda que em seu círculo mais acanhado, um super-homem em miniatura, isto era algo que apenas ele podia dizer: na vida real, desempenhava o mesmo papel generalizado dos ideais – o de uma orientação invisível, favorável ao equilíbrio. Mas era um indivíduo de largos horizontes, considerando as coisas de uma perspectiva ampla e durável. Ele defendia uma idéia de paraíso, pois sua geração fora criada com a concepção de uma vida eterna, e parecia-lhe natural a perspectiva da imortalidade. Seu paraíso lembrava algo de Weimar – um Elísio repleto de luz, dignidade e harmonia. Ainda assim, seus sentimentos não lhe pareciam de vital importância, e poderia ter abdicado deles sem demasiado sofrimento. Por outro lado, possuía uma crença inabalável na história, assim como na imortalidade por ela conferida. Vira a história se fazer à sua volta, sentira no rosto o seu alento, e sabia que o grande Imperador e os heróis da Revolução estavam mais vivos do que os funcionários e mercadores de Hirschholm que o cumprimentavam erguendo os chapéus nas ruas mal pavimentadas, e com os quais todos os dias trocava breves e amenos comentários. Era na arena da história, em meio à sua alta sociedade, que ele queria continuar a viver.

E foi a funda impressão que lhe provocara a poesia ao se manifestar com tal majestade, ou, por outro lado, uma inclinação inata em seu coração, o que talvez fosse algo inesperado – mas quem poderia dizer, considerando-se o quão pouco conhecemos de nossos corações? –, que fez essa arte ocupar posição tão saliente no quadro de sua existência. Fora da poesia não havia para ele nenhum ideal genuíno na vida e, no fim das contas, nenhuma imortalidade satisfatória. Nada mais natural, portanto, que ele próprio tivesse se empenhado em escrever poemas. Ao voltar de Weimar, compusera uma tragédia cujo tema foi buscar na antiga história da Dinamarca, e mais tarde escreveu alguns poemas inspirados na aventura amorosa de Hirschholm. Mas, como também era rigoroso juiz dessa arte, deu-se conta, com tanta presteza quanto o faria qualquer outro, que nunca seria um verdadeiro poeta. Por isso, desde algum tempo convencera-se de que, em sua vida, a poesia teria de vir de outra parte, reconhecendo que, nesse sentido, o papel que mais lhe convinha era o de mecenas, um papel para o qual se sentia bem preparado e que lhe parecia o mais apropriado nessa imortalidade a que tanto almejava.

E deu-se que exatamente o que buscava veio ao seu encontro na pessoa de um jovem que também vivia em Hirschholm e, na época, era escriturário no gabinete distrital, e também – mas isto só o sabiam o Conselheiro e o rapaz – um grande poeta.

Anders Kube, este era o nome do jovem, contava vinte e quatro anos de idade. Jamais seria considerado bem-apessoado por aqueles que o conheciam, mas, ao mesmo tempo, um artista que estivesse a pintar um quadro sacro e necessitasse de um modelo para o rosto de um jovem anjo não se furtaria a aproveitá-lo. Anders tinha um rosto largo e olhos azuis-escuros muito separados. Em seu trabalho usava óculos e, quando os tirava e fitava o mundo diretamente, seus olhos tinham uma intensidade límpida e profunda, tal como possivelmente os olhos de Adão quando pela primeira vez caminhou pelo jardim e contemplou os animais. Dotado de surpreendente e curiosa graciosidade, lenta e angulosa em todos os seus movimentos, com uma espessa cabeleira de um tom ruivo-escuro e mãos descomunais, ele era um espécime quase perfeito de um tipo de campônio dinamarquês então encontrado entre pequenos funcionários e músicos ambulantes, mas que já não mais se vêem hoje, agora que os camponeses chegaram ao Parlamento.

Dos dois mundos em que vivia, aquele que lhe proporcionava o pão de cada dia era muito restrito, composto da sala caiada no tribunal do distrito, dos seus próprios aposentos – impecavelmente mantidos pela senhoria, que muito o apreciava – no topo de um lance de degraus atrás de uma tília, e, por fim, dos bosques e campos em torno de Hirschholm, onde perambulava nos momentos livres. Ele era bem-vindo em algumas poucas casas de burgueses afáveis e respeitáveis de Hirschholm, a fim de jogar cartas e participar de discussões políticas, e contava com amigos entre os carroceiros da estrada principal que desatrelavam seus animais e ceavam na estalagem, assim como entre os membros da curiosa tribo dos carvoeiros que levavam a Copenhague o carvão que produziam nos imensos bosques em torno de Elsinore. A casa do Conselheiro ocupava um lugar de destaque na existência do escriturário-poeta. Três anos antes, ao se mudar para o vilarejo, Anders trouxera cartas de um amigo do Conselheiro, o velho farmacêutico Lerche, nas quais este o recomendava como sendo um industrioso jovem de talento. Graças a elas, recebera um convite permanente para cear com o Conselheiro nas noites de sábado. Essas noitadas eram muito agradáveis para ele, proporcionando-lhe inúmeras impressões. Nunca antes tivera a oportunidade de ouvir tanta sabedoria mundana, de desfrutar de uma reserva tão abundante de experiência, como a que era regalado nessas ocasiões. De fato, é provável que o Conselheiro lhe falasse com mais franqueza do que a qualquer outro, mas o rapaz não fazia idéia de que desempenhava papel de tanto relevo na existência de seu protetor.

Tampouco estava familiarizado com a teoria que o Conselheiro desenvolvera a seu respeito, a qual podia ser resumida a isto: a de que seria melhor manter o rapaz em uma gaiola ou redoma a fim de que seu talento poético florescesse em toda a sua plenitude. É provável que tal idéia se baseasse em experiências do próprio Conselheiro; talvez este sentisse que ele próprio havia, no decorrer de acontecimentos passados, perdido as habilidades e os ideais essenciais para um poeta. Ou talvez se tratasse apenas de uma questão de instinto. Seja como for, arraigara-se profundamente em seu íntimo a convicção de que era necessário resguardar ao máximo seu protegido. Se conseguisse mantê-lo em sua tranqüila rotina de Hirschholm, palmilhando as calçadas entre seus aposentos e o gabinete de trabalho ou passeando pelas longas esplanadas, as grandes forças em seu interior acabariam aflorando sob a forma de poemas. Por outro lado, se o mundo e seus influxos desordenados e imprevisíveis tomassem conta do rapaz, este poderia se perder tanto para a literatura como para o seu mecenas. Acabaria sendo arrastado para os tumultos e as rebeliões contra a lei e a ordem, das quais o Conselheiro era ardoroso defensor, e terminaria seus dias sobre uma barricada. Considerando-se que ninguém mais teria imaginado o jovem Kube em uma barricada, essa teoria, caso comprovada, revelaria uma aguçada percepção da natureza humana por parte do Conselheiro – exceto pelo fato de que as pessoas que acabam nas barricadas talvez sejam em geral aquelas que menos esperaríamos ver por ali. De qualquer modo, tal convicção levou o homem mais velho a manter o rapaz sob incansável vigilância, como se fosse o poderoso e nobre Kislar Aga diante de uma florescente beldade de seu harém para a qual vislumbrasse um futuro glorioso.

De sua parte, o Conselheiro ignorava que ele próprio estava, aos olhos de seu *protégé*, envolto em uma auréola poética. Esta surgira, logo após o rapaz chegar a Hirschholm, quando a mulher de quem alugava os aposentos contou-lhe a seguinte história, de veracidade duvidosa:

Como já foi dito, o Conselheiro era viúvo. Todavia, antes de se ver nessa condição, passara por muita coisa. A falecida madame Mathiesen havia sido uma herdeira, ainda que em proporções modestas. Originária de Christianfeld – a sede, na Dinamarca, dos Hornhuten, uma rígida seita puritana, assemelhada aos jansenistas na França –, era uma mulher extremamente conscienciosa. Todavia, em uma noite de verão, dois anos antes de falecer, ela subitamente perdera a razão, em um surto de temor ao demônio, e, armada de uma tesoura, tentara tirar a vida do marido ou a dela própria. O médico foi chamado e, embora tenha lançado mão de todos os seus recursos, não conseguiu nenhum resultado. Como não existia nas proximidades hospital para esse tipo de paciente, ela foi colocada sob os cuidados do velho jardineiro do palácio de Fredensborg – outra residência real nas cercanias de Hirschholm – e de sua mulher, um bondoso casal que devia sua posição à influência do Conselheiro. Ali a mulher deste passou o resto de seus dias, sem recuperar a razão, ainda que em um estado de felicidade, pois acreditava estar morta e vivendo no paraíso, à espera do marido. Às vezes, porém, manifestava o temor de que este jamais conseguiria chegar ali, pois ela bem sabia o quanto ele havia pecado. Ainda assim, ela confiava plenamente na graça de Deus.

A narradora dessa história, na época servindo como criada na casa da senhora Mathiesen, era a única pessoa, fora do estreito círculo familiar, que sabia o que ocasionara essa crise. Naquela noite de julho, após uma tempestade com trovoadas, enquanto um arco-íris duplo brilhava sobre a paisagem, o Conselheiro e sua mulher preparavam-se para sair a passeio, acompanhados de uma jovem, filha de um funcionário da Corte e amigo do Conselheiro, que fora enviada a Hirschholm para se recuperar de uma decepção amorosa. Em seus aposentos, a senhora Mathiesen experimentava um chapéu quando, acercando-se da janela aberta, viu a jovem colher um amor-perfeito amarelo e o prender na lapela do casaco do Conselheiro. Para os Hornhuten, um amor-perfeito amarelo ou o ar sob um arco-íris duplo talvez estejam associados a algum tipo de magia. Seja como for, aquela cena desencadeou na senhora Mathiesen um efeito que ninguém poderia imaginar.

Dois anos depois, mais ou menos na mesma época do ano, o Conselheiro recebeu notícias de Fredensborg. Aparentemente, sua mulher havia melhorado e já não mais se considerava no céu. Por isso, o velho casal acreditava que lhe faria bem rever o marido. Assim, em uma bela tarde, após pedir que preparassem o cabriolé, ele montou na pequena e elegante carruagem e tomou na mão as rédeas. Mas, aparentemente mudando de idéia, desceu e foi até o jardim, onde colheu um amor-perfeito amarelo que prendeu à lapela. O reencontro do casal não se revelou tão benéfico quanto haviam suposto os amigos, embora ela o tivesse esperado o dia todo junto à janela. Assim que avistou o Conselheiro, a mulher recaíu na antiga confusão mental. Ficou tão inquieta que foram obrigados até mesmo a pedir ajuda. Na verdade, voltou a mergulhar por completo na loucura, e nunca mais se recuperou, vindo a falecer um ano depois.

Desprovido de um espírito discriminador, o jovem Kube não tinha o costume de abordar nada do que ocorria na vida a partir de uma perspectiva moral. Não admirava nem censurava o Conselheiro pelo papel que desempenhara nesse drama. Por outro lado, contudo, seu espírito peculiar tendia a amplificar tais acontecimentos. Seus pensamentos faziam com que as coisas adquirissem proporções descomunais – como nas montanhas as imensas sombras que os viajantes projetam em meio à neblina e que os enchem de terror –, gigantescas e de certo modo grotescas, como objetos que se movem um pouco à margem da razão humana. Foi assim que o Conselheiro começou a agigantar-se, a sutilizar-se e a mover-se por místicos e serpentinos meandros, como o gênio que escapou da garrafa de Salomão e se apresentou diante do pobre pescador de Bagdá. Todas as noites de sábado, portanto, o jovem poeta sentava-se à mesa para cear com ninguém menos do que o próprio Loki.

Passava sozinho a maioria de suas outras noites e, como era um funcionário mal remunerado, por instinto zeloso de seu dinheiro – e ainda por cima estimulado nisso pela senhoria –, costumava jantar um mingau, permitindo em seguida que seu gato tomasse leite no mesmo prato. Depois ficava sentado, muito imóvel, contemplando o fogo, ou então, nas noites estivais, olhando pela janela a névoa ligeiramente leitosa que assinalava o contorno do lago, possibilitando assim que o mundo todo lhe abrisse em silêncio o coração, desdobrando-se e revelando-se em formas tão tumultuosas quanto lhe pareciam naturais. O jovem filho da terra, preso aos livros de registros, possuía a alma dos antigos Eddas, que povoaram o mundo com deuses e demônios, e o semearam de píncaros e abismos ignorados em seu país. Possuía também a mentalidade brincalhona desses antigos místicos, que apreciavam os centauros, faunos e divindades aquáticas que nem sempre se comportavam bem. Os campônios dinamarqueses, seus descendentes naturais, exibiam, com a inabalável seriedade de uma criança, um espírito mais jocoso e desavergonhado do que um palhaço. Nunca foram em geral bem apreciados ou entendidos quando revelavam tal aspecto de seus seres e, na ansiedade por serem compreendidos, muitas vezes viram-se forçados a recorrer à bebida. Convencido de estar no caminho certo, Anders Kube ainda compunha breves poemas sobre aranhas em galhos de roseiras; mais tarde, porém, suas criações iriam adquirir proporções muito diversas.

Havia noites em que ele saía e só retornava ao amanhecer, mas sua senhoria jamais conseguia extrair dele qualquer informação sobre seu paradeiro.

A poucos quilômetros de Hirschholm encontra-se uma pequena propriedade rural com uma agradável casa branca, circundada por bosques e belos campos, conhecida como La Liberté. Durante anos permaneceu vazia. Seu proprietário fora um velho farmacêutico, o mesmo que dera a Kube as cartas de recomendação, que tinha seu negócio em Copenhague e durante toda a vida manifestara uma extraordinária habilidade para ganhar dinheiro. Aos setenta anos, após tomar emprestados, na biblioteca de seu clube, livros de narrativas românticas de viagem, decidiu conhecer o mundo e partiu em viagem à Itália. Desde o início, tal iniciativa revestiu-se de uma aura de aventura. Esta cresceu ainda mais quando correu a notícia de que presenciara um tremor de terra durante sua estadia em Nápoles, cidade onde conhecera um compatriota, um misterioso personagem por vezes descrito como capitão da marinha mercante e, em outras, como diretor de teatro. Este exalara seu último suspiro nos braços do farmacêutico, deixando em dificuldades uma família numerosa. De Nápoles, o velho comunicou aos amigos que passara a cuidar da filha mais velha do amigo e pensava até mesmo em adotá-la. Duas semanas depois, porém, escrevendo de Gênova, contou que se casara com a jovem. "Mas por que ele deu tal passo?", perguntaram-se seus conhecidos. Ele jamais os esclareceu, pois veio a falecer em

Hamburgo, na viagem de volta para casa, deixando sua fortuna aos parentes e destinando à jovem viúva a posse de La Liberté e uma pensão modesta. Foi assim que, no final do verão de 1836, ela chegou à cidade e se instalou na propriedade.

Logo ela recebeu uma visita do Conselheiro que, além de lhe oferecer seus préstimos, estava curioso para conhecer aquela aventureira de Nápoles que havia seduzido e, desconfiava ele, apressado o fim de seu velho amigo. Acabou por achá-la muito recatada e disposta a acatar todos os seus conselhos. Era uma jovem pequena e frágil, com um jeito de boneca – não uma dessas bonecas de hoje, que imitam as feições e as formas dos bebês humanos, e sim uma daquelas bonecas que, no passado, almejavam, em sintonia com os seres humanos, um ideal abstrato de beleza feminina. Seus imensos olhos eram translúcidos como vidro, e os longos cílios e delicadas pestanas pareciam ter sido pintados no rosto. O mais extraordinário, porém, era a rara leveza que exibia em todos os movimentos, que lembravam os de uma ave. Ela possuía aquilo que o Conselheiro, recorrendo ao jargão do balé, chamava de *ballon*, ou seja, uma leveza que não é apenas a negação do peso, mas na verdade parece um impulso para o alto e um prelúdio ao vôo, algo só visto raramente em esbeltas bailarinas – como se a própria matéria tivesse ali se tornado mais leve do que o ar, de modo que quanto mais houvesse dela, mais eficaz era o resultado. Seus vestidos e chapéus de luto eram um tanto mais elegantes do que se costumava ver em Hirschholm; ou talvez fosse o caso de que, tendo sido comprados em Hamburgo, pareciam algo excêntricos no vilarejo. Mas não havia como negar que era parcimoniosa com seus recursos ou que tinha gostos simples. Não alterou nada na casa antiga, e nem mesmo mudou a disposição da mobília gasta e embolorada que por tanto tempo ficara abandonada nos cômodos desabitados. No jardim de inverno havia uma e cara volumosa caixa de música que fora trazida da Rússia. Embora a jovem desse a impressão de que gostava de passear e espairecer no jardim, nada fez para torná-lo mais bem cuidado. E era evidente seu empenho em se comportar da maneira mais apropriada possível, pois fazia questão de visitar as damas das redondezas, as quais a cumulavam de bons conselhos e de receitas para o preparo de salsichas e biscoitos de gengibre, mas nessas ocasiões quase sempre permanecia calada, talvez por uma timidez devida ao leve sotaque com que falava dinamarquês. Outra característica dela chamou a atenção do Conselheiro: era extremamente refratária a todo contado físico. Jamais beijava ou acariciava as outras damas, tal como era costume em Hirschholm, e deixou claro que não apreciava receber carinhos delas. Havia algo de Psiquê na boneca. As damas de Hirschholm a consideravam inofensiva. Jamais seria uma rival no preparo de biscoitos de gengibre, muito menos no pequeno e animado círculo de escândalos do vilarejo. Chegavam até mesmo a imaginar que a jovem poderia ser ligeiramente retardada. Tal suspeita, embora com ressalvas, também ocorrera ao Conselheiro, para quem havia algo de estranho ali.

No domingo de Páscoa, o Conselheiro e Anders foram à igreja do vilarejo. O sol brilhava e o lago em torno da igreja era de um azul luminoso, ainda que o dia estivesse frio devido ao cortante vento leste e, de tempos em tempos, caíssem chuviscos. Os narcisos, as coroas-imperiais e as diélitras – conhecidas na Dinamarca como "coração-de-tenente", pois em seu interior encontramos uma minúscula garrafa de champanhe e um dançarino –, que haviam acabado de brotar nos pequenos jardins, eram fustigados e curvados pela ventania e pela chuva. Acorrendo à santa comunhão, as camponesas, com suas toucas bordadas a ouro, precisavam lutar com as pesadas saias e as compridas fitas de seda para entrar na igreja.

No momento em que o Conselheiro e seu *protégé* estavam prestes a entrar, a jovem senhora de La Liberté chegou em um pequeno landau puxado por dois robustos cavalos baios, que ficaram totalmente à vontade diante da porta da igreja. Era a primeira vez que a jovem saía após tirar o luto, pois já se passara um ano desde a morte do marido, e ela vestia uma capa cinza-claro e um chapéu azul. Sentindo-se tão contente quanto uma pomba-brava em uma árvore verdejante, ela irradiava uma alegria de viver que lembrava uma valsa tocada em surdina por um violino.

Naquele instante o Conselheiro conversava com o ministro e, por isso, coube ao jovem Kube ajudá-la a descer da carruagem. Em respeito à viúva de seu antigo protetor, manteve o chapéu na mão enquanto trocavam algumas palavras. Observando-os desde o pórtico, o Conselheiro flagrou-se estranhamente interessado na cena. Não conseguia tirar os olhos dos dois jovens, ambos extremamente tímidos. A graça lenta e pesada do rapaz, e a extraordinária leveza dos gestos da moça, aquela dupla timidez, pareciam conferir ao encontro uma expressividade única, uma qualidade plena de sentido, como se ali houvesse um segredo, do qual resultaria alguma coisa. O próprio Conselheiro não atinava com o motivo de ter ficado tão impressionado e emocionado. Ocorreu-lhe que aquilo se assemelhava às notas de abertura de uma peça musical, ou ao capítulo inicial de um romance intitulado *Anders e Fransine*.

Refletiu ainda que o *Geheimrat* Goethe poderia aproveitar de algum modo essa situação – e na verdade não deixaria de fazê-lo. E foi assim pensativo que adentrou a igreja.

Durante todo o culto, o espírito do Conselheiro continuou a meditar sobre essa impressão recente, que lhe viera em momento propício, pois nos últimos tempos vinha sentindo certo desconforto em relação ao poeta. Seu jovem cativo se mostrara singularmente alheado, e até mesmo fisicamente ausente, em um ou dois de seus encontros de sábado. Todos os gestos de Anders revelavam uma inquietação inconsciente e, sob esta, os sinais de uma melancolia que deixavam preocupado o Conselheiro, pois este bem sabia que não poderia proporcionar ao jovem nenhum remédio. Uma conversa com a senhoria de Anders o levou a desconfiar de que o escriturário estivesse exagerando na bebida. Muitos poetas importantes haviam sucumbido ao álcool, ele bem o sabia, mas isto não se adequava bem à imagem que fazia de si mesmo como mecenas. Sob o efeito do álcool, o poeta poderia escapar ao seu controle, e até mesmo acabar como tocador de violino em casamentos de camponeses. O Conselheiro se opusera a que aumentassem o salário do jovem no gabinete distrital, consciente de que isto não lhe seria vantajoso, mas o fato é que precisava ancorá-lo de modo mais seguro. Agora ocorria-lhe que talvez o casamento fosse exatamente o que precisava. Talvez, com sua modesta renda e a casa branca de La Liberté, a viuvinha fora enviada pela Providência para ser a perfeita esposa do seu gênio. Talvez até mesmo fosse uma Christiane Vulpius, a única mulher, ouvira dizer, que havia se aninhado por noites inteiras nos braços do *Geheimrat* sem aborrecê-lo com perguntas sobre o sentido da vida. Esse devaneio deixou muito satisfeito o Conselheiro.

Sentado à direita do corredor central, na seção reservada aos homens, seu olhar voltou-se uma ou duas vezes na direção dos bancos das mulheres. A jovem mantinha-se perfeitamente imóvel. Embora muito atenta às palavras do pastor, o tempo todo emanava de sua expressão uma alegria profunda e secreta. No final do culto, ao se ajoelhar, claramente emocionada, ela levou ao rosto um lencinho. O Conselheiro chegou a se perguntar se ela estaria secando uma lágrima ou disfarçando o riso.

Após o culto, os dois amigos caminharam juntos até a casa do Conselheiro. Ao cruzarem a ponte, uma gélida chuva açoitou a paisagem, obrigando-os a abrir os guarda-chuvas. Parados sobre a pequena ponte de pedra em arco, contemplaram a saraivada sobre a água do lago, e os dois cisnes que deslizavam furiosamente em meio às ondas cinzentas com o intuito de buscar refúgio sob a ponte. Ali, o jovem e o velho permaneceram por muito tempo, ambos absortos em seus pensamentos.

Anders vira seu espírito ser invadido, após o sermão de Páscoa, por uma fieira de sombras, que se acumularam como nuvens.

Assim que raiou o dia na sexta-feira, Maria Madalena, pensava ele, correu à casa de Caifás, pois tivera uma premonição de que, na tarde do dia seguinte, seria rompido o véu do Templo. Ela vira os sepulcros se abrindo e a aproximação dos santos. Também vira o anjo do Senhor empurrando a pedra da sepultura, sobre a qual se sentou. E ela censurou com veemência os sumo sacerdotes pela monstruosidade que estavam prestes a cometer ao crucificar Deus. Suas palavras convenceram os anciãos de que Cristo era de fato o unigênito de Deus e o redentor do mundo, e que eles estavam em via de cometer aquele que seria o único crime verdadeiro em toda a história da humanidade.

Por causa disso, eles se reuniram no recesso do salão escuro do palácio, onde uma lamparina iluminava seus caftãs multicoloridos e seus rostos barbados e passionalmente absortos. Alguns sacerdotes estavam tomados de terror e exigiram que o prisioneiro fosse imediatamente posto em liberdade; outros entraram em êxtase e começaram a profetizar com vozes estridentes. Caifás e alguns dos sacerdotes mais idosos, porém, debateram exaustivamente a questão e concluíram que deveriam seguir adiante com sua intenção original. Mesmo que aquela fosse a única possibilidade de salvação para o mundo, não lhes restava alternativa além de acatar o plano divino, por mais terrível que fosse o ato.

Em desespero, Maria Madalena os lembrou dos pecados e da miséria do mundo, sobre os quais tanto conhecia, assim como da santidade de Cristo. E quanto mais a ouviam, mais balançavam suas cabeças.

Caifás então convocou Satanás para discutirem a questão. Como sua primeira personificação, o ruivo Judas entrou no salão e prontificou-se a devolver as trinta moedas de prata. Diante da recusa do conselho, ele, com um sorriso nos lábios, descreveu-lhes os prolongados infortúnios que recairiam no futuro sobre o povo eleito, a partir de então eternamente perseguido e desprezado pelo mundo, para sempre levando nas mãos as trinta moedas de prata. Chegou até mesmo a descrever aos sumo sacerdotes o gueto de Amsterdã, que o próprio Conselheiro havia, em um dos serões de sábado, evocado para o seu *protégé*. A cabeça do velho sacerdote tombou sobre o pesado tomo das escrituras.

De algum modo, via também o semblante do próprio Conselheiro entre os dos sacerdotes do conselho, ainda que não sua posição exata. Maria Madalena estava ajoelhada, com o rosto encoberto.

A vertigem tomou conta do espírito do jovem escriturário. Na noite anterior, deitara-se tarde, após ficar entretido jogando cartas com viajantes hospedados na estalagem.

Cessada a chuva, ambos fecharam os guarda-chuvas e retomaram o caminho.

A despeito de suas fantasias matrimoniais, o Conselheiro também extraíra do sermão matéria para ruminar. Refletia o quão estranho era o fato de que são Pedro, o único a saber do ocorrido e sobre o qual poderia muito bem ter calado, tivesse permitido a divulgação da história do galo.

Ao longo das três semanas seguintes, o clima continuou ameno, mas continuou a chover. Por toda a parte a vegetação se renovava e o ar foi invadido por uma flagrância que apenas aguardava, para se expandir, a chegada de um dia sem nuvens e ensolarado. Ameixeiras floridas pairavam como nuvens de giz por entre as casas no campo. Mais tarde, o chão dos bosques, sob os troncos de faias, recobriu-se de anêmonas, rosadas como conchas, com folhas digitadas e aroma agridoce. Com a chegada dos rouxinóis, todo o mundo ainda envolto em névoa e chuva docemente gotejante foi transformado em violino.

Em uma quinta-feira no final de maio, o Conselheiro ceou e jogou cartas em Elsinore com um velho amigo, funcionário da alfandêga no Estreito. Uma vez por ano os dois se reviam nesses encontros festivos que sempre avançavam noite adentro. Embora Elsinore ficasse a vinte quilômetros de Hirschholm, a volta não incomodava o Conselheiro, pois nessa estação as noites costumam ser claras na Dinamarca. Seguiu para lá em seu elegante cabriolé, enrolado no amplo casaco cinzento de montaria, enquanto Kresten, seu velho cocheiro, conduzia o animal. Com ligeira sonolência, impregnava-se da beleza daquela noite de maio e do aroma dos campos e dos bosques verdejantes, quando, a certa distância de Hirschholm, algo se rompeu nos arreios. Foram obrigados a parar e Kresten concluiu que, para realizar o conserto, teriam de pedir emprestado um pedaço de corda na propriedade mais próxima. Ao olhar em volta, o Conselheiro deu-se conta de que estavam perto de La Liberté. Temeroso de que Kresten fizesse barulho demais e perturbasse o sono da dona da casa, decidiu ir sozinho até lá. Ele conhecia bem o administrador da propriedade; na verdade, fora ele que lhe conseguira o emprego. Assim, poderia bater à janela dele sem incomodar mais ninguém. Um tanto resfriado, desceu da carruagem e partiu em direção à casa. Dali a pouco o dia iria raiar.

Na escuridão, o ar recendia o aroma adocicado e ácido da folhagem fresca e úmida. Pelo caminho de cascalho, ainda se viam pequenas poças de água, mas não havia nuvens no céu. Ele foi avançando aos poucos, pois ainda estava escuro entre as árvores e os arbustos. Uma esplanada de choupos fazia a ligação entre o caminho de entrada e o pátio, contribuindo com o cheiro acre e nectarino de suas flores para a harmonia da atmosfera.

De repente, ao se aproximar da casa, ouviu uma música. Estacou, mal acreditando em seus ouvidos – mas não, não havia a menor dúvida: era música, uma melodia dançante que vinha da casa principal. Deu alguns passos e voltou a parar, curioso. Quem estaria cantando e dançando ali, antes do amanhecer? Afastando-se do caminho, seguiu pela relva úmida do gramado até a entrada da casa. Perto da varanda, viu a fachada da casa luzindo alva e opaca e notou uma luz intensa por entre as persianas cerradas. Talvez nessa noite a jovem viúva estivesse dando um baile no jardim de inverno.

Na varanda, os arbustos de lilases molhados estavam repletos de flores fechadas. Os canteiros escuros e espinhosos guardavam uma surpresa, pois ficariam muito mais claros assim que elas abrissem. Em fieira, as tulipas mantinham as campânulas brancas e róseas prudentemente fechadas sob o imóvel ar noturno. O Conselheiro lembrou-se dos versos de um antigo poema:

> Os suaves zéfiros deixaram de balançar
> O berço da natureza recém-adormecida.

Era aquele momento anterior ao amanhecer, quando toda a cor parece ter se esvaído do mundo, e este, na verdade, dá uma impressão de negação da cor. As ricas tonalidades da noite já se foram, dispersas como as ondas que se afastam da praia, e todas as cores do dia jazem dormentes na paisagem como as tintas usadas em cerâmica, que se parecem com argila cinzenta até serem retiradas do forno. E esse mundo imóvel contém uma tremenda promessa.

O velho, grisalho em sua capa gris, estava quase invisível até para quem o encarasse de frente. Um sentimento de extrema solidão o invadiu, como se soubesse que não podia ser visto. Nem sequer ousou encostar a mão na persiana, por temor de fazer algum barulho. Com as mãos às costas, inclinou-se um pouco para espiar.

Raras vezes em sua vida fora tomado de tamanha surpresa. O comprido jardim de inverno, com suas três portas envidraçadas que davam para a varanda, havia sido pintado de um tom azul-celeste, agora muito desbotado devido à ação do tempo. Aquele aposento sempre contara com poucos móveis, mas mesmo estes haviam sido encostados às paredes. Do meio do teto, porém, pendia um belo e antigo candelabro, e este estava com todas as velas acesas. Aberta sobre a velha e muda espineta, a grande caixa de música russa despejava, em notas nítidas e altas, a melodia de uma mazurca.

Bem no centro do salão, a jovem dona da casa equilibrava-se na ponta dos pés. Envergava o traje diáfano e sumário de uma bailarina, e suas pequenas sapatilhas estavam atadas com fitas pretas amarradas em torno das pernas e dos calcanhares delicados. Com os braços erguidos sobre a cabeça formando um círculo gracioso, ela estava completamente imóvel, absorta na música, sua expressão exibindo a mesma placidez e o contentamento do rosto de uma boneca.

Quando soou a nota que aguardava, ela subitamente voltou à vida. Ergueu a perna esquerda com extraordinária lentidão, o dedão apontando diretamente para o Conselheiro, cada vez mais alto, com uma leve marcação, não mais do que uma tamborilada no tampo da mesa.

Lá fora, o espectador prendeu o fôlego. Como em outras ocasiões, ao assistir ao balé em Viena, ficou com a impressão de que aquilo era demais, que ultrapassava o limite do possível. Mas então o movimento era levado até o fim, com tal leveza que parecia uma brincadeira.

Chegamos a duvidar da queda do homem, e a não mais nos preocupar com isso, toda vez que vemos uma jovem bailarina fazer tal coisa.

Equilibrando-se em seguida na ponta do pé direito, ela foi erguendo pouco a pouco a perna esquerda, até o alto, e, estendendo os braços em um movimento rápido e ousado, girou em torno do próprio eixo e começou a dançar. Era algo mais que uma simples mazurca, muito vigorosa e ligeira, com a duração de talvez dois minutos: era um turbilhão, uma flor, uma chama bruxuleante, uma desafio à lei da gravidade, uma fantasia celestial. Também se notava um tanto de representação: amor, inocência pueril, lágrimas e *sursum corda* expressos em música e gestos. No meio da dança, uma breve pausa alarmou a audiência, mas a bailarina prosseguiu assim mesmo, de modo ainda mais admirável, como se transposta a uma clave mais exaltada. Assim que a caixa de música começou a dar sinais de esgotamento, ela olhou na direção do Conselheiro e desabou graciosamente, como uma flor de haste para cima, como se suas pernas tivessem sido cortadas com uma tesoura.

O Conselheiro entendia o suficiente da arte do balé para ficar impressionado com essa exibição de primeira classe. E conhecia o bastante a respeito das coisas belas da vida para considerar essa aparição no início da manhã como uma visão digna até mesmo do czar Alexandre.

Diante do olhar translúcido e direto da jovem, o Conselheiro assustou-se e recuou um pouco. Quando tornou a espiar, ela já se levantara, mas parecia indecisa, e não voltou a acionar a caixa de música. Pressionando suavemente a palma da mão contra o espelho que havia no salão, ele se inclinou e beijou sua própria imagem ali refletida. Em seguida, com a ajuda de uma comprida vareta, extinguiu uma após a outra todas as velas do candelabro, abriu a porta e desapareceu.

A despeito de sua relutância em ser surpreendido por alguém, o Conselheiro ainda ficou na varanda por um ou dois minutos. Estava tão assombrado como se tivesse visto, nesse início de manhã de maio, a própria ninfa Eco exercitando-se sozinha nas profundezas da mata.

Ao voltar as costas para a casa, admirou a grandiosidade da paisagem que se descortinava de La Liberté. Nunca havia se dado conta disso. Desde a varanda, contemplou os campos próximos, verdejantes e ondulados, acima das copas das árvores do bosque. No horizonte, o Estreito reluzia como uma fita prateada e, acima dele, surgia o sol.

Ele caminhou de volta à carruagem mergulhado em pensamentos. Tolamente, um trecho de canção de ninar, com uma pequena melodia adorável, ressoou em sua cabeça:

Oh, que culpa tem a galinha
que o galo tenha morrido?
Culpado mesmo é o rouxinol
no jardim florido.

Havia esquecido por completo da corda que fora buscar. Ao saber por Kresten que este conseguira fazer o reparo assim mesmo, o Conselheiro não fez nenhum comentário.

Pelo resto do caminho, sentiu-se extraordinariamente desperto. Parecia-lhe que tinha muito a fazer, que era preciso rearranjar todas as peças em seu tabuleiro de xadrez. Na esteira de tal preocupação vinham várias idéias animadoras para alguém como ele, que, em sua vida corriqueira, lidava o tempo todo com os livros e as leis, e passara essa mesma noite jogando cartas com três solteirões.

Agora estava claro que a viúva do farmacêutico não era nenhuma Christiane Vulpius. Não possuía a índole apropriada para ancorar ninguém. Pelo contrário, talvez até fosse capaz de erguer do chão o jovem que ele lhe destinara, e talvez ambos pudessem alçar vôo juntos, sabe-se lá para onde, mas certamente para longe de sua supremacia. Ele não ficou nem um pouco incomodado com o fato de ela o ter enganado tão completamente. Até mesmo a apreciava mais, pois raras vezes na vida fora tão surpreendido. E aquela revelação sobre a jovem era um golpe de sorte, que o poupara de perder seu poeta. Na verdade, pensou, o melhor seria manter os dois junto de si. Tirou o chapéu por um instante, permitindo que a brisa daquela manhã jovial brincasse em suas têmporas. Ele ainda não estava decrépito; era até jovem, se comparado com o que ela estava acostumada. Além disso, era rico, alguém que estimava e merecia o que de mais requintado poderia proporcionar a vida. Será que uma noite conseguiria convencê-la a dançar apenas para ele? Ali estava uma experiência matrimonial muito diversa da que lhe coubera viver. Quanto ao poeta, ele continuaria sob sua égide, e amigo do casal.

Suas reflexões tornaram-se ainda mais ousadas à medida que se erguia o sol. Um amor infeliz é um sentimento inspirador, graças ao qual devemos as maiores obras da história. Uma paixão desesperançada pela esposa de seu benfeitor poderia muito bem imortalizar um jovem poeta; além, é claro, de introduzir certa dramaticidade no âmbito conjugal. Os dois jovens se manteriam leais a ele, por mais que sofressem, apesar de toda a força que há no amor e na juventude. Porém, e se não agissem desse modo?

O Conselheiro tomou uma pitada de rapé, e seu delicado nariz tremeu um pouco de prazer. Estava quase chegando em casa. No ar ainda límpido, o vilarejo mais parecia uma cidade no fundo do mar. Os telhados floresciam com uma arborescência de coral, aqui vívidos, ali mais pálidos, e os penachos azulados de fumaça tremulavam como algas que se elevavam à superfície do mar. Os padeiros acabavam de tirar suas fornadas. O ar matinal provocou no Conselheiro uma leve sonolência, mas estava muito bem-disposto. Então ocorreu-lhe aquele velho ditado conhecido entre os camponeses como a "reza dos solteirões": "Rogo a Vós, meu bom Senhor, que nunca eu seja atado pelos laços do matrimônio. Porém, se tiver de me casar, que nunca me coloquem cornos. Se for um corno, que nunca saiba de nada. E, caso fique sabendo, que não dê nenhuma importância a isto".

Um homem só pode se permitir tais pensamentos caso disponha, no edifício de seu espírito, de um aposento perfeitamente limpo, do qual apenas ele, e absolutamente ninguém mais, tenha a chave.

Na noite seguinte, um sábado, Anders foi jantar na casa do Conselheiro. Após a ceia, regalou o anfitrião com um poema sobre um jovem camponês que, certa noite, vê três cisnes selvagens se transfigurarem em três donzelas, que vão se banhar em um lago. Ele então esconde as asas de uma delas, que a jovem pusera de lado para se banhar, e faz dela sua esposa. Ela lhe dá filhos. Mas um dia recupera as asas, ali onde ele as escondera, e as coloca de novo. Em seguida, sobrevoa a casa em círculos cada vez mais amplos até sumir no céu.

"Como é possível que escreva isso, que decida tratar desse assunto?", pensou o Conselheiro. É curioso, pois ele jamais a vira dançar.

Nessa época do ano, as florestas de bétulas recuperavam na província todo o seu esplendor. Por toda a parte, durante dias, caiu uma chuva cinzenta, como um véu de noiva, e em seguida veio uma manhã em que todos os bosques estavam verdejantes.

Embora isto aconteça todos os anos em maio na Dinamarca, sempre ficamos maravilhados, e, um século atrás, também essas pessoas ficaram maravilhadas, como se estivessem diante de algo inesperado e inexplicável. Nos longos meses de inverno, todos foram expostos, até nos recessos mais fundos dos bosques, aos ventos e à luminosidade soturna do céu. Então, de um momento para o outro, o mês de maio vai estendendo uma abóboda sobre as cabeças, criando um refúgio, um misterioso santuário para todos os corações humanos. A folhagem tenra e clara, macia como seda, emerge aqui e ali como pequenos tufos de penugem, novas asinhas que a floresta estende e começa a experimentar. Mas no dia seguinte, ou no próximo, já se caminha em meio à vegetação verdejante. Todas as linhas perpendiculares parecem estar caindo ou subindo. As colunas cinzentas dos troncos das bétulas não apenas se elevam e se lançam em direção ao infinito, ao éter, ao Sol, enquanto a Terra gira ao seu redor, mas erguem-se e sustentam a exaltada e tremenda cúpula da imensidão do espaço. A luz interna, mais atenuada que antes, refulge com mais intensidade, repleta de sentido, grávida de segredos eles próprios cintilantes, por mais que sejam inacessíveis aos mortais. Aqui e ali, um velho e resistente carvalho, mais lento em mostrar sua folhagem, abre um agulheiro na cobertura vegetal. A fragrância e a frescura nos envolvem como um abraço. As ramagens inquietas parecem nos acariciar ou nos abençoar, e quando caminhamos é como se estivéssemos sob uma incessante bênção.

Nessa época, todo o país acorre aos bosques – Aos bosques! Aos bosques! – a fim de aproveitar ao máximo uma glória que não perdura, pois logo a folhagem escurece e fica mais dura, impregnando-se de sua sombra interior. Em carruagens ou a pé, os moradores dos vilarejos migram para a floresta, cantam e brincam entre as altas copas, comem pão com manteiga e tomam café nos prados.

Também o Conselheiro embrenhou-se nos bosques, recitando para si mesmo *Domine, non sum dignus*. Também o jovem Anders confundiu-se em seus registros no gabinete e não desarrumou sua cama à noite. Também Fransine aventurou-se para além de La Liberté, levando à mão um novo chapéu de palha.

Quando a paisagem alcançava o auge de seu esplendor, o Conselheiro recebeu a visita de um amigo, o conde Augustus von Schimmelmann. A despeito de uma diferença de idade de quinze anos, os dois eram ligados por uma amizade genuína, baseada em muitas afinidades e gostos comuns. Na época em que o conde estava com quinze anos, o Conselheiro tomara o lugar de um amigo falecido, assumindo a função de tutor do rapaz. Mais tarde, ambos se reencontraram na Itália, e puderam conversar de livros e religiões, de povos e lugares remotos. Depois não se viram durante anos, mas não por causa de algum desentendimento, e sim devido às circunstâncias particulares do conde, que se empenhava então em alcançar uma espécie de *modus vivendi*, e nesse período o convívio com o velho amigo não lhe traria nenhum proveito.

Por sua própria natureza, o conde Augustus tendia a uma disposição soturna e melancólica. Queria muito ser feliz, mas não tinha nenhum talento para a felicidade. Isto muito lhe afligira durante a mocidade. Em algum ponto, em algum lugar do mundo, imaginava ele, havia uma enorme, uma imensa felicidade, a *fons et origo* comprovável no deleite da música, das flores e da amizade. Ele havia cultivado flores, estudado música e entretido muitos amigos. Experimentara uma vida de prazeres e, em várias ocasiões, fora feliz. Mas nunca encontrou o caminho capaz de conduzi-lo ao âmago das coisas. E, com o passar do tempo, foi acometido de algo terrível: tudo isso se tornou indiferente para ele. Agora, mais maduro, aceitava de outro modo a felicidade, não por experiência própria, mas, como em um espelho, tal como os outros a viam.

Essa mudança interna começou a se delinear a partir do momento em que, inesperadamente, herdou uma imensa fortuna. Por si mesmo, tal fato não o teria afetado, pois não tinha idéia do que fazer com tanto dinheiro. Na ocasião, porém, ficou impressionado com a atitude das pessoas à sua volta, e isto lhe deu muito o que pensar, pois era evidente que todos consideravam aquilo extremamente importante e esplêndido. Sendo por natureza muito invejoso, e padecendo dessa agonia específica sobretudo em relação a personagens literários, o conde Augustus sabia muito bem avaliar esse sentimento. Quando não conseguimos pintar um quadro que atenda às nossas expectativas, só nos resta talvez pintar algo que conte com a aprovação dos outros. E foi o que ocorreu com a felicidade do conde Augustus. Pouco a pouco, de certo modo, passou a viver da inveja do resto do mundo, e a conformar-se com a felicidade ditada pela moda. Nunca se deixou enganar pela crença de que o mundo estava certo; em vez disso, adotou um sistema contábil de dupla entrada. Na coluna relativa ao mundo, incluía quase tudo do que se orgulhava ou do que se mostrava grato; ali raramente havia algo que não fosse um crédito. Possuía um nome tradicional, uma das maiores propriedades e uma das mais belas casas da Dinamarca, uma esposa belíssima, quatro filhos adoráveis e industriosos, o mais velho já com doze anos, assim como uma fortuna considerável e um prestígio imenso. Ele próprio era um homem de beleza incomum, e tornara-se ainda mais belo com o passar dos anos, os quais realçaram seu tipo; enfim, nessa altura da vida, exibia uma figura majestosa. Na Câmara era conhecido como o Alcibíades do Norte. Dava a impressão de ser mais forte do que era, como um homem que gosta de comer e beber, e dorme bem à noite. Na verdade, não apreciava nem uma coisa nem a outra, e achava que tinha o sono muito ruim, mas o fato de ser invejado por todas essas dádivas da vida acabou por se tornar um sucedâneo tolerável na falta do artigo genuíno.

Dessa perspectiva, até mesmo o ciúme de sua mulher era conveniente. Não que a condessa tivesse motivos para sentir ciúme do marido. Era de se duvidar que, dentre todas as mulheres que conhecera, houvesse alguma que preferisse à esposa. Todavia, quinze anos de vida conjugal e quatro filhos crescidos não a haviam curado de sua preocupação e desconfiança, das lágrimas e cenas prolongadas, que por vezes culminavam em seu desfalecimento, o que sempre fora um fardo para o conde em sua juventude. Agora, contudo, tais ciúmes haviam encontrado um lugar em seu esquema de vida, sugerindo ou comprovando a possibilidade, não de que as damas das propriedades vizinhas ou até da Corte se apaixonassem por ele – pois não havia dúvidas a tal respeito –, e sim de que ele se apaixonasse por uma dessas mulheres. Passou a contar com essa atitude da esposa, e caso esta mudasse ou deixasse de lado o ciúme, sem dúvida teria sentido falta dele. Assim como o imperador com sua roupa nova, seguia adiante majestoso, sua existência, uma perpétua procissão, um êxito completo sob todos os aspectos, exceto talvez aos próprios olhos. Não que tivesse em alta conta seu sistema, mas este funcionava razoavelmente bem e, nos últimos cinco anos, sentira-se mais feliz do que nunca.

Enquanto estivera, qual um pólipo de coral, aperfeiçoando seu mundo moral, o Conselheiro não lhe poderia ser de qualquer serventia. Pois nada era mais estranho ao Conselheiro do que o sentimento da inveja, uma característica que poderia abalar todo o edifício do conde. Mas agora que este estava consolidado, e que o conde ali se acomodara em segurança, sem deixar exposto nada de vulnerável, chegando até mesmo a considerar toda a questão com algum humor, ele voltou a encontrar prazer no convívio com o velho amigo. O Conselheiro, por sua vez, sempre o recebia com satisfação. Tal como Diógenes, via com prazer a possibilidade de se encontrar com Alexandre. Para este, foi um momento de contentamento ao declarar que, se não fosse Alexandre, teria sido Diógenes. Porém, sabe-se lá se o grande conquistador, que muito provavelmente dependia em certa medida da opinião do mundo, teria apreciado ouvir o filósofo da barrica afirmar que, se não fosse Diógenes, gostaria de ter sido Alexandre. Mais adiante em sua vida, talvez tivesse se permitido o luxo de um segundo encontro com o filósofo cínico, e uma genuína discussão a respeito da natureza das coisas. O mesmo se aplicava ao conde Augustus.

Os dois amigos ainda poderiam ter sido confundidos com o Alexandre e o Diógenes de 1836 enquanto passeavam pelos bosques, percorrendo sendas juncadas dos sedosos tegumentos caídos dos brotos. Com suas roupas escuras, mais pareciam duas aves compenetradas, gralhas ou pegas, dispostas a partilhar os encantos da tarde de maio com suas companheiras mais alegres.

No meio do bosque, sentaram-se em um banco rústico para conversar.

– À medida que envelhecemos – começou o conde Augustus –, torna-se cada vez mais evidente a humilhação de dependermos de nossos subalternos – basta que o meu barbeiro desapareça por uma semana para que eu me arruine em termos sociais, políticos e domésticos –, e do mesmo modo, no plano espiritual, somos dependentes de gente mais estúpida que nós. Como o senhor bem sabe, há tempos abandonei toda ambição artística, preferindo me concentrar, no que se refere às artes, na atividade de *connoisseur*.

E, de fato, o conde era um crítico arguto de todos os tipos de obras artísticas.

– Assim aprendi – prosseguiu ele – que não existe a menor possibilidade de alguém pintar um objeto determinado – uma rosa, por exemplo – sem que eu, ou algum outro crítico perspicaz, não seja capaz de identificar, com uma margem de erro de dez anos, o período ou a região do planeta em que aquilo foi pintado. Para o artista, trata-se de pintar uma rosa genérica, ou então uma rosa específica, e nunca uma rosa chinesa, persa ou holandesa, ou ainda, conforme o gênero, uma rosa rococó ou no mais legítimo estilo império. E se lhe dissesse que foi exatamente isto o que fez, ele não me entenderia. Talvez até ficasse furioso, exclamando: "Mas só pintei uma rosa". Mesmo assim ele não tem como escapar. Por isso, sou de tal modo superior ao artista que posso avaliá-lo segundo um critério do qual nada sabe. Por outro lado, eu próprio jamais conseguiria pintar, ou mesmo ver ou conceber, uma rosa. Poderia copiar qualquer uma de suas obras. Poderia dizer: "Vou pintar à maneira chinesa ou holandesa, ou então no estilo rococó". Mas nunca teria a coragem de pintar uma rosa tal como ela me aparece. Pois afinal, qual é a aparência de uma rosa?

Por um instante, permaneceu absorto em suas reflexões, com a bengala sobre os joelhos.

– O mesmo se dá com a concepção que os homens em geral têm da virtude, da justiça, ou, se quiser, de Deus. Se alguém me indagasse o quanto de verdade há nessas coisas, eu diria: "Meu amigo, essa pergunta não tem sentido. Os hebreus tinham uma determinada concepção da divindade; já na América, os astecas, sobre os quais acabei de ler um livro, a concebiam de outro modo; os jansenistas, por sua vez, de ainda outra maneira. Se estiver interessado em mais detalhes sobre todas essas concepções, terei o maior prazer em esclarecê-lo, pois dediquei um tempo considerável a estudar o assunto. Mas permita-me um conselho: jamais repita tal pergunta na presença de pessoas inteligentes". Por outro lado, devido a essa minha concepção superior, eu estaria em débito com aqueles mais ingênuos que, equivocados, acreditaram na possibilidade de se obter uma idéia direta e absolutamente verdadeira de Deus. Pois caso eles tivessem como único objetivo criar uma idéia especificamente hebraica, asteca ou cristã de Deus, onde ficariam os pressupostos do observador? Este se veria na mesma posição dos israelitas, que deviam produzir tijolos sem palha. Na verdade, meu amigo, os tolos poderiam ter se saído bem sem nossa ajuda, mas nós, nós continuamos dependendo deles para manter a nossa superioridade.

– Imagine que o senhor e eu – continuou após breve pausa –, durante nossos passeios matinais, passamos diante de uma loja de penhores e, apontando uma tabuleta na vitrine com os dizeres "passam-se roupas a ferro", o senhor me dissesse: "Olha, ali eles passam roupas, vou em casa buscar as minhas que acabaram de chegar da lavadeira...". Eu apenas sorriria e o informaria que ali o senhor não encontraria nem ferro nem passadeira, uma vez que era a própria tabuleta que estava à venda. A maioria das religiões é como essa tabuleta, e provocam em nós apenas um sorriso. Mas eu não teria nenhuma ocasião de sorrir, ou mesmo de sentir ou demonstrar minha superioridade, e na verdade a tabuleta pintada nem sequer estaria ali, se, em um ou outro momento, não tivessem alguns acreditado na possibilidade, na sensatez de se passar as roupas, se não estivessem tão firmemente convencidos da existência de seus próprios ferros de passar, com os quais as roupas eram de fato passadas.

O Conselheiro o ouviu com atenção. Agora que estavam juntos ao ar livre, no meio da mata viçosa, ocorreu-lhe que seria uma boa ocasião de mencionar seus planos matrimoniais, os quais ainda não revelara a ninguém, nem sequer a madame Fransine.

– Meu caro – disse então –, em toda essa insensatez que você evocou, eu mesmo me encaixo perfeitamente. *Alter schützt vor Thorheit nicht.*[42] Sob esse venerável chapéu de castor, enquanto eu o ouvia discorrer, vim entretendo umas ideiazinhas que surgiram e voltejaram como essas duas borboletas amarelas – indicando-as com a bengala –, pequenas crenças, se você me permitir, na virtude absoluta, na beleza e, até, em Deus. Estou pensando seriamente em me prender com os laços nupciais, e se o tivesse convidado a Hirschholm daqui a três meses, provavelmente uma madame Mathiesen iria lhe fazer as honras.

O conde Augustus ficou estupefato, mas sua fé na sabedoria do amigo era tamanha que, perante os olhos de seu espírito, assomou de imediato a imagem de uma beldade madura e harmoniosa, espirituosa

42. Ninguém é mais tolo do que um velho tolo. [N.T.]

e frugal, trazendo consigo um dote apropriado. Sorrindo, apressou-se em congratular o Conselheiro.

– Obrigado, mas a verdade é que ainda não sei se irá me aceitar – replicou o velho –, e esta é a pior parte da história. Pois ela não tem mais do que um terço da minha idade e até onde sei, não passa de um diabrete romântico. Ela é incapaz de fazer uma panqueca ou cerzir uma meia, muito menos de ler a filosofia de Hegel. Se por acaso a convencer, serei obrigado a comprar as revistas de moda francesas, e levar os xales de minha esposa aos bailes de Hirschholm, além de aprender a linguagem das flores e contar histórias de fantasmas nas noites de inverno.

Recordando-se dos velhos tempos, o conde ficou chocado ao ouvir tais palavras. Era como se estivesse diante do jovem Augustus Schimmelmann discutindo a Vida junto à janela aberta da biblioteca de Lindenburg. Pois este sempre fora um pequeno truque do Conselheiro sempre que alguém lhe propunha algo. Quando o outro estava absolutamente confiante em seus ases e reis, ele baixava um pequeno trunfo que virava o jogo, e isto em um momento em que ninguém sequer imaginava que ainda havia trunfos. Desde menino, ele sempre agira assim. No outono, quando as crianças estavam brincando sob as árvores, fazendo de conta que os castanheiros eram cavalos, ele aparecia com uma pequena gaiola repleta de ratinhos brancos, inequivocamente vivos e, portanto, muito mais interessantes do que os cavalos; ou então, enquanto elas comparavam seus tesouros – facas, soldadinhos de madeira e anzóis –, ele tirava do bolso um bocado de pólvora capaz de explodir tudo com um clarão inesquecível. Não é que menosprezasse as aquisições dos amigos, pois nada havia de negativo em sua atitude. Mas vinha sempre acompanhado de um pequeno demônio familiar que, no momento crucial, erguia a cabeça e arrebatava completamente o interesse das coisas alheias. Somente quem partilhava desse gosto pelos diabretes apreciavam esta sua característica. Para estes – entre os quais, por exemplo, os jogadores de xadrez –, isto chegava a ser algo atraente. O conde Augustus estivera gabando-se, serenamente, de sua superioridade diante da vida, de sua posição segura e inexpugnável, quando, surpresa!, o Conselheiro sacava do bolso uma pequena e reluzente pepita de risco e a fazia brilhar entre os dedos como uma pedra preciosa. Enquanto o homem mais jovem pronunciava palavras de sabedoria, o mais velho extraía do bolso uma pequena flauta e nela tocava três notas, apenas para lembrá-lo de que existia algo como a música, e também algo como a tolice, infelizmente para o coração de seu antigo pupilo.

O olhar do Conselheiro seguiu a dança das borboletas que sumiam por entre as árvores.

– Mas ela é ligeira – disse afinal – e terrível como um exército brandindo seus estandartes.

O conde tirou o chapéu e o colocou sobre os joelhos. No crepúsculo de maio, calma e amena, a brisa acariciou os cachos de seus cabelos. Tudo aquilo lembrava demais tempos passados, nesse breve e ameno acesso de inveja, como se as asas das borboletas amarelas roçassem o seu coração. Mais uma vez, o jovem Augustus viu-se caminhando, a meditar sobre o heroísmo e o gozo da vida, em meio ao ar puro e à doce fragrância da leve e sedosa folhagem nova. Permitiu-se traçar círculos no chão com a bengala de castão prateado. De que valia a reputação de alguém que apreciava o vinho e dormia bem à noite – de que valia afinal o genuíno gozo de tudo isso? –, perguntava-se agora ao lembrar-se das palavras que ouvira muito tempo atrás: "Aquele que nunca comeu o pão com lágrimas, e que nunca na noite pesarosa derramou lágrimas no leito, esse não vos conhece, ó potências celestiais". Essas potências celestiais – há quanto tempo não pensava nelas! Seu coração se dilatou um pouco ao lembrar como costumam se dilatar os corações.

Por uma das trilhas do bosque, alguém se aproximou, e logo o Conselheiro reconheceu a figura de seu *protégé*. O Conselheiro o apresentou ao amigo influente e, após trocarem algumas palavras, pediu-lhe que recitasse um poema.

Anders teve dificuldade para pensar em algo apropriado. Seu coração, nessa primavera em especial, movia-se em círculos tão largos quanto as órbitas dos planetas em torno do Sol. Ainda assim, queria agradar àquele cavalheiro idoso, majestático e frio. Pois embora não fosse enganado pela roupa nova do imperador, ele o reconheceu de pronto no centro da procissão, tremendo em sua túnica. Por fim, decidiu-se por uma breve balada, uma pequena e alegre gota que transbordava de toda a felicidade e sofrimento que o haviam invadido nos últimos tempos. O poema falava de um jovem que, ao adormecer na floresta, é arrebatado para um reino de fadas. Estas o adoram e o tratam com todo o desvelo, atormentando seus pequenos cérebros no afã de encontrar novas maneiras de lhe assegurar a felicidade. As delícias da vida na floresta eram descritas com primor, com um verso alongando-se ao final de cada estrofe, conferindo a esta um pouco do murmúrio de uma nascente no fundo da mata. Porém, as fadas jamais adormecem, e nem sequer sabem o que é o sono. Toda vez que seu jovem amigo, exaurido por tantos prazeres requintados, era invadido pelo sono, elas irrompiam em lamentos, "está morrendo, está morrendo!", e esforçavam-se para mantê-lo acordado. No final, para o profundo desgosto das fadas, o rapaz morre por falta de sono.

O conde Augustus não poupou elogios ao poema, encantado com as palavras que exprimiam a beleza da pequena rainha das fadas. Havia naquele rapaz, ocorreu-lhe, um traço marcado de sensualidade primitiva que precisava ser vigiada para que não prejudicasse o bom gosto de suas realizações.

– Cuidado – disse sorrindo para o Conselheiro – com as delícias do reino das fadas. Sem dúvida, para nós, pobres mortais, o prazer depende de sua raridade. Não é o que nos dizem os sábios da Antigüidade, quando dizem que não passa de um tolo quem ignora que a metade é maior que o todo? Sempre que o prazer se prolonga indefinidamente, corremos o risco de nos enfastiar, ou mesmo, como diz o nosso jovem amigo, de morrer.

Foi então que uma idéia acudiu ao espírito do Conselheiro. Aquele bosque viçoso, pensou, bem que poderia servir de cenário para um pouco de drama.

– O conde – disse, sorrindo, para o rapaz – alude a um pequeno segredo que lhe contei. Não há motivo para que você não seja também meu confidente, Anders; só lhe peço que não zombe de seu velho amigo. Tenho a esperança de, logo mais, proporcionar-lhe uma jovem protetora a quem você poderá recitar seus poemas, e que seria capaz, diante de suas fadas-rainhas, dríades e ondinas, de ver sua própria formosura refletida nelas, como em um espelho.

Como em um espelho fosco e argentino, pouco antes do alvorecer, pensou o velho.

O jovem poeta, que permanecia em pé diante das duas figuras escuras que continuavam sentadas, ficou calado por alguns instantes, como se mergulhado em pensamentos. Em seguida, ergueu ligeiramente o chapéu para o Conselheiro.

– Desejo-lhe toda a felicidade, evidentemente – disse sério, fitando o homem mais velho – e agradeço muito sua confiança. Quando será o enlace?

– Ah, quanto a isto, ainda não sei. Creio que na época das rosas, Anders – respondeu o Conselheiro, um tanto decepcionado com a franqueza do rapaz.

Em seguida, Anders despediu-se do conde e de seu patrono, e se afastou. O conde Schimmelmann, que era um perspicaz observador de homens, o seguiu com o olhar. "Ora, essa!", pensou, "não é que o velho feiticeiro de Hirschholm tinha à sua disposição não só seu velho diabrete familiar, assim como uma dríade a quem fazia a corte, mas também um jovem cativo da tribo de Asra, capaz de morrer por amor?"

Sentiu um pouco de frio, como se estivesse excluído, não apenas da vida em abstrato, mas da plenitude desse particular início de noite em maio. Erguendo-se do banco rústico, tomou o caminho de volta. Na conversa com o anfitrião, ao observá-lo francamente, notara uma expressão profunda, resoluta e animada por uma suave inspiração. *"Das"*, pensou sorrindo o conde, que vinha de uma família de militares, *"das ist nur die Freude eines Helden den schönen Tod eines Helden zu sehen"*.[43] Mais tarde, contudo, voltaria a considerar esses momentos.

Ora, o conde Augustus possuía um verdadeiro talento e ventura, que talvez pudesse ser motivo de inveja para os outros, caso dele tivessem conhecimento. Ele apreciava o haxixe, mas sempre o consumia com moderação, sem jamais se exceder em tal deleite. Em outra parte do mundo, talvez tivesse contado com companheiros em tal predileção, os quais lhe teriam oferecido metade de suas vidas em troca dessa capacidade de contenção, caso ele pudesse dispor dela a bel-prazer.

Enquanto andava ao lado do Conselheiro, ele pensou: "Sobre o que sonharei esta noite? O ópio", refletiu, "nos agarra brutalmente pelo colarinho. Já o haxixe é um insinuante criado oriental que coloca um véu sobre o mundo e, com o tempo, somos capazes até de evocar as figuras que surgem na trama do véu. Ele próprio já fora um rajá caçando tigres, montado no dorso de um elefante; também fora o diretor da grande Ópera de Paris; assim como Shamyl, à frente de seu exército rebelde de libertos, através dos imponentes e nevados desfiladeiros nas montanhas do Cáucaso. Hoje, contudo, o que iria sonhar? Conseguiria talvez recordar as noites com orvalho de maio e suas guirlandas de flores em Ingoldstadt? Se assim o quisesse, alcançaria seu objetivo? – E se pudesse, escolheria tal sonho?".

Após a ceia na casa do Conselheiro, mandou aprontar seu pequeno e magnífico landau e a muito invejada parelha de cavalos ingleses, e pôs-se a caminho.

No dia seguinte, por sua vez, o Conselheiro preparava-se para uma visita galante a La Liberté, quando recebeu uma notícia de difícil digestão. Ele a recebeu da boca da governanta, juntamente com o chapéu novo que decidira estrear.

43. Não há maior alegria para um herói do que uma morte bela e heróica. [N.T.]

Abelone, a governanta, trabalhava em sua casa havia mais de quinze anos, mas ainda era uma mulher jovem. Alta e ruiva, era dotada de extraordinária força física. Passara toda a sua vida em Hirschholm e sabia de tudo o que ocorria no vilarejo. Por isso, era curioso que existisse certo mistério em torno dela; havia quem comentasse que, na época em que tinha quinze anos, ela escapara por pouco de ser acusada de ocultar a gravidez e de infanticídio. O Conselheiro tinha a criada em alta conta. Nunca conhecera ninguém tão competente como economista, não apenas no que se referia à administração da casa, mas nos assuntos da vida em geral. Para ela, o desperdício era uma abominação e, provavelmente, o único pecado capital. Tudo o que caía no âmbito de sua consciência tinha de ser aproveitado de algum modo e, até onde ele sabia, ela jamais se desfizera de algo. Se tivesse apenas um rato para cozinhar, sem dúvida seria capaz de preparar um excelente ragu. Em seu relacionamento com a governanta, o Conselheiro não tinha a menor dúvida de que todas as suas palavras e humores eram sempre levados em conta e guardados, a fim de serem aproveitados mais cedo ou mais tarde.

Nesse ameno dia de maio, Abelone fez questão de lhe contar como, na noite anterior, se comportara o jovem escriturário, o qual até então ela vira como parte da mobília da casa, e a quem tratava com benevolência.

Segundo ela, o rapaz estivera com um grupo na estalagem. E, como havia acabado a cerveja, ele prometera aos outros convivas que lhes arranjaria algo melhor, uma vez que, como bem sabia o Conselheiro, estava de posse da chave da igreja, onde estivera examinando os registros paroquiais. Assim, fora buscar na sacristia quatro garrafas de vinho consagrado, com as quais regalou o grupo. Ele próprio não chegara a se embriagar, permanecendo calmo e com suas maneiras inalteradas. Além disso, com o mesmo vinho, também propusera um brinde à saúde do Conselheiro.

Enquanto ouvia a história, o Conselheiro contemplava-se ao espelho, com o ligeiro nervosismo adequado a um pretendente, pois decidira experimentar outra gravata, e agora procurava atá-la com esmero. Não haveria exagero em afirmar que o relato de Abelone o deixou assustado.

Aquilo era, na escala de Hirschholm, um ataque de Lúcifer ao céu. E quais palavras haviam acompanhado o brinde em sua homenagem?

Pelo espelho, o Conselheiro espiou Abelone às suas costas. Alguma coisa nos gestos dela, mais do que em seu rosto largo e plácido, sempre parecido com a porta cerrada de um rico depósito de materiais a serem reaproveitados, deu-lhe a impressão de que também ela estava atemorizada ou abalada. Nesse episódio, portanto, havia mais do que se via na superfície. Nem de longe Abelone gostava de mexericos. Tudo o que ficava sabendo a respeito dos outros preferia guardar para si – pois provavelmente conhecia uma receita melhor para se aproveitar disso – e quatro garrafas de vinho consagrado não seriam para ela nada mais do que quatro garrafas de vinho. Se não pretendia deixar o rapaz para o demônio, talvez estivesse ela própria interessada nele? Seria ele o rato com o qual iria preparar seu ragu?

O Conselheiro voltou a fitar o próprio rosto, e ali encontrou o semblante de um bondoso conselheiro. Assistir a investida de Lúcifer contra o céu talvez fosse muito interessante; e, mais interessante ainda, atrapalhá-lo um pouco.

– Minha boa Abelone – tranqüilizou-a com um sorriso. – Afinal parece que Hirschholm tem certo gosto pelo escândalo. Mas a verdade é que eu mesmo pedi ao senhor Anders que tirasse aquele vinho da sacristia. Tenho motivos para crer que, por engano, o vinho foi misturado com rum, o que, não sendo este extraído de uva, dificilmente seria apropriado para a transfiguração. O senhor Anders irá tomar as devidas providências para que as garrafas sejam substituídas.

Em seguida, ele partiu para La Liberté, entretendo-se com muitos pensamentos. Curiosamente, a maioria deles referia-se à governanta. Só ao entrar na esplanada de choupos voltou a se concentrar em seu futuro.

O Conselheiro não foi recebido de imediato pela jovem dama, e ficou por algum tempo a esperá-la no jardim de inverno. Em um pequeno console, Fransine colocara um vaso repleto de jasmins. No aposento fresco, o intenso aroma agridoce era quase sufocante. O Conselheiro estava um pouco nervoso em seu papel de pretendente, mas não por temer uma resposta negativa. Tinha certeza de que sua proposta seria aceita. Não havia dúvida de que, na vida, ela faria tudo o que lhe dissessem. Mas ele estava curioso para saber se, ao sair de La Liberté como pretendente aceito, ela se ocuparia pensando em seu futuro como esposa dele. Já o fato de que, mais tarde, caberia a ele submeter-se às decisões da jovem, bem, esta era outra questão.

Enquanto aguardava, parecia-lhe que se entendia melhor com a mobília do aposento azul-celeste. A espineta, a caixa de música e as cadeiras haviam se afastado um pouco, colando-se às paredes, como se estivessem incomodadas com a sua presença, como se fossem móveis de uma casa de boneca, assustados com a intromissão de um adulto. Teria chegado ao fim o tempo dos jogos? Ele se esforçou para deixá-los à vontade. "Não estou aqui", disse a todos, "para destruir, mas para levar a termo. E os melhores jogos vão continuar."

Nesse momento, como se tivesse sido tranqüilizada o suficiente para voltar a existir, a jovem madame Lerche entrou no aposento envergando um vestido rosa com babados, acompanhada de uma criada que trazia o samovar e uma toalha para a mesinha de chá. Agora ele poderia, após uma breve troca de amenidades, fazer a sua proposta.

Fransine sempre dava a impressão de estar ansiosa, ou satisfeita, de concluir o mais rápido possível tudo o que fazia. Isto causava a ele certa perplexidade, pois aparentemente não havia nada mais requerendo a atenção da jovem. Na opinião dele, ela dificilmente corria o mesmo risco de Fausto, quando este desejava que, por causa de sua beleza, perdurasse o instante. Fransine despachava todos os seus instantes com a eficiência de uma freirinha italiana, que percorre num átimo todas as contas do rosário. Agora, ao ouvir o Conselheiro falar de seu amor e de suas ousadas expectativas, ela empalideceu um pouco, movendo um pouco o corpo esguio na ampla poltrona. Seus olhos escuros encontraram-se com os dele e se desviaram. Ela ficou contente quando tudo terminou. Tal como ele imaginara, Fransine o aceitou em casamento, como um refúgio na vida, e chegou até mesmo a demonstrar alguma emoção. O Conselheiro beijou-lhe a mão e, quando tudo chegou ao fim, era patente o quanto ela estava aliviada.

Mais tarde, enquanto os noivos tomavam chá juntos, com Fransine acomodada no lugar de honra no sofá atrás do samovar, o Conselheiro, a fim de realçar sua própria importância, contou-lhe o episódio de Anders e do vinho da sacristia. Com isso, quase conseguiu mais do que havia barganhado, pois o relato calou fundo na jovem. Sua expressão era a de alguém que gostaria de sumir no chão a fim de escapar de tal abominação. Assim que recuperou a voz, ela indagou, ainda muito pálida, se o pastor tivera conhecimento do fato. Para o Conselheiro, esse temor das coisas sagradas foi completamente inesperado. E embora fosse uma qualidade adorável, era evidente que encobria algo mais, um temor de fantasmas, ou até mesmo um fantasma. Tranqüilizando-a, assegurou-lhe que decidira poupar o jovem escriturário das conseqüências daquela insensatez. Ao ouvir isto, ela lançou-lhe um olhar intenso e luminoso, tão lânguido e vivo em sua profunda e escura doçura que tomou conta de todo o salão, como antes o perfume do jasmim, infundindo nele um sentimento de poder e benevolência.

– Mas creio que seria conveniente agora dar um susto nele – disse o Conselheiro –, para o seu próprio bem. Se eu não o tivesse ajudado a conseguir esse emprego, ele estaria na miséria.

Diante dessas palavras, Fransine voltou a empalidecer.

– E como você deve saber, minha cara – prosseguiu –, ele está destinado a uma carreira promissora. É triste ver um rapaz estouvado, um vagabundo, arruinando o futuro de um grande homem. E trata-se também do meu próprio futuro, uma vez que o considero como a um filho. Temo, porém, despertar nele uma obstinação que não serei capaz de vencer. Talvez o toque suave de uma mulher desperte nele sentimentos mais elevados. Certamente ele é uma daquelas criaturas que necessitam de um anjo da guarda, e creio que seria nobre de sua parte se me ajudasse a salvá-lo, pregando-lhe um breve sermão.

Desse modo, ficou acertado que Fransine acompanharia o Conselheiro até Hirschholm a fim de trazer Anders Kube à razão. Sem demora, ela foi buscar um chapéu rosado através do qual, reavivando-lhe a tez, o sol conferia ao seu rosto o esplendor de uma rosa. Era um tanto incomum no vilarejo que uma jovem saísse sozinha com um cavalheiro. Mesmo com Kresten no assento de trás, os transeuntes concluiriam que os dois estavam noivos, previu o Conselheiro com imenso prazer. Ao seu lado, Fransine mantinha o olhar fixo no cavalo que trotava e parecia contente de estar se desincumbindo de sua missão.

O Conselheiro e sua jovem noiva, encarregada de desempenhar o papel de anjo da guarda, subiram de braços dados pela estreita escada que levava aos modestos aposentos de Anders, atrás de uma grande e recém-florida tília. Ali encontraram a irmã do escriturário, casada com um capitão da marinha mercante de Elsinore, assim como o filho pequeno do casal. Ainda que isto tornasse mais difícil o encargo da jovem, ao mesmo tempo aliviou seu coração. Ela pressentiu que, naquela companhia, seria possível passar uma hora tranqüila e agradável. Os dois irmãos eram muito parecidos e, quando o menino a fitou, o coração de Fransine parou de bater, pois era um *bambino* como tantos que conhecera nas igrejas de Nápoles – um querubim com os olhos de Anders, refletindo a personalidade do poeta como o faria um espelhinho no céu.

Envolta em seu elegante xale, Fransine chegara como a padroeira dos pobres e dos desgarrados. Ali permaneceu, com seus olhos escuros e sem mover um músculo, com a mesma expressão de Raquel ao suplicar a Jacó: "Dê-me filhos, senão morrerei". Sentiu vontade de se ajoelhar e apertar o menino contra o peito, mas ficou em dúvida quanto à conveniência de tal gesto. Ocorreu-lhe que poderia obter o mesmo resultado erguendo a criança até a altura de seu rosto. Para isso, colocou-o em pé sobre uma cadeira, primeiro para que pudesse espiar pela janela, e depois para que brincasse com os dedos dela protegidos por luvas escuras. O menino não conseguia despregar os olhos de seu cabelo encaracolado, pois jamais vira algo parecido, e logo quis passar as mãozinhas pelos cachos. Para agradá-lo, ela tirou o chapéu e lançou para a frente toda a massa de tranças morenas. Assim que estas caíram como nuvem em torno de seu rosto, o menino riu e as puxou com ambas as mãos. Só então Fransine conseguiu abraçá-lo um pouco, rindo também, atenta à expressão do pequeno, e, por um instante, sentir-lhe o coração, como um pequeno relógio batendo junto ao seu coração. E corou ao notar que eram o centro das atenções. Embora ondas de cores intensas passassem por seu rosto, não conseguiu deixar de sorrir.

O Conselheiro passou a conversar com a jovem mãe, que se acomodara no sofá, com sua alinhada e alva touca, o menino aninhado em seu colo, enquanto os dois jovens ficavam em um *tête-à-tête* junto à janela. Fransine decidiu aproveitar o momento para cumprir sua missão.

– Senhor Anders – começou –, o Conselheiro... agora o meu noivo – corrigiu-se – contou-me, com considerável desgosto, que teve motivos para se decepcionar, e até se enfurecer, com o senhor. Isto não está bem, e o senhor não deve permitir que tal situação continue. Agora que está estabelecido em Hirschholm, talvez não se dê conta do mal e da miséria que ainda restam no mundo. Mas eu lhe imploro, senhor Anders, não faça mais nada que possa contribuir para a perdição das pessoas.

Embora se dirigisse a ele com muita solenidade, o semblante dela ainda guardava um reflexo do sorriso de pouco antes. Mesmo quando continuou a falar e foi tomada de emoção, a sombra do sorriso ali se manteve.

Anders não ouviu uma palavra do que ela dizia. Com aquele imenso talento para o esquecimento que o Conselheiro nem sempre apreciava em seu *protégé*, havia muito que este esquecera tudo a respeito do episódio ao qual ela se referia. Ele sorriu para Fransine com exatamente a mesma expressão que ela trazia no rosto. E assim que o semblante dela mudou, o mesmo se deu com o dele. Eles recebiam luz e sombra um do outro como dois espelhos pendurados em paredes opostas de uma sala.

Fransine logo se deu conta de que sua missão não estava sendo cumprida a contento, mas não lhe ocorreu nada para remediar a situação.

– O Conselheiro – prosseguiu – o quer como a um filho e, se não o tivesse amparado, talvez o senhor estivesse passando dificuldades. Ele é sábio e sabe, melhor do que nós, como se comportar no mundo. Veja isto

– disse ela, manuseando um pequeno objeto preso a uma correntinha de ouro em seu pescoço.

Era um fragmento de coral, com a forma de um chifre, idêntico ao que as pessoas comuns na Itália usam como talismãs.

– Quem me deu isto foi a minha avó. Dizem que protege contra o mau-olhado. Mas ela achava que também era uma proteção contra a varíola – e contra os nossos pensamentos perigosos. Foi por isso que o deu para mim. Gostaria que o senhor o aceitasse, para que se lembre de ser cuidadoso e siga a orientação do Conselheiro.

Anders aceitou o amuleto. Quando suas mãos se tocaram, ambos ficaram lívidos.

De seu lugar no sofá, o Conselheiro notou, com um olhar de soslaio, que forças poderosas estavam em ação. E viu claramente que sua noiva entregara ao jovem escriturário, como uma espécie de símbolo, o que parecia ser um pequeno par de chifres. Com esse gesto, estivesse ele aquém ou além de suas expectativas, não lhe restava mais do que se dar por satisfeito. Logo em seguida, ele e Fransine desceram os degraus, outra vez de braços dados, até a carruagem, onde Kresten os aguardava.

Uma vez que, no mundo social de Hirschholm, não se considerava apropriado que um casal de noivos – ainda que o noivo fosse idoso, e a noiva, viúva – ficasse sozinho por muito tempo, durante o verão Anders passou a acompanhar o Conselheiro, na condição de *chaperon*, nas visitas que este fazia a La Liberté. Nos agradáveis crepúsculos, os três costumavam tomar chá na varanda, com Fransine oferecendo-lhes pequenas e belas iguarias italianas que faziam o Conselheiro recordar outras épocas e episódios. Nessas ocasiões, ao contemplar na outra ponta da mesinha, sob a suave e resplandecente luz crepuscular, aqueles jovens que lhe eram tão caros – embora a ordem de precedência que ocupavam em seu coração talvez os tivesse surpreendido –, o Conselheiro sentia uma felicidade e uma harmonia com o universo que raras vezes experimentara em sua existência. Não seria fácil, ocorreu-lhe, imaginar um idílio mais perfeito. "Também eu", disse a si mesmo, "já estive na Arcádia."

Às vezes, quando as atitudes do jovem pastor e da jovem pastora o surpreendiam e incomodavam, vinha-lhe ao espírito uma história que lera em um relato de viagem. Nela, exploradores britânicos encontraram, em um vilarejo soturno, um bando de prisioneiros que estavam sendo cevados dentro de um cercado, para depois serem servidos à mesa de seus captores. Indignados, os britânicos se propuseram a resgatar-lhes a liberdade, mas as vítimas recusaram a oferta, dizendo que nunca antes haviam vivido tão bem. Seria possível, pensou o Conselheiro, que os jovens tramavam em sigilo algum plano de fuga, ou seriam tão imprevidentes quanto os cativos daquela tribo de canibais? Ambas as possibilidades lhe pareciam igualmente improváveis.

Para Anders, toda a situação tornara-se mais simples após decidir se matar no dia do casamento de Fransine, uma resolução que tomara ao saber do noivado, e que lhe parecia tão inevitável como a própria morte. Os campônios dinamarqueses de sua espécie não encaram com estranheza a idéia de pôr fim à própria vida. Para eles, esta nunca parece – nem é de fato – nenhuma grande dádiva, e pode-se dizer que o suicídio é, de uma maneira ou de outra, a conclusão natural de suas existências.

Anders não fora favorecido pelos fados. Se fora mimado, teria sido por outras potências. Na verdade, coubera-lhe o destino comum de sua espécie: o de ser invisível para os outros, como se estivesse constituído de uma matéria diversa daquela do resto do mundo. Quando conhecera Fransine, porém, esta o vira sem nenhum esforço, seus olhos límpidos o absorvendo todo. Essa espécie de inexistência humana, da qual por vezes se cansara, havia afinal chegado ao fim, e ele vislumbrara para si mesmo muito dessa recém-conquistada realidade. Se ela pretendia unir-se ao Conselheiro, afastando para sempre seu olhar, nada mais razoável que ele próprio tomasse outra direção.

Anders sempre foi muito circunspecto em relação a seus planos, mas nesse caso convenceu-se ainda mais que sua decisão não era do interesse de mais ninguém. Por isso, ninguém fazia a menor idéia de suas intenções. O Conselheiro, caso informado, não só o impediria, como teria ficado muito contrariado. Pouca gente estaria disposta a sentar-se à mesa e tomar chá com um fantasma adiado. Quanto a Fransine, talvez se sentisse algo infeliz. Não se notava em Anders nenhuma disposição cavalheiresca, mas era inegável seu talento para travar amizades, e ele não conseguiria ofender nenhuma delas. Para evitar isso, planejara até mesmo tomar emprestado o barco a vela de um amigo que fizera entre os pescadores de Rungsted, o qual faria naufragar de modo a parecer um acidente. Isto não seria difícil, pois era um hábil velejador. E de tempos em tempos era tomado de um curioso sentimento por Anders Kube, como se este fosse o protagonista de um de seus poemas. Às vezes, era acometido de laivos de culpa, mas logo em seguida voltava a se ver como um benfeitor, empenhado em poupar-lhe de muita coisa desagradável. De modo geral, exibia, atrás do cercado em que estava, olhos tão tranqüilos quanto os dos prisioneiros negros naquela história.

Além dessa idéia central, também ocupava o espírito de Anders um grande poema, um canto do cisne, que pretendia concluir antes de se matar. Tendo falado antes de florestas e campos, restava-lhe agora recorrer ao mar para um derradeiro abraço, e para este elemento vagavam agora todos os seus pensamentos. Náiades e tritões dançavam nas ondas dessa última grande epopéia de sua lavra; baleias passavam como nuvens sobre elas; golfinhos, cisnes e peixes brincavam na densa e perolada espuma das ondas altas, enquanto os ventos faziam soar as flautas e os fagotes, formando grandes orquestras. Por todo o poema perpassava a liberdade que desfrutam os que estão prestes a morrer. E ainda que não fosse, enquanto drama, muito extenso, eram intermináveis suas variações. À medida que ia avançando na composição, costumava ler trechos para Fransine, nas tardes que passava em La Liberté.

No que toca a Fransine, era-lhe natural viver desse modo, da mão para a boca. Não fazia uma idéia precisa do tempo; na realidade, não conseguia distinguir entre o tempo e a eternidade. Um tanto por causa desse traço de caráter, as damas de Hirschholm desconfiavam que fosse um pouco retardada. Jamais em sua vida fora tão feliz como agora, e não sabia se fazia parte dessa felicidade a incerteza quanto a sua duração. Quanto ao resto, seus pensamentos acompanhavam os humores de Anders. Leu o último grande poema deste, e como era todo sobre o mar, ela fez questão que os vestidos de seu enxoval tivessem tons de azul-celeste e azul-marinho – para imenso deleite dos dois homens.

Uma vez que, ao longo desses meses, o Conselheiro passou a conhecer melhor sua noiva, muitas vezes via-se surpreendido pela extraordinária desconsideração dela pela verdade. Sendo ele próprio um reorganizador da existência, de certo modo identificava-se com tal característica. Além do mais, ele percebeu que os métodos dela eram bastante convenientes para os seus próprios planos. Ainda assim, em mais de uma ocasião, esse talento de Fransine o impressionara. Tratava-se, refletiu, de um recurso especificamente feminino, um *code de femme* de economia prática, de eficácia comprovada por incontáveis gerações. Em sua ânsia de felicidade, as mulheres se defrontam com uma *force majeure*. Portanto, nada mais compreensível que tomem um atalho para a felicidade, declarando que, na realidade, as coisas são o que elas gostariam que fossem. Por necessidade prática, elas fizeram desse remédio caseiro algo indispensável para a manutenção da vida. Assim, por ser seu noivo, o Conselheiro era visto pela jovem noiva como, *ipso facto*, bom, inteligente e generoso. Ele não tomava isto como um elogio pessoal; provavelmente ela recorrera à mesma fórmula ao se relacionar com o velho farmacêutico Lerche. Para Fransine, portanto, os presentes dele eram sempre belos, assim como os sermões do velho pastor Abel, em Hirschholm, eram inevitavelmente muito comoventes, e o clima sempre agradável quando saíam a passeio. Uma exceção a tal regra estava em sua relação com chapéus e vestidos, os quais mereciam de sua parte uma preocupação considerável e genuína. E era evidente que ela possuía um talento excepcional para usar roupas que lhe permitiam aproximar-se com êxito de um ideal. O Conselheiro ignorava se ela buscara refúgio nessa religião feminina por necessidade pessoal, ou nela fora introduzida por algum sábio Nestor de saias. Raras eram as mulheres, pensou ele, que haviam conhecido o romance, a felicidade conjugal ou o êxito na vida sem lançar mão de arranjos semelhantes. O princípio era de certo modo similar ao das roupas novas do conde Schimmelmann, mas, concebido por mulheres simplórias, estava destituído de qualquer ambição masculina de comprovação; em vez disto, manifestava-se como um dogma intocável e indiscutível.

Do mesmo modo, as feiticeiras do passado moldavam crianças de cera e as carregavam por nove meses sob a roupa, e depois faziam com que fossem batizadas, à meia-noite, com o nome de alguém conhecido; em seguida, para todas as finalidades práticas, a criança de cera tomava o lugar daquela com a qual partilhava o nome. Nas mãos de uma feiticeira amável, tal graciosa magia branca produzia muitos resultados admiráveis. Mas, e se uma jovem feiticeira concebesse e gestasse por nove meses uma criança de sua própria carne e sangue? Ah! Aí é que seria o diabo e todos os seus pactos.

Vendo seu *protégé* tão empenhado no novo poema, o Conselheiro pediu a ele que fizesse uma leitura. Anders não viu motivo para recusar a solicitação do velho amigo e vez por outra recitava-lhe uma passagem. O velho ficou muito impressionado, tomado de uma admiração que às vezes raiava a idolatria. Parecia-lhe, igualmente, que Anders havia adentrado um novo tipo de espaço e de tempo, no próprio éter, e que agora nadava e esvoaçava na imensidão azul, em meio a uma nova espécie de harmonia e felicidade. Considerou isto o prenúncio de portentos. Discutiu muito sobre isso com o poeta, e até mesmo deu-lhe conselhos, de modo que não poucas idéias e reflexões do Conselheiro encontraram, sob uma ou outra forma, ecos na epopéia, e ele se viu, nesses meses estivais, de certo modo cortejando e escrevendo poesia para a noiva por via indireta – uma situação picante que se prolongaria até o casamento. Durante dias e semanas, o trio, enquanto tomava chá na varanda, também estaria embalado nas águas de imensos e celestiais mares.

Dois dias antes do casamento, o Conselheiro recebeu de um amigo na Alemanha o exemplar de um romance recém-publicado, *Wally: Die*

Zweiflerin,[44] do jovem autor Gutzkow, então na crista de uma onda de indignação e polêmica.

Como todos bem recordam, Wally e Caesar se amam, mas não podem se casar, pois Wally havia se comprometido com o embaixador da Sardenha. Caesar então exige dela que, de modo a simbolizar a união espiritual que havia entre eles, Wally se exibisse nua para ele, em todo o seu esplendor, na própria manhã de suas núpcias. Há um antigo poema germânico no qual Sigune revela-se do mesmo modo a Tchionatulander.

O Conselheiro estava tão interessado no romance que o levou consigo em sua visita vespertina a La Liberté, onde prosseguiu com a leitura, sentado sob uma árvore no pátio, enquanto os dois jovens entretinham-se com um filhote domesticado de raposa que Fransine mantinha no canil. Considerando que não teria, na semana seguinte, muito tempo para ler, achou melhor terminar o livro naquele mesmo dia, e mergulhou no seguinte trecho:

> *À sua esquerda, surge uma imagem de beleza arrebatadora: Sigune, que se despe com mais acanhamento do que a Vênus de Médici ao encobrir sua nudez. Ali permanece desamparada, ofuscada pela divina loucura do amor. Essa graça lhe foi solicitada, e agora ela já não dispõe de sua vontade; é toda vergonha, inocência e devoção. E como um sinal de uma piedosa iniciação que consagra a cena, não se vê ali nenhuma rosa encarnada; apenas um esguio lírio branco floresce junto ao corpo dela, cobrindo-o como um símbolo de castidade. Um instante mudo – um sopro – nada mais. Um sacrilégio, mas um sacrilégio inspirado pela inocência e por uma renúncia eternamente fiel...*

O Conselheiro fechou o livro e, estirando-se na cadeira, como se a contemplar o céu, chegou até mesmo a cerrar os olhos. Sob a copa da tília, o ar estava perpassado por uma luminosidade verde e dourada,

44. Wally, a cética. [N.T.]

pelo aroma adocicado das florações de tília e pelo zunzum de incontáveis abelhas.

Ocorreu-lhe então que aquilo era muito belo. Muito belo, por mais que o velho professor Menzel bradasse em protesto. O sonho de uma era dourada, de uma inocência e uma doçura eternas, o assaltou de novo. Pouco importa que os críticos insistam que tais coisas são impossíveis; isto não faz nenhuma diferença, pois uma nova variedade de flor fora introduzida na moldura da imaginação. Ele podia ouvir Fransine e Anders conversando ali perto, mas não conseguia entender o que diziam.

Depois do canil, os jovens haviam caminhado até a horta, no lado sul da casa, a fim de colherem pés de alface, ervilhas e cenouras para o jantar. Parte da horta estava sombreada por um renque de velhas e retorcidas bétulas que formavam uma espécie de cerca. Através de uma abertura era possível entrever os campos, onde, no ar ameno e dourado do crepúsculo, duas criadas iam ordenhar as vacas, equilibrando na cabeça os grandes baldes de leite e lançando imensas sombras azuladas sobre os craveiros.

Fransine perguntou a Anders o que deveria fazer com o filhote de raposa.

– No outono – disse ela – posso soltá-lo, mas será que vai conseguir sobreviver?

– Por mim, eu o libertaria – respondeu Anders –, não fosse pelo fato de ele estar familiarizado com seu galinheiro e talvez voltar à noite.

O jovem teve então uma visão da raposa solitária em uma prateada e gélida noite invernal, o fantasma do bichinho lanudo com que brincavam nos crepúsculos de verão, trotando com suas presas aguçadas na direção de La Liberté.

– Então o senhor terá de vir e capturá-la de novo.

– Mas aí não estarei mais por aqui – replicou Anders, sem pensar.

– Oh – disse ela –, que altas autoridades, de qual estado, estão conspirando para afastá-lo de nós, senhor Anders?

Anders permaneceu calado. Que altas autoridades, de qual estado?

– Eu tenho de ir embora – disse afinal.

Fransine não contestava tal fato. Provavelmente estava familiarizada com a dura necessidade, senhora dos homens e dos deuses. Após um instante, porém, ela o fitou, com tanta intensidade, como se lhe tivesse arremessado todo o seu ser naquele olhar.

– Mas, se o senhor não estiver por aqui, será... – ela refletiu por um instante – ... será frio demais!

Anders a entendeu perfeitamente. Uma imensa vaga de compaixão o ergueu e o lançou aos pés de Fransine. Sem dúvida, seria frio demais para ela. E a alma de Anders ficou dilacerada entre o desespero pelo frio que ela sentiria e o desespero por ele próprio, nessa época, estar frio demais para confortá-la.

– O que será de mim, então? – perguntou Fransine, de pé diante dele.

Exceto pelo fato de estar vestida, e de suas mãos pousarem levemente sobre as dobras do vestido, ela mantinha-se na mesma postura da Vênus de Médici, sobre a qual naquele exato instante o Conselheiro estava lendo. Enquanto a contemplava, Anders lembrou-se que já a vira como uma criança que não estava disposta a perder, com ele, sua boneca predileta. Agora ele a via de outro modo, como uma boneca que não queria perder sua criança, a criança que iria brincar com ela, vesti-la e desvesti-la, e maravilhar-se com isso – uma boneca sem dono, uma boneca perdida, a não ser que estivesse em suas mãos.

– Senhor Anders – disse ela –, naquelas semanas depois da Páscoa, quando passamos muito tempo juntos na casa do Conselheiro, naquele piquenique em Rungsted – lembra-se? –, o senhor me disse que nada lhe faria mais feliz do que permanecer aqui, como meu amigo, pelo resto da vida.

Ele não disse nada. Aquelas semanas depois da Páscoa doíam só de pensar nelas, e poderiam ser fatais caso falasse algo a respeito.

– É esta então a sua lealdade como amigo? – insistiu ela.

– Ouça, madame Fransine – disse afinal –, sonhei com a senhora duas noites atrás.

Ao ouvir isto ela sorriu, mas ficou interessada.

– Sonhei que a senhora e eu estávamos em uma praia enorme, onde soprava uma forte ventania. A senhora então me disse: "Isto deve continuar para sempre". Mas eu lhe disse que estávamos apenas sonhando. "Oh, não, não deve pensar assim", a senhora replicou. "Se eu tirar o meu chapéu novo e lançá-lo no mar, o senhor acredita que isto não é um sonho?" Em seguida, a senhora desatou o chapéu e o atirou para longe, e as ondas o levaram embora. Mesmo assim, continuei achando que era um sonho. "Oh, como o senhor é ignorante, mas e se eu tirar meu xale de seda e jogá-lo longe, aí então o senhor verá que tudo isso é real." A senhora então se desfez do xale que, ao cair na areia, foi carregado pelo vento e levado para longe. No entanto, não consegui me livrar da sensação de estar sonhando. "E se eu cortar minha mão esquerda, o senhor vai se convencer?" A senhora então tirou uma tesoura do bolso do vestido. Aí ergueu a mão esquerda e, exatamente como se fosse uma rosa, cortou-a fora. E com isso... – ele se calou, muito pálido – e aí eu despertei.

Fransine ficou completamente imóvel. Ela acreditava demais nos sonhos, e vira a si mesma caminhando ao lado de Anders naquela praia que ele acabara de evocar. Mas agora estava reunindo todo o seu arsenal para mantê-lo junto de si, pois estava firmemente convencida de que, se o perdesse, iria morrer. Até mesmo deceparia a mão esquerda, caso ele lhe pedisse, mas seria melhor se isto fosse apenas um sonho dele. No translúcido e doce crepúsculo ela sentiu seu próprio corpo forte e leve como uma bétula nova, a cintura fina e flexível como um galho, os seios jovens repousando levemente, como um par de lisos e arredondados ovos, no ninho do gramado fresco e cálido. Seus olhares ardentes mergulhavam tão fundo um no outro que seria preciso uma poderosa ferramenta para apartá-los de novo.

Fransine ergueu um pouco a mão de Vênus e a moveu lentamente na direção dele, como se deslocasse um peso descomunal. Anders também estendeu a mão e tocou-lhe a ponta do dedo. Era exatamente o gesto do Criador de Michelângelo insuflando a vida divina no jovem

Adão. Com isso, reproduções de várias obras da mais elevada arte clássica estavam circulando, naquele crepúsculo, pela horta de La Liberté.

Dali, ouviram o Conselheiro revirando-se na cadeira, colocando de lado o livro e erguendo o olhar para a copa da árvore. Lentamente, sem dizer uma palavra, Fransine virou-se e caminhou pelo pátio em sua direção, seguida por Anders, que levava a cesta com pés de alface e ervilhas.

O Conselheiro ainda mantinha um dedo no livro, marcando a página que estivera lendo.

– Ah, Fransine – exclamou –, estive contrabandeando para esta academia de refinamento que é La Liberté um pequeno *sans-culotte* da literatura. Por causa dessa obra, seu jovem autor foi lançado à prisão na Alemanha. Isto está certo. A carne deve ser fustigada para que o espírito alce vôo. Desde que os professores universitários confiscaram o poeta, temos a possibilidade de apreciar sua poesia. Claro que me permito alguma frivolidade aqui, minha cara, mas, em um crepúsculo como este, o moralista não faz boa figura. E o que na verdade me cativou foi um curioso incidente, uma questão insignificante. Pois me parece que Gutzlow delineia, como o local em que se encontram os intrépidos jovens amantes, uma descrição acurada do seu próprio pequeno templo à amizade, em La Liberté; há menção até mesmo de um bosque de bétulas.

Com essas palavras ele se levantou, e preparou-se para tomar chá com a noiva, deixando o livro sobre a cadeira sob a tília.

No dia anterior ao casamento, o Conselheiro não fez sua costumeira visita a La Liberté. Na Dinamarca, esta é considerada a atitude mais apropriada. À noiva é concedido o último dia para meditar com calma sobre o passado e o futuro, e o casal de noivos reencontra-se apenas na igreja. O Conselheiro também tinha muito que fazer, e passou o dia examinando papéis e tomando providências com seus subordinados, evitando que os primeiros dias da lua-de-mel fossem perturbados por questões prosaicas. Todavia, naquele belo dia de verão, não deixou de enviar à La Liberté o jovem Anders, com um enorme buquê de rosas.

No início da noite, logo após o pôr-do-sol, Anders tomou sua espingarda e saiu para caçar patos. O Conselheiro também estava inquieto em seus aposentos, e saiu para uma longa caminhada, como se espera de um noivo com sentimentos. Ele seguiu pela estrada através dos campos até La Liberté, errando, despercebido pelo mundo e por sua noiva, nas proximidades da casa desta.

A noite de verão exibia um límpido tom azul-malva, como o de uma pétala de pervinca. Grandes nuvens prateadas acumulavam-se por todo o horizonte, diante do qual sobressaíam as graves copas escuras das imensas árvores. A relva alta e úmida reluzia com um verde brilhante. Todas as cores do dia estavam no âmago da paisagem, tão brilhantes quanto ao longo do dia, mas transformadas, como se revelassem um novo aspecto de seu ser, e todo o mundo da cor tivesse sido transposto de um tom maior para outro menor. A imobilidade e o silêncio da noite fervilhavam com uma vida oculta, como se o universo estivesse prestes a revelar seu segredo. Ao erguer os olhos, o velho Conselheiro surpreendeu-se ao encontrar a lua cheia de verão no meio do céu. Seu disco brilhante projetava uma estreita ponte de ouro através da planura acinzentada do mar, como se um cardume de centenas de peixinhos brincasse em sua superfície; e, mesmo assim, sem difundir muita luz, como se esta estivesse na medida certa.

Consciente de sua presença, porém, o Conselheiro passou a notar sob as árvores as transparentes manchas de sombra produzidas pelo luar, e as sombras estreitas e menores ao longo do caminho, bem na beirada da grama alta, úmida e fragrante.

O Conselheiro ficou parado muito tempo, contemplando a lua. Ela estava muito longe, bem o sabia, mas nada se interpunha entre os dois além do ar diáfano, que vai se tornando mais rarefeito, uma vez lhe disseram, à medida que aumenta a altitude. Por que jamais fora capaz de compor um poema para a lua? Tanta coisa ele tinha a dizer. Ela era branca e redonda, e ele sempre amara as coisas brancas e redondas.

De repente, deu-se conta de que a lua também teria muito a lhe dizer. Mais do que ele, talvez, ou pelo menos ela seria capaz de se exprimir com mais força. Envelhecido, sim, ele estava envelhecido; mas ela também era velha, bem mais velha do que ele. A velhice não é tão ruim assim, pensou; podemos distinguir e desfrutar as coisas mais do que na juventude. Não é apenas no vinho envelhecido que está o buquê; este requer também um paladar experiente.

Porém, não seria essa poderosa mensagem da lua um aviso? Lembrou-se então de uma canção de ninar, na qual um ladrão roubava um cordeiro gordo e o comia sob o luar. Gracejando, ele ergue um naco da carne para a lua e grita:

> Veja, meu benquerer,
> O que posso
> Lhe dar com prazer.

> E a lua responde:

> Larápio! Cuidado!
> Chave, preste atenção,
> Queime o estúpido truão.

Em seguida, uma chave incandescente desce voando pelo ar e marca o rosto do ladrão. Sua ama provavelmente lhe ensinara essa canção, cinqüenta anos atrás. Tudo estava na noite. A vida, sim, e a morte, um *memento mori* em alguma parte. "Cuidado! A morte está por aqui!", dizia a lua. Mas havia necessidade de ser alertado?

Ou seria antes uma promessa? Chegara o momento de sua velha personalidade ser arrebatada e, como Endímion, recompensada com um sono eterno e doce pelas tribulações da vida? Iria o mundo então erguer-lhe uma estátua, ali mesmo no campo de feno de La Liberté, em memória de sua apoteose?

Que estranhas fantasias eram aquelas? Gotejantes, com as extremidades pendentes e exalando um aroma de mel, os craveiros roçavam suas canelas. Ele foi invadido pela curiosa sensação de estar andando acima do chão. Havia vacas deitadas ou movendo-se nas proximidades; não conseguia distingui-las ao luar, mas reconhecia o intenso e adocicado odor que delas emanava.

De repente, recordou-se de algo ocorrido mais de quarenta anos antes. O jovem Peter Mathiesen, então um rapaz circunspecto e cismador, hospedara-se na casa de seu tio, o pastor de Mols, e na mesma casa uma menina, filha de um agricultor, estava sendo preparada para a crisma. O tio dele fora um homem de muitas leituras que discorria sobre tudo – Deus, o amor, a vida eterna – e se entusiasmara com a nova literatura romântica. No presbitério, todo início de noite, entretiam-se com recitais de poesia, e certa noite, como a menina se chamava Nanna, o pastor se divertiu com a idéia de fazer com que ela participasse da leitura da tragédia *A morte de Baldur*, e recitassem uns para os outros as falas ardentes e apaixonadas de Baldur e Nanna. Com seus óculos na testa, o idoso pastor acompanhara embevecido, com o mesmo despudor de velhas solteironas que cultivam jacintos em vasos translúcidos a fim de poderem observar suas raízes, e jamais notara o quanto as rústicas crianças enrubesciam e empalideciam ao som de suas próprias vozes. Na hora de dormir, o menino não conseguira ir para a cama. Afogueado e perplexo, vagara por entre as construções da fazenda, em busca de algo que pudesse remover aquela mácula, e acabou indo parar no estábulo. Era uma noite enluarada e enevoada no início da primavera. Encostado ao muro, sentira-se terrivelmente só, e não apenas solitário, mas também traído, como se algo estivesse à sua espreita. Então começara a pensar nas vacas ali recolhidas, e na impassibilidade delas na escuridão. Uma delas, uma grande e branca vaca chamada Rosa, era uma das prediletas das crianças. Sentiu que ela seria capaz de confortá-lo. No interior de sua baia, com o peito encostado no dorso do animal repousante que ruminava suavemente, o menino fora invadido por uma calma e um equilíbrio docemente penetrantes e decidira passar ali toda a noite. Ao espreitar por cima de Rosa, vira chegar a menina, pequena e frágil à débil luz do luar. Ocorreu-lhe que ela estava tão infeliz quanto ele e sentiu que apenas um animal ruminante seria capaz de lhe restituir a paz de espírito. O luar brilhava pela pequena janela do estábulo – aquela mesma lua –, conferindo um tom branco leitoso na parede caiada. O cabelo loiro da menina reluzia sob esses raios, mas o rapaz permanecia completamente imóvel no escuro, como um fugitivo com medo de ser descoberto. Viu quando ela se ajoelhou na palha, bem ao seu lado, com a respiração alterada. Ele não podia dizer se a menina estava ou não soluçando. Os dois ali ficaram deitados por várias horas na curta noite de primavera, às vezes adormecidos, às vezes despertos, separados apenas pela tranqüila e cheirosa Rosa, como a espada de dois gumes no poema de cavalaria. Muitos pensamentos, muitas imagens belas e intensas haviam passado pela cabeça do rapaz. Quando caíra no sono, sonhou com Nanna; ao despertar, ergueu-se para contemplá-la e ainda a encontrou ali, inconsciente de sua presença. Bem no início da manhã, ela se levantou, sacudiu a palha da saia e partiu, e ele nunca lhe contou que passara a noite ao seu lado.

O Conselheiro continuou a andar, satisfeito. Pensou na frase dita pelo conde Schimmelmann: "Tolo é quem não sabe que a metade é mais que o todo". Aquele incidente, há muito esquecido, era uma pequena flor em sua vida, na grinalda de sua existência, uma flor silvestre, um não-me-esqueças campestre. Não eram poucas as flores, violetas, amores-perfeitos de sua vida. Será que essa noite traria uma rosa para a sua coroa?

Nas proximidades da horta de La Liberté, em meio ao campo de feno, havia um pequeno bosque de faias. Um século antes, em um de seus cantos, sobre uma colina, uma das donas da propriedade, encantada com a tranqüila solenidade do local, ali erguera um pequeno pavilhão estival, um templo à amizade. Cinco colunas de madeira sustentavam o teto abaulado. Dois degraus conduziam ao seu interior e ao banco em semicírculo situado na parte interna das colunas. Dali era possível avistar o mar. Mais tarde, como o clima da Dinamarca nem sempre se harmoniza com a arquitetura grega, um dos lados foi fechado com uma parede de palha de modo a resguardar quem ali meditasse. Todo o local agora estava dilapidado e, durante o dia, era um tanto triste, mas sob a lua cheia parecia muito romântico.

O Conselheiro encaminhou-se para o pequeno templo, que lhe pareceu um local adequado para as divagações de alguém prestes a se casar, mas aproximou-se de maneira lenta e deliberada, pois sua jovem noiva poderia ter tido a mesma idéia, e ele não gostaria de assustá-la ou incomodá-la. Ao chegar mais perto, contudo, o rumor de vozes fez com que estacasse e, depois, avançasse sorrateiramente, acompanhando o som que vinha da elevação. Mais uma vez no papel de espreitador em La Liberté, tomou todo o cuidado para não fazer nenhum ruído até chegar junto à parede de palha.

Anders e Fransine conversavam em voz baixa no interior do templo. O rapaz estava no banco, imóvel. A jovem, em pé diante dele, encostava-se em uma das colunas. Ambos eram iluminados pelo luar, o mundo todo em torno deles estava claro, como uma paisagem sob a neve. Somente o velho Conselheiro ocultava-se na sombra profunda de seu esconderijo. Na verdade, ele era como aquela estátua de si mesmo sobre a qual pouco antes estivera sonhando. Às vezes, também as estátuas podem ver muita coisa.

A jovem vestia um traje exótico, uma espécie de dominó preto ou capa de ópera, com o qual ele nunca a vira e que ela apertava contra o corpo. Seu cabelo negro estava solto, um manto vivo e cheiroso, emoldurando-lhe o rosto que parecia uma rosa branca, refrescada pelo orvalho noturno. Jamais ela lhe pareceu tão adorável. Na verdade, nunca antes vira outra criatura tão adorável assim. Era como se toda aquela noite de verão tivesse engendrado uma flor única, a síntese de sua beleza. Ela parecia balançar um pouco, como um ramo flexível, carregado de rosas brancas.

Houve um longo silêncio. Então ouviu Fransine rindo baixo, de felicidade, com a suavidade e doçura do arrulho de uma pomba.

– Todos eles estão prostrados– disse ela –, como mortos no cemitério de uma igreja. Somente você e eu estamos de pé. Não é uma estupidez ficar deitado?

Ela remexeu-se um pouco na capa e exclamou, arrebatada:

– Ó como estou farta de toda essa gente, falando, falando sem parar. Gostaria que ficassem deitadas para sempre, de modo que pudéssemos ficar um pouco sozinhos no mundo.

Esse pensamento a encantou de tal modo que parou para recobrar o fôlego. E continuou imóvel, aguardando um gesto ou uma palavra de Anders. Após um instante, perguntou, com ecos de riso e ternura na voz:

– Anders, o que está acontecendo?

Após um intervalo, ele respondeu, lentamente:

– Essa é uma boa questão, Fransine. Muito apropriada. Afinal, não precisamos falar do espírito, uma vez que aí não há perigo. Mas, e quanto à matéria? Há nela coisas tão estranhas. É o flogístico de nossos corpos, uma espécie de peso negativo, por assim dizer. Claro que não temos como nos enganar aí, mas nos provoca imensa dor quando somos afetados. Primeiro somos submetidos ao fogo – incinerados ou assados lentamente, tanto faz – e mesmo depois disso não conseguimos voar.

Agora o motivo da imobilidade do amante tornou-se evidente para o velho à espreita. O jovem estava completamente embriagado. Ele conseguia apenas manter seu equilíbrio; era-lhe impossível qualquer outro movimento. Estava lívido como um cadáver; gotas de suor escorriam por seu rosto; e mantinha o olhar cravado na jovem como se ameaçado por uma dor infinita caso o desviasse. O Conselheiro, que estivera repetindo para si o breve aforismo sobre "a metade maior do que o todo", agora o via comprovado bem diante de si.

Fransine sorriu para o jovem. Como muitas mulheres ela mal conseguia distinguir os sinais de embriaguez em um homem.

– Oh, Anders, você não teria como saber, mas vou lhe contar: eu posso voar. Ou quase. Certa vez, Basso, o velho professor de balé, me disse: "Preciso fustigar as outras meninas para que se alcem, mas no seu caso vou ter de amarrar pedras em suas pernas para que você não voe para longe". Esses velhos são loucos e querem coisas estranhas de nós. Hoje já não me importo. Logo mais vou lhe mostrar que posso mesmo voar, como os peixes voadores que as crianças do litoral fazem ricochetear na superfície da água.

– Está vendo, minha querida, você é como um desses cozinheiros que matam um pato perfeitamente saudável apenas para preparar uma sopa de miúdos de aves. Se quiser, pode me usar em sua sopa de miúdos, mas você mesma terá de vir cortar os pedaços. As aves jamais sabem onde fica o fígado ou o coração. Isto é uma tarefa para as mulheres.

Fransine refletiu por um momento. Para ela, todas as palavras de Anders eram sábias e para o seu bem.

– Minha mãe – disse afinal – morava no gueto de Roma. Isto você não sabia. Aliás, ninguém sabe. Ali eu a vi matar aves de modo que não reste nenhuma gota de sangue. Não tenha a menor dúvida, Anders, de que aquele gueto é um lugar em que as pessoas sofrem e precisam tomar todo o cuidado para não serem assaltadas, feridas ou mesmo enforcadas. Eu mesma já vi gente enforcada: uma delas foi o meu avô. O mundo foi duro comigo, e com você também, Anders. Mas isto torna a felicidade ainda mais doce – ela fez uma pausa –, é preciso ser feliz, você não acha?

– Mas agora é tarde demais – respondeu Anders. – As coisas acontecem, mesmo quando não estamos presentes. Esse é o problema que você não leva em conta. Os galos já estão cantando, mas não conseguimos ouvi-los.

Citando um antigo ditado dos carvoeiros, ele recitou lenta e suavemente:

Na aurora de um dia de verão cantava um galo,
E alumiei vinte e nove fogueiras.

– Não, os galos não estão cantando – disse ela. – Ainda não amanheceu, Anders. Nem sequer é meia-noite.

Ela ficou parada diante dele.

– Existem dois – disse Anders – que irão me engolir inteiro, neste momento de minha vida. Abelone é uma que vai me devorar. Pretende abrir um bar em Elsinore e quer que eu me case com ela e cuide do negócio, atendendo os marujos. E o mar, também ele irá me engolir. Quando caímos nas garras de um desses dois, sobram apenas os ossos.

O Conselheiro, ainda que absorto na conversa, não pôde evitar um pequeno choque ao ouvir isso. Então sua governanta vinha fazendo todos esses planos, e sem lhe dizer nada? Talvez ela até mesmo tivesse considerado Fransine uma rival de sua posição, e com isso se mostrara mais sagaz do que ele próprio?

Fransine continuou a fitar Anders, perplexa.

– Anders, não diga isso. Ouça. Nas feiras, sempre que dançávamos, as pessoas gritavam "De novo! De novo!", e diziam "É como ver as estrelas bailando, os corações ardendo". Você não acredita que posso fazê-lo feliz?

– Oh, minha menina, sejamos sensatos. Não vamos perder a cabeça. Permita-me lhe oferecer o que os marinheiros pagam às raparigas de Elsinore. Lamento muito, mas não tenho muito para lhe dar. Outra noite, gastei parte de minhas economias em rodadas de cerveja para os freqüentadores da estalagem, e isto foi despropositado de minha parte. Mas ainda me restam cinqüenta táleres em moeda. Gostaria que ficasse com elas, pelo amor de Deus. Não é por mim que peço tal coisa, juro, pois de qualquer modo cedo ou tarde estarei morto, mas em seu próprio benefício, minha linda e pobre menina. Sempre é bom que uma jovem tenha algum dinheiro. Com ele você poderá comprar um vestido para não vagar nua nas noites gélidas.

Não faltava a Fransine fortaleza de alma. Ao ouvir aquilo, ela se lançou sobre o jovem. Sua capa apertada e os longos cabelos seguiram na mesma direção. Em seu rosto radioso, os dois grandes olhos negros se cravaram em Anders. Ela mais parecia uma jovem bruxa sob o luar.

– Anders, Anders! – exclamou – mas você não me ama?

– Oh, Deus, sabia que você acabaria me perguntando isso. Posso responder isso sem hesitar, pois sei de cor a resposta. Claro que eu te amo, minha bela raposa. Seu cabelo é como uma pequena chama rubra na escuridão, uma labareda partida, um pequeno fogo-fátuo que indica o caminho errado, o caminho do inferno.

A jovem tremia da cabeça aos pés.

– Mas você não me quer aqui, ao seu lado, nesta noite?

Ele ficou em silêncio por um instante.

– Bem, para ser sincero, madame Fransine, não era isso o que queria. Preferia ficar sozinho.

Fransine voltou-se e saiu correndo. A comprida capa napolitana, arrastando-se atrás dela, não lhe facilitava em nada os movimentos. Mesmo assim, ela a mantinha fechada com firmeza. Assim fugiu Aretusa, quando, muito tempo atrás, foi transformada em um rio e, lamentando-se ruidosamente, jogou-se nos arbustos de mirto.

Anders permaneceu imóvel por muito tempo, como se estivesse desfalecido. Então, com os gestos lentos e incertos de alguém embriagado, agarrou a espingarda e levantou-se. Ao se virar, deu de cara com o Conselheiro.

Não pareceu surpreso de o encontrar ali. Talvez tivesse pensado nele ou, de algum modo, sentira sua presença na atmosfera daquele encontro. Apenas sorriu, como se entrevesse a solução de um engenhoso enigma. O Conselheiro, por sua vez, sentiu-se bem mais incomodado com a situação. Por alguns segundos, os dois se miraram nos olhos. Então, com um sorriso igual ao de um menino prestes a pregar uma peça de mau gosto, Anders ergueu um pouco a arma e, sem mirar, disparou diretamente contra o corpo do velho. O forte estampido ecoou no fundo da noite de verão.

O estrondo e a dor avassaladora atingiram o velho de um golpe só, como se fosse o fim ou o começo do mundo. Ele tombou e, ao cair, viu seu assassino, com uma improvável agilidade para alguém tão bêbado, saltar sobre o muro baixo do pequeno templo e desaparecer.

Após uma longa estada em um mundo estranho, o Conselheiro se descobriu deitado de costas no craveiral, em meio a uma poça de algo quente e pegajoso: o seu próprio sangue, que se misturava ao orvalho do campo.

Pareceu-lhe que havia sido tomado de uma ira tremenda. Não tinha certeza de que o estampido e a escuridão eram efeitos de sua fúria, um anátema lançado ao rosto do ingrato *protégé*. Em seu lento retorno à consciência, ainda sofria com a dor e a exaustão que uma grande cólera provoca no peito, mas já deixara de odiar ou de condenar. Agora estava além de tudo isso.

Havia perdido muito sangue. Ocorreu-lhe que devia ter recebido todo o impacto do tiro em seu lado direito. Também não conseguia mexer a perna direita. Curioso como era possível mudar tanto as coisas só pelo fato de ficar deitado onde antes se estava de pé. Nunca havia notado que o cheiro da flor do craveiro podia ser tão intenso, mas também nunca antes havia se deitado, mergulhado, se banhado nele como agora.

Estava prestes a morrer. O jovem a quem tanto amava havia desejado a sua morte. Ele fora expulso do mundo. Ainda bem que seu testamento estava em ordem. Toda a sua fortuna iria para a noiva. Também não esquecera dos velhos criados, ao passo que a adega ficaria com o conde Schimmelmann, que tanto apreciava os vinhos. Ao redigir esse testamento, ele se perguntara se a lembrança de um testamento bem-feito seria de algum conforto para um homem agonizante. Agora sabia que sim.

Mais tarde, tentou comprovar se havia mesmo sido jogado para fora do mundo. Enquanto reconhecia o lugar, ocorreu-lhe que ainda poderia se salvar. Ainda poderia retomar o controle de seu mundo.

Estava relativamente perto de La Liberté. Se conseguisse se virar, e transferir seu peso para o braço sadio, talvez fosse capaz de se mover. E se chegasse até a longa esplanada que conduzia à casa, ele poderia se arrastar pelo muro de pedra e nele se apoiar.

Assim que começou a se mover, uma dor excruciante o invadiu e ele se perguntou se valeria a pena o esforço. "Ora, meu caro amigo", disse para si mesmo, reconhecendo que era oportuna uma palavra de estímulo, "não custa tentar. Você vai se sair bem." Ele poderia continuar se arrastando dessa maneira, como uma velha serpente atropelada e que continua a se mexer.

Mas de repente o braço não agüentou, e ele bateu com o rosto no chão, e a boca, aberta no esforço para respirar, encheu-se de terra.

Quando se ergueu de novo, viu que se enganara a respeito do lugar: não estava na Dinamarca, mas em Weimar. A alegria dessa descoberta quase o sufocou. Então era fácil chegar a Weimar, era só tomar aquela estrada que saía do campo de feno de La Liberté. Esse lugar – agora percebia com clareza – era o terraço: a vista para a cidade continuava tão bela quanto no passado. Estava no próprio jardim sagrado, e sentia o aroma pleno e balsâmico das solenes tílias que guardavam o santuário. A lua brilhava serenamente, e de uma janela acesa o grande poeta talvez estivesse naquele instante a contemplá-la, compondo versos divinos à divindade no firmamento.

Agora se lembrava: ele mesmo estava compondo uma tragédia. Houve uma época em que esta fora a grande tarefa de sua vida, mas agora não atinava com o motivo de ter passado tanto tempo sem se dedicar a essa obra. Ele até mesmo arrumara um jeito de fazer com que chegasse às mãos do *Geheimrat*, para que ele a avaliasse. Talvez esta noite fosse o momento certo. Era intitulada *O judeu errante*. É possível que não tivesse muito valor. Até incorporava reminiscências do próprio *Fausto* do *Geheimrat*; mesmo assim, não estava destituída de passos imaginativos. A cruz imaginária, que o seu Ahasuerus carregava na longa e penosa jornada pelo mundo, não se podia negar que fosse de todo ineficaz.

Acudiu-lhe então um pensamento: permitiria o grande poeta que suas próprias criaturas – Wilhelm Meister, Werther, Dorothea – se associassem aos concebidos pela imaginação do Conselheiro? Sem dúvida haveria uma ordem social no âmbito da ficção, tal como havia nos outros, até mesmo no mundo de Hirschholm. Na verdade, uma obra de arte deveria ser avaliada pela possibilidade de seus personagens partilharem a companhia, ou freqüentarem os mesmos lugares, das criaturas nas obras dos grandes mestres. Não poderiam Elmira e Tartufo desembarcar em Chipre, e ser ali recebidos, em nome de seu mestre, pelo jovem Cássio, tendo passado no caminho por um barco de velas pardas, seguindo no rumo de Esquéria?

O Conselheiro caiu de novo e ficou estatelado de costas no chão. Dessa posição era mais difícil levantar-se e, enquanto estava assim prostrado, tentando recuperar o fôlego, um cão latiu a certa distância.

"Este cãozinho, vede, e os outros – Gracioso, Fiel e Neve –, se atiram contra mim."[45]

Sim, poderiam ter motivo para agir assim. Contemplou então suas roupas sob o luar de verão, impregnadas de sangue e terra. Nenhum mendigo poderia ter uma aparência tão ruim.

Também o rei Lear estivera em situação tão lamentável. Também ele fora perseguido por assassinos. Havia vagado pela charneca, ali penado e caíra. A noite de seu tormento fora muito pior do que esta. Ainda assim, porém, o velho rei se sentira tão seguro, tão inabalavelmente seguro de algum modo. Ainda deitado no chão, resfolegando, o Conselheiro tentou lembrar o que exatamente proporcionara ao rei Lear tão extraordinária segurança, capaz de colocá-lo ao abrigo da tempestade na charneca, e até mesmo de toda a perversidade do mundo. Ele sofrera nas mãos de duas filhas ingratas, que o haviam tratado com medonha crueldade; não havia nada seguro naquela situação. Era outra coisa. O velho rei estava nas mãos, fosse o que fosse que lhe acontecesse, do grande poeta inglês, de William Shakespeare. Aí estava a diferença.

Afinal, o Conselheiro alcançou o muro do jardim. Com muito esforço, conseguiu encostar-se na parede de pedra. Ali pôde descansar. E de repente, com a face da lua fitando o seu próprio rosto manchado de sangue e terra, o sentido do mundo revelou-se ao velho Conselheiro.

Ele não estava apenas em Weimar. Não, era mais do que isso. Havia adentrado o círculo mágico da poesia. Entrara no próprio mundo mental do grande *Geheimrat*. Toda essa paisagem imóvel ao seu redor, e também essa dor lancinante que o invadia de tempos em tempos, tudo isso fora concebido pelo poeta de Weimar. Ele próprio havia sido incorporado a essas obras baseadas na harmonia, na reflexão profunda e em uma ordem indestrutível. Ele tinha a liberdade, se quisesse, de ser Mefistófeles, ou o tolo estudante que pede conselhos sobre a vida. Na verdade, poderia ser qualquer coisa, sem jamais correr o menor

45. W. Shakespeare, *King Lear*, III, VI. [N.T.]

risco, pois, fizesse o que fizesse, o autor garantiria de algum modo que as coisas terminariam bem, que seriam preservadas as exaltadas lei e ordem divinas. Como era possível que tivesse sentido medo em sua vida? Imaginara ele que Goethe poderia falhar?

> Faça dez de um
> e que dois sejam.
> Faça três de dois
> e nove seja um
> e dez, nenhum...[46]

Essas palavras proporcionaram a ele um extraordinário conforto. Que tolo, que tolo havia sido! Mas, agora, que diferença isto poderia fazer? Agora estava nas mãos de Goethe.

O velho olhou, como se pela primeira vez na vida, para o céu. Seus lábios se moveram e ele disse:

"Ich bin Eurer Excellenz ehrerbietigster Diener." [47]

Nesse momento de sua apoteose, ele percebeu que alguém estava por perto. O som tornou-se mais próximo, e então subitamente afastou-se e cessou. Seria, pensou ele, Margarida chorando em seu abandono?

> Minha mãe, essa rameira,
> que à morte me levou,
> Meu pai, esse biltre
> que me tragou...[48]

Não, deve ser a dama de La Liberté, aquela com quem se casaria nesse dia, a pobre Fransine. Pelo som, concluiu que a jovem andava de um

46. J. W. von Goethe, *Fausto*. [N.T.]
47. V. Excelência, eu sou seu criado à sua inteira disposição. [N.T.]
48. Goethe, op. cit. [N.T.]

lado para o outro ali perto. Ela havia buscado a extremidade mais distante do pátio, a fim de que não a ouvissem na casa. Se ele conseguisse avançar um pouco mais, ela poderia atrair sua atenção e estaria salvo.

Com essa certeza, o Conselheiro foi invadido por um forte sentimento de comiseração. Fransine provavelmente ouviu o disparo, pensou, e devia estar transida de medo. Os soluços dela, ali completamente sozinha na noite, pareciam descontrolados e desesperançados. Isto era um tanto cruel da parte do *Geheimrat*. Porém, ele fora capaz de coisas ainda piores, como ao fazer Margarida matar sua criança; e, todavia, até mesmo isto fizera sentido, fora de algum modo justificável.

Ele se recostou no muro, suas pernas paralisadas no chão e procurou concentrar-se e controlar todos esses pensamentos. Com sua experiência mais rica, caberia a ele consolar a jovem infeliz, e recolocar seu mundo em ordem. Ela era jovem e simplória; não valeria a pena se esforçar para convencê-la de que tudo estava bem. Mas isso não importava; era melhor que fosse assim. As crianças, incapazes de digerir todos os produtos da terra, ficam contentes com um pirulito açucarado. Ele cuidaria para que Fransine obtivesse aquilo que se costuma chamar de felicidade. Era isto, pressentiu, que estava no plano do autor, do *Geheimrat*.

No céu, a lua mudara de posição e de cor. Logo mais viria o amanhecer. O céu estival estava lentamente adquirindo um tom avermelhado e nele as estrelas pendiam como gotas translúcidas, prontas para cair.

O Conselheiro deu-se conta que devia estar com a aparência de um fantasma e, com muita dificuldade, tirou do bolso um lenço para se limpar. O esforço quase o matou, e conseguiu apenas lambuzar o rosto de sangue e terra. Sentiu que não valeria a pena tentar gritar por socorro; sua voz era débil demais. No muro, havia dois degraus de pedra que levavam do caminho à extremidade do pátio e, se pudesse alcançá-los, seria visto pela jovem. Reunindo suas derradeiras forças, percorreu, usando o ombro e o joelho, mais dez metros. Percebeu então que isto era o fim; não poderia avançar mais. Após arrastar-se até o degrau inferior, apoiou-se no outro. Queria chamá-la, mas não conseguia emitir qualquer som. Foi então que, ao se voltar, ela o avistou.

Se ele de fato parecia um fantasma – a tal ponto que ela o tomou por um –, ela própria mais parecia, e realmente se tornara, o espectro daquela jovem beldade de La Liberté, da adorável Fransine Lerche. Agora usava apenas uma camisola comum, vestida às pressas, pois não mais lhe importava seu corpo. Ao se livrar do casaco napolitano, desfizera-se também da delicada e fragrante grinalda de rosas e lírios que constituía sua beleza, a qual fora tão importante para ela. O peito e os quadris roliços haviam encolhido e, sob a camisola branca, não se notava nada além de uma vareta. Até os longos cabelos pendiam sem vida, tal como os braços. Seu fresco e suave rosto de boneca estava descomposto e arruinado pelas lágrimas; a boneca estava quebrada; os olhos radiantes e a boca igual a um botão de rosa agora não passavam de buracos negros em uma planície esbranquiçada. Exausta, não conseguia ficar sentada ou deitada. O desespero a mantinha em pé, como o chumbo na base dos bonequinhos de madeira com que brincam as crianças, ou o peso amarrado aos pés de marinheiros mortos, que os mantém de pé, balançando no fundo do mar.

Os dois ficaram se encarando. Por fim, o velho reuniu força suficiente para sussurrar.

– Ajude-me. Não posso mais me mover.

Ela continuou imóvel. Ocorreu ao Conselheiro que seria melhor tranqüilizá-la, pois estava transfixada pelo horror.

– Fui atingido por um tiro, como você pode ver. Mas isto agora não importa.

Não sabia se ela o ouvira. Ele próprio mal sabia o que havia dito.

Por fim, a jovem entendeu. Seu amante disparara contra esse velho. Em um breve momento, como em um rápido e forte clarão de luz, ele teve uma visão: Anders com a corda amarrada no pescoço. E no mesmo instante voltou a ser habitada pela sombra de sua antiga força, como um náufrago que vê pedaço de navio ser lançado pelo mar em sua praia deserta. Fosse o que fosse que Anders havia feito, ele e ela pertenciam um ao outro, estavam unidos para sempre. Pouco importava que ele a ferira de morte e que ela havia fugido, e nesse instante não temia nada mais do que reencontrá-lo.

De pé, ela viu o sangue que escorria do corpo do velho e manchava os degraus de pedra. Como se dotado de força mágica, o sangue exaltava e firmava seu coração. Em sua luminosidade rubra, ela se deu conta de que toda a infelicidade em seu relacionamento com Anders devia-se a uma falha dela. Tal convicção libertou toda a sua natureza, pois caso tivesse sido ele o responsável, isto seria insuportável. O sangue vermelho, o enorme alívio em seu coração e o raiar do dia que já se notava no céu, tudo isso fundiu-se em seu âmago. A escuridão ficaria para trás. Depois que ela se afastara dele, Anders provara que a amava. E isto apenas o sabiam ela e esse velho.

Como uma mênade, com o cabelo solto cobrindo-lhe o rosto, ela começou a tentar soltar uma das grandes pedras chatas do muro. Ao conseguir, parou por um instante, segurando-a com os dois braços, e usando toda a sua força, apertou-a contra o ventre, como se fosse seu único filho, que o velho feiticeiro havia transformado em pedra.

O Conselheiro sentia o sangue esvair-se rapidamente. Se quisesse lhe dizer algo, teria de ser naquele momento. Temeroso de que seus lábios não tivessem emitido nenhum som quando tentara falar com a jovem, ele arrastou a mão direita pelo chão até tocar no pé descalço de Fransine. A jovem, que sempre se mostrara tão sensível aos toques, não se moveu; seu corpo já não mais lhe importava.

– Minha pobre menina, minha pombinha – disse ele –, ouça-me. Tudo o que existe é bom. Tudo, tudo! Tudo é sagrado, Fransine, até mesmo as marionetes.

Teve de esperar mais um minuto, pois ainda não havia concluído. Então, lentamente, falou:

– Lá no alto está a lua. Você e eu nunca vamos morrer.

Não pôde mais continuar e sua cabeça tombou sobre o degrau.

Se não ouviu o que ele dizia, Fransine entendeu tudo pelo toque de sua mão. Ele estava lhe dizendo que o mundo era bom e belo, mas ela sabia que não era assim. Só porque lhe convinha que o mundo fosse adorável, ele se esforçava por evocá-lo assim. Talvez ele se estendesse sobre a beleza da paisagem, como tantas vezes fizera. Talvez lhe dissesse que hoje era o dia de seu casamento, e que o céu e a terra lhe sorriam. Na verdade, porém, aquele era o mundo no qual pretendiam enforcar Anders.

– Você! – afinal ela gritou. – Você, poeta!

Com ambos os braços, ergueu a pedra e a lançou sobre o velho.

O sangue espirrou para todos os lados. Aquele corpo, um segundo antes dotado de equilíbrio, de um propósito, de uma concepção do mundo que o rodeava, desmoronou, largado no chão como uma trouxa de roupas velhas, à mercê da lei da gravidade, tal como havia caído.

Para o próprio Conselheiro, foi como se tivesse sido arremessado de cabeça, em um movimento tremendo, por um abismo descomunal. Durou pouco tempo, enquanto era jogado, em três ou quatro quedas, de uma catarata à outra. Enquanto isso, de todos os lados, como um eco na escuridão devoradora, reboando em fundas cavernas, as últimas palavras dela repetiam-se sem parar.

Posfácio

A África perdida de Isak Dinesen[1]

A escritora Isak Dinesen – meio pseudônimo de Karen Blixen, já que seu sobrenome de solteira era Dinesen mesmo, acumula na esteira de seu sucesso mundial uma fieira de paradoxos e equívocos. Oriunda de uma família de profundas raízes danesas, adquiriu, desde o aparecimento, em 1934, do livro *Seven Gothic Tales*,[2] uma notoriedade quase instantânea, consideravelmente reforçada posteriormente (1937) com o aparecimento do relato autobiográfico, *Out of Africa*,[3] e não tem feito senão crescer, mesmo depois de sua morte, em 1962, embora não seja de bom alvitre confundir notoriedade com literatura. Se a legenda viva de nobre européia, que viveu na África dezessete anos, numa fazenda de café do Quênia, e que de certo modo se tornou *black under the skin*, lhe dá, por um lado, uma notoriedade fácil, por outro, erode-lhe as virtualidades propriamente literárias. Sucintamente, pode-se

1. Este texto foi publicado originalmente com o título "As potências numinosas de Isak Dinesen", in *Polímica*, n. 3. São Paulo: Moraes, 1981. Revisto pelo autor e republicado como "A África perdida de Isak Dinesen", in *Dioniso crucificado*. Rio de Janeiro: Topbooks, 2005. [N.E.]
2. *Seven Gothic Tales*. Nova York/ Londres: Harrison Smith e Robert Haas/ Putnam, 1934. Ed. bras.: *Sete novelas fantásticas*, trad. Per Johns. Rio de Janeiro. Civilização Brasileira, 1979.
3. *Out of Africa*. Londres: Putnam, 1937; Nova York: Random House, 1938. Ed. bras.: *A fazenda africana*, trad. Per Johns. Rio de Janeiro: Civilização Brasileira, 1979.
O título inglês *Out of Africa*, intraduzível, é perfeito para designar o sentido do livro. O que se pôs ou foi posto para fora do alcance da autora. A tradução em português adotou o título da versão dinamarquesa, *Den afrikanske farm*, *A fazenda africana*.

dizer que chegou à literatura pela porta dos fundos, quando abandonou a África e retornou à Europa contra sua vontade, por motivo de falência econômica. Foi esse evento o acontecimento central de sua vida e uma espécie de divisor de águas, que a fez ingressar na literatura. Outro tivesse sido o resultado econômico de sua aventura agrícola e talvez se tivesse perdido uma das maiores escritoras do século xx. Em todo caso, é uma trajetória *sui generis* e complexa, em que a autora de *Seven Gothic Tales* tendeu a compensar a perda irreparável de sua fazenda africana com a realidade simbólica ou fantástica de uma literatura onde o não-tempo se configura em espaços de sonho. E onde o destino é sempre o personagem principal.

Quis a ironia desse mesmo destino, que a superfície de seu sucesso mais recente, pelo menos no que se refere a uma camada mais ampla de pessoas (raramente leitores), provenha de fontes extraliterárias, sobretudo dos filmes *Out of Africa* [*Entre dois amores*], de Sydney Pollack, e *Babettes gaestebud* [*A festa de Babette*], de seu compatriota Gabriel Axel, o primeiro calcado em sua autobiografia africana e o segundo em um de seus contos de *Anecdotes of Destiny*.[4] Num caso, revestiu-se sua figura de um halo romântico, consumível e descartável, algo que se resolve e se encerra numa história linear de amor e morte; e no outro, a magistral *Festa* cinematográfica de Axel não deixa transparecer com muita clareza os elos que a interligam às razões existenciais e humanas da escritora Karen Blixen, cujo credo, em verdade, é de uma atualidade cruciante.

Já na camada mais estrita dos leitores propriamente ditos, seu sucesso radica, até certo ponto, num equívoco lingüístico, senão num caso literário, pois Karen Blixen pertence tanto à literatura dinamarquesa como à inglesa, mas pela metade. Embora estilisticamente insuperável em seu próprio idioma, adotou o inglês como língua original da maioria de seus livros, encarregando-se ela mesma de *recriá-los* ou *reescrevê-los* em dinamarquês, e assim fez da tradução o *verdadeiro original*. A rigor, só quando verteu os livros para sua própria língua natal, ingressou na literatura. De escritora mediana, talvez descartável no original inglês, transformou-se em dinamarquês no que é propriamente: exímia cultora de um estilo único e inconfundível, que mereceria, em verdade, uma segunda tradução

4. *Anecdotes of Destiny*. Nova York/Londres: Random House/Michael Joseph, 1958. Ed. bras.: *A festa de Babette e outras anedotas do destino*, trad. Isabel Paquet de Araripe. Rio de Janeiro: Record, 1986.

para o inglês. Com isso, se é verdade que Karen Blixen escapou da maldição do pequeno idioma, lançando-se de peito aberto no grande mundo, não é menos verdade que teve de amargar a bizarra situação de ser considerada "estrangeira" em sua própria terra. Sua literatura flutua num limbo interlingüístico. É de todos e não é de ninguém.

Dizer-se dela que é paradoxal, seria pouco. A baronesa Blixen (assim chamada porque foi casada com o barão sueco, Bror von Blixen-Finecke, com quem iniciou a aventura africana, e de quem se separou) escamoteia quaisquer tentativas ligeiras de rotulagem ou enquadramento. Biográfica e literariamente – e as duas dimensões estão nela indissoluvelmente ligadas – tem sido um tormento e um desafio a todos aqueles e não são muitos – que se aventuraram a uma análise em profundidade de sua obra. A monumental e minuciosa biografia da americana Judith Thurman, *Isak Dinesen: the Life of a Storyteller*,[5] é, sem dúvida, a mais abrangente e completa que já foi escrita, mas só em parte consegue decifrar o enigma, talvez porque se preocupou demais com os chamados fatos biográficos e de menos com a ficção que os encobre e justifica. O fato é que a autora de *A festa de Babette* reúne em si ao mesmo tempo uma inata *finesse* cultural, porta-voz que é de valores sedimentados por nossa herança civilizatória, e uma ânsia obscura de imergir no indiferenciado apelo de suas origens cósmicas. Aristocrata, fez brotar do seio da África selvagem e primitiva uma literatura ultra-sofisticada e antiafricana, mas em nenhum momento deixou de ser a sibila da natureza que assustava os bem-pensantes. Oscilou entre o estilo descarnado, incisivo e, ainda assim, arraigadamente poético, da autobiografia e a estética elaborada – aparentemente nefelibata – de sua criação ficcional, descoroçoando um ambiente literário que, em 1934, quando foram editadas as *Sete novelas fantásticas*, era dominado pela violenta e simplista querela entre uma literatura que se dizia engajada e a chamada "arte pela arte". Tanto a absorção de sua obra pela segunda ala quanto a inamistosa recepção pelos integrantes da primeira, taxando-a de alienada e decadente, foram atitudes equivocadas. O tempo se encarregou de mostrar que os escritos de Blixen eram algo único e, sobretudo, incatalogável. No pantempo

5. Judith Thurman, *Isak Dinesen: the Life of a Storyteller*. Nova York: St. Martin's Press, 1982. Ed. bras.: *A vida de Isak Dinesen (Karen Blixen)*. Rio de Janeiro: Record, 1988.

daquelas histórias *góticas* inseria-se a cruciante consciência dos descaminhos de nossa cultura hegemônica, com algumas agudíssimas premonições do insolúvel problema ecológico que se aloja em suas entranhas *pensantes*.

Para que se tenha tanto quanto possível uma visão justa de sua figura humana e literária, há que destrinçar essas (aparentes) contradições, responsáveis pelos inúmeros equívocos cometidos em nome da escritora, e que são, talvez, muito mais erros de ótica do que propriamente contradições.

Literatura e vivência

Parece certo que Karen Blixen guardou uma fidelidade quase impiedosa a si mesma, desde sempre infensa – e deve-se insistir neste ponto – a condicionantes e modismos literários. Entre outros rótulos, sua solidão africana lhe valeu o de elitista ou aristocrata do espírito, magnificamente alheia, do alto de seu pedestal estético, ao drama humano. Entretanto, ninguém foi menos beletrista ou esteticamente auto-suficiente. Foi a vida que a conduziu à literatura e não o inverso. Sua tragédia pessoal e conseqüente berço literário esgalhou-se a partir de uma dupla perda: de um lado, sua fazenda africana e, de outro, a morte de Denys Finch-Hatton, essa misteriosa figura de inglês extraviado, que tanto a fascinou e tão bem descreve (e ao mesmo tempo esconde) em seu relato autobiográfico. Poder-se-ia acrescentar a este acervo negativo a sífilis que contraiu, transmitida pelo marido, barão Bror Blixen, minando-lhe a saúde pelo resto da vida. Aos que insistiam em chamá-la de baronesa, ela costumava ironicamente replicar que o título "estava, com certeza, à altura da sífilis que trouxe consigo".[6]

Duras realidades que a levaram à literatura por um caminho tortuoso, sofrido e de nenhuma maneira linear ou consciente de antemão. O que foi esse caminho pode ser expresso – e talvez só assim o possa ser – através de uma parábola da própria autora, que guarda certa semelhança com o *Patinho feio*, de Andersen. É a história de um homem, cujo destino se mostra nas linhas de um desenho

6. Elsa Gress, *Danske digtere i det 20. århundrede* (*Poetas e prosadores dinamarqueses do século* XX), b. 3. Copenhague: Gad, 1981, p. 29.

que se vai fazendo com as inúmeras peripécias, contrariedades e prejuízos que sofre, ao sair de casa numa noite escura. Quando, no dia seguinte, à luz do dia, se desvela o desenho que suas vicissitudes noturnas formaram, vê-se a figura de uma bela cegonha. Tudo o que havia sofrido se tinha transformado numa imprevista obra de arte.[7]

Uma outra metáfora, que lhe era especialmente cara, refere-se a uma curiosa característica do cafeeiro, de tanta importância prática em sua vida. A própria Blixen descreve assim a peripécia:

> *Se, ao plantar um pé de café, você vergar a raiz-mestra, esta planta começará, depois de um breve intervalo, a mostrar uma multiplicidade de pequenas e delicadas raízes, quase aflorando à superfície. Esta planta não será produtiva, nem carregará frutos, mas florescerá mais ricamente que as outras.*

E conclui:

> *Estas delicadas raízes são os sonhos da planta. À medida que elas se espraiam, a planta não mais precisa pensar em sua vergada raiz-mestra. Mantém-se viva graças a elas, mas só um pouco, não por muito tempo. Se se preferir, pode-se também dizer que a planta morre por causa delas. Pois em verdade, o sonho é a maneira de pessoas bem-educadas cometerem suicídio.*[8]

De nada disso, que a faria sofrer e, por fim, retrospectivamente, florir numa imprevista direção, Karen Blixen suspeitava quando chegou ao grande continente em 1914. Aos pés das montanhas Ngong, sua fazenda de café, que passou a administrar sozinha depois que se separou de Bror Blixen, absorveu-a inteiramente, embora lhe valesse outro rótulo, dessa vez de colonialista, ou ainda, de porta-voz de um paternalismo que, além de mascarar interesses escusos de exploração econômica, pretendia converter a raça negra ao credo WASP (*White Anglo-saxon Protestant*). Entretanto, basta ler com atenção *A fazenda africana*, com seu

7. *A fazenda africana*, op. cit., pp. 217-18.
8. "Os sonhadores", in *Sete novelas fantásticas*, op. cit., p. 267.

genuíno "gosto salgado de lágrimas", como escreveu Bernardine Kielty no prefácio a uma das edições americanas da obra,[9] para se compreender que a afirmação é no mínimo apressada, de vez que a perda da fazenda e o posterior retorno da escritora à Europa, coincidindo com a morte de Denys Finch-Hatton, foram motivadas justamente, e contra sua vontade, por falta de sagacidade comercial, culminando num crônico processo de descapitalização, vale dizer, no inverso da aventura colonialista. São vários, na superfície, pelo menos, os motivos do fracasso, embora não seja descabido suspeitar-se que um dos principais, e não o de somenos, tenha sido o exagerado respeito a fatores não capitalistas de convivência. Quanto a proselitismo, não a moveu qualquer ânimo missionário de conversão. Pelo contrário, comportou-se às avessas do monstro sagrado de Lambarène, Albert Schweitzer. Em vez de converter, era ela que se ia convertendo.

No fundo, sentia-se — mercê de algum misterioso elo íntimo — não como um corpo estranho, mas perfeitamente à vontade na África, a ponto de dizer: "Aqui estou, onde devia estar".[10] Fez o quanto pôde para adaptar-se ao ritmo "sem movimentos abruptos" desse continente impregnado de "quietude e silêncio", cujo aprendizado – e se trata em verdade de reaprender uma lição longamente esquecida – é tão difícil para o homem civilizado em nossos moldes, sobretudo aquele que a tudo sobrepõe a viabilidade econômica. É um pouco desses mesmos quietude e silêncio que Hemingway insinua ao retratar o estranho e resignado pescador de *O velho e o mar*. Hemingway, embora fosse literariamente antípoda na motivação e fatura, era existencialmente uma alma-gêmea de Blixen. E curiosamente, a figura antológica de Denys Finch-Hatton, que tanto influiu na futura carreira literária da baronesa, tinha muito de Hemingway em seu caráter. Por mais longe que estivesse de ser um literato, embora (educado em Eton) soubesse latim e grego e fosse leitor dos clássicos e da Bíblia, considerava-se um exilado sem remissão, não da Inglaterra, propriamente, mas do mundo moderno. Antes de tudo, refratário a uma época que incorporara o que havia de pior na tradição e deixara para trás o melhor, a exemplo do que mostraria posteriormente a literatura de Karen Blixen. Denys fazia da fazenda de Ngong seu lar provisório,

9. Bernardine Kielty, prefácio ao *Out of Africa*. Nova York: Modern Library, 1952, p. XIV.
10. *A fazenda africana*, op. cit., pp. 4, 13, 14. Há uma variante ainda mais contundente desta frase em uma de suas cartas a Thomas Dinesen: "Pertenço a este lugar e aqui devo ficar".

onde gostava de recolher-se, no intervalo de suas atividades de condutor de safáris, para ouvir música e ler, saciando assim, quem sabe, sua nostalgia de uma europeidade perdida. Mas aparecia e desaparecia sem aviso prévio; ficava meses na casa ou meses sumido, refratário a compromissos. Um dia, sumiu de vez, quase literalmente no ar, vítima de um acidente com o avião que pilotava, solitário. E foi solitário que morreu, como havia vivido. Obstinadamente solitário.

É possível que Blixen tenha reconhecido em Denys seu venerado pai, um homem estranho, de espírito nômade e inquieto, que em certa ocasião se isolou e viveu durante um ano com os índios norte-americanos, e que ao retornar à Dinamarca acabou por suicidar-se, por não suportar mais a estreiteza convencional e estéril da vida civilizada. Blixen reconhecia em si a mesma ânsia de uma autenticidade perdida. E é certo que se esforçou por ver a paisagem africana como africana e os negros a partir de suas próprias potencialidades, configurando-se a experiência "num magnífico alargamento de seu próprio horizonte",[11] como ela mesma reconheceu. Pressentia nos nativos, harmonia e entendimento cósmico, além da pacífica aceitação do papel de "pequenas figuras num imenso cenário", coisa que os europeus há muito desaprenderam com sua desatenção crônica, um pouco como o personagem da novela *Os caminhos ao redor de Pisa*, convocado como testemunha para um duelo, e que, diante do enigma da morte a desoras e auto-infligida, de repente, perplexo, *repara*, como se nunca antes tivesse visto ou ouvido aquilo, por ter estado sempre em vias de perder cada momento único e insubstituível em favor do acessório, no frescor matinal das árvores floridas e no pássaro que canta no jardim. "Pareceu-lhe estranho que houvesse morte flutuando na bondade deste ar..."[12] Quem não percebe com todos os sentidos alertas o que o circunda, desliga-se e perde essa tranqüila veemência dos que vivem *em* e *do* seu meio:

São expressões diferentes de uma única idéia, variações em torno do mesmo tema.

Mas Blixen não se ateve apenas às palavras, passou aos atos, ao reconhecer o direito dos negros a seu solo próprio, reivindicando e obtendo do governo para seus

11. Id., ibid., p. 18.

12. "Os caminhos ao redor de Pisa", in *Sete novelas fantásticas*, op. cit., p. 193.

squatters (colonos) uma faixa de terra nas proximidades da fazenda, onde pudessem continuar comunitariamente unidos, pois, argumentava em seu pedido:

> *É mais do que a terra que se tira dos povos ao sonegar-lhes o torrão natal. Vai junto o seu passado, as suas raízes e a sua identidade.*

Em suma:

> *Quando lhes retiramos aquelas coisas que estão acostumados a ver, e esperam continuar vendo, é como se, de certo modo, lhes retirássemos os próprios olhos.*

À semelhança das aves de arribação, não perderam ainda suas bússolas interiores, que os ajudam a "retornar, através das maiores agruras, sofrendo os maiores perigos e contrariedades, ao solo originário, às paragens que lhes dizem respeito".[13] Não pode haver dignidade humana sem identidade. O homem não é abstrato. É concreto.

Terra das origens

Toda essa profunda identidade que a escritora sente ligá-la à Àfrica deixa a impressão de misterioso retorno às origens, quase como um sentimento de *déjà vu*. Assemelha-se ao que Jung, em 1925, à época em que Karen Blixen ainda vivia, em visita ao mesmo Quênia, ao ver sobre um pico a forma esguia de um homem apoiado numa lança, descreve assim, em suas *Memórias, sonhos, reflexões*:

> *Tive a impressão de que já vivera esse instante uma vez, e que sempre conhecera esse mundo separado de mim apenas pelo tempo. Era como se voltasse ao país de minha juventude, e conhecesse esse homem escuro que me esperava há cinco mil anos.*[14]

13. *A fazenda africana*, op. cit., p. 324.
14. Carl Gustav Jung, *Memórias, sonhos, reflexões*, trad. Dora Ferreira da Silva. Rio de Janeiro: Nova Fronteira, 1975, p. 225.

Provavelmente não havia essa clareza consciente em Blixen. Mas sua nostalgia ao deixar a África é a de alguém que sente além do estrito problema econômico, ou mesmo, por causa dele, um mal-estar irremediável, talvez uma premonição, ainda vaga e nebulosa, de que a sua tragédia pessoal estava vinculada à tragédia geral de nossa cultura em sua ânsia suicida de destruir suas próprias origens, como se quisesse apagar aquilo que a vincula ao conjunto de que faz parte. E a África de Blixen, como a de Jung, é a África do homem e dos animais selvagens que têm ainda "uma linha bem demarcada em suas atividades", cuja força sequer conseguimos intuir, pois falta-nos – como falta aos animais domésticos – um pouco de tudo, de olho e ouvido, de tato e olfato. Sem nos darmos conta, deixamos, – como diria Blixen –, que "nossos corações, como os de animais confinados em jaulas, se queimem como se estivessem expostos a uma churrasqueira, à sombra das grades".[15]

O grande continente africano despertou na sofisticada aristocrata dinamarquesa a sibila da natureza, capaz de esquecer o dia da semana e a hora do dia (leia-se o *mecânico* e o *quantitativo*), mas que redescobriu o sentimento que a punha em contato direto com coisas como a *direção dos ventos*, as *fases da lua* ou a *captação dos humores do mundo*, vale dizer, do tempo cósmico ou da *honra*, que nas línguas germânicas vincula-se etimologicamente a *hierós*, sagrado, no sentido de colocar-se à altura da idéia de Deus, essa mesma idéia à qual se mostra fiel o animal e infiel o homem.[16] Dizia-se que Blixen tinha a mania das pequenas coisas ou das coisas sem importância, que a desviavam das coisas práticas, prementes. Por exemplo, interrompia qualquer coisa que estivesse fazendo para saudar ritualmente a lua nova, por representar o advento mensal da ressurreição da vida, numa reverência ao tempo mítico, circular e repetitivo, em oposição ao nosso, linear, contínuo e infinito. Retomava uma visão de mundo que se torna a cada dia mais distante – e até incompreensível, percebida apenas em seus efeitos – de nossa ânsia, por assim dizer, externa à vida, isto é, de quem a vê como um lado de fora, uma casca sem interioridade, ou ainda, como um mecanismo em que sua alma é sua funcionalidade. E nessas já muitas décadas desde que Blixen deixou a África, para nunca mais voltar, o continente inteiro foi duramente

15. "O macaco", in *Sete novelas fantásticas*, op. cit., p. 145.
16. Thorkild Bjornvig, *Pagten* (*O pacto*). Copenhague: Gyldendal, 1974, pp. 77-78.

hostilizado e desenraízado, não mais com a brutalidade colonialista mas com as mãos de seda do grande comércio. Assim como a fazenda da escritora se transformou em subúrbio urbano de Nairóbi, a África toda não é hoje muito mais do que um subúrbio do *Ocidente S.A.*, para tomar de empréstimo uma expressão de Cortázar.[17]

Nunca poderá ser por demais enfatizado o papel que a fazenda africana representou na alma desta nobre européia, cultivada e dolorosamente presa nas malhas da tradição familiar, para a libertação não só de suas potencialidades criadoras como de sua libertação *tout court*. Como vem dito de maneira contundente em outra de suas cartas ao irmão, referindo-se a suas origens familiares:

> *Creio que foi para mim um grave desastre ter nascido e sido educada nesta família, neste meio, com esta 'visão do mundo'...*[18]

Explicitava-se nela mercê do exorcismo africano – mas na pele, existencialmente – o básico conflito humano entre *cultura* – para cujo lado pendia, e não podia deixar de pender, como o demonstra sua obra ficcional – e *natureza*, que sentiu renascer nas entranhas, espécie de *call of the wild*, vivida como uma trágica impossibilidade. Não há retorno possível para uma cultura que atingiu seu ponto de máximo distanciamento da natureza.

Quando retornou à Dinamarca, Karen Blixen sentiu-se como uma exilada em sua própria terra. Tinha perdido aquilo que seu compatriota Søren Kierkegaard havia chamado de *reconhecimento*. E foi assim que sua vida se transformou na literatura de Isak Dinesen, agoniada, retorcida, absurda, mas majestosa como uma catedral gótica.

17. A expressão completa usada por Julio Cortázar é: "Grande-Enfatuação-Idealista-Realista-Espiritualista-Materialista do Ocidente S. A.". *O jogo da amarelinha*, trad. Fernando de Castro Ferro. Rio de Janeiro: Civilização Brasileira, 1970, p. 405.

18. Karen Blixen, *Breve fra Áfrika 1925-31* (*Cartas da África*). Copenhague: Gyldendal, 1978, p. 25. A carta é datada de 1º de abril de 1926.

Em decorrência, pode-se dizer, com crueza, que a África foi para Karen Blixen uma espécie de vômito, que a liberou do que lhe fazia mal e a ajudou a encontrar o fio de sua meada criativa. Nesse sentido, não apenas não foi uma escritora prolixa – e seu primeiro livro, *Seven Gothic Tales*, foi editado apenas em 1934, quando já contava com 49 anos – como teria sido na juventude uma escritora hesitante e pouco entusiasmada, como se lê num ensaio de Frans Lasson.[19] À parte uns poucos contos publicados em revistas com o pseudônimo de Osceola, a jovem Tanne, como era chamada, deixava incompleto tudo que escrevia, sempre com vistas a terminá-lo depois. Faltava-lhe entusiasmo criador. Foi só mais tarde, em razão da perda abissal do paraíso africano, que encontrou forças, interesse, compulsão para escrever. Nessa consolidação da claudicante fé que a escritora tinha em si mesma como escritora desempenharam papéis decisivos não só Denys Finch-Hatton como seu irmão, também escritor, Thomas Dinesen.

Na *Torre de marfim* de seu lar dinamarquês, Blixen foi mais ou menos incapaz de escrever, só o conseguindo quando exorcizada por obscuras motivações telúricas, nutridas numa atmosfera crepuscular de lembranças longínquas diluídas no sangue pelos séculos e subitamente avivadas pelos "minutos que pingavam do relógio, como se fossem a própria vida que se esvaía"[20] nas noites silenciosas da fazenda africana. Subterrânea e simultaneamente pervagava-lhe a sensação de que *em paralelo* com sua própria existência, mas num *plano diferente*, gravitavam os seres africanos, como se estivessem envoltos numa distância que lhe parecia intransponível. De um plano a outro os ecos por vezes se entrelaçavam sem entretanto se misturar. Mercê dessa atmosfera, suas narrativas fantásticas iam brotando no fluxo de uma oralidade espontânea, no rastro de uma capacidade imaginativa de transformar palavras em imagens, que nossa tradição literária, escrava da escrita, há muito perdeu.

Karen Blixen narrava, mas não escrevia. Literalmente contava histórias. Os nativos, que se punham expectantes à sua volta, como as crianças que se ajuntavam

19. Frans Lasson, "Lucifers barn" ("A filha de Lúcifer"), posfácio ao *Pagten*, op. cit., p. 167.
20. *A fazenda africana*, op. cit., p. 17.

aos pés de Andersen, foram seus primeiros e entusiasmados ouvintes, juntamente com Denys. Às vezes o relato era rimado. Ao término, insaciáveis, os nativos pediam: "*Speak again. Speak like rain*".[21] Foram essas histórias que posteriormente foram escritas e reunidas no volume intitulado *Seven Gothic Tales*.

Do que tratam as histórias? Tratam de acontecimentos – cheios de peripécias – que, a par da fabulação mirabolante, deixam entrever na trama uma tessitura alegórica de significados e alusões que, em última instância, se reportam diretamente à vivência da autora. O título da coletânea no original inglês – *Seven Gothic Tales* – parece sugerir, por trás daquilo que é pertinente aos godos, antigos povos germânicos, um pouco como o estilo arquitetônico, algo que é retorcido, agoniado, opaco e decadente, como uma civilização que se perdeu na preciosidade de volutas, frisos e vitrais, em detrimento da vida. Somos introduzidos a estranhas metamorfoses e visões: parques outonais de onde emergem manadas de unicórnios; artistas que vislumbram através do envoltório factício da carne a cintilante beleza essencial da ossatura; cardeais que se dispõem a escrever o Livro do Espírito Santo para completar o do Pai (Velho Testamento) e o do Filho (Novo Testamento). A mais verossímil realidade cotidiana é de súbito entrecortada pela impossível mistura de tempos, estações e personagens. O capitão Maersk, por exemplo – um Sísifo irretocável – conta que após anos de procura encontrou e desenterrou o tesouro do lendário flibusteiro l'Ollonais numa ilha das Caraíbas, mas voltou a enterrá-lo – e frisa, enterrou-o melhor do que o pirata, para que não o encontrassem – pois o que queria (e queria que todos quisessem), afinal, não era o tesouro e sim o prazer de procurá-lo.[22] A idéia de Søren Kierkegaard, de que a expectativa é prazer maior do que aquilo que é desejado, valorizando a riqueza do imaginado acima de qualquer possível riqueza realizada, transforma-se em Blixen em fabulações, não do que poderia ter sido, mas do que efetivamente é, apenas num outro plano. Como a floração do cafeeiro, sem frutos. Suas histórias fazem lembrar Hoffmann, Poe e Kafka, só que mais carregadas de um sentido intrínseco. Têm o encanto enigmático do labirinto dos sonhos. Servidas por um estilo clássico – de uma beleza

21. Bernardine Kielty, prefácio ao *Out of Africa*, op. cit., p. XIV.
22. "Dilúvio de Nordeney", in *Sete novelas fantásticas*, op. cit., p. 46.

despojada – e de uma habilidade boccaciana na arte de narrar, acabam por transformar, como num processo alquímico, o que possam ter de absurdo em mensagem existencialmente verdadeira, embora cifrada. Passam-se quase sempre num tempo indefinido, intermediadas por pessoas que rememoram o que inventam ou adivinham, como se brotassem dos confins de uma África das origens, porém vestidas com as roupas hipercivilizadas de uma Europa que se extraviou ou está em vias de mais uma vez extraviar-se.

E desvelam essas histórias, quase sempre, no fundo de sua trama, um conflito: seja jovem/ velho, natural/ cultivado, mítico/ lógico etc. O elemento civilizado ou represa os ardores juvenis, ou os deixa livremente tomar seu curso, pelo prazer sádico de vê-los desembocar num impasse, sempre a meio caminho entre a doença imobilista da velhice, herdada com a massa do sangue, e os impulsos juvenis, que se processam num compasso cósmico sem as falsas peias da civilidade. Um difícil conflito em que a derrota não é a opção entre uma coisa ou outra e sim a impossível opção pelo meio termo, a *aurea mediocritas*, de Horácio.[23] A exemplo disso, em *Dilúvio de Norderney*, os jovens Jonathan e Calypso, de custodiados, cada qual por seu velho mentor tirânico, que, no caso do jovem, queria fazê-lo *existir demais* (além de si mesmo), e no caso da moça, no outro extremo, queria obrigá-la a *existir de menos* (impedindo-a de ser mulher), passam-se para a lógica, ainda custodiada, do encontro da carência com o excesso, no casamento que se processa *in extremis*, à beira da morte.[24] Um casamento impossível, ou por outra, um casamento que só a morte poderia realizar. Restam um gosto amargo de cinzas e a certeza de que não é dado aos jovens, na plenitude de suas potencialidades, realizar-se. Para realizar-se precisam envelhecer ou morrer. Como a Europa velha que dobrou e dobra a África jovem e primitiva (no sentido de originária e não inferior) ou mágica e *honrada* (ou sagrada) porque mais próxima das fontes cósmicas do dever e da sapiência de *situar-se*. São as fontes de onde manam silêncio e quietude.

Demiúrgica, Blixen conduz seus personagens quase como se fosse a hábil condutora de marionetes que, de repente, adquirem vida própria e lhe fogem

23. Horácio, *Odes*, livro II, 10.
24. "Dilúvio de Nordeney", op. cit., p. 11.

do controle, um pouco, talvez, como Deus e suas criaturas. Mas fica nelas uma bússola. Não há no que fazem nada de nefelibata ou aleatório, vergam-se aos desígnios da sibila que, por sua vez, pretexta vergar-se às imposições do Deus que habita nela, como habita o interior das aves de arribação. Quer dizer, "a humanidade, os homens e mulheres desta terra são apenas o barro de Deus, e nós, os artistas, suas ferramentas...", como se lê na novela *Os caminhos ao redor de Pisa*.[25] Mas também é verdade que Deus e sua ferramenta, o artista, são um pouco prestidigitadores ou charlatães, pois estando a criatura humana meio extraviada ou anestesiada em si mesma necessita de truques especiais para acordar de seu torpor, daí que "trovões e relâmpagos, a lua nova, um rouxinol, uma jovem mulher – são todas charlatanices de uma safra divina".[26] Como o é o celebrado *jantar de Babette* (que ganhou mundo e notoriedade extraliterária no premiado filme de Gabriel Axel). Embora se esgote num instante fugaz, o jantar é obra de uma vida inteira e tem o dom da metamorfose ao transformar milagrosamente velhos em crianças outra vez, desfazendo como fumaça a falsa importância dos conceitos que neste mundo se cultuam. É uma espécie de arte de retorno aos ingredientes de Deus. Mas será que o artista (no sentido amplo de desvelador de mundos) tem sempre certeza de que aquele a quem serve é Deus, ou por outra, que sua bússola não está com defeito? Essa certeza não existe. Assume-se um risco, um risco que os artistas não podem deixar de correr em sua qualidade de ferramentas de um Deus que não se mostra, cuja visibilidade cabe a eles desvendar. Mas é um risco que vale a pena. É provável que Deus antes acolha em seu seio, ao invés das tediosas criaturas insuficientemente vivas em sua medíocre mediania, as *invenções* de suas "ferramentas" (os artistas) na Terra: um Ulisses, um cavaleiro da triste figura, um *Don Giovanni*, um Quasímodo ou os personagens do conto de Blixen ("Campo de dor"), um senhor feudal e a ceifadeira de um campo de trigo, que morre ao realizar uma façanha inédita para purgar a culpa do filho. Ao arrepio do lugar-comum, dão-se as mãos a aristocracia e o proletariado, num cenário que abrange muito mais coisas que o estéril humanismo excludente, destituído de espinha dorsal, como se adivinha no final do conto:

25. "Os caminhos ao redor de Pisa", op. cit., p. 181.
26. "Dilúvio de Nordeney", op. cit., p. 63.

O velho senhor ficou entre seus servos. Andava e tornava a imobilizar-se (em torno daquela coisa maior do que ele). Quando escureceu, misturou-se à turba a tal ponto que se tornou irreconhecível.[27]

Era mais uma figura na paisagem, onde todos se confundiam no respeito à dolorosa façanha de um destino empenhado e cumprido. Delineia-se imageticamente, aqui como algures (basta lembrar ainda, em outro diapasão, *A festa de Babette*) o *credo* da autora, exposto de um modo a que simples palavras conceituais não têm acesso.

Síntese de todas essas características e *alter ego* da escritora é a personagem central de *Os sonhadores*, Pellegrina Leoni, que reaparece no conto *Eco*, de um de seus últimos livros.[28] Pellegrina não é um personagem só, mas um rol de personagens. O crime do artista não é a trapaça, antes a mentira de cristalizar-se num papel pré-determinado. Como Søren Kierkegaard e Fernando Pessoa, que só puderam transmitir o que tinham a dizer – com a carga existencial de cada momento – deixando aflorar neles quem não eram, biograficamente.

Mas a força de Blixen não se limitava a seus personagens de ficção. Certa feita, quase transformou uma pessoa de carne e osso – o poeta Thorkild Bjørnvig, muito mais jovem que ela – em personagem. Tentou recriá-lo à sua imagem e semelhança, pretendendo que seu discípulo e epígono, em suas próprias palavras, "esquecesse sua história pessoal, numa espécie de suspensão existencial",[29] a fim de que ela, Blixen, reconquistasse através dele sua identidade perdida e suas potencialidades despedaçadas. O caso tornou-se na literatura dinamarquesa uma espécie de *cause célèbre*, culminando num rompimento abrupto entre a demiurga e seu personagem de carne e osso. A versão de Blixen sobre o caso é retratada no mencionado conto *Eco*, e a do poeta em seu livro *Pagten* (*O pacto*), editado após a morte da escritora. *Pagten*, embora tenha enfurecido os puristas blixenianos, é um

27. Karen Blixen, "Campo de dor", in F. J. Billeskov Jansen e R. Wagner Hansen (org.), *Panorama da literatura dinamarquesa*, trad. Per Johns. Rio de Janeiro: Nórdica, 1981, p. 498.
28. "Os sonhadores", in *Sete novelas fantásticas*, op. cit., p. 259, e "Ekko", in *Sidste fortaellinger* (*Últimas histórias*). Copenhague: Gyldendal, 1957. Ed. ing.: *Last Tales*. Nova York/Londres: Random House/ Putnam, 1957.
29. *Pagten*, op. cit., p. 155.

livro fascinante pelo retrato pouco convencional que nos dá, não só da escritora como da criatura humana que a embasou.

O *daimon* de Karen Blixen não quis ou não soube deter-se ante as portas do insondável. Levou às últimas conseqüências essa sua simbiose de ficção e realidade.

Na já citada carta ao irmão, em que descreve seu inconformismo de ter nascido na família em que nasceu e com *essa* visão do mundo, Blixen reafirma que prefere à adormecedora música seráfica das asas do *statu quo* a brusca queda no fosso da rebelião.[30] Essa rebelião luciferina com a qual nasceu, e que talvez se tornasse apenas um pálido *ersatz* literário, reforçou-se e tomou corpo na África das origens. E, posteriormente, adquiriu voz na atmosfera fantástica das novelas, de uma freqüente danação, em que o calor da vida – profuso e caótico – digladia-se com a lógica fria da morte. Difícil não é morrer. Difícil é viver. Ou como diz Blixen: "Para viver é preciso ter coragem". É um risco que não exclui ninguém nem nada. Ou se assume ou não se vive. Algo que soa em nossos ouvidos de maneira irresistivelmente familiar. Faz lembrar a travessia de Guimarães Rosa.

PER JOHNS

30. Karen Blixen, *Breve fra Afrika*: 1925-31, op. cit., p. 26.

Sugestões de leitura

FICÇÃO

The Revenge of the Truth (peças de marionetes, de 1904, 1915, 1926).

Seven Gothic Tales. Nova York/Londres: Harrison Smith e Robert Haas/Putnam, 1934. *Syv fantastiske Fortællinger*. Copenhague: Reitzels, 1935. *Sete novelas fantásticas*, trad. Per Johns. Rio de Janeiro: Civilização Brasileira, 1979.

Out of Africa. Londres. Putnam, 1937; Nova York: Random House, 1938. *Den afrikanske Farm*. Copenhague: Gyldendal, 1937. *A fazenda africana*, trad. Per Johns. Rio de Janeiro: Civilização Brasileira, 1979. *A fazenda africana*, trad. Claudio Marcondes. São Paulo: Cosac Naify, 2005.

Winter's Tales. Nova York/Londres: Random House/Putnam, 1942. *Vinter-Eventyr*. Copenhague: Gyldendal, 1942. *Contos de inverno*, trad. Anna Olga Barreto. São Paulo: Editora 34, 1993.

"Sorg-agre", in *Winter's Tales*. Nova York/Londres: Random House/Putnam, 1942." Campo de dor", in F. J. Billeskov Jansen e R. Wagner Hansen (org.). *Panorama da literatura dinamarquesa*, trad. Per Johns. Rio de Janeiro: Nórdica, 1981.

Gengældelsens Veje, trad. para o dinamarquês Clara Svendsen. Copenhague: Gyldendal, 1944. *The Angelic Avengers* [sob o pseudônimo Pierre Andrézel]. Londres: Putnam, 1946; Nova York: Random House, 1947.

Last Tales. Nova York/Londres: Random House/Putnam, 1957. *Sidste Fortællinger*. Copenhague: Gyldendal, 1958.

Anecdotes of Destiny. Nova York/Londres: Random House/Michael Joseph, 1958.

Skæbne-Anekdoter. Copenhague: Gyldendal, 1960. *A festa de Babette e outras anedotas do destino*, trad. Isabel Paquete Araripe. Rio de Janeiro: Record, 1986. *Anedotas do destino*, trad. Cássio de Arantes Leite. São Paulo: Cosac Naify, 2006.

Skygger paa Græsset. Copenhague: Gyldendal, 1960. *Shadows on the Grass*. Nova York/Londres: Random House/Michael Joseph, 1961. Sob o pseudônimo Osceola, in Clara Svendsen (org.). Copenhague: Gyldendal, 1962. *Sombras na relva*, trad. Maria Luiza Newlands. São Paulo: Editora 34, 1993.

Ehrengard. Nova York/Londres: Random House/Michael Joseph, 1963.

Carnival: Entertainments and Posthumous Tales, prefácio de Frans Lasson. Chicago: The University of Chicago Press, 1977.

ENSAIOS

Daguerreotypes and Other Essays. Chicago: The University of Chiçago Press, 1979.

On Modern Marriage: And Other Observations. Nova York: St. Martin's Press, 1986.

CORRESPONDÊNCIA

Letters from Africa: 1914-1931, in Frans Lasson (org.), trad. Anne Born. Chicago: The University of Chicago Press, 1981.

Karen Blixen i Danmark: Breve 1931-1962, 2 v., in Frans Lasson e Tom Engelbrecht (org.). Copenhague: Gyldendal, 1996.

SOBRE KAREN BLIXEN

Paulo Rónai, "Karen Blixen e/ ou Isak Dinesen ou o desespero mágico", in *Pois é*. Rio de Janeiro: Nova Fronteira, 1970.

Julio Cortázar, "Alguns aspectos do conto", in *Valise de cronópio*, trad. Davi Arrigucci Jr. e João Alexandre Barbosa. São Paulo: Perspectiva, 1974.

Thorkild Bjornvig. *Pagten*. Copenhaque: Gyldendal, 1974. *The Pact: My Friendship with Isak Dinesen*, trad. do dinamarquês Ingvar Schousboe e William Jay Smith. Louisiana State University Press, Baton Rouge and London, 1983.

Per Johns, "As potências numinosas de Isak Dinesen", in *Polímica*, n. 3. São Paulo: Moraes, 1981.

____. "Prometeu no jardim do Éden", "Viagem alma adentro" e "Ficção do assombro e outras magias", in *Dioniso crucificado*. Rio de Janeiro: Topbooks, 2005.

Errol Trzebinski. *Silence will Speak: A Study of the Life of Denys Finch-Hatton and his Relationship with Karen Blixen*. Chicago: University of Chicago Press, 1985.

Judith Thurman. *A vida de Isak Dinesen (Karen Blixen)*. Rio de Janeiro: Record, 1988.

Eugene Walter. "Isak Dinesen" (Entrevista, 1956), in *Os escritores, 2: as históricas entrevistas da Paris Review*, seleção de Marcos Maffei, trad. Luiza Helena M. Correia *et all*. São Paulo: Companhia das Letras, 1989.

Frans Lasson e Clara Selborn. *Karen Blixen: Her Life in Pictures*. Rungsted: Karen Blixen Museet, 1994.

Hannah Arendt, "Isak Dinesen: 1885-1963", in *Homens em tempos sombrios*, trad. Denise Bottmann. São Paulo: Companhia das Letras, 1999.

Heather Keenleyside. "The Self and Stones of Isak Dinesen: A Dialogue on Narrative Identity", *Critical Quarterly*, 43, 3, 2001.

Marianne Wirenfeldt. *The Art of Karen Blixen: Drawings and Painting* (catálogo). Rungsted: Karen Blixen Museet, 2002.

Mario Vargas Llosa, "Os contos da baronesa", in *A verdade das mentiras*, trad. Cordelia Magalhães. São Paulo: Arx, 2004.

Truman Capote, "Isak Dinesen", in *Os cães ladram*, trad. Antonio Celso Nogueira. Porto Alegre: L&PM, 2006.

OBRAS ADAPTADAS PARA O CINEMA

Uma história imortal (*The Immortal Story*, 1968), de Orson Welles, baseado na obra homônima, incluída em *Anedotas do destino*.

Entre dois amores (*Out of Africa*, 1985), de Sydney Pollack, pautado no romance *A fazenda africana*.

A festa de Babette (*Babettes gaestebud*, 1987), de Gabriel Axel, baseado na obra homonima, incluída em *Anedotas do destino*.

Título original: *Syv fantastiske Fortællinger*

FOTOS: p. 2: déc. 1950. Hulton Archive/Getty Images; p. 454: 1934. Foto AKG-Images/LatinStock; p. 472: década de 1930.

Coordenação Alexandre Barbosa de Souza
Projeto gráfico Luciana Facchini
Composição Jussara Fino
Preparação Nelson Fonseca Neto
Revisão Marcela Vieira, Maria Helena Arrigucci e Évia Yasumaru

Dados Internacionais de Catalogação na Publicação (CIP)
(Câmara Brasileira do Livro, SP, Brasil)

Blixen, Karen, [1885-1962]
Sete narrativas góticas: Karen Blixen
Título original: *Seven Gothic Tales*
Tradução: Claudio Marcondes
Posfácio: Per Johns
São Paulo: Cosac Naify, 2007
480 pp., 3 ils.

Bibliografia.
ISBN 978-85-7503-636-5
1. Contos dinamarqueses I. Título.

07-5137 CDD-839.81309

Índices para catálogo sistemático:
1. Contos: Literatura dinamarquesa 839.81309

COSAC NAIFY
Rua General Jardim, 770, 2º andar
01223-010 São Paulo SP
Tel [55 11] 3218 1444
Fax [55 11] 3257 8164
www.cosacnaify.com.br

Atendimento ao professor [55 11] 3218 1473

Coleção Mulheres Modernistas

Virginia Woolf *Contos completos*

Katherine Mansfield *Contos*

Karen Blixen *A fazenda africana*

Karen Blixen *Anedotas do destino*

Marguerite Duras *O homem sentado no corredor* e *A doença da morte*

Karen Blixen *Sete narrativas góticas*

PRÓXIMO LANÇAMENTO

Marguerite Duras *O amante*

fonte Nofret
papel Pólen soft 80g/m²
impressão Geográfica
tiragem 3.000